DUANE EST DÉPRESSIF

Larry McMurtry

DUANE
EST DÉPRESSIF

Traduit de l'anglais (États-Unis)
par Sophie Aslanides

Directeur de collection : Arnaud Hofmarcher
Coordination éditoriale : Frédérique Drouin

Titre original : *Duane's depressed*
Éditeur original : Orion
© Larry McMurtry, 1999

Livre 1
Le marcheur et sa famille

1

Deux ans après avoir fêté son soixantième anniversaire, Duane Moore – un type qui, une fois son permis en poche, n'avait conduit que des pick-up – gara le sien sous son auvent et décida dorénavant de ne se déplacer qu'à pied.

Cet auvent était suffisamment grand pour accueillir jusqu'à six véhicules, du moins à l'époque où les voitures avaient encore une taille respectable. Maintenant qu'elles avaient été miniaturisées, comme les chevaux, on aurait pu en caser dix, voire douze si on s'était donné la peine de les ranger avec un minimum de soin ; mais le soin, qui consiste à prêter attention aux autres en respectant certaines valeurs telles que l'ordre et la politesse, ne faisait simplement pas partie des préoccupations de la plupart des membres de la famille de Duane, du moins jusqu'à ce jour. Sous l'auvent des Moore, en effet, les voitures étaient plutôt garées à la va-comme-je-te-pousse, les unes derrière les autres ; cette situation ne manquait jamais de provoquer une altercation entre le propriétaire furieux, parqué en tête, et le sans-gêne l'empêchant de sortir.

Mais ce qui faisait le plus enrager Duane depuis des années, c'est que sa spacieuse aire de parking abritait surtout un tas de bric-à-brac en tout genre : matériel de soudage, vieux clubs de golf, accessoires de pêche, poussettes dont les pneus étaient à plat depuis plusieurs années, canapés et chaises échoués là, pour une sombre raison, au lieu d'être déposés chez le tapissier ; mais aussi des pyramides vertigineuses d'objets achetés par Karla ou une des filles dans des brocantes, grands magasins, solderies, marchés au troc ou foires aux bonnes affaires – mais qui avaient visiblement dégringolé dans leur estime avant même de pénétrer dans la maison qui contenait déjà pareils empilements d'objets ayant de justesse franchi le cap de la porte, mais pas au-delà.

Le regard las que portait Duane sur son auvent colonisé était une des raisons qui l'avaient poussé à garer un beau jour son pick-up, pour désormais se déplacer à pied, mais ce n'était pas la seule, ni forcément la plus importante. Il avait passé presque cinquante ans de sa vie dans l'habitacle de sa voiture cargo, à parcourir de long en large l'immense champ de pétrole s'étendant sur une bonne partie de l'ouest du Texas, roulant d'une concession pétrolière à une autre, sans lever le pied. Mais, à 62 ans, le jeu avait perdu son piment, la course sa saveur, son travail de la substance. Plus jamais il ne remonterait dans un pick-up – car, lorsqu'il était à l'intérieur, il n'avait de cesse de se demander ce qu'il avait fait de sa foutue vie, et cette question désormais le hantait. Il avait fini par se rendre compte de façon insidieuse, comme une fuite de gaz infiltrée dans sa conscience, que la plupart de ses souvenirs, de son premier flirt jusqu'à cet après-midi d'hiver, au seuil de sa vieillesse, étaient reliées à cet engin. Toutes ses années de mariage avec Karla, leurs quatre enfants, leurs neuf petits-enfants, ses succès et ses faillites, ses amitiés et ses quelques aventures extraconjugales n'avaient représenté que de courtes périodes en comparaison du temps passé dans son pick-up, à sillonner les champs de pétrole du Texas.

Alors, un jour de février, tandis que le vent du nord glacial passait à la scie les champs couverts de prosopis mort, Duane rangea le gros utilitaire sur l'emplacement le plus au sud de son parking et cacha les clés dans une tasse à café ébréchée, rangée sur la plus haute étagère du placard de la cuisine. Personne ne se servait plus de cette tasse – elle était posée là depuis des années.

Tout ce qu'espérait Duane, c'était que les clés y resteraient planquées pendant au moins un an ou deux, afin qu'aucun de ses petits-enfants ne puisse lui piquer son pick-up sans avoir appris à le démarrer en bricolant les fils de contact – ce qui risquait de prendre un peu de temps.

Puis, satisfait de sa décision et savourant presque la morsure acerbe du vent, Duane entama sa nouvelle vie en se dirigeant à pied vers son bureau distant d'à peine plus d'un kilomètre, sur un chemin de terre. Seul Willy, son petit-fils, que Julie leur avait présenté, à Karla et lui, quelques jours avant qu'elle ait 17 ans, vit partir son grand-père à pied. Willy avait maintenant 9 ans. La perspective d'avoir bientôt des arrière-petits-enfants trottait déjà dans la tête de Duane et celle de Karla. Willy était assis devant le téléviseur du salon et jouait à *Extreme Rampage*, un jeu vidéo ; il était en train de reposer un peu ses doigts de leur course folle lorsqu'il aperçut son grand-père marcher sur la route poussiéreuse. Cette vision insolite frappa Willy, mais il aimait beaucoup trop *Extreme Rampage* pour se laisser distraire trop longtemps. Et il oublia la déconcertante apparition de Duane en train de marcher jusqu'à l'arrivée de sa grand-mère dans le salon quelques minutes plus tard, l'air perplexe.

– Willy, est-ce que tu as vu Pa-pa ? demanda-t-elle. Je suis sûre de l'avoir entendu garer son pick-up devant la maison, ses gants sont dans la cuisine, mais je ne le trouve nulle part.

– Pa-pa est parti à pied, répondit Willy, pendant que ses doigts agiles dansaient sur les boutons de la télécommande.

– Quoi ? fit Karla, se disant qu'elle avait mal compris.

– Pa-pa est parti à pied sur cette route, la route qui est juste là, insista Willy.

Il se garda de faire un geste de la main, la situation sur l'écran était critique d'autant que l'enjeu était la domination du monde. Impossible de se passer de l'une de ses mains pour relever le défi.

– Willy, je t'ai déjà dit de ne pas me mentir, dit Karla. Ce n'est pas parce que ta petite sœur me ment constamment qu'il faut que tu t'y mettes aussi.

– Mais je ne mens pas ! protesta Willy, indigné.

Malheureusement, les quelques secondes d'inattention s'avérèrent fatales : le Ninja Master le balança du haut de la falaise.

– Oh non ! s'écria Willy. J'étais en train de gagner, et maintenant, je suis mort.

Sa grand-mère resta de marbre.

– Je vais causer à ta mère, jeune homme. Je trouve que tu passes trop de temps à jouer à ces jeux vidéo idiots. Ils te bousillent la cogitation, ou un truc du genre. Pa-pa n'a jamais été nulle part à pied et encore moins un jour où le vent du nord souffle comme ça.

Willy ne vit pas l'utilité de discuter avec sa grand-mère. De toute manière, les adultes, surtout à cet âge-là, ne se laissaient jamais convaincre de rien. En fait, tous les adultes avaient tendance à nier les faits les plus évidents. L'un des rares points sur lesquels sa sœur Bubbles et lui étaient d'accord, c'était que les grands étaient bizarres.

Juste au moment où sa grand-mère s'apprêtait à quitter la pièce, le téléphone se mit à sonner et elle décrocha.

– Peut-être que c'est Pa-pa – qui appelle de son portable, dit-elle.

Mais c'était Julie, la mère de Willy et Bubbles. Julie rentrait après avoir été voir son petit ami, Darren, en prison, à Lawton, dans l'Oklahoma, attendant son procès après une accusation de hold-up et agression à main armée, accusation totalement injuste selon Julie. Elle passait son coup de fil depuis la rue, devant la maison de ses parents : il n'était pas question qu'elle se précipite à l'intérieur sans avoir posé quelques questions préalables, après ce qu'elle venait de voir.

– Est-ce que Papa et toi, vous venez d'avoir une grosse bagarre ? demanda Julie. Si c'est le cas, je repars à Wichita Falls et je vais dormir dans un motel.

Karla était trop interloquée pour répondre sur-le-champ. Elle venait de passer une matinée tranquille à regarder les championnats du monde de tennis de table sur le câble – c'était suprenant, à quelle vitesse une petite balle de ping-pong pouvait voler lorsqu'un Chinois tenait le manche.

– C'est déjà gonflant de voir Darren derrière les barreaux juste parce qu'il a tapé un vieux con avec une clé anglaise, dit Julie. Si, en plus, il faut qu'en arrivant à la maison je doive assister à des scènes de violence parentale...

– Julie, Darren était en train de *dévaliser* le vieil homme qu'il a frappé avec une clé anglaise, lui rappela Karla. Darren est un délinquant. C'est pour ça qu'il est enfermé.

– Je ne veux pas parler de ça, je veux parler de Papa et toi, insista Julie.

Elle était assez près de la maison pour voir l'intérieur de la cuisine, mais pas assez près pour apprécier si les murs étaient couverts de sang.

– Chérie, ton père et moi n'avons pas eu d'altercation violente depuis des années, et encore, c'était seulement moi qui lançais des objets, dit Karla. Bubbles est en train de regarder *Barney* à la télé et Willy est à côté de moi en train de jouer à un jeu vidéo.

– Alors, pourquoi est-ce que Papa est en train de marcher sur la route ? demanda Julie.

Karla lança un regard légèrement coupable en direction de Willy, mais il était dans l'espace, essayant de tous ses doigts d'empêcher les extraterrestres de détruire la planète Terre.

– *Duane* est en train de marcher dans la rue ? Tu es sûre que c'est lui ? De dos, beaucoup d'hommes se ressemblent.

– Je crois que je reconnais mon propre père. Il a été mon père toute ma vie, rétorqua Julie.

– Je t'avais dit que Pa-pa était parti à pied, dit Willy, sans détourner le regard de l'écran du téléviseur. Tu devrais t'excuser de m'avoir traité de menteur.

– Je m'excuse de t'avoir traité de menteur. Mais j'espère également que je ne vais pas traiter ta mère de noms d'oiseau pires encore. On trouve toutes sortes de cames disponibles dans ces prisons de l'Oklahoma. Je ne crois pas que ta mère soit en train de mentir, mais elle pourrait bien avoir des hallucinations.

– Mamaaaannn, tout ce que j'ai pris, c'est un peu de speed pour ne pas m'endormir au volant, pour ne pas risquer de laisser des enfants orphelins de mère, dit Julie. Je n'ai pas d'hallucinations ! Mon père est en train de marcher dans la rue ! Tu piges ?

– Alors le prix du pétrole a dû plonger sec, ou alors, quelqu'un est mort, dit Karla qui n'envisageait soudain que ces deux hypothèses. Il n'existe aucune autre raison pour que Duane sorte de son pick-up et se mette à marcher.

– Maman, et si tu le lui demandais, tout simplement ? Il n'est pas très loin.

– Oh, mais c'est bien ce que j'ai l'intention de faire ! Mais pour qui il se prend, à nous donner des frayeurs pareilles ?

2

Avant de partir à la poursuite de son mari, Karla appela Mildred-Jean Ennis dans son salon de coiffure. Mildred-Jean était LA personne à contacter en cas de décès brutal dans la communauté, sa boutique se trouvant juste en face du parking de l'ambulance municipale. Karla était si perturbée à la pensée que Duane soit en train d'arpenter les rues à pied avec le vent du nord qui soufflait qu'elle commença à paniquer ; parler à Mildred-Jean la rassurerait peut-être en attendant de découvrir ce que cachait l'étrange comportement de son mari. Concernant les événements du coin, Mildred-Jean était au moins aussi fiable que la chaîne météo locale. Et son intérêt s'éveillait bien avant le stade de l'urgence requérant une ambulance ; sur les adultères, particulièrement, ses sources étaient toujours solides et le moindre comportement ambigu échappait rarement à sa vigilance.

– Mes antennes sont toujours sorties ; c'est à ça que ça sert, les antennes, aimait à répéter Mildred-Jean, également voyante et cartomancienne à ses heures perdues.

Mildred-Jean était originaire d'Enid, dans l'Oklahoma, un jardin paradisiaque comparé à Thalia – à son avis –, mais malheureusement, elle avait atterri dans le Texas le jour où son histoire d'amour passionnée avec un pilote d'avion d'épandage appelé Woody avait soudain piqué du nez, la laissant dans ce coin poussiéreux au bord de la nationale 79.

– Je me demandais si quelqu'un était mort ce matin, dit Karla. On dirait que la plupart des gens meurent le matin plutôt que l'après-midi, je ne sais pas pourquoi.

– Nan, personne n'est mort – et pourtant, il y a bien deux ou trois connards d'abrutis par ici qui mériteraient bien de bouffer les pissenlits par la racine.

Elle pensait tout particulièrement à Woody, qui vivait à quelques pâtés de maisons en compagnie d'une rouquine avec laquelle il entretenait une relation tout à fait inconvenante.

– Je me demandais, juste. Au revoir, dit Karla avant de raccrocher.

Pas question de laisser Mildred-Jean se lancer dans une diatribe contre Woody – entendre parler des hommes qui trompaient leurs femmes ne risquait pas de calmer son angoisse, pas tant que son mari, son bon-homme, était en train d'errer dans les rues.

– Peut-être que des extraterrestres sont venus dans leur vaisseau et ont pris possession de l'esprit de Pa-pa, proposa Willy, prêt à apporter sa contribution, les doigts provisoirement fatigués.

– Ça pourrait être des extraterrestres, mais je parierais que c'est le pétrole, répondit Karla.

Elle fonça dans sa chambre, alluma la télévision et fit défiler toutes les chaînes du câble jusqu'à la chaîne financière, convaincue que les Saoudiens avaient enfin ouvert les vannes, provoquant un raz de marée de pétrole faisant chuter le prix du brut texan à environ deux dollars le baril, mettant ainsi à sec tous les habitants du Texas, ou du moins tous les citoyens de Thalia. L'angoisse du raz de marée était récurrente depuis des années dans la région ; personne ne savait quand la catastrophe arriverait, mais chacun s'accordait à dire qu'une fois *effectivement* là la ruine serait totale ; plus de carte American Express Platinum, plus de miles Grand Voyageur, plus d'escapades sympas à Las Vegas ou Bossier City.

Mais, apparemment, il n'y avait pas eu de raz de marée si on se fiait au calme manifeste des commentateurs de la chaîne financière.

Si ce n'est pas un décès et si ce n'est pas le pétrole, alors, c'est qu'il veut divorcer, se dit Karla. À peine cette idée lui était-elle venue que les dernières barrières séparant la raison du chaos volèrent en éclats. Il voulait divorcer ; elle le savait, elle aurait dû le comprendre tout de suite. Il n'y avait rien qui clochait chez Duane ; il voulait juste divorcer, mais il était trop froussard pour entrer dans la maison et cracher le morceau.

Julie était dans la cuisine en train de préparer des sandwichs au bacon pour Bubbles et elle lorsque Karla débaoula pour chercher ses clés de voiture. Maintenant qu'elle connaissait la vérité, elle n'était pas spécialement pressée de courir après son mari.

– Des sandwichs au bacon, j'adore ça, dit Bubbles. J'aimerais bien qu'ils tuent tous les cochons du monde pour qu'on puisse avoir tout le temps plein de sandwichs au bacon.

Bubbles, âgée de 8 ans, avait des cheveux blonds frisés et un regard bleu qui faisait fondre les cœurs les plus durs.

– Je ne crois pas que le monde soit obligé de perdre toute une espèce animale juste pour que tu puisses te goinfrer de gras, miss Bubbles, fit remarquer Karla.

Bubbles lança à sa grand-mère un regard indifférent. Elles n'étaient pas toujours sur la même longueur d'onde toutes les deux.

– Ferme-la avec tes trucs ou bien je viendrai plus jamais me blottir contre ton vieux cou ridé, dit Bubbles d'un ton calme tandis qu'elle trempait un couteau dans un gros pot de Miracle Whip dont elle léchait ensuite la lame.

– Merci beaucoup ! Et qui t'a acheté l'affreux dinosaure violet avec lequel tu dors ? dit Karla, debout près de la porte.

Elle lança un coup d'œil à Julie, avec l'espoir que sa fille infligerait un ou deux mots de réprimande à Bubbles, mais Julie regardait distraitement par la fenêtre, se demandant comment elle allait pouvoir s'amuser jusqu'à ce que Darren Connor sorte de prison.

– Si elle est grossière comme ça à 8 ans, comment sera-t-elle à 15 ? demanda Karla. Il faut que tu réfléchisses à ce genre de chose, Julie, au lieu de perdre ton temps à rêver à des criminels.

– Le bacon, le Miracle Whip et *Barney* sont les trois meilleures choses de la vie, dit Bubbles avec légèreté, gesticulant avec son couteau comme si c'était une baguette magique.

Julie espérait que sa mère s'en aille plus vite pour s'enfiler un speed – s'occuper de ses enfants dès le matin était vraiment épuisant.

Une fois assise dans sa petite BMW blanche, Karla sentit sa bouffée d'angoisse se résorber un peu. Si Duane avait une envie soudaine de divorcer, c'était ennuyeux, soit, mais ce n'était pas la fin du monde. Elle sortit de l'auvent en soulevant un nuage de poussière, comme d'habitude, puis elle s'arrêta ; la vitre du côté conducteur baissée, elle inhala la poussière et sentit la morsure du vent, se demandant *pourquoi* il voulait tout à coup divorcer. Il n'avait pas semblé particulièrement agité ces derniers temps ; Karla était même presque sûre qu'il n'avait pas de petite amie. Une de ses nombreuses espionnes l'aurait alertée immédiatement au cas où se serait amorcée la moindre romance. Il devait être déjà arrivé à son bureau : aucune trace de lui sur la route. Elle connaissait Duane depuis si longtemps, cela faisait un peu plus de quarante ans qu'ils étaient mariés. Ils n'étaient pas des étrangers l'un pour l'autre, bon sang ! Mais, en y réfléchissant bien, alors que le moteur tournait toujours, elle se rendit compte qu'elle faisait en partie fausse route. Vivre avec Duane *était devenu* un peu comme vivre avec un étranger ; un étranger agréable, c'était certain, et même charmant, mais sans pouvoir affirmer qu'elle le connaissait très bien. Ils vivaient toujours sous le même toit, mangeaient à la même table, parlaient des mêmes enfants, redoutaient les mêmes crises, faisaient même lit commun, mais que savaient-ils l'un de l'autre, aujourd'hui ? Pas grand-chose, se dit Karla, et cette pensée l'attrista. En réalité, quarante ans d'intimité, c'est traître et sournois. Le fait même d'avoir passé autant de temps ensemble les avait éloignés l'un de l'autre, sans rupture mais sans retour. Si *elle* avait analysé la situation plus tôt, c'est elle qui aurait agi en premier et demandé le divorce.

Émerger de son angoisse, c'est un peu comme se réveiller d'un cauchemar ; quand vous réalisez que vous n'êtes pas égaré ou mort, les choses reprennent doucement leur place sur terre. Le temps de parcourir le court chemin qui l'emmenait au bureau de Duane, elle commença à perdre son assurance. Après tout, Duane ne voulait peut-être pas divorcer. Il avait pu être à court d'essence et retourner à pied au bureau chercher un truc qu'il avait oublié. Il s'était éloigné discrètement pour ne pas attirer l'attention de ses petits-enfants, aussi dépendants de lui qu'ils se montraient exigeants à son égard. Rassurée, Karla se passa quelques coups de peigne dans les cheveux avant d'entrer dans le bureau.

Ruth Popper, la vieille secrétaire que Duane refusait de pousser à la retraite, était assise dans un fauteuil dans un coin, courbée sur une grosse loupe qu'elle tenait au-dessus d'un magazine de mots croisés. Ruth avait un dictionnaire posé en équilibre sur un genou et un crayon entre les dents. La grosse loupe était fixée à son fauteuil. Tout le personnel et même quelques durs à cuire parmi les ouvriers avaient versé leur participation pour lui offrir cette grosse loupe – une bonne action qui s'avéra inutile. «Putain, mais elle pourrait même pas voir une grille de mots croisés avec le télescope du mont Palomar», disait Bobby Lee avec sa façon caustique d'enfoncer le clou. Un an ou deux auparavant, un cancer des testicules avait forcé Bobby Lee à renoncer à l'une de ses couilles, un sacrifice qui l'avait rendu notoirement irritable. Bobby Lee, l'entreprise et, dans une certaine mesure, toute la population de Thalia étaient presque aussi inquiets du sort de l'autre testicule que de l'arrivée du raz de marée saoudien. Selon l'opinion générale, si le cancer revenait et l'obligeait à renoncer à son autre joyeuse, Bobby Lee mettrait enceintes deux ou trois jeunes femmes juste avant l'opération, puis il achèterait un fusil d'assaut et abattrait tous les gens avec lesquels il avait eu des différends, ce qui représentait, en gros, l'ensemble de la population de Thalia.

– S'il voit s'profiler la perte de son autre couille, je l'imagine bien tirer son coup une bonne fois pour toutes et, ensuite, s'acheter sept ou huit armes et nous descendre tous, avait dit Rusty Aitken à Duane.

Rusty était le dealer local, même si, officiellement, il était gérant d'un atelier de carrosserie à la sortie de la ville. Karla n'aimait pas Rusty Aitken, surtout parce que ses propres enfants s'étaient appliqués de leur mieux à faire de lui un homme riche.

Mais Bobby Lee avait raison concernant Ruth et la loupe. Tout ce qu'elle arrivait à voir dans sa grille de mots croisés sous l'effet grossissant de la lentille, c'était à peine une ligne ondulée.

– C'est pas grave, disait invariablement Duane, lorsqu'une âme charitable soulignait qu'il employait une femme aveugle qui était toute la journée installée dans un coin à faire semblant de remplir des grilles de mots croisés. Le fait de déplacer la loupe de droite à gauche et de gauche à droite lui donne un petit quelque chose à faire.

En réalité, c'était sa jeune assistante Earlene qui assurait tout le secrétariat. Earlene et Ruth n'entretenaient pas les meilleures relations, surtout lorsque Ruth venait en cachette pendant la pause-déjeuner d'Earlene, fouiller son bureau et cacher les contrats de concession sur lesquels la jeune femme travaillait avant sa pause.

– Je la teste, c'est tout, répondait Ruth lorsque Duane la réprimandait. Une bonne secrétaire doit être capable de trouver n'importe quoi dans son bureau en moins de trois minutes, que ce soit caché ou pas.

– Même si tu l'as planqué dans ta voiture ? demandait Duane.

Bien qu'elle soit presque aveugle, Ruth se rendait toujours au bureau en voiture, en passant par toute une enfilade de contre-allées pour éviter de rouler sur ce qu'elle appelait les « grandes routes ». Son plus grave accident jusqu'alors était d'avoir renversé une rangée de bennes à ordures.

– Eh bien, si c'est dans ma voiture, je suppose que c'est parce que je dois travailler dessus, chez moi, au calme, assura Ruth.

Elle n'aimait pas qu'on remette en question ses méthodes – elle n'avait jamais aimé cela.

– Où est Duane ? demanda Karla en passant la tête dans
l'entrebâillement de la porte. Earlene était en train de taper et Ruth promenait sa loupe
sur sa grille. Elle venait d'apercevoir le mot Mississippi, un
mot excellent. Elle s'apprêtait à compter les lettres pour voir si
elle pouvait le caser quelque part. L'entrée soudaine de Karla fit
tomber le dictionnaire de son genou.

– Pas là; il a juste passé la tête et il a dit qu'il allait à la
cabane, dit Earlene sans lever les yeux du contrat qu'elle était en
train de taper.

La cabane n'était qu'une remise en planches que Duane avait
construite quelques années auparavant, lorsque tous leurs enfants
et petits-enfants vivaient chez eux. Nellie, Dickie, et Julie se
débattaient dans des procédures de divorce conflictuelles, et
Jack, le jumeau de Julie, était en liberté surveillée pour douze
mois, pour possession d'une substance légale en l'occurrence,
mais réglementée : quatre mille cachets de méthamphétamine.
Les petits-enfants aimaient vivre dans la grande maison de leurs
grands-parents, même si les deux aînés de Nellie, Barbette et
Little Mike, préféraient vivre en communauté dans l'Oregon, où
ils avaient habité pendant trois ans. Quant aux enfants de Duane
et Karla, ils détestaient vivre à la maison et ils se chamaillaient
constamment. Karla, qui à l'époque suivait quelques cours à
Midwestern University, dont l'un en histoire de l'art, rentra un
jour tout impatiente d'en expliquer quelques concepts à Duane.

– Le baroque est arrivé pile-poil au bon moment, expliqua-
t-elle après une soirée lors de laquelle ils avaient tous deux sous-
estimé la force de la tequila, pendant que la chaîne stéréo dans
leur chambre crachait assez fort pour couvrir les invectives que
Nellie lançait à la tête de T.C., son petit ami du moment.

– Je ne comprends pas de quoi tu parles, dit Duane.

Peu lui importait que Karla suive des cours – en fait, il l'y encourageait même, mais il lui importait de comprendre ses explications, surtout lorsqu'il avait la gueule de bois.

– Le baroque, Duane, le baroque ! s'extasiait Karla.

Elle était toujours contente d'apprendre un mot nouveau dont personne d'autre à Thalia ne connaissait le sens.

– J'ai entendu. Qu'est-ce que ça veut dire ?

– Ben, en fait, ça veut dire « trop », tu vois ? pensant que c'était probablement la manière la plus simple de l'expliquer à quelqu'un comme Duane, qui n'avait jamais accordé plus de trois secondes de réflexion à quelque forme d'art que ce soit, en dehors de tableaux représentant des cow-boys marchant à grandes enjambées dans la neige, par exemple.

– OK, ça veut dire « trop », dit Duane.

Assez dépendant de ses sprays d'antihistaminique à cette époque, il s'empressa de s'en envoyer une dose dans le nez avant que Karla ne puisse l'interrompre.

– « Trop », comme notre famille en quelque sorte. Est-ce qu'on pourrait dire que notre famille est baroque ?

– Duane, bien sûr que non ! Notre famille est parfaitement normale. Nos enfants ont peut-être un tout petit peu trop d'hormones ou quelque chose comme ça, mais sinon, ils sont parfaitement normaux.

– Nan... Si baroque veut vraiment dire « trop », alors notre famille est baroque et moi, je me tire, répliqua-t-il.

Dix jours plus tard, Bobby Lee et lui construisaient la cabane sur une colline rocheuse au milieu d'une parcelle que Duane possédait à quelques kilomètres de la ville. Elle fut bâtie dans un endroit sans ombre et infesté de serpents à sonnette ; il y en avait tant qu'il était interdit aux petits-enfants de s'en approcher, tout du moins pendant la saison chaude. Karla n'y avait mis les pieds que deux fois, et la seule satisfaction qu'elle avait tirée de ses deux visites avait été la confiscation de deux ou trois pulvérisateurs pour le nez.

Si rustique et isolée qu'elle fût – ou peut-être parce qu'elle était rustique et isolée – Duane aimait sa cabane et y passait de nombreux week-ends. Son seul visiteur régulier était Bobby Lee, mais il ne devint un habitué qu'après l'ablation de son testicule. Il se sentait si déprimé et seul que Duane n'eut pas le cœur de lui fermer la porte.

Cette cabane, et toute la place qu'elle prenait dans la vie de Duane, avait toujours mis Karla un peu mal à l'aise.

– Je voudrais juste savoir ce que tu trouves à faire là-bas, tout seul, demanda-t-elle, à plusieurs reprises.

– Je ne fais rien.

– Duane, c'est angoissant ! Ce n'est pas normal pour un homme en bonne santé de rester planté sur une colline à ne rien faire. Tu pourrais au moins mettre le téléphone.

– Je ne veux pas le téléphone, répondit Duane. J'ai une radio, c'est suffisant.

Il se dit qu'il pouvait bien jeter à sa femme cette miette de normalité à laquelle elle accordait une importance considérable depuis qu'elle était dans sa quarantaine.

– Génial ! s'insurgea Karla. Et si j'ai besoin de toi en urgence ? Qu'est-ce que je fais ?

– Tu appelles la station de radio et tu leur demandes de me prévenir.

– Duane, sois pas pervers.

Elle avait appris le terme de «perversité» lors d'un cours de psychologie auquel elle avait assisté.

– Et maintenant, vous m'avez fait tomber mon dictionnaire et perdre le fil, gémit Ruth tandis que Karla cherchait dans le bureau un indice quelconque pouvant la mettre sur la voie de Duane le marcheur.

– Je suis désolée, Ruth – quel mot cherchiez-vous? demanda Karla en ramassant le dictionnaire.

– Je cherchais «Népal», dit Ruth.

Elle avait toujours tout prêts quelques mots exotiques comme «Népal» lorsque d'insatiables curieux lui demandaient comment elle s'en sortait avec sa grille.

Karla ouvrit le dictionnaire à la lettre N, mais avant qu'elle puisse trouver le mot Népal, elle sentit que quelque chose ne tournait pas rond. Rien à voir avec une attaque de panique, seulement l'intuition qu'elle avait raté un épisode.

– Si Duane est allé à la cabane, il y est allé dans quel véhicule? interrogea-t-elle.

Earlene cessa de taper – elle leva la tête, le regard vide.

– Eh bien, son pick-up, j'imagine.

– Non, son pick-up est garé devant la maison. Est-ce qu'il aurait pris un des camions?

Earlene secoua la tête.

– Les camions sont là où sont les tours de forage.

– Il n'a pas pris de camion; il est parti à pied, fit Ruth.

– Ruth, il n'a pas pu y aller à pied, dit Karla. La cabane est à dix kilomètres de la ville et il y a un fort vent du nord.

– M'en fous. Il est parti à pied, répéta Ruth.

Si seulement tout le monde pouvait la laisser tranquille pour qu'elle puisse compter les lettres de Mississippi.

– Peut-être qu'il a emprunté votre voiture, suggéra Karla à Earlene.

Earlene secoua de nouveau la tête. Ses clés de voiture étaient posées juste là, sur son bureau, à côté du cendrier. Elle se leva néanmoins pour jeter un coup d'œil dehors, rien que pour s'assurer que sa Toyota bleue était encore là. S'il y avait une chose qu'Earlene ne pouvait pas supporter, c'était l'idée de se retrouver sans bagnole.

– Il y est allé à pied, insista Ruth. Si vous ne me croyez pas, prenez la route et vous verrez bien.

– Doux Jésus, c'est qu'il veut *vraiment* divorcer, dit Karla, pensant à haute voix.

Son premier instinct avait été le bon ; la situation était maintenant claire comme de l'eau de roche.

Sa remarque fit l'effet d'une bombe. Ruth Popper oublia le Népal et le Mississippi. Earlene cessa de taper à la machine. Ses doigts étaient toujours suspendus au-dessus du clavier mais ne bougeaient pas d'un millimètre. Depuis longtemps, Earlene en pinçait pour Duane. Peut-être qu'enfin elle tenait sa chance. Ce fol espoir fit bondir son cœur.

– Eh bien, je suis étonnée que ça ait duré aussi longtemps, dit Ruth. Vous deux, vous n'avez jamais rien eu en commun.

– Rien en commun ? Et qu'est-ce que vous faites des neuf petits-enfants ? s'écria Karla.

Pendant un instant, elle eut envie d'étrangler Ruth Popper. Peut-être qu'après le meurtre elle pourrait plaider l'accès de folie passagère et se retrouver en liberté surveillée comme son fils Jack.

Earlene avait beau être touchée au cœur par la nouvelle du prochain divorce de Duane, elle n'avait pas perdu la tête pour autant et n'envisageait pas une seconde qu'il puisse se balader à pied dans les rues.

– On n'a pas pensé à l'atelier, dit-elle. Il est probablement là-bas en train de jouer avec les clés à molette. Je vais voir.

– Je viens avec vous, déclara Karla.

Elle savait bien qu'Earlene avait un faible pour son mari.

Mais il s'avéra que l'atelier était glacial, graisseux et vide. Un tas de clés à molette étaient posées sur l'établi, mais Duane ne jouait avec aucune d'entre elles. Earlene s'était convaincue que Duane, son patron, pour l'instant, mais peut-être bientôt son chéri – était forcément dans l'atelier. Maintenant qu'il était clair qu'il ne s'y trouvait pas, elle ne savait plus quoi penser. Il n'y avait que trois voitures garées au bureau ce jour-là : sa Toyota, la Coccinelle de Ruth Popper et la BMW de Karla. Et elles n'avaient pas bougé. La possibilité désagréable que Ruth ait raison et que Duane soit en train de se rendre à pied dans sa cabane était finalement une option plausible.

– J'imagine que le divorce a dû le mettre dans tous ses états, dit-elle.

– Je ne sais pas, Earlene, dit Karla. Il y a pourtant des gens qui divorcent tous les jours.

– Je sais bien. Même moi, j'ai divorcé, dit Earlene. Et je suis membre de l'Église du Christ, vous savez.

– Si vous voulez mon avis, un divorce n'est pas une excuse pour commettre une folie, par exemple, marcher dix kilomètres par un vent du nord, dit Karla.

L'idée que Duane, le meilleur patron qu'elle ait jamais eu, puisse être fou n'était pas envisageable pour Earlene. Karla ne voulait pas y croire non plus, mais il fallait regarder la vérité en face : Duane était parti et les voitures étaient là. Que pouvaient-elles penser d'autre ?

Les deux femmes, qui s'étaient précipitées à l'atelier pleines d'espoir et d'enthousiasme, convaincues d'y trouver Duane, retournèrent d'un pas lourd au bureau, pétries d'incertitude et abattues, tandis que le vent glacial recouvrait leurs jambes de poussière.

3

Pendant ce temps-là, Duane marchait d'un pas vif le long du chemin de terre qui menait à sa cabane, le col de sa veste en jean Levi's relevé pour se protéger du vent. Il avait contourné le centre-ville, si on pouvait l'appeler ainsi, passant par certaines des contre-allées que Ruth Popper empruntait lorsqu'elle venait au bureau ou en repartait. Il savait qu'aller à pied attirerait l'attention ; il choisit donc un itinéraire peu fréquenté pour sortir de la ville, à l'écart des regards inquisiteurs.

Malgré tout, une douzaine d'automobilistes s'étaient arrêtés pour lui demander si son pick-up était en panne. Et tous lui avaient proposé de l'emmener.

– Non, merci, avait répondu Duane, les douze fois. Je suis simplement en train de marcher.

– De quoi ? avait demandé Johnny Ringo.

Johnny était un cultivateur de blé qui possédait une belle parcelle cultivée en contrebas d'Onion Creek.

– Marcher, Johnny, répéta Duane.

Johnny Ringo était un vieux hibou qui s'intéressait assez peu aux faits et gestes de ses semblables. Mais des douze clampins qui s'étaient arrêtés pour offrir à Duane de l'aider, il était le moins surpris par l'envie de Duane de marcher.

– Bah, la marche, c'est un truc que j'ai jamais essayé, dit-il avant de s'éloigner.

Duane savait qu'il faudrait un certain temps pour convaincre les citoyens du comté qu'il était fatigué de conduire des pick-up et préférait désormais se déplacer à pied. À sa connaissance, la région comptait moins de piétons *engagés* que d'adeptes de l'islam. Les piétons, selon sa propre évaluation, étaient au nombre de un – lui-même, alors qu'il existait deux musulmans gringalets qui avaient échoué on ne savait comment dans la ville voisine de Megargel et où ils travaillaient dans un magasin de fourrage. Tous ceux qui poussaient jusqu'à Megargel les apercevaient toujours bataillant avec d'énormes sacs de grain, leur turban constellé de poussière d'avoine et de blé.

Duane continua à marcher dans la campagne couleur taupe, s'arrêtant tous les huit cents mètres pour expliquer aimablement à un cow-boy qui passait ou à des ploucs entassés dans un pick-up que non, le sien n'était pas en panne, qu'il se rendait à pied jusqu'à sa cabane en savourant l'air vif de ce mois de février. Même s'il était agacé d'avoir à s'expliquer chaque fois qu'une voiture passait, il ne fut pas surpris d'avoir à le faire et restait toujours aimable. Les gens du comté avaient bien fini par accepter la télé par satellite et les ordinateurs – d'ici quelques mois, ils parviendraient probablement à accepter qu'un type se déplace à pied. Ses promenades deviendraient plus tranquilles, son cheminement plus pur. Un jour viendrait enfin où aucun de ces gars, dur à cuire ou chasseur, ne s'arrêterait en le voyant marcher – à moins qu'il ne leur fasse signe. Il savourerait alors de flâner en paix, livré à sa solitude.

Même durant cette première promenade en solitaire qui inaugurait son tout nouveau style de vie, il ressentait déjà du plaisir quand la route se déployait devant lui, déserte, sans pick-up ni camion circulant entre les forages ou les ranches. Il n'y avait que le ciel d'hiver, glacial et bleu, et la gifle du vent soufflant si fort en rafales qu'il plaquait les herbes au pied des clôtures contre les fils de fer barbelé. Il poursuivait sa route, guettant la présence de biches, de volées de cailles, de dindons ou de cochons sauvages, tout ce que son fils Dickie et lui aimaient chasser à l'occasion.

Il avait passé tant d'années de son existence à accorder une attention pratique à la nature, du seul point de vue de la météo, gel, neige, pluie, sécheresse, s'inquiétant juste qu'elle puisse compromettre ses affaires. Il n'avait pas beaucoup exploré ses particularités, connaissait juste le nom de quelques arbres, quelques oiseaux, ceux des insectes et animaux les plus courants. Il n'avait pas la moindre notion de botanique, en dehors des fleurs que tout le monde connaissait. Il se dit qu'il devrait acheter un livre sur les graminées et la flore, et aussi sur les oiseaux, pour identifier au moins ceux qu'il croiserait au cours de ses explorations.

Au détour d'un virage, à peu près à mi-chemin entre la ville et sa cabane, il remarqua soudain un coyote debout dans les herbes, à moins de vingt mètres de lui. L'animal, nullement apeuré par sa présence, le regardait fixement, la tête penchée.

– Non, mon pick-up n'est pas tombé en panne, dit Duane. Je suis juste sorti me promener, si cela ne te fait rien.

Il reprit sa route, puis jeta un coup d'œil par-dessus son épaule. Le coyote n'avait pas bougé ; impassible, il le fixait toujours.

4

Après avoir quitté le bureau, Karla partit en direction de la poste, pour savoir si elle avait reçu des catalogues intéressants.

À mi-chemin, elle se rendit compte qu'elle s'en fichait. De toute manière, elle n'était pas d'humeur à se plonger dans le énième catalogue J. Crew. Pourquoi se fatiguer à acheter quoi que ce soit, si son mari voulait divorcer ?

Malgré tout, entraînée par la force de l'habitude, elle poursuivit sa route vers le bureau de poste. Mais, quand elle s'en approcha, elle remarqua sept ou huit citoyens debout dans le vent, en train de discuter, comme s'il s'était produit un grave accident sur l'autoroute. Dès que l'un d'eux aperçut sa BMW, tous les visages se tournèrent dans sa direction, ce qui signifiait qu'ils avaient vu partir Duane à pied et donc étaient forcément au courant du divorce. L'espace d'un instant, elle en fut vexée ; la moitié de la ville savait déjà que son mari voulait divorcer et le salopard ne s'était même pas donné la peine de l'en informer !

Elle décida aussitôt de laisser tomber la poste : J. Crew pouvait attendre. Elle ne se sentait pas la force de trouver des arguments pour essayer d'expliquer à la moitié de la ville pourquoi son mari marchait dans les rues ! Il serait plus facile d'expliquer pourquoi il la quittait : toute personne qui avait vécu quarante ans avec une autre pouvait décréter un jour : « Ça suffit ! »

Karla passa en trombe, à la grande déception de ceux qui avaient espéré pouvoir lui poser quelques questions – des questions discrètes, bien entendu. En cas de rupture avec Duane, elle n'était pas certaine que les bonnes gens de Thalia prennent son parti à elle. Duane était terriblement populaire, depuis toujours. Il était en outre le président du conseil de l'école et le vice-président de la chambre de commerce. Karla le reconnaissait elle-même, elle s'était montrée par le passé un peu fofolle, voire ingérable. Bon nombre de personnes qui l'avaient connue à cette époque, tout aussi dingues qu'elle, l'avaient payé cher et étaient décédées ; mais certaines d'entre elles, étaient encore vivantes et possédaient une bonne mémoire.

Bien entendu, la plupart des femmes de Thalia avaient *toujours* espéré que Duane divorce d'elle, pour pouvoir l'épouser, ou au moins coucher avec lui sans violer le septième commandement, si c'était bien le septième qui interdisait l'adultère. La plupart de ces femmes avaient maintenant pas mal de tours au compteur, mais cela ne voulait pas dire qu'elles avaient abandonné tout espoir. La gironde petite Earlene elle-même avait à peine réussi à cacher son excitation au bureau, à la seule idée que Duane puisse être bientôt un homme divorcé et libre.

Elle avait beau être chamboulée par son nouveau Duane, l'avis de Karla sur ce point précis était que les femmes qui se permettaient de penser qu'elles seraient des femelles comblées allaient au-devant d'une grande déception. Duane n'était pas par nature un homme à femmes – pour autant qu'elle sache, il n'avait pas eu d'aventure depuis des années et celles qu'elle lui avait connues autrefois lui avaient été, pour ainsi dire, imposées.

– Tu n'esquives pas assez vite, Duane, voilà ce que c'est ton problème avec les femmes, lui avait-elle dit des années auparavant, lorsque les jeux d'esquive étaient une constante dans la vie de l'un comme de l'autre.

Elle prit la route qui conduisait à la cabane, histoire de crever l'abcès rapidement ; toute sa vie, elle avait été du genre à affronter les problèmes de face et la situation d'aujourd'hui allait forcément conduire à une confrontation, mais pour une raison quelconque, elle se disait que ses instincts la trompaient peut-être. Il était juste possible que Duane soit affecté par un problème physique et que ça n'avait rien à voir avec un désir soudain de divorcer. Peut-être avait-il brutalement été touché par la maladie d'Alzheimer et oublié comment on conduisait ; il avait peut-être même oublié où il habitait. Peut-être que la théorie du divorce, qui paraissait plausible au départ, ne l'était pas du tout. Peut-être que Duane avait tout simplement eu une attaque et perdu la tête, auquel cas, elle allait avoir besoin d'aide lorsqu'elle le ramènerait à la maison. Dickie, leur fils aîné, était à nouveau en désintox, essayant de régler son problème de cocaïne, et Jack, le plus jeune, était parti dans le comté voisin, pour attraper des cochons sauvages avec des pièges, un boulot qui lui convenait parfaitement. Jack dispersait des glands dans ses remorques à chevaux et vendait cinq dollars la livre les cochons sauvages qu'il piégeait, à des clients qui les expédiaient en Allemagne ou ailleurs.

Le seul sur place qui pouvait avoir la moindre influence sur Duane s'il battait la campagne était Bobby Lee. Karla repartit au bureau et, rapidement, réussit à joindre Bobby Lee avec la CB.

– Bobby Lee, tu fais quoi ? demanda-t-elle.

– Pas grand-chose. Je viens juste de me tirer une balle dans le pied et de m'arracher le petit orteil, répondit Bobby Lee, impassible, comme toujours.

– Lâche tout et rapplique au bureau. J'ai besoin d'aide. Il s'agit de Duane.

– Qu'est-ce qu'il a fait, il t'a tabassée ?

– Je préférerais ne pas en parler sur la CB. Est-ce que tu ne pourrais pas juste venir au bureau ?

Elle croyait que son histoire de petit orteil arraché était une de ses blagues bizarres, mais lorsque le pick-up de Bobby Lee arriva en cahotant devant le bureau dix minutes plus tard, elle constata qu'il maintenait la portière conducteur ouverte d'une main et que son pied sanguinolent dégouttait sur le sol.

– Oh, mon Dieu, mais qu'est-ce que ce stupide petit demeuré a fait ? s'écria Earlene avant de perdre connaissance, tombant tête la première sur sa machine à écrire électrique qui accusa réception avec un son discordant continu.

– Tout va bien, c'est juste mon petit orteil, dit Bobby Lee lorsque Karla se précipita dehors. On dirait que Duane ne t'a pas flanqué une raclée si terrible, t'as pas d'œil au beurre noir, ou alors, c'est que ton maquillage est rudement bien fait.

– Je n'ai jamais dit qu'il m'avait tabassée, dit Karla. Et voilà Earlene qui tombe dans les pommes en plein sur sa machine à écrire – je parie que le contrat est complètement foutu.

– Bah, c'est pas bien grave, moi, c'est mon pied qui est foutu, dit Bobby Lee. Et un pied, c'est plus important qu'un contrat. Il y a un tuyau branché sur ce robinet, là-bas, au coin du bâtiment. Si tu veux bien aller ouvrir l'eau et me le donner, comme ça, je vais rincer un peu tout ce sang et on va pouvoir y aller.

– Aller où ? fit Karla. Je n'ai jamais dit qu'on allait quelque part.

Une des raisons qui compliquaient sérieusement la communication avec Bobby Lee, c'était qu'il n'enlevait jamais ses lunettes de soleil, peu importait l'heure du jour ou de la nuit. Des années auparavant, une femme dont il était follement amoureux l'avait traité d'avorton loucheur. Depuis, bien que des centaines de gens l'aient assuré qu'il ne *louchait* pas – ce dont il pouvait s'assurer tout seul, en privé, dans sa salle de bain, chaque matin en se rasant –, Bobby Lee avait refusé de courir le moindre risque. Il gardait ses lunettes noires sur le nez par tous les temps, des fois qu'il se mette à loucher inopinément.

– Oh, allez, Karla, dit-il. Tout le monde sait que Duane t'a quittée. La CB grésille dans tous les sens depuis ce matin, ça raconte partout qu'il est parti à pied. Dix ou douze personnes lui ont proposé de l'emmener mais il a refusé de monter dans une voiture. Vous avez dû vous payer la bagarre du siècle, pour qu'il se mette dans le crâne de marcher dix kilomètres.

– Nan, on s'est pas bagarrés. Je ne l'ai pas vu depuis le petit-déjeuner, dit Karla. Il a garé son pick-up et il est parti, c'est tout.

– Eh bien, c'est pas ce qu'ils disent sur la CB, lui assura Bobby Lee. Bon, tu me l'amènes ce tuyau, ou quoi ? Je veux pas mettre du sang partout dans mon pick-up.

Karla lui apporta le tuyau mais refusa de le regarder laver son orteil mutilé.

– Et tu visais quoi quand tu t'es tiré sur le pied ? demanda-t-elle.

– Une bestiole, dit Bobby Lee. Je m'emmerdais tellement que j'ai essayé de dégommer un insecte et je me suis shooté dans le pied.

– Je vais voir si je peux trouver un torchon et réanimer Earlene.

– Si ça marche pas, je pourrais toujours lui faire du bouche-à-bouche, proposa Bobby Lee.

Il avait toujours trouvé Earlene attrayante. On s'en fichait, qu'elle soit un peu potelée.

– Ça ne m'étonne pas de toi, espèce de vicelard, dit Karla. Je pense que je peux la réanimer sans l'aide d'un type assez crétin pour essayer de tirer sur un insecte.

Mais la tâche s'avéra plus difficile qu'elle ne l'imaginait. Même lorsque Earlene reprit vaguement connaissance, elle paraissait encore dans les choux.

– Ça va, ça va, j'ai juste besoin d'un peu d'air. Reculez, tous, gémit Earlene.

Sa voix était vacillante mais ses jambes l'étaient encore plus. Lorsqu'elle essaya de traverser la pièce pour aller chercher ce qu'elle appelait, par euphémisme, son « médicament » pour les nerfs – en réalité, un antidépresseur, comme Karla l'avait découvert un jour en furetant dans son sac à main alors qu'elle était aux toilettes –, elle se mit à pencher dangereusement vers la gauche. Avant que quiconque ait le temps de l'attraper et de la remettre droite, elle s'écroula sur la fontaine à eau et la renversa. La bonbonne, remplie le matin même, roula sur la moquette, libérant dans un gargouillis un flot d'eau de source bien fraîche sur le sol.

Ruth Popper, qui était profondément endormie, et donc inconsciente de tout ce remue-ménage, se réveilla de sa sieste avec la conviction que ses pieds étaient mouillés. Ce qui était bien le cas, puisque la bonbonne d'eau avait roulé jusqu'à son fauteuil.

– Je suis trempée ! Qu'est-ce qui se passe ici ? Est-ce que tout le monde dans ce bureau a perdu la tête ?

– Non, mais nous avons eu quelques petits déboires, dirons-nous, reconnut Karla.

La tête d'Earlene avait heurté le coin de la fontaine en tombant et il fallut neuf points de suture pour refermer la plaie. Karla laissa Bobby Lee s'occuper du bureau pendant qu'elle emmenait une Earlene hystérique à la clinique.

– Je vais avoir besoin de chirurgie esthétique, j'en suis sûre, pleurnichait Earlene. Aucun homme ne me regardera plus jamais s'il me reste une horrible cicatrice.

– Earlene, tu t'es juste cogné la tête sur la fontaine. Calme-toi, dit Karla. Une petite coupure comme celle-là va cicatriser parfaitement bien.

– Tu prieras pour moi ? C'est le seul espoir qui me reste, la prière, supplia Earlene.

– Tu as une bonne assurance santé et c'est tout ce dont tu vas avoir besoin, répondit Karla.

Il n'était pas question qu'elle s'engage à prier pour une petite coupure sur la tête d'Earlene Gholson. Son mari se promenait peut-être dans toute la ville avec Alzheimer, pour autant qu'elle sache ; il valait mieux réserver le peu de crédit qu'elle avait auprès de Dieu et consort pour les membres de sa famille proche.

Une fois qu'Earlene fut recousue, après avoir hurlé tout au long de l'intervention comme si elle était torturée par une bande de Comanches, Karla la ramena au bureau où l'ambiance entre Bobby Lee et Ruth était à couteaux tirés. Bobby Lee boudait parce que sa blessure avait été négligée au profit de celle d'Earlene et refusait catégoriquement d'endosser la responsabilité du bain de pieds de Ruth ; au bout d'un moment, il lui avait dit d'aller au diable.

– Si je vais au diable pour de vrai, je t'y retrouverai en train de rôtir sur une broche, lui envoya Ruth.

– C'est probablement vrai et cela pourrait bien arriver dans les jours prochains si je chope la gangrène sur mon orteil, rétorqua Bobby Lee.

– Tu ne peux pas avoir la gangrène sur ton orteil parce qu'il n'y a plus d'orteil, fit remarquer Karla, mais sa logique, pour impeccable qu'elle fût, ne pouvait pas atteindre Bobby Lee quand il faisait la tête.

Karla, sachant qu'elle en entendrait parler jusqu'à la fin des temps si elle ne consacrait pas à Bobby Lee au moins autant d'attention qu'à Earlene, l'emmena à la clinique lui aussi. Le jeune médecin qui venait de s'installer à Thalia et ne connaissait pas vraiment les habitudes locales fut contrarié que Bobby Lee n'ait pas essayé de retrouver son doigt de pied pour le lui apporter.

– Si vous l'aviez apporté, je suis certain que j'aurais pu le recoudre à sa place, dit le médecin d'un ton irrité. Franchement, j'aurais adoré pouvoir m'entraîner sur un cas pareil.

– Alors, t'as qu'à te tirer dans le pied et t'entraîner tout seul, espèce de connard d'enculé, dit Bobby Lee.

Après quoi, les bons soins du docteur devinrent visiblement sommaires.

– Bobby, pourquoi tu insultes un médecin qui essaie de t'aider ? demanda Karla alors qu'ils quittaient la clinique, Bobby Lee portant un beau bandage tout propre.

– C'est le devoir des docteurs de soigner les malades, même s'ils sont grossiers, répondit Bobby Lee.

– D'accord, mais les gens ne font pas toujours leur devoir, fit remarquer Karla.

Ce qui lui rappela immédiatement que son mari, qui avait perdu la tête, devait être arrivé à sa destination – quelle qu'elle fût.

– Est-ce que tu veux bien venir avec moi jusqu'à la cabane pour voir si Duane y est ? demanda Karla.

Bobby Lee, maintenant qu'il avait été soigné, arborait sur son visage cette expression familière, égoïste, cette expression qui signifiait qu'il envisageait très sérieusement d'aller se planquer dans un bar à bière et picoler pendant un jour ou deux.

– Il est assez tard, fit-il. Je suis certain que Duane réapparaîtra quand il sera prêt à le faire.

– Ça veut dire oui ou non ? insista Karla. J'espère, pour ton bien, que ça veut dire oui.

– Pourquoi, pour mon bien ? demanda Bobby Lee. C'est pour mon bien que j'essaie de faire un peu attention. Me retrouver au milieu, entre un mari et une femme, ça peut être dangereux, tu sais.

– Oui, mais pas aussi dangereux que de refuser de me rendre service une des rares fois où je me permets de te le demander, dit Karla.

– On dirait une menace, dit Bobby Lee.

– Bobby, *c'est* une menace, confirma Karla. Si tu es trop égoïste pour ne pas m'aider quand j'en ai besoin, je vais attendre que tu sois bourré ou que tu regardes ailleurs et, après, je vais te flanquer le coup de pied le plus puissant possible dans ta seule et unique couille.

– Oups… Allons-y tout de suite, dit Bobby Lee, et, sans plus attendre, ils partirent.

5

Ils venaient de passer le premier virage à la sortie de Thalia lorsqu'ils virent, en contre-jour à la lumière du coucher de soleil orangé, un homme qui marchait au-devant d'eux.

– C'est Duane, je reconnais sa démarche, annonça Karla.

– Tu as raison, admit Bobby Lee. Je ne le croyais pas vraiment, jusqu'à maintenant. Duane est la dernière personne qu'on s'attendrait à voir en train de marcher seul sur la route.

Karla avait toujours été confiante, ferme dans ses convictions et sûre de ses pouvoirs, mais pour une raison inconnue, voir son mari en train de marcher sur une route de campagne au coucher du soleil remit en question toutes ses certitudes. Cette seule vision anéantit toute sa belle assurance, la plongeant dans la confusion la plus extrême, et elle se sentit désespérément seule.

– Je crois que c'est toi qui devrais lui demander s'il veut bien monter dans la voiture, Bobby Lee, dit-elle.

– Moi... euh... pas question. J'ai déjà perdu un orteil aujourd'hui, pas besoin que je perde mon job aussi.

– Pourquoi est-ce qu'il te mettrait à la porte pour avoir posé une question ? demanda-t-elle.

Bobby Lee resta silencieux un moment, nerveux devant la tournure que prenaient les événements.

– Un homme capable d'abandonner un pick-up en parfait état de marche et de partir à pied n'est vraiment pas dans son assiette, dit Bobby Lee. Il pourrait bien me virer sans aucune raison.

Duane avait déjà repéré la BMW de sa femme sur la route. Son apparition ne le surprit pas ; ce qui l'étonnait, c'était que Karla avait presque attendu la tombée de la nuit pour débarquer. Généralement, elle se jetait sur les problèmes aussitôt qu'ils apparaissaient. Elle hésitait rarement. Le fait qu'elle se soit retenue autant pour se mettre à sa recherche ne voulait dire que deux choses : soit il ne lui manquait que depuis quelques minutes, soit il lui manquait depuis plus longtemps, mais elle n'avait pas pu quitter la maison plus tôt, à cause d'une ou plusieurs catastrophes. Avec tous leurs petits-enfants qui vivaient dans leur grande maison, les catastrophes n'étaient pas rares, deux ou trois par jour, c'était la norme. Selon Duane, sa femme avait dû avoir une journée si éprouvante qu'elle n'avait pu se consacrer à lui avant. Plusieurs gars, des cow-boys et un couple de chasseurs lui avaient proposé de le ramener tandis qu'il rentrait à pied de sa cabane et il avait décliné chaque fois leur proposition. Il savait qu'ils passeraient le mot en ville pour dire que Duane Moore, président du conseil d'école et vice-président de la chambre de commerce, avait perdu la tête et se promenait à pied. C'était le genre de nouvelles qui circulait à toute vitesse.

La BMW s'était arrêtée sur la route, à quelques centaines de mètres de lui ; cela signifiait que Karla ne savait pas comment réagir face à la situation. Si un petit enfant avait avalé un hameçon ou tout autre objet tout aussi difficile à extraire, elle aurait su exactement comment s'y prendre, mais ce cas de figure était plus compliqué et n'avait pas de précédent – sauf si l'on comptait les quelques cours de tennis qu'il avait pris autrefois, durant les années florissantes du boom économique ; une époque où de nombreux Texans de la communauté du pétrole dans l'Ouest étaient persuadés d'être déjà rentiers, alors qu'en réalité ce n'était pas le cas.

Duane poursuivit sa route en direction de la voiture à l'arrêt. Bien qu'il n'ait marché que quelques heures, il avait déjà bien évalué son rythme et conforté son allure. Après quelques jours consacrés à chronométrer ses déplacements d'un endroit à l'autre, il était certain qu'en calculant bien il arriverait à l'heure à ses rendez-vous ; à condition qu'il ne vise pas trop haut, pour aller à Olney, par exemple. Olney se trouvait à vingt-sept kilomètres. Il lui faudrait environ un mois pour être prêt à parcourir ce semi-marathon.

Le temps que Duane arrive à la hauteur de la voiture, Karla était dans un tel état de nerfs qu'elle ne parvint pas à garder la posture glaciale qu'elle prenait d'habitude lorsqu'elle était furieuse contre son mari. Elle descendit sa vitre et toute l'angoisse contenue jusque-là se déversa sur lui.

– Duane, si tu voulais divorcer, pourquoi tu ne l'as pas dit, tout simplement ? Pourquoi fallait-il que tu nous fasses peur à tous comme ça ?

– Mais de quoi est-ce que tu parles, chérie ? Je ne veux pas divorcer.

Karla fut submergée par une vague de soulagement. Son mari paraissait parfaitement sain d'esprit et il ne voulait pas divorcer. À peine y avait-elle réfléchi qu'elle s'avisa que son comportement était d'autant plus déroutant.

Duane se pencha et regarda dans la voiture. Bobby Lee, dont l'expression était indéchiffrable derrière ses lunettes noires, était assis sur le siège passager et gardait la tête bien droite.

– Qu'est-ce que tu fais ici ? demanda Duane. Je croyais que tu avais un boulot.

– J'en ai un, mais je me suis arraché le doigt de pied, fit Bobby Lee, sans ajouter de détails.

– Oh... dit Duane. Entraînement au tir sur insectes à nouveau ?

Bobby Lee se contenta de hocher la tête.

– Duane, est-ce que tu pourrais monter ? J'ai eu une journée éprouvante, dit Karla. Earlene s'est évanouie au bureau en voyant l'orteil de Bobby Lee et, lorsqu'elle est revenue à elle, elle est tombée et s'est ouvert la tête sur la fontaine à eau, ensuite, Ruth a eu les pieds mouillés, etc.

Elle marqua une pause.

– Alors monte et rentrons à la maison.

– Mais je *suis* presque arrivé à la maison, dit Duane en jetant un coup d'œil à sa montre. J'y serai dans un quart d'heure.

– Duane, si tu voulais bien ne pas t'entêter, dit Karla. Monte dans la voiture et c'est tout. Tu m'as causé assez d'ennuis, à marcher comme ça, toute la journée.

– Je ne veux pas monter, dit Duane aimablement. Je suis content de marcher.

– Eh bien, tant mieux pour toi, personne d'autre n'est vraiment content aujourd'hui, dit Karla. Monte, juste pour cette fois, et on en parlera plus tard.

– Je ne crois pas qu'il y ait grand-chose à discuter, dit Duane. Marcher est une activité normale, n'importe qui doté de deux jambes peut le faire. C'est aussi bon pour la santé, ça diminue le risque de crises cardiaques et d'attaques cérébrales.

– Pour moi, ça ne le diminue pas, fit remarquer Karla. Je pourrais avoir une attaque tout de suite, tellement je suis en colère contre toi.

– Et pourquoi serais-tu en colère contre moi alors que je prends des décisions pour améliorer ma santé? demanda Duane. Est-ce que ce n'est pas mieux que de me voir m'écrouler dans l'habitacle d'un pick-up loin de la maison?

Karla marqua une pause pour réfléchir.

– C'est bien toi d'essayer de faire passer un truc déraisonnable pour un truc raisonnable, dit-elle.

– Je ne suis pas la seule personne au monde qui marche, lui rappela Duane. Je ne suis même pas la seule personne à Thalia. Il y a probablement quatre ou cinq femmes dans le parc, en ce moment même, en train de faire la même chose. Ce que je fais est beaucoup plus sain que de tirer sur des insectes, ajouta-t-il à l'intention de Bobby Lee.

Karla était de plus en plus agacée, comme c'était souvent le cas lorsque Duane entrait dans une de ses phases raisonnables. Dans ces moments-là, il paraissait toujours capable de faire passer ce qu'il était en train de faire pour un truc complètement rationnel, quelque chose que toutes les autres personnes feraient si elles y avaient pensé. Il était vrai, par exemple, que plusieurs dames de la ville, et même un ou deux hommes, partaient marcher le matin tôt, avant le début de leur journée de travail. Mais les femmes qui marchaient étaient souvent des femmes au foyer, des secrétaires ou des retraitées. La plupart n'avaient pas les moyens de s'acheter des vélos elliptiques ou autres machines qui leur permettraient de faire du sport à la maison; c'était probablement la raison pour laquelle elles pratiquaient la marche. Karla en possédait plusieurs de ces machines et elle aurait été ravie d'en acheter quelques-unes à Duane, s'il lui avait laissé entendre qu'il ressentait le besoin de faire de l'exercice.

– Duane, tu pourrais trouver plein de façons de faire du sport à la maison sans inquiéter tout le monde et laisser penser que tu as perdu la tête, dit Karla, mais lorsqu'elle leva les yeux pour voir quelle était sa réaction, elle découvrit que ses mots s'échappaient par sa vitre ouverte ; Duane avait repris sa route et elle le voyait rapetisser dans le rétroviseur.

– Qu'est-ce que tu dis de ça ? Ce salopard n'a même pas attendu que j'aie fini, dit Karla en se tournant vers Bobby Lee.

– On pourrait rentrer à la maison ? J'ai mal au pied, dit-il.

– Je ne veux pas rentrer à la maison, dit Karla. Je veux que Duane monte dans la voiture. Si on ne tue pas dans l'œuf le truc barjot qui est en train de germer dans sa tête, on ne sait pas où ça va finir.

– Ce n'est pas un crime de marcher, fit remarquer Bobby Lee.

– S'il a fait tout le chemin jusqu'à la cabane et, maintenant, tout le chemin du retour, ça fait presque vingt kilomètres dans la journée ! dit Karla pour donner plus de poids à son argument.

Bobby Lee dut admettre qu'elle venait d'énoncer une distance impressionnante ; vingt kilomètres, c'était plus que personne à Thalia ait jamais parcouru à pied, du moins, à sa connaissance. Un jour, il avait dû marcher trois kilomètres lorsque son pick-up s'était retrouvé bloqué pendant une chasse au canard. Vingt kilomètres, d'après ses calculs, représentaient presque sept fois ce qu'il avait parcouru.

– Rien que de penser à tous ces kilomètres, j'en ai mal au pied, admit-il. Mais, quand même, ce n'est pas un crime. Et ça ne veut pas forcément dire qu'il est fou.

– Ça ne me plaît pas, que tu te ramollisses comme ça, dit Karla.

– C'est parce que mon doigt de pied me fait mal, la rassura Bobby Lee.

Karla fit demi-tour dans un étroit chemin de terre.

– Tu ne lui as même pas dit de monter, dit-elle à Bobby Lee. Il ne m'obéit jamais, mais peut-être qu'il serait monté si tu lui avais demandé.

– J'en doute, dit Bobby Lee.

– Et tu n'essaies même pas ?

Bobby Lee resta silencieux, une réaction que Karla interpréta comme un non. Dégoûtée, elle écrasa la pédale jusqu'au plancher. Au moment où elle dépassa Duane, sa vitesse avait atteint 138 km/h. Si son mari était déterminé à refuser sa proposition tout à fait polie de grimper dans sa voiture, alors elle voulait s'assurer qu'il bouffe un peu de poussière.

– Ralentis, il y a un pont ; on va s'envoler si tu arrives dessus à cette vitesse, dit Bobby Lee, regrettant, une fois de plus, de s'être laissé entraîner dans un conflit entre époux.

Duane rentra son menton dans le col de sa veste lorsque sa femme passa en trombe. Le nuage de poussière qu'elle souleva resta suspendu au-dessus de la route lorsqu'il traversa. Les dernières lueurs du coucher du soleil se teintèrent de jaune dans le brouillard.

6

Lorsque Duane rentra chez lui, il trouva la cuisine dans un chantier indescriptible, comme c'était souvent le cas à l'approche du dîner. Little Bascom, le fils de Nellie, âgé de 2 ans, avait réussi à grimper sur plan de travail et fourrer sa main dans un gros pot de beurre de cacahuète qu'il léchait ensuite minutieusement, avec semble-t-il l'approbation de Rag, la vieille cuisinière qui faisait cuire des steaks et préparait selon ses propres termes sa « sauce maison à la crème » – à quelques dizaines de centimètres de Little Bascom.

– Pourquoi est-ce que tu le laisses faire ça ? s'insurgea Duane avant d'attraper Little Bascom pour le reposer par terre – où il aurait dû rester.

Puis il déroula quelques feuilles d'essuie-tout pour enlever le plus gros du beurre de cacahuète de la main du petit garçon.

– Parce qu'il pleurnichait, voilà pourquoi, dit Rag, sans lever les yeux. Je ne peux pas concocter mes petits plats sophistiqués avec des gamins qui pleurnichent dans mes pattes.

– Alors tu as choisi le mauvais job ou le mauvais endroit, lui fit remarquer Duane. Nous avons un grand nombre d'enfants pleurnichards par ici.

– Little Bascom crevait de faim, voilà ce que j'en pense ! s'exclama Rag. Nellie traîne toute la journée avec son

Walkman sur les oreilles et laisse ses mômes se débrouiller tout seuls.

– Je ne prétends pas qu'elle soit une mère parfaite, rétorqua Duane. La prochaine fois, fais-lui un sandwich au beurre de cacahuète, OK ? Qui sait dans quoi il avait trempé sa main avant.

– Je sais, c'est dégueu, dit Bubbles.

– Ta gueule, rapporteuse ! dit Willy.

Les deux enfants étaient assis à table, attendant sagement que le repas soit servi.

– Salut, les enfants ! dit Duane.

Ces gosses n'étaient pas seulement magnifiques, ils avaient aussi un bon coup de fourchette.

– Je suis très fâchée contre toi, Pa-pa, dit Bubbles. Je ne voulais pas que tu deviennes fou.

– Ta gueule ! Il a pas l'air fou, dit Willy.

– Ce n'est pas poli de dire « ta gueule » à quelqu'un, expliqua Bubbles à son frère.

Rag émit un son qui tenait à la fois du rire et du mugissement.

– Poli ? Je n'ai pas entendu grand-chose qui ressemble à ça depuis que je suis arrivée ici, remarqua Rag.

Son principal problème, en tant que chef cuisinière, était qu'elle était si petite qu'elle arrivait tout juste au niveau du plan de travail.

– Tu pourrais essayer de montrer l'exemple, lui dit Duane. Être une sorte de modèle, tu vois ? Quelqu'un que les enfants pourraient admirer.

– Ils ne m'admirent que pendant que je cuisine, dit Rag. Ils savent que, si je n'étais pas là, ils mourraient de faim. Mais une fois que la nourriture est sur la table, c'est chacun pour soi.

– Qu'est-ce qui te fait penser que je suis fou, chérie ? demanda Duane en s'asseyant à côté de Bubbles.

– Parce que tu es parti à pied, répondit-elle.

Personnellement, elle ne trouvait pas bizarre que Pa-pa fasse une promenade, mais comme sa grand-mère était dans sa chambre en train de pleurer, c'est qu'il devait y avoir quelque chose de mal là-dedans, que personne ne lui avait expliqué.

– Grand-mère, elle pleure, dit-elle.

– C'est vraiment malheureux, à moins que ce soit des larmes de crocodile, dit Duane en enlevant ses nouvelles chaussures de marche.

Même s'il s'était équipé de bonnes chaussures de marche, ses pieds n'étaient pas encore prêts à crapahuter pendant vingt kilomètres de marche et lui faisaient mal.

– Ce sont les hormones, suggéra Rag. Le fait que ça vous ait pris comme ça de vous balader à pied toute la journée, ça a déclenché une avalanche d'hormones. Et pas moyen de savoir où ça va se terminer.

– Les avalanches d'hormones font partie de la vie, dit Duane en se massant le pied gauche.

– De la vie féminine, disons, précisa Rag. Les hommes n'ont qu'une seule hormone qui les tracasse et, une fois que ça dégouline plus, c'est la fin de l'histoire.

– De quelle histoire, Raggedy? demanda Willy.

Rag faisait toujours des remarques comme ça et, ensuite, elle ne les expliquait pas.

– Peu importe, tu connaîtras bientôt la chanson, lui dit Rag.

– Je croyais que tu disais que c'était une histoire, lui rappela Willy. Et maintenant, tu dis que c'est une chanson.

– Grand-mère pleure, insista Bubbles, au cas où son grand-père n'ait pas entendu cette information primordiale.

– Eh bien, peut-être qu'elle a juste besoin de pleurer, dit Duane. Et si on mangeait ?

Il était déterminé à ne pas laisser Karla surdramatiser son désir de marcher. Il savait qu'elle essaierait immédiatement d'embarquer enfants et petits-enfants pour le remettre dans son pick-up, mais il était bien décidé à opposer toute campagne qu'elle lancerait contre lui, avec calme et sérénité. Il expliquerait que le fait de marcher était un exercice particulièrement bon pour un homme de son âge – c'était quelque chose qui contribuerait à le maintenir en bonne santé. Il était hors de question de laisser Karla inculquer de force à toute la maisonnée que le simple fait de marcher équivalait à perdre la tête ; même s'il n'avait aucun doute que c'était son intention et que la machine était déjà en marche.

– Ça ne te fait rien que Grand-mère pleure ? demanda Bubbles.

Elle était très attentive à ses grands-parents. Si son grand-père se fichait que sa grand-mère pleure, c'est qu'il se passait quelque chose de très grave.

– Bien sûr, ça me rend triste, répondit Duane en ôtant sa seconde chaussure pour se masser l'autre pied.

– Alors, pourquoi est-ce que tu ne vas pas lui faire un bisou pour qu'elle aille bien ? insista Bubbles.

– Ça m'étonnerait qu'elle veuille que je l'embrasse, chérie, dit Duane.

– C'est vrai, elle ne veut pas ! dit Karla en entrant dans la pièce, Baby Paul, le cadet de Nelly dans les bras, il n'avait pas tout à fait sept mois.

Baby Paul sourit en voyant son grand-père, découvrant sa nouvelle dent. Il adorait son grand-père et tendit les mains, histoire de montrer qu'il changerait volontiers de bras, mais Karla contourna Duane et le déposa dans sa chaise haute si brusquement que son expression joyeuse se transforma en masque de désarroi.

– Assieds-toi là et débrouille-toi, lui dit Karla alors qu'il était prêt à fondre en larmes.

– Pas sympa, commenta Little Bascom à l'intention de toute la table.

– Et je ne veux entendre aucun commentaire, à moins que votre petit cul ne veuille une fessée, menaça Karla.

– Mon repas de chef est presque prêt, lança Rag d'un ton guilleret à la cantonade.

Elle essayait toujours de se montrer très gaie lorsqu'elle sentait monter la tension dans le foyer ; et, à ce moment précis, elle la sentait monter.

– Je ne veux pas me précipiter et risquer de rater ma sauce maison, poursuivit-elle en constatant que personne n'avait réagi à sa remarque guillerette.

– Prends ton temps, dit Duane. On n'est pas pressés.

– Parle pour toi, Duane, lui dit Karla. S'il faut que je passe la fin de ma vie à gérer un mari fou, je doute que j'aie beaucoup de temps à perdre.

Avant qu'il puisse répondre, Julie arriva à pas lents, affichant le visage endormi habituel lorsqu'elle fumait des joints, à l'inverse de l'expression tendue typique de ses phases de speed. Que son propre frère, Dickie, soit en désintox pour la troisième fois, en ayant laissé ses trois enfants aux bons soins d'Annette, son épouse junkie, n'empêchait pas Julie de se défoncer elle-même.

– J'aimerais bien que vous ne soyez pas tous si méchants avec Annette, dit-elle. C'est beaucoup plus gai dans cette maison quand Annette et ses gamins viennent manger.

Annette vivait dans un mobile home à l'extrémité ouest de la propriété ; le mobile home avait été acheté pour que Rag s'y installe. Mais Rag, qui avait commis l'erreur de dire une fois à sa sœur qu'elle se sentait aussi molle que Raggedy Ann et s'était aussitôt retrouvée affublée du surnom de Rag, avait rapidement décidé qu'elle survivrait plus longtemps à cet emploi en vivant à l'extérieur de son lieu de travail. Ainsi, elle ne serait pas disponible si Jack débarquait bourré ou défoncé à 3 heures du matin, pensant qu'il était l'heure de prendre son petit-déjeuner.

– Nous ne sommes pas méchants avec Annette, dit Duane, j'aime beaucoup Annette.

– Je l'aime aussi, mais c'est difficile d'approuver complètement une belle-fille qui gagne sa vie en volant dans les épiceries du coin, fit remarquer Karla.

Annette avait été condamnée deux fois pour attaque à main armée, mais elle était si charmante que le cœur du juge avait fondu les deux fois et elle se retrouvait avec deux fois plus de temps de liberté surveillée que Jack ; mais le bon côté des choses, c'était qu'elle n'avait passé que trois ou quatre nuits en prison.

– Pourquoi est-ce que tu es toujours obligée de remettre ça sur le tapis ? fit Julie. Elle a juste pris la petite monnaie, les deux fois. Est-ce que je ne peux pas lui demander si elle et les enfants ne voudraient pas venir manger ? Je déteste les savoir tous les quatre dans ce mobile home à bouffer des saloperies.

– Ramène-les, ils mangeront de la vraie cuisine, dit Rag.

– Annette fait partie de la famille, dit Duane. Bien sûr que tu peux aller l'inviter à dîner.

– Mais si elle ne veut pas venir, toi, tu rentres à toute vitesse, dit Karla. Pas question que tu restes là-bas la moitié de la nuit à fumer du shit et à regarder des pornos.

– Maman, on ne regarde pas des pornos, protesta Julie. C'est juste que, sur les chaînes du câble, parfois, les gens sont nus.

– Nus, fit Little Bascom.

Son vocabulaire évoluait par bonds.

– Tu veux quelque chose à boire, Duane ? demanda Karla.

Elle avait beau être énervée, c'était difficile de rester très en colère quand Duane était assis là, entouré de ses petits-enfants, l'air si gentil.

– Quelques gouttes de bourbon, ça pourrait être bien, dit Duane. Little Bascom avait le bras enfoncé dans le pot de beurre de cacahuète quand je suis arrivé.

– C'est de ta faute. Tu n'avais qu'à rentrer avec moi en voiture quand je te l'ai proposé, dit Karla.

Duane laissa passer la remarque de sa femme, résolu à résister à ses piques en ne laissant pas échapper la réponse acerbe qu'il avait sur le bout de la langue qui la ferait monter en température. Il décida d'attendre qu'Annette et les enfants arrivent pour annoncer à tout son petit monde qu'il allait devenir un super marcheur. Il expliquerait calmement qu'à son âge il avait besoin de faire beaucoup d'exercice et de prendre beaucoup l'air. La marche, par définition, était une activité bénéfique qui l'occuperait à l'extérieur et réduirait son envie de fumer des cigarettes ou de céder à tous les désirs nocifs qui pouvaient finir par terrasser un homme qui passait trop de temps au volant d'un pick-up. Il n'était pas assez naïf pour croire que l'aspect raisonnable de sa décision ébranlerait Karla : elle se laissait rarement fléchir lorsqu'elle campait sur une position. Mais il se dit qu'il pourrait probablement rallier la plupart de ses petits-enfants à sa cause et ainsi créer une force de pression qui éviterait qu'on tombe dans un schéma simpliste : lui seul contre tous.

Tandis qu'il sirotait son bourbon tout en répétant dans sa tête quelques-uns des points qu'il avait l'intention de développer dans sa déclaration, Julie revint avec Annette et les trois enfants que Dickie et elle avaient conçus pendant dix ans d'une relation sur le mode je t'aime-je ne t'aime plus. Loni, Barbi et Sami. C'était Annette qui souhaitait que le prénom de tous ses enfants se termine par *i*. Loni avait 9 ans, Barbi, 6, et Sami, 4. Annette était une brune échevelée et la plus grande femme de Thalia ; elle traversait la vie en arborant un sourire rêveur qui reflétait sa bonne nature et aussi le fait qu'elle fumait beaucoup de shit. Même les gérants des épiceries qu'Annette avait attaquées avaient raconté qu'elle n'avait jamais cessé de leur sourire et de leur parler de manière courtoise, tout en les maintenant en joue.

Loni et Sami avaient hérité du caractère facile de leur mère, mais Barbi, petit moustique tout noiraud, était à tous points de vue l'opposé de la poupée dont elle portait le nom. Tous ces cousins et cousines la traitaient de sorcière, et les trois aînés avaient même récemment failli la faire brûler sur un bûcher. Le livreur d'UPS, qui venait à la maison presque quotidiennement pour livrer des articles que Karla avait commandés dans divers catalogues, remarqua qu'il se passait quelque chose d'étrange et il s'était précipité juste à temps pour empêcher Bubbles et Willy de transformer en torche la diabolique et silencieuse Barbi, attachée à un poteau de clôture.

– Salut, Annette, dit Duane lorsque la petite troupe entra. Tiens, voilà mon Sami.

– Et voilà ma Loni et ma Barbi, dit Karla.

Le favoritisme des grands-parents pour les enfants de Dickie se distribuait selon le sexe.

– Je trouve que c'est idiot que ce sale centre de désintox ne permette même pas à Dickie de passer un coup de fil, dit Annette. Il me manque, c'est dingue. Quelle différence ça ferait, un petit coup de fil ?

– Une grande, parce qu'il appellerait le dealer et pas son aimante épouse, lui rappela Karla. C'est ce qu'il a fait la dernière fois qu'il y était, tu te souviens ?

– Bouclez-la avec ça, voici la cuisine du chef ! claironna Rag.

Bientôt la grande table de la cuisine fut recouverte de tous les plats que Rag aimait préparer : avec des steaks pour chacun, des bols pleins de sa « sauce maison à la crème », de la bouillie de semoule de maïs, des cornilles, de la choucroute – une passion personnelle que Rag ne partageait guère avec les bouches qu'elle nourrissait –, des gombos, une pyramide de pommes de terre au four, des oignons grillés et des petits pains chauds.

– Assieds-toi et mange avec nous, Rag, dit Duane. Je déteste manger avec quelqu'un qui travaille à côté.

Il le lui demandait tous les soirs ; sa requête était le prélude de chaque repas, comme les grâces autrefois, mais Rag n'avait aucune envie de manger sa cuisine de chef. Elle retournait dans le cellier où elle fumait en regardant d'anciens épisodes de *I Love Lucy* sur une petite télévision, retournant de temps en temps à la cuisine pour ajouter de la nourriture sur la table ou jeter un œil à la croustade aux fruits qu'elle s'apprêtait à dégainer pour le dessert.

– De mon temps, la servante ne mangeait pas avec la famille.

– Et si on t'adopte, tu mangeras avec nous ? demanda Duane un jour par curiosité.

– Non, parce que si je commence à manger mes bons petits plats, je vais grossir et perdre la ligne, répondit-elle.

La vérité, c'était qu'elle préférait aller au Dairy Queen chercher un cheeseburger et quelques tacos qu'elle grignotait en regardant les rediffusions de la nuit; son préféré, c'était *The Mary Tyler Moore Show*. Cent soixante-huit épisodes qu'elle avait tous vus au moins une fois; elle était capable de réciter des épisodes entiers presque mot à mot, ce qu'elle faisait volontiers si on le lui demandait. Elle imitait aussi assez bien certaines célébrités de la télévision, Mary, Phyllis, Lou Grant, Rhoda, Ted, Georgette et Murray. Tous les petits l'écoutaient attentivement, mais son plus grand fan était Little Bascom. Il se roulait par terre en poussant des cris de joie hystériques, même s'il n'avait jamais vu *The Mary Tyler Moore Show* et n'avait pas la moindre idée de ce que Rag était en train de faire.

Bien que Julie ET Annette fussent adeptes de la nourriture végétarienne, elles oublièrent leur engagement et engloutirent plusieurs morceaux de viande qu'elles firent descendre à grandes goulées de bière.

– Si l'une de vous est enceinte, elle ne devrait pas boire de cette bière, dit Karla d'un ton sévère. Nous avons assez de drogués dans cette famille sans ajouter des petits fœtus alcooliques.

– Maman, arrête de parler de choses comme ça, c'est horrible, dit Julie. Je ne veux même pas que mes enfants sachent ce qu'est un fœtus – ils sont trop petits.

– On sait déjà. Tu regardes jamais Discovery Channel ? demanda Willy.

– Un fœtus, ça pousse dans un utérus, dit Barbi à sa manière sinistre. Et c'est le sperme qui les fabrique, et le sperme, ça vit dans les couilles du mâle.

– C'est vrai – je crois que j'en ai déjà dans *mes* couilles, dit Willy.

– Couilles, dit Little Bascom. Couilles, couilles.

– Et voilà, vous avez vu ce que vous avez déclenché ? dit Annette à Karla.

Les deux femmes ne s'étaient jamais senties très proches.

– Oui, c'était pour une bonne raison, pour que vous ne buviez pas si vous êtes enceintes et risquiez de produire des bébés qui n'auront jamais de bonnes notes en maths, dit Karla. De toute manière, une fois que les gamins sont assez grands pour regarder la télévision, ils savent tout sur les choses de la vie.

– Et sur les pénis et les vagins, dit Willy.

– Papa, mais arrête-le, dit Julie. Je ne veux pas qu'il se mette à parler de bites alors qu'on est à table.

– OK, Julie a raison, tout le monde la ferme sur les choses de la vie, dit Duane. Bon, il faut que je vous parle d'une décision que j'ai prise aujourd'hui.

– Oh-oh, je savais qu'un truc comme ça allait arriver, dit Karla. Je crois qu'on devrait mettre les enfants au lit avant de commencer.

– Jamais de la vie, dit Duane. Je tiens particulièrement à ce que les enfants entendent ce que j'ai à dire.

– Oh, bien sûr, tu veux leur laver le cerveau et leur faire croire que tout ce que tu fais est parfait, dit Karla.

– Il y a la liberté d'expression dans ce pays – j'ai le droit de dire ce que je veux dire à mes propres enfants et petits-enfants, non ? gronda Duane.

Karla refusa de répondre, mais une clameur s'éleva de la troupe pour écouter Duane. Rag, intriguée, baissa le son de *I Love Lucy* et passa la tête dans la cuisine pour pouvoir entendre la suite.

– Vas-y, parle, dit Karla, à regret, mais c'est moi qui aurai le dernier mot, OK ?

– OK. Mais à condition que tu ne m'interrompes pas avant que j'aie fini, dit Duane. Je veux que tu te taises jusqu'à ce que j'aie terminé. Ensuite, nous pourrons tous en parler.

– Si tu pars en vrille et que tu te mets à fourrer des idées bizarres dans la tête de mes petits-enfants, je pense que j'aurai le droit de t'interrompre, dit Karla. Et qu'est-ce que c'est que cette nouvelle démocratie ?

– Tais-toi, Grand-mère, je veux entendre ce que Grand-père veut nous raconter ! dit Willy.

– Je te ferais remarquer que tu n'es pas trop grand pour recevoir des fessées, jeune homme, dit Karla.

Elle lança un regard sévère à Willy, mais ensuite, remarquant que tous les convives la désapprouvaient ouvertement, et se rendant compte que Duane, avec son don inné de paraître gentil et raisonnable, lui piquait tout l'avantage qu'elle aurait pu avoir devant le tribunal de l'opinion publique, elle s'empressa de la boucler.

7

Je crois qu'aujourd'hui certaines personnes en ville et peut-être une ou deux personnes dans cette maison ont été un peu contrariées parce que j'avais décidé de partir faire une promenade, commença Duane.

– Ouais, Grand-mère a piqué une sacrée crise, dit Willy.

– Ouais, passeque t'as perdu la boule, dit Bubbles.

– T'aurais dû m'emmener. J'aime bien marcher et personne ne me laisse jamais, dit Barbi.

– Moi, je marche pas, je cours ! dit Sami.

Loni, la timide, qui parlait rarement, garda son avis pour elle.

– Je n'ai pas perdu la boule, Bubbles, dit Duane. On n'a pas perdu la boule parce qu'on veut se promener.

– Si, insista Bubbles. Tu as voulu partir à pied et nous laisser tous mourir de faim, elle a dit, ma maman.

– C'était une blague, Bubbles, dit Julie, horrifiée que sa propre fille puisse révéler une réflexion faite sur le mode de l'ironie.

– Les enfants, fermez-la, et toi aussi, Julie, intervint Karla. Laissez Pa-pa finir.

– Merci, fit Duane. C'est simple, vraiment. La marche est un très bon exercice et un homme de mon âge a besoin de faire de l'exercice. La marche réduit le risque d'attaques en tout genre, alors que se promener au volant d'un pick-up en fumant des cigarettes, c'est la meilleure façon de choper un cancer des poumons et de passer l'arme à gauche.

– Ne *meurs* pas, Pa-pa! s'écria Bubbles, très effrayée par cette idée.

– Eh bien, je ne mourrai pas, ma chérie, si tout le monde veut bien me laisser marcher tranquille, la rassura Duane. Vous êtes tous encore petits, mais je veux vivre longtemps pour vous voir grandir, rencontrer la personne avec qui vous vous marierez et voir la tête de vos enfants. Vous ne pensez pas que ce serait bien que j'y arrive?

Tous les enfants hochèrent la tête, même Little Bascom et Baby Paul, qui continuèrent longtemps après les autres.

– Il est évident que personne ne crèvera de faim, en tout cas, pas tant que je serai là pour mitonner mes petits plats, ajouta Rag qui avait pris la décision de Duane pour un manque de confiance envers sa loyauté.

– Je n'ai rien dit de tel, l'assura Duane. Je veux juste que tout le monde réfléchisse calmement sur le sujet. Ce n'est pas parce que la marche n'est pas répandue à Thalia que c'est une idée de fou. En fait, c'est une activité saine et intelligente. Et il se trouve que je veux rester en bonne santé et vivre très vieux.

Il s'arrêta et jeta un coup d'œil à la petite assemblée.

– Il n'y a rien de mal à ça, non? dit-il.

– Non, mais c'est inutile de rester en vie pour voir quelle tête auront mes enfants, parce que je déteste les filles et je n'en aurai jamais, l'informa Willy.

– Je les détestais aussi quand j'avais ton âge, mais j'ai changé d'avis; et peut-être que tu changeras d'avis aussi, dit Duane. Moi, en tout cas, j'aimerais bien être là pour voir ce qui va se passer.

– OK, dit Willy. J'veux bien, Pa-pa.

– Si je continue à marcher, les gens vont progressivement s'y habituer et, ensuite, ils remarqueront que je perds du poids et que j'ai l'air en meilleure santé ; et certains se mettront peut-être à marcher aussi.

– Ce serait bien, intervint Barbi. Il y a trop de gens avec de gros vilains derrières dans cette ville. Ils auraient tous besoin de se faire liposucer leurs gros culs pleins de gras.

– Mon Dieu, mais où as-tu entendu parler de liposuccion ? demanda Duane.

– Par Grand-mère.

– Duane, j'en parlais seulement en théorie, voulut rassurer Karla.

– Grand-mère, toutes tes amies sont trop grosses. Bobbie est grosse et Candy est grosse et Jolene est la plus grosse de toutes.

Barbi enfonçait le clou.

– Ce n'est pas gentil, de parler comme ça, dit Karla. Mais, effectivement, certaines d'entre elles sont un peu... enrobées, je l'admets.

– J'ai une idée, dit Bubbles. Pa-pa n'a qu'à emmener tous les gens gros avec lui quand il marche et, rapidement, ils ne seront plus gros.

– Les chances sont minces, remarqua Rag, au grand soulagement de Duane.

Il n'avait aucune intention de marcher à la tête d'un groupe d'obèses, mais il devait éviter d'être trop direct pour ne pas compromettre sa crédibilité, en attendant d'avoir convaincu tout son petit monde.

– Alors, est-ce que tout le monde comprend, maintenant ? fit Duane. Le fait de marcher ne signifie pas que je suis fou, mais que je désire rester en bonne santé pour vivre très longtemps.

– Et si ça te prend trop longtemps et que tu te perds dans les herbes ? demanda Barbi.

Elle avait le don de repérer la faille possible de n'importe quel argument qui passait à sa portée, en particulier ceux qui venaient de ses parents lorsqu'ils voulaient la contraindre à faire quelque chose qui lui déplaisait. Souvent elle parvenait à ses fins en prétendant que leur décision aboutirait à une mort quasi certaine ; et cela fonctionnait d'autant mieux qu'ils étaient trop défoncés pour réfléchir clairement.

– Je suis plus grand que les herbes, je ne me perdrai pas, assura Duane.

– Oui, mais si une vilaine sorcière avait fait les herbes plus hautes que le château d'eau, alors tu pourrais te perdre, continua Barbi.

– Eh bien, si ça arrivait, Grand-mère louerait un hélicoptère pour venir me sauver, dit Duane.

– Ta gueule ! La seule sorcière, par ici, c'est toi, espèce de pétasse, dit Willy.

Barbi évoquait constamment les catastrophes provoquées par de vilaines sorcières et certaines paraissaient si vraies qu'il en faisait des cauchemars.

– Fiston, pas question que tu traites ta cousine de pétasse, dit Annette.

– Voilà le résultat de tes divagations, Duane. À cause de toi, tous ces enfants parlent mal, dit Karla.

– Ce sont des enfants, chérie, lui rappela-t-il. Ils n'ont pas besoin de mon aide pour parler mal.

– Et Six Flags ? Est-ce que vous y avez pensé, les enfants ? demanda Karla.

– Quoi, Six Flags ? On y va ? demanda Willy.

– Ouais, on y va ? répéta Bubbles, et tous les autres reprirent en chœur la question fatale – sauf Barbi qui refusait de se joindre à la clameur générale.

Baby Paul cogna sa cuillère et jeta des carottes du haut de son perchoir.

– La raison pour laquelle j'en parle, c'est que Pa-pa est la seule personne en qui j'ai confiance pour conduire sur ces auto-routes d'Arlington, et Arlington, c'est exactement l'endroit où se trouve Six Flags, dit Karla. S'il refuse de conduire, nous ne pouvons pas prévoir des excursions à Six Flags parce que c'est trop loin pour y aller à pied.

– Hé, c'est pas juste, je suis le grand-père, dit Duane. C'est le boulot des parents d'emmener les enfants dans les parcs d'attractions.

Ceci dit, c'était généralement Karla et lui qui emmenaient les petits-enfants à Six Flags. Lorsque Julie et Jack et Nellie et Dickie y allaient à leur tour, ils laissaient les enfants à la maison.

– Nous ne pourrions pas nous amuser si nous emmenions les enfants, disait Nellie pour résumer l'avis général.

Duane remarqua que tous les petits yeux étaient posés sur lui. Si le fait qu'il se mette à marcher devait les priver d'excursions à Six Flags, la situation n'évoluerait pas à son avantage.

– Ben, ce n'est pas vraiment un problème, dit Duane. La pro-chaine fois que vous voudrez aller à Six Flags, je louerai une limousine et Grand-mère pourra venir et vous servir de chaperon.

– Oh, génial, une limousine… une limousine ! dit Bubbles sur un ton si extatique que Duane se félicita de la manière intelli-gente dont il avait court-circuité le missile envoyé par Karla.

C'était une victoire éclatante. Tous les enfants avaient vu des tas de limousines à la télévision mais aucun n'était jamais monté dedans. Et voyager en limousine serait encore plus amusant que le parc de Six Flags lui-même. Après tout, ils avaient déjà été plusieurs fois à Six Flags.

Karla, qui savait reconnaître sa défaite, ne dit pas un mot. Si Duane s'avérait sérieux sur son histoire de randonneur, alors la bataille allait être longue. Il valait mieux battre en retraite, pour pouvoir lutter jour après jour et pied à pied.

– L'heure de la croustade ! annonça Rag. Il n'y a guère de choses meilleures sur Terre que la croustade aux mûres.

– Voyager en limousine, c'est encore mieux, l'assura Willy.

– J'espère que le chauffeur fera partie de la mafia, dit Barbi. J'espère qu'il portera un costume sombre et qu'il fera partie de la mafia.

– Pourquoi voudrais-tu être conduite à Six Flags par un membre de la mafia, chérie ? demanda Annette.

Parfois, ce qui sortait de la bouche de sa fille la choquait un peu. Elle n'avait jamais eu ce problème avec Loni, si calme, qu'elle ne décidait même pas de la couleur de ses chaussettes le matin.

– J'adore la mafia. Je veux en faire partie quand je serai grande, dit Barbi. C'est le truc que je préfère, dans tout l'univers.

Quand chacun fut absorbé par la dégustation de la croustade aux mûres, Baby Paul réussit à caler ses pieds sur le bord de la table et renverser sa chaise haute en arrière ; en touchant le sol, il en fut expulsé comme un bouchon de vin pétillant et partit en glissade sur le sol de la cuisine. Bien qu'il ne se fît pas mal, comme tout le monde se précipita sur lui pour voir s'il était blessé, il en fut tout ébranlé et se mit à hurler comme un damné.

– J'ai dit à Nellie que cette chaise haute ne valait pas un clou ; mais elle refuse d'écouter, soupira Karla.

– Cris et hurlements, une journée classique, en somme, conclut Rag, en contemplant le chantier qu'elle allait devoir débarrasser.

8

Duane avait installé une porte coulissante en verre le long du mur de la chambre principale de la maison, de manière à pouvoir sortir la nuit pour juger du temps, humer l'air, regarder les étoiles ou tout simplement s'installer dans un transat pendant un moment et se détendre. Les nuits sombres, lorsqu'il n'y avait pas d'étoiles à contempler et pas de lune pour éclairer le patio ou le jardin, il pouvait se produire des incidents. Un soir où Duane avait laissé la porte en verre entrouverte, un vieux serpent à sonnette, de presque trois mètres de long, s'était glissé à l'intérieur et installé confortablement sur le lit. Karla avait remarqué sa présence au moment de sortir du lit et avait poussé un cri qu'on avait entendu jusqu'à Wichita Falls. La présence de cet énorme reptile, le plus long qu'on ait vu à Thalia en vingt-cinq ans, sur son propre lit, avait tellement traumatisé Karla que, pendant les deux mois suivants, elle avait dormi sur le canapé du salon. Le serpent fut tué, taxidermisé et offert au musée du Comté. Mais, même ainsi, il fallut beaucoup de temps à Karla pour se libérer de la conviction qu'un gros serpent ou un de ses pairs se trouvait sous son lit ou se cachait dans son dressing. Elle avait même exigé qu'on sorte chaque objet de chaque placard de la maison, pour s'assurer qu'il n'y avait aucun reptile tapi quelque part. La maison comportait dix-sept grands placards qui regorgeaient d'objets insolites inconnus des habitants de Thalia.

– Ils n'avaient pas autant de trucs à Babylone, Grand-mère, dit Barbi.

Elle n'avait que 4 ans à l'époque mais, même à cet âge, elle possédait un vocabulaire impressionnant.

– Où est-ce que tu as entendu parler de Babylone, chérie ? Tu ne vas même pas au catéchisme, s'étonna Karla.

La réponse était, bien entendu, Discovery Channel.

– Je ne sais pas pour Babylone, mais il y a certainement trop de trucs, fit Duane. Pas étonnant que j'aie déjà fait faillite deux fois.

– Duane, c'est juste, genre, de l'infiltration, tu vois, comme quand le sable se glisse partout après une tempête venue du désert, expliqua Karla.

Après avoir contemplé le monceau d'objets pendant quelques jours, Karla décida qu'elle devait se simplifier la vie. Plutôt que d'essayer de faire rentrer les milliers d'objets dans les dix-sept placards, elle et les filles effectuèrent un gigantesque tri, emportèrent une benne entière remplie de vêtements à un orphelinat de Waco et se débarrassèrent de la plupart des autres choses dans une énorme brocante qui attira des clients venant d'aussi loin qu'Odessa.

– Après tout, ce vieux serpent a eu un effet positif, fit observer Duane. Maintenant je peux aller dans mon dressing chercher des sous-vêtements propres sans suffoquer.

– Duane, ne parle même pas de ce serpent, ça pourrait me donner la migraine, dit Karla.

Cette nuit-là, pourtant, il faisait bien trop froid pour que le moindre serpent à sonnette pointe son museau. Le ciel était d'un noir d'encre, les étoiles brillaient comme des diamants blancs. Même si le vent du nord s'était bien calmé, il soufflait et sifflait encore un peu ; les carillons qu'Annette avait suspendus à l'arrière de son mobile home tintinnabulaient au loin.

Duane, en peignoir, souffla dans ses mains deux ou trois fois et réfléchit aux différents endroits où il pourrait se rendre à pied le lendemain. Il connaissait toutes les routes du comté, mais seulement en voiture. La décision de partir marcher un peu présentait déjà des points positifs. Au lieu d'aller se coucher avec le sentiment confus et répétitif de vivre la même chose le jour suivant, il se réjouissait d'avoir désormais un but différent à atteindre.

– Duane, rentre, il fait trop froid pour rester là, dehors, dit Karla en passant la tête par la porte-fenêtre.

Duane obéit, en bâillant. Il se sentait plus revigoré que somnolent, mais il bâilla quand même dans l'espoir que Karla le laisserait tranquille sans remettre sur le tapis son envie de marcher. Il ne s'attendait pas à réussir, mais il tenta le coup.

Et, effectivement, ce fut un échec.

– Duane, si tu es si déprimé que ça, tu devrais consulter, c'est tout, dit Karla.

Il ne réagit pas.

– Beaucoup de gens normaux consultent de nos jours, ce n'est plus une tare, comme c'était avant.

– Si ce n'est pas une tare, pourquoi est-ce que tu ne t'y mets pas, plutôt qu'à la liposuccion ? suggéra Duane, en se glissant dans le lit.

– Duane, ce n'est pas moi qui suis déprimée.

– Peut-être que tu es déprimée et que tu refuses de l'admettre. Quelques visites chez le thérapeute pourraient t'apprendre des petites choses sur toi-même.

– Ce que tu es en train de faire, comme le dit Candy, c'est de la stratégie pour échapper à la réalité. On ne parlait pas de moi, on parlait de toi ! Candy dit que c'est une stratégie que les gens déprimés utilisent tout le temps. Ils prétendent que c'est la personne qui essaie de les aider qui se sent mal.

– C'est peut-être à la fois stratégique et vrai. Bonne nuit, dit Duane.

– Tu ne vas pas te retourner et te rendormir, dit Karla. Il faut qu'on aille au bout de cette discussion. Pourquoi ne peux-tu pas être simplement normal, te lever et monter dans ton pick-up et partir, comme tu le fais depuis qu'on est marié ?

– Parce que, lorsque je suis dans mon pick-up, je *suis* déprimé. La simple pensée d'avoir à conduire mon pick-up me fait déprimer. Tu ne comprends pas ? J'ai passé toute ma vie dans un putain de pick-up et qu'est-ce que j'y ai gagné ? La simple pensée d'avoir à monter dedans me rend dingue.

La véhémence de sa voix le surprit un peu. Il se rendit compte à quel point il détestait les pick-up.

Cette véhémence surprit aussi Karla.

– Duane, ne parle pas si fort, dit-elle doucement. Ça me fait peur quand tu parles fort.

Mais maintenant qu'il était parti, Duane avait du mal à s'arrêter.

– Ce que je voudrais vraiment faire ? C'est mettre le feu à mon pick-up ! J'aimerais y foutre le feu et à tous mes autres camions aussi. Je ne veux jamais remonter dans aucun d'entre eux. Jamais plus !

Il s'arrêta, s'apercevant qu'il devait paraître fou. Les pick-up étaient les véhicules les plus utilisés dans cette région. Presque tous les gens qu'ils connaissaient en possédaient au moins un ou deux. Si quelqu'un à la station-service l'entendait dire qu'il voulait brûler le sien, ils considéreraient probablement qu'il était devenu barjot.

– OK, OK. Je suis désolée d'en avoir parlé. Rendors-toi, dit Karla sous le choc.

9

Duane se réveilla à 3 heures. Karla avait sa lampe allumée et elle feuilletait des catalogues, sans paraître particulièrement contrariée.

– Tu te rappelles quand Neiman proposait des chameaux mâles et femelles dans leur catalogue de Noël il y a quelques années ? demanda-t-elle.

– Je crois me souvenir d'avoir entendu quelque chose de ce genre, dit-il. Pourquoi ?

– Oh, je sais pas, dit Karla. Je me demandais juste si ces chameaux étaient encore disponibles. Je vais appeler chez Neiman et leur demander, dès que ce sera ouvert.

– Autrement dit, dans au moins sept heures, fit remarquer Duane.

– Je sais, mais je me disais que, peut-être, si on possédait une paire de chameaux pour se promener, tu ne serais pas si déprimé.

Les détails de l'offre de Neiman Marcus – deux chameaux de transport – commençaient à lui revenir, ou plutôt un détail en particulier : leur prix.

– Chérie, ces chameaux coûtaient cent soixante-quinze dollars, et c'était il y a des années, dit-il. Si je devais payer une somme pareille pour deux animaux que je ne saurais même pas monter, je serais beaucoup plus déprimé. En plus, les chameaux, ça te crache dessus, ajouta-t-il sur un ton définitif.

– Oh, c'était juste une idée. Je suis sûre que tu serais mignon sur le dos d'un chameau. En plus, si tu es assez déprimé pour envisager de mettre le feu à ton pick-up, alors, il faut qu'on trouve un truc, et vite.

– Je ne vais pas me promener à dos de chameau. Je sais que tu cherches des branches auxquelles te raccrocher, mais peut-être que tu devrais les chercher ailleurs que dans le catalogue de Neiman Marcus. Leurs branches sont trop chères.

– OK, oublions les chameaux, dit Karla. Tu crois que c'est notre vie sexuelle qui te déprime ?

– Quelle vie sexuelle ? demanda Duane, avant de regretter immédiatement sa réponse.

– C'est ce que je voulais dire, dit Karla. Nous n'en avons aucune. Peut-être que tu te sens si frustré que tu essaies de te débarrasser de ta frustration en marchant.

– Si j'étais frustré, je pense que je saurais comment faire, dit Duane. On a probablement eu une vie sexuelle plus intense que n'importe qui dans cette ville.

– Oui, mais les jolis souvenirs ne suffisent pas, dit Karla.

– Je regrette de m'être réveillé, dit Duane. S'il y a une chose qui ne va pas me rendre moins déprimé, c'est bien de parler de sexe.

– Je sais, mais là tout de suite, je ne vois pas d'autre sujet de conversation, dit Karla.

– On a déjà eu des passages à vide, lui rappela-t-il. Un passage à vide de temps à autre, ce n'est guère surprenant quand on a notre âge.

– Ce n'est pas ce qui est dit dans mes magazines de santé, Duane, souligna Karla.

Pas question de lui demander ce que racontaient ces magazines féminins. Il ne voulait pas entendre parler de vieux couples bronzés, en bonne santé, parfaitement assortis, qui couchaient ensemble constamment, même à un âge avancé. De toute façon, il savait que sa «non-question» obtiendrait une réponse. Ce qui arriva.

– J'ai lu que les gens qui sont en forme et sont suffisamment épanouis dans leur quotidien peuvent avoir une vie sexuelle jusqu'à l'âge de 85 ou 90 ans.

– Ouais, mais ces magazines n'ont rien à voir avec la vraie vie, fit remarquer Duane. Ce sont des magazines. Dans la vraie vie, les gens ont des passages à vide tout le temps.

– Peut-être, mais cela ne signifie pas que j'aime bien coucher seulement le jour de mon anniversaire, dit Karla.

– Oh, arrête! On a couché ensemble depuis ton anniversaire!

En y réfléchissant, il n'en était pas sûr et c'était il y a déjà neuf mois. Le sexe était une de ces choses qui paraissaient se situer désormais dans un no man's land, au-delà de toute explication ou excuse. Autrefois il faisait partie de sa vie, mais il semblait avoir disparu aujourd'hui. En ce moment, Duane n'éprouvait pas le moindre désir de faire l'amour à Karla ni à aucune autre femme.

– Tu ne voudrais pas essayer de faire un tout petit peu de thérapie, juste pour moi? demanda Karla. C'est bientôt mon anniversaire. Ça pourrait être mon cadeau, par exemple. Avec un peu d'avance.

– Je vais aller me promener, dit Duane. J'y réfléchirai en marchant.

– Duane, il est 3 heures et quart du matin; tu ne vas pas aller marcher maintenant, dit Karla, paniquée à l'idée qu'il puisse envisager une chose pareille.

– Bien sûr que si. Il faut juste une bonne paire de jambes. L'heure du jour ou de la nuit n'a aucune importante.

Il était très impatient de sortir de la maison, de retrouver l'air froid, d'être seul dans la nuit avec ses pensées, en train de marcher, hors d'atteinte des demandes ou attentes des uns ou des autres.

– Si tu veux savoir, t'es cliniquement déprimé, sinon, tu ne penserais pas une seconde à faire une telle chose, gémit Karla. On est au milieu de la nuit. Les gens ne sortent pas marcher comme ça, au milieu de la nuit, pas dans cette partie du pays.

– Mais ce n'est pas interdit par la loi, fit remarquer Duane. Il n'y a rien là, dehors, qui puisse me blesser.

– Mais un camion pourrait te renverser en débouchant d'un virage, ne s'attendant pas à voir un dingue en train de clopiner sur la route !

Karla était de plus en plus indignée rien qu'en imaginant la scène.

– Aucun camion ne va débouler d'un virage et me renverser. La discussion est close, dit-il en sortant du lit pour attraper ses nouvelles chaussures de marche.

– Et où crois-tu pouvoir marcher, à cette heure de la nuit, sans lumière avant le lever du jour ?

– Je n'ai pas l'intention de sortir de la route. Je crois que j'y verrai assez pour la suivre.

– Tu pourrais poser le pied sur un serpent... dit Karla en se mordant la langue.

Il n'y avait pas de serpent en février. Duane ne se donna pas la peine de répondre. Il se rasa et se doucha rapidement, s'habilla et noua soigneusement ses lacets. Au moment où il s'apprêtait à partir, il trouva Karla assise dans la cuisine, une tasse de café à la main, devant une pile de magazines de santé, totalement perdue à l'idée de voir son mari s'en aller dans la nuit.

– Imagine qu'un des petits-enfants ait besoin d'une transfusion sanguine super vite, dit-elle. Comment pourrais-tu faire si tu es en train de marcher, là, dehors, sur la route ?

– Je ne pourrai pas, admit-il. Je ne pense pas que ça va arriver, mais si c'est le cas, appelle le 911. C'est fait pour ça.

– Duane, je suis vraiment pas bien ; tu n'es pas dans ton assiette, pas du tout. Tu es cliniquement déprimé, sauf que tu es trop têtu pour l'admettre.

– Nous pourrons en reparler plus tard, dit-il sans regarder sa femme.

Il ressentait un désir irrépressible de sortir de la maison, d'échapper aux questions, aux spéculations, à son mariage, à ses affaires, à tout.

Il enfila ses gants et s'en alla, plantant Karla avec ses magazines.

10

Une fois dehors, Duane sentit immédiatement un immense soulagement l'envahir. C'était une sensation inédite; il lui semblait que le monde entier se déployait devant lui et qu'il était libre de le parcourir à pied. Il pouvait traverser l'Égypte à pied, s'il en avait envie, ou l'Inde, ou la Chine. S'il était obligé de prendre des avions ou des bateaux pour franchir les océans qui séparaient les continents, ce serait dans le seul but de retrouver la terre ferme. Et il irait partout, sur ses deux pieds, sans se presser, librement. Autrefois trop occupé, il pouvait maintenant explorer le monde, sans hâte et à son propre rythme. Cette sensation lui faisait un bien extraordinaire – il resta près de son auvent quelques instants, pour la savourer. Le pick-up qui s'y trouvait avait été sa prison, mais ce temps-là était révolu.

Heureux et soulagé, il s'éloigna vers la ville. Malgré son impression d'avoir le monde entier à ses pieds, Thalia était une petite ville de la plaine de l'ouest du Texas, où il avait vécu toute sa vie. Jamais auparavant, même quand il était enfant, il ne s'y était promené la nuit. La traverser à pied revenait presque à la découvrir pour la première fois. Le vent était tombé, la température s'était radoucie. Duane se réchauffa en cheminant, assez pour se passer de ses gants qu'il fourra dans la poche de son pantalon.

En ville, la plupart des maisons étaient plongées dans l'obscurité, quelques-unes avaient une lumière allumée dans la cuisine, dans une chambre ou une salle de séjour. Dans certaines, la seule qui demeurait était celle d'un téléviseur. Visiblement, d'autres que Karla et lui étaient suffisamment préoccupés au point de ne pas pouvoir dormir à 3 heures du matin.

De temps en temps, un chien aboyait sur son passage ; vers le sud, un coyote hurlait ; il entendit le grondement d'un camion en provenance de l'autoroute qui traversait la ville. Au bruit de son moteur, Duane crut reconnaître l'un des siens.

Lorsqu'il bifurqua vers le nord, il passa devant la petite maison sinistre où Lester Marlow, autrefois le banquier de la ville, vivait aujourd'hui en pénitence. Cinq ans auparavant, Lester avait oublié que, même s'il était le directeur de la banque, il ne possédait pas l'argent qui s'y trouvait. Il se mit à détourner des fonds ; ensuite, s'efforçant de cacher son forfait aux yeux des vigilants commissaires aux comptes, il avait décidé de faire sauter la banque. Il construisit une bombe dans son garage et la mit dans le coffre de sa voiture ; il était en route vers la banque lorsqu'elle explosa, pulvérisant une Cadillac flambant neuve et, dans une certaine mesure, Lester. La déflagration eut pour effet de lui brûler le cuir chevelu ; elle le propulsa à travers le pare-brise et il y laissa une oreille. L'explosion qui se produisit à un pâté de maisons de la banque créa un tel chaos dans le centre-ville de Thalia que personne ne remarqua que Lester avait perdu une oreille. On avait toujours trouvé que Lester avait une tête bizarre ; il avait fallu qu'il soit à l'hôpital depuis près de trois heures pour qu'une infirmière s'aperçoive qu'il ne lui restait qu'une oreille. Une recherche rapide menée sur le lieu de l'explosion ne permit pas de la retrouver. La perte de son oreille ne sembla pas affecter

Lester outre mesure; en revanche, il fut très atteint par la perte de ses cheveux. Depuis sa sortie de prison, il avait consacré la plupart de son temps à tenter diverses implantations capillaires, dont aucune n'avait atténué son aspect bizarre.

Heureusement, sa loyale et charmante épouse, Jenny, resta à ses côtés, même s'ils furent contraints de vivre désormais sur un pied bien plus modeste. La seule preuve de leur aisance passée était un téléviseur qui couvrait tout un mur. Lorsque Duane passa devant leur petite maison, il remarqua une lueur à la fenêtre, plus puissante que toutes celles qui provenaient des autres maisons. Lester, qui rêvait de retrouver sa situation financière d'antan, était probablement en train de regarder la Chaîne financière sur son écran géant.

Avec le temps, Duane avait conçu une véritable tendresse pour Lester Marlow, bien que, pendant le terrible choc pétrolier des années 80, Lester ait saisi son plus grand forage et plusieurs autres parties de son patrimoine. Après la découverte du détournement et l'explosion de la bombe, personne à Thalia ne désirait vraiment que Lester aille en prison. Lorsqu'il était banquier, il avait été d'une générosité extravagante sur les prêts – mais ses excentricités étaient tellement démesurées que plusieurs personnes pensaient qu'il aurait dû être interné et, pourquoi pas, de manière définitive. Karla était de cet avis.

– Duane, il a toujours été bon en chimie, dit-elle. On peut pas savoir, si ça se trouve, il va déprimer un coup et faire péter une autre bombe.

Duane marqua une pause devant la petite maison et son immense téléviseur allumé, prêt à frapper à la porte pour s'asseoir une minute avec Lester. Mais il n'était encore que 4 heures moins le quart, un peu trop tôt pour rendre visite à quelqu'un, peu importait le degré d'excentricité de la personne. Lester avait peut-être tout simplement oublié d'éteindre sa télé avant d'aller se coucher.

Duane poursuivit son chemin dans les rues silencieuses. Lorsqu'il traversa l'autoroute, il vit que le camion qu'il avait entendu était bien un des siens. Il était garé devant le Kwik-Sack, un routier ouvert vingt-quatre heures sur vingt-quatre. Le chauffeur, Jimmy Savory, était probablement en train de se réchauffer un burrito ou deux dans le four à micro-ondes. Duane se dépêcha de traverser la rue et alla se cacher dans la pénombre à côté de l'église baptiste. Si le solitaire Jimmy Savory sortait du Kwik-Sack, mordant dans un burrito, et voyait son patron à pied dans la rue à une heure pareille, il pourrait, sous le choc, avoir une crise cardiaque – ou alors il retournerait à l'intérieur demander à Sonny Crawford, le propriétaire du Kwik-Sack, qui, généralement, prenait le service de nuit, ce qui, bon sang, passait par la tête de Duane.

Il y avait bien longtemps, au lycée, Duane et Sonny avaient été les meilleurs amis du monde. Mais ils ne l'étaient pas restés ; à présent, sans raison claire ni particulière, ils préféraient tout simplement s'éviter. Sonny n'avait pas fabriqué de bombe, mais il avait fait trois séjours en hôpital psychiatrique et, maintenant, il préférait voir le moins de gens possible. Il possédait une petite maison dont les volets étaient fermés été comme hiver. Il faisait la nuit au Kwik-Sack, sept nuits par semaine, en toute saison. Pour autant qu'on en savait, c'était sa seule occupation. Les enfants de Duane considéraient tous Sonny comme un oncle, et Karla, une fois par mois ou tous les deux mois, découvrait qu'elle n'avait plus de mélange pour le Bloody Mary, se précipitait là-bas et bavardait un peu avec lui. Lorsque Duane lui demandait comment lui paraissait Sonny, Karla n'avait pas grand-chose à dire.

– Le même que depuis quarante ans, disait-elle. Déprimé. Sonny, autrefois très bel homme, était bouffi depuis des années, à cause des divers médicaments qu'on lui avait donnés à l'hôpital psychiatrique. Julie et Nellie avaient toutes deux essayé de le convaincre d'aller chez le dentiste ; ses dents étaient dans un état épouvantable. Mais Sonny avait résisté à tous leurs efforts pour obtenir qu'il s'occupe un peu plus de lui.

Pendant que Duane, caché, l'observait, le solitaire Jimmy Savory, un grand type dégingandé portant une vieille casquette de routier et des baskets dont les lacets défaits traînaient sur l'asphalte quand il marchait, sortit du Kwik-Sack, alluma une cigarette, remonta dans son camion et disparut.

En haut de la rue, l'unique feu rouge de la ville clignota dans les ténèbres comme une étoile rouge posée sur l'horizon.

Avant que Duane ne se retourne, prêt à partir, Sonny sortit du magasin en portant la longue baguette qui lui servait à mesurer le niveau d'essence dans les grandes cuves sous les deux pompes. Il se déplaçait lentement et, même de loin, il avait l'air bouffi, semblait vieux et découragé.

Duane se détourna, traversa sans bruit le parking obscur. Il avait eu l'intention de prendre une demi-livre de bacon pour apporter dans sa cabane, mais la mauvaise humeur grandissante de Karla l'avait rendu impatient de quitter la maison au plus vite et il ne voulait pas aller au Kwik-Sack pour acheter du bacon à Sonny Crawford. Il décida qu'il se contenterait de café, qu'il avait en abondance. Lorsqu'il s'arrêta une fois de plus pour regarder derrière lui, Sonny examinait sa baguette en louchant, essayant de lire le niveau de carburant. Une des raisons pour lesquelles, probablement, il louchait était qu'il n'avait qu'un œil. C'était Duane en personne qui lui avait fait perdre un œil dans une bagarre, courte mais violente, à propos d'une fille, Jacy Farrow, lorsqu'il avait 18 ans. Pendant bien longtemps, Sonny avait porté un bandeau sur l'œil, mais ces dernières années, il ne s'en donnait plus la peine.

Jacy Farrow, une actrice d'importance mineure, qui, dans la ville, faisait figure de célébrité, était morte depuis cinq ans, après s'être perdue quelque part dans les neiges de North Slope, en Alaska. Elle était allée au nord du cercle polaire tourner une publicité pour de la bière, était tombée amoureuse d'un jeune pilote et s'était envolée avec lui un matin dans l'espoir de voir un ours polaire. Le ciel était clair lorsqu'ils décollèrent, mais ni Jacy ni le pilote ne réapparurent. Deux ans plus tard, une équipe venue installer un pipeline découvrit l'avion dans une congère. Le cockpit était vide, à l'exception d'un petit sac contenant les produits de beauté de Jacy. Aucune trace des amoureux n'avait jamais été retrouvée.

Cette disparition avait hanté Karla pendant des années ; Jacy et elle avaient été amies autrefois.

– Soit elle est morte congelée, soit un ours l'a mangée, disait Karla. Je sais que c'est l'un ou l'autre.

Duane se taisait, mais Karla continuait à ressasser l'histoire de la vie et la mort de Jacy.

– D'abord, son enfant se fait tuer ; après, elle va se balader et se fait bouffer par un ours. Pas très marrant comme vie, non ?

Arrivé sur le chemin de terre qui menait à sa cabane, Duane se mit à marcher un peu plus vite. Il voulait quitter la ville, se trouver hors de portée des fantômes qui peuplaient sa mémoire. Il ne voulait pas penser à Jacy, ni à Sonny Crawford. Il voulait se cramponner à cette nouvelle sensation exaltante, aux mille possibilités, qu'il avait éprouvée en sortant de sa maison ; cette impression singulière qu'il avait une nouvelle vie à explorer, une vie de randonneur, de solitude sans entrave, une manière différente de voir le monde.

Il venait de dépasser la dernière maison lorsqu'il se trouva nez à nez avec un cerf. L'animal, inquiet, sortit du fossé d'un bond et s'enfuit en passant si près de lui que Duane aurait pu le toucher. Il l'entendit traverser les broussailles sèches dont le craquement accompagnait sa fuite. S'il se dépêchait, Duane pourrait arriver à la cabane aux premières lueurs du jour. Les coyotes seraient en train de hurler, les cailles en train de siffler et personne ne pourrait l'appeler au téléphone.

11

Karla attendit patiemment qu'arrive 7 heures, autrement dit, le moment où, d'après elle, elle pourrait rallier ses troupes – c'est-à-dire, ses amies – sans se montrer impolie. Aussi compréhensives que soient ses copines, elles ne risquaient pas d'apprécier d'être interrompues dans leur sommeil réparateur avant 7 heures du matin, du moins pour une crise qui n'impliquait pas au minimum un décès.

Duane n'était pas mort, il était juste déprimé, alors Karla attendit, tuant le temps en feuilletant ses vieux magazines de santé. Elle espérait y glaner quelques informations sur la dépression masculine, mais presque tous les articles qu'elle lisait ne concernaient que les femmes. Elle réussit à trouver un petit encart vieux de plusieurs années qui prétendait que les hommes passaient par une ménopause, eux aussi, même si, bien sûr, puisqu'ils n'avaient pas de règles, c'était, dans leur cas, différent. L'article ne détaillait pas cette différence. Néanmoins, le concept de la ménopause masculine fournit au moins un indice sur ce qui était peut-être allé de travers chez Duane.

À 7 heures pétantes, elle appela son amie à la chevelure rousse flamboyante, Candy Morris, une nouvelle arrivée sur la scène de Thalia. Candy venait de Las Vegas et avait épousé, peu de temps auparavant, un opulent pétrolier texan du nom de Joe

Don Morris, pensant qu'il vivait dans un endroit magnifique et très glamour. La découverte de Thalia avait été une grande déception pour Candy, mais elle n'avait pas pris ses jambes à son cou. Joe Don, qui était très riche, était en train de lui construire une immense villa qui, lui assurait-il, serait une combinaison du meilleur de Las Vegas et New York City. Candy entretenait quelques doutes sur ses affirmations, mais, pour l'instant, elle restait pour voir ce que donnerait la maison. En réalité, elle était copiée sur le temple de Louxor, qui, à ce que comprit Candy, ne se trouvait pas aux États-Unis. En attendant, elle passait le temps en buvant beaucoup de vodka, ou de tequila, si elle avait plus envie de tequila.

– Candy, est-ce que tu as déjà entendu parler de la ménopause masculine ? demanda Karla allant droit au but dès que sa nouvelle amie eut décroché le combiné.

– Non, mais je connais beaucoup d'hommes qui font une pause juste au moment où toi, tu voudrais que... bref, tu vois ce que je veux dire, dit Candy. Joe Don est assez fort pour faire une pause au mauvais moment.

Bien que Joe Don ait une bonne douzaine d'années de moins que Candy, elle avait laissé entendre plus d'une fois que ses énergies, à certains égards, n'étaient pas à la hauteur de ce qu'elle avait espéré.

– Et comment va Joe Don ? demanda Karla.

Elle se dit qu'avant de passer à ses propres soucis elle devait être polie et poser la question.

– Il a la trouille. Je viens de piquer une crise pour pas grand-chose, reconnut Candy. Je crois que ce petit pétochard est allé se cacher dans le sauna. Le sauna a été fini hier, juste à temps pour que mon petit mollasson de mari se cache dedans.

– Je crois qu'il va falloir que j'interroge un médecin sur cette histoire de ménopause masculine, dit Karla. Je pense que Duane pourrait bien l'avoir.

– J'ai entendu dire qu'il avait fait quelque chose de bizarre, mais je ne me rappelle plus quoi, dit Candy. Ma tête n'a pas l'air de vouloir marcher tant que je ne suis pas maquillée et je ne me suis pas encore maquillée. Tu parais vraiment stressée. Tu as pleuré, ou quoi ?

– Duane est parti à 3 heures et quart du matin, à pied, pour marcher... dit Karla, incapable de cacher l'affreuse vérité plus longtemps.

– Ah, oui, on l'a vu marcher au bord de la route, voilà ce que c'était ! Un de nos ouvriers lui a proposé de le déposer en voiture et il a refusé. Mais qu'est-ce qui lui prend ?

À titre personnel, Candy ne se serait pas arrêtée à un petit défaut mineur comme celui d'avoir envie de se promener si elle avait eu un homme aussi gentil et aussi beau que Duane Moore. Il était encore plus beau à ses yeux que sa nouvelle maison néo-égyptienne ; il lui vint même à l'idée que, s'il était vraiment là, dehors, en train de marcher tout seul, elle pourrait bien avoir envie de sortir prendre un peu l'air, elle aussi. Elle pourrait même se joindre à lui pour une de ses petites balades, s'il voulait bien.

Elle n'en dit rien à Karla, bien sûr. Karla était en état de choc, ce qui était parfaitement normal étant donné les circonstances. Dans un trou comme Thalia, les gens ne se promenaient pas dans les rues à 3 h 15 du matin, même si c'était très courant à Las Vegas, en particulier si on se promenait à l'intérieur d'un casino.

– Je crois que Duane est tout simplement très déprimé ces temps-ci, dit Karla. On dirait qu'il a perdu toute sa motivation, je ne sais pas...

– S'il y a un truc que je ne supporte pas, c'est un homme qui est dans les choux et qui refuse de faire quoi que ce soit pour en sortir, dit Candy. Oups, voilà mon architecte. Qu'est-ce qu'il fait là, si tôt ? Je vais aller me ravaler la façade, comme ça, mon cerveau se mettra en marche.

En fait, ce n'était pas son architecte, mais un jeune charpentier au corps sublime dont Candy espérait faire mieux la connaissance ; une bonne philosophie qu'elle avait apportée de Las Vegas : seul comptait le présent.

Soudain Karla réalisa qu'elle tenait un téléphone sans personne à l'autre bout de la ligne. Elle eut l'impression qu'on l'avait plantée là pour qu'elle sèche sur pied, mais elle savait que ceux de Las Vegas n'étaient pas réputés pour avoir de bonnes manières. Le fait que Candy ait épousé Joe Don Morris, un pauvre petit mec bourré de tics qui ne savait même pas danser, montrait bien que sa faculté de jugement était, à certains égards, un peu limitée.

Karla composa un autre numéro, celui de Babe Collins, une vieille amie qui avait passé la plus grande partie de sa vie à Thalia, exactement comme elle. Babe était deux fois veuve ; elle avait tendance à épouser des hommes qui conduisaient trop vite alors qu'ils avaient trop bu – mais Babe avait continué à avancer avec une telle détermination qu'elle venait de mettre le grappin sur un troisième époux, Randy Harcanville ; son choix montrait bien qu'elle s'y connaissait sur le caractère des mâles de la partie nord-centre-ouest du Texas. Randy Harcanville ne possédait pas le moindre charme, mais il était bon danseur.

Babe aussi avait entendu parler du comportement étrange de Duane, mais elle avait l'impression qu'il ne fallait jamais juger trop vite dès qu'il s'agissait de Duane et Karla. On avait prédit la mort de leur mariage de nombreuses fois et tout le monde s'y mettait, mais nombre de ces oiseaux de mauvais augure étaient aujourd'hui morts et enterrés, et Duane et Karla étaient encore mariés. Peut-être avaient-ils eu une violente dispute. Et Duane avait voulu marcher un peu, le temps de lécher ses plaies, comme un vieux chien.

– Duane est sensible, chérie, suggéra-t-elle. Peut-être que tu l'as vexé sans t'en rendre compte.

– Je l'ai vexé un million de fois et il n'a jamais rien fait de tel. Généralement, quand on se dispute, il monte dans son pick-up, va dans un bar et boit de la bière.

– Il n'y a pas beaucoup de bons bars dans le coin. Peut-être qu'il s'est fatigué de faire tout le temps la même chose.

– Mais, Babe, on ne s'est pas disputés ! Tout allait très bien entre nous et maintenant...

Même si Babe restait polie, Karla se rendit compte que son amie ne prenait pas cette crise très au sérieux, ce qui pouvait relever du bon sens. Bien sûr, les gens en causeraient au bureau de poste, mais cela ne voulait pas dire que c'était d'une importance capitale. Des gens aussi prêts à s'emballer que ceux de Thalia étaient du genre à bavasser à propos de n'importe quoi. Par exemple, l'extravagance délirante de la nouvelle maison façon temple de Louxor de Joe Don était au centre des bavardages depuis des mois. Peut-être que Duane rendait service à tout le monde en leur donnant un nouveau sujet de conversation.

Lorsqu'elle raccrocha le téléphone, laissant Babe retourner à sa nouvelle vie avec Randy Harcanville, Karla se sentit un peu ridicule, mais surtout totalement désespérée ; elle savait bien que son extrême réactivité face à l'attitude de Duane était disproportionnée. Ce désespoir incombait en partie à ses amies qui ne lui accordaient pas une oreille complaisante quand elle se plaignait de Duane. Chacun à Thalia, les hommes comme les femmes, savait qu'elle avait le meilleur mari de la ville. Les gens qui le voyaient marcher dans la rue ne penseraient pas nécessairement que Duane avait perdu la tête ; une bonne partie d'entre eux imaginerait plutôt qu'elle avait été si odieuse qu'il ne pouvait plus la supporter et s'était barré.

Mais l'opinion générale, par essence versatile, n'était pas la cause principale de son désespoir. Le noyau dur de son profond désarroi était l'intuition qu'un changement fondamental s'était produit chez son mari, un changement qui l'excluait, elle. Il était arrivé à Thalia qu'on entende parler de couples qui faisaient de l'exercice ensemble. Gros ou maigres, on les voyait parfois en train de courir sur la piste, ou, si le temps le permettait, en train de marcher dans la rue. Elle-même possédait des chaussures de marche. Elle aurait assez aimé faire une promenade avec Duane, s'il le lui avait demandé. Mais il ne l'avait pas fait.

Baby Paul se mit à crier et Little Bascom arriva d'un pas incertain, traînant une couverture et un écureuil en peluche. Baby Paul continuait de plus belle à hurler et, apparemment, personne ne réagissait ; Karla se précipita et le sortit de son berceau. Rag était dans la cuisine en train de préparer de la bouillie pour Little Bascom lorsqu'elle arriva avec le bébé.

– On dirait que vous avez déjà pleuré aujourd'hui, dit Rag gentiment.

Il était clair que quelque chose clochait dans la maison des Moore et ça avait presque toujours été le cas depuis dix ans qu'elle travaillait ici. Bien sûr, avec des enfants aussi ingérables que Dickie, Nellie, Julie et Jack, on ne pouvait pas s'attendre à une vie de tranquillité, de paix et d'harmonie. Pourtant, il était inhabituel de voir Karla la mine aussi défaite au petit-déjeuner.

– Il est parti à 3 heures et quart du matin. Et si on ne le revoyait jamais ? demanda Karla.

Elle installa Baby Paul dans sa chaise haute, prenant garde qu'il soit suffisamment loin de la table pour ne pas culbuter en arrière comme la veille au soir.

– Oh, mon Dieu, alors comme ça, il est parti se promener si tôt le matin ? dit Rag. En même temps, ce n'est pas un crime passible de pendaison !

Pourtant, Rag ressentait le même malaise que celui de Karla. Lorsqu'un homme quitte la maison à pied à 3 h 15 du matin, c'est le signe que quelque chose cloche. Mais quoi ?

Distraite quelques instants par la tournure que prenaient les événements, elle laissa brûler la bouillie.

– Oh, mon Dieu, et voilà... Ça ne m'arrive même pas une fois par an.

12

Duane ne se hâtait pas. Si Thalia était éclairée par quelques lampadaires, le chemin de terre était plongé dans une totale obscurité. Une tour de forage piquetée de lumières, à onze ou douze kilomètres, était la seule concurrente des étoiles qui n'émettaient qu'une faible lueur dans le ciel. En plus du cerf qu'il avait surpris sur la route, il croisa une quantité impressionnante de gibier. La campagne regorgeait de petits porcs sauvages ; deux fois, il vit des familles entières fouissant dans le sous-bois. En traversant le lit d'un cours d'eau, il crut entendre des dindons sauvages s'enfuir dans un bruissement, mais il ne les vit pas. Une famille de ratons laveurs marcha devant lui pendant un moment et, juste avant qu'il arrive à la cabane, alors qu'une vague lueur commençait à éclairer l'horizon à l'est, il entendit un battement d'ailes et leva les yeux : des oies du Canada s'envolaient d'un petit lac tout proche.

Lorsqu'il traversa le chemin de graviers qui longeait le bord de la colline et menait à sa cabane, il crut voir quelque chose bouger devant la porte de son petit logis. Sa première pensée fut qu'un raton laveur essayait d'entrer pour piller les quelques provisions qu'il avait en stock, en laissant un foutu désordre.

Mais, une seconde plus tard, il comprit que l'animal qui reniflait l'intérieur de sa cabane n'était pas un raton laveur, mais

Shorty, un petit chien court sur pattes, un bouvier australien, le sixième d'une lignée plus ou moins directe et attestée, née du premier Shorty et premier compagnon de Duane pendant presque dix ans. Il avait essaimé des descendants partout dans Thalia. Et même au-delà, sur tout le bassin pétrolier de la région.

Shorty, le sixième du nom, comme on l'appelait parfois, avait été un chiot adorable, jusqu'à ce qu'il commence à montrer les mêmes tendances que celles manifestées par les autres bouviers de Duane : il rassemblait les petits-enfants dans la maison comme il l'aurait fait pour du bétail ou des moutons, en leur mordant les talons. Shorty VI s'était montré particulièrement appliqué à mordre ceux de Little Bascom – de son point de vue, il n'était rien d'autre qu'un imprévisible mouton à deux pattes. À la troisième morsure, Karla insista pour l'envoyer vivre avec des immigrés sans-papiers au nord de la ville, qui subvenaient à leurs besoins en réparant les clôtures pour les ranchers du coin. Les illégaux n'avaient pas d'enfants après lesquels Shorty pouvait courir ; de plus, ils se sentaient seuls et ils furent heureux d'accueillir le petit bouvier.

Le seul problème de cet arrangement était que pour Shorty, comme les cinq bouviers qui l'avaient précédé, aucun homme, quel que soit son statut ou sa race, n'arrivait à la cheville de Duane. Même si la descendance remontant au premier Shorty était plus ou moins directe et attestée, une loyauté indéfectible pour Duane et seulement Duane s'était transmise de génération en génération. Shorty VI était tout à fait gentil avec les trois ouvriers, mais au moins une fois par semaine, il décidait qu'il était temps de retrouver Duane et il se mettait en route. Il n'avait que six kilomètres à parcourir de leur campement à la cabane spartiate de Duane. Shorty VI connaissait le trajet et il l'attendait déjà patiemment lorsque son vrai maître, enfin, arriva.

– Bon sang, encore toi... dit Duane, tout doucement.

Shorty, comme toujours, tournicota, museau soumis; il faisait trop sombre pour identifier son expression, mais il devait avoir l'air un peu coupable. Tous ses bouviers avaient arboré cette mine-là.

Malgré les dégâts causés sur les talons de Little Bascom, Duane était content de voir Shorty. Il aimait avoir un chien – il était difficile de résister à la loyauté absolue qu'il lui témoignait toujours. En outre, partager maintenant sa nouvelle activité avec cet animal loyal paraîtrait plus acceptable aux yeux des autres. Il savait aussi qu'il était inutile de convaincre Shorty de retourner d'où il venait.

– Entre donc, dit-il. Juan, Jesus et Rafael devront juste se trouver un autre chien.

Lorsque l'aube étendit sa fraîcheur claire et rosée sur les prés, les champs et les étendues couvertes d'épineux du nord à l'est, Duane sortit un vieux transat de sa cabane et s'assit pour contempler le spectacle, une tasse de café entre ses mains. L'air était si frais qu'il déploya un vieux poncho sur ses genoux.

Shorty, comblé, s'était couché aux pieds de Duane, la tête posée sur ses pattes de devant tout en gardant l'œil ouvert, au cas où un intrus quelconque, un coyote, un lynx, un sconce ou un cochon sauvage, s'égarerait sur leur territoire.

Duane aussi était comblé. Il s'était cassé des noix de pécan pour le petit-déjeuner – elles dataient de l'an dernier, mais elles avaient gardé un bon goût. Les noix, le café et le paysage paisible étaient tout ce dont il avait besoin. Rien de comparable avec le bordel qui régnait dans sa maison de bon matin, avec Karla ou Rag ou Julie en train de crier après un gamin ou l'autre, la télévision à fond avec les éternelles mêmes célébrités qui jacassaient dans leur show matinal. Généralement, le téléphone sonnait pour annoncer une situation critique sur tel puits ou tel autre, ou un banquier appelait pour lui rappeler gentiment que l'une de ses traites était arrivée à échéance. Le niveau sonore, si élevé chez lui, n'était que le bruit de la vie ; sa femme, la gouvernante et ses enfants et petits-enfants luttant chacun pour obtenir satisfaction par nécessité ou par caprice.

Ils faisaient tous plus ou moins ce qu'on attendait d'eux – vouloir, vivre, obtenir, profiter le plus possible des moindres petits moments, tout comme Rag cherchait à extraire autant de jus que possible des deux douzaines d'oranges qu'elle pressait tous les matins. Au fond de son cœur, Duane espérait qu'ils allaient bien, leur souhaitait bonne chance, beaucoup de bonheur, de l'amour et de l'argent, une attitude honnête et élégante, beaucoup de force et d'espoir.

Pourtant, il ne pensait pas qu'il contribuerait beaucoup plus longtemps à leurs efforts et leurs réussites. Il avait décidé de se retirer de ce fracas sans fin, car il avait d'autres perspectives en tête, même s'il lui était difficile de les évaluer encore. Et sa première tâche était précisément de définir ce qu'il voulait *vraiment* faire. Tout ce qu'il savait, à cet instant, c'est que ses désirs convergeaient vers l'espace disponible d'une ambitieuse curiosité à satisfaire. Toute sa vie, il avait travaillé trop dur pour donner le champ libre à son envie d'apprendre des choses intéressantes, plutôt que seulement utiles. Il avait toujours eu l'intention de connaître un peu de botanique et d'agronomie, mais sans en prendre le temps. Sa science était limitée en termes de schémas météorologiques, par exemple il ignorait la manière dont fonctionnait le jet-stream ou le Gulf Stream. Il en savait beaucoup sur la mécanique, mais très peu sur les habitats des animaux ou les rythmes migratoires des oiseaux. Il avait quelques connaissances sur les cours d'eau, mais aucune sur les océans. Il pouvait se préparer des repas simples, mais n'avait jamais fait de biscuits, ni de tarte, ni de gâteau. Il avait lu très peu de livres et ne s'était pas astreint à lire régulièrement le journal – il s'était toujours contenté de suivre à la radio et la télévision les grandes lignes de l'actualité mondiale. Il s'intéressait aux exploitations pétrolières en Sibérie et celles des pays de l'OPEP – après tout, ces derniers contrôlaient son destin financier depuis son entrée dans la vie active –, mais il n'était jamais allé en Russie ni au Moyen-Orient. Un article sur les Pyramides, qu'il avait lu dans le magazine d'une compagnie aérienne, l'avait tellement intrigué qu'il l'avait découpé et gardé, mais il ne les avait découvertes que sur Discovery Channel. Il trouvait un peu triste qu'en soixante-deux ans il n'ait réussi à approfondir qu'un seul sujet : l'endroit qu'il voyait de son transat, alors que le soleil levant commençait à briller au loin sur les immeubles de Thalia. Il ne connaissait que ce seul endroit comme sa poche et, parmi les milliers qu'il rêvait de découvrir et connaître, il n'avait rien de remarquable.

Bien entendu, jeune, il avait été pauvre – et il avait lutté toute sa jeunesse pour gagner sa vie. Mais il n'était pas resté pauvre si longtemps – endetté, certes, mais pas pauvre. Il aurait pu s'offrir, à n'importe quel moment au cours des trente-cinq dernières années, le voyage jusqu'aux Pyramides ou jusqu'aux champs pétroliers de Sibérie ou des déserts de sable. Sa vieille secrétaire, Ruth Popper, qui n'était certainement pas riche, avait pris son envol lorsqu'elle avait près de 70 ans ; Ruth et une de ses jeunes sœurs s'étaient rendues en Égypte, en Écosse et en Chine. Lui, qui chaque semaine signait son chèque de salaire, n'était jamais allé dans aucun de ces endroits. Ce n'était que récemment qu'il avait commencé à ressentir une espèce de négligence ; il s'était laissé aller, comme tout le monde. Il faisait son job, comme tout le monde, s'acquittait de ses tâches – mais pas plus. Sans s'en rendre compte, il avait perdu beaucoup de temps, des dizaines d'années, un temps qui ne lui appartiendrait plus jamais. Il n'avait pas réussi à profiter du nombre d'opportunités qui, pendant tout ce temps, lui avaient été offertes.

– Et maintenant ? demanda-t-il à haute voix.

Shorty leva vers lui des yeux pleins d'espoir.

Mais c'était juste une question qu'il se posait. Il avait 62 ans. Les gens vivaient bien plus longtemps qu'autrefois. Un vieil homme et trois vieilles femmes de sa connaissance parcouraient toujours les rues de Thalia d'un pas alerte, tous avaient plus de 90 ans. S'il pouvait garder assez de vigueur pour pouvoir marcher tout seul quand il aurait cet âge, alors il lui restait trente ans – et trente ans, c'était assez pour faire certaines des choses dont il avait envie. Il était en bonne santé et n'avait pas l'impression, pas encore, qu'il se méprenait sur ce besoin de réussir à combler sa curiosité insatisfaite. En trente ans, on pouvait accomplir beaucoup de choses, en apprendre beaucoup, en voir beaucoup. Inutile de paniquer – même de se dépêcher. Il allait prendre son temps, il avait besoin d'aborder sa nouvelle vie sans se presser et détendu. Surtout, pour commencer, il voulait marcher dans les alentours pendant quelque temps.

Même s'il avait quitté sa maison pour aller à sa cabane seulement quelques heures auparavant, il lui semblait déjà qu'il était parti depuis longtemps, mais aussi qu'il avait parcouru beaucoup plus que dix kilomètres à pied. Il avait presque le sentiment d'avoir franchi une frontière, d'être entré dans un nouveau pays où les lois et les coutumes étaient différentes de celles qu'il avait suivies toute sa vie. Rien dans sa nouvelle vie n'était très claire-ment défini – pas encore – mais cela ne le dérangeait pas, bien au contraire. Sa nouvelle, vie, après tout, avait commencé moins de vingt-quatre heures auparavant. Il était presque midi lorsqu'il avait garé son pick-up sous l'auvent et qu'il était parti à pied pour trouver la paix.

Tandis que Duane regardait le soleil monter plus haut dans le ciel limpide de l'hiver, assis sur son transat et au chaud sous son poncho, il pensait qu'il avait eu de la chance de trouver si rapi-dement et si facilement ce bien-être qu'il ressentait. Il n'y avait que dix kilomètres de marche entre son ancienne et sa nouvelle vie. Il avait un fourneau et un petit réfrigérateur dans sa cabane. Il pouvait tenir un moment avec les provisions qu'il pouvait mettre dans un sac à dos. Son premier geste lorsqu'il était arrivé ce matin-là avait été de déconnecter la petite radio. Il l'avait fait avant même de préparer le café, parce qu'il savait que Karla était bien du genre à appeler la station de radio en inventant une quelconque situation d'urgence, un enfant malade, par exemple, pour qu'on le contacte.

Mais il n'en n'était plus question : il ne voulait pas être joi-gnable. Cela faisait trop longtemps qu'il l'était. Maintenant, tout ce qu'il désirait, c'était rester assis et penser, marcher et penser, se coucher et penser ; et ne pas être pressé quand il pensait. Toute sa vie, il avait fait ce qu'on attendait de lui, mais ce temps-là était révolu. Il voulait définir ses propres priorités et les mettre en action. Devrait-il d'abord se rendre en Égypte ? Ou apprendre à faire des biscuits ? Il avait toujours pensé qu'il serait intéressant de suivre le cours d'un grand fleuve depuis sa source jusqu'à la mer. Peut-être était-ce ce qu'il devait faire en premier : un long voyage le long d'un grand fleuve.

La première chose à faire était de réduire son équipement à son strict minimum et se débarrasser de tout ce dont il n'avait pas besoin, comme son pick-up. Être assis dans un transat à contempler le lever du soleil était simple, primaire et satisfaisant. Il devait à tout prix éliminer ce qui était superfétatoire, excessif. Sa cabane était rustique comme il le désirait. Un fourneau, une petite cheminée, un réfrigérateur, un lit simple, une petite table, deux chaises, un clou pour accrocher un manteau, deux cannes à pêche, un almanach, un calibre .22, une hache pour couper du bois de chauffage et des surchaussures. La radio était le seul objet dont il n'avait pas besoin et il l'avait débranchée.

La simplicité serait désormais le facteur primordial de sa vie. Aussi loin qu'il s'en souvenait, il avait passé ses journées à patauger dans des endroits encombrés et à chercher de l'air. Sa maison, son bureau, son pick-up contenaient une surabondance d'objets. Le simple fait de mettre le pied dans son bureau et de voir des piles de factures, d'enveloppes, de lettres, de circulaires, de catalogues, de contrats, l'anéantissait. Dans sa cabane, il avait exactement ce dont il avait besoin : un chien, une chaise, du café, un poncho bien chaud – rien d'autre. Il y avait même une petite salle de bain, un luxe qu'il s'était offert sur l'insistance de Karla – au départ, la cabane n'en possédait pas.

– Pas de salle de bain ? avait-elle dit. Dieu du ciel ! Et si, par hasard, je viens te rendre visite et qu'il faut que j'aille aux toilettes ?

Duane avait haussé les épaules.

– Il y a six arpents de terrain, j'imagine que tu trouverais facilement un endroit pour faire ce que tu as à faire.

– Oui, et me faire mordre par un serpent, Dieu du ciel !
Plutôt que de discuter de ce sujet pendant des années, il avait
installé commodités et douche. Mais il n'avait pas autorisé Karla
à accrocher des rideaux.

– Duane, et si quelqu'un passait en voiture et te voyait ?
demandait-elle.

– La seule façon que quelqu'un passe en voiture et me voie,
c'est qu'il passe par-dessus cette colline, faisait-il remarquer.
Et s'il passe par-dessus cette colline, il ne risquera pas de me voir,
parce qu'il sera mort.

Pendant un an, à intervalles réguliers, Karla piqua des crises
au sujet de la cabane, puis elle renonça. Les seules améliorations
apportées par Duane depuis lors étaient deux clous plantés dans
le mur pour accrocher des manteaux et des cirés.

Aujourd'hui, de son point de vue, la cabane était parfaitement
aménagée et adaptée à ses sobres besoins. Il y avait une fenêtre
sur chaque façade pour laisser entrer la lumière et lui permettre
de suivre l'évolution de la météo. Les fenêtres lui permettaient
aussi de garder un œil sur les marais en contrebas. Les chasseurs devaient être surveillés – ils ne respectaient pas toujours
la saison et il leur arrivait d'abattre un cerf imprudent, s'ils
pensaient être seuls. À partir de maintenant, il avait l'intention
de suivre tous leurs faits et gestes.

Le soleil monta plus haut ; la matinée s'écoula. Duane termina
une tasse de café, puis s'en versa une seconde. À l'exception des
quelques minutes qui lui furent nécessaires pour remplir sa
tasse, il ne quitta pas son transat. Loin à l'horizon nord-ouest,
une couche de nuages sombres était en train de se former ; cela
signifiait peut-être qu'un temps plus froid allait descendre le
long des plaines. Il se dit qu'il devrait couper un peu de petit

bois dans l'après-midi ; il y avait un buisson de mesquite à deux ou trois centaines de mètres vers le sud qui lui fournirait tout ce dont il avait besoin. C'était dommage qu'il ait oublié le bacon. Avec une demi-livre de bacon et une ou deux boîtes de haricots, il serait paré à toute éventualité, si tout à coup le temps devenait neigeux ou humide.

En se réveillant de sa longue sieste, Shorty se mit à s'agiter et décida d'aller explorer les rochers juste de l'autre côté de la colline, où une famille de spermophiles s'était creusé un terrier. Shorty considérait que les écureuils terrestres étaient des intrus et les rongeurs considéraient que Shorty était un nuisible vraiment pénible. L'un d'eux s'était posté au sommet d'un rocher et houspillait le chien en jacassant, indigné.

– Il faut vivre et laisser vivre, Shorty, intervint Duane. Ces écureuils étaient là avant toi.

Progressivement, tandis que la matinée avançait et que les nuages sombres du nord-ouest se rapprochaient, une pensée aux conséquences tout aussi tumultueuses commença à germer dans l'esprit de Duane. Lorsqu'il était parti ce matin-là à 3 h 15, il avait juste l'intention de faire une longue promenade, peut-être passer une bonne partie de la journée dans sa cabane, puis rentrer et dîner en famille. Voilà ce que serait son nouveau mode de vie : pendant la journée, il partirait seul explorer le coin et, le soir, il rentrerait retrouver les siens. Il se prépara pour le déjeuner une soupe à la tomate en boîte et, pendant qu'il mangeait, il se rendit compte qu'il n'avait pas envie de rentrer et de retrouver sa famille pour dîner. Il ne voulait pas retourner passer la nuit à Thalia. Il ne voulait pas retourner à son bureau et compter le nombre de factures et autres courriers arrivaient chaque matin. Le changement qu'il ressentait à l'intérieur de lui-même était bien plus profond qu'il ne l'avait supposé au départ. Son garde-manger n'était pas très garni ; il contenait trois autres conserves de soupe à la tomate, une de petits pois et du café. Il devrait à un moment ou un autre aller en ville acheter des provisions et des articles de toilette. Sur place, il avait bien une brosse à dents, mais pas de rasoir. L'idée était subversive mais l'équation était simple : il ne voulait plus vivre dans la grande maison avec sa famille. Il voulait vivre dans sa cabane, seul, avec Shorty. Le processus de transformation qui s'était initié lorsqu'il avait verrouillé son pick-up et mis les clés dans la vieille tasse à café ébréchée était plus ancré qu'il ne l'avait cru. Ce n'était pas pour s'amuser qu'il s'était mis à marcher, c'était pour fuir sa vie.

Maintenant sa conviction était claire, il n'y retournerait jamais, et il éprouva le même sentiment de délivrance que lorsqu'il avait franchi le seuil de la maison au milieu de la nuit. Il était parti à pied, abandonnant sa vie, et il lui semblait qu'il avait attendu jusqu'à la dernière minute pour mettre en œuvre une décision irrévocable. Il ignorait pourquoi il l'avait fait ainsi, mais il l'avait fait *exactement* comme il l'avait ressenti. S'il avait attendu, ne serait-ce que quelques semaines de plus, il n'aurait peut-être plus été capable de le faire. Il aurait pu rester piégé dans la même routine, le même filet d'habitudes aux mailles serrées qui l'ennuyait depuis au moins vingt ans. Encore submergé par ce sentiment de délivrance pour la seconde fois ce jour-là, il lui sembla que ses jambes s'étaient mises à agir de leur propre initiative. En réalité, alors qu'il était tranquillement assis à la table du dîner en train d'expliquer à ses petits-enfants que la marche n'était qu'un exercice bon pour la santé, ses jambes et ses pieds se préparaient à une véritable révolution, qu'il avait lancée de sa propre initiative. Karla, dans sa détresse, le voyant partir à pied de la maison à 3 h 15 du matin, avait raison, ses instincts avaient vu juste. Il ne s'agissait pas d'un simple coup de tête. Sans imaginer vraiment qu'il avait atteint un point où il lui fallait vivre différemment s'il devait continuer à vivre, ses jambes et ses pieds, comme s'ils reconnaissaient une évidence avant d'y être lui-même confronté, l'avaient précipité sur ce chemin et lui avaient sauvé la vie.

Même si géographiquement il n'avait parcouru que dix kilomètres – en regardant par la fenêtre sud de la cabane, il voyait non seulement la ville de Thalia, mais aussi le toit de sa maison d'où il s'était enfui la nuit précédente –, il savait que d'un point de vue émotionnel il pourrait aussi bien être en Égypte ou en Inde. Jamais auparavant il n'avait compris à quel point la distance ne se traduisait pas forcément en kilomètres. Sa famille, dont la plupart des membres étaient probablement en train d'attaquer leur journée normale de télévision, de bagarres, de trajets jusqu'à Wichita Falls, n'avait pas encore la moindre idée qu'il avait cessé de vivre avec eux. Seule Karla le savait, ou du moins le soupçonnait. Elle ne pouvait pas en avoir la certitude, parce que lui-même venait à peine de le comprendre. Partir à pied loin d'eux était exactement ce qu'il avait eu l'intention de faire, mais sans pouvoir l'exprimer tant cette idée était enfouie au fond de lui. Il n'avait pas compris que son intention était de partir pour de bon, jusqu'à ce que, dans le silence de la cabane, elle surgisse soudain comme une vague puissante, comme une baleine qui remonte à la surface.

Le soleil venait de disparaître et les nuages du nord-ouest d'arriver. La petite cabane n'était pas bien isolée. En quelques minutes, Duane sentit la température chuter. Il enfila son manteau et saisit la hache.

– Viens, Shorty. Il nous faut du bois pour le feu, dit-il. Toi et moi, on ferait bien de se mettre au travail.

Shorty, tout excité à l'idée d'aller quelque part avec Duane, la personne qu'il aimait le plus, l'emmena d'un pas vif jusqu'au buisson de mesquite, sur le flanc sud de la colline.

13

— On n'est pas aussi bien équipés que je l'aurais cru, Shorty, dit Duane une heure plus tard. Malgré la baisse de température, il avait pris une belle suée à couper les abondantes branches de mesquite pour la cheminée. Il avait préparé un tas d'une taille respectable de bois prêt à brûler, mais la cabane était à deux cents mètres, sans autre moyen de le transporter que ses bras.

– Nous avons besoin d'une bonne brouette, ou peut-être d'un petit chariot, dit-il au chien, qui observait un faucon en train de tourner au-dessus de la colline, espérant surprendre une caille ou un petit lapin ou même un rat dodu – il y avait toute une population de rats sous le vaste archipel de figuiers de Barbarie qui parsemaient la plaine vers le sud.

Shorty savait qu'il ne pouvait pas attraper le faucon, mais il le gardait à l'œil.

– Peut-être que je pourrais bricoler un travois – et faire de toi un chien de traîneau, dit Duane.

Pour l'instant, il prenait des brassées de prosopis aussi grandes que possible et les portait jusqu'à la cabane. Il revint et rapporta trois chargements supplémentaires avant d'obtenir la quantité de bois satisfaisante. Un seul trajet lui aurait suffi s'il avait possédé une brouette ou un petit chariot. Il était un peu exaspérant de constater le nombre d'outils de base dont un homme avait besoin, juste pour mener une vie simple.

Il retourna six fois jusqu'au tas qu'il avait rassemblé, à côté du buisson. À la réflexion, il se dit que sa conclusion au sujet de la nécessité immédiate de certains outils était fausse. Elle était fondée sur l'hypothèse qu'il existait une espèce d'urgence, comme si la facilité et non la simplicité était le premier bienfait de la vie. Il était si habitué à cette façon de penser, il avait pris cette hypothèse qui n'était pas forcément la norme comme point de départ pendant si longtemps, qu'il devait s'obliger mentalement à retourner une évidence qui n'en était pas une. Une quantité abondante de bois servant à se chauffer, se trouvait à une faible distance à pied. En moins d'une heure, voire moins chaque jour, il pouvait en rapporter plus que ce qu'il brûlait. Et il suffirait d'une semaine de travail régulier, même sans chariot et sans brouette, pour empiler du bois de chauffage jusqu'au plafond de sa cabane. Il n'y avait aucune raison de se dépêcher ou de dépenser de l'argent pour des outils, puisqu'il possédait déjà le seul dont il ait besoin, sa hache. L'unique instrument qu'il devrait se procurer la prochaine fois qu'il se rendrait à la maison, c'était une lime – pour la hache.

– Une hache, ça reste pas aiguisé tout le temps, dit-il au chien, qui décida qu'il avait reçu l'ordre de choper ces spermophiles.

Shorty partit en trombe. Il était tellement content que Duane ne l'ait pas fait monter dans le pick-up pour le ramener auprès de Juan, Jesus et Rafael qu'il ne pouvait pas se retenir de frétiller tout en s'acquittant de ses tâches – ou ce qu'il supposait être ses tâches.

Le faucon qui chassait près du bosquet de prosopis avait été rejoint par son partenaire. Au moment où Duane se chargeait de la dernière brassée de bois, les deux faucons passèrent à côté de lui et descendirent en rasant le flanc de la colline. Il contempla leur dos tandis qu'ils flottaient sur les courants et examinaient la vallée en contrebas.

Le seul papier qui était disponible dans la cabane était un petit bloc-notes qui datait de l'année où la cabane avait été bâtie. Pendant les premiers mois, il avait reçu de temps en temps deux ou trois de ses amis pêcheurs et ils s'étaient servis du bloc pour noter les scores, quand ils jouaient à un jeu de cartes où l'on comptait les points. Ces visites ne s'étaient produites que quelques fois. Duane découvrit bientôt que ce qu'il venait chercher à la cabane, c'était la solitude.

Mais c'était une bonne chose qu'il ait le bloc-notes et deux ou trois stylos à bille. Maintenant qu'il avait l'intention d'aller en ville à pied lorsqu'il aurait besoin de quelque chose, en sachant qu'il n'aurait qu'un petit sac à dos pour transporter ses achats, il lui paraissait nécessaire d'établir une liste rigoureuse avant de partir faire des courses. Sa première liste ne comportait que quatre produits : des allumettes, du bacon, du piment et une lime. Il resta un long moment, le regard planté dans les nuages qui galopaient, essayant de penser à autre chose qui risquait de lui manquer. Finalement il ajouta une dernière ligne : des balles de calibre .22. Il hésita, se demanda s'il devait rapporter un petit fusil. Les cailles, les canards et les dindons sauvages étaient encore de saison – et les cochons sauvages l'étaient toujours. Avec un fusil, il pouvait se procurer toute une variété de volailles succulentes, au moins jusqu'à la fin de la saison de la chasse.

Mais, pour finir, il renonça à l'idée du fusil. Il n'était pas un fanatique du retour à la nature, en fait. Il n'avait pas besoin de tuer tout ce qu'il allait manger ; pour l'essentiel, la nourriture en boîte lui conviendrait parfaitement bien. S'il se découvrait une soudaine envie de gibier, il n'aurait qu'à s'approcher suffisamment pour pouvoir tuer l'animal avec le .22.

Les nuages étaient maintenant si bas sur la colline qu'il ne pouvait plus distinguer les bâtiments de la ville ; il ne voyait plus grand-chose, en fait. Dans quelques heures, il ferait nuit. Ses moments de détente et son activité de bûcheron avaient meublé l'essentiel de la journée. S'il avait l'intention de descendre en ville pour aller chercher la lime et les quelques provisions, il valait mieux qu'il se mette en route. Il n'arrivait pas à savoir quelle était l'intention des nuages. Si la neige se mettait à tomber, l'inquiétude de toute la maisonnée serait décuplée lorsqu'il leur dirait qu'il allait retourner à pied à la cabane pour y passer la nuit.

Puis, tout en regardant les deux faucons en train d'observer la vallée, il s'assit à nouveau sur son transat et se couvrit – jusqu'au menton cette fois, avec son épais poncho. Il faisait un peu trop froid pour être assis sur une colline dans un transat ; la chaleur qu'il ressentait en s'activant à couper du bois commençait à disparaître. Il valait mieux rentrer et préparer un feu avec une partie du bois tronçonné. Shorty, grâce à des efforts frénétiques, avait réussi à se hisser sur le rocher où le vieil écureuil s'était posté pour le disputer, mais entre-temps, la petite bête était rentrée dans son terrier. Shorty se planta sur le sommet du rocher, triomphant, aboyant dans le vide. Puis un lièvre apparut, assez loin vers l'ouest, et Shorty se lança à sa poursuite.

Au bout d'un moment, Duane rentra à l'intérieur et lança un bon feu dans la petite cheminée. Il n'y aurait pas de coucher de soleil à contempler ce soir – seulement le lent glissement de la pénombre aux ténèbres. L'heure de rejoindre Thalia à pied était passée. Sur sa liste ne figurait rien dont il ne pouvait pas se passer jusqu'au lendemain. Il avait toujours la soupe, les petits pois, des crackers et plein de café. La hache était bien émoussée, mais il n'aurait plus besoin de couper du bois pendant un moment. Il en avait en abondance, empilé à sa porte. Si une partie de son projet, c'était de se libérer des habitudes, alors, prendre l'habitude de descendre en ville tous les jours n'était pas un bon point de départ.

Au bout d'un moment, Shorty revint, bredouille, et Duane le fit entrer ; il rangea aussi le transat. Il se rendait compte qu'il demeurait quelques obstacles à la jouissance d'une vie simple, quelques barrières à faire tomber, la première étant sa famille. Lorsqu'il était parti ce matin-là pour se rendre à pied à sa cabane, il n'avait pas réalisé que son véritable désir était de s'y installer de façon permanente. Il avait juste dit à Karla qu'il partait en promenade, mais pas qu'il la quittait, parce qu'il ne l'avait compris qu'après avoir réfléchi des heures durant, installé dans son transat. Karla avait compris que ça ne tournait pas rond, mais sans pouvoir trouver d'explication car elle ne saisissait pas exactement ce qui était en train de se passer, puisqu'il ne le savait pas lui-même. Sa seule certitude à lui était qu'il ne voulait pas vivre un jour de plus comme il l'avait fait toute sa vie, au volant de son pick-up, empêtré dans un quotidien qui avait depuis longtemps cessé de l'intéresser. En dehors de Karla, personne dans la maison n'avait la moindre idée de ce qu'il ressentait. Son petit discours sur la marche, une activité saine, avait paru répondre aux inquiétudes de chacun. Il ne leur manquerait pas particulièrement s'il ne réapparaissait pas pour le dîner, de même que s'il ne revenait pas pendant une semaine ou deux. Ils se diraient simplement qu'il était parti à la pêche ou en voyage d'affaires, par exemple. Willy et Bubbles finiraient par se demander ce qu'il était advenu de Pa-pa, mais pas avant un bon moment.

Lorsqu'il essaya de penser à ce qu'il pourrait bien dire à Karla, pour lui faire comprendre qu'il était peu probable qu'il rentre, son esprit lui parut aussi émoussé que la hache qu'il venait d'utiliser pour couper le prosopis. Il se sentait un peu fatigué, plus fatigué qu'affamé. Il pouvait difficilement repenser sa vie entière, qui plus est en une journée.

Il ne croyait pas non plus que Karla viendrait le chercher. Lorsqu'il avait quitté la maison, il l'avait sentie sur ses gardes, le regard inquiet. Même d'une nature conflictuelle, Karla était mariée à Duane depuis suffisamment longtemps pour savoir à quel moment elle pouvait le provoquer et à quel moment il valait mieux laisser filer. Mais, comme elle était également de nature impatiente – elle ne laissait jamais filer bien longtemps, même si elle avait la présence d'esprit d'attendre un jour ou deux avant de déclencher les hostilités. Par ailleurs, il n'était pas particulièrement inhabituel qu'il passe la nuit dans sa cabane. Son absence à l'heure du dîner ne provoquerait pas beaucoup de commentaires et, en tout cas, susciterait moins de réactions que s'il arrivait, prenait une lime et repartait dans la nuit. Karla, une fois qu'elle aurait bien réfléchi à tout ça, se détendrait et le laisserait tranquille pendant un jour ou deux pour retrouver ses esprits.

Juste au moment où il venait de se convaincre que cela se passerait probablement ainsi et où il ouvrait une boîte de soupe pour son dîner, il vit des phares se rapprocher.

– Juste quand on ne veut personne avec soi, voilà quelqu'un qui se pointe, dit-il à Shorty.

Il continua à ouvrir la boîte de conserve, en se demandant si le velouté de poulet irait bien avec les petits pois. Soudain, Bobby Lee surgit dans la cabane, ses lunettes de soleil aussi foncées que les nuages d'orage sur le nez.

– Ouah, qu'est-ce qu'on mange ? demanda-t-il. Si c'est du velouté de poulet, j'en veux bien un bol.

– Sers-toi, dit Duane.

14

— S i t'es venu là pour te trémousser sur ta chaise, je préfère que tu partes, dit Duane.

Il ne fallut pas longtemps aux deux hommes pour finir leur bol de soupe et manger quelques crackers ; pendant le repas, Bobby Lee fut agité par un nombre inhabituel de tics nerveux, de respirations bruyantes et de frottements de pied. Après une journée aussi paisible, il n'en fallait pas plus sur l'échelle du stress humain pour que Duane serre les mâchoires.

– Je ne suis pas venu jusqu'ici pour manger de la soupe avec des gens nerveux, ajouta Duane.

– Pourquoi es-tu venu jusqu'ici, patron ? demanda Bobby Lee. Tu possèdes la plus belle maison de toute la région et tu viens t'installer ici, dans une cabane délabrée avec un chien.

– Je suis venu m'installer ici pour m'éloigner des gens qui sont tellement nerveux qu'ils n'arrivent même pas à rester assis assez longtemps pour avaler un bol de soupe.

– Tu veux que je ramène Shorty aux Mexicains ? demanda Bobby Lee. Je suis sûr qu'il leur manque et, même si c'était pas le cas, ça me ferait une excuse pour partir.

– Shorty ne retournera pas là-bas, l'informa Duane. Il vit avec moi maintenant. Je vais devenir son père adoptif.

– Tu aurais plutôt dû m'adopter, moi, dit Bobby Lee. J'ai besoin d'un parent adoptif depuis que j'ai perdu ma coucougnette gauche.

– À moins que ce soit moi qui me trompe, c'est la droite que tu as perdue, lui rappela Duane.

– J'aurais pu aussi bien y laisser les deux, vu ce que je tombe comme nanas, dit Bobby Lee.

– J'espère que tu n'as pas fait tout ce chemin pour me parler de ta vie sexuelle, dit Duane.

Mais il lui offrit une tasse de café, ému par le masque de tristesse gravé sur le visage de Bobby Lee depuis la perte de son testicule.

– Je retire ce que j'ai dit, dit Bobby Lee. Puisque j'en ai encore une, je vais bien finir par me dégoter une nana.

– N'attends pas trop, dit Duane. Tu pourrais arriver au point où tu n'en voudras plus.

– Les femmes, elles ont pas un regard pour un homme qui a une seule couille, dit Bobby Lee.

Même avant son opération, il avait cette tendance à avoir en boucle de soudaines et interminables crises d'apitoiement sur lui-même.

– Ce n'est pas à cause des femmes, c'est à cause de toi, dit Duane. Tu te comportes comme un bébé. Tu passes ton temps à t'apitoyer sur ton sort et à ne rien tenter. Si tu essayais autant qu'avant, au moins, la loi des statistiques serait en ta faveur, ajouta Duane.

– T'aurais pas de la viande hachée ? demanda Bobby. Il faut que je bosse ce soir et ce velouté de poulet risque de ne pas me tenir au corps tellement longtemps.

– Je prévois d'aller faire des courses demain, dit Duane. Je n'ai pas eu le temps d'y aller aujourd'hui.

– Karla a dit que tu te sentais tellement seul que tu apprécierais probablement la compagnie de n'importe qui, mais c'est faux, dit Bobby. Tu te sens même pas seul, pas vrai ?

– Non, dit Duane.

– Et pourquoi ? Faut reconnaître que c'est une vieille colline plutôt déserte.

– Je trouve que c'est une belle colline, dit Duane. Si elle était plus haute, elle serait trop haute et, si elle était plus basse, ce ne serait pas une colline, ce serait juste une corniche. C'est un excellent endroit pour une retraite.

– Parce que tu es à la retraite, maintenant ? fit Bobby Lee. Si c'est le cas, tu aurais dû leur dire, au bureau. Ils croient encore que tu fais tourner la boîte.

– Je le leur annoncerai demain, le rassura Duane. Aujourd'hui je devais couper mon bois.

Bobby Lee resta silencieux pendant un moment, pensif. Il sortit une cigarette d'un paquet, la regarda et la coinça sur son oreille.

– J'ai comme l'impression que ta maison de retraite est un lieu non fumeur, dit-il.

– Non, tu peux fumer, dit Duane. L'un des avantages de la retraite, c'est qu'on arrête de fixer des règles aux autres. Les autres n'ont qu'à aller brûler en enfer, s'ils en ont envie.

– L'enfer, c'est quand il ne te reste qu'une seule couille et que tu te demandes si tu ne vas pas avoir un cancer sur celle que tu as encore, dit Bobby Lee.

– Je croyais qu'on avait abandonné le sujet, dit Duane.

– C'est Karla qui m'envoie – elle m'a donné pour instruction de venir fouiner. J'imagine que t'es au courant.

– Tu ne travailles pas pour Karla, lui rappela Duane. Tu n'es pas son employé. Tu n'as pas besoin de faire son sale boulot, tu sais.

– Je ne prétends pas comprendre ce qui se passe, dit Bobby Lee. Je croyais que j'étais ton employé, mais maintenant, tu me dis que tu es à la retraite. Qui est-ce qui va faire tourner l'entreprise, si c'est ça ?

– Dickie et toi, dit Duane. Il sort de désintox la semaine prochaine. Peut-être que ce sera bon pour lui d'avoir un peu de responsabilité. Peut-être que ça l'encouragera à se détourner de la came.

– Peut-être, dit Bobby Lee.

Ils restèrent silencieux un long moment.

– Que veux-tu que je dise à Karla ? demanda Bobby.

– Dis-lui que je vais bien.

Il y eut un autre silence.

– Tu vas bien. C'est tout ?

– Tu es assis là, en face de moi. Je n'ai pas l'air d'aller bien ? demanda Duane.

– Mais si ça se trouve, à l'intérieur, tu fulmines, dit Bobby Lee.

– Je ne fulmine pas à l'intérieur. J'étais en train de savourer une soirée calme quand tu t'es pointé. Mais je vais bien, ajouta-t-il.

– C'est peut-être vrai, mais elle ne va pas être contente d'entendre ça, dit Bobby Lee. Elle pense que tu es dévoré de culpabilité d'avoir abandonné ta famille.

– Ma famille est à dix kilomètres, lui rappela Duane. Si un malheur arrive, quelqu'un peut venir jusqu'ici me chercher.

– Un malheur… Qu'est-ce que tu entends par là ?

– Oh, un meurtre, ou peut-être un accident de voiture, dit Duane.

Bobby Lee se leva, tira la cigarette de derrière son oreille, la tapota sur son poignet et la remit derrière son oreille.

– Je ne sais pas, c'est juste que je me sens un peu embrouillé, avec tout ça.

– Pourquoi ?

– Parce que personne ne s'attendait à ce que tu quittes la maison aussi brusquement. Ça ne te ressemble pas vraiment.

– Ben, je ne l'avais pas prévu. Mais c'est arrivé. Et ça me ressemble. Ça ressemble au nouveau moi.

– Oh, le toi à la retraite ?

– Le moi qui est en paix.

– En paix ?

Duane hocha la tête. Shorty s'était endormi.

– Ça veut dire que tu étais en guerre, c'est juste que personne d'entre nous n'était au courant, dit Bobby Lee.

– C'est un peu ça. Une façon d'expliquer, c'est que j'en ai eu marre des pick-up et de tout ce qui va avec.

– Tout ce qui va avec, tu veux dire, la vie de famille, des trucs comme ça ?

À nouveau, Duane hocha la tête.

– Tu devrais comprendre, ajouta-t-il. Tu n'as jamais aimé la vie de famille. Tu passes l'essentiel de ta vie dans un pick-up, à boire de la bière et à fumer.

– Et à écouter la radio, lui rappela Bobby Lee.

– Ce que je veux dire, c'est que tu n'as pas le profil du bon père de famille moyen.

– Je sais. Je me suis coltiné que des femmes cruelles, dit Bobby Lee. Et j'ai même dû passer ma vie au volant, juste pour leur échapper.

– Toutes les femmes exigent beaucoup d'entretien, dit Duane. Pour résumer, c'est à ça que ça revient.

Bobby Lee réfléchit à cette remarque en silence.

– J'te reçois cinq sur cinq, dit-il avant de passer la porte.

15

Karla était dans le salon, devant *Comedy Central* lorsque Nellie entra, traînant deux valises et plusieurs grands sacs pleins de machins tropicaux. Elle revenait de Cancún où elle était partie avec un nouveau petit ami, Tommy, mais l'histoire d'amour n'avait pas vraiment survécu au long vol bien peu romantique jusqu'à l'aéroport de Dallas-Fort Worth. Tommy n'avait pas eu envie de guerroyer pour obtenir qu'elle ait le droit d'emporter les grands sacs dans l'avion, du coup, Nellie avait été obligée de les enregistrer et, après, évidemment, ses sacs avaient été les derniers à sortir de l'avion, ce qui voulait dire qu'elle s'était retrouvée dernière dans la queue à la douane. Les agents des douanes s'étaient montrés tout à fait déraisonnables, très soupçonneux, peut-être parce que Tommy et elle étaient les derniers de la file. Le temps qu'ils passent la douane, Nellie en avait tellement marre de Tommy qu'elle l'informa brusquement qu'elle ne voulait plus jamais le voir, un choix qui avait nécessité le paiement d'un taxi depuis Dallas, autrement dit, une distance de deux cents kilomètres.

Nellie fut surprise de voir sa mère debout à une heure pareille, mais elle était contente – elle avait dépensé son dernier *cent* à Cancún et ne pouvait pas payer le chauffeur de taxi.

– Maman, t'aurais pas deux cents dollars ? Il a fallu que je rentre en taxi, dit Nellie. C'est un Noir qui conduisait, il était vraiment sympa.

– J'imagine que je mourrais de surprise si tout à coup un de mes enfants se pointait sans avoir besoin d'argent, dit Karla.

Elle farfouilla dans trois ou quatre sacs à main, une ou deux vestes et finit par trouver assez de billets de vingt pour payer la note.

– Voulez-vous entrer et prendre un café ? demanda-t-elle à l'homme noir qui attendait patiemment devant la maison. Vous avez deux heures de route jusqu'à Dallas. Ou bien je vous le mets dans un gobelet en plastique si vous êtes pressé.

Le chauffeur accepta avec reconnaissance, puis repartit.

– On dirait que tu as un joli bronzage, ma chérie. Comment ça s'est passé avec Tommy ? demanda-t-elle, cernant la situation d'un seul coup d'œil.

– Ce petit merdeux chiant comme la pluie, je ne me rappelle même pas pourquoi je suis partie avec lui, dit Nellie. Comment ça se fait que t'es éveillée si tard, Maman ?

Il se passait quelque chose dans cette maison, Nellie le sentait. Elle se dit que c'était peut-être le décalage horaire, mais elle ressentait une certaine nervosité. Elle avait juste l'impression que quelque chose coinçait.

– Je suis une grande fille, je peux veiller tard si je veux, non ? fit Karla. Et puis, il faut rester éveillé tard si on veut voir les meilleures comédies – ils ne les passent jamais quand les gens normaux sont réveillés.

– C'est vrai, mais ça n'explique pas pourquoi t'as la tête de quelqu'un qui a pleuré, dit Nellie.

Comme sa mère, elle préférait aller droit au but.

– Eh bien, maintenant que tu en parles, ton père m'a quittée, dit Karla – pourquoi cacher la vérité à son propre enfant.

– Oh, non, encore une crise de la quarantaine, dit Nellie. Quand il reviendra, essayons de le mettre sous antidép. En tout cas, moi, ça m'a aidée quand je suis sortie de désintox.

Karla ouvrit son placard et examina les différents whiskies qui s'offraient à elle, et opta pour de la tequila, en l'honneur de sa fille qui venait de rentrer sans encombre d'un pays où cette boisson était si populaire.

– Ton papa est trop vieux pour faire une crise de la quarantaine – à moins qu'il ait l'intention de vivre jusqu'à l'âge de 120 ans. Il a 62 ans. La crise de la quarantaine, c'est au milieu de la vie, quand on a dans les 40 ans.

Elle se versa une bonne lampée de tequila et brandit la bouteille pour que Nellie la voie.

– Un petit verre pour faire passer ta gueule de bois? demanda-t-elle.

Nellie était la seule de ses enfants qui voulait bien boire avec elle. Dickie et les jumeaux préféraient la drogue.

– Une goutte, alors, dit Nellie. Juste assez pour me rappeler le Mexique. Quelle plaie de revenir dans un endroit où il n'y a pas de plage.

Elle pensa à l'impression qu'elle avait, cette impression que quelque chose ne tournait pas rond dans la maison.

– Est-ce qu'il y a une autre femme? C'est pour ça que Papa est parti?

Karla secoua la tête, mais Nellie ne fut pas convaincue pour autant.

– Ce n'est pas parce que tu ne sais pas encore qui c'est que cela veut dire qu'il n'y en a pas, dit-elle.

– En fait, je ne crois pas qu'il y en ait une. Il est parti hier matin, à pied.

– À pied ? Pourquoi ? Tu n'as pas à nouveau balancé ses clés de voiture dans la fosse septique ?

Elle se rappelait très bien l'incident de la fosse septique parce que sa mère, une fois calmée, avait essayé de soudoyer Fug, son petit ami de l'époque, pour qu'il accepte de descendre dans la fosse chercher les clés. Mais Fug avait trop les chocottes et les clés n'avaient jamais été retrouvées.

– Je n'ai pas balancé ses clés dans la fosse septique. Nous ne nous sommes même pas disputés, dit Karla. J'avais l'impression qu'on s'entendait très bien.

Avant que Karla n'ait le temps de donner des détails, Nellie se souvint soudain qu'elle était mère. Elle se leva comme une bombe et courut à l'autre bout du couloir pour jeter un coup d'œil à Little Bascom et Baby Paul, qui dormaient tous les deux comme des anges – ce qu'ils étaient. Puis, elle jeta un coup d'œil dans la chambre à coucher parentale, juste pour s'assurer que son père ne s'y trouvait pas et, effectivement, il n'y était pas.

– Effectivement, il est parti, dit-elle lorsqu'elle retourna à la cuisine. Reprends depuis le début et raconte-moi toute l'histoire.

Karla était contente que sa fille soit rentrée. Nellie montrait généralement beaucoup d'empathie lorsqu'il s'agissait d'ennuis avec les hommes – elle en avait eu personnellement un certain nombre.

– Je ne sais pas ce qui a déclenché tout ça, admit Karla. Avant-hier, il s'est pointé à midi, a garé son pick-up et il est parti à pied, tout simplement. Il n'a pas dit un mot à qui que ce soit.

– Et il est allé où ? S'il est parti, il a bien fallu qu'il aille quelque part.

– À sa cabane. Il est revenu, a eu un dîner agréable avec les petits-enfants, leur a raconté qu'il marchait surtout pour rester en bonne santé et il est parti à nouveau à 3 heures et quart le matin suivant. Il a expliqué aux enfants qu'il voulait rester en bonne santé pour être là assez longtemps pour les voir grandir et se marier...

Il fallut qu'elle marque une pause, s'étouffant à l'idée que ses petits-enfants puissent un jour grandir et se marier. Même la sinistre petite Barbi grandirait et se marierait peut-être un jour; et elle n'aurait plus d'enfants à la maison, à moins, bien sûr, qu'il y ait des divorces au niveau de ses petits-enfants.

– Il n'avait pas l'air fâché ni rien, quand il est parti, poursuivit-elle. Le seul truc fou qu'il ait dit, c'est qu'il avait envie de mettre le feu à son pick-up.

– Maman, ça pourrait être de la sénilité, dit Nellie. J'ai entendu dire que les personnes séniles planquent des choses, brûlent des lettres, font des trucs comme ça.

– Des lettres, bien sûr, j'aurais brûlé des lettres si mes jules m'en avaient écrit, dit Karla. Mais je n'ai jamais entendu parler de quiconque voulant brûler un pick-up. Comment va-t-il faire tourner son affaire sans pick-up ?

Nellie dut admettre que la situation était très curieuse. Les pick-up étaient, à l'endroit où ils vivaient, les premiers biens acquis dans la vie. Elle commençait à ressentir un peu d'anxiété. Et si son père était parti pour de bon ? Bientôt, tous les petits-enfants seraient là en train de gémir parce que leur grand-père leur manquait. À cette pensée, elle regretta vivement la plage de sable blanc de Cancún, où elle avait porté un string qui lui avait attiré tant de regards admiratifs que Tommy craignait de la laisser seule plus de vingt secondes.

– Alors il est à la cabane ?

– Ouaip. Bobby Lee a dîné avec lui. Ils ont mangé de la soupe et des crackers.

– Maman, tout va bien. Il n'y a rien de bizarre à prendre un repas léger de temps en temps.

– Non, mais Bobby Lee dit qu'il était vraiment distant.

– Oh, de toute façon, personne n'a envie de discuter avec cette vilaine crevette, si ? La seule chose dont il a envie de parler, c'est de ses talents au lit, même avec une seule couille.

– Comment il le saurait ? Il n'a pas eu de petite amie depuis l'opération. J'aurais pitié s'il ne se plaignait pas autant. Il s'est tiré dans le petit orteil hier. Encore un truc qui s'est passé pendant que tu étais partie.

– Peut-être qu'on pourrait joindre Papa *via* la radio et lui faire savoir que je suis rentrée, suggéra Nellie. Peut-être qu'il reviendrait. J'ai toujours été sa chouchoute, tu l'as dit toi-même.

– Ça ne marchera pas. Bobby dit qu'il a déconnecté la radio ; il s'est vraiment coupé de tout. Et il sait quand tu étais censée revenir – on l'a marqué là, sur le calendrier.

Le calendrier était accroché sur le mur à côté du micro-ondes. Nellie s'en approcha et, effectivement, sa date de retour avait été notée de sa propre main, avec sa belle écriture soignée, contrairement à tout le reste de la page qui n'était qu'une succession de gribouillages dus à Rag pour la plupart. Ils indiquaient surtout des rendez-vous chez le dentiste pour les enfants qui les rataient inévitablement, car personne d'autre que Rag ne parvenait à lire l'écriture de Rag et, parfois, elle n'y arrivait pas elle-même.

– Que pense Rag du départ de Papa ? demanda Nellie.

– Oh, ça lui convient. Ça fait une bouche de moins à table. Je suis la seule ici à me désespérer. Julie et Annette sont défoncées toute la journée, tu sais comment elles sont. Je ne peux pas attendre un grand soutien de leur part.

– Je sais, ce sont des camées, dit Nellie.

Elle se sentit soudain très fatiguée comme si une grande vague de chaleur l'avait assommée ; une semaine entière à faire la fête vingt-quatre heures sur vingt-quatre au Mexique commençait à faire son œuvre.

– Mais maintenant je suis rentrée, ajouta-t-elle. Ça va aller, Maman. Papa va se lasser de la cabane et revenir d'ici deux ou trois jours. Il ne faut pas que tu dramatises.

Puis elle serra longuement sa mère dans ses bras, l'embrassa et alla se coucher.

16

Nellie partie, Karla s'enroula dans une couverture et zappa avec la télécommande de la télé jusqu'à ce qu'elle tombe sur la chaîne météo. C'était de loin sa chaîne favorite quand elle regardait la télévision en pleine nuit. Passée une certaine heure, elle se lassait des comiques déjantés et des présentateurs de talk-show provocateurs ; elle voulait juste un peu de météo, calme et apaisante. Le plus agréable avec elle, c'était qu'on n'avait pas vraiment besoin de la regarder ni de l'écouter, on pouvait juste s'en imprégner, comme le temps qu'il faisait. Karla laissait souvent la télé allumée toute la nuit, pendant qu'allongée sur le canapé elle feuilletait des magazines ou somnolait. La chaîne météo lui permettait de s'installer dans cette zone de confort, entre veille et sommeil. Elle entendait des voix humaines sans avoir à interagir. De plus, même si elle savait que ce n'était pas très chrétien, plus le temps était mauvais dans une région quelconque du monde, plus elle se sentait bien, pelotonnée dans son plaid et plongée dans son demi-sommeil. Si la météo était *vraiment* épouvantable, montrant des villes entières englouties par l'océan en Californie ou des inondations qui obligeaient les gens à se réfugier sur le toit de leur maison dans le Missouri, ou à sauver leurs animaux de compagnie de la noyade dans l'Arkansas, alors elle savourait son canapé, bien au sec dans sa maison et sur lequel elle était confortablement installée.

Bien sûr, il aurait été beaucoup plus agréable de somnoler sur le canapé si son mari, Duane, dormait dans leur chambre comme c'était le cas habituellement, lorsqu'elle allumait la chaîne météo. Bien sûr, il n'était qu'à une dizaine de kilomètres; il ne subissait ni les intempéries du Missouri ni celles de la Californie, mais il n'était pas à sa place, non plus. Sa place était dans leur lit.

Malgré deux bonnes rasades de tequila, Karla ne se sentait pas assez détendue pour s'endormir ou s'intéresser à ses catalogues, et, pour une fois, ne ressentit aucun réconfort en voyant un front orageux avancer sur Detroit. Malgré la tequila, la météo, et le retour de sa fille, Karla n'arrivait pas à trouver la paix, sans comprendre pourquoi. Duane avait toujours eu besoin de se retrouver seul de temps en temps, ce n'était pas nouveau. Pas de quoi se mettre martel en tête, finalement. Leur maison avec tout le remue-ménage qui y régnait était un endroit bruyant; il lui semblait parfaitement normal qu'un homme ait envie de se mettre au vert un jour ou deux, dans un lieu calme. Les premiers temps de leur mariage, Duane avait l'habitude de passer une bonne partie de ses journées à pêcher dans une barque, pour la même raison. Être assis dans une cabane sur une colline ou dans un bateau en train de pêcher n'étaient pas radicalement différents; Karla ne parvenait pas à comprendre clairement pourquoi dans un cas, cela ne la dérangeait pas, mais dans l'autre, oui.

Ce dont elle était sûre, c'est qu'il existait un gouffre entre les deux. Beaucoup d'hommes pêchaient, certains d'entre eux pour trouver une occasion d'échapper à leur vie domestique, par exemple. C'était normal – elle-même s'était offert pour les mêmes raisons quelques escapades à Dallas pour faire du shopping. Vouloir s'échapper d'un quotidien pesant était une motivation qu'elle comprenait très bien – c'était le fait que Duane ait décidé de s'échapper *à pied* qui donnait un caractère étrange à sa démarche, et c'est pour cela qu'elle se sentait confrontée à un phénomène complètement nouveau. Peu d'hommes de sa connaissance avaient jamais marché dix kilomètres d'affilée, quelle qu'en soit la cause, et très peu d'entre eux choisiraient délibérément de s'installer seuls dans une petite cabane rustique n'offrant qu'un minimum en terme de confort – alors qu'ils pourraient se trouver dans la maison la plus confortable de Thalia, selon l'avis général.

Au fond d'elle-même, Karla savait que quelque chose avait changé. Il ne s'agissait pas d'une simple saute d'humeur, mais d'un changement bien plus fondamental. Pourquoi était-ce arrivé à ce moment précis, elle n'en avait aucune idée. Mais c'était comme une grossesse : quelque chose de nouveau avait commencé à grandir et elle n'avait pas d'autre choix que celui de faire face.

Quelques minutes avant l'aube, elle enfila un peignoir, prit ses clés de voiture sur un crochet à côté de la porte et sortit sa BMW de l'allée à toute allure. En une minute, elle était sur la route plongée dans le noir qui menait à la cabane de Duane. En cinq minutes, elle avait atteint un promontoire avec une vue directe sur la cabane, tous phares éteints, le moteur tournant au ralenti. Au cas où la folie de Duane le conduirait à se mettre à marcher avant le lever du jour, elle ne voulait pas qu'il la voie. S'il pensait qu'elle l'épiait, il se montrerait deux fois plus retors. Il y avait beaucoup de choses que Duane aimait chez elle – quarante ans de mariage l'en avait convaincue –, mais ce qu'il détestait, c'était son côté fouineur. Karla voulait être au courant de tout ce qui se passait, elle avait toujours été ainsi et elle le resterait. Si Duane voulait la mettre à l'écart de quelque chose, il devait développer des trésors de ruse. Il ne se faisait pas d'illusions. Pendant les quarante années qu'ils avaient passées ensemble, chacun avait fourbi ses armes, l'espionnage et le contre-espionnage, à un degré de raffinement extrême. L'ambition de Karla était de parvenir à espionner sans laisser la moindre trace. Plusieurs fois, elle croyait avoir agi ainsi, mais Duane, grâce à une espèce de sixième sens, l'avait chaque fois démasquée. C'était un jeu qu'ils se jouaient en permanence. À maintes reprises, Karla lui avait promis qu'elle ne l'épierait jamais plus, mais elle rompait immédiatement son engagement. Duane s'attendait toujours à ce qu'elle le surveille, ce qui ne signifiait pas qu'il *voulait* qu'elle le fasse. Leurs parties de cache-cache avaient toujours été un enjeu sérieux dans leur couple.

– Duane, il faut que je sache tout, lui répétait Karla. C'est une question de survie. Si je ne cherchais pas à découvrir ce que tu essaies de me cacher, je ne saurais rien sur toi, rien du tout, et quel genre de mariage est-ce quand une femme ignore tout de son mari ?

– Ce serait pourtant mieux, de mon point de vue, répondait Duane. Pourquoi est-ce que tu ne me laisses pas un peu d'intimité ?

– Je ne peux pas, c'est tout, admettait Karla.

Le jour ne pointait pas encore et elle ne voulait surtout pas que Duane découvre qu'elle s'était mise en embuscade sur la route qui menait à la cabane. Elle avait coupé ses phares avant d'atteindre le dernier virage, de façon à ce qu'aucune lueur ne soit visible depuis la colline. Heureusement, le moteur de la BMW était plutôt silencieux, c'était une voiture discrète comparée aux bruits de ferraille des pick-up qui sillonnaient la région. La route n'était qu'un pâle ruban blanc devant elle ; elle avança dans un doux ronronnement et s'arrêta à un endroit d'où elle était certaine d'apercevoir la lumière dans la cabane de Duane lorsqu'elle s'allumerait ; et elle s'arrêta. Duane avait l'ouïe fine. Si elle coupait le moteur, il risquait de l'entendre lorsqu'elle le remettrait en marche pour partir, alors elle le laissa tourner. Elle sortit du véhicule et tendit l'oreille – même à vingt mètres elle entendait à peine le ronflement du moteur et la cabane se trouvait à plusieurs centaines de mètres au-dessus de la colline. Il n'y avait pas la moindre chance que Duane la confonde cette fois, à moins qu'il ne soit doté de perceptions extrasensorielles.

Karla remonta dans la voiture, descendit sa vitre, s'installa et attendit. Elle se sentait un peu bête et même un peu coupable. Pourquoi ne pourrait-elle pas laisser à son mari un peu de temps pour lui ? Vivre avec elle, la plupart de leurs enfants et tous leurs petits-enfants, c'était peut-être un peu trop pour lui. Le prendre en chasse ainsi au milieu de la nuit frisait la paranoïa, ou un autre type de déviance. Il était assez peu probable qu'il ait une petite amie planquée dans sa petite cabane sans télé, avec seulement un lit une place et un vieux sac de couchage en guise d'édredon. Bien entendu, certaines femmes seraient prêtes à accepter moins que ça pour avoir une aventure avec Duane, mais Karla était presque sûre qu'il avait passé le stade « petite amie », qu'il l'avait peut-être même trop franchement passé. Un homme qui avait atteint le point où il préférait marcher plutôt que de coucher avait besoin d'aide, même si tout ce qu'on racontait dans ses magazines sur des hommes de 85 ans qui passaient leur temps à baiser n'était pas tout à fait vrai.

Alors que Karla se résignait à une longue attente, un miracle se produisit. La lumière s'alluma dans la cabane de Duane – à peine un minuscule point dans la pénombre, mais lorsqu'elle le vit, elle fut profondément soulagée. Duane était bien là, dans la cabane, comme Bobby Lee l'avait dit. Marcher n'était donc pas seulement une stratégie d'évitement compliquée pour détourner son attention sur une aventure amoureuse. Duane était dans sa cabane, probablement sur le point de se faire du café. Bobby Lee lui avait assuré qu'il y avait le plein de café.

Une fois qu'elle vit la lumière et qu'elle sut que son mari allait bien, Karla fit demi-tour sur la route étroite, reculant, braquant, reculant et braquant deux ou trois fois encore, avant de se retrouver en direction de la ville ; elle repartit sans lumière et prenant garde de ne pas mettre ses phares, jusqu'à ce qu'elle ait passé le premier tournant.

Lorsqu'elle entra dans Thalia, elle vit les néons du Dairy Queen s'allumer ; il était 6 heures du matin. Elle hésita un moment, tiraillée entre l'envie de ne pas être seule et le souhait d'avoir quelques minutes de sommeil supplémentaires avant que Little Bascom et Baby Paul ne se réveillent et n'exigent toute son attention.

Le désir d'avoir de la compagnie l'emporta – elle pourrait toujours s'enfermer dans la grande chambre et laisser les gamins frapper à la porte et hurler, jusqu'à ce qu'ils s'épuisent et s'en aillent à quatre pattes. Après tout, Rag pourrait s'occuper d'eux, sans parler de leurs mères.

Le temps de parcourir les quelques centaines de mètres qui la séparaient du Dairy Queen, six pick-up étaient déjà garés sur le parking. Un groupe d'ouvriers du pétrole, décidés à retarder le plus possible le démarrage de leur journée de travail, étaient assis à la grande table au fond de la salle. Karla venait rarement au Dairy Queen si tôt le matin – lorsqu'elle entra, dans un grand mouvement de peignoir, plusieurs d'entre eux lui lancèrent un regard interrogateur.

– Qu'est-ce qu'il y a, J.T., t'as jamais vu une femme en peignoir? demanda-t-elle à un homme en train de se verser une tasse de café. Peur que je te morde ou quoi?

J.T., déjà passablement désarçonné par l'apparition de Karla, le fut encore plus lorsqu'elle lui rentra dans le chou.

– Je suis divorcé, tu te souviens? lui rappela J.T. J'ai *déjà* vu une femme en peignoir, même si ça fait un moment.

– Moi, j'en ai pas vu depuis longtemps et c'est pas un spectacle réjouissant, lança Dan Connor.

Dan se posait toujours en chef de meute, quelle que soit la meute – il avait toujours eu une grande gueule.

– Tu aurais pu te coiffer, ajouta-t-il.

– Je l'aurais fait si j'avais su que tu serais dans le coin, Dan, dit Karla. Je peux m'asseoir?

Sa question prit les hommes de court. Même si la plupart d'entre eux avaient toujours connu Karla, l'idée de l'avoir parmi eux était plus que ce qu'ils pouvaient gérer à une heure aussi matinale.

– Ha, ha, je plaisante, fit Karla. Je n'avais pas l'intention de vous paralyser.

– Tu parles trop vite, c'est le seul truc, répondit J.T.

Il aimait bien Karla, mais il n'était pas préparé à son arrivée intempestive. Maintenant il était confronté au problème de trouver l'équilibre entre être gentil et être trop gentil.

– On pourrait avoir envie de causer de trucs de mecs ; tu pourrais être gênée, lui dit Dan Connor.

– Cela fait dix ans que ça ne m'est pas arrivé, dit Karla. Peut-être que ça serait excitant.

Elle prit son café et alla s'installer à une table près de la fenêtre, aussi loin que possible d'eux. Elle n'avait pas vraiment envisagé de s'asseoir avec eux, elle s'était juste invitée pour les voir hésiter.

On entendit un hurlement de freins à air comprimé venant de l'extérieur. Deux semi-remorques arrivaient de l'autoroute. Trois cow-boys, portant chaps et éperons, entrèrent sur les talons des deux chauffeurs de poids lourds bien ventrus. Les cow-boys transportaient des chevaux dans l'une de ces grandes remorques que l'on voyait beaucoup sur les routes ces dernières années. Dehors, il faisait froid – Karla voyait des volutes de buée sortir du museau des animaux et s'élever en grands panaches au-dessus de la longue remorque. Le ciel était gris. Lorsque Nellie se réveillerait, elle se sentirait abattue, non seulement parce qu'elle se retrouvait dans un endroit où il n'y avait pas de plage, mais aussi sans le moindre rayon de soleil.

Avant qu'elle ait fini son café, tous les pétroliers s'étaient levés et étaient partis en file indienne. Deux d'entre eux lui avaient souri et saluée d'un mouvement de tête.

– Salut, les garçons, avait-elle dit, les regardant monter l'un après l'autre dans leurs pick-up crottés et s'éloigner.

17

Lorsque Duane sortit sur le pas de sa cabane pour s'étirer et regarder à quoi ressemblait le temps, il vit une lumière rouge sur la route. Puis il la vit à nouveau, deux fois. On aurait dit des feux stop ; quelqu'un descendait la route en lacets à l'ouest de sa colline. Sa première idée fut qu'il s'agissait d'un braconnier à la recherche d'un cerf. Mais si quelqu'un avait tiré un animal, il l'aurait entendu et Shorty aurait aboyé.

Sa seconde idée, plus juste, c'est qu'il s'agissait de sa femme, incapable de résister à l'envie de le traquer, une fois de plus. Elle était probablement restée assise sur le bord de la route pendant une heure, déterminée à découvrir s'il était réellement dans sa cabane. C'était agaçant d'un côté, mais touchant de l'autre. Même si Bobby Lee lui avait probablement fait un rapport circonstancié de sa présence sur les lieux, cela n'avait pas suffi à Karla. Elle devait voir les choses par elle-même, avant d'y croire.

Lorsqu'il descendit en ville dans la matinée pour récupérer la lime et quelques provisions, il ne put résister à en parler à Karla ; elle s'activait dans la petite serre qu'ils avaient bâtie derrière le garage et dont le but essentiel était de faire pousser des tomates en hiver.

– Je t'ai vue sur la route ce matin. Tu n'as pas pu résister à l'envie de venir voir ce que je faisais, n'est-ce pas ? lui demanda-t-il.

Il avait lancé cette hypothèse au hasard, après tout, cela aurait très bien pu être un braconnier avec un silencieux dont il avait aperçu les feux arrière.

Karla fut amusée et même un peu soulagée de voir Duane aborder la question. Comme il avait toujours été contrarié par l'attitude de sa femme sur ce point, c'était quelque chose qu'il remette le sujet sur le tapis.

– Comment tu as su que c'était moi? demanda-t-elle. Ma voiture est discrète.

– Parce que ta voiture discrète a des feux stop, dit-il. Je t'ai vue faire demi-tour et repartir sur la route.

– Si ce chemin avait été plus large, je n'aurais pas eu besoin de reculer et de manœuvrer, et tu n'aurais jamais su que j'étais venue, hein?

– Eh non, dit Duane. Comment ça se passe?

– Pourquoi tu te fatigues à demander? Tu es parti, non? répondit Karla. Dan Connor m'a insultée au Dairy Queen. La prochaine fois que tu le croises, j'espère que tu lui mettras sa sale tête au carré.

– Je suis presque sûr qu'il ne cherchait pas à t'insulter. Il est juste maladroit avec les femmes.

– OK, ne lui fais pas une tête au carré, si tu ne me crois pas, dit-elle.

Paradoxalement, après avoir passé la plus grande partie de la nuit à espérer que Duane réapparaisse, sa présence l'ennuyait un peu maintenant qu'il était là. Travailler sur ses plants de tomates la mettait de bonne humeur. Le fait que son mari l'ait quittée paraissait moins grave. Mais, il était là, l'air d'être en parfaite bonne santé. C'était bien les bonshommes, ça – maintenant qu'elle commençait à s'habituer à l'idée qu'il était parti, le voilà qui était à nouveau là, pas parti, et s'attendant à ce qu'elle s'habitue à ce qu'il soit de retour.

– Qu'est-ce qui t'amène en ville, monsieur l'Ermite ? demanda-t-elle.

– J'avais besoin de ma lime, la hache est émoussée, dit Duane. J'aimerais bien prendre quelques tomates aussi, si tu en as des mûres.

Karla lui tendit un fruit qui n'était pas plus gros qu'une noix de pécan.

– Ces tomates ne sont même pas aussi grosses que des noix, dit-elle. Je ne sais pas ce qui cloche. L'hiver a pourtant été ensoleillé.

Duane regretta de ne pas s'être contenté de prendre sa lime dans la boîte à outils et de repartir. Certes, il avait été content de voir Karla et il en avait été ainsi presque toute sa vie ; il aimait son énergie et l'avait toujours appréciée. Mais, aujourd'hui, après seulement une minute de conversation, il avait eu l'impression que les tentacules de l'habitude se déployaient vers lui comme les vrilles d'une vigne. Et les voilà qui se remettaient à parler de ces tomates d'hiver étiolées, un sujet qui revenait chaque année.

Karla paraissait ressentir la même chose. Elle avait cessé de triturer les vrilles de la vigne et elle était assise, les bras autour des genoux, à le regarder.

– Qu'est-ce qui se passe ? Dis-moi. Notre mariage est fini ?

Duane était sur le point de partir, mais il s'arrêta net. Sa femme lui posait une question sérieuse, il lui devait une réponse.

– C'est une question bien trop importante pour que l'on en débatte maintenant – je suis juste venu chercher ma lime. Je veux rester à la cabane pendant un moment. J'aimerais autant éviter les grandes questions, tant que je ne me suis pas oxygéné un peu en marchant, si cela ne te fait rien.

– Si seulement je comprenais ce que ça veut dire, ce désir frénétique de marcher, dit Karla. C'est ce qu'il y a de plus angoissant dans cette affaire.

– Mais c'est tellement intéressant ! dit Duane. Lorsque tu es au volant d'un pick-up, tu ne vois rien d'autre que le pick-up ; et c'est le résumé de ma vie.

– Je sais que tu essaies de rendre les choses plus claires, mais ça ne marche pas, dit Karla. Tu dois être vraiment déprimé. Et si tu essayais l'acupuncture ? C'est un remède vieux de plusieurs milliers d'années.

– Mais pourquoi j'essaierais ?

– Ou tu pourrais tenter la bonne vieille aide psychologique. Pour l'instant, tu es dans le déni.

– Foutaises ! Je n'irai pas, répondit-il sans s'énerver. Bon, on se voit dans un jour ou deux, je retourne à la cabane.

– Tu pourrais au moins aller embrasser Nellie, elle est rentrée la nuit dernière et elle sera vraiment fâchée si tu repars sans l'embrasser.

Duane sentit les tentacules l'enserrer.

– À quelle heure est-elle rentrée ? demanda-t-il.

– Il était tard. Elle a rompu avec Tommy et a dû prendre un taxi pour venir de l'aéroport de Dallas, reconnut Karla.

Elle l'accompagna au garage et attendit tandis qu'il fourrageait dans sa boîte à outils pour trouver sa lime, une pince et un petit jeu de clés anglaises.

Shorty, le bouvier australien, attendait patiemment sur le perron de la porte de derrière. Son intention était d'entrer dans la maison et de s'attaquer à Little Bascom : mais il avait besoin que quelqu'un lui ouvre la porte. Lorsqu'il vit Karla, il se tapit. Elle était celle qui formulait les critiques les plus virulentes à propos de ses efforts pour maintenir Little Bascom dans la salle, où se trouvaient les jouets. Elle l'avait plusieurs fois durement réprimandé et c'était elle qui l'avait fourré dans la voiture pour l'emmener au camp de Juan, Jesus et Rafael.

– Qu'est-ce que ce chien fait ici ? demanda-t-elle. Ne me dis pas que tu t'es à nouveau acoquiné avec cette bestiole ?

– Il est là, c'est tout, chérie, dit Duane. Il est venu à la cabane et je lui ai permis de rester. Ce que j'aime chez Shorty, c'est qu'il n'a aucune exigence.

– Génial. Alors je suis trop exigeante, maintenant !

– Pas particulièrement, mais tout être humain est plus exigeant que Shorty, dit Duane. Elle est infestée de serpents, cette colline. Quand il se met à faire chaud, il les trouve avant que je risque de me faire mordre.

À ces mots, un sentiment de tristesse submergea Karla. Elle secoua la tête plusieurs fois, perplexe.

– Les serpents ne sortiront pas avant deux bons mois, Duane, dit-elle.

– Ou six semaines, si la température monte bientôt, dit Duane en se rendant compte de son erreur.

– Six semaines, deux mois, peu importe. Moi, j'ai juste l'impression que tu as l'intention de faire de ta cabane ta résidence permanente. C'est bien ça ?

– Je ne sais pas. Je n'ai pas d'échéancier. Les échéanciers, c'est encore un de ces trucs dont j'ai assez, comme les pick-up, le pétrole et d'autres choses encore.

– La famille serait-elle une de ces autres choses ? On dirait que c'est sérieux tout ça.

– Je ne le ressens pas ainsi, dit-il. J'ai juste le sentiment que c'est ce que je dois faire.

Karla secoua la tête à nouveau.

– Tu ne te rends peut-être même pas compte à quel point c'est sérieux, dit-elle. Tu es peut-être en pleine dépression nerveuse, mais tu parles si peu de quoi que ce soit qu'on ne s'en rend pas compte. Tu as toujours su tromper la plupart des gens, Duane. Tout le monde pense que tu es l'homme le plus normal du monde, mais ce n'est pas vrai.

– Je n'ai jamais prétendu être particulièrement normal, si ?

Il avait trouvé son vieux sac à dos dans un placard du garage et y glissa quelques outils. Ce sac à dos était une relique d'un temps bien plus ancien, lorsqu'il faisait du camping. Il contenait encore quelques morceaux de viande séchée qui avaient dû être achetés plus de dix ans auparavant.

Karla semblait ne plus s'intéresser le moins du monde à la question de sa normalité. Ses chaussures étaient couvertes de la boue laissée par l'arrosage des plants de tomates. Elle essayait de la racler à l'aide de son déplantoir.

– Tu ne pourras pas mettre beaucoup de provisions dans ce sac à dos, lui fit-elle remarquer. Tu devrais essayer de manger sain, même si tu es en train de perdre la boule.

– Je ne perds pas la boule. On se reverra dans quelques jours, dit Duane. Allez, viens, Shorty.

– Tu sais, l'acupuncture, ça marche assez bien, dit Karla lorsqu'il fut sur le trottoir. Tu devrais au moins y réfléchir.

– OK, fit Duane. J'y réfléchirai.

Il était deux rues plus loin lorsqu'il se rendit compte qu'il avait oublié d'aller embrasser Nellie ; il se retourna pour contempler sa maison quelques instants, regrettant de ne pas y avoir pensé. Mais elle paraissait déjà si éloignée de lui, de plus c'était l'endroit où les vrilles de l'habitude étaient les plus denses. Dans sa maison, une chose familière menait à une autre chose familière – s'il allait embrasser Nellie, il aurait du mal à ne pas s'arrêter auprès de Little Bascom, ou Baby Paul, ou Rag, ou même Bubbles, Willy et Barbi, qui tous avaient tendance à traîner à la cuisine le matin, à agacer Rag et à faire tout ce qu'ils pouvaient pour retarder le moment de partir à l'école. Ses enfants détenaient autrefois le record absolu des retards de la région, mais ses petits-enfants avaient déjà largement battu ce record. S'il entrait juste au moment où Rag essayait de préparer leurs sandwichs pour midi, cela rendrait la situation difficile plus difficile encore. Tous les enfants voudraient lui parler des injustices les plus récentes qui leur avaient été infligées et, si la voiture de Rag refusait de démarrer – elle choisissait souvent de tomber en panne au moment où la sonnerie retentissait pour la dernière fois –, ce serait à lui de la réparer. C'était un gros risque, juste pour embrasser sa fille, mais elle était la bienvenue si elle venait lui rendre visite dans sa cabane pour recevoir tous les baisers qu'elle voudrait.

De toute manière, elle ne doit pas être levée – elle est rentrée vraiment tard, se dit-il, comme s'il devait se trouver une excuse et qu'il n'ait que son chien son chien pour l'exprimer.

Quelques minutes plus tard, il vit un nuage de poussière sur la route derrière lui : c'était Rag qui passait en trombe dans sa vieille Chevy pleine de gosses, tentant d'arriver avant la dernière sonnerie. Elle n'y parvint pas. Avant qu'ils ne franchissent le portail de l'école, Duane l'avait déjà entendue.

18

Au moment où Duane passait devant la maison de Lester Marlow, il vit l'ancien banquier en personne, assis sur son porche, dans un peignoir vert, visant avec son .22 une cible dans son propre jardin. Avant que Duane soit assez près pour l'identifier, Lester tira trois coups en rafale. Il y avait de la terre retournée et quelques mottes dans le jardin ; lorsque Duane se fut un peu rapproché, il comprit que Lester tirait sur les mottes, ce qui était un comportement étrange, même pour un homme qui avait fait plusieurs longs séjours en hôpital psychiatrique, et, en plus, cela risquait fort d'attirer l'attention des forces de l'ordre. Après tout, on était en début de matinée, juste après le départ des enfants pour l'école.

Lorsque Lester aperçut Duane, il abaissa sa carabine et vint jusqu'au portail pour le saluer. À ce moment-là, son épouse, Jenny, quitta en trombe l'allée dans sa petite Zastava Yugo noire, la seule à Thalia. Jenny était allée en avion à Newark, dans le New Jersey, pour aller chercher sa voiture. Entre les factures d'avocat, de médecin et le prix élevé des médicaments de Lester, Jenny devait être vigilante concernant leurs finances, et une voiture dont on prétendait qu'elle consommait à peine deux litres aux cent, représentait un avantage non négligeable. Jenny travaillait maintenant comme sténographe à la cour.

Lorsqu'elle sortit de l'allée à toute berzingue, elle tenait un gobelet isotherme qui paraissait aussi grand que la voiture. Il ne lui restait plus de main pour saluer Duane, alors elle lui fit un signe de la tête.

– Jenny adore sa Yugo, dit Lester.

Il était fier de l'esprit économe de sa femme, qui s'était donné tant de mal pour trouver une voiture qu'ils pouvaient entretenir. Lui-même, malgré des années de thérapie, n'avait jamais réussi à prendre des habitudes économes. Lorsque Lester avait de l'argent, il le dépensait immédiatement. Par moments, au grand désespoir de sa femme, il le dépensait même avant de l'avoir, grâce à des manipulations sur les distributeurs automatiques dont il avait le secret.

– Pourquoi est-ce que tu tires sur des mottes de terre, Lester ? demanda Duane en approchant.

– Je ne dégommais pas les mottes, je tirais DANS la terre, répondit Lester. Il y a une taupe là-dessous, quelque part. Je me dis que si je truffe le sol de balles je finirai par l'avoir, un jour ou l'autre. Tu me fais un bon prix pour ton pick-up ?

– Qu'est-ce que tu ferais avec mon pick-up ? Je ne crois pas que tu sois du genre à te promener en pick-up.

– Non, mais j'envisage de monter un stand à cette grande foire à tout à Fort Worth. J'ai besoin d'un pick-up pour emporter tout le bazar que j'ai l'intention d'y vendre. On peut pas mettre tellement de bazar dans une Yugo.

Duane entra dans le jardin et examina les mottes de terre, qui paraissaient avoir été faites par un tatou, une créature connue pour avoir des effets néfastes sur les pelouses.

– Tu te trompes de bestiole, tous ces dégâts ont été causés par un tatou, expliqua-t-il à Lester.

– Possible. Cette histoire de taupe, c'est ce que je raconte au nouvel adjoint du shérif, quand les voisins se plaignent de mes petits jeux de gâchette. J'ai fini par convaincre le bonhomme que j'avais une taupe dans mon jardin. En fait, c'est juste que j'aime bien dégommer les mottes de terre. C'est pourtant bien inoffensif.

– Oui, enfin, tant que tu ne touches pas un voisin.

– Allez, j'en ai écorché qu'un seul depuis tout ce temps.

– Je sais, mais il se trouve que c'était Karla, exactement celle qu'il ne fallait pas écorcher.

Quelques années auparavant, Karla s'était intéressée à la photographie ; elle essayait de prendre un géocoucou lorsqu'une balle tirée par Lester avait ricoché sur une bouche d'incendie et fait exploser le flash de son appareil photo. Même si Lester se trouvait à huit cents mètres et ne savait pas qu'elle voulait photographier des géocoucous, Karla avait fait un tel ramdam autour de l'incident que Lester avait essayé de prétendre qu'il tentait d'abattre un chien fou, une histoire que personne n'avait crue, bien qu'un chien enragé soit passé par là, un jour ou deux plus tard, et ait mordu un citoyen qui tondait son gazon.

– Karla a la rancune tenace, hein ? fit Lester. C'est pour ça que tu es parti ?

– Non, je me suis mis à marcher parce que j'aime ça, dit Duane.

– C'est pour la même raison que je tire sur des mottes de terre, dit Lester. Ça me donne un sentiment de paix de tirer sur des trucs.

– Tu pourrais t'inscrire dans un club de tir, suggéra Duane.

– Si tu te promènes partout comme ça, garde l'œil ouvert et signale-moi toutes les choses que je pourrais vendre à la brocante, dit Lester, faisant l'impasse sur la suggestion de Duane.

– Je n'ai pas remarqué beaucoup d'objets intéressants à ramasser au bord des routes. De quel genre de choses parles-tu ?

– Tu n'es jamais allé dans une brocante ? Il y a des gens qui s'ennuient tellement qu'ils y vont et sont prêts à acheter n'importe quoi. Ils achètent même des cailloux, s'ils ne trouvent rien d'autre pour dépenser leur argent. Bien sûr, il arrive que l'on tombe sur un caillou intéressant, mais pas toujours.

Duane commençait à regretter de s'être arrêté devant la maison de Lester. Il lui arrivait de se sentir un peu coupable quand il s'agissait de Lester, persuadé d'être un mauvais voisin ou un mauvais ami, tant il espaçait ses visites. On disait que Lester était plus déprimé que jamais ; sans une visite par-ci par-là pour lui remonter le moral, le pauvre gars serait peut-être obligé de retourner à l'hôpital. Peut-être même qu'il se suiciderait, ce qui serait un coup terrible pour Jenny, qui l'aimait malgré tout.

– N'importe quoi, disait toujours Karla, lorsque Duane lui confiait sa culpabilité envers Lester qu'il négligeait selon lui. Certains fous sont très contents d'être fous. Et ils aiment bien que tous les gens sains d'esprit qu'ils connaissaient se sentent coupables de ne pas aller les voir plus souvent.

Elle avait fait cette remarque il y a bien longtemps, bien avant d'imaginer que son propre mari se comporterait lui aussi comme un dingue – abandonnant, par exemple, son pick-up flambant neuf pour lui préférer la marche à pied. À l'époque, elle essayait seulement de décourager Duane de fréquenter Lester de trop près, car tout le monde savait que Jenny Marlow avait un gros béguin pour Duane... depuis la classe de CP, peut-être même avant.

Chaque fois que Duane faiblissait et allait chez Lester prendre de ses nouvelles, à peine le pied posé chez lui, il regrettait invariablement sa décision. Il ne fallait que quelques minutes à Lester pour se décharger sur Duane de sa dépression. Il arrivait tout fier d'être cet ami si fiable et si loyal, et repartait toujours complètement démoralisé, comme s'il couvait la grippe.

Ça se passait toujours ainsi et cette fois-là ne dérogea pas à la règle. Il avait marché d'assez bonne humeur et s'était simplement arrêté chez Lester pour savoir sur quoi il tirait, et maintenant, Lester essayait de lui acheter son pick-up pour pouvoir trimbaler son fatras jusqu'à une foire au troc à Fort Worth.

– T'as qu'à y réfléchir pendant que tu marches, suggéra Lester. Essaie de repérer des chaises que les gens ont balancées au bord de la route. Les gens balancent toujours leurs vieilles chaises miteuses. Les merdes des uns font le bonheur des autres. C'est le premier principe des brocantes. Si tu vois des canifs que des gens auraient laissé tomber, ramasse-les. Les canifs se vendent super bien sur ces marchés.

Duane ne se rappelait pas avoir trouvé un couteau de poche égaré de cette façon – mais cela ne faisait que deux jours que son regard était rivé au sol ; si ça se trouvait, il y en avait partout, des canifs.

– Si tes petits-enfants ont des jeux vidéo dont ils se sont lassés, demande-leur s'ils veulent bien me les prêter, dit Lester. Je n'en ai que deux, Jenny ne veut pas m'en acheter d'autres, même si mon psychiatre dit qu'il faut vraiment que je retrouve l'enfant qui est en moi.

– Et pourquoi elle ne veut pas t'en acheter d'autres ? demanda Duane.

– Trop cher, dit Lester. Certains de ces jeux vidéo coûtent presque aussi cher que sa voiture. Personne ne lui a dit d'aller dans le New Jersey s'acheter une Yugo, ajouta Lester, comme si l'argument venait juste de lui venir à l'esprit. Elle pourrait faire comme toi – marcher. Ce n'est pas si loin que ça du tribunal.

Duane ne commenta pas. La seule manière de sortir d'une conversation avec Lester était de le planter là, au beau milieu de l'échange. Il commença à s'éloigner d'un pas nonchalant. Lester le suivit mais pas au-delà du coin de son jardin.

– Je ne pense pas que Jenny soit d'accord avec mon psy sur l'histoire de l'enfant intérieur, dit Lester. Jenny passe son temps à me dire de grandir. Mais comment est-ce que je peux grandir si je suis censé encourager mon « enfant intérieur » ? À qui dois-je me fier, à ma femme ou à mon psy ?

Duane ne répondit pas. Il regretta de ne pas avoir choisi l'autre chemin. Celui qui passait par la maison de Lester était le plus familier et le trop familier était exactement ce qu'il désirait éviter à tout prix. La journée ne paraissait plus aussi fraîche et agréable que lorsqu'il s'était rendu en ville le matin. Le problème étant que presque tous les endroits où il pouvait aller à pied, à commencer par celui d'où il était parti, étaient trop familiers.

Pendant un moment, il se sentit stupide à cette idée – son moral descendit en flèche. Que pensait-il donc découvrir en marchant plutôt qu'en conduisant ? Qu'au ralenti, il était obligé de voir des choses qu'il s'était efforcé d'ignorer. En train de marcher, à mi-chemin entre sa maison et la ville, il ne se sentit plus aussi libre ni déterminé, mais envahi par un sentiment de confusion et d'incertitude. Sa marche n'était plus désormais un plaisir enrichissant, mais une façon d'aller d'un point A à un point B, et le point B, c'était sa cabane.

Il s'arrêta au Kwik-Sack pour acheter en vitesse une miche de pain, du bacon, du beurre de cacahuète, quatre boîtes de soupe à la tomate, des Fritos et un petit paquet de croquettes pour chien.

Sonny Crawford était rentré dormir, ce qui était une bonne chose. Le simple fait d'avoir vu Lester Marlow avait suffisamment abattu Duane pour la journée.

Une fois qu'il eut retrouvé le chemin de terre et qu'il se fut assez éloigné de la ville, il commença à se sentir mieux, même si ce n'était pas comparable au bien-être qu'il avait éprouvé quand il était parti au petit matin vers la ville. Quelque chose avait changé. Pendant deux jours il avait été très heureux et c'était fini.

Tandis qu'il traversait un petit pont de bois qui franchissait un cours d'eau peu profond, il s'arrêta un instant pour contempler l'eau marron. Quelqu'un avait jeté une vieille batterie de voiture par-dessus la rambarde du pont et elle était tombée au bord du ruisseau. Une tortue était assise dessus. Si Lester voyait la batterie, il essaierait probablement de la remonter et de l'emporter à sa brocante.

Debout sur le pont, à regarder le clapotis de l'eau brune lécher la vieille batterie, rien de plus qu'un vilain débris, Duane se rappela les paroles insistantes de Karla auxquelles il n'avait pas prêté attention sur le moment : elle avait dit à plusieurs reprises qu'il était déprimé. Elle en était tellement persuadée qu'elle était venue en voiture en pleine nuit jusqu'à son petit chemin de terre, juste pour voir s'il allait bien. Karla n'avait pas totalement raison, mais elle avait rarement totalement tort, dès qu'il s'agissait de sa famille. Peut-être était-il déprimé ?

Mais ce dont il était sûr, c'était le spectacle d'une batterie jetée dans le ruisseau qui le déprimait. Dans cette région, les gens avaient cette habitude de balancer leurs détritus depuis les ponts pour s'en débarrasser de la façon la plus expéditive. Il suffisait de traverser n'importe lequel dans le comté pour voir l'équivalent de cette batterie avec une tortue installée dessus. Les gens choisissaient la facilité lorsqu'il s'agissait d'éliminer ce qui les encombrait. Ils s'arrêtaient sur le pont et jetaient depuis leur pick-up ce dont ils ne voulaient plus. Il avait toujours vu ça. C'était moche – ce n'était pas nouveau – mais la pollution visuelle n'avait jamais particulièrement dérangé Duane auparavant.

Maintenant, il en était tellement affecté qu'il aurait aimé voir infliger d'énormes amendes à quiconque serait pris la main dans le sac.

– Je voudrais le tuer, dit-il à Shorty, en parlant du coupable.

Puis, il se rendit compte qu'il venait d'énoncer une pensée délirante et, qui plus est, à un chien. Le fait de déposer des ordures était une nuisance, pas un crime d'une gravité extrême. S'il n'aimait pas voir cette batterie dans le ruisseau, il n'avait qu'à descendre et l'enlever de là, au lieu de menacer de tuer l'homme qui l'avait jetée.

Duane descendit du pont et se faufila sous la clôture en barbelés près de l'endroit où se trouvait la batterie. Lorsqu'il déboucha sur l'herbe, la tortue se jeta dans l'eau. Il y en avait si peu qu'elle ne fut même pas recouverte complètement. Elle nagea quelques instants, puis s'arrêta.

Trouver un endroit pour mettre la batterie de manière à ce qu'elle ne constitue plus une pollution visible ne fut pas facile, mais Duane remonta le long du ruisseau jusqu'à ce qu'il trouve un trou d'une taille adéquate, un fondis. Une chance, la batterie entrait dedans comme une main dans un gant. Duane mit par-dessus quatre ou cinq pierres afin de la recouvrir complètement ; il ne voulait pas qu'elle soit visible. S'il la recouvrait de terre, la prochaine pluie l'emporterait, il ramassa donc suffisamment de pierres pour en faire un tas assez haut pour cacher l'horrible chose. Puis il en fit le tour plusieurs fois pour s'assurer qu'elle n'était absolument plus visible depuis la route.

Pendant que Duane était absorbé par sa tâche, Shorty débusqua une vieille mère mouffette, avec ses quatre bébés qui la suivaient à la queue-leu-leu. Il aboya avec fureur à leur passage, mais il s'était déjà fait battre à plates coutures plus d'une fois dans sa vie, et il avait compris la leçon infligée par ces petits animaux noir et blanc. Il aboya, mais ne s'engagea pas plus avant.

Une fois la batterie enfouie, Duane se sentit un peu mieux. Il avait l'impression d'avoir apporté une petite, mais importante contribution à l'amélioration esthétique du paysage. Mais, au moment où il repassa la clôture en barbelés, il vit quelque chose de pire ; de l'autre côté de la route, dans le même ruisseau, quelqu'un avait jeté un siège de voiture. Il n'avait pas remarqué sa présence lorsqu'il avait traversé le pont parce qu'une branche de chêne étoilé faisait écran, mais là, il était bien visible. Presque tout le capitonnage avait été retiré, dévoilant un hideux enchevêtrement de ressorts. Aucun doute, les rats et autres petits animaux avaient fait bon usage de la garniture ; ce qui autrefois rembourrait un siège de voiture agrémentait maintenant probablement de nombreux terriers dans les prés traversés par le ruisseau.

Ce qui restait, cependant, était tout aussi laid que la batterie, en plus grand, et plus difficile à cacher. Il y avait peu de chances qu'il trouve dans les alentours un trou assez grand pour y fourrer un siège de voiture. Pendant un moment, Duane ressentit la même haine meurtrière contre l'auteur du forfait. Ce type de comportement était terrible, dégueulasse. Et pourtant, il avait conscience, et cela le mettait mal à l'aise, que le coupable était peut-être l'un de ses propres employés, Juan, Jesus ou Rafael, par exemple. Les ouvriers qui travaillaient au noir possédaient des vieilles camionnettes bringuebalantes et infestées de vermine, qu'ils échangeaient fréquemment pour d'autres en tout aussi mauvais état. Bien sûr, on ne pouvait pas vraiment en vouloir à des hommes aussi pauvres que ces trois Mexicains de s'être débarrassés d'un vieux siège de voiture de la manière la plus facile. Ces hommes trimaient dur et ils étaient honnêtes, mais ils n'avaient aucune énergie à consacrer à la préservation esthétique d'une terre qu'ils ne posséderaient jamais. Son propre fils Dickie avait essayé un jour de faire disparaître un vieux pick-up en le balançant par-dessus le parapet, dans un lac. Dickie avait eu l'intention de déclarer le pick-up volé, de manière à récupérer l'argent de l'assurance afin d'acheter de la drogue. Mais le lac, à l'endroit où le pick-up plongea, faisait moins d'un mètre vingt de profondeur; tout ce que Dickie en tira, ce fut un pick-up trempé rempli de mocassins, d'eau et de tortues. Six mois plus tard, alors que Dickie était en prison, Duane et Bobby Lee avaient sorti le pick-up du lac en le remorquant et l'avaient vendu à la casse.

L'endroit où se trouvait le siège était assez boueux, mais Duane réussit à l'attraper avec un long bâton et à le tirer jusqu'au bord. De minuscules grenouilles qui s'y étaient réfugiées se sauvèrent. Il ne sut pas exactement quoi faire de cet objet immonde et déliquescent; il finit par le cacher aussi bien que possible derrière un gros bosquet de chaparral. Comme beaucoup d'herbes poussaient autour, il y avait peu de chance que quiconque s'aventure dans le coin et découvre le siège. Seuls des têtes de bétail ou un coyote égaré risquaient de s'en approcher.

Pourtant, Duane n'était pas complètement satisfait. Il devint aussi obsessionnel avec ce siège qu'il l'avait été avec la batterie.

Il ne voulait pas que l'on en aperçoive la moindre trace. Il n'y avait pas assez de pierres pour recouvrir complètement le siège, alors il se mit à rassembler des branches et des bouts de bois. Il lui vint à l'esprit que si Sam Tucker, un vieux rancher taciturne, à qui appartenait la terre sur laquelle il se trouvait, passait par là et le voyait s'agiter autant pour cacher un vieux siège de voiture, il penserait qu'il avait perdu la tête. Sam Tucker avait, de toute manière, une piètre opinion de l'équilibre mental de ses congénères. Il avait été le shérif du comté pendant vingt ans, période pendant laquelle il avait eu tout le temps de voir ce que la nature humaine pouvait offrir de pire.

Malgré le passage de plusieurs pick-up pendant que Duane était occupé à recouvrir le siège, personne ne remarqua sa présence.

Bientôt, l'objet fut si bien planqué que seul un rat ou un serpent aurait pu le localiser. S'il s'était trouvé sur une terre lui appartenant, Duane l'aurait brûlé, puis il aurait fourré les ressorts dans un trou, mais il ne se permettrait pas une chose pareille sur une parcelle appartenant à Sam Tucker. Certes, Sam serait probablement un peu étonné de voir le tas de branchages à côté du bosquet de chaparral. Duane se promit de le lui expliquer, si l'occasion s'en présentait un jour.

Une fois qu'il eut terminé, Duane retrouva un peu de sérénité. Il avait fait de son mieux pour préserver le paysage, même si dans un comté jonché de détritus, ce n'était qu'une goutte d'eau dans l'océan. Au moins, il avait rendu ce petit bout de ruisseau un peu plus agréable à l'œil. C'était finalement une matinée bien remplie. Se sentant moins déprimé, il ramassa son sac à dos, siffla Shorty et poursuivit son chemin. Heureusement, il n'y avait plus ni ruisseaux ni pont sur le trajet le ramenant à sa cabane.

19

Lorsque Duane arriva dans sa cabane, il rangea ses quelques provisions et ses outils. Il était rentré, mais il n'était pas complètement détendu. Il s'assit avec sa lime et se mit à affûter sa hache, puis il s'arrêta après quelques coups seulement, se sentant tout fébrile, empli de rage, comme s'il avait reçu une décharge d'adrénaline. Il devait essayer de se calmer et de l'évacuer. Il se dit que c'était d'avoir vu les détritus, la batterie et le siège de voiture, dans le ruisseau qui avait provoqué sa colère. Il était probable que ces deux objets étaient là depuis des mois; il avait dû franchir ce pont au moins cinquante fois sans remarquer leur présence. Il était même passé à pied dessus au moins deux fois sans les voir. Cela ne lui ressemblait pas de se laisser troubler autant par quelque chose d'aussi trivial, simplement deux débris ordinaires dans un ruisseau. Et pourtant, une véritable fureur s'était emparée de lui pendant quelques minutes, une fureur si intense que ses mains en tremblaient encore. Les déchets ne se trouvaient même pas sur ses terres, ne polluaient même pas sa portion du ruisseau. Il avait pratiquement eu une attaque en les voyant, ce qui semblait aller dans le sens des remarques de Karla au sujet de son caractère de plus en plus irritable ces derniers mois.

– Peut-être que c'est trop de caféine. Peut-être que je devrais réduire le café, qu'est-ce que t'en penses ? dit-il à Shorty qui dormait à côté du tas de bois.

Le chien ne se réveilla pas.

Duane passa l'après-midi assis dans son transat, recouvert par son poncho. Il aimait bien être dehors et il aimait aussi avoir chaud, en contemplant l'horizon et les faucons qui tournoyaient au-dessus de la plaine broussailleuse en contrebas.

À peine quarante-huit heures auparavant, il avait essayé de savoir par où commencer pour écluser les sujets qui aiguisaient sa curiosité : la botanique, la fabrication de biscuits, les pyramides. Il y avait, après tout, une abondance déconcertante de choses qu'il pouvait entreprendre. Mais il y avait aussi un certain nombre de compétences qu'il ne maîtrisait pas ; il était, par exemple, un piètre bûcheron, comme il l'avait découvert le jour précédent lorsqu'il avait coupé le bois pour la cheminée. Il pourrait commencer par passer une semaine ou deux à perfectionner son maniement de la hache. Il n'aurait pas besoin de s'éloigner bien loin de la cabane pour s'y exercer, ce qui lui convenait. La confection de biscuits attendrait sa prochaine excursion en ville, qui n'aurait lieu que d'ici quelques jours ; car il avait oublié de prendre de la farine quand il était parti ce matin.

Au bout d'une heure passée dans son transat, Duane commença à retrouver la sensation d'apaisement qu'il avait éprouvée la première fois qu'il était parti à pied et s'était installé dans la cabane. Elle lui semblait être l'endroit idéal, contrairement à la ville. D'une certaine manière, le fait d'être allé à Thalia ce matin avait entamé sa sérénité, mais son malaise s'atténuait et il commençait à retrouver son équilibre intérieur. Il était difficile d'expliquer ce qui l'avait causé réellement, puisque tout ce qu'il avait fait, c'était aller chercher quelques outils et quelques provisions. Il avait bavardé avec son épouse quelques minutes, ce qui n'avait pas été désagréable. Karla s'était montrée inquiète et un peu triste, mais pas rancunière. Ensuite il avait écouté Lester Marlow bavasser un petit moment ; c'était déprimant, mais les visites à Lester étaient toujours déprimantes. Lester n'était qu'un homme égoïste un peu fou qui était trop grand pour recevoir une fessée. La loi ne l'avait même pas fessé très fort, alors qu'il avait volé plus de cent mille dollars et enfreint toutes les règles de la profession de banquier.

Rien de ce qui s'était produit en ville n'aurait dû le déprimer à ce point et les détritus dans le ruisseau non plus. Il se rendit compte que, pour la première fois de sa vie, il avait trop de temps pour réfléchir ; bien sûr, il l'avait *voulu* ce temps, mais c'était probablement parce qu'il n'avait pas prévu à quel point penser pouvait être délicat. Penser, ça devait être un peu comme l'escalade, il fallait d'abord s'habituer à l'altitude. Il n'était pas habitué à réfléchir et, en particulier, sur lui-même. Il avait probablement essayé de penser trop, trop tôt, sans se donner le temps de s'accoutumer à l'altitude requise. Il faudrait qu'il ralentisse en matière de réflexion, ne pas en faire autant à la fois, et peut-être apprendre à éviter les domaines de pensée dangereux, les zones qui pouvaient troubler sa sérénité. Il était probable que penser était une activité à laquelle on devait s'adonner de façon méthodique en prenant quelques précautions.

Le vent se leva, cinglant. Il dut serrer plus soigneusement le poncho tout autour de lui. Des virevoltants commençaient à tournoyer sur la route en contrebas. Il ne voulait pas être comme une amarante, son esprit patinant chaque fois que la vie lui enverrait une bourrasque.

Puis la température se mit à chuter. On était en février, le printemps n'arriverait pas avant un bon mois. Même avec le poncho sur lui, le transat ne lui offrait plus un endroit confortable ; il siffla Shorty et rentra dans la cabane, sur les pas du chien.

Il avait eu l'intention de prendre un truc à lire pendant qu'il était en ville, peut-être un atlas routier ou un magazine de pêche, ou une revue sur les bateaux, juste quelque chose pour distraire un peu son esprit. S'il avait un atlas routier, il pourrait l'étudier et organiser une ou deux excursions. Il y avait un présentoir couvert de magazines au Kwik-Sack, mais il avait été tellement obsédé par le besoin de quitter la ville rapidement qu'il n'avait rien acheté.

Il avait aussi prévu de prendre un bloc et quelques stylos à bille. Il se dit qu'il pourrait faire une liste, noter certaines choses qu'il voulait apprendre à faire, certains endroits où il pourrait avoir envie d'aller, certains problèmes qu'il avait besoin de régler.

Mais sa soudaine dépression l'avait empêché d'être vraiment efficace. Il avait eu l'intention d'acheter assez de choses pour être autonome pendant une semaine ou deux ; l'idée de passer une longue période dans la cabane, sans descendre en ville, le réjouissait. Comment pourrait-il progresser dans une vie nouvelle s'il devait sans cesse se taper des allers-retours à Thalia, la ville où il avait laissé derrière lui tous ses anciens problèmes ? Il aimait la simplicité et l'ordre qui régnaient dans sa cabane, avec la chaise, la table, le lit, le fourneau, la cheminée, la douche et les clous pour accrocher ses vêtements, chaque chose avait sa place.

La cabane était le contraire de sa maison en ville où c'était le foutoir permanent ; ses enfants qui se droguaient et négligeaient *leurs* enfants, le personnel de son entreprise pétrolière qui devenait plus cinglé chaque année. Bien sûr, Karla entretenait une belle serre, il fallait lui reconnaître cela, même si les tomates d'hiver n'étaient pas plus grosses que des noix de pécan. Mais la ville bouillonnait de désordre et, ce qu'il voulait dans sa vie, c'était l'ordre. Que chaque outil soit à sa place à la fin de la journée.

Une fois à l'intérieur, Duane parcourut son domaine du regard et parvint à la conclusion que ce qu'il regrettait le plus dans cette expédition matinale durant laquelle il avait été négligent était le bloc-notes. Il ne lui restait que trois feuilles de papier et son seul stylo à bille montrait des signes de faiblesse. Jusqu'à ce qu'il en acquière un neuf, il allait devoir se montrer rigoureux en rédigeant ses listes.

– Aide-moi à réfléchir, Shorty, dit-il. Il ne nous reste que trois feuilles de papier.

Il les arracha du bloc et s'assit pour établir sa liste, en se servant d'un vieux magazine de pêche comme sous-main. Il décida que la meilleure manière de procéder, c'était d'utiliser une feuille pour consigner les choses dont il avait besoin, une autre sur les endroits où il désirait se rendre et les compétences qu'il voulait acquérir, et la troisième servirait à lister les problèmes qu'il lui faudrait régler, s'il parvenait à les identifier.

Sur la première feuille, et après réflexion, il écrivit :

1. Farine
2. Magazines
3. Atlas routier
4. Pelle

Ce dernier outil lui était venu à l'esprit le matin même, quand il s'était rendu compte qu'une pelle lui aurait été bien utile pour enterrer la batterie.

Sur la seconde feuille, en haut, il nota « À faire ». Puis il lista :

1. Faire des biscuits

2. Les pyramides d'Égypte
3. Cratère de météorite
4. Lectures sur les guerres mondiales

Le numéro trois, le cratère de météorite, près de Holbrook, en Arizona, était un lieu qu'il avait toujours voulu explorer, tout comme les guerres mondiales étaient des sujets sur lesquels il avait toujours voulu enrichir ses connaissances. Son grand-père avait combattu dans la première, son père, dans la seconde, mais ils étaient tous les deux décédés avant d'avoir pu partager beaucoup de souvenirs avec lui. Des millions de personnes étaient mortes pendant ces guerres, dont l'une avait eu lieu de son vivant, et il souhaitait comprendre les mécanismes qui les avaient déclenchées.

Son stylo n'avait plus beaucoup d'encre. Son écriture était encore nette quand il acheva la deuxième page avec les guerres mondiales. Mais, en arrivant à la dernière page *des problèmes à régler*, il était presque en panne sèche.

Après avoir regardé par la fenêtre pendant quelques minutes, il dessina le chiffre 1 sur la page. Ensuite, d'une écriture à peine visible, il écrivit le mot « dépression ».

es trois jours suivants, Duane se tint à bonne distance de Thalia. Chaque jour, il entreprenait une longue et minutieuse promenade dans sa propriété. Un matin, il fit tout le tour de la colline où se trouvait la cabane. Il prit son temps, en explora tous les coins, surprit un blaireau et deux tatous, repéra plusieurs trous qui pouvaient être des refuges à serpents, trouva une jolie pointe de flèche en silex et aperçut trois cochons sauvages. Depuis qu'il avait pris la décision de vivre sur cette colline aussi longtemps qu'il pourrait l'envisager, il désirait commencer à établir une sorte d'intimité avec elle.

Sa promenade journalière l'emmena le long des rives de la petite rivière qui serpentait sur la partie nord de son terrain. En chemin, il surprit par deux fois des dindons sauvages et débusqua quelques tétras des prairies, ce qui l'enchanta. Peut-être que les tétras des prairies allaient venir se réinstaller dans les plaines du Sud.

S'il apprécia ces rencontres, il apprécia beaucoup moins l'état du lit de la rivière où gisaient toutes sortes de débris, rien d'aussi énorme que la batterie ou le siège de voiture, mais beaucoup de boîtes de conserve, de bouteilles et détritus divers. Visiblement, les gens avaient pris l'habitude de nettoyer leurs pick-up sur le pont qui franchissait la petite rivière et les déchets descendaient en flottant jusqu'à sa propriété, échouant sur ses rives ou se coinçant dans les bas-fonds.

Il y avait des canettes, des bouteilles de bière, des bidons vides d'huile de boîte de vitesses et d'antigel, une lunette de toilette, plusieurs cartons, une vieille chaussure, une casquette datant de Mathusalem pleine de boue et – exactement ce que Lester lui avait demandé de chercher – une chaise dont l'assise était fichue. L'hiver avait été pluvieux. Les eaux avaient déposé toutes ces saloperies le long du ruisseau, depuis l'entrée de ses terres, côté ouest, jusqu'à sa sortie, à l'est.

Duane ne tenta pas immédiatement de nettoyer ; il y avait trop à faire sur les deux berges du cours d'eau, trop haut pour qu'on puisse y patauger. D'autre part, il n'avait aucun moyen de ramasser un tel nombre de déchets. Il ne se mit pas en colère, comme la veille, mais il ressentit une certaine mélancolie en remontant la berge de la rivière. Les gens étaient des cochons – au-delà du supportable. Ils passaient leur vie à créer des déchets et, ensuite, ils les balançaient du pont par facilité. À un moment, il dégagea de la boue un sac en plastique qui contenait des seringues. Ces porcs étaient non seulement sales, mais en plus ils se droguaient – sur le moment, cette saleté le choqua plus que la drogue.

Lorsqu'il rentra à la cabane, au coucher du soleil, il ajouta des sacs-poubelle à la liste de ses courses ; en précisant « grands ». Avec des grands sacs-poubelle, il pourrait nettoyer la berge en un jour ou deux. Cela ne résoudrait pas le problème de la saleté humaine, mais, au moins, la rivière serait plus propre pendant quelque temps.

Le troisième jour, en fin d'après-midi, il vit une petite voiture rouge vif arriver sur la colline. C'était la petite Saab de Nellie.

Depuis qu'elle avait eu son permis de conduire, Nellie avait toujours eu un penchant pour les voitures rouges. «Plus sportives», disait-elle. Duane s'attendait un peu à voir débarquer sa fille. Il avait toujours été plus proche d'elle que de ses trois autres enfants; il n'y avait pas d'explication, c'était ainsi. Il entendit le son de sa radio avant même qu'elle soit parvenue à mi-chemin sur la colline. Nellie n'aimait pas le silence, elle ne l'avait jamais aimé.

– Que c'est pénible! J'aimerais bien pouvoir boire du Jose Cuervo et faire la fête, dit-elle. À quoi ça sert de vivre si on ne peut pas boire de la tequila et faire la fête?

Une fois qu'elle avait passé le dernier virage sur la route, elle avait ralenti et fini le trajet au pas. Bien que la route soit en parfait état, avec seulement un ou deux passages délicats, Nellie et Karla aimaient prétendre qu'elle était une piste dangereuse aux rochers menaçants, qui s'enfonçait dans les espaces sauvages.

– Si j'étais allée un peu plus vite, un caillou aurait pu perforer le bas de caisse, dit Nellie, lorsque Duane la taquina sur ses précautions excessives. Faut que je prenne bien soin de cette voiture – si elle tombe en rade, je n'aurai aucun moyen d'arriver jusqu'à un bar.

Duane était assis dans son transat, contemplant un vol d'oies sauvages, haut au-dessus de l'horizon nord-est. Un petit avion, probablement un exploitant de pétrole cherchant une fuite dans un pipeline, allait dans la même direction, mais l'avion n'était qu'à une trentaine de mètres du sol alors que les oies étaient très haut. Leur vol était si pur, si gracieux qu'à côté l'avion ressemblait à une tondeuse essayant de voler.

Nellie avait mis la radio si fort que la voiture paraissait vibrer. Elle fit un geste de la main à son père mais ne sortit pas immédiatement – Nellie voulait entendre la fin de la chanson. Shorty, qui aimait bien Nellie, accourut et essaya de monter dans la voiture, mais Nellie lui cria d'aller se faire voir.

– Je ne veux pas de poils de chien dans ma voiture ! hurlat-elle, pour couvrir le son de la musique.

Lorsque la chanson parvint enfin à son terme – Duane avait, à ce stade, les doigts enfoncés dans les oreilles –, Nellie sortit et courut jusqu'à lui, l'embrassa et le serra fort contre elle.

– Eh, Papa, qu'est-ce qui se passe ? demanda-t-elle en l'examinant de haut en bas pour voir s'il allait bien. Je suis rentrée de mon voyage avec ce pauvre connard et tu n'étais pas là, dit-elle.

Apparemment, son père avait l'air d'aller bien.

– Non, dit-il. Tu es toujours zombifiée quand tu rentres du Mexique. Je me suis dit que tu voulais juste dormir.

– C'était le cas, mais je dors mieux quand tu es quelque part, dans la maison, dit Nellie. C'est juste le chaos le plus total dans la maison quand tu n'es pas là.

– Je sais, c'est une des raisons pour lesquelles je suis parti, dit Duane. Je me suis lassé du chaos.

Une fois à l'intérieur, Nellie passa l'endroit en revue pour essayer de détecter le signe d'une présence féminine. La cabane était parfaitement rangée. Aucune présence, pas même celle de son père, n'était décelable. En fait, c'était un joli petit endroit. Il y avait un beau feu dans la petite cheminée ; la vaisselle était faite, le lit aussi. La hache était calée à côté de la cheminée et une chemise ou deux accrochées sur un clou. Tout cela avait l'air assez simple. Le seul signe un peu inhabituel était que la radio était débranchée. Elle détestait le silence. Ses radios à elle (elle en avait plusieurs) étaient allumées vingt-quatre heures sur vingt-quatre. Parfois elle montait le son, d'autres fois, elle le baissait, mais elle ne les éteignait jamais. Dans son idée, être sans musique, c'était quasiment être mort. Mais son père était bien plus âgé, il était peut-être las de la musique. Pourtant, cette radio débranchée était un peu inquiétante.

– C'est une jolie petite cabane, mais je ne vois pas grand-chose à faire dans le coin, dit-elle. Tu ne t'ennuies pas ?

– Pas pour l'instant, dit Duane.

Nellie était toujours active. Il savait qu'elle devait être très troublée par le fait qu'il aime juste rester là.

– J'ai travaillé toute ma vie, lui rappela-t-il. J'étais manœuvre à 13 ans. Je pense que l'heure est arrivée pour moi de m'asseoir et de réfléchir.

– Ça se tient, je trouve, dit Nellie, alors que ce n'était pas réellement le cas.

Son père paraissait aller bien, quand on le regardait, mais elle commençait à apprendre qu'on ne pouvait pas toujours dire ce qui se passait chez un homme juste en le regardant. Peut-être n'était-il pas aussi comblé qu'il le paraissait. Peut-être n'était-il pas vraiment déprimé, comme le prétendait sa mère, ou peut-être un peu chamboulé à l'intérieur. Son père avait toujours été la personne la plus normale, la plus fiable qu'elle ait connue. Sa mère était une assez bonne mère, mais elle était indubitablement écervelée, en proie à de violents changements d'humeur. En revanche, son père avait toujours été à peu près le même, sans saute d'humeur particulière ; et il campait dans sa cabane régulièrement, d'une année sur l'autre. Penser qu'il puisse être en train de perdre la tête était vraiment déroutant. La famille Moore passait l'essentiel de son temps à vaciller au bord de l'enfer. Si son père devenait fou, alors il était probable que toute la famille allait se désintégrer, ou un truc du genre.

– On te manque pas, aucun de nous ? demanda-t-elle.

Son père fronça légèrement les sourcils, probablement à cause des libertés qu'elle avait prises avec la grammaire.

– Tu me manquerais certainement plus si ton anglais était meilleur, dit Duane, avant de sourire.

Une partie du charme de Nellie résidait dans sa naïveté ; elle était dotée d'une certaine intelligence, mais elle n'avait pas pris la peine de l'exercer et elle se soumettait rarement à la moindre discipline. Aucun de ses enfants n'avait passé plus de temps que nécessaire sur ses bouquins. Heureusement, si l'on exceptait Dickie, ils avaient une santé de fer et de l'énergie à revendre.

– Je sais que je suis censée faire de belles phrases et tout, admit Nellie. Parfois, ça sort tout seul, je parle country – trop de temps passé dans les bars locaux, j'imagine.

– Tu devrais retourner à l'université et finir tes études, chérie, dit Duane. En ce moment, tu t'en sors en étant jeune et jolie, mais ça ne dure pas toujours.

– Si, à condition d'aller dans les bons spas, dit Nellie. On essaie toutes d'obtenir de Maman qu'elle s'offre un bon spa. Elle pourrait aller au Canyon Ranch ou au Golden Door, par exemple, manger correctement et se faire masser. Elle pourrait se requinquer si elle allait dans un bon spa.

– Elle n'a pas le moral ? demanda Duane.

Il se sentit idiot de poser la question. Après tout, il vivait encore avec Karla une semaine auparavant. Il aurait dû savoir comment elle se sentait.

Nellie décida d'être franche avec son père. Elle avait l'habitude de dire sans détour ce qu'elle pensait, même si ce n'était pas toujours dans un bon anglais.

– Elle pense que tu reviendras pas, dit-elle. Elle suppose que tu as décidé de vivre dans cette cabane, ou alors de déménager dans un pays étranger.

– Il se peut que j'aille à l'étranger, répondit Duane. Que j'aille en Égypte voir les pyramides. Mais je ne pense pas m'installer à l'étranger.

– Alors, tu crois qu'un jour tu reviendras vivre avec nous ? C'est ce que tout le monde dit, sauf Maman. Selon elle, tu reviendras jamais !

– Un jour, jamais... tout ça, ça va chercher loin dans le temps, dit Duane. Je ne vois pas si loin. Pour l'instant, je veux juste être seul pendant un moment. Je veux réfléchir à des choses auxquelles je n'arrive plus à réfléchir lorsque je suis aspiré par vous tous.

– Je comprends, dit Nellie. Je n'arrive pas à enchaîner deux idées sans que le téléphone sonne ou qu'un gamin braille quelque part dans la maison.

– Cela fait à peu près une semaine que je suis ici, dit Duane. J'ai besoin de temps pour moi et j'aime marcher. C'est bon comme exercice.

– Tu pourrais aussi bien t'inscrire dans un club de sport, remarqua Nellie. Les salles de sport font de gros rabais en ce moment.

– Je ne crois pas que ce soit le genre d'endroit qui me convienne, se contenta de lâcher Duane.

Nellie décida de ne pas poursuivre sur le thème de la salle de sport, ni sur celui de la date de son éventuel retour dans la famille.

– Mais si j'avais vraiment besoin de toi, je pourrais venir te chercher ici, non ? demanda Nellie qui réfléchissait à haute voix.

– Bien sûr, dit Duane. Je ne suis qu'à dix kilomètres. Ce n'est pas loin.

– Ce n'est pas loin, mais c'est poussiéreux !

Bien que Nellie n'attachât pas grande importance à son apparence, elle aimait bien que sa petite Saab rouge soit impeccable. La station de lavage à Thalia n'avait pas de meilleur client que Nellie Moore. Même si le vent de sable ne soufflait pas, elle la faisait laver tous les deux jours. Du coup, en regardant sa voiture, elle la trouva un peu crasseuse et décida de passer par la station de lavage en rentrant.

Duane sortit avec elle.

– Tu n'as pas répondu à la question de ton retour à la maison, fit Nellie.

– Non, c'est une question trop vaste, dit Duane.

– Eh bien, tu pourrais risquer une date, suggéra Nellie.

– Nan, dit-il. Ce n'est pas si important que tu le crois. Tu es trop grande pour vivre à la maison, mais tu vis à la maison. Tu me demandes quand je rentre à la maison, c'est comme si je te demandais quand est-ce que tu quittes la maison. Tu es une femme adulte, ajouta-t-il. Ce n'est probablement pas une bonne idée que tu vives encore avec tes parents.

– Je sais, dit Nellie. Je vous gonfle, tout comme Dickie et toute la bande, et aussi Julie et ses deux mouflets. Maman nous menace constamment de nous mettre dehors, mais elle ne le fait jamais.

– Certaines mères aiment leurs propres enfants plus que personne d'autre, fit remarquer Duane. En plus, votre mère adore être entourée d'une foule de gens. Moi, je ne suis pas comme ça. Je peux me passer de compagnie, de temps en temps.

– J'imagine que c'est pour ça que ça te fait rien de vivre ici, sur cette colline, rétorqua Nellie.

Les remarques de son père la déprimaient un peu. Il avait raison. Qu'est-ce qu'elle faisait, à son âge, à vivre à la maison ? Elle trouvait toujours facilement du travail – c'était juste qu'elle ne gardait jamais longtemps son emploi et, en ce moment, elle n'en avait pas. Et il y avait le problème des petits. Qui s'occuperait d'eux si elle déménageait et prenait un emploi ? Little Bascom avait tout juste l'âge d'entrer en maternelle, mais Baby Paul venait de naître. Ce n'était pas facile d'être maman quand il n'y avait pas de papa et on n'avait pas eu de nouvelles de Billy Deeds ni de Randy McGregor, les pères respectifs de Little Bascom et Baby Paul, depuis pas mal de mois. De plus, aucun d'eux n'était généreux concernant la pension alimentaire. Nellie avait attendu un bon moment avant d'avoir à nouveau des enfants après avoir constaté à quel point ses deux premiers maris, les pères de Barbette et Little Mike, étaient pingres. Une des raisons pour lesquelles elle avait attendu, c'était qu'elle voulait être plus mature et faire les bons choix la fois suivante ; en fait, elle n'avait pas fait de bons choix. Elle s'était juste retrouvée enceinte de deux autres cow-boys qui se trouvaient être des danseuses remarquables. Et pour ne rien gâcher, ils avaient aussi un joli petit cul. Elle avait eu son premier rendez-vous avec Randy McGregor le soir où il avait remporté le concours du plus Beau Cul Wrangler dans un bar du coin. Mais la vie était cruelle. Une femme pouvait se lasser même du plus beau petit cul et, dans le cas de Randy, il ne lui fallut qu'environ trois semaines, une période pendant laquelle elle réussit à se retrouver enceinte de Baby Paul.

À voir son père, qui paraissait plus équilibré que jamais et menait une petite vie bien rangée dans sa cabane, Nellie se souvint d'autant plus cruellement du peu de mal qu'elle s'était donné pour se bâtir une vie satisfaisante.

En plus, il y avait vraiment de la poussière et de la saleté sur sa voiture. Personne ne l'avait emmenée à la station de lavage pendant qu'elle était au Mexique. Le garage avait une porte, mais personne ne pensait jamais à la fermer, du coup, il y était entré beaucoup de poussière. Elle avait eu l'intention, chaque jour depuis son retour, d'aller la faire laver, mais il se passait toujours quelque chose pour l'en empêcher, surtout Tommy qui appelait pour la supplier de le reprendre. Certaines de ses supplications pouvaient durer quatre heures d'affilée, avec une prière par minute. Même s'il n'était pas très intéressant au lit, Tommy était un type avec lequel on pouvait discuter; quand elle parvenait enfin à raccrocher, elle était trop épuisée pour conduire sa voiture au lavage. Et quand elle n'était pas au téléphone avec Tommy, elle s'installait dans la cuisine pour écouter Rag raconter les désastres divers et variés de sa longue vie : tornades, booms pétroliers, violences conjugales. Rag avait tout vécu.

– Papa, je crois que je vais y aller, dit Nellie, obnubilée par le récurage de sa voiture. Est-ce qu'il y a quelque chose que tu voudrais que je dise à Maman ?

– Oui, dis-lui de ne pas s'inquiéter, je vais bien. Et tu as pu t'en rendre compte toi-même.

– Effectivement... concéda Nellie à regret. C'est juste que c'est difficile de se faire à l'idée que tu vas vivre ici tout seul.

– Au moins, c'est calme, soupira Duane qui pensait s'être déjà assez expliqué.

– OK. Salut, dit Nellie.

Elle le serra dans ses bras, très fort, vraiment très fort. Pendant un moment, elle eut envie de lui demander de monter dans la voiture et de rentrer avec elle. Elle savait que c'était inutile, mais c'était plus fort qu'elle à l'intérieur. Tout paraissait tellement plus normal quand son père était à la maison.

Nellie savait que les choses changeaient – tout changeait,
tout – mais elle n'aimait pas cela. En rentrant en ville sur cette
route déserte, elle se mit soudain à pleurer si fort que, l'espace
d'une seconde, elle crut se trouver au beau milieu d'une averse.
Elle n'y voyait plus rien et, lorsqu'elle actionna les essuie-glaces,
ils ne firent qu'étaler la saleté sur le pare-brise. Il ne pleuvait pas
dehors, mais dans son cœur et c'était la faute de son père qui ne
voulait plus vivre à la maison – plus jamais.

21

Après le départ de Nellie, Duane se fit de la soupe et la mangea avec des crackers. Ils étaient dans son placard depuis au moins un an, mais certains d'entre eux avaient encore bon goût.

Après réflexion, il ajouta « chaussons aux pommes » à la liste de courses qu'il comptait faire la prochaine fois.

Peu de temps après avoir dîné, il se mit au lit. Il constata que désormais il se couchait avec les poules, sauf qu'il n'avait pas de poules. Une petite poule ou deux pourraient être de bonne compagnie, mais il faudrait qu'il les rentre la nuit s'il voulait qu'elles survivent aux coyotes, aux chouettes et aux lynx. Et puis, les poules n'étaient pas des colocataires très soigneuses ; il décida de renoncer à cette idée.

Duane s'endormit immédiatement, mais deux heures plus tard, il se retrouva complètement réveillé. Par sa fenêtre, il voyait les lumières d'une tour de forage, vers le nord-ouest. De temps en temps, un pick-up passait en grinçant sur la route au gré des allées et venues des ouvriers. Combien de fois il lui était arrivé de se rendre sur un site la nuit, pour régler un problème ! Il y a toujours une urgence quand on travaille dans le pétrole, on court sans arrêt, de nuit comme de jour. Les ouvriers et les contremaîtres étaient des animaux nocturnes, comme les ratons laveurs et les opossums. Karla aussi était un oiseau de nuit – elle éteignait rarement la télévision avant 2 heures du matin.

– Pourquoi dormir, quand on n'en a pas envie ? Pourquoi ne pas rester allongé, à laisser passer la vie ? disait-elle, s'il essayait de la convaincre de venir se coucher un peu plus tôt.

– Mais ton corps a besoin de sommeil, insistait-il.

– Parle pour toi. Le mien en a pas besoin, répondait-elle. Si ça se trouve, il va se passer quelque chose d'important et, si je dormais, je le raterais.

Maintenant, apparemment, c'était lui qui avait moins besoin de sommeil, alors que marcher plusieurs kilomètres par jour aurait dû le fatiguer.

– Aucune tension dans mon environnement, on dirait, dit-il à Shorty, qui dormait à côté de la cheminée.

Assis sur son lit à regarder les lumières de la tour de forage au loin, Duane se rendit compte que sa famille ne lui manquait pas du tout. Même la visite de Nellie avait éveillé des émotions contradictoires en lui. Bien sûr, il adorait Nellie, cela ne changerait jamais. Malgré sa façon de vivre au jour le jour, elle était charmante et elle était dans l'ensemble assez pragmatique. Il y avait peu de chances qu'elle tourne mal. Il n'était pas certain de pouvoir en dire autant de Dickie et Jack, ses fils, un peu trop enclins tous les deux aux bêtises, même si aucun d'eux n'en avait, jusqu'ici, commis de grave.

Il s'étonna de s'éloigner aussi rapidement de sa famille et il ne pouvait l'expliquer. La comète de Halley venait de passer à côté de la Terre et s'éloignait à toute vitesse, et Duane avait la sensation qu'il lui arrivait la même chose : de plus en plus loin, de plus en plus vite. Jusqu'à maintenant, Karla était la seule dans la famille à se douter de ses sentiments et de la vérité, à savoir

qu'il avait bel et bien foutu le camp, et ne reviendrait probablement jamais. Karla voulait comprendre à tout prix pourquoi.
La situation, aussi perturbante qu'inattendue, l'avait laissée
totalement déboussolée et elle devait se repositionner par
rapport à elle. Karla aimait penser que chaque action humaine
avait sa raison d'être.

– Je préfère une mauvaise raison à pas de raison du tout, répé-
tait-elle souvent à ses enfants, lorsqu'ils faisaient des bêtises et
se comportaient de façon absurde.

Alors, les enfants inventaient des raisons, pour que leur mère
soit contente – ce qui était une erreur, car une fois la curiosité
de Karla satisfaite, elle creusait leurs explications foireuses pour
tomber finalement tout près de la vérité.

Tôt ou tard, il le savait, Karla tenterait de lui appliquer la
même tactique. Pour le faire parler, elle essaierait de lui faire
avouer une liaison qu'il n'avait pas ; si c'était un échec, elle
s'obstinerait jusqu'à ce qu'elle trouve LA bonne raison.

Duane savait qu'une conversation de ce genre l'attendait
tôt ou tard, mais il pensait que cette fois la tactique de Karla
ne marcherait pas. Il ne savait pas lui-même pourquoi il était
parti. Ce n'était pas que sa relation avec Karla s'était dégradée,
ou avec les enfants, ou ses employés, ou quiconque. Ce qui lui
était arrivé n'avait rien à voir avec eux. Même une explication
simpliste du genre *il était temps de changer* serait insuffisante
à définir son geste. Ce n'était pas qu'il était *temps* de changer,
c'était tout simplement qu'il *avait changé*. Il avait garé son pick-
up, était descendu, avait verrouillé la portière, rangé les clés
dans la vieille tasse ébréchée et c'est à peu près à ce moment-
là qu'il avait *changé*. Il n'était pas devenu un homme différent,
mais lorsqu'il était sorti de sa maison, il s'était aussitôt trouvé

dans une vie différente. Il n'avait pas prévu d'aller se promener ni de mener une vie différente. Pourtant, c'est ce qui était arrivé. Certes, il avait ressenti une certaine surprise dès les premières minutes en constatant qu'il marchait, mais c'était une surprise *agréable* et tout à fait naturelle. Il circulait en voiture, maintenant, il circulait à pied. Le changement paraissait très simple et très satisfaisant ; mais il savait qu'il n'en était pas de même pour les gens qu'il laissait derrière lui. Les quarante années passées avec Karla avaient eu son lot de surprises, mais probablement aucune aussi fracassante que celle-ci. Il était juste parti à pied ; sans éprouver d'animosité envers quiconque, sans intention de nuire, ne souhaitant que le bien de tous, mais à pied. Il savait que son attitude les troublerait tous, mais c'était sa route à suivre. L'heure du changement était venue, aussi indiscutable et naturelle que lorsque le temps changeait, un jour nuageux, le suivant ensoleillé. Il pouvait imaginer que sa vie future prendrait de nombreux virages inattendus, mais ce qu'il ne pouvait pas imaginer, c'était de rentrer à la maison. Avec les années, il s'était accommodé de beaucoup de choses et, dans certains cas, de choses difficiles pour le bien de ses proches ; maintenant, c'était au tour des autres de s'adapter, parce que lui ne pouvait pas. Son ancienne peau, ou son ancienne personne, ne lui allait plus. Cette mue entraînerait une certaine tristesse pour sa famille, pendant un certain temps du moins ; mais elle était inexorable.

Ce qui devint évident, tandis que le jour se levait – une ligne de plus en plus claire émergeait à l'est –, c'était qu'il avait besoin de provisions. Il se leva, rangea un peu, mit sa liste de courses dans sa poche de chemise et se prépara pour descendre en ville à pied. Lorsqu'il fit ses premiers pas dehors, Thalia était comme saupoudrée d'étoiles. Il redoutait de s'y rendre – aller acheter ses provisions chez les mêmes épiciers impliquait toujours la question implicite : pourquoi il n'était pas dans son pick-up. Il marqua une pause, au moment où il était sur le point de franchir la colline ; non pas qu'il hésitât à marcher, mais plutôt à marcher vers Thalia. C'était plus fort que de l'hésitation, c'était de la crainte ; il ne voulait pas aller à Thalia et sa résistance était si vive qu'il envisagea d'essayer de subsister uniquement avec ce qu'il parviendrait à tuer avec son calibre .22. Il y avait des canards dans la plupart des petites rivières et des mares, mais aussi des lapins, des cailles et des cochons sauvages tout autour. Aucune espèce ne serait menacée s'il vivait de gibier pendant un certain temps.

Cette option le séduisit quelques minutes, mais ensuite, il se sentit idiot. Il se prenait pour un homme des bois, un survivaliste ou un autre fanatique de ce genre. Le petit calibre .22 ne servait qu'à faire joujou, il n'avait aucune portée. Il était ridicule d'imaginer qu'il pourrait vivre de gibier ; et, de toute manière, il n'aimait pas le canard et la viande de cochon sauvage était trop dure.

Puis, au moment de partir à pas lourds vers un endroit où il ne voulait pas aller, il se souvint du Corners, un petit magasin situé à un carrefour sur une route agricole à onze ou douze kilomètres vers le nord-ouest. Il ne fermait jamais – il pratiquait le vingt-quatre heures sur vingt-quatre bien avant que les épiceries ouvertes tard le soir ne se mettent à proliférer. Le Corners existait principalement pour répondre aux besoins des ouvriers des tours de forage qui n'avaient pas le temps d'aller jusqu'à Thalia ou Wichita Falls pour manger ; c'était un petit magasin tout sombre éclairé par deux ampoules tenu par un vieil excentrique appelé Jody Carmichael, qui le gérait seul, vingt-quatre heures sur vingt-quatre, sept jours sur sept, trois cent soixante-cinq jours par an. Jody Carmichael se lavait rarement et dormait encore plus rarement.

– Nan, mon système nerveux a été bousillé sur la route de Birmanie, répondait-il à ceux qui trouvaient bizarre qu'un homme parvienne à faire tourner une épicerie de ce genre tout seul.

Jody passait sa vie sur un vieux canapé derrière le comptoir, piquant de petits sommes quand il n'y avait pas d'ouvriers dans la boutique en train de réchauffer leur burrito dans le four à micro-ondes ou d'engloutir tous les en-cas que Jody avait à offrir. Ces derniers temps, Jody, qui avait été le meilleur de sa classe, avant d'être appelé à combattre durant la Seconde Guerre mondiale, s'était découvert une passion compulsive pour les paris sportifs, qu'il effectuait sur un tout petit ordinateur installé derrière son comptoir, juste à côté d'un téléviseur tout aussi petit. Jody Carmichael était peut-être un peu dingue, mais il n'était pas idiot. Duane avait toujours plaisir à discuter avec lui, lorsqu'il passait par là pour régler un problème sur une tour de forage. Il se souvint que Jody avait autrefois été marié à une magnifique héritière venue de quelque part dans le nord de l'État – il les avait croisés à des rodéos quelques fois, des années auparavant, et il se souvenait, ou croyait se souvenir, qu'ils avaient une fille. Selon la rumeur qui circulait dans les couloirs des commissariats de police, Jody était le cerveau d'un réseau de laboratoires de méthamphétamines qui s'étendait sur tout le bassin pétrolier. C'était une rumeur que Duane ne croyait pas. Jody Carmichael était visiblement assez intelligent pour être un baron de la drogue et le Corners était assez isolé pour constituer un bon quartier général, mais les intérêts de Jody semblaient se situer ailleurs : suivre quarante ou cinquante courses de chevaux par jour sur son ordinateur, ou parier sur des matchs de foot en Amérique du Sud. Jody ne se vantait jamais de ses gains, s'ils existaient, mais ses yeux bleus éteints s'éclairaient soudain et brillaient de mille étincelles quand on parlait courses de chevaux ou football sud-américain.

Duane sortit sa liste de courses de sa poche et l'examina pendant une minute – il n'y avait pas assez de lumière pour pouvoir lire. À son grand soulagement, il découvrit qu'il n'avait pas du tout besoin d'aller à Thalia. Jody Carmichael lui fournirait tous les articles de sa liste, à l'exception peut-être des grands sacs-poubelle ; en effet, les quelques habitants autour de Corners n'étaient pas spécialement préoccupés par le problème du ramassage des ordures. Le Corners était trois kilomètres plus loin que Thalia, mais dans une direction que Duane n'avait jamais explorée, et la distance n'était pas un problème, quoi qu'il arrive. Il était certain qu'il pouvait marcher toute la journée, tant qu'il n'était pas obligé de voir des gens qu'il n'avait pas envie de voir. L'idée même qu'il tournait le dos à Thalia et s'en éloignait était suffisante pour lui donner de l'allant. Il avait emporté un paquet de ses vieux crackers dans son sac à dos qu'il grignota en marchant. Plusieurs pick-up passèrent à sa hauteur, mais personne ne s'arrêta pour lui proposer de l'emmener quelque part. En une semaine à peine, il avait réussi à convaincre les gens de la région qu'il ne voulait plus se déplacer en voiture. Ils pensaient peut-être qu'il était cinglé, mais désormais ils passaient leur chemin sans le harceler.

Duane n'était jamais allé directement de sa cabane au magasin et il comprit rapidement qu'il lui faudrait zigzaguer un peu, s'il espérait y parvenir sans emprunter les routes toutes tracées. Il dut faire un grand crochet par un pré en direction de l'est, puis revenir vers l'ouest en contournant des champs où le blé d'hiver était tout juste en train de verdir. Il pensait avoir marché presque quinze kilomètres lorsqu'il aperçut enfin le Corners. En chemin, il avait vu plein de petits hérons gardes-bœufs blancs, perdus dans un champ de blé et sans bœufs à coloniser. Les délicats petits oiseaux blancs formaient un joli tableau sur le fond vert. Plus loin, il avait croisé deux hérons cendrés dans une espèce de tourbière; l'un des deux était presque aussi grand que lui. Lorsqu'il passa à côté d'eux, les deux oiseaux prirent leur envol, s'élevant aussi lentement que de petits avions, à une hauteur qui dépassait à peine les buissons de mesquite. Il remarqua dans le ciel le petit avion de la veille, crachotant au-dessus de sa tête en direction de l'est, longeant la rangée d'arbres qui bordaient la petite rivière.

Lorsqu'il arriva à un bon kilomètre du Corners, il repéra un plus grand nombre de détritus dans les fossés. Des canettes de bière, des bouteilles, des bidons d'huile de moteur, des gobelets en polystyrène, des emballages, des douilles de balles de fusil; des caisses assez grandes pour avoir emballé une machine à laver ou un réfrigérateur gisaient abandonnés à côté de la route. Il vit aussi un radiateur de voiture et un vieux sèche-cheveux rose. Duane sentit la colère monter à nouveau en lui devant cet affligeant spectacle qui contrastait avec celui, gracieux, des oiseaux blancs dans le champ vert, quelques minutes auparavant. Cinquante grands sacs-poubelle auraient à peine suffi pour ramasser les ordures étalées sur cette courte portion de route même pas goudronnée. Duane avait côtoyé quotidiennement ce genre de chose sans y accorder la moindre attention, mais le fait de passer à pied le confrontait à une réalité totalement différente, suggérant que les gens qui circulaient en voiture sur cette route n'avaient pas le moindre respect, ni pour eux-mêmes ni pour l'endroit où ils vivaient. Ils consommaient à tout-va et jetaient leurs détritus n'importe où, indifférents aux conséquences de leurs actes. Le spectacle de ce dépotoir touchait tellement Duane qu'il envisagea de faire ses courses uniquement la nuit, pour ne pas être obligé de le voir, puisque le Corners était ouvert non-stop.

Le mur arrière du petit magasin était caché par une haute pyramide de canettes et de bouteilles de bière, résultat d'au moins deux générations d'ouvriers du pétrole en service de nuit, qui préféraient s'enfiler leur boisson juste derrière le magasin. Cette pyramide impressionnante était si connue dans la région que Jody Carmichael avait fini par bâtir une petite clôture tout autour, dans le but affiché de décourager les collectionneurs de canettes.

– Ce qui est à moi est à moi, et le sera toujours, disait-il aux gens qui lui demandaient s'ils pouvaient piocher dans le tas. Ce qui est à moi est à moi et le sera toujours, disait-il à ceux qui avaient l'impudence de lui faire remarquer que les types qui lui avaient acheté leur bière les lui avaient déjà payées, ces canettes. Elles ont été jetées sur ma propriété, ce qui veut dire qu'elles m'appartiennent toujours et, en plus, elles sont pas à vendre ! Je n'ai pas l'intention de vendre la même canette deux fois, si je peux l'éviter – et je peux l'éviter !

Un peu à l'ouest du magasin, Jody avait installé une gigantesque antenne satellite, la plus grande et la plus sophistiquée que l'on trouvât dans la région. Jody pouvait ainsi s'offrir la plupart des événements sportifs de l'hémisphère ouest, même si la petite télé sur laquelle il les regardait avait un écran de vingt centimètres seulement. La différence entre l'énorme parabole et le minuscule écran dérangeait Bobby Lee qui accompagnait souvent Duane. Lorsqu'ils avaient faim, ils allaient au Corners se réchauffer un burrito au micro-ondes.

– Avec une antenne parabolique aussi grande, on penserait que t'as au moins une télé de taille normale. Moi, je me détruirais les yeux à regarder ce tout petit écran, dit un jour Bobby Lee à Jody.

– T'as rien de plus petit qu'un billet de vingt ? demanda Jody, en remarquant que les achats de Bobby Lee ne faisaient qu'un dollar et demi au total.

– Tu n'as pas répondu à ma question et, ma monnaie, elle est tout là-bas, dans mon pick-up, dit Bobby Lee. Dans un gobelet en carton.

Jody lui rendit la monnaie de mauvaise grâce, mais ne répondit pas à la question de Bobby Lee, ce qui embêta bien ce dernier.

– Il faut que tu apprennes à t'occuper de tes oignons, lui dit Duane quand ils repartirent.

– J'ai juste posé une question, c'est un crime ? se plaignit Bobby Lee. Toi et Jody Carmichael, vous êtes du même acabit, si tu veux savoir.

– De quel acabit ? demanda Duane.

– Du genre qui la ferme, répondit Bobby Lee.

Les rayons du soleil se reflétaient sur les centaines de canettes et de bouteilles, tandis que Duane approchait du Corners ; la grande parabole blanche était toujours orientée au sud. Shorty débusqua un rat, mais la bestiole se cacha sous le bâtiment avant que le chien ne puisse l'attraper. Mais il n'abandonna pas la partie pour autant. Il était toujours en train de gratter furieusement, essayant de passer sous la maison pour attraper sa proie, lorsque Duane franchit le seuil.

22

J ody Carmichael était en train de regarnir l'étagère des chips goût barbecue et des couennes de porc pimentées lorsque Duane entra. Un magazine de football portugais était posé sur le comptoir – du moins, ce fut l'hypothèse de Duane, car la langue lui paraissait différente de celle de l'espagnol. Pour les gens du coin, Jody avait la réputation d'être un homme très éduqué. Duane avait le vague souvenir d'avoir entendu dire qu'après la Seconde Guerre mondiale Jody était parti dans le Michigan, ou peut-être ailleurs, et avait fait des études grâce au GI Bill[1].

– Ah, voici notre marcheur. Bonjour, cher monsieur, dit Jody.

Lorsqu'il était de bonne humeur, il était capable de se laisser aller à des formules fleuries, enfin, fleuries si l'on se fondait sur les normes en vigueur chez les ouvriers de la région.

– Tu as des rats sous ta maison, Jody, l'informa Duane. Je viens juste d'en voir un gros filer là-dessous.

– Et les rats sont porteurs du virus Hantaan, c'est ce que tu sous-entends ? demanda Jody sans doute en veine car ses yeux étincelaient.

---

1. Adoptée en juin 1944, cette loi américaine fournissait aux soldats démobilisés de la Seconde Guerre mondiale le financement de leurs études supérieures ou de leur formation professionnelle.

– Oui, et de la peste bubonique, et quelques autres choses, dit Duane. J'ai juste pensé qu'il valait mieux que tu le saches.

Jody finit de ranger les couennes de porc et les chips goût barbecue et revint se poster derrière son comptoir. Il jeta un rapide coup d'œil à son ordinateur avant de se tourner vers Duane.

– Le Brésil, quel pays ! Toute la société est branchée foot, dit-il. Le cul et le foot, c'est les deux passe-temps nationaux au Brésil. Qu'est-ce qui me vaut ta visite aujourd'hui ?

– Oh, j'ai besoin de quelques trucs, dit Duane. J'espérais que tu aurais en stock ces grands sacs-poubelle, certains ont transformé ma rivière en décharge.

– J'ai tout en stock, mais ça veut pas dire que je peux trouver tout ce que j'ai en stock, répondit Jody. Les grands sacs-poubelle sont là-bas dans le coin – le coin où il n'y a presque pas de lumière.

Effectivement, les sacs étaient bien là – Duane prit les six paquets restants. Jody Carmichael était retourné s'installer bien confortablement sur son canapé. Il leva un sourcil lorsqu'il vit tout son stock de sacs-poubelle posés sur le comptoir.

– Tu dois avoir un sacré tas de détritus dans ta rivière, pour avoir besoin de trois cents grands sacs-poubelle blancs, dit-il. Ça veut dire qu'il va falloir que j'en recommande, et *pronto* ! Qu'est-ce que tu penses de Unabomber ?

– Je n'attends pas de paquet venant de lui, dit Duane. Je n'y pense pas plus que ça.

– J'imagine que c'est un vieux schnock comme moi, coincé quelque part au Kansas ou dans le Wyoming, dit Jody. Quand il ne recharge pas son stock de provisions, il fabrique des bombes et les envoie à des gros bonnets qui bousillent la tête des gens avec ces ordinateurs.

– Pourquoi serait-il au Kansas ? demanda Duane.

– Oh, il y a plein de barjots au Kansas, dit Jody. Je pense qu'il se trouve quelque part entre Wichita et Salina, là où c'est vraiment plat. Un paysage excessivement plat peut causer des gros dégâts dans les neurones et Dieu sait que c'est plat, là-haut, au nord de Wichita. C'est plat aussi par ici, ajouta Jody. C'est peut-être pour ça que tu t'es mis à te comporter comme Thoreau. Partir à pied de chez toi, nettoyer le lit de la rivière, ce genre de chose. Ça pourrait être le fait d'un esprit dérangé par une trop longue exposition à un environnement plat.

Duane se souvint que Karla avait rapporté à la maison un ou deux livres de Thoreau lorsqu'elle suivait des cours de littérature à l'université de Wichita Falls. Tout ce qu'il savait sur Thoreau, à titre personnel, c'est qu'il avait vécu dans un endroit appelé Walden Pond sur lequel des promoteurs essayaient de mettre la main, et un groupe de rock stars et de chanteurs de country essayaient d'empêcher qu'il y arrive. La presse en avait même parlé.

– Bien sûr, c'est pas vraiment *si* plat que ça, par ici, dit Jody. Le paysage est un peu vallonné, alors tu ne vas probablement pas devenir aussi taré que ce Unabomber. Mais tu inquiètes tous les ouvriers, quand même.

– Pourquoi donc ? demanda Duane.

– D'après la rumeur, tu as un fusil avec une lunette à vision nocturne, répondit Jody. Les ouvriers se disent qu'un homme qui possède un fusil à lunette pourrait avoir une envie pressante de l'utiliser une nuit alors qu'ils sont en route pour la tour de forage.

– Ces ouvriers doivent avoir un peu de cette maladie du plat dont tu parles, dit Duane. Je n'ai pas de fusil.

Il se souvint alors qu'en fait Dickie en possédait un – il l'avait gagné en jouant au craps à l'arrière d'un pick-up, quelque part. Duane n'avait jamais vu l'arme, mais Bobby Lee avait dit qu'il avait une lunette à vision nocturne. La rumeur selon laquelle il était susceptible de tirer sur les ouvriers n'était pour lui qu'un exemple de la paranoïa que les gens pouvaient développer lorsqu'ils prenaient trop de speed – une pratique courante chez les ouvriers.

Jody le regarda avec intérêt tandis qu'il rangeait ses emplettes dans son sac à dos.

– Tu n'aurais pas des pelles, par hasard ? demanda Duane.

Il était content d'avoir trouvé les sacs-poubelle et quelques autres provisions dont il avait besoin, et il voulait reprendre la route.

– Bien sûr que j'en ai et j'ai aussi des faux, et je crois que j'ai aussi une ou deux tarières et plusieurs pioches et pieds-de-biche, si tu as besoin d'outils, dit Jody. Tout est dans ma cabane de bricolage. Je n'ai pas l'habitude de garder des objets lourds à un endroit où quelqu'un qui n'est pas bien dans sa tête pourrait en ramasser un et me frapper avec. J'ai vu passer par ici des gens de cet acabit. J'imagine que, s'il y avait eu une pelle ou un pied-de-biche à portée de main, il y en a sûrement un qui m'aurait déjà mis K-O.

– Tu as raison, dit Duane. Tu veux bien que je regarde dans la remise ?

Jody lui tendit une clé accrochée sur un petit morceau de fil de fer, puis retourna à son match de foot. Duane entendit un léger ronronnement, comme le bruit de la mer dans un coquillage, les acclamations assourdies d'une foule déchaînée au Brésil.

Le cadenas qui fermait la vieille cabane en tôle rouillée derrière le magasin refusa tout d'abord de s'ouvrir, mais Duane persista et finit par le faire céder. Il alluma la lumière – là, elle était puissante – et constata avec stupéfaction qu'il se trouvait dans un magasin de bricolage miniature très bien organisé, où tout était rangé, tiré au cordeau, à l'inverse du magasin général qui était un vrai bazar. Tous les objets que Jody avait cités se trouvaient là, plus des herminettes et des poinçons, deux enclumes, des clés géantes et minuscules, des marteaux, des masses, des scies, une brouette, des vis et des clous, et tout un assortiment de fils de fer et tuyaux, parfaitement rangés sur des crochets et des étagères. Les outils étaient si propres qu'on aurait dit qu'ils avaient été polis. Sur une étagère était posée une sélection d'outils d'ébénisterie si vieux qu'ils auraient pu se trouver dans un musée. Pendant plusieurs minutes, il resta perplexe devant certains d'entre eux, essayant d'imaginer à quoi ils pouvaient bien servir. La remise était si propre et bien organisée que c'en était presque bizarre. Duane choisit une pelle, un marteau et une scie, mais surtout, il se tint immobile et regarda autour de lui. Où Jody avait-il trouvé le temps d'agencer les lieux si parfaitement ? La disposition séduisante des objets laissait supposer non seulement qu'un autre homme s'y était attelé, mais un tout autre type de personnalité, très loin des bouseux d'ici. Et pourtant, la remise n'était qu'à une dizaine de mètres de son bâtiment principal – c'était comme si l'homme s'était coupé en deux ; il mettait de l'ordre dans les outils et laissait le désordre régner dans ses provisions.

Une fois le choc passé, Duane commença à se sentir mieux pour la première fois depuis son réveil, grâce au simple fait de regarder tous les bons outils auxquels il aurait désormais accès, s'il en avait besoin. S'il décidait d'effectuer des améliorations substantielles dans sa cabane, il pourrait facilement trouver tout l'outillage nécessaire à une faible distance de chez lui. Il décida que c'était une chance de se déplacer à pied – s'il avait eu son pick-up, il aurait pu acheter la moitié des outils disponibles, juste pour les posséder au cas où il en aurait besoin un jour.

– Sacrée surprise, dit-il à Jody lorsqu'il lui rendit la clé. Tu as un vrai magasin de bricolage, là, derrière.

– Oui, et en plus, les choses sont faciles à trouver, dit Jody. C'est ma fille qu'a fait ça. La remise était dans le même désordre qu'ici jusqu'à ce qu'elle revienne. Elle prétend qu'elle va bientôt faire la même chose dans l'épicerie. Honor ne tolère pas le désordre – exactement, monsieur, *pas de désordre.*

– Je me disais bien que tu avais une fille, dit Duane.

– Une fille bien, en plus, dit Jody, avec une fierté non dissimulée. Elle est la seule chose que sa mère et moi avons fait de bien. On est tous les deux très fiers de notre Honor.

– Qu'est-ce qu'elle fait quand elle ne range pas des remises ? demanda Duane.

Jody lui lança une espèce de regard entendu et pointa un index vers un petit plateau contenant des cartes de visite, posé à côté de la caisse. Dans la semi-pénombre, Duane ne les avait pas vues. Il en prit une et chercha un endroit mieux éclairé pour la lire :

HONOR CARMICHAEL, M.D.

THÉRAPIE, PSYCHIATRIE, PSYCHANALYSE

900 TAFT STREET

WICHITA FALLS, TEXAS 76302

Duane fut un instant stupéfait à l'idée que la fille de Jody Carmichael était devenue – qu'on le croie ou non – psychiatre, mais sans vraiment comprendre pourquoi cela l'étonnait tant. D'après ses souvenirs, il n'avait vu la fille de Jody que deux ou trois fois, quand elle portait encore des nattes. La psychiatrie n'était pas un domaine auquel se consacraient beaucoup de gens dans cette région, en particulier quand on était une femme.

– Bon sang ! dit-il. Bien sûr que vous êtes fiers d'elle, si elle peut faire tout ça et ranger des outils en plus.

– Oui, je suis très fier, dit Jody avec simplicité.

– Où est-ce qu'elle a fait ses études ?

– À Baltimore, répondit Jody. Elle est revenue s'installer ici il y a quelques années, essentiellement pour se rapprocher de son vieux papa. Il faut que tu prennes rendez-vous, Duane. Une séance ou deux avec Honor, ça pourrait t'éclaircir les idées.

– Moi ? Je ne sais pas si ma tête est embrumée au point d'avoir besoin d'un psychiatre, même si je sais que certains en sont persuadés.

– Tu n'es peut-être pas trop fou maintenant, mais ton état pourrait bien empirer, dit Jody. C'est ce qui m'est arrivé, j'ai perdu la boule et je me suis mis à parier sur ces matchs de foot. Honor pourrait probablement t'aider à comprendre pourquoi tu t'es mis à te comporter comme Thoreau.

– Ou bien je pourrais me contenter d'aller dans une bibliothèque, prendre un livre du bonhomme et le lire, dit Duane. Peut-être que je pourrais trouver la réponse moi-même, si ce n'est pas trop compliqué à lire.

– Peu probable, très peu probable, jugea Jody Carmichael. Si les gens pouvaient vraiment se comprendre tout seuls, Honor n'aurait pas une activité si florissante.

Duane rangea la carte de visite dans sa poche de chemise, enfila les sangles de son sac à dos et ramassa sa pelle.

– Je ne sais pas pour l'aide psychologique, mais je reviendrai probablement pour revoir les outils, dit-il. Tu en as vraiment de magnifiques.

Jody avait ramassé son magazine de foot portugais et il était en train de le feuilleter. Il paraissait ne plus porter le moindre intérêt à Duane, qui, sans bien savoir pourquoi, hésita à partir.

– Est-ce que ce magazine est en portugais ? demanda-t-il.

Jody parut surpris par la question.

– Évidemment. Pourquoi ?

– Je me demandais, juste, répondit Duane.

Il le salua d'un signe de la main et franchit le seuil.

23

L
e trajet de retour fut très agréable – cet échange avec Jody
et la certitude qu'à quelques heures de marche se trouvait un stock abondant d'outils de toutes sortes avaient
mis Duane de très bonne humeur. À la minute où il aperçut
sa cabane, il se mit à penser aux améliorations qu'il pourrait
y apporter en utilisant tous les outils qu'il pourrait trouver dans
la remise si bien rangée de Jody.

Il n'y avait pas le moindre arbre pour ombrager la cabane.
Elle était bâtie sur une butte nue. Être assis devant dans un
transat, c'est bien pendant les mois frais de l'année, mais quand
arrivent les grosses chaleurs, cela devient intenable. Il lui vint
l'idée d'installer des auvents sur trois côtés de la cabane. Du
coup, il pourrait s'asseoir où il le souhaitait en bénéficiant d'une
ombre suffisante.

Duane était tellement content de sa trouvaille que, une
fois arrivé à la cabane, il voulut immédiatement prendre des
mesures ; puis il découvrit qu'il n'avait pas de mètre. Il soupira ;
au moins, il s'était souvenu d'acheter un bloc et quelques stylos
à bille. Il lui fallait s'organiser plus rigoureusement, établir une
liste plus complète, retourner chez Jody le lendemain et ajouter
de nouveaux outils essentiels à son arsenal. Il avait été tenté
d'acheter une brouette le matin même, mais y avait renoncé

principalement parce qu'il se disait que, s'il avait une brouette, il continuerait sur sa lancée consommatrice et la remplirait d'objets dont il n'avait pas vraiment besoin. Et puis, l'idée de marcher le long d'une route en poussant une brouette lui parut être assez excentrique, un peu trop peut-être. Les ouvriers qui s'attendaient à ce qu'il leur tire dessus avec un fusil à lunette penseraient vraiment qu'il avait perdu les pédales en le voyant ainsi pousser sa brouette remplie à ras bord de matériel de bricolage et s'attendraient *vraiment* à se faire descendre.

Mais, une fois qu'il *aurait* une brouette, il pourrait transplanter quelques jeunes arbres d'en bas, du fond de la vallée où coulait la rivière, et les faire pousser pour lui apporter l'ombre nécessaire. Cela prendrait quelques années, d'accord, mais cela ne lui ferait pas de mal d'aller de l'avant et de lancer quelques projets qui donneraient à l'environnement immédiat de la cabane un aspect plus agréable. Tel qu'il était, les petits-enfants ne pourraient absolument pas lui rendre visite pendant les mois d'été sans risquer autant de se faire mordre par un serpent que d'avoir une insolation. Il n'avait pas pensé une seule fois à ses petits-enfants depuis qu'il avait quitté la maison, mais il savait que cela pourrait changer. Il arriverait peut-être un temps où il voudrait bien recevoir la visite de ses petits-enfants, de ses enfants, ou même de Karla.

Cette fois, appréciant le luxe d'un bloc-notes bien épais et d'un bon stylo à bille, Duane se mit à établir une longue liste précise d'objets qu'il serait bon d'avoir à sa disposition. Bien entendu, il ne pouvait pas espérer que Jody Carmichael ait des auvents en stock, mais il pourrait peut-être en commander pour lui. Arrivé au douzième objet, il eut soudain la tête vide. Il commença à se sentir ramolli, alors que seulement quelques minutes auparavant il était bien requinqué. Après tout, un trajet aller-retour jusqu'au magasin de Jody faisait au moins vingt-cinq kilomètres. Deux fois en une journée, cela représenterait plus de cinquante kilomètres, une longue marche, quoi qu'on en dise. Non seulement il était fatigué, mais il commença à se trouver un peu bête. Est-ce qu'il avait besoin d'une brouette au point de marcher cinquante kilomètres juste pour en acheter une ? Si Karla apprenait qu'il envisageait une chose pareille, elle rirait à gorge déployée, sans aucun doute. Cette pensée lui fit regretter l'absence de sa femme. Elle n'était jamais plus séduisante que lorsqu'elle riait d'une manifestation hilarante de la folie humaine – ce qui arriverait forcément à la seule idée de savoir qu'il parcourrait cinquante kilomètres pour une brouette.

Rien que de penser à sa réaction, Duane en déduisit qu'il était trop fatigué pour aller à nouveau jusqu'au Corners ce jour-là. Il s'assit avec son bloc pendant un long moment, réfléchissant aux autres fournitures qu'il pourrait ajouter. Tout en y pensant, il se souvint de la fille de Jody Carmichael, la psychiatre. Il sortit la carte de sa poche et la cala entre la salière et le poivrier. Il se rappela combien le visage de Jody s'était éclairé lorsqu'il avait parlé de sa fille et l'émotion dans sa voix quand il avait dit qu'il était fier d'elle. La petite fille que Duane n'avait vue qu'une ou deux fois à des rodéos, il y avait bien longtemps, était partie faire des études pour devenir quelqu'un. Maintenant, elle était un médecin diplômé, qualifiée pour aider les gens souffrant de problèmes affectifs, un exercice qui nécessitait certainement de l'intelligence et de l'intuition.

Il pensa à ses propres enfants, dont les vies fantaisistes contrastaient nettement avec le succès de Honor Carmichael. Pas un n'avait fini ses études, ils en étaient tous bien loin.

Nellie et Julie s'inscrivaient parfois pour un semestre, lorsque l'envie les prenait, mais elles abandonnaient dès qu'elles tombaient sur un cours difficile, autrement dit, un cours qui exigeait véritablement du travail. Ils étaient tous intelligents, mais ils étaient aussi complètement ignares, une pensée qui attrista Duane; c'était en partie de sa faute. Ni lui ni Karla n'avaient vraiment insisté pour qu'ils poursuivent leurs études; lorsqu'ils poussaient une des filles à reprendre le chemin de la fac, c'était sans trop y croire. Lui-même n'avait jamais mis les pieds à l'université et Karla ne l'avait fréquentée que de manière sporadique, même si, ces dernières années, elle avait assisté en auditrice libre à toutes sortes de cours et, parfois, envisageait de s'inscrire à une formation afin d'obtenir un diplôme.

– Tu pourrais le faire, toi aussi, avait-elle remarqué. Il n'est jamais trop tard pour entreprendre des études. Je suis sûre que t'y arriverais si tu voulais bien essayer. Si tu avais quelque chose pour nourrir ton esprit, tu ne t'ennuierais peut-être pas autant.

– Qui dit que je m'ennuie? demanda-t-il. Je ne me suis jamais ennuyé, de toute ma vie.

– Tu te fous de moi, dit Karla. Tu t'ennuies tellement que tu n'as même pas envie d'une aventure. Ce qui d'après moi veut dire que tu t'ennuies pas mal.

Assis tout seul dans sa cabane, il se rendit compte que sa femme avait raison. Il *s'ennuyait*, peut-être même depuis un moment, depuis qu'il approchait la cinquantaine, le moment où il avait cessé de s'intéresser aux affaires pétrolières. Il se considérait comme un pétrolier professionnel compétent, mais à 45 ans, il avait atteint son meilleur niveau. S'il le dépassait significativement, ce serait grâce à un coup de chance particulièrement remarquable. Il n'allait pas progresser et il ne pouvait pas prétendre que le métier avait continué à le passionner, une fois passé un certain cap. Il s'éclaterait peut-être bien plus à apprendre à faire de bons biscuits qu'à creuser des puits de pétrole. La petite carte de visite toute simple de Honor Carmichael révélait un véritable talent. Ce vieux cinglé de Jody et son épouse de jadis avaient au moins réussi à faire en sorte que leur enfant reçoive une éducation de premier ordre, alors que Karla et lui avaient laissé filer cette opportunité. Il décida de prendre ses fils entre quatre yeux, la prochaine fois qu'il les verrait, et d'essayer de les convaincre qu'ils n'étaient pas trop vieux pour faire des études; peut-être Karla pourrait-elle organiser une séance ou deux avec les filles sur le même thème.

Juste avant d'éteindre sa lumière, Duane relut sa liste. Il avait l'intention de partir pour le Corners aux premières lueurs du jour et ne voulait rien oublier. Tout en relisant, il engloutit presque la totalité d'une tourte – d'après l'emballage, à l'abricot, mais elle avait plutôt un goût de pêche – et il donna la croûte à Shorty. Une petite souris grise s'installa à côté de la cheminée, sans se cacher, pour grignoter une miette, et Shorty était si concentré sur l'intéressant morceau de gâteau qu'il ne remarqua pas sa présence.

– Eh, il y a une souris, fais ton boulot, dit Duane.

Mais Shorty se contenta d'avaler son morceau et d'en attendre un second.

Duane décida d'ajouter un objet supplémentaire au bas de la liste : un livre de Thoreau, celui qui parlait de Walden Pond. Il n'était pas tout à fait certain de l'orthographe du nom (il devrait probablement ajouter un x à la fin), mais la liste ne serait lue que par lui, de toute manière. Il la laissa telle qu'elle était et alla se coucher.

24

L
e lendemain matin, alors qu'elle prenait sa douche,
Karla eut l'impression désagréable que quelqu'un rôdait
quelque part dans la maison. Il n'y avait jamais eu
d'intrus chez eux, mais comme elle le faisait souvent remarquer, cela pouvait toujours arriver. Elle avait maintes fois
demandé à Duane de lui procurer un pistolet, mais il avait refusé
catégoriquement.

– Il y a trop de petits-enfants dans la maison et ils savent
tous grimper, lui dit-il. Même si tu le cachais sur la plus haute
étagère, Willy ou Sami ou quelqu'un pourrait grimper, l'attraper
et tirer.

Quand elle sortit de la douche, bien emmitouflée dans son
peignoir couleur cerise, elle parcourut toute la maison pièce
après pièce, sur la pointe des pieds, de manière à ne pas effrayer
le rôdeur, s'il y en avait un.

Il s'avéra que le rôdeur était Duane ; il avait changé de projet
et, au lieu de retourner précipitamment au Corners, il était venu
fouiller dans la bibliothèque au-dessus du téléviseur. Dehors, le
jour se levait à peine. Aucun des petits-enfants n'était réveillé
bien que les plus jeunes soient du genre à se lever tôt. Même
Rag n'était pas encore dans la cuisine et, généralement, elle
prenait possession des lieux avant le lever du soleil.

– Je croyais qu'on avait un bouquin de Thoreau par ici, dit Duane. Tu n'en avais pas lu un pour un de tes cours ?

Il lui paraissait tellement naturel de se lever et de découvrir son mari dans le salon que Karla s'approcha et se mit à l'aider à chercher le livre de Thoreau. Le fait qu'il ait marché une dizaine de kilomètres avant que le jour se lève était un détail qu'elle décida d'ignorer, du moins, pour le moment.

– J'avais ce livre, mais je ne l'ai jamais lu, dit-elle. Je l'avais à peu près à l'époque où Bobby Lee a eu son opération ; le fait de penser qu'il allait se retrouver avec une seule couille m'a, genre, détournée de ma lecture.

– Je ne vois pas pourquoi ça a eu cet effet, commenta Duane, un peu agacé.

Il s'était levé à 3 h 30, fermement convaincu que le livre de Thoreau se trouvait quelque part sur les étagères au-dessus de la télévision et cette conviction était si forte qu'il avait fait le trajet jusqu'à Thalia pour le récupérer, au lieu d'aller au Corners acheter la brouette et les autres objets notés sur sa liste. Il avait une image mentale très claire de l'endroit où le livre se trouvait, sauf que, maintenant qu'il était debout devant l'étagère où il se souvenait d'avoir vu le livre, il n'y était pas. Il y avait toutes sortes d'autres bouquins, de John Grisham, Dean Koontz et Danielle Steel, mais aucun de Henry David Thoreau.

– Ben, c'était du genre difficile à lire et, en plus, j'ai été distraite par le fait que Bobby Lee allait perdre son testicule, admit Karla.

– Ça doit être un livre célèbre, sinon ils ne donneraient pas de cours dessus à l'université, dit Duane.

– Il y a beaucoup de livres dont ils parlent à l'université et dont je n'arrive pas à lire dix mots, dit Karla. C'est une des raisons pour lesquelles je ne suis plus autant de cours qu'avant ;

je me suis lassée d'être gênée par ma propre ignorance. Pourquoi tu veux ce livre-là, tout à coup ?

Elle voyait bien que Duane était à la limite de la colère, parce qu'il avait parcouru tout ce chemin à pied jusqu'en ville et qu'il ne parvenait pas à trouver ce qu'il cherchait.

Duane ne répondit pas, il se contenta de continuer à parcourir les étagères. Il s'était convaincu tout seul qu'il se trouvait là, alors qu'il n'y était pas.

– Il est probablement dans la chambre d'une des filles, dit Karla. Ou alors c'est Little Bascom qui l'a emporté. Il aime bien mâchouiller les livres.

– Pourquoi tu le laisses faire ? demanda Duane. Les livres ne sont pas faits pour que les bébés les mâchouillent.

Même déterminé à rester calme, il sentait grandir son irritation. Son intention avait été de se glisser dans la maison avant que quiconque ne se réveille pour prendre le livre. Il ne voulait voir personne, ni déranger la maison d'une quelconque façon. Tout ce qu'il désirait, c'était mettre la main sur l'ouvrage de Thoreau. Jody Carmichael n'était pas idiot. S'il pensait que Duane se comportait comme Thoreau, alors Duane voulait savoir ce qu'il entendait par là. Le livre avait été là, pendant des années, mais maintenant, juste parce qu'un petit garçon avait la permission de se balader en mâchouillant des livres, il avait disparu, juste quand il en avait besoin. S'il était en train de devenir fou, comme le pensaient beaucoup de gens, alors c'était les manières relâchées et l'absence de discipline de sa famille qui le rendaient fou.

– Duane, ce n'est pas que moi qui le laisse mâchouiller des livres, dit Karla. *Tu* le laisses mâchouiller des livres, Nellie le laisse mâchouiller des livres.

Duane prit conscience avec un certain embarras qu'elle avait raison. Il était aussi coupable que tous les autres. Tous les membres de la famille choisissaient la voie de la moindre résistance, en ce qui concernait les enfants : ne jamais administrer de fessée pour avoir mâchonné un livre, ne jamais exiger que les plus grands enfants fassent leurs devoirs, ne jamais punir sévèrement aucun des innombrables manquements à la discipline qui se produisaient chaque semaine. C'était un foyer laxiste. Les enfants ne prenaient pas leurs parents au sérieux, ni leurs grands-parents d'ailleurs. Tout le monde faisait ce qu'il voulait et personne n'avait de diplôme universitaire.

– Je sais – et il faut que ça change, dit Duane. La prochaine fois que quelqu'un le surprend en train de mâchonner un livre, il faut taper son petit cul.

– Je suis d'accord, mais j'imagine que ce ne sera pas toi, dit Karla. On ne peut pas donner de fessée à dix kilomètres de distance.

Duane ne répondit pas. Il poursuivit ses infructueuses recherches dans la bibliothèque.

– Duane, si tu te calmais, dit Karla. Il y a plein d'exemplaires de ces vieux bouquins de Thoreau dans ce monde. Il y en a plein dans la librairie de l'université. Si on n'arrive pas à trouver celui-ci, on peut faire un saut à Wichita en voiture et l'acheter.

– Je ne peux pas aller à Wichita en voiture parce que j'ai arrêté de conduire, lui rappela Duane. Jody Carmichael dit que j'agis comme Thoreau et j'aimerais lire le livre pour comprendre ce qu'il veut dire.

– OK, mais c'est de la lecture assez sombre, comme je t'ai dit, répéta Karla. Je vais aller voir dans la chambre des filles. Peut-être qu'il est juste sous un lit.

C'est à ce moment-là que Little Bascom, le mâchouilleur de livres, arriva en se dandinant. Son visage s'éclaira lorsqu'il vit son grand-père, mais il s'assombrit lorsque Duane pointa son index vers lui.

– Pas question que je t'attrape en train de mâchonner un livre, dit Duane.

Il ne criait pas, mais sa voix était sévère. Little Bascom fondit en larmes et courut vers sa grand-mère.

– Il n'est même pas bien réveillé, fit remarquer Karla. C'est vraiment maladroit que tu te mettes tout à coup à lui faire la leçon. Faut que tu attendes de le surprendre avec un livre pour le réprimander.

À nouveau, Duane sut que Karla avait raison. Mais se trouver avec sa famille – même en petit nombre – lui donna la sensation de suffoquer et, en même temps, éveilla en lui de la culpabilité. Il voulait prendre le livre et partir, mais Little Bascom était tellement contrarié que Duane le prit des bras de Karla et l'emmena dehors pour qu'il puisse caresser le chien, ce qui lui rendit instantanément sa bonne humeur. Le petit garçon avait les bras autour du cou du chien lorsque Rag arriva dans sa vieille Chevy crachotante.

– Cette voiture est en train de bouffer la couche d'ozone ; faut que tu fasses réviser ton système d'échappement, lui dit Duane.

– Je ne sais même pas ce que c'est l'ozone, mais ce que je sais, c'est que vous avez l'air maigrichon, parce que vous ne mangez plus ma grande cuisine, rétorqua Rag. Je n'ai pas besoin qu'un anorexique me fasse la leçon, si tôt le matin.

– 'I-en, dit Little Bascom.

– C'est bien un chien, oui, et il est sûrement couvert de puces et de tiques, ajouta Rag.

Elle partit vers la maison et se retourna vers Duane.

– Vous mangez avec nous, ou pas ?

– Je mange, mais pas ici, dit-il. Je suis juste venu chercher un livre.

Karla apparut sur les marches du perron de derrière, sans livre dans sa main.

– Rag, est-ce que tu as vu ce livre de Thoreau que j'ai acheté quand je suivais ce cours ? demanda-t-elle. C'est typique des bouquins, ça, de disparaître au moment où quelqu'un en a besoin.

– Je sais pas du tout de quoi vous parlez, dit Rag.

Elle rentra, suivie de près par Little Bascom qui savait qu'elle était la personne fiable pour obtenir du jus de fruits à cette heure matinale.

– Tu veux quelque chose de la serre ? demanda Karla.

Il était clair que Duane s'impatientait et que l'envie de repartir le démangeait.

– Peut-être quelques-unes de ces tomates naines, dit-il. Elles sont meilleures que pas de tomates du tout.

– Je me demande pourquoi ta famille te rend nerveux, tout à coup, dit Karla. Est-ce que tu penses que c'est juste une phase ?

– Possible – mais en même temps, la vie elle-même n'est qu'une phase, dit Duane.

– Duane, évite de me dire des trucs pessimistes quand je suis déjà contrariée, dit Karla. Je préfère essayer d'être optimiste, si tu veux bien.

– Je suis désolé, dit Duane. Je ne suis pas de bonne compagnie en ce moment. C'est pour ça que je me suis installé dans la cabane. Est-ce que Dickie est rentré du centre de désintox ?

– Il est dans la caravane, profondément endormi, dit Karla. Il dort toujours pendant une semaine quand il sort de désintox. Ils doivent leur donner des sédatifs.

– Quand il se réveillera, dis-lui de venir me voir, dit Duane. Je vais lui confier les rênes de la compagnie. Il n'est plus question qu'il prenne de la came.

Karla trouva un sac et y mit quelques petites tomates. Duane les rangea soigneusement dans son sac à dos.

– J'espère que tu ne vas pas les écraser, en rentrant à pied, dit-elle.

– Est-ce que tu as entendu ce que j'ai dit, à propos de Dickie ? demanda-t-il. Il est parfaitement compétent pour faire tourner l'entreprise, s'il veut bien s'en charger. Il est temps que Dickie rentre dans le rang, tu ne crois pas ?

– Oh, bien sûr, grand temps, dit Karla. Il aurait dû y rentrer il y a longtemps. Mais ce n'est pas parce qu'il est temps qu'il en est capable. On verra bien ce qui se passe.

– Dis-lui de venir me voir, répéta Duane.

– Je le ferai, mais ne sois pas trop dur avec lui, dit Karla. Il est toujours un peu effrayé quand il arrive de désintox.

– Je ne serai pas dur avec lui, dit Duane. Je ne l'ai jamais été. C'est peut-être là qu'est le problème.

– Peut-être, mais il est trop tard pour changer maintenant, dit Karla. Va-t'en. Tu me déprimes.

– Je suis désolé, dit Duane. Tu te souviens de la fille de Jody Carmichael ?

Karla avait une terrible envie de pleurer, mais elle réussit à la réprimer, à l'exception d'un ou deux reniflements.

– Je sais qu'il avait une petite fille, mais on ne l'a pas beaucoup vue dans le coin, dit-elle. Ils l'ont envoyée loin à l'école.

Elle est venue à la fête d'anniversaire de Nellie pour ses 5 ans, je crois, mais je ne l'ai pas revue depuis.

– Elle est devenue psychiatre, dit Duane.

– *Vraiment ?* fit Karla. Et comment est-ce que tu as appris ça ?

– Je suis allé au Corners pour acheter une pelle, dit Duane. Jody m'a donné sa carte. Elle a fait ses études à Baltimore. Jody est très fier d'elle.

– Il peut ! dit Karla. Si l'un de nos enfants devenait psychiatre, je tomberais dans les pommes.

Puis elle se mit à secouer la tête, avec une expression de désespoir.

– Qu'est-ce que j'ai dit ? dit Duane.

– C'est juste la pensée que tu marches aussi longtemps pour acheter une pelle, dit Karla. On a une remise pleine de pelles. Ça doit faire quatorze kilomètres jusqu'au Corners. Ce qui fait vingt-huit kilomètres aller-retour. C'est délirant, Duane ! Mais qu'est-ce qui te prend ?

– Je ne sais pas, admit Duane.

Il se sentait idiot d'avoir révélé qu'il avait marché si loin juste pour une pelle, alors qu'il avait une remise pleine de pelles à la maison, comme Karla n'avait pas manqué de lui dire. Il se sentait mal de l'avoir contrariée et, pour finir, il n'avait même pas le livre de Thoreau.

Karla partit en courant – elle était visiblement sur le point de fondre en larmes. Au fond du jardin, Loni, Barbi et Sami sortirent de leur mobile home dans leurs habits d'école et entrèrent dans la maison pour prendre leur petit-déjeuner. Lorsqu'ils virent leur grand-père, ils eurent tous l'air surpris. Il leur fit un geste de la main et Loni et Sami lui répondirent. Mais Barbi, la rebelle, ne lui rendit pas son salut ; Duane se dit qu'elle avait l'air quand même contente de le voir. Annette, sa belle-fille, sortit du mobile home à son tour et s'assit sur les marches, en fumant. Annette ne le salua pas non plus. C'était une mère, qui savourait un moment de calme après avoir préparé ses enfants pour l'école. Certaines personnes trouvaient la grande Annette distante, mais Duane l'aimait bien. Ses enfants étaient bien habillés et ils travaillaient tous bien à l'école ; et Duane trouvait qu'elle faisait de son mieux avec Dickie qui n'était pas un cadeau. Duane fit quelques pas, décidé à aller bavarder un peu avec elle, peut-être lui demander de ses nouvelles, mais il changea d'avis. Il valait peut-être mieux la laisser tranquille.

Et en plus, il voulait partir, retrouver un peu de paix lui aussi, cette paix qu'il semblait ne trouver que lorsqu'il était seul, en train de marcher sur une route déserte.

25

Il n'était pas dit qu'il retrouverait immédiatement le sentiment de plénitude du marcheur solitaire. Tandis qu'il approchait de la maison de Ruth Popper, la seule en ville devant laquelle il était sûr de pouvoir passer tranquillement, Ruth étant trop aveugle pour le voir, il l'aperçut qui sortait de la maison. Ses bras, comme d'habitude, étaient chargés de dictionnaires et de revues de mots croisés. Duane ralentit un peu, afin de donner à Ruth le temps de faire sa marche arrière et de prendre la direction de son bureau – même si elle ne pouvait pas le voir, il était possible, s'il s'approchait trop près, qu'elle devine sa présence.

Ruth posa ses livres sur le siège arrière, monta, attacha sa ceinture et mit en route le moteur. La voiture, qui avait à peu près la moitié de l'âge de Ruth, démarra immédiatement. Mais sa conductrice resta immobile deux ou trois minutes, à écouter le ronronnement du moteur. Duane était prêt à tailler sa route avec la prudence d'un Sioux ; apparemment, Ruth rêvassait. Il était énervé et pressé de retrouver la campagne où il pourrait se détendre à nouveau.

Mais, avant qu'il ait pu faire un pas, Ruth se réveilla, passa la marche arrière avec difficulté – elle se plaignait depuis long-temps de la marche arrière *mal placée* sur la Volkswagen – et, soudain, elle traversa la rue en marche arrière comme une fusée avant d'aller s'échouer dans le fossé assez profond pour que le nez de la Volkswagen pointe presque à la verticale.

– Elle a dû vouloir appuyer sur l'embrayage et accélérer, dit Duane à Shorty.

C'était la seule manière d'expliquer le bond qu'avait fait la voiture. Il n'avait jamais vu Ruth conduire aussi vite auparavant. Il comprit que sa tranquillité de marcheur solitaire venait, elle aussi, de s'éloigner à grande vitesse, maintenant que Ruth était coincée. Même si elle ne l'avait pas vu, il ne pouvait pas passer tranquillement son chemin et laisser une vieille dame coincée dans un fossé. Il s'approcha et tapota sur la fenêtre. Ruth le dévisagea en plissant les yeux, puis descendit la vitre, à contrecœur.

– Est-ce que vous avez fermé la porte de la maison ? demanda Duane.

– Tiens, le déserteur, fit Ruth. Pourquoi m'avez-vous poussée dans ce fossé ?

– Hé, je ne vous ai pas poussée ! Je crois que vous avez tout simplement accéléré un peu trop fort quand vous êtes partie en marche arrière.

– Pourquoi j'aurais fait ça ? Je recule sur cette allée tous les matins depuis un siècle et je n'ai jamais fait une chose pareille. Je crois que vous l'avez fait exprès pour que j'arrive en retard au travail et, comme ça, vous pourrez retenir une partie de mon salaire.

– Je n'ai pas le temps de discuter avec vous, dit Duane. Je vais entrer chez vous et appeler Earlene. Si elle est là, peut-être qu'elle peut trouver Bobby Lee. Il a un bon treuil sur son pick-up et il vous sortira de là en un rien de temps.

– Bobby Lee me hait à mort. Pourquoi il me rendrait service ?

– Il ne vous hait pas à mort, Ruth. De temps en temps, il s'impatiente un peu avec vous, c'est tout.

– Il n'a qu'une couille et il me hait à mort, voilà comment, moi, je vois les choses, insista Ruth.

– OK, il vous hait à mort, dit Duane, mais il travaille encore pour moi et, si je lui dis de venir vous sortir du fossé, il le fera, j'en suis sûr.

– Vous avez un train de retard, dit Ruth. Personne ne travaille pour vous, parce que vous n'êtes pas là pour qu'on puisse travailler pour vous. Pourquoi on travaillerait pour quelqu'un qui est un déserteur et un renégat ?

– Parce que même un déserteur et un renégat peut signer des fiches de paye, lui rappela Duane.

Ruth avait fermé à clé la porte d'entrée, mais celle de derrière était restée ouverte. Duane passa l'appel téléphonique, faisant en sorte qu'il soit aussi bref que possible.

– Earlene, Ruth a reculé et s'est fichue dans le fossé en face de chez elle, dit-il. Elle est coincée. Voyez si vous pouvez trouver Bobby Lee et dites-lui de venir la sortir de là.

– Vaudrait mieux pour tout le monde qu'on la laisse là où elle est, si vous voulez mon avis, dit Earlene. Ici, elle est tout le temps dans nos pattes.

– Earlene, personne ne vous demande votre avis, dit Duane, regrettant qu'elle ne soit pas plus gentille. Faites ce que je vous demande, c'est tout, ajouta-t-il pour enfoncer le clou.

– Oh, bien sûr, n'hésitez pas, criez-moi dessus ! gémit Earlene. Il y a un million de personnes qui veulent vous parler et je ne sais même pas où leur dire d'appeler.

Là-dessus, elle fondit en larmes.

– Il n'y a pas d'endroit où ils peuvent appeler, dit Duane. À partir de la semaine prochaine, ils pourront s'adresser à Dickie, c'est lui qui dirigera la maison.

– Oh, Dieu nous vienne en aide, notre fin est proche, dit Earlene, le souffle coupé.

Puis elle se mit à sangloter de manière hystérique. Duane raccrocha.

– Je déteste être en retard au travail, dit Ruth, lorsqu'il retourna à la voiture. Toutes ces années, j'ai fait preuve d'une assiduité remarquable, sauf que personne ne le remarque.

– Si j'étais vous, je retournerais dans la maison et j'attendrais l'arrivée de Bobby Lee, suggéra Duane.

– Il ne viendra pas parce qu'il me hait à mort, dit Ruth. Je vous l'ai dit mais vous ne m'écoutez jamais.

– Mais qu'est-ce que je fais d'autre depuis trente ans si ce n'est vous écouter ? dit-il.

– Je ne sais pas, tromper votre femme, par exemple… ? dit Ruth, étonnée qu'il rentre au bercail.

– Ce qui me rappelle une chose, enchaîna Duane. J'ai accidentellement fait pleurer Karla ce matin. Lorsque vous arriverez au bureau, appelez le fleuriste et faites-lui envoyer un gros bouquet de fleurs. Faites en sorte qu'il soit beau, très beau. Pour au moins soixante-quinze dollars.

– Ça a dû être une sacrée dispute, pour que vous dépensiez tant d'argent, dit Ruth.

– Non, ce n'était pas une dispute, c'était juste un malentendu, dit Duane. Mais n'oubliez pas d'envoyer les fleurs.

Ruth réfléchit à la tournure qu'allaient prendre les événements en regardant le ciel encore limpide.

– À mon avis, personne ne va venir, dit-elle. Je vais juste rester plantée là toute la journée. S'il arrive une crue subite, je serai noyée.

Duane leva les yeux. Pas un nuage dans le ciel.

– Vous n'êtes pas prise au piège, fit-il remarquer. Vous pourriez retourner chez vous et attendre le dépannage.

– Non, merci, je préfère être un martyr, dit Ruth.

Puis elle leva vers lui des yeux embrumés.

– Duane, vous êtes vraiment déprimé, dit-elle. Je le sens bien. Vous devriez aller voir un psychiatre. Moi, j'en ai vu un et ce n'était pourtant pas trop mon genre.

– Et est-ce que ça vous a aidé ? demanda Duane. Avez-vous découvert quelque chose d'important ?

Ruth laissa son esprit flotter. La manière dont la Volkswagen était inclinée vers le ciel faisait penser qu'elle pouvait partir verticalement, peut-être aller au paradis. Elle n'était pas une chrétienne très orthodoxe, ne croyait pas aux portes du paradis et aux rues pavées d'or, mais elle pensait qu'il y avait peut-être quelque part un endroit où les esprits vertueux se retrouvaient – les esprits des gens qui, comme elle, avaient fait de leur mieux toute leur vie. Elle se disait que ce serait sympa de partir dans sa Volkswagen pour rejoindre les esprits vertueux ; cela devait être ça, mourir.

Elle se rappela soudain que Duane avait posé une question.

– C'était quoi, la question ? Je pensais au paradis.

– Je vous ai demandé si vous aviez appris quelque chose d'important quand vous êtes allée voir le psychiatre, répéta-t-il.

– Eh bien, j'ai appris que mon mari ne m'avait jamais aimée. J'imagine que c'est important, puisque nous avons été mariés longtemps.

– La fille de Jody Carmichael est psychiatre, dit Duane. J'envisage peut-être d'aller la voir.

– C'est bien, dit Ruth. Une femme vous conviendrait probablement mieux qu'un homme.

Duane voulait s'en aller. Il était hors de question d'engager une longue conversation sur la psychiatrie ou n'importe quel autre sujet avec Ruth Popper. Par ailleurs, si Earlene avait effectivement trouvé comment joindre Bobby Lee, il était susceptible d'apparaître à tout moment, réclamant comme toujours une attention particulière sur son sort. Duane voulait vraiment quitter la ville avant d'avoir à distribuer ses bons services à droite et à gauche. Mais le commentaire de Ruth l'avait surpris.

– Pourquoi une femme serait pour moi mieux qu'un homme ? demanda-t-il.

Ruth haussa les épaules.

– C'est juste mon avis, Duane, dit-elle. Je suppose que c'est parce que vous n'avez jamais été vraiment comme les autres hommes.

Le soleil qui tapait sur le pare-brise était chaud et elle s'éventait avec un journal de mots croisés. Ruth aimait bien s'éventer. C'était une manière de rester active.

Duane eut l'impression qu'il avait un pied dans la glu, la glu des relations humaines. Il voulait vraiment retrouver la route, rentrer à pied vers sa cabane solitaire, au lieu de quoi, il se retrouvait englué dans une conversation collante avec Ruth. Chaque fois qu'il pensait entrevoir une possibilité de s'éloigner, Ruth disait quelque chose qui l'en empêchait, c'était comme de la glu.

– Ruth, je suis le président du conseil d'école, lui rappela-t-il. Je suis le vice-président de la chambre de commerce.

Ruth ne réagit pas.

– Ce sont des choses normales, non ? demanda-t-il.

– Oh, c'est assez bien, mais ça ne fait pas de vous un type ordinaire, dit Ruth. Je crois que c'est bien que vous alliez voir une femme psychiatre.

Duane s'éloigna. Ruth était comme Lester, comme Karla, comme Bobby Lee, comme tous les gens qu'il connaissait. La seule manière de s'extraire d'une conversation avec eux était de lever le pied. Il rentra chez lui d'un bon pas, mais sans retrouver la paix. Dès qu'il arriva dans sa cabane, il s'assit à sa table, ouvrit son bloc et écrivit deux lettres de démission, une au conseil d'école et l'autre à la chambre de commerce. Ensuite, se sentant un peu mieux, il les détacha, les plia soigneusement et referma le bloc. Il n'avait ni enveloppes ni timbres ; il faudrait qu'il s'en procure la prochaine fois qu'il irait chez Jody Carmichael, sans doute un plus tard dans la journée.

Écrire ces courriers l'avait soulagé avant même de les envoyer. Il avait réussi à faire quelque chose, qu'il avait certes prévu, mais qu'il considérait comme difficile. Un premier pas positif qui dégageait ses pieds de la glu. Il commença à se détendre et cessa de se sentir si oppressé. Il sortit son transat, se couvrit avec son poncho et resta assis à contempler les cieux immenses en respirant librement.

26

Plus tard dans la journée, Duane marcha deux bons kilomètres vers le sud, en direction de la mare, grand réservoir d'eau destiné au bétail. Il passa l'essentiel de l'après-midi assis à regarder la surface de l'eau plissée par le vent. L'abreuvoir n'avait rien de particulièrement remarquable, comparé à ceux de la région, mais il était bordé sur la rive nord par une rangée de jolis saules. À l'époque où il pêchait la perche, il avait profité de leur ombre, lançant mollement sa ligne avant de remettre à l'eau la plupart des poissons qu'il attrapait.

Il soufflait un vent frais mais il faisait soleil. Il était encore tendu, bien qu'il soit venu jusqu'ici pour se sentir apaisé par le doux clapotis des vaguelettes venues s'échouer sur la berge. Face à lui-même, sans personne avec qui se disputer ou échanger des plaisanteries, il devait admettre qu'il se sentait confus. En très peu de temps, il avait perdu la capacité d'entretenir des relations sociales aimables. Il ne pouvait plus supporter de côtoyer ni sa famille ni ses employés ni même ses vieux amis. Deux fois au cours de la matinée, avec Karla puis Ruth, il s'était senti oppressé simplement parce qu'il avait dû leur adresser la parole. Durant toutes ces années, si l'une ou l'autre l'avait mis souvent en rogne, il ne se rappelait pas que le fait de leur parler ait affecté sa respiration.

Quelque chose avait changé – mais c'était difficile de dire quoi. Il ne voulait pas être avec sa famille, ni même dans la ville où il avait passé toute sa vie. Il n'arrivait à se détendre que lorsqu'il se retrouvait seul. Et pourtant, rien d'évident ni de remarquable ne s'était produit qui puisse expliquer cette révolution intérieure. Ce dont il était certain, en revanche, c'était d'être exactement à l'endroit où il l'avait désiré, sur une colline ou à côté d'un large abreuvoir, seul. Non seulement il ne souffrait plus de partager le quotidien des gens qu'il connaissait, mais il avait l'impression qu'il ne pourrait pas y survivre s'il y était de nouveau contraint. Il avait été un citoyen, un parent, un mari, un ami constant toute sa vie, mais maintenant c'était fini. Il n'avait plus de stabilité à offrir. Il savait qu'il faudrait du temps à ses proches pour accepter ce changement, mais au bout du compte, ils y seraient obligés, ne serait-ce que parce que lui-même ne pouvait pas faire autrement et redevenir l'homme d'antan.

Alors qu'il était assis au bord du plan d'eau, le dos calé contre l'un des saules, un groupe de colverts déboucha de l'est et se posa sur l'eau, juste devant lui. S'il avait apporté son calibre .22, il aurait pu s'offrir du canard au menu ce soir – les oiseaux n'étaient qu'à cinq mètres de lui. Quand il se leva pour repartir vers sa cabane, sept cochons sauvages émergèrent en reniflant des taillis sur l'autre rive ; un petit s'avança dans la boue et s'écroula sur le ventre comme s'il était épuisé. Duane se rassit et contempla le spectacle des cochons qui fouissaient le sol au pied des jeunes chênes à la recherche de glands. Juste avant le coucher du soleil, un héron se posa sur une flaque boueuse à l'ouest de l'abreuvoir. Il était plus petit que les hérons qu'il avait vus sur la route ce matin en allant au Corners. Les canards cancanaient, plongeaient la tête dans l'eau, secouaient leurs plumes, faisaient tout un raffut, mais le héron restait silencieux. Des colombes se posèrent sur l'eau. Sur le chemin du retour, sur le flanc sud de la colline, plus rocailleux, il remarqua la présence d'un groupe de cailles de montagne voletant d'un bosquet à l'autre.

Duane n'avait jamais accordé beaucoup d'intérêt à la vie animale alentour. Il lui était arrivé de chasser, mais sans grande conviction. Parfois, un vol d'oies sauvages dans le ciel, la fuite d'un lynx ou les frémissements de dindons sauvages sur la berge d'un cours d'eau avaient attiré son attention, mais sans aller au-delà. Maintenant, il trouvait leur compagnie reposante. Il s'agissait de petits animaux modestes qui ne faisaient rien de grave ou d'éclatant. Comme ces cailles qui semblaient aussi pudiques que des nonnes lorsqu'elles se précipitaient vers leurs abris de fortune. Dorénavant, il étudierait la vie sauvage, sa nouvelle passion. Pendant que la famille qu'il avait laissée derrière lui regardait la télévision, il observerait la nature par le menu.

À l'aller, Shorty avait disparu en se lançant à la poursuite d'un lièvre ; Duane se dit que c'était aussi bien ainsi. Si Shorty l'avait accompagné jusqu'au réservoir, il aurait passé son temps à aboyer au nez des cochons sauvages, des canards ou du héron.

Tandis qu'il approchait de sa cabane, Duane vit Shorty déboucher en courant, un bâton dans la gueule. Le chien disparut à nouveau au nord de la cabane, puis revint au moment où le même bâton arriva en volant dans les airs. C'est alors que le lanceur de bâton – Dickie – apparut et salua son père d'un geste de la main. Duane lui répondit, mais il sentit immédiatement sa poitrine se serrer. Il avait voulu parler à Dickie, il avait besoin de parler à Dickie, mais en même temps, il ne se sentait pas prêt à parler à Dickie. Il ressentait juste de la tristesse en pensant au long combat de son fils contre sa dépendance aux drogues.

Dickie était grand et joli garçon, amical et compétent – tout le monde à Thalia l'aimait bien. Il avait été aussi prometteur que tous les jeunes gens au sortir du lycée, mais avec Dickie, l'indiscipline naturelle des adolescents avait évolué en périodes d'addiction qui lui avaient volé sa jeunesse. Dickie avait 35 ans et, en dehors d'une épouse convenable et de trois gentils enfants, le bilan du premier tiers de sa vie était nul. Duane et Karla se sentaient tous les deux coupables de cette débandade, habités par le sentiment, en tant que parents, de s'être contentés de hocher la tête alors qu'ils auraient dû se montrer vigilants en agissant plus efficacement, au lieu de se contenter de payer des médecins et des cliniques alors que leur fils s'enfonçait dans la brume des stupéfiants.

C'était un beau et charmant garçon, comme toujours – sauf qu'il n'était plus un gamin, mais un trentenaire, ce que Duane avait du mal à imprimer.

– Salut, P'pa, dit Dickie lorsque Duane s'approcha.

Il tendit la main et Duane la serra. Il examina son fils de près, mais dans la lumière faible du crépuscule, il ne parvint pas à s'en faire une idée claire. Il était étonnant que la longue période d'autodestruction que Dickie s'était infligée n'ait pas laissé beaucoup de traces. Il avait l'air en forme, comme d'habitude ; il avait dû hériter du bon métabolisme de sa mère. Karla avait beaucoup bu pendant des années, sans que cela ait jamais affecté son apparence – c'était encore le cas aujourd'hui. Karla comme Dickie avaient toujours réussi à paraître frais comme des gardons, même après un week-end très agité.

– Salut, dit Duane. Je suis passé ce matin mais j'ai décidé de te laisser dormir.

– J'en avais sacrément besoin, répondit Dickie. La désintox, ça pompe. Je crois que c'est le fait de parler tout le temps.

– J'espère juste que, cette fois, ça a pompé aussi toutes les mauvaises substances, répondit Duane.

Duane s'était rendu deux fois en avion en Arizona pour faire entrer son fils dans un centre de désintoxication célèbre et coûteux; la première pour l'y inscrire, la seconde pour l'accompagner avec toute la famille, formalité obligatoire qui avait entraîné des disputes sans fin entre les enfants. Dickie, ses frères et sœurs avaient passé des heures à s'accuser les uns les autres d'être responsables de leurs problèmes – mettant dans le même sac Karla et Duane, mais de manière moins agressive. Résultat, Duane s'était en partie désintéressé du processus de désintoxication du centre auquel était soumis son fils.

Il fut un temps, à l'époque la plus stressante du boom pétrolier, où il lui était arrivé de boire trop de whisky et Karla s'était mis en tête de le faire désintoxiquer, mais il avait opté pour la pêche à la perche, trouvant que ça marchait aussi bien sur les nerfs, peut-être mieux. Plus il pêchait, moins il buvait. Le fait de se retrouver seul au bord de l'eau avait eu le même effet apaisant qu'aujourd'hui. Il avait besoin d'être calme, pas d'être saoul; et le fait de flotter dans une barque sans personne pour le houspiller lui avait rendu son calme.

– Je suis content que tu sois venu. Rentrons, dit Duane. Il n'y a pas grand-chose à manger, mais je peux t'offrir un grand bol de bonne soupe.

– Je ne peux pas, Annette prépare à manger, dit Dickie. Elle trouve que je suis trop maigre, elle veut me remplumer un peu.

– Tu es revenu avec un beau bronzage, dit Duane, une fois qu'il eut regardé son fils en pleine lumière.

– C'est le soleil de l'Arizona, dit-il, en contemplant l'intérieur de la cabane. Alors Maman dit que t'es devenu une espèce d'ermite. Ça fait combien de temps ?

Duane se réchauffait une boîte de soupe aux clams.

– Environ dix jours.

Dickie resta silencieux, attendant que son père s'explique, mais Duane n'ajouta rien et se contenta de réchauffer son potage en le touillant.

– Alors, qu'est-ce qui se passe ? demanda Dickie, un peu nerveux. C'était une grosse dispute, entre Maman et toi, ou quoi ?

– Non, ta maman et moi, nous nous entendons très bien ces derniers temps, dit Duane.

Il continua à tourner sa soupe, hésitant sur la manière d'expliquer précisément la situation à son fils pétri d'anxiété.

Il versa la soupe, éteignit le feu, s'assit à la table et regarda Dickie.

– Je veux une vie différente, dit-il. Et maintenant, je l'ai. Je sais qu'il va falloir du temps aux gens pour le comprendre, à ta mère en particulier, mais il faudra pourtant que vous vous y fassiez et vous y adaptiez. Désormais, je veux vivre seul. Je ne veux plus être un bon père de famille et je ne veux plus être exploitant pétrolier non plus.

Duane marqua une pause. Dickie écoutait, attendant la suite.

– La compagnie pétrolière, c'est le sujet dont je voulais te parler, poursuivit Duane. À partir de demain, c'est toi qui la diriges.

– Qu'est-ce que tu veux dire ? demanda Dickie, abasourdi.

– Exactement ce que j'ai dit, dit Duane. Tu es à la maison, tu es en bonne santé et tu vas diriger la compagnie. Tu es le patron – et ça prend effet immédiatement.

– Bon sang ! Je sors juste de désintox et je suis censé faire tourner ta boîte de pétrole ?

– Exact. Ce n'est ni Exxon, ni Texaco, tu sais. C'est juste une petite exploitation pétrolière familiale. Tu y as grandi. Tu as fait tous les boulots qui y sont liés... sauf le mien. Maintenant, tu vas prendre la relève et faire ce que je fais depuis des années, parce que j'en ai assez, je ne veux plus. À partir de maintenant, tu gères les transactions, tu recrutes les ouvriers, tu leur dis où aller, tu vas vérifier l'état des tours de forage, tu t'assures que les concessions sont exploitées correctement. Tu vérifies que les camions sont bien entretenus, tu parcours les contrats, tu t'assures que toute la comptabilité possède les informations dont elle a besoin. Tu veilles à ce que les ouvriers n'aillent pas travailler bourrés ou défoncés.

Dickie étouffa un rire.

– Papa, j'ai fait trois cures de désintox. Les ouvriers vont me rire au nez si je leur dis de ne pas se droguer.

– Peut-être au début, mais c'est juste quelque chose que tu devras apprendre à gérer, dit Duane. Tu es clean et tu vas le rester. Si c'est le cas, les équipes se tiendront bien, ou du moins la plupart d'entre elles. Tu n'auras jamais d'équipe parfaite où ils sont tous irréprochables.

– Bon sang, répéta Dickie. Je ne suis pas en train de dire que je ne peux pas, mais c'est une grosse responsabilité et tout ça est assez inattendu.

– C'est le cas, mais je n'y peux rien, dit Duane. Parfois, les choses arrivent de manière inattendue.

– Et si je merde ? demanda Dickie. Je ne pense pas que je vais merder, mais si je merde quand même ?

Duane haussa les épaules.

– C'est toi qui seras maître à bord, comme je t'ai dit. Si tu te fous dedans, tu te fous dedans. Cela n'a rien à voir avec moi. Peut-être que tu te foutras dedans et que tu perdras tout notre argent. Mais je ne crois pas et j'espère que tu t'en sortiras ; mais si ça arrive, c'est juste la faute à pas de chance. Je te donnerai des conseils de temps en temps, mais en dehors de ça, je ne bougerai pas le petit doigt.

– Bon sang, dit encore Dickie.

Puis il prit une grande inspiration.

– Peut-être que je peux le faire, dit-il. Peut-être que j'y arriverai.

– Peut-être que tu peux même le faire mieux que moi, dit Duane. Je l'espère. Cela fait au moins vingt ans que j'ai perdu tout intérêt à ça. Tout ce qu'on fait pendant longtemps, ça use. Je crois que c'est une des raisons pour lesquelles j'ai envie de vivre en ermite pendant un moment.

– Tu crois que c'est juste pour un moment, Papa ? J'veux dire, on a réglé la question de la boîte, je crois que je peux le faire. Mais... et toi ?

– Comment ça, et moi ?

– Maman, elle sait pas quoi penser. Elle dit que tu es parti, tout simplement, à pied.

– C'est une bonne description. En fait, c'est une description parfaite. Je suis parti, tout simplement, à pied.

– Mais tu n'as jamais rien fait de tel avant. Ça a tourneboulé tout le monde.

– D'accord, mais ça m'est quand même arrivé de faire le même genre de chose. Autrefois, je pêchais, tu te souviens ? Je pêchais beaucoup.

– Je sais, mais au moins, tu allais en voiture jusqu'au lac. Maintenant, tu y vas à pinces.

– Mais qu'y a-t-il de mal à marcher ? C'est une activité agréable. Je viens d'atteindre un stade où j'apprécie un rythme lent de vie.

– Nellie dit aussi que tu envisages d'aller en Égypte – je crois. Qu'est-ce que ça signifie ?

– De la curiosité. Je veux voir les Pyramides. Ce n'est pas si étrange. Des milliers de gens vont voir les Pyramides chaque année.

– Est-ce que tu es déprimé ? demanda Dickie avec l'impatience de sa mère qui aimait aller droit au but, sans prendre de gants.

Duane sourit.

– Je ne sais pas. Ta mère le pense, mais je n'en suis pas certain.

Dickie parut troublé.

– J'imagine que tu le saurais, d'une manière ou d'une autre. Moi, je sais quand je suis déprimé. C'est dans ces moments que je vais chercher de la came.

– Une chose que tu ne pourras plus faire, dit Duane avec fermeté. Tu en as pris assez. Maintenant, tu as une compagnie pétrolière à faire tourner et la fortune de la famille est entre tes mains.

– Ça ennuie tout le monde de penser que tu es là, tout seul, déprimé, dit Dickie.

Duane sourit à nouveau.

– Il va juste falloir vous y faire, tous. Continuez vos vies et arrêtez de me demander si je suis déprimé ou non. Si je le suis, c'est mon problème.

Dickie soupira, hésitant.

– En désintox on nous apprend que tous les problèmes sont des problèmes de famille. Donc, si t'es déprimé, c'est notre problème aussi.

Duane secoua la tête.

– On n'est pas en désintox. Ici, nous sommes juste dans la vraie vie. Mes problèmes ne concernent personne d'autre que moi. Je me porte bien. Je ne suis pas suicidaire. Je ne bois pas, je ne me shoote pas. Il n'y a rien de mal à pratiquer systématiquement la marche. Je ne suis un danger pour personne, ni pour moi-même. Je ne veux pas qu'on vienne ici me faire la leçon. Je vais vivre de la manière dont je le désire pendant un bout de temps et je ne vois pas pourquoi je ne le ferais pas. Je ne suis pas dans une situation désespérée et vous non plus.

– Tu as une espèce d'attitude «que-la-paix-soit-avec-toi», on dirait, dit Dickie. J'ai eu un thérapeute comme ça. J'imagine qu'il n'y a rien de mal à ça.

– Non, à ma connaissance, non, dit Duane. Je vais te donner un conseil concernant l'entreprise, celle que tu vas diriger à partir de demain : quand on te laisse un message, rappelle. Ne le reporte pas à plus tard et n'en laisse passer aucun, même si tu penses que la personne que tu dois rappeler est un connard ou un barjot. Assure-toi qu'Earlene en tienne la liste précise et, à la minute où tu arrives au bureau, rappelle les gens. Tous.

Il avala la dernière gorgée de soupe aux clams et posa la cuillère soigneusement dans le bol.

– Voilà la clé du succès, dit-il. Rappelle les gens et le plus vite possible.

Dickie, assis en face de lui à table, remarqua la carte de visite de Honor Carmichael calée à côté de la salière. Il la ramassa et la regarda ; la carte d'un psychiatre était un objet saugrenu sur la petite table de son père.

– Bon sang ! s'exclama-t-il pour la quatrième fois ce soir-là. Tu vois un psy ?

– Pas pour le moment. Jody Carmichael m'a donné cette carte parce c'est sa fille. Elle est devenue psy et il est vraiment fier d'elle. Il veut que tout le monde sache que sa fille est devenue quelqu'un.

Ils discutèrent encore quelque temps et Dickie partit. Lorsqu'il disparut au volant de sa voiture, Duane rentra à l'intérieur de sa cabane, ramassa la carte de Honor Carmichael et la glissa dans son portefeuille. Il tenait à ce que personne d'autre ne la prenne ainsi, en passant, comme son fils venait de le faire, et s'interroge.

27

L e lendemain, Duane s'accorda un temps de réflexion pour savoir s'il irait à Wichita Falls en stop, essentiellement pour acheter un livre de Thoreau. Son autre but était de téléphoner à Honor Carmichael – thérapeute, psychiatre et psychanalyse – et prendre rendez-vous avec elle pour la même raison qu'il envisageait de partir en Égypte : la curiosité. Il était aussi curieux de rencontrer Honor Carmichael que de voir les pyramides. Concernant la question complexe de son éventuelle dépression, il demeurait perplexe ; était-il en dépression, ou pas, était-ce important, ou pas ? Il n'était pas aussi convaincu que Karla et tous les autres de la gravité de son état – mais après ses deux ou trois accès d'une rage irrationnelle, il s'était senti triste et bizarre lorsqu'elle s'était estompée.

Il se considérait comme un adulte mûr et pragmatique. La vie n'était pas rose tous les jours, certains étaient forcément meilleurs que d'autres et d'autres encore étaient franchement durs à passer. La vie était le genre de truc qui, un jour ou l'autre, pour une raison ou pour une autre, pouvait mettre le moral à zéro de n'importe qui, entraînant une déprime passagère. Il ne connaissait personne à qui ce ne soit pas arrivé. Bobby Lee était déprimé parce qu'il n'avait plus qu'un seul testicule. Lester Marlow était déprimé parce que sa femme refusait de lui acheter de nouveaux

jeux vidéo. Earlene était déprimée parce qu'elle avait une cicatrice après s'être ouvert la tête sur la fontaine à eau. Julie était
déprimée parce que son petit ami passerait probablement trois
ans en prison. Karla était déprimée parce que son mari l'avait
quittée sans aucune bonne raison – ou, en tout cas, pas à sa
connaissance. Et en Afrique et dans les Balkans, les gens étaient
déprimés parce qu'ils se faisaient massacrer de manière horrible
ou qu'on les chassait de chez eux, ou les deux ; leur dépression
était visible sur CNN presque tous les soirs.

Dans ce contexte, Duane ne pensait pas que sa petite baisse
de moral méritait qu'on s'inquiète, ni même qu'on la remarque.
Tant qu'il restait seul, il était certain de pouvoir gérer la situation parfaitement bien. De plus, il ne demandait pas grand-chose.
Personne dans sa famille ne mourait de faim, personne n'était
malade. Plusieurs jeunes femmes et deux autres plus âgées et
très expérimentées pouvaient s'occuper de ses petits-enfants.
La situation de Dickie face à la drogue resterait délicate pendant
un moment, mais au moins, il y avait des raisons d'espérer.

Duane considérait qu'il avait, en gros, rempli ses devoirs
de père, de soutien de famille et de citoyen. Il avait accompli
largement sa part – maintenant, il voulait juste qu'on le laisse
tranquille et il n'avait pas l'impression que la question de savoir
s'il était déprimé ou heureux regardait quelqu'un d'autre que
lui-même. Il avait une maison chaude et des vêtements chauds ;
s'il lui manquait quelque chose, il pouvait l'acheter. Par chance,
il avait gagné environ deux mille cinq cents dollars au poker la
veille du jour où il avait décidé de faire profession de marcheur.
L'argent en liquide était dans sa poche et il pouvait suffire à son
quotidien. Bien qu'il se soit un peu lâché sur les outils chez Jody
Carmichael, il était encore loin d'avoir épuisé sa réserve.

Malgré tout, Duane avait conscience que ses arguments raisonnables ne constituaient pas forcément toute l'histoire. Plusieurs fois ces derniers temps, il avait ressenti une tristesse déchirante, une tristesse qui le prenait toujours par surprise. Elle s'emparait brusquement de lui quand il marchait, quand il était assis sur son transat, ou même quand il était dans son lit. Il ne comprenait pas d'où venaient ces crises, ni pourquoi elles étaient si profondes et si soudaines.

Même ses rêves étaient devenus tourmentés et souvent douloureux. Trois fois, ces derniers temps, il en avait fait un avec un veau qui l'avait beaucoup déstabilisé. Il participait à un concours de rodéo ; son lancer était élégant et rapide ; mais il manquait le veau à chaque fois. La boucle qu'il lançait vers l'animal semblait se dissoudre, disparaître, au moment où elle allait passer autour de son cou. Ensuite, il restait assis sur son cheval, à regarder l'animal poursuivre sa course dans l'arène au petit trot, sans corde, et cela rendait Duane très triste et désemparé. Pourquoi avait-il raté le veau ?

Le rêve avait un autre aspect déroutant, un aspect aussi curieux que la corde qui se défaisait, c'était que personne dans les tribunes n'était là pour assister à son humiliation. Seul lui – et son cheval – en était le témoin. Les sièges étaient tous vides. Les spectateurs, s'il y en avait, s'étaient tous précipités en même temps vers le stand des glaces.

Duane trouvait ce rêve du lasso à la fois surprenant et troublant. La première fois, il y avait repensé avec un haussement d'épaules. N'importe qui pouvait rêver de n'importe quoi. Il n'avait jamais possédé de lasso et n'avait jamais participé à un rodéo ; mais il en avait vu beaucoup et savait que ce n'était pas particulièrement rare, même pour un lanceur très exercé, de manquer une bête de temps en temps. Cela pouvait arriver aux meilleurs d'entre eux, même si, bien sûr, c'était moins fréquent.

Duane fit le même rêve encore deux fois et, chaque fois, au moment où le veau s'en allait tranquillement, Duane éprouvait une déception profonde. Il se souvenait bien de son rêve du matin. Sa frustration était si intense que, d'une certaine façon, le réveil lui apportait le même soulagement que l'on éprouve quand on sort d'un cauchemar. Malheureusement son sentiment de malaise et d'humiliation ne cessait de le hanter tout au long de la journée.

Bien sûr, trois mauvais rêves ne signifiaient pas nécessairement qu'il souffrait d'une profonde dépression. Il avait entendu – ou peut-être lu quelque part – que les rêves relevaient peut-être d'un mécanisme pouvant vous débarrasser de la dépression. La source de cette théorie, en y réfléchissant bien, venait de Mildred-Jean Ennis, coiffeuse pour hommes et femmes. Parfois, lorsque Duane se sentait hirsute, il se faisait couper les cheveux par Mildred-Jean.

– Ouaip, c'est comme ça que ça marche, les rêves, lui avait-elle expliqué. Plus le rêve est affreux, mieux on se sent le jour suivant. Les rêves, c'est la manière dont Dieu nous aide à nous débarrasser de sentiments qu'on n'a pas besoin de trimbaler avec nous.

– Si c'est vrai, alors j'aimerais bien qu'il m'envoie un rêve qui m'aiderait à me débarrasser de l'impression que je vais bientôt être en faillite, dit Duane. Cela fait pas mal d'années que je promène cette impression. Si je pouvais faire un rêve qui m'aiderait à m'en défaire, je serais prêt à laisser vingt dollars de pourboire.

Se faire couper les cheveux chez Mildred-Jean avait un inconvénient majeur, c'était le parfum dont elle aspergeait généreusement son corps d'une taille impressionnante. L'odeur était parfois si forte que Duane avait mal à la gorge rien qu'à la respirer; sinon, il aimait bien Mildred-Jean.

– Ça marche pas, de demander à Dieu des trucs trop particuliers quand il t'aide à te débarrasser de mauvais sentiments, lui dit-elle. Certains existent pour faire de toi une meilleure personne, Duane. Si Dieu t'aidait à t'en débarrasser trop vite, tu pourrais facilement retomber dans les mêmes vieux travers qui feraient de toi un homme immoral.

– Je ne crois pas que je deviendrais plus immoral en étant rassuré sur l'éventualité de ma prochaine faillite, dit Duane.

Après, il allait au café et mangeait un cheese-burger. Il n'avait pas particulièrement faim, mais l'odeur de la graisse chaude évinçait celle, persistante, du parfum de Mildred-Jean.

Le rêve du lasso avait ceci de positif qu'il ferait un bon point de départ pour légitimer son rendez-vous avec Honor Carmichael. Il lui décrirait comment il se sentait après s'être réveillé de son rêve et elle lui dirait ce qu'elle en pensait.

Sa seule crainte, en allant consulter la psychiatre, était de se retrouver assis, incapable d'ouvrir la bouche. En vérité, on lui avait appris à *ne pas* parler de ses ennuis, qui ne regardaient personne d'autre que lui. Et il n'en avait jamais trop parlé. Peut-être qu'en arrivant dans le bureau du médecin il serait incapable de se défaire de sa réserve habituelle.

Mais il y avait d'autres problèmes à surmonter avant celui-là. D'abord comment se rendre à Wichita Falls. Il y avait entre vingt-sept ou vingt-huit kilomètres de la cabane à Wichita Falls. Il était sûr de pouvoir parcourir aisément cette distance, mais c'était sans compter le retour. Même s'il était un bon marcheur, cinquante-six kilomètres, c'était probablement trop en une seule journée. Si son rendez-vous était l'après-midi, il lui faudrait une bonne partie de la nuit pour rentrer.

L'autre problème, c'était Shorty, qui le suivrait certainement, sauf s'il en était empêché d'une façon quelconque. Duane aurait beau crier ou se fâcher, Shorty resterait sur ses talons, la queue basse. Ensuite, une fois arrivé à Wichita, soit il se ferait renverser, soit il se battrait constamment avec les chiens du coin.

– Shorty, tu es un handicap aux longs trajets, lui dit Duane.

Le chien, se sentant vaguement coupable, rabattit ses oreilles en arrière.

En plus du problème posé par Shorty, restait la question de l'auto-stop. Était-ce contre ses principes ou pas ? Bien sûr, les règles n'étaient pas gravées dans le marbre. L'un des principaux attraits de sa nouvelle vie était de définir ses propres règles au fur et à mesure. S'il décidait que le stop était une forme de déplacement acceptable, alors il y aurait recours sans problème.

Duane était encore en train de peser les avantages des différentes options lorsqu'il arriva à la conclusion qu'il n'avait pas besoin de faire l'aller-retour en une seule journée. Il y avait des motels à Wichita Falls. Il pouvait y aller un jour, y passer la nuit et rentrer le jour suivant. S'il choisissait un motel sommaire, ce qui serait de toute façon son choix, il n'y aurait probablement pas d'objection à ce qu'il ait un animal de compagnie.

Il décida de partir à pied, de permettre à Shorty de l'accompagner, de passer la nuit sur place et de ne pas faire d'auto-stop. Il ferait donc les deux trajets à pied – ce serait une manière de tester le sérieux de son engagement à accomplir tous ses trajets sans voiture. S'il le faisait et qu'il aimait ça, cela confirmerait la fiabilité de son instinct qui le poussait à marcher pour se déplacer. Certes, il n'irait pas à pied en Égypte, mais il *pouvait* marcher jusqu'à l'aéroport de Wichita Falls et faire le reste du trajet en avion. Pas besoin d'automobiles.

Le temps que Duane explore toutes les possibilités et prenne sa décision, la journée était déjà trop avancée pour partir à Wichita Falls. Pour une marche aussi longue, il faudrait qu'il parte tôt; autrement, le cabinet médical serait fermé avant qu'il ait le temps d'arriver.

Pourtant, Duane se sentait agité. Il avait besoin de bouger et, faute de se rendre à Wichita Falls, il décida de parcourir le périmètre de sa propriété, ce qu'il n'avait jamais fait auparavant. Il lui suffisait de suivre sa propre clôture, soit presque treize kilomètres. Trois rivières différentes traversaient son terrain. S'il avait de la chance, il pourrait tomber sur un essaim; une source de miel sauvage serait appréciable. Un des rares souvenirs qu'il avait gardé de son père, mort dans l'explosion d'une tour de forage alors qu'il avait 5 ans, était celui du jour où il l'avait regardé recueillir un essaim sur une propriété qui appartenait à ses grands-parents. Duane se souvenait du calme imperturbable de son père, alors que les abeilles bourdonnaient tout autour de lui, il se rappelait le goût fort du miel sauvage, si âcre, que, lorsque son père le lui avait fait goûter, le liquide lui avait brûlé la langue au point d'essayer de le recracher.

Il sortit, prêt à partir, et remarqua qu'il bruinait un peu; il rentra prendre sa veste imperméable. Mais, au lieu de se diriger vers la clôture, il partit pour le Corners. Il avait envie de discuter avec Jody Carmichael – peut-être lui avouerait-il aussi son intention de prendre rendez-vous auprès de sa fille.

Les treize kilomètres lui parurent très courts. À l'exception des mêmes deux hérons surpris dans le même marais, rien ne frappa sa curiosité le long du trajet. À peine avait-il l'impression d'être parti qu'il vit le Corners devant lui. Trois pick-up étaient garés devant, ce qui était un peu ennuyeux. Duane avait espéré trouver Jody seul, mais apparemment, il était arrivé en même temps qu'un groupe d'ouvriers affamés, tous à l'intérieur en train de se remplir l'estomac avec de la mauvaise bouffe. Il sauta la barrière et s'assit sur une grosse souche; quelques minutes plus tard, les ouvriers sortirent. Les pick-up se remplirent d'hommes sales, hirsutes, et s'éloignèrent. Duane constata qu'il s'agissait d'une de ses équipes, ou plutôt, d'une des équipes de Dickie. Il était heureux qu'ils n'aient pas remarqué sa présence, assis sur sa souche, sous la bruine devenue plus dense.

– Tiens, tu viens juste de manquer tes gars, dit Jody lorsque Duane entra. Ça vaut mieux, parce qu'ils étaient d'une telle humeur qu'ils t'auraient probablement fichu une trempe.

– Ils ne sont jamais de bonne humeur, dit Duane. Ce type de job met rarement de bonne humeur. Mais je ne vois pas pourquoi ils voudraient me tabasser.

– Oh, pour les avoir mis sous les ordres de ton fils, dit Jody. J'imagine que le jeune Dickie en a chopé deux ou trois en train de fumer de l'herbe quand il est arrivé au boulot ce matin. Il les a virés et tous les autres ont eu droit à un bon remontage de bretelles.

– Tant mieux, dit Duane. C'est exactement ce que j'espérais de lui.

– Si tu as nommé Dickie chef, ça veut donc dire que tu n'as plus rien à voir avec l'entreprise? fit Jody.

– Exact, plus rien. Je préfère visiter d'autres endroits à pied. J'essaie depuis un moment de trouver le bouquin de Thoreau dont tu as parlé, mais Karla a perdu notre exemplaire. Il va falloir que j'aille à Wichita pour l'acheter, à moins que tu en aies un à me prêter.

– Moi, lire un livre ? s'étonna Jody.

Sa télé transmettait un match de foot quelque part dans le monde et sur son écran d'ordinateur se déroulait une ligne de chiffres.

– Nan, j'ai pas le temps de lire des livres. Les cotes viennent d'être mises en ligne, du coup, je peux les lire directement sur l'ordinateur et, quand je lis pas ça, j'ai mes magazines de foot portugais qu'il faut que j'étudie. J'ai entendu dire qu'on publiait maintenant un bon magazine de foot à Prague – je l'ai appris par un e-mail. Je l'ai commandé, mais il est pas encore arrivé.

– À qui tu envoies des e-mails sur des sujets pareils ? demanda Duane.

L'Internet était un monde complètement mystérieux pour lui.

– Oh, le gars qui m'a parlé du magazine tchèque, il vit à Saskatoon, BC. C'est un fêlé de foot encore plus fêlé que moi – il essaie même de suivre le foot communiste, enfin, ce qui était le foot communiste. Moi, je préfère le foot sud-américain, mais bon, chacun ses goûts. Le truc, c'est qu'entre le foot et les courses de chevaux j'ai pas le temps de lire des salopards de Yankees comme Thoreau.

– Je ne savais pas que c'était un salopard. Je ne vais peut-être pas faire tout ce chemin pour aller l'acheter, alors.

– On peut être un salopard et être intelligent, fit remarquer Jody.

Tout en parlant, il mangeait des Fritos, avec un œil rivé sur le match de foot.

– Tu devrais quand même aller en ville et récupérer ce bouquin. Il a fait la même chose que toi et ça remonte à il y a cent ans. Il a peut-être fait des découvertes qui pourraient t'intéresser.

– Je me disais que j'allais prendre rendez-vous avec ta fille, tant que j'étais en ville, dit Duane.

Il n'avait pas vraiment eu l'intention d'en informer Jody, ni quiconque, mais il le fit. Jody en parlerait forcément à un plouc du coin, qui le répéterait à Bobby Lee, qui le dirait à Karla. Avant même qu'il n'arrive à Wichita Falls et fixe son rendez-vous, tout le monde dans le comté serait au courant qu'il voyait un psychiatre.

– Tu veux que je l'appelle pour toi ? offrit Jody. Si tu lui téléphones, tu risques de devoir attendre avril ou mai, au moins – c'est chargé. En plus, peut-être qu'elle ne te prendra même pas, si tu n'es pas recommandé.

– Si elle est psychiatre, pourquoi elle ne me prendrait pas ?

– Parce qu'elle est déjà au complet avec tous ses patients cinglés, répondit Jody. Les psys ne sont pas nombreux à Wichita Falls et tous les tarés savent que ma fille est la meilleure.

– Je n'avais pas remarqué qu'il y avait tant de fous que ça dans notre région. Ce n'est pas tellement peuplé, par ici.

– Non, mais à peu près quatre-vingt-dix pour cent de cette population est atteinte, d'une manière ou d'une autre. Bien sûr, la plupart d'entre eux sont pauvres et fous. Ils ne peuvent pas se payer des consultations à cent quatre-vingt-dix dollars de l'heure pour que Honor les aide à résoudre leurs problèmes.

Duane savait que les psychiatres étaient chers, mais il n'avait pas idée que c'était à ce point-là. Il en fut un peu abasourdi.

– Si c'est son tarif, je ne suis pas certain de pouvoir payer, non plus, dit Duane. Ça coûterait moins cher de me tirer une balle.

– Non, le suicide, c'est pas ton profil, Duane, l'assura Jody. En plus, tu as plein d'enfants et de petits-enfants. Tu laisserais trop de chagrin derrière toi. Tu ferais mieux de me laisser appeler Honor pour voir si elle peut te trouver un créneau bientôt.

– Bon, si ce n'est pas trop te demander, dit Duane. Je préférerais l'après-midi. Je voudrais aller en ville à pied.

Jody étouffa un rire.

– Honor va trouver ça intéressant. Je lui dirai qu'elle va avoir à traiter un cas grave de piétonnisme. Honor aime marcher – ça vous fait un point commun.

– Ça t'ennuie si je vais voir les outils pendant que tu l'appelles ? demanda Duane. J'ai besoin d'une bonne cisaille.

Jody lui tendit la clé du cadenas et décrocha le téléphone.

Duane s'attarda presque une heure dans la petite remise. Il avait toujours aimé les outils, mais dans cette caverne d'Ali Baba, il les aimait plus que jamais. Jody, ou sa fille, Honor, avait réussi à caser un éventail impressionnant d'objets dans un tout petit espace. Duane connaissait l'usage de la plupart d'entre eux, mais quelques-uns le laissaient perplexe, jusqu'à ce qu'il les regarde de plus près. C'était agréable d'avoir la permission de farfouiller dans les outils ; du coup, il avait tout son temps pour les examiner et s'imaginer quoi en faire. Il avait toujours admiré la belle ébénisterie, mais ne s'y était jamais essayé lui-même. Il considérait qu'il savait se servir des outils et avait toujours effectué les réparations simples, à la maison et sur les sites pétroliers. Mais il ne s'était jamais assis avec quelques bons outils pour fabriquer un joli objet, comme un placard ou un animal sculpté, par exemple. Il lui restait pas mal d'années à vivre, pendant lesquelles il lui faudrait s'occuper. Il lui vint l'idée que le travail du bois pourrait être une activité intéressante.

Tout en farfouillant, Duane se laissa aller à une agréable rêverie. S'il voulait tenter de maîtriser les techniques du bois, il aurait besoin d'un atelier. La cabane elle-même n'était pas assez grande. Il lui faudrait construire une table solide pour travailler ;

bâtir un petit atelier serait sa première tâche et construire un établi, sa seconde. La pensée de disposer d'un atelier bien équipé était très réconfortante. Bien sûr, il faudrait qu'il se fasse livrer le bois de construction. Il ne pouvait pas le rapporter à la maison. Il lui faudrait aussi acheter un bon nombre d'outils ; il aurait besoin de chevalets et d'un assortiment de scies et de vrilles. Pendant un moment, il envisagea d'éviter les outils électriques, mais repoussa cette idée, qu'il trouva idiote. Il n'avait pas besoin de réinventer la roue. Toute sa vie il s'était servi d'outils électriques ; s'il y renonçait, il pouvait aussi bien abandonner l'électricité et s'éclairer à la bougie.

Penser à son atelier, son établi et son travail d'ébéniste amateur le faisait tellement rêver que c'est à regret que Duane quitta la remise de Jody et remit le cadenas en place sur la porte. Les bons outils offraient tant de nombreuses et belles perspectives. Le projet de fabriquer quelque chose de beau était très réconfortant et donnait à son aventure un tour plus positif. Il ne s'agissait pas seulement d'une fuite à pied, mais peut-être aussi la découverte d'un nouveau chemin – ou, au moins, d'une nouvelle façon d'être. Le seul aspect négatif était qu'il n'ait pas sauté le pas plus tôt.

Lorsqu'il retrouva Jody, il était en train de taper à toute vitesse sur son ordinateur.

– Attends, faut que je rentre quelques paris, les chevaux sont sur le départ.

Duane prit un paquet de crackers au beurre de cacahuète pendant que Jody continuait à tapoter sur son clavier. Dès qu'il eut fini, il se leva.

– J'aime bien faire à peu près cinquante paris par jour – c'est mon principe de base, dit Jody. J'imagine que parcourir tout le comté est *ton* principe de base.

– Pour l'instant, oui, dit Duane. Il se peut que j'en mette en place un autre, si tu me laisses un peu de temps.

Il ne voulait pas divulguer son désir de se mettre à l'ébénisterie – c'était un projet qu'il voulait garder pour lui, une perspective qu'il voulait nourrir et chérir. Il était curieux de savoir si Jody avait réussi à joindre sa fille et à lui prendre un rendez-vous, mais il n'osait pas demander. Jody regardait distraitement l'écran de sa télévision, où, comme toujours, plusieurs joueurs de foot couraient frénétiquement derrière un ballon.

Duane paya les cisailles. Il voulait les emporter avec lui et vérifier les clôtures qui délimitaient sa propriété ; lorsqu'il tendit l'argent, Jody lui rendit en échange une autre carte de visite de sa fille, avec une date et une heure notées au dos. 3 heures de l'après-midi, le vendredi suivant.

– C'est rapide. Merci, Jody, dit Duane en rangeant la carte dans sa poche de chemise.

– Ouaip, je l'ai sacrément surprise. Je ne lui ai jamais demandé de prendre quelqu'un avant. Je lui ai dit que tu aimais marcher, comme elle.

– Et qu'est-ce qu'elle a répondu ? demanda Duane.

– Rien. Honor est muette comme une carpe. Elle a juste regardé son planning et m'a donné ce rendez-vous.

– Je ne m'attendais pas à ce que ce soit si tôt, vu le nombre de ses patients.

– Je sais, j'ai été surpris moi aussi. Apparemment, la personne qu'elle a habituellement dans ce créneau s'est tuée en voiture hier, vers Nocona. Elle a perdu le contrôle et s'est écrasée sur un pont.

– Mon Dieu, dit Duane. Voilà un des avantages de la marche. On ne risque pas de s'écraser sur les ponts.

– Non, mais faut quand même faire attention aux automobilistes, dit Jody. Pendant que toi, tu ne t'écrases pas sur un pont, l'un d'eux pourrait bien t'écraser, si tu ne fais pas gaffe.

Duane le quitta et rentra en prenant son temps, avec son chien. Il se sentait un peu bizarre. Non seulement, il avait décidé d'apprendre à travailler le bois, mais il avait aussi un rendez-vous avec une psychiatre – c'était une première.

– Voyons le côté positif, Shorty, dit-il au chien. C'est dans quatre jours. J'imagine que je peux l'annuler si je change d'avis...

LIVRE 2
Le marcheur et son médecin

1

Karla apprit la nouvelle du rendez-vous de Duane lorsqu'il vint le lendemain à la maison chercher son passeport. Pendant qu'il fouillait dans les bureaux et les commodes, il informa sa femme, sur un ton anodin, qu'il allait consulter un psychiatre, en l'occurrence Honor Carmichael.

– Duane, tu n'as pas besoin d'un passeport pour aller voir un psy, dit Karla.

Comme d'habitude, son mari était apparu aux aurores, alors que tout le monde dormait encore. Le voir ainsi farfouiller dans les tiroirs à cette heure – ce qui signifiait qu'il avait traversé la ville à pied dans la nuit noire – la rendait si anxieuse qu'elle alla dans la cuisine se verser une bonne rasade de tequila, puis une seconde et retourna dans la chambre pour l'aider à chercher.

– Je sais, mais il se peut que je veuille aussi aller ailleurs, dit Duane. Je veux juste m'assurer que mon passeport n'est pas expiré. Je ne m'en suis pas servi depuis mes voyages en Amérique du Sud pour pêcher, il y a des années.

– Ce n'est pas ma faute ; je voulais aller en Norvège, voir un glacier et remonter un fjord en bateau à voile, lui rappela Karla.

Il est vrai que Karla, à une époque, avait voulu faire une croisière en Scandinavie, inspirée par les photos particulièrement séduisantes d'un magazine de voyages ; mais la famille était alors en pleine crise et ils avaient dû changer maintes fois de dates avant d'abandonner leur projet définitivement – ce qui donnait à Karla une raison supplémentaire d'entretenir son ressentiment, selon Duane.

– Je suis désolé que ce voyage n'ait jamais pu se faire, dit Duane. Mais tu peux encore y aller, tu sais ? Tu n'es pas handicapée.

Il était un peu agacé. Cela faisait dix ans que ce voyage en Norvège avait été annulé, mais Karla continuait à saisir toutes les occasions de le remettre sur le tapis.

– Décide une amie et va en Norvège. Je suis certain que les glaciers y sont toujours, dit-il.

Son passeport était introuvable, ce qui commençait à le désespérer. Il n'avait pas le projet immédiat de partir en Égypte, mais si l'envie le prenait, il voulait pouvoir s'en aller sur-le-champ et cela serait impossible tant qu'il n'aurait pas un passeport valide.

– Je trouve étrange que tu marches la moitié de la nuit pour aller chercher un passeport et que tu ne restes pas pour prendre le petit-déjeuner avec ta famille.

– Je n'ai pas marché la moitié de la nuit, mais seulement deux heures, fit remarquer Duane. En plus, je ne suis pas encore parti, et toute la famille dort, à part toi.

– Si tu veux, dit Karla avant de fondre en larmes.

Tout lui paraissait faux, insupportablement faux. C'était insultant de suggérer qu'elle aille en Norvège avec une amie alors qu'initialement le projet avait été conçu pour réinsuffler la flamme dans leur couple. Il lui paraissait impossible de voguer sur un magnifique fjord norvégien sans que cela crée une situation romantique. Mais l'occasion avait été manquée ; son mari était devenu fou et maintenant il n'y avait plus aucune chance que le moindre romantisme ne renaisse – entre eux, du moins.

Il fallut à Duane vingt minutes de plus pour retrouver son passeport, qui se trouvait dans la poche intérieure d'un vieux manteau en tweed qu'il n'avait pas porté depuis plusieurs années. Il était périmé depuis trois ans. Pendant qu'il cherchait, Karla était restée allongée sur le lit en sanglotant, mais il ne se laissa pas attendrir, ce qui n'était pas difficile – peut-être l'avait-elle charrié une fois de trop sur ce voyage en Norvège avorté.

– Mon passeport est périmé, lui annonça-t-il, s'asseyant un moment sur le lit, où Karla se trouvait au milieu d'une pile de Kleenex. Mets tes baskets et viens marcher avec moi. C'est une belle journée.

Karla fut tellement sidérée de l'invitation qu'elle cessa de pleurer.

– Marcher jusqu'où ? demanda-t-elle. Je ne vais pas marcher dans la campagne avec toi – tu es trop cinglé.

– Seulement jusqu'au Dairy Queen, dit-il. Je t'invite à prendre un petit-déjeuner.

L'offre était plus intéressante que ce à quoi elle s'était attendue – non pas que le petit-déjeuner au Dairy Queen, sous l'œil attentif des commères du coin, puisse remplacer un voyage romantique en Norvège. Il y avait même une excursion de trois jours prévue en Laponie, à dos de renne, inclus. Bien que la suggestion qu'elle parte avec une amie plutôt qu'avec lui soit une insulte de la pire espèce, Karla décida de faire contre mauvaise fortune bon cœur. Elle se leva, se refit une beauté du mieux qu'elle put et sortit sur le perron derrière la maison pour mettre ses baskets – le jour se levait à peine.

– Je n'arrive pas à me faire à l'idée que tu marches comme ça, au milieu de la nuit, dit-elle alors qu'ils se mettaient en route. Cela me rend épouvantablement malade. Si tout ce que tu voulais, c'était ton passeport, pourquoi n'aurais-tu pas pu attendre le lever du jour pour venir ?

– Parce que je ne supporte pas d'être entouré de gens et les gens s'activent dans tous les sens quand il fait jour. Cela n'a rien de personnel. Plus tôt je descends en ville et je repars, moins je rencontre de gens et mieux c'est. Peut-être que c'est juste une phase, ajouta-t-il, tentant de la rassurer.

– En tout cas, si c'est pour toujours, moi, je déménage à Santa Fe, ou ailleurs, lui annonça Karla. Il n'y a que les psychopathes qui se baladent dans le noir – alors si tu dois être un psychopathe jusqu'à la fin de tes jours, j'aime autant ne pas être dans le coin.

Duane ne répondit pas – l'attitude de Karla était trop absurde. J.T., Dan Connor et quelques autres pétroliers étaient déjà au Dairy Queen lorsqu'ils arrivèrent. Ils fumaient et buvaient du café à leur table habituelle, tout au fond.

– Tu vas voir, ils vont être gentils comme tout, maintenant que tu es là, dit Karla, amère. Si Dan Connor dit quoi que ce soit sur mes cheveux qui ne sont pas coiffés, j'espère que tu lui mettras une droite.

– Pourquoi dirait-il une chose pareille ? Tu *es* coiffée, dit Duane.

Il salua les hommes d'un geste de la main, mais Karla ne leur adressa qu'un regard glacial. Elle venait de se souvenir d'un fait essentiel : le psychiatre auprès de qui son mari venait de prendre rendez-vous était une femme. Bien qu'elle lui ait conseillé de consulter, il ne lui était jamais venu à l'idée qu'il puisse aller voir une femme. Cette idée ne lui plaisait pas.

Ils demandèrent du café et s'assirent à une table isolée, le plus loin possible des pétroliers.

Duane regrettait de ne pas avoir été plus vigilant et de ne pas avoir surveillé la date d'expiration de son passeport. Il savait qu'il pouvait le faire renouveler par voie postale, mais cela voulait dire faire des photos d'identité, faire établir une copie certifiée conforme de son acte de naissance et peut-être d'autres documents qu'il serait fastidieux d'aller chercher. Il se dit qu'il y avait peut-être une copie de son acte de naissance au bureau, mais rien que d'envisager d'y aller le déprimait.

Karla, qui soufflait sur son café, se sentait beaucoup mieux. Prendre le petit-déjeuner avec son mari au Dairy Queen était une chose assez normale ; sa réputation dans la communauté ne s'en trouverait qu'améliorée.

– J'aurais dû me douter que tu allais le faire avec une jolie femme, dit-elle.

Puis, voyant l'expression choquée de Duane, elle se rendit compte qu'elle avait manqué un peu d'exactitude dans le choix de ses mots.

– Je parle de consulter un psy, expliqua-t-elle. J'aurais dû me douter que tu choisirais une jolie femme pour être ton psy.

– Comment sais-tu qu'elle est jolie ? On ne l'a pas vue depuis qu'elle était enfant, dit Duane, sans être véritablement surpris par ses sous-entendus.

À la minute où Karla commençait à se sentir mieux, après une crise de larmes, elle reprenait sa ligne d'attaque ou en inventait une nouvelle.

– Eh bien, sa mère était jolie, lui rappela Karla. Par ailleurs, ça ne te ressemblerait pas de choisir un vilain vieux bonhomme, s'il y a une jolie femme avec qui tu peux obtenir un rendez-vous.

– Je l'ai choisie simplement parce que Jody m'a donné sa carte, dit Duane. Je ne sais absolument rien d'elle. Mais elle est psychiatre et Jody a dit qu'il pourrait m'obtenir un rendez-vous rapidement, alors je l'ai laissé faire.

– Rapidement comment ? Tu te sens zinzin, tout à coup ? demanda-t-elle.

– Je ne me sens pas zinzin du tout, dit Duane. Je croyais que tu voulais que je voie quelqu'un.

– Oui, mais pas une jolie femme qui sera peut-être plus intelligente que moi, dit Karla.

– On parle de *thérapie*, lui rappela Duane. Il est important que le médecin soit intelligent, sinon, le patient perd son temps.

Il se sentit un peu découragé. Bien qu'il sache que le fait d'aller voir une thérapeute serait difficilement acceptable par Karla, il avait espéré qu'elle retiendrait qu'il avait accepté de consulter.

– Ton gynécologue est un homme, lui fit-il remarquer.

– C'est parce que la gynécologue femme que je voyais est décédée, rétorqua Karla. Je ne vois pas ce que ça vient faire là.

– Homme, femme, ça ne devrait pas avoir d'importance ; l'important, c'est qu'elle soit médecin, dit Duane.

Il se sentit oppressé. Karla paraissait d'humeur à lui sauter à la gorge et il avait déjà l'impression qu'il aimerait bien se retrouver seul sur une route de campagne déserte.

– Le rendez-vous n'est que vendredi, dit-il. Nous sommes mardi. Si tu ne veux pas que j'y aille, je pense que je peux toujours annuler sans avoir à la payer.

Karla secoua la tête.

– Je ne peux pas gagner, sur ce coup-là. Si je te dis de ne pas y aller, tu vas juste devenir plus zinzin et, si je te laisse aller la voir, tu vas te retrouver assis là, devant une femme super maligne, à lui raconter qu'on n'a pas couché depuis mon dernier anniversaire.

– Oh, va au diable, dit Duane. Pourquoi aurais-je envie de lui raconter quelque chose comme ça ? Ça ne regarde personne d'autre que nous.

– Si elle est ton psy, ça la regarde, dit Karla. Ta vie sexuelle, c'est la première chose qui intéressera un psy. Et d'après ce que j'entends dire, c'est la seule chose qui intéresse la plupart des psys, ajouta-t-elle.

Duane se leva et posa un billet de dix dollars sur la table.

– N'oublie pas de laisser un pourboire, dit-il. J'en laisse toujours un.

– Duane, tu n'as rien avalé alors que tu as fait tout ce chemin. Assieds-toi, dit Karla. Tu peux aller voir une thérapeute si tu veux, c'est juste que ça m'a sidérée, quand je l'ai appris.

Duane se rassit, mais il était tendu et il était déterminé à partir si Karla poursuivait sur le mode chien enragé. Leur petit-déjeuner à peine servi, Dan Connor, à la table des pétroliers, se leva et s'approcha. Il mâchouillait deux cure-dents en même temps, un de chaque côté de sa bouche – un tic chez lui.

– Si par hasard t'avalais un de ces cure-dents, il ferait un trou dans la poche de ton estomac et tu mourrais, lui notifia Karla lorsqu'il fut clair qu'il avait l'intention de leur parler. Et tout le monde s'en ficherait, ajouta-t-elle, pour enfoncer le clou.

– Oups, on dirait que Karla n'est pas d'humeur sociable ce matin, dit Dan, s'arrêtant brusquement.

– Salut, Dan, dit Duane.

Il n'aimait pas particulièrement Dan Connor – et Karla avait raison de suggérer que peu de gens pleureraient son décès –, mais il voulait préserver au moins un semblant de civilités pendant les courts moments qu'il passait en ville.

– Salut, répondit Dan. Est-ce que Bobby Lee a toujours son unique testicule ?

– Oui, pour autant que je sache, dit Duane.

– Bien sûr qu'il l'a toujours, dit Karla. Pourquoi tu continues de parler des couilles de Bobby Lee ? Il refuse de venir ici prendre un café avec nous parce qu'il a trop peur qu'on lui pose la question.

C'était vrai ; Bobby Lee allait souvent jusqu'à Wichita Falls pour s'installer dans un Dairy Queen et boire un café, tellement il était gêné par l'intérêt démesuré que ses concitoyens manifestaient à son égard.

– Il faut qu'il dépasse ça ; on serait tous contents qu'il prenne un café avec nous, dit Dan Connor.

Puis il s'éloigna sans se presser, l'air un peu déconfit.

– Maintenant, tu comprends pourquoi je suis tendu quand je suis en ville, dit Duane. Tu ne donnes pas vraiment aux gens une chance de se montrer amicaux.

– Si, sauf quand ce sont des gros lards moches comme Dan, dit Karla.

– Il n'est pas si gros que ça, répondit Duane.

Il regrettait déjà sa décision de se rasseoir.

– Est-ce que tu me diras de quoi tu parles avec ton psy ? demanda Karla.

– Je ne sais pas si j'en ai le droit, dit Duane. Je ne suis jamais allé voir un psychiatre de ma vie. Je ne m'attendais pas à ce que cela arrive un jour et je ne sais pas vraiment pourquoi j'y vais maintenant. Par curiosité, surtout, je pense. Je ne me sens pas dérangé, tout au moins pas quand on me laisse tranquille.

Karla réfléchit un moment. Elle regarda par la fenêtre. Un petit convoi de camions à bestiaux passait. C'était une chose habituelle à Thalia. Il passait toujours des camions à bestiaux.

– C'est dans des moments comme celui-ci que je regrette d'avoir arrêté de fumer, dit-elle. Au moins, je peux encore boire. Ce Dairy Queen serait un lieu bien plus animé s'ils servaient de la tequila.

– Chérie, s'ils servaient de la tequila, la moitié des gens qui viennent se tueraient dans des accidents de la route avant de pouvoir se présenter au tribunal. Si on pouvait boire de l'alcool au Dairy Queen, la ville serait rapidement dépeuplée.

– J'ai envie de pleurer. C'est parce que je ne comprends pas pourquoi tu te comportes ainsi. Tu es généralement normal et plus stable que maintenant. Je n'arrive même pas à savoir si tu veux qu'on reste mariés ou si tu préfères divorcer.

– Je veux vivre dans ma petite maison à moi, voilà le principal changement. Mais on peut vivre dans des maisons différentes tout en restant mariés. Cela ne m'intéresse pas de divorcer.

– Eh bien, peut-être que *moi*, je le veux. Si tu veux être célibataire et vivre seul, alors, c'est que tu n'as pas vraiment envie d'être marié. C'est clair comme de l'eau de vaisselle.

– Ce n'est pas clair comme de l'eau de vaisselle, répondit Duane. Est-ce que tu pourrais rester calme le temps que j'aille jusqu'au bout ? Cela fait quarante ans que nous sommes mariés. Pourquoi est-ce si grave que je veuille essayer quelque chose de différent pendant quelques mois ?

– Quelques *mois* ? Tu veux dire là-bas dans cette petite cabane miteuse pendant quelques *mois* ?

Duane glissa le billet de dix dollars sous sa tasse, là où la serveuse pourrait le trouver.

– À plus tard, dit-il. S'il te plaît, n'oublie pas de laisser un pourboire.

– Je veux quand même savoir ce que ton nouveau psy va penser de tout ça, dit Karla, tandis qu'il se levait.

2

En quittant la ville, Duane rencontra Bobby Lee, qui ne les vit qu'à la dernière minute et faillit écraser Shorty avant de freiner. Il avait passé la nuit à la tour de forage et paraissait déprimé, avec sa barbe de trois jours.

– Apparemment, ce petit crétin australien te suit partout, on dirait, dit-il en regardant le chien.

– Ben, oui, il n'a rien d'autre à faire, dit Duane.

– Qu'est-ce que tu as dit à Dickie ? Il s'est pointé hier et il nous a pressés tous comme des citrons, ce salopard, dit Bobby Lee.

– Je lui ai dit qu'il était maintenant le patron, c'est tout, dit Duane.

– Et il t'a pris au mot, dit Bobby Lee. Hier, il m'a mis sur les genoux. Qu'est-ce qui se passe en ville ?

Duane haussa les épaules.

– Je reformule ma question, dit Bobby Lee. Qu'est-ce qui se passe en ville pour que tout le monde passe son temps au Dairy Queen à dire que je suis zarbi parce que je n'ai qu'une couille ?

Duane ne confirma pas ses accusations, ni ne les infirma. Il s'appuya un instant sur la portière du pick-up. Le plancher du côté passager était couvert de canettes de bière vides qui atteignaient presque le niveau du siège.

– Je mets de côté ces canettes pour le vieux Billinger, expliqua Bobby Lee. Récupérer les canettes, c'est son seul moyen de subsistance, le pauvre vieux.

– C'est généreux de ta part, de boire constamment de la bière pour que le vieux Billinger puisse survivre, dit Duane.

– Ben, tu me connais – je fais toujours tout ce que je peux pour aider mon prochain, dit Bobby Lee. S'il y avait la moindre justice, j'aurais déjà reçu le prix Nobel de la paix, mais j'l'ai pas, ce putain de prix. Si tu n'as de paroles sages à ajouter, je vais rentrer me raser...

Il fit vrombir son moteur un peu, mais ne s'éloigna pas pour autant.

– Alors, quoi de neuf dans ta vie ? demanda-t-il.

– Oh, pas grand-chose, dit Duane. J'envisage d'ajouter une pièce à la cabane, mais c'est pour le moment juste un projet.

– Ta cabane est effectivement un peu exiguë. Si ça t'intéresse de prendre un pensionnaire, je suis prêt à me porter candidat.

– Pourquoi ? Tu ne me parais pas trop du genre rural.

– Je ne l'étais pas, avant de perdre mon testicule. Mais maintenant qu'il s'est barré, je suis fatigué des railleries à deux balles. Je préférerais m'asseoir sur une colline et être bizarre, comme toi.

– Alors, nous serions tous les deux les cibles des moqueries, fit remarquer Duane. Moi, parce que je suis bizarre, et toi, parce que tu n'as qu'une couille.

– Tu ne m'as pas répondu sur la chambre, dit Bobby Lee.

– Je n'avais pas l'intention de construire une chambre, dit Duane. Ce que j'avais en tête, c'était plutôt un atelier. J'ai l'intention de me mettre un peu au travail du bois.

– Du bois ? Tu veux faire de la menuiserie ?

– Non, je veux dire de l'ébénisterie. Fabriquer des placards, ou peut-être sculpter des animaux.

– Putain, t'es vraiment barré ! dit Bobby Lee avant de partir.

3

Cette nuit-là, Duane rêva du rodéo pour la quatrième fois – chaque fois qu'il survenait, il semblait devenir plus clair, plus intense, plus net; et chaque fois, le malaise qui demeurait au fond de lui après le rêve empirait. Cette fois-ci, il vit le veau si clairement qu'il aurait presque pu compter les poils de son pelage. Il sentit la course effrénée du cheval bien dressé et vit la boucle qu'il lança avec une clarté parfaite. Le cheval était bien positionné, le lancer était parfait, la corde passait largement autour de la tête du veau, mais alors que le veau aurait dû se retrouver serré et tomber à la renverse pour qu'on puisse l'attacher rapidement avec la cordelette que Duane tenait entre ses dents, il se passa quelque chose d'étrange. La tête du veau se transforma, devint celle de Jacy Farrow, puis la corde disparut, Jacy s'évanouit dans les airs et le veau s'éloigna, libre, au petit trot dans le manège. Et tandis qu'il le voyait gambadant, Duane commença à se réveiller, tenaillé par un sentiment aussi douloureux qu'indéchiffrable. Il préféra ne pas se rendormir, de peur de replonger dans son rêve. L'apparition du visage de Jacy était un élément nouveau qu'il était incapable d'expliquer. Il n'aurait même pas essayé, s'il n'avait pas clôturé cet étrange rêve à répétition. Jacy et lui étaient sortis ensemble lorsqu'ils étaient au lycée, puis étaient redevenus amis à la quarantaine. Même si elle était très jolie, Jacy n'avait pas eu une vie très heureuse et, pour finir, elle était morte congelée, quelque part dans les glaces de l'Arctique. Bien sûr, il était normal que les morts apparaissent dans les rêves; mais le fait que la tête de Jacy ait remplacé celle du veau paraissait curieux.

Encore plus curieux, c'était qu'il se présentait dans son rêve comme un lanceur de lasso, alors qu'il n'avait jamais expérimenté cette activité de sa vie. Alors, pourquoi ce rêve, et cette sensation pénible ensuite? Et pourquoi, alors qu'il était dans une position parfaite pour attraper le veau, le manquait-il toujours?

Duane ne connaissait pas grand-chose à la psychiatrie, mais il savait, ou avait entendu dire, qu'entre autres choses les psychiatres interprétaient les rêves. Le médecin qu'il verrait vendredi pourrait probablement trouver une explication raisonnable à son rêve, s'il y en avait une – car ils n'étaient pas nécessairement raisonnables, ça, il le comprenait.

En proie à ses sombres pensées tout au long de la journée après son rêve, Duane hésita; allait-il maintenir ou non son rendez-vous avec Honor Carmichael? À quatre ou cinq reprises, il décida de se rendre chez Jody pour lui demander de l'annuler. La seule chose qui l'arrêtait était la crainte de mettre Jody dans une situation embarrassante vis-à-vis de sa fille; en reculant au dernier moment, il passerait à leurs yeux pour un pleutre, un péquenaud – et ce serait justifié. Il n'avait aucune raison de se sentir nerveux à la perspective de parler à Honor Carmichael pendant une heure. Elle était médecin, un médecin très compétent, c'était évident. Et il ne considérait pas que sa situation était désespérée. Il ne s'agissait pas du dépistage d'un cancer ou d'une autre maladie potentiellement mortelle. C'était juste qu'il lui arrivait parfois d'être d'humeur sombre et de se mettre en colère plus fort que ne l'exigeait la situation.

Peut-être que tout ce dont il avait besoin, c'était simplement de changer d'air.

Néanmoins, à mesure que vendredi approchait, Duane devint de plus en plus nerveux. Il repoussa sa visite chez Jody jusqu'à ce qu'il soit trop tard pour appeler. Le mercredi soir, il alla se coucher de bonne heure, se disant que, s'il se réveillait tôt, il pourrait aller au Corners et annuler le rendez-vous à temps afin que Honor Carmichael puisse en glisser un autre à sa place. Une âme en souffrance pourrait ainsi bénéficier de sa dérobade.

Le jeudi matin, alors qu'il avait encore très envie d'annuler le rendez-vous, il ne se leva pas d'un bond pour se rendre chez Jody, ou à Thalia. Il y avait un téléphone à pièces devant le Kwik-Sack dont il aurait pu se servir.

Mais il ne se rendit nulle part. Il passa presque toute la journée assis dans son transat, sous son poncho. Il avait beau bouger ses bras et ses jambes, il se sentait comme paralysé. Tout mouvement, quel qu'il soit, lui demandait un terrible effort. Il ne savait pas ce qui clochait, il comprenait en revanche que, en pensant qu'il suffisait d'un changement de décor pour aller mieux, il s'était menti à lui-même. Il avait vraiment le moral à zéro. Le temps n'était ni vraiment ensoleillé ni vraiment couvert ; il ne faisait ni vraiment froid, ni bien chaud. Duane se sentait aussi peu clair que le temps et tout aussi ambivalent. Il n'était ni désespéré, ni à l'aise, ni en guerre, ni en paix. Tout désir semblait l'avoir déserté. L'heure de déjeuner arriva, puis passa – c'est seulement lorsque le soleil plongea enfin, mêlant des éclats orange aux cieux gris à l'ouest, qu'il se leva et rentra pour se faire chauffer un bol de soupe. Il n'en mangea que la moitié. Il se sentait si apathique qu'il pensait être dans l'incapacité de parcourir les quelque vingt-sept ou vingt-huit kilomètres jusqu'au cabinet le lendemain.

Mais, à 3 heures du matin, Duane se réveilla en sursaut, cette fois-ci sans l'angoisse ni la douleur suscitées par son rêve qui le ralentissaient une bonne partie de la journée. Il se rasa et enfila sa dernière tenue propre – il n'avait pas encore traité la question des lessives depuis qu'il s'était précipité dans sa nouvelle vie. À 3 h 30, il passait la porte, mais pas aussi vite que Shorty, qui sortit en trombe dans les ténèbres en aboyant furieusement. Un raton laveur ou une mouffette se promenait probablement dans les environs.

Duane sentit qu'allait poindre un jour qu'il attendait depuis longtemps, sans trop savoir ce qu'il en attendait. Il était à nouveau résolu et marchait d'un bon pas, si bon qu'il avait déjà parcouru cinq kilomètres lorsque Shorty le rattrapa et qu'il ne s'arrêta pour pisser que seize kilomètres plus loin. Le soleil brillait, une fraîcheur tempérée rendait la chaleur agréable. En approchant de la ville, il commença à voir des entreprises pétrolières défuntes avec leurs champs de tuyaux abandonnés, anciens ateliers de mécanique, pompes jetées au rebut, vieux camions, cuves de stockage hors d'usage, tout cela en train de rouiller au milieu des herbes – une horreur.

En milieu de matinée, il marchait vers l'est, le long de Seymour Highway, et aperçut droit devant lui quelques bâtiments massifs du centre-ville de Wichita Falls. Un flux ininterrompu de véhicules passait à ses côtés, mais personne ne s'arrêta pour lui proposer de l'emmener quelque part. Visiblement, accompagné d'un chien, marcher paraissait normal.

À 10 h 30, il était déjà presque arrivé à destination ; il s'assit sur un banc à un arrêt de bus pour réfléchir à ce qu'il allait faire. Il était si tôt qu'il se sentait désœuvré, quatre heures et demie à tuer avant son rendez-vous. Il était encore dans un paysage de campagne, mais à proximité de la ville. Un petit kilomètre de plus et il serait dans la banlieue. Et puis trois, et il serait devant la porte du Dr Carmichael.

Un peu plus loin, il remarqua un motel décrépi, le Stingaree Courts. Il était passé devant de nombreuses fois au volant de son pick-up sans vraiment le voir. Le néon « complet » s'était détaché de son support et pendait au bout de son fil – un passant serait obligé de pencher la tête pour le lire. Shorty avait la langue pendante, assoiffé et hirsute.

– On dirait que ce motel est exactement ce qui nous convient, dit-il à son chien. Allons voir s'ils veulent bien nous donner une chambre.

Lorsqu'il entra dans le hall du motel, il laissa Shorty fouiner sur le parking. Duane espérait que les gens du motel ne l'associeraient pas au chien, mais cet espoir fut très vite anéanti. La vieille femme maigre aux yeux de lynx assise derrière le comptoir n'eut aucun mal à faire le lien.

– C'est votre chien, là, dehors, en train de bouffer des graviers ? demanda-t-elle.

– Oui, admit Duane.

Il fut incapable de répondre spontanément par un mensonge.

– Est-ce qu'il mord les nègres ? demanda la femme.

– Non, il ne mord que les bébés, la rassura Duane.

– La raison pour laquelle je demande, c'est que notre femme de chambre, c'est une négresse, dit la vieille. Vous vouliez une chambre ?

– Oui, je vais passer la nuit en ville.

Elle poussa vers lui un formulaire qu'il remplit promptement. Il y avait une ligne où figurait : Véhicule : marque, numéro d'immatriculation, État. Duane laissa cette partie-là en blanc.

La vieille dame reprit le formulaire et fronça les sourcils.

– Vous n'avez pas noté les informations relatives à votre voiture, dit-elle. Il faut qu'on les ait pour que la police puisse vous identifier rapidement s'il faut qu'ils viennent vous embarquer.

– Je ne suis pas venu en voiture, je suis venu à pied, dit Duane.

– Eh bien, moi je m'appelle Marcie Meeks et je n'ai jamais rien entendu de tel, dit la vieille femme.

Elle fit le tour de son comptoir et examina attentivement le parking.

– À pied, d'où ? demanda-t-elle.

– À pied depuis chez moi, lui dit Duane. C'est à quelques kilomètres. Je suis censé marcher pour ma santé, quand la distance n'est pas trop grande.

Marcie Meeks le détailla des pieds à la tête.

– Pas de bagages, je vois, dit-elle, le regard soupçonneux.

– Eh bien, j'ai apporté une brosse à dents, dit Duane. Je suis venu pour un rendez-vous médical. J'ai l'intention de rentrer à pied demain. Il n'existe pas de loi interdisant la marche, ajouta-t-il, voyant que la femme était toujours soupçonneuse.

– Non, mais il y a une loi contre le fait de ne pas remplir les lignes concernant votre véhicule lorsque vous prenez une chambre dans un motel, dit-elle. Il va falloir que je demande à Papa si je peux vous donner une chambre. Nous, on veut pas d'ennuis avec les autorités.

– Pourquoi y en aurait-il ? demanda Duane. Je vous l'ai dit, je marche pour ma santé.

– Vaudrait mieux que je demande à Papa de toute façon, dit la femme. Je ne suis pas trop sûre pour ce chien, non plus. On dirait bien le genre de chien qui serait capable de mordre un nègre.

Duane attendit patiemment et longtemps. Il était sur le point de renoncer et de partir à la recherche d'un autre motel lorsque Marcie Meeks revint ; dans son sillage, un vieil homme d'une taille colossale portant un peignoir crasseux et des pantoufles antiques. Il avait les cheveux en bataille et un bout de cigare coincé entre les lèvres.

– Qu'est-ce que c'est que cette histoire de marche ? demanda-t-il.

Duane décida de se montrer patient, tout en trouvant qu'un endroit aussi délabré ne méritait pas autant de patience.

– Je vis à quelques kilomètres d'ici, dit-il. Mon médecin m'a conseillé de faire de l'exercice régulièrement et la marche est l'activité qu'il a recommandée. Et je suis justement ici pour un rendez-vous avec un spécialiste. Je me suis dit que je passerais la nuit en ville avant de rentrer chez moi demain.

L'expression du vieil homme n'était pas amicale. D'un autre côté, le motel était du mauvais côté de la ville – les deux Meeks, s'ils étaient bien mari et femme, avaient sans aucun doute vu des choses qui pouvaient justifier leur attitude soupçonneuse.

– Vous pourriez être un immigrant illégal, ou venir d'un endroit comme la Bellarussie, pour ce qu'on en sait, dit le vieil homme. Beaucoup de criminels qui entrent illégalement dans le pays viennent de Bellarussie.

– Non, je viens de Thalia, dans le Texas. Je ne suis pas un sans-papiers, dit Duane. Je possède cinq ou six voitures et plusieurs camions. Si vous ne voulez pas me donner de chambre, ce n'est pas grave, mais je n'ai aucune intention de subir un interrogatoire juste parce que je marche pour raison de santé.

– Ce n'est pas que nous nous méfions de vous personnellement, monsieur Moore, dit la vieille femme, mais ce n'est pas courant de voir un homme marcher le long d'une quatre-voies avec un chien. C'est plutôt le pays des pick-up, ici.

– Vous avez raison, mais je suis un citoyen libre et j'ai le droit de marcher si j'en ai envie, n'ai-je pas raison ? fit Duane.

– C'est surtout les clochards et les hippies qui marchent, ou alors des vieux qui n'ont plus de permis de conduire à cause de leur Alzheimer, dit l'homme. Vous ne correspondez pas à ces descriptions, je vous donne une chambre.

– Je ne viens pas de Bellarussie non plus, ajouta Duane. Je suis un citoyen américain, exerçant le droit de se déplacer de la manière qui lui plaît.

Bien que la confrontation n'ait pas été tellement violente, il découvrit qu'il tremblait.

– Les chambres sont à trente-deux dollars, dit la vieille femme.

Duane posa l'argent sur le comptoir.

– C'est au cas où je partirais avant que vous ne soyez levés, dit-il.

Le vieil homme parut surpris.

– J'adorerais voir quelqu'un partir avant que Marcie se lève, dit-il. Ça fait trente-huit ans qu'on est là, au bord de cette satanée route, et personne n'est jamais parti avant le lever de Marcie.

– Il y a toujours une première fois, dit Duane en prenant sa clé.

Les Meeks le regardaient sans hostilité, mais sans chaleur non plus.

– La machine à glace est cassée, il va falloir vous en passer, lui dit Marcie pendant qu'il s'éloignait.

– Je n'en aurai pas besoin, dit Duane, une affirmation qui s'avéra fausse par la suite.

Sa chambre était encore plus miteuse qu'il ne l'aurait pensé et il ne s'était pas imaginé un palace. Le matelas était tellement déformé qu'on aurait dit un hamac et le robinet d'eau froide de la douche exiguë n'avait plus de molette. Il alluma la télévision, qui semblait être bloquée sur la chaîne porno. Deux acteurs plutôt moches étaient en train de baiser sur un fond aux couleurs criardes. Duane, gêné, essaya de changer de chaîne, mais la commande ne fonctionnait pas, tout comme celle du volume. La seule manière d'éviter le spectacle de ce sexe cru et sonore était d'éteindre le téléviseur – ce qu'il fit. Il avait laissé la porte ouverte pour aérer un peu la petite chambre surchauffée – immédiatement, comme si elle avait été convoquée par les bruits de la scène porno, une jeune prostituée apparut sur le seuil, une jeune fille filiforme au physique très typique de l'est du Texas.

– Salut, chéri, je suis ta voisine, l'informa-t-elle. T'as pas besoin de te contenter de la télé, tu pourrais le faire pour de vrai.

– Oh, non, merci, dit Duane. Je suis en ville juste pour voir mon médecin.

– Zut, pour quarante dollars, je parie que je pourrais te faire sentir tellement bien que tu n'aurais pas besoin de voir un médecin – tu pourrais commencer à faire des économies sur tes frais médicaux.

– C'est juste un check-up, dit Duane, embarrassé.

– Eh bien, je m'appelle Gay-lee, trois portes plus loin, dit-elle. Rappelle-toi de moi si t'as une envie pressante. Oh, salut, le petit chien, je ne t'avais pas vu.

Shorty, qui avait passé un moment à fureter sur le parking, se glissa furtivement à l'intérieur de la chambre pendant que la jeune prostituée était sur le seuil.

Lorsqu'elle partit, Duane décida qu'il avait besoin non seulement de glace, mais aussi de whisky. Il avait vu un magasin de spiritueux à une centaine de mètres sur la route; il enferma Shorty dans la chambre et se mit en route. Un peu plus loin, un jeune homme au visage dur était assis dans une Buick délabrée dont les portières étaient ouvertes. Il avait un système pileux très développé, dont une partie était fourrée sous une casquette sale.

– Salut, cow-boy, demanda-t-il. Tu veux aller te balader au septième ciel?

– Quoi? fit Duane.

– Meth, coke, pot belge, dit le jeune homme. Mec, j'ai tout un drugstore – au sens propre.

– Au revoir, au sens propre, dit Duane.

Sur le chemin du retour il aperçut Marcie Meeks, tout au bout du parking avec une débroussailleuse, en train de couper une herbe par-ci, une herbe par-là. La partie ouest du parking était une forêt basse épaisse de hautes herbes, de taillis, de grands tournesols et autre végétation, pas le genre qu'on pouvait éliminer avec une débroussailleuse. Duane était encore agacé par l'interrogatoire que les proprios lui avaient fait subir. Il envisagea d'aller voir la vieille femme pour lui faire remarquer qu'elle avait un dealer et une prostituée dans son motel – qui par ailleurs semblaient être ses deux seuls clients. Mais il n'en fit rien. La vieille femme avait l'air trop abattue, perdue dans les herbes avec son outil inadéquat.

Duane prit une douche – heureusement, l'eau chaude était seulement tiède, parce qu'il n'avait pas d'eau froide pour la refroidir. Ensuite, il s'allongea sur le lit défoncé et sirota un peu de bourbon qu'il avait versé dans un gobelet en plastique. Il fit une autre tentative infructueuse pour changer la chaîne de télévision; constatant son échec, il renonça et resta allongé sur le lit.

L'heure du rendez-vous approchait. Duane voulait se donner au moins une heure pour marcher jusqu'au cabinet – il ne voulait pas être en retard. Il était un peu embrumé à cause du whisky, mais il pensait que la marche lui éclaircirait les idées. Il essaya d'imaginer ce qu'il raconterait à la psychiatre et aussi quel genre de questions elle pourrait lui poser, mais tous ses efforts furent inutiles. Il n'avait pas la moindre idée de ce qu'il allait dire, ni de ce que la fille de Jody, Honor Carmichael, lui demanderait. Il avait l'impression de partir pour une grande aventure, une aventure du genre imprévue, et qu'il n'était pas certain de pouvoir affronter.

– Je te laisse ici pour ta propre sécurité, dit-il à Shorty. Je ne pense pas que les chiens soient admis dans les cabinets des psychiatres.

Lorsqu'il quitta le motel, la prostituée et le dealer traînaient autour de la vieille Buick. Les affaires, pour l'un comme pour l'autre, ne semblaient guère florissantes. Gay-lee fit un grand geste de la main à Duane, mais il ne répondit pas.

4

L e cabinet de Honor Carmichael était situé dans une grande maison en stuc blanc bien entretenue, sur une rue agréable bordée de nombreux arbres. Des parterres de fleurs entouraient la maison. Duane n'avait eu besoin que d'une demi-heure pour venir depuis le Stingaree Courts, mais il avait l'impression d'avoir changé de monde. Le contraste était si frappant que Duane en fut décontenancé. À quel monde appartenait-il ? Peut-être à aucun.

Il entra dans la grande maison blanche et s'annonça, avec vingt minutes d'avance. Généralement, lors de la première consultation, les médecins faisaient remplir des formulaires. Duane s'attendait à devoir faire état de tout son historique médical, mais là, une charmante jeune femme lui demanda seulement son adresse et son numéro de téléphone, les données relatives à son assurance santé et les éventuels traitements qu'il suivait. Puis, elle lui proposa d'aller s'asseoir. Les tables croulaient sous les magazines. Duane prit un exemplaire du *Smithsonian* ; il lisait un article sur les chauves-souris lorsque la secrétaire appela son nom.

Au départ, il crut que la jeune femme voulait juste des informations complémentaires – cela ne pouvait pas être l'heure de son rendez-vous. Il lui semblait qu'il venait tout juste de s'asseoir. L'angoisse monta en lui comme un liquide dans une paille, mais la jeune femme souriante ne remarqua rien ou ne parut pas s'en soucier. Elle le conduisit au bout d'un petit couloir jusqu'à une pièce où attendait une grande femme au visage sérieux. À l'intérieur, il y avait beaucoup de plantes mais pas de bureau – seulement, quelques fauteuils confortables et un long divan. Cette femme, Honor Carmichael, était plus âgée que ce qu'il avait pensé. Ses cheveux grisonnaient aux tempes.

– Bonjour, monsieur Moore, dit-elle en lui tendant la main. Je suis le docteur Carmichael.

– Bonjour. Je connais votre père, dit Duane.

Il se sentait complètement noué. Honor Carmichael avait un joli teint doré. Soit elle revenait d'un endroit très ensoleillé, soit elle travaillait beaucoup dans son jardin.

Elle ne réagit pas à sa remarque. Duane ne sut que faire ensuite. Était-il censé s'allonger sur le divan ou s'installer dans l'un des fauteuils ? Allait-elle s'asseoir ? Tout était différent de ce qu'il avait imaginé ; il n'arrivait même pas à se rappeler ce qu'il avait *effectivement* imaginé. Honor Carmichael portait des vêtements confortables et simples. Elle n'avait pas de blouse blanche et ne ressemblait à aucun des médecins qu'il avait rencontrés auparavant ; malgré tout, il se sentit terriblement intimidé par elle. Elle avait un visage allongé, comme celui de son père, à ceci près que le sien était plus beau.

– Comme vous le voyez, il y a un divan et des fauteuils, dit-elle.

Duane avait un vague souvenir d'avoir entendu dire que les gens étaient censés s'allonger sur des divans lorsqu'ils consultaient des psys ; celui du cabinet était visiblement fait pour ça et pas pour s'asseoir. Il se sentit paralysé par la gêne, comme s'il perdait pied.

– Où voudriez-vous que je m'installe ? réussit-il à demander.

– Où vous pensez que vous vous sentirez le mieux, le plus détendu, répondit-elle.

Duane prit un fauteuil, un modèle inclinable dont l'assise en cuir était confortable. Il avait possédé, autrefois, une Cadillac dont le siège était aussi confortable que ce fauteuil, et il avait toujours regretté de l'avoir revendue, précisément parce qu'il aimait bien son siège.

Lorsqu'il s'assit, Honor Carmichael l'imita – enfin, le Dr Carmichael. Il dut se rappeler qu'il était venu la voir parce qu'elle était médecin, non pas parce qu'elle était la fille de Jody Carmichael.

Un long silence s'ensuivit. Le Dr Carmichael avait l'air parfaitement détendu, parfaitement prêt à attendre qu'il se mette à parler de ses problèmes ; mais à ce moment précis, sa tête était vide. Il ne savait pas du tout par où commencer.

– Je crois que je ne sais pas vraiment comment c'est censé se passer, dit-il enfin. Je n'ai jamais consulté de psychiatre auparavant.

– Pourquoi pensez-vous que vous avez besoin d'en voir un maintenant ? dit-elle. Commençons par là.

– Ben, les gens pensent que je suis déprimé, dit Duane. Ma femme, d'abord, et d'autres gens aussi.

– *Pensez-vous* que vous êtes déprimé, monsieur Moore ? demanda-t-elle.

Il remarqua qu'elle avait de très grands yeux et de longs doigts, en plus de son visage allongé. Elle portait une bague ornée d'une pierre verte.

– Je pense que tout le monde est déprimé, à un moment ou à un autre, dit Duane. Je ne pense pas que je sois plus déprimé qu'un autre. Mais les gens ne cessent d'en parler, alors je me suis dit qu'il valait mieux que je demande à un expert.

– Qu'avez-vous fait pour que tous ces gens soient convaincus que vous êtes déprimé ? demanda-t-elle.

– C'est principalement la marche et le fait que, maintenant, je vis seul, dans une petite cabane, dit-il.

– Qu'entendez-vous par la marche ?

– J'ai garé mon pick-up il y a environ trois semaines. Depuis ce jour-là, je vais partout à pied. Je me suis installé dans une petite cabane construite sur une parcelle que je possède et, depuis, j'ai passé beaucoup de temps à rester assis et à marcher. Aujourd'hui, je suis venu à pied, ajouta-t-il après une pause.

– Quelle distance avez-vous parcourue ? demanda-t-elle.

– Ça doit faire à peu près trente kilomètres, dit Duane. Je suis parti tôt, à 3 h 30.

Elle le regarda avec insistance ; si elle était surprise d'entendre ce qu'il venait de dire, elle n'en laissa rien paraître.

– Vous n'avez pas l'air essoufflé, dit-elle. C'est une distance importante, vous devez être physiquement en bonne santé.

– Je crois que je suis en bonne santé, dit Duane. Certaines choses me mettent plus en colère qu'autrefois, c'est la principale différence que j'aie remarquée.

– Quel genre de chose ?

– Les gens qui abîment le paysage avec leurs détritus, dit-il. Ils balancent leurs ordures du haut des ponts, dans le lit des rivières. La plupart de ces petites rivières n'ont pas beaucoup d'eau. Les trucs ne partent pas avec le courant. Ils restent là. Le fait de voir des déchets dans les rivières me met en colère.

– Et que faites-vous, dans ces cas-là ? dit-elle. Comment se manifeste votre colère ?

– Je me contente de nettoyer, si je peux, dit-il. Mais ça me met en colère et ce n'était pas le cas autrefois.

Le visage du Dr Carmichael ne changea pas.

– Et vos parents ? L'un d'eux est-il encore vivant ?

– Non, décédés tous les deux, dit Duane.

Il poursuivit, expliquant que son père avait été tué dans l'explosion d'une tour de forage quand il avait 5 ans. Sa mère était devenue lavandière pour gagner sa vie ; sa grand-mère maternelle avait vécu avec eux jusqu'à sa mort. Leur maison était si petite et si exiguë que, dès qu'il avait pu travailler et gagner sa vie, il avait quitté la maison et pris une chambre dans un foyer. Sa mère, qui n'avait jamais été heureuse, brisée par la mort de son mari, s'était affaiblie et elle était morte à 57 ans seulement. Duane était en train d'expliquer que son père avait été bon avec lui – il se rappelait encore l'odeur de ses chemises de travail lorsqu'il rentrait et s'asseyait à côté de lui ; elles sentaient l'amidon, la cigarette et la sueur, lorsque le médecin se leva et lui sourit.

– Je suis désolée, l'heure est écoulée, dit-elle.

Duane eut un choc. Pendant un moment, il ne parvint pas à le croire. Il lui semblait qu'il avait tout juste commencé à parler, seulement quelques minutes auparavant. Mais, lorsqu'il regarda sa montre, il vit, à son grand étonnement, que le docteur avait raison. Sans qu'il sache comment, avant d'avoir fini de raconter très brièvement sa vie, l'heure s'était écoulée.

Il se sentit retourné et frustré de devoir s'interrompre si brusquement. Il aimait bien le médecin, il aurait préféré rester dans ce beau fauteuil qui lui rappelait sa vieille Cadillac, à parler longtemps, très longtemps.

– Voyez avec Natalie... nous allons vous trouver un créneau lundi, si cela vous convient, dit le Dr Carmichael.

Duane se leva – il se sentit tout à coup très impatient d'être informé, d'obtenir un élément de conseil, d'analyse de la part du docteur.

– Ce moment est passé vraiment très vite, dit-il, embarrassé. Pensez-vous que je suis déprimé ?

Le Dr Carmichael ne fit pas la moindre tentative pour répondre à la question.

– Natalie va vous donner un rendez-vous pour lundi, dit-elle. À la semaine prochaine, monsieur Moore.

5

Lorsque Duane sortit du cabinet de Honor Carmichael, il avait toujours la sensation déplaisante d'avoir été interrompu. Il avait tout juste commencé à parler de sa vie à son médecin et c'était troublant d'avoir dû s'arrêter si tôt; troublant et déroutant. Même s'il ne parvenait pas à se rappeler grand-chose de ce qu'il avait raconté au médecin, le fait qu'il en parle – qu'il déverse son récit – lui procurait un soulagement tellement grand que s'interrompre fut presque intolérable pendant les premières minutes. Dans son souvenir, le médecin n'avait posé qu'une ou deux questions. Il était essentiellement resté assis à parler de ses parents. Il en avait plus dit au médecin sur ses parents en quelques minutes qu'à Karla en quarante années de vie commune, lui semblait-il.

Une fois dans le hall d'entrée, il se trouva déboussolé. Le médecin lui avait dit de voir avec la secrétaire, mais elle n'était pas là. Il n'y avait personne. Il ne savait pas s'il devait partir ou attendre. Avant qu'il ait eu le temps de décider, la jeune femme – Natalie – revint tout à coup.

– Pardon, j'étais juste en train de vérifier le planning du docteur, dit-elle. Nous pouvons vous recevoir à nouveau à 3 heures lundi, si cela vous convient.

– C'est parfait, répondit-il.

– Comment souhaitez-vous régler ? demanda-t-elle. C'est cent quatre-vingt-dix dollars.

Le cabinet ressemblait tellement à une maison particulière que Duane avait oublié qu'il s'agissait d'un cabinet médical dont il était le patient, non pas un invité. Il lui restait de l'argent gagné au poker ; il compta les billets, prit la petite carte où était mentionné son rendez-vous et sortit pour retrouver le soleil de mars. Dans sa tête, il continuait à parler au Dr Carmichael et il continua pendant trois ou quatre kilomètres.

Puis son monologue intérieur s'arrêta, remplacé par un sentiment de découragement et de solitude. Il n'était plus sur la jolie rue du Dr Carmichael, ni dans sa tête ni nulle part. Les bords de la route étaient envahis de mauvaises herbes et jonchés de détritus, et un flot constant de pick-up et de camions de pétrole le dépassaient tandis qu'il suivait Seymour Highway en direction du Stingaree Courts.

À moins de deux kilomètres du Courts, il passa devant un bar appelé le Silver Slipper ; l'établissement était au moins aussi délabré que le motel. Sur l'enseigne, plusieurs ampoules étaient grillées. Deux ou trois pick-up et une Buick familière étaient garés devant.

Duane se sentait ébranlé et ses jambes pesaient une tonne. Il était hors de question de marcher jusqu'à la cabane ; le retour au motel serait déjà difficile. On était à la fin de la semaine – il avait prévu de rentrer et d'admirer le panorama depuis sa cabane pendant deux jours ; mais sans qu'il comprenne comment, sa courte conversation avec le Dr Carmichael lui avait ôté toutes ses forces. Il décida d'entrer dans le bar, de prendre un verre et d'accorder un peu de repos à ses jambes.

Évidemment, à peine entré dans le Silver Slipper, il repéra le jeune dealer aux cheveux longs assis avec Gay-lee au fond du bar. Deux petits voyous faisaient claquer un minuscule palet sur le jeu de hockey miniature.

Le barman, un grand homme gras, avait un torchon blanc jeté sur l'épaule. Duane s'assit sur un tabouret, au bar. La sensation de s'asseoir et de soulager les jambes de son poids avait rarement été si agréable. Le barman, un homme d'environ son âge, lui paraissait vaguement familier.

– Vous avez pas l'air très joyeux, mec, dit-il. C'est des allergies, ou est-ce que vous venez de perdre un proche ?

Duane ne savait pas de quoi il parlait, mais lorsqu'il porta une main à son visage, il découvrit que ses joues étaient mouillées. Soit il avait pleuré, soit ses yeux pleuraient à cause d'une irritation qu'il n'avait pas remarquée.

– Ça doit être ces fichues ambroisies, dit-il. Pourrais-je avoir un bourbon *on the rocks* ?

Le barman mesura une once et demie de bourbon et la versa sur les glaçons.

– Vous êtes Duane Moore, dit-il. Vous ne vous souvenez pas de moi, mais moi, je me souviens de vous.

Duane l'observa attentivement, mais il ne parvint pas à l'identifier.

– Je jouais arrière droit pour Iowa Park, autrefois, il y a longtemps, dit le barman. Vous étiez dans l'équipe de Thalia. Nous nous sommes percutés en 1954. Je vous ai empêché de marquer un essai, mais en le faisant, je me suis cassé la clavicule. Je suis Bub Tucker.

Il tendit la main et Duane la serra.

– Vous aviez un air familier, mais on dirait que ces fichues ambroisies m'ont brouillé la vue, dit-il.

Bien que l'homme se montrât amical, Duane regrettait de ne pas avoir choisi un autre bar pour y prendre un verre, un bar quelconque où personne ne le reconnaîtrait. Le seul être humain au monde auquel il avait envie de parler était le Dr Carmichael et il n'avait certainement pas envie de revivre un match de football de lycée avec un homme dont il avait cassé la clavicule – et il y avait un bail !

– Cette clavicule ne s'est jamais réparée complètement, lui révéla Bub Tucker. Et c'est une chance.

– Pourquoi donc ? demanda Duane.

– Ça m'a évité l'armée, dit Bub. Vu la facilité avec laquelle j'ai des accidents, je me serais fait tuer en Corée, ou ailleurs, s'ils m'avaient enrôlé.

– C'est une façon de voir les choses, fit Duane.

Bub Tucker, après avoir rappelé à Duane leur unique rencontre, parut aussi peu enclin que lui à remuer les souvenirs. Il s'éloigna et alla essuyer des verres, en mâchouillant un cure-dents, et il ne réapparaissait que pour reservir, en silence, Duane lorsque celui-ci lui faisait un signe de tête et levait son verre.

Duane but quatre whiskies en une heure et demie. Il y avait un match de basket à la télévision au-dessus du bar, mais Duane ne levait que rarement les yeux. Il sirota son bourbon et croqua la glace qui restait dans son verre, retrouvant progressivement son calme et son assurance à mesure que le breuvage produisait son effet. La dernière fois qu'il s'était senti si agité dans son souvenir était celle où Karla s'était presque vidée de son sang à cause d'une grossesse extra-utérine qui n'avait pas été diagnostiquée à temps.

Un épisode vraiment effrayant. Sa femme était passée à une heure de la mort. En marchant seul le long de Seymour Highway, il s'était senti pareil, chamboulé, alors que tout ce qu'il avait fait, c'était d'avoir parlé à un gentil médecin pendant une heure.

– Content de t'avoir vu, Duane – tu devrais te procurer des cachets pour cette allergie à l'ambroisie, dit Bub Tucker lorsque Duane posa un billet sur le comptoir et se leva pour partir. Reviens nous voir un de ces jours.

– Peut-être bien – désolé pour cette clavicule, dit Duane.

Bub Tucker sourit et essuya un autre verre.

– Hé, c'est que du football.

6

De retour au Stingaree Courts, Duane resta éveillé juste assez longtemps pour boire un whisky de plus et permettre à Shorty de courir un peu sur le parking pendant vingt minutes, et de lever la patte devant tous les poteaux de clôture et toutes les touffes de mauvaises herbes desséchées.

Puis il enleva sa chemise, se laissa tomber sur le matelas défoncé et ne se leva qu'au milieu de la matinée suivante, lorsque le chien se mit à gémir pour demander à sortir.

Duane, qui dormait rarement plus de cinq heures par nuit, vit qu'il venait d'enchaîner presque quinze heures – avec l'impression qu'il pourrait dormir encore. Il avait eu l'intention de rejoindre sa cabane pour le week-end, mais il en abandonna très vite l'idée. Le trajet d'une trentaine de kilomètres, qui lui avait paru facile la veille encore, devenait aussi difficile à imaginer que d'escalader l'Everest. Il ne comprenait pas ce qui lui était arrivé. Apparemment, une brève conversation avec un gentil médecin l'avait affaibli au point qu'il ne pouvait plus rentrer chez lui à pied – et même aller où que ce soit à pied. Normalement, il aurait détesté l'idée de passer tout le week-end au Stingaree Courts, sans eau froide et avec une télé branchée sur une chaîne porno, mais sa léthargie était si profonde qu'il s'en fichait. Peut-être cela signifiait-il qu'il était *vraiment* déprimé et, pourtant, il ne se rappelait pas avoir entendu le Dr Carmichael utiliser ce mot-là. Il se sentait vraiment faible, fatigué, sans désir ni appétit. Il ne voulait rien faire; la seule perspective qui avait un sens était celle de voir le médecin à nouveau lundi à 3 heures.

Pendant le long après-midi, les pensées qui traversèrent l'esprit de Duane, allongé sur le lit, avachi et somnolent, étaient incohérentes et partaient dans tous les sens. À plusieurs reprises, il se dit qu'il pourrait trouver l'ouvrage de Thoreau dans la librairie du coin, probablement à moins de trois kilomètres de là, mais il ne fit pas le moindre mouvement pour s'y rendre ni même un geste pour appeler et demander si le livre était en magasin, et si on voulait bien le lui mettre de côté. Il resta inerte jusqu'aux dernières heures de l'après-midi, mais il réalisa qu'il était mal rasé et sale. Il avait besoin d'un rasoir et d'autres accessoires, et il commençait à se sentir coupable envers Shorty, qui n'avait rien eu à manger depuis leur arrivée en ville.

Finalement, tandis que l'après-midi tirait à sa fin, Duane se leva. Il avait décidé de demander à Marcie Meeks s'il pouvait être déplacé dans une chambre en meilleur état, où, au moins, il y aurait l'eau froide dans la douche.

Lorsqu'il ouvrit la porte, il faillit percuter la poitrine opulente d'une immense femme noire, sur le point de frapper chez lui. Elle portait une serviette de toilette mince, un essuie-mains encore plus mince et un minuscule morceau de savon.

– Il vous faut des serviettes propres ? demanda-t-elle tandis que Shorty sortait de la chambre, ventre à terre, pour se jeter sur les mauvaises herbes. J'm'appelle Sis, ajouta-t-elle. J'vous changerais volontiers vos draps, mais on est en manque, cette semaine.

– Ce n'est pas grave, je n'ai pas beaucoup sali mes draps, dit Duane.

– Ce p'tit chien, il mord pas les Noirs, hein ? demanda Sis en jetant un regard suspicieux à Shorty.

– Non, il ne mord pas du tout les adultes, il ne mord que les bébés, lui assura Duane. Si vous êtes la femme de chambre, pourriez-vous me dire s'il existe dans ce motel une meilleure chambre que je puisse demander ?

La question rendit la femme méfiante.

– Comment ça, meilleure ?

– Dans cette chambre, il n'y a pas d'eau froide et la télé est bloquée sur une chaîne, dit-il. Au fait, je m'appelle Duane. Je crois que je risque de rester un moment.

– Vous êtes pas de la police, quand même ? demanda Sis, encore plus méfiante.

– Non, je suis dans le pétrole, dit Duane.

Il savait qu'il y avait des motels à Wichita Falls qui offraient bien plus de confort que le Stingaree Courts, mais il était là et n'avait pas envie de bouger.

– Ben, y a la suite des lunes de miel, dit Sis. Avec un matelas d'eau. Mais c'est très cher. C'est luxe, les matelas d'eau.

– Je vais aller voir, même si je ne suis pas en lune de miel, dit Duane.

Lorsque Duane arriva, Marcie Meeks se trouvait derrière son comptoir et regardait un vieux film de Tab Hunter avec Natalie Wood, sur un petit téléviseur.

– On dirait que je vais rester plusieurs jours, dit Duane. Je me demande si je ne pourrais pas m'installer dans une meilleure chambre. L'eau froide dans ma douche ne fonctionne pas et la télé est bloquée sur une chaîne.

– Vous ne pouvez pas tout avoir pour trente-deux dollars la nuit, dit Marcie, mais plutôt avec tristesse que colère.

Sans aucun doute, l'état du Stingaree Courts la déprimait aussi.

– La femme de chambre m'a dit qu'il y avait une suite nuptiale, dit Duane. J'aimerais peut-être m'y installer si elle n'est pas occupée.

Marcie Meeks émit un son guttural qui aurait pu passer pour un rire.

– La dernière fois que nous avons eu des jeunes mariés, c'était la nuit où Cassius Clay a battu Sonny Liston, dit-elle. Vous êtes assez vieux pour vous rappeler ça ?

– Tout juste, dit Duane. Mais je vais prendre la suite, si c'est possible.

– Je ne pense pas que Papa fasse une objection. C'est quarante-huit dollars la nuit. On n'a pas fini de payer le lit à eau.

Duane lui donna l'argent pour deux nuits.

– Je vais vous demander de signer un autre formulaire, puisque vous déménagez, dit Marcie. Il faut qu'on vous garde à l'œil au cas où la police viendrait voir.

– Ils viennent souvent vous voir ?

– Trop souvent, répondit-elle. Je méprise la police. J'ai déjà été en prison, pour un crime que je n'ai pas commis.

Duane attendit, prêt à entendre Marcie Meeks raconter le crime qu'elle n'avait pas commis, mais elle se tut.

– Vous avez l'air marié, dit-elle en l'examinant. Qu'est-ce que je dirai à votre femme quand elle va se pointer ?

– Je doute qu'elle vienne, mais si ça arrive, elle pourra probablement me retrouver à l'odeur, dit Duane. Vous n'avez pas besoin de vous en mêler.

– Elle va se pointer, je parie, dit Marcie. Généralement, les femmes se pointent.

Sis, la grande femme de chambre, sortait juste de son ancienne chambre lorsqu'il passa dans le couloir.

– Je m'installe dans la suite nuptiale, dit-il. J'espère que la douche fonctionne.

– Oh, elle fonctionne. Peut-être que ce lit à eau, y va vous porter chance et que vous trouverez une épouse.

7

L a chambre du lit à eau était plus grande, la douche fonctionnait et la télévision offrait plusieurs chaînes. Le lit était confortable, mais il avait une légère odeur désagréable que Duane ne parvint pas à identifier immédiatement. Il se dit que ça sentait un peu le poisson, mais comment pouvait-il y avoir des poissons dans un lit à eau ?

L'amélioration globale de son confort lui donna suffisamment d'énergie pour aller à pied jusqu'à l'épicerie la plus proche et acheter quelques articles de toilette et un grand sac de nourriture pour chien. Le seau à glace en plastique servit de gamelle à Shorty qui se jeta sur son repas.

Duane resta allongé sur le lit à eau et passa la nuit à regarder du base-ball d'un seul œil, l'esprit ailleurs. Il n'y avait pas de circulation sur le parking ; par la fenêtre, il voyait une grande étendue de la prairie de l'ouest du Texas. Il pouvait presque apercevoir l'endroit où se trouvait sa cabane – mais même laisser son regard se perdre dans cet horizon sans fin le fatiguait.

Plusieurs fois, il pensa appeler sa famille. Dickie ou Nellie ou même Karla étaient peut-être allés jusqu'à la cabane et, ayant découvert son absence, ils en avaient tiré des conclusions tragiques. Peut-être avait-il quitté le pays ou été assassiné.

Mais pour Karla sa disparition signifierait qu'il vivait ailleurs, avec une femme mystère que ses espions n'avaient pas réussi à repérer.

Même s'il ne désirait pas précipiter les siens dans un tel désarroi, Duane ne décrocha pas le téléphone pour autant. Pour des raisons difficiles à cerner, il se sentait complètement démotivé et sans volonté. Il n'avait aucune envie, ni celle de manger, jouer, lire ou parler. Il semblait avoir perdu la capacité de suivre un plan quelconque, si simple fût-il. Il ne lui faudrait pas plus de vingt secondes pour appeler chez lui et informer sa famille qu'il allait bien, mais même ces vingt secondes lui paraissaient un effort insurmontable à fournir. Une chose aussi simple et ordinaire n'avait même plus sa raison d'être.

Seul lui importait son rendez-vous lundi après-midi avec le Dr Carmichael. Il retournerait dans l'agréable bureau et continuerait à parler au docteur. La psychiatrie qui lui avait toujours inspiré doutes et méfiance était devenue, soudain, sa seule raison de vivre.

Le lundi matin, il se réveilla inquiet à l'idée que la séance soit à nouveau trop brève pour contenir tout ce qu'il avait à dire. À peine aurait-il commencé à parler qu'il lui faudrait partir. Il essaya de mettre de l'ordre dans ses pensées de façon à ce que son échange avec le docteur soit fructueux et qu'il arrive à discuter avec elle de choses qu'il considérait comme essentielles ; mais il se montra incapable d'évaluer la liste de ses priorités. Il ignorait sur quoi il avait besoin de s'exprimer le plus : en réalité, il avait besoin de parler de *tout* – mais comment pouvait-on faire entrer ce *tout* en une heure ?

Il avait à peine bougé de tout le week-end ; il ne savait même pas s'il se rendrait à pied chez le docteur. Heureusement, il y avait un annuaire dans sa chambre. Il nota le numéro d'un taxi en ville au cas où il se sentirait trop faible.

Vers midi, il prit une douche et se fit aussi propre que possible, mais il portait les mêmes vêtements depuis les aurores du vendredi ; la question de la lessive, qui avait paru complètement mineure lorsqu'il vivait dans la cabane, était devenue un problème majeur, maintenant qu'il s'était installé au Stingaree Courts. D'une manière ou d'une autre, il fallait se procurer des vêtements propres. Un Wal-Mart était ouvert vingt-quatre heures sur vingt-quatre pas loin du motel. Il aurait pu y aller à pied à n'importe quel moment pendant le week-end et s'acheter des vêtements propres, mais il ne l'avait pas fait et, maintenant, c'était lundi midi et il était trop tard. Sa chemise n'était pas exactement sale, mais elle n'était pas franchement propre.

À mi-chemin, Duane comprit la raison pour laquelle il se sentait si faible et si fatigué : il n'avait rien mangé depuis deux jours. Il s'était rappelé la nécessité de nourrir son chien, mais il avait oublié de se nourrir lui-même. Heureusement, il y avait un restaurant de pancakes à quelques pâtés de maisons du cabinet médical. Tout en marchant, il se souvint d'avoir dans la poche de sa chemise un petit paquet de cacahuètes acheté au magasin de spiritueux avec le whisky et la glace, puis il n'y avait plus pensé durant son week-end de jeûne.

Il mâchonna les cacahuètes en se dirigeant vers le restaurant. Il s'installa à une table et se commanda un fastueux petit-déjeuner ; il était 2 heures de l'après-midi, mais dans cet endroit, c'était l'heure du petit-déjeuner toute la journée. Une fois servi, il découvrit qu'il n'avait pas particulièrement faim ; l'idée de la nourriture lui faisait plus plaisir que la réalité du festin. Ses œufs fermiers frais et son bacon croustillant repartirent quasiment intouchés, il mangea seulement quelques toasts grillés en buvant du café. Il n'avait plus faim, ni de nourriture ni de tout le reste. Se sentant coupable de n'avoir pas vidé son assiette, il laissa un important pourboire à la serveuse, puis sortit et fit le tour du pâté de maisons, encore et encore, jusqu'à ce qu'arrive l'heure de sa séance avec le Dr Carmichael.

8

À la minute où Duane arriva dans la rue du Dr Carmichael, il commença à se sentir mieux. La simple vue de la maison, agréable, bien conçue, avec sa pelouse et ses parterres de fleurs bien entretenus, l'emplissait de bien-être. Ils suggéraient l'ordre et la paix qu'on ne pouvait atteindre que si l'on s'appliquait à porter une attention particulière aux accords qui construisaient une vie harmonieuse.

Il n'y avait personne dans la salle d'attente ; il était arrivé avec vingt minutes d'avance, espérant pouvoir terminer l'article sur les chauves-souris. Il l'avait presque achevé lorsque la jeune secrétaire, Natalie, apparut, souriante, et le fit entrer dans le bureau du Dr Carmichael.

Cette fois, le docteur ne lui serra pas la main à son arrivée, mais elle souriait.

– Bonjour, dit-elle, lui montrant le siège qu'il avait occupé la fois précédente.

Duane était déterminé à démarrer rapidement cette fois et à ne pas perdre de vue que le temps était compté.

– Je crois que j'ai besoin de ça plus que je ne le croyais, dit-il. J'ai passé tout le week-end à ne rien faire – juste à attendre que le moment de mon rendez-vous arrive.

Il s'arrêta et regarda le médecin.

– Pensez-vous que cela signifie que je suis déprimé ? demanda-t-il.

Le Dr Carmichael lui adressa un long regard solennel, le visage paisible, grave, avant de répondre.

– Cela apporte souvent un soulagement d'avoir quelqu'un qui écoute vraiment ce qu'on a à dire, dit-elle enfin. C'est la raison d'être des psychiatres. Je ne sais pas encore à quel point vous êtes déprimé, ni si vous êtes déprimé, mais si vous ressentez le besoin de me voir au point de mettre en suspens votre vie, alors je pense que nous devons nous rencontrer plus d'une fois par semaine, si vous pouvez y parvenir.

– Oh, je peux gérer, dit Duane. En ce moment je n'ai pas de contraintes.

– Alors, probablement, nous devrions essayer quatre fois par semaine, jusqu'à ce que nous sachions un peu mieux ce que vous ressentez, dit le docteur.

– Cela me convient – même cinq fois par semaine, si cela ne fait pas trop, dit Duane immédiatement.

– Si, c'est trop, dit le docteur fermement. Cette démarche peut être fatigante au début. Restons-en à quatre.

Duane hocha la tête. Il était conscient que sa chemise n'était pas propre et il se demanda si le docteur avait remarqué qu'il portait les mêmes vêtements que ceux de sa première visite.

– J'imagine que vous n'avez pas marché les trente kilomètres ce matin ? dit le Dr Carmichael.

– Non, je suis resté dans un motel, dit Duane.

– L'aller-retour jusqu'à mon bureau quatre fois par semaine, cela fait à peu près deux cent trente kilomètres, si je calcule bien, dit le docteur. J'aime marcher, moi aussi, mais je ne pense pas que j'y arriverais.

– Je n'ai pas besoin de rentrer souvent à la maison, dit Duane. Le Dr Carmichael le regarda en silence pendant ce qui parut être un long moment. Elle n'était ni tendue ni menaçante, en fait, elle paraissait assez décontractée. Elle avait un bloc-notes sur son genou, mais jusque-là, il ne l'avait pas vue écrire dessus.

– Parlez-moi de ces marches, dit-elle. Je voudrais savoir comment ça a commencé et dites-moi ce que vous en pensez.

Duane s'appliqua à se remémorer chaque détail qui avait précédé sa décision. Il avait bu un café à Wichita Falls, était allé jusque dans le sud de l'Oklahoma pour voir une de ses équipes, était rentré à la maison, avait garé son pick-up devant la maison, était entré dans la cuisine, avait caché les clés dans la vieille tasse ébréchée, puis il était parti à pied. Rien d'extraordinaire, au point de trouver son propre récit ennuyeux.

– Il n'y avait pas de raison importante qui me pousse à agir ainsi, dit-il. Je n'en veux pas à ma femme d'être bouleversée : je n'avais jamais rien fait de tel auparavant et je suis marié depuis quarante ans. Il n'y avait pas de raison importante, répéta-t-il. J'ai juste décidé de le faire et, lorsque je l'ai fait, cela me paraissait normal.

– Cela pourrait signifier qu'il *existait* bien une raison importante pour que vous vous mettiez à marcher, dit le docteur. Il est possible qu'elle ne soit pas liée à votre femme. Le conflit conjugal n'est pas la seule raison pour laquelle les gens prennent soudain un virage dans leur vie.

Duane n'avait pas pensé à ça ou, tout au moins, ne l'avait pas envisagé dans des termes aussi simples.

– Apparemment, cela ne semble pas avoir posé de problèmes pratiques importants, enfin, jusqu'à ce que vous soyez obligé de venir à ces rendez-vous, dit le docteur.

– Si, la lessive, dit-il. Il faut que je trouve un moyen de me procurer des vêtements propres et que je m'assure d'avoir à manger pour mon chien.

Le docteur le regarda avec intérêt lorsqu'il mentionna le chien.

– Vous avez un chien avec vous, au motel ? demanda-t-elle.

– Oui, Shorty. C'est un berger australien.

– Amenez-le, demain, si vous voulez. Nous n'avons rien contre les chiens. Vous pouvez l'amener au cabinet.

Son invitation prit Duane au dépourvu. Pourquoi voudrait-il amener Shorty chez le psy ? La pensée d'avoir Shorty avec lui pendant qu'il essayait de parler au docteur le dérangeait. Il y avait quelque chose qu'il aimait bien dans ces séances, c'était le sentiment que le moment lui appartenait. Avec Shorty présent, ce ne serait pas aussi intime, même si Shorty, bien entendu, ne comprendrait pas ce qui se disait. Ce ne serait pas comme amener une autre personne à la séance, mais ce ne serait pas aussi intime non plus.

– Ce n'est pas un bon chien d'intérieur, dit-il. Il pourrait devenir anxieux et pisser quelque part.

– Je crois que nous pourrions survivre, si cela arrivait, dit le docteur. Mais si vous n'êtes pas à l'aise à l'idée de l'amener, alors nous ne le garderons pas à l'intérieur. Nous le mettrons dans le jardin. Il pourra discuter avec mes canards.

– Vous avez des canards ?

– Oui, j'ai une jolie petite mare et quatre canards, dit-elle.

Duane ne dit rien de plus, mais il avait décidé d'oublier Shorty lorsque viendrait son prochain rendez-vous. Canards ou pas canards, il ne voulait pas avoir à s'inquiéter de possibles bêtises.

– Vous étiez en train de me parler de votre père et de votre mère l'autre jour, dit le docteur. J'ai dû vous interrompre parce que la consultation était terminée. J'ai comme l'impression que vous avez peut-être plus à dire sur vos parents.

– Non, pas vraiment, dit Duane.

Mais, ensuite, il se lança dans le récit de la dernière expédition de pêche qu'il avait faite avec son père juste avant l'accident fatal. Il décrivit à quel point son père avait été patient en lui montrant comment ôter l'hameçon de la bouche d'un poisson, et même d'une tortue, lorsque, incidemment, ils attrapaient une de ces bestioles.

À nouveau, il lui sembla que la séance avait à peine commencé lorsque le docteur se leva et lui indiqua que l'heure était écoulée.

– N'oubliez pas d'amener Shorty quand vous viendrez demain, dit le docteur en le raccompagnant. J'ai très envie de rencontrer votre chien.

9

Une fois de plus, Duane eut la même sensation en sortant, devant la jolie maison du docteur, sur le chemin de graviers bordé par les plates-bandes qui menait jusqu'à la rue. Une fois de plus, il était sidéré et troublé par la vitesse à laquelle passait le temps en sa compagnie – c'était unique. Non seulement il se rappelait à peine ce qu'il avait raconté, mais il avait presque oublié les paroles du médecin, peu disert par ailleurs. Elle l'avait interrogé sur ses parents et avait suggéré qu'il amène son chien à leur prochain rendez-vous. Rien d'autre.

De ces deux heures avec elle, seul le réconfort que lui apportait sa présence lui importait. Si elle avait un avis sur son état ou sur la tournure qu'avait prise sa vie, elle n'en avait rien révélé. Il était probablement idiot de s'attendre à ce qu'elle lui en parle si rapidement, mais il avait espéré tout de même un commentaire ou deux – pour l'aider à comprendre s'il était fou ou pas. Il supposait, malgré tout, qu'il avait besoin d'aide, puisqu'elle voulait le voir quatre fois par semaine. Elle ne voyait certainement pas tous ses patients aussi fréquemment. Elle était restée silencieuse tout le temps qu'il avait évoqué son père, décédé depuis longtemps, des souvenirs qu'il avait gardés de la tristesse de sa mère ; pourtant, il pensait avoir réglé la question depuis des années.

Duane repartit à pas lents dans la direction du Stingaree Courts. Il ne marchait pas à un rythme régulier, comme il s'était habitué à le faire. Lorsqu'il commença à se sentir fatigué, il s'assit au bord du trottoir et se reposa. Il n'aurait jamais imaginé que discuter pendant une heure avec son médecin affecterait autant son énergie. Il était si fatigué qu'il se demanda s'il allait pouvoir persister à marcher, coûte que coûte. Il avait très peu d'obligations et, pourtant, ces quelques obligations – se procurer des vêtements propres, par exemple – lui paraissaient insurmontables. L'alternative était la suivante : ou il achetait de nouveaux vêtements ou il allait à Thalia chercher les siens, et il n'était pas question qu'il fasse l'aller-retour à Thalia à pied, chancelant comme il l'était. Le simple fait de bifurquer en direction du Wal-Mart, un détour qui lui aurait pris une heure seulement en temps normal, lui paraissait soudain au-dessus de ses forces. Comment expliquer un changement aussi subit ? Trois jours avant, il avait parcouru vingt-huit kilomètres les doigts dans le nez ; et, aujourd'hui, les trois kilomètres qui le séparaient du Stingaree Courts lui semblaient une montagne.

À quelques pas devant lui, se trouvait un Burger King. Se souvenant de n'avoir presque rien mangé depuis son arrivée, il entra et commanda un milk-shake et des frites. La boisson était particulièrement délicieuse, tout comme les frites, il prit deux milk-shakes et une portion de frites supplémentaire.

En mangeant, il se dit qu'il devait souffrir de ce qu'on appelait une dépression nerveuse. C'était le terme employé, des années auparavant, lorsque Sonny Crawford avait commencé à perdre la boule.

Jusque-là, le Dr Carmichael n'avait pas parlé de dépression nerveuse – ni même avancé qu'il était déprimé. Duane n'avait pas la moindre idée de ce qu'elle pensait de son état mental, mais ce dont il était certain, c'est qu'il ne pouvait plus imaginer sa vie sans ses rendez-vous réguliers avec le Dr Carmichael. Eux seuls donnaient un sens à sa vie – tout au moins, c'était ce qu'il ressentait. Ils avaient même pris la première place, devant la marche, dans sa quête de sens.

Son repas terminé, il reprit sa route vers le motel, marchant d'un bon pas sur un kilomètre. Puis, en quelques secondes, il se retrouva à bout de souffle, avec les jambes en coton, et il éprouva une fatigue si intense qu'il pensait devoir renoncer et appeler un taxi, alors que le motel était maintenant visible, à moins d'un kilomètre à l'ouest.

Il resta assis un moment sur un gros bloc de béton apparemment tombé d'un camion et abandonné au bord de la route. Un téléphone à pièces se trouvait dans le magasin de spiritueux où il avait acheté le whisky et la glace, et celui-ci n'était qu'à une centaine de mètres, mais Duane resta assis. Il pensa qu'il était ridicule d'appeler un taxi pour faire huit cents mètres – par ailleurs, pour des raisons qui lui échappaient, le principe consistant à se rendre à pied d'un endroit à l'autre restait important à ses yeux. Quelque chose l'empêchait d'y renoncer depuis que sa vie avait bifurqué.

Finalement, après avoir passé plus d'une demi-heure assis sur le bloc de béton, Duane se leva et marcha jusqu'au Stingaree Courts. Lorsqu'il ouvrit la porte, Shorty sortit immédiatement pour courir sur le parking. Duane s'écroula sur le lit. Il ne se souvenait pas d'avoir rouvert la porte à Shorty, mais quelqu'un avait dû le faire, parce qu'au petit matin il était là, lorsque Duane ouvrit les yeux. Il fut réveillé par le flop de la neige fondue contre la fenêtre de sa chambre. Il avait dormi profondément et sans s'apercevoir que la température dans la chambre avait baissé pendant la nuit. Le bruit le réveilla complètement et, pour la première fois depuis son premier rendez-vous avec le Dr Carmichael, il se sentit frais, dispos et plein d'énergie. Il sortit dans le vent froid du petit matin et s'attarda quelques minutes sous la neige fondue. Peut-être avait-il besoin d'un coup de frais pour redonner un peu d'allant à son pas.

Pendant que Shorty prenait du plaisir à courir sur le parking, Duane rentra dans sa chambre et prit une douche. Mais, au moment de s'habiller, il se rendit compte qu'il n'avait pas de vêtements propres. Après cette douche revigorante et rafraîchissante, enfiler des vêtements sales était insupportable. Il aurait pu au moins les remettre et marcher dans la bise et la neige fondue jusqu'au Wal-Mart, mais cette seule idée l'irritait parce qu'il détestait les grands magasins. Sa garde-robe était très simple ; pendant des années, lorsque ses chemises ou ses jeans commençaient à s'effilocher, Karla lui en rachetait tout simplement une dizaine d'autres de la même marque et de la même taille. De temps en temps, elle essayait de redonner un coup de jeune à sa garde-robe et choisissait une pièce différente, qu'elle et les enfants trouvaient à la mode. Mais Duane les ignorait tout bonnement et les laissait suspendus dans le placard ; puis, ils finissaient dans l'un de ces ambitieux vide-greniers que Karla organisait régulièrement.

Maintenant, l'idée d'avoir un placard plein de vêtements chauds, fraîchement repassés, soigneusement pliés, chez lui à Thalia, à une trentaine de kilomètres de là, sans pouvoir en disposer, le rendait dingue. Quelqu'un pourrait bien les lui apporter. Chacun de ses enfants se rendait à Wichita Falls, au moins une fois par jour, sans parler de la multitude de ses anciens employés qui seraient sans doute prêts à lui rendre service.

Duane, qui ne voulait même pas toucher ses habits sales, s'enroula dans un drap et réfléchit à la façon dont il pourrait les récupérer. Si plusieurs de ses proches pouvaient lui portaient secours, il n'était pas question que ce soit Karla qui effectue la livraison. Si jamais elle voyait le Stingaree Courts, elle n'aurait plus le moindre doute : il avait une araignée au plafond. Rien que l'odeur du lit à eau la mettrait dans tous ses états. Karla ne pouvait supporter ne serait-ce que la plus légère odeur nauséabonde. Si une mouffette passait à moins de cent mètres de leur maison, elle la sentait et battait en retraite dans le sauna, où l'odeur ne pouvait pas pénétrer.

Donc il était exclu de téléphoner à la maison au risque de tomber sur Karla. Appeler au bureau était une bien meilleure idée. Avec un peu de chance, Bobby Lee serait là et Bobby Lee aimait bien jouer à l'espion. Se glisser dans la maison et en sortir en douce avec des brassées de vêtements appartenant à Duane flatterait son côté mauvais garçon.

La neige fondue finit par s'arrêter, mais le ciel resta menaçant et la température, très fraîche. Maintenant, le but principal était de se procurer des vêtements propres sans risquer de voir débarquer Karla au Stingaree Courts. L'odeur de poisson crevé dégagé par le matelas serait plus qu'elle ne pourrait supporter.

Finalement, Duane appela le bureau à 9 heures, dans l'espoir de mettre la main sur Bobby Lee pendant son café du matin, avant qu'il se mette en route. La voix au bout du fil n'était pas celle qu'il avait espérée et il lui fallut quelques secondes avant de reconnaître sa belle-fille, Annette.

– Allô, dit-elle trois fois avant que Duane ne réagisse.

– Euh... bonjour, dit-il. Tu m'as surpris. Qu'est-ce que tu fais dans le bureau à une heure pareille ?

– Je travaille, dit Annette. Maintenant, c'est moi qui fais tourner la boîte, comme qui dirait.

– Eh bien, ça, c'est une nouvelle ! Qu'est-il arrivé à Earlene et Ruth ?

– Dickie les a renvoyées la semaine dernière et il m'a catapultée à leur place, expliqua Annette.

Duane en fut éberlué. Il avait été si préoccupé par ses propres problèmes qu'il avait oublié qu'il avait confié à son fils l'entreprise pétrolière – une décision dont la première conséquence était le renouvellement complet du personnel.

– Il les a virées toutes les deux ? fit-il, perplexe.

– Ouaip, dit Annette. Earlene tenait tellement mal les fichiers que ça m'a pris quatre jours pour les refaire comme ils doivent être.

– C'est vrai que l'archivage n'a jamais été son fort, admit Duane.

– Earlene n'avait pas de fort, dit Annette. Maintenant, elle envisage de poursuivre Bobby Lee en justice.

– Pourquoi donc ?

– Parce qu'il s'est tiré une balle dans l'orteil et que ça a été la cause de sa chute dans la fontaine à eau et de sa cicatrice.

Au grand étonnement de Duane, Annette ne témoignait, elle, aucune surprise de l'entendre au bout du fil. Il croyait avoir manqué à l'ensemble de sa famille et que sa disparition les aurait tous rendus fous d'inquiétude, mais à l'évidence, ce n'était pas le cas.

– Comment vont les uns et les autres ? demanda-t-il. Je n'ai pas de nouvelles récentes.

– Je sais. On pensait tous que vous étiez parti en Égypte voir les pyramides, dit Annette. Les enfants s'attendent tous à ce que vous leur rapportiez des souvenirs gigantesques.

– Je ne peux pas encore aller en Égypte, mon passeport n'est plus valable, dit Duane. Je croyais que Karla le savait.

– Peut-être qu'elle a oublié. Elle est à Santa Fe avec Babe, dit Annette. Elles s'ennuyaient, alors elles se sont offert un petit trip shopping.

Duane se sentit un peu abandonné. Il avait cru que tout le monde se faisait du mouron pour lui, mais chacun avait continué de mener sa petite vie bien tranquille, sans se préoccuper de son absence.

Annette semblait même impatiente qu'il en vienne au but.

– J'ai besoin de parler à Bobby Lee immédiatement, dit-il.

– Il n'est pas là, mais il a son portable, dit Annette. Dickie nous a tous équipés de portables. Vous voulez son numéro ?

– Attendez une seconde, le temps que je trouve un stylo.

Apparemment, Dickie avait sauté sans difficulté dans le fauteuil de patron.

– D'abord, il vire le personnel du bureau, ensuite, il donne un portable à tout le personnel itinérant.

– Oui, et le meilleur, c'est qu'il est sobre comme un chameau, lui avoua Annette. Je n'arrive même pas à le convaincre de boire une bière avec moi le soir.

– Ce sont de bonnes nouvelles, dit-il.

– Mais vous êtes où ? demanda Annette.

– Oh, à Wichita Falls pour m'occuper de certaines choses. Il faut juste que je demande à Bobby Lee de me rendre un petit service.

– Appelez-le. Il est sur le site numéro deux. Ou alors, laissez-moi votre numéro et je lui dirai de vous appeler.

– Non, ça va aller, je vais le contacter, dit Duane. Je crois que Dickie a fait un bon choix en te recrutant pour faire tourner le bureau.

– Ben... merci, fit Annette.

Puis elle raccrocha.

10

Bobby Lee décrocha dès la première sonnerie, de sa voix de lendemain de cuite. C'était une voix que Duane avait déjà entendue des centaines de fois. Généralement, il reconnaissait même si son ivresse était due au whisky ou à la bière – ou à une femme – juste à son ton. Bien sûr, depuis son opération, il n'était plus question de cuite pour excès de sexe, ce qui réduisait le champ des possibles au whisky et à la bière.

– On dirait que tu as eu une soirée Jack Daniel's hier, dit Duane, lançant une hypothèse au hasard.

– Je t'emmerde. D'abord, t'es où ? demanda Bobby Lee.

– Je ne suis pas loin. Pourquoi as-tu l'air si malheureux ?

– J'ai l'air malheureux parce que je *suis* malheureux et, ça, c'est parce que tu as abdiqué de tes responsabilités solennelles, et maintenant, ton fils nous fait travailler comme des bourrins.

– Où est-ce que tu as appris un grand mot comme abdiquer ? demanda Duane.

– Je l'ai entendu dans une émission de télé sur le roi d'Angleterre, celui qui a tout abandonné par amour. Ce n'est pas parce que je travaille sur les puits de pétrole que tu as le droit de critiquer mon vocabulaire. Je connais des tas d'autres grands mots que j'utilise jamais parce qu'il n'y a personne dans ma vie qu'est assez intelligent pour les employer aussi.

– Est-ce que tu pourrais me rendre un service ce matin ? demanda Duane. J'aurais besoin que tu files à Thalia et que tu me rapportes des vêtements propres.

Il y eut un silence de mort à l'autre bout de l'écouteur. Le silence s'éternisa.

– Tu es toujours là ? finit par demander Duane.

– Je suis là. Qu'est-ce que ça peut bien me faire, que tes fringues soient sales ? demanda Bobby Lee. Quand est-ce que, toi, tu m'as apporté des vêtements propres ?

– Ce n'est pas un grand service que je te demande, dit Duane, ignorant sa question. Karla est à Santa Fe, elle n'en saura jamais rien.

– Non, mais Dickie le saura ; il pourrait me virer pour abandon de poste, dit Bobby Lee.

– Il ne te virera pas, je lui parlerai, dit Duane.

– Et où est-ce que je suis censé livrer tes fichus habits ? demanda Bobby Lee.

– Au Stingaree Courts, sur le Seymour Highway, chambre 141, dit Duane. J'ai besoin des vêtements d'ici une heure, si ça ne te fait rien de te dépêcher un peu.

Un autre silence.

– Qu'est-ce que c'est que ça, le Stingaree Courts ? demanda Bobby Lee.

– Juste un motel, dit Duane. Je voudrais seulement des chemises, des jeans, des chaussettes et des sous-vêtements.

– Je suis né esclave et, apparemment, je mourrai esclave, commenta Bobby Lee.

Deux heures plus tard, au moment où Duane, sérieusement agacé, allait appeler son fils, Bobby Lee frappa à la porte. Il portait ses lunettes de soleil enveloppantes et, à travers les verres fumés, il adressa à Duane un regard dégoûté.

– Il y a un petit dealer dégueulasse dans ce motel, dit-il. Ce connard a essayé de me vendre du speed.

Duane, toujours enroulé dans son drap, sortit pour aller chercher ses habits dans le pick-up de Bobby Lee. Lorsqu'il retourna dans sa chambre, il découvrit Bobby Lee étendu de tout son long sur le lit à eau.

– Ce matelas pue comme du poisson-chat, dit-il. Pourquoi tu tiens à rester dans un endroit comme ça ?

– Je reste ici seulement parce que c'est pratique pour aller chez mon médecin, dit Duane. Je ne peux pas faire tous les jours le trajet aller-retour à pied depuis ma cabane. Ça fait cinquante-six kilomètres.

– Bonne raison, dit Bobby Lee. À mon avis, je ne marcherai même pas cette distance entre aujourd'hui et l'an 2000.

Il descendit du lit, se mit à genoux et renifla le matelas.

– Poisson-chat, dit-il. Je me demande comment il est entré là-dedans.

– Merci de m'avoir apporté mes habits, dit Duane. Je commençais à être vraiment crasseux. Est-ce que quelqu'un t'a vu les prendre ?

– Seulement Rag, dit Bobby. Julie était partie travailler à la banque et Nellie est à Arlington ; elle passe un entretien pour un emploi sur la chaîne météo. Toi, tu deviens tous les jours plus cinglé alors que tes enfants s'en sortent enfin. J'imagine que tu as dû les inhiber pendant des années avec ton bon comportement, ou un truc comme ça.

Cette remarque irrita Duane. Il payait un psychiatre diplômé cent quatre-vingt-dix dollars de l'heure pour voir clair en lui et, maintenant, Bobby Lee, qui n'avait jamais mis le pied dans une salle de cours universitaire, prenait la liberté d'ouvrir sa grande gueule sur ce qui avait cloché chez ses enfants toutes les années durant. Ce qui était encore plus énervant, c'était que son raisonnement se tenait.

– Tu as vu Karla récemment ? demanda-t-il.

– J'l'ai vue. Elle voulait que je joue les espions et que j'épie tout ce que tu fais, mais elle ne voulait pas me payer de bonus, alors j'ai dit non. Elle a dit qu'elle allait à Santa Fe chercher un petit ami friqué.

– C'était peut-être du bluff, rétorqua Duane. J'ai encore une course que je voudrais que tu fasses pour moi pendant que je m'habille. Cela fait un moment que je veux lire ce bouquin de Thoreau, mais la librairie est un peu en dehors de mes trajets habituels. Si tu voulais bien y aller et me l'acheter, je t'en serais très reconnaissant.

– C'est qui l'auteur ?

– Thoreau, dit Duane.

– C'est son nom, ça ? demanda Bobby Lee. J'ai jamais entendu parler de cet homme-là – enfin, si c'est un homme.

– Dis juste au vendeur « Thoreau », dit Duane. Il saura de quoi tu parles.

– Ils savent pas quand tu cherches des livres sur les voitures, dit Bobby. Un jour, je suis allé chercher un livre sur une Porsche et aucun de ces abrutis de connards ne savait même ce qu'était une Porsche.

– Pourquoi tu voulais un bouquin sur une Porsche ? demanda Duane.

Bobby Lee haussa les épaules.

– Et pourquoi tu veux un livre écrit par un vieux croûton appelé Thoreau? Est-ce qu'il a écrit beaucoup de livres ou juste un? Pas question que j'aille jusque là-bas pour revenir avec le mauvais bouquin.

– Demande-leur celui sur Walden Pond, dit Duane. Essaie de trouver un format de poche, au cas où j'aurais envie de m'arrêter et lire quelques pages lors d'une pause quand je marche.

– En tout cas, t'es devenu difficile à satisfaire, remarqua Bobby Lee.

Il fit cependant ce qui lui avait été demandé. Quinze minutes plus tard, il était de retour avec un exemplaire de poche de Walden qui tenait dans celle de Duane.

– Ce dealer de drogue est toujours là, dit Bobby Lee. Maintenant, il offre des cristaux de meth.

– Laisse tomber, dit Duane. Ce truc va te griller le cerveau en moins de trois jours.

– Ouais, mais ça pourrait me faire oublier ce que j'ai perdu, soupira Bobby Lee.

– Je vais te dire un truc, fit Duane. Pour te remercier de ce que tu as fait, je vais t'offrir un rendez-vous avec ma psychiatre. Elle a peut-être quelque chose d'utile à dire sur la perte que tu as subie.

– Elle fait payer combien?

– Cent quatre-vingt-dix dollars, dit Duane.

– Tu veux dire cent quatre-vingt-dix dollars *de l'heure*? demanda Bobby Lee.

Duane hocha la tête.

– Non, merci, dit Bobby Lee. Si je commence, je risque d'aimer ça et, ensuite, j'aurai pas les moyens de continuer.

– Tout le monde perd des choses en avançant dans la vie, fit Duane.

– Facile à dire pour toi ! Tout ce que t'as perdu, c'est la boule.

– Bref, je maintiens mon offre, dit Duane.

– T'es aussi malfaisant qu'un baptiste, dit Bobby Lee. Ça fait même pas une semaine que tu vois cette psy et tu essaies déjà de faire des convertis. Salut !

– Merci pour le coup de main, dit Duane.

Il resta sur le seuil et regarda Bobby Lee s'éloigner. La neige fondue avait cessé de tomber, mais le ciel était encore menaçant.

11

Enfiler des habits propres remit Duane de bonne humeur. Après le départ de Bobby Lee, il prit une autre douche, s'habilla et partit pour la ville, le livre de Thoreau dans sa poche de jean. Porter des vêtements corrects lui donnait un regain d'énergie. Il marchait avec autant de facilité et de tonicité que ses premiers jours de randonneur.

Il était également affamé. Lorsqu'il entra dans le restaurant de pancakes, il ne se contenta pas de chipoter avec sa nourriture. Il mangea, sirota son café et se mit à lire. Dès le début de son livre, M. Thoreau racontait comment il avait vécu seul dans sa cabane grâce au travail de ses mains pendant vingt-six mois, ce qui convainquit Duane sur-le-champ qu'il tenait le bon livre. Il apprécia la partie consacrée aux gens qui avaient le malheur d'hériter de fermes, de bétail, de maisons et autres, de responsabilités qu'ils ne recherchaient pas et dont ils ne voulaient pas. Bien que Duane n'ait pas reçu d'héritage, il connaissait parfaitement la sensation d'être accablé par des biens qu'il ne désirait pas ou dont il n'avait pas besoin ; la simple vue de l'amoncellement d'objets divers devant son propre garage avait contribué à sa décision de garer le pick-up et de se mettre à marcher. Lorsqu'il aborda les pages consacrées aux milliers de gens qui végétaient dans des vies de désespoir silencieux, il referma le livre et quitta le restaurant. Les quelques pages qu'il avait lues exprimaient exactement ce qu'il ressentait ou soupçonnait dans sa propre vie : une grande partie de son travail avait été dénuée de sens, la plupart de ses efforts avaient été vains et la majorité de ce qu'il possédait était inutile. Il avait l'impression d'être précisément l'homme que Thoreau décrivait, aliéné par son travail. La vacuité de ses efforts n'avait servi à rien. Qu'est-ce que ça lui avait rapporté de construire et de posséder des puits de forage ? Il n'avait pas fait d'études, il n'avait pas voyagé. Il avait 60 ans passés, pour quel résultat ?

En entrant dans le cabinet du médecin, il avait le livre avec lui ; pour s'asseoir confortablement, il dut le sortir de sa poche et le Dr Carmichael le remarqua.

– Eh bien, la lecture de cet homme si morose ne risque pas de vous réconforter.

– Je viens juste de commencer, dit Duane, un peu nerveux.

Que dirait-il si elle lui posait une question sur le livre ?

– Je vois que vous avez des vêtements propres, dit-elle. Vous n'êtes pas rentré à pied jusque chez vous pour les chercher, quand même ?

– On me les a apportés, dit Duane. Quand je pars d'ici, je suis fatigué, très fatigué. J'arrive à peine à soulever mes pieds.

– C'est courant chez les gens qui commencent tout juste une thérapie, dit-elle. Tout à coup, ils sentent le poids de leur histoire d'une manière différente. Cela ne m'étonne pas que vous soyez fatigué. Je crois que vous en attendez trop et trop tôt. Il faut que vous compreniez que cette démarche que nous avons commencée est lente. Elle va prendre des années et il n'y a aucune garantie que vous en sortiez beaucoup plus heureux à la fin. C'est possible, mais pas certain.

– Le simple fait d'avoir quelqu'un d'intelligent qui m'écoute me rend déjà plus heureux, dit Duane.

– C'est une bonne chose – au moins, vous avez trouvé un médecin, lui dit-elle. Il se peut qu'il vous faille attendre trois ou quatre ans pour comprendre complètement ce qui a motivé votre recherche.

Duane ressentit un véritable choc à l'énoncé de cette perspective.

– Je dois être terriblement malade pour qu'il faille trois ou quatre ans pour me soigner, fit-il remarquer.

Le Dr Carmichael lui lança un regard sévère.

– Monsieur Moore, vous ne souffrez pas d'une maladie, dit-elle. Je crois que je peux vous amener à mieux comprendre votre vie et la manière dont vous la ressentez, mais je refuse que vous me payiez des milliers de dollars dans l'espoir que je vous guérisse d'une quelconque maladie. La seule chose dont on pourrait vous guérir, c'est de la vie, dit-elle. Ce qui ne veut pas dire que vous n'avez rien à apprendre.

Duane ne savait que répondre, ni comment prendre les remarques du docteur. Il resta sans mot dire et elle aussi. Le silence s'éternisa pendant presque une minute.

– Bon. Est-ce que vous voulez que je continue à venir, ou est-ce que je vous fais perdre votre temps ?

– Vous ne me faites pas perdre mon temps, dit-elle. La thérapie n'est pas un traitement miracle, mais ce n'est pas non plus une perte de temps, si vous pensez que comprendre ses choix a une certaine valeur. Il s'agit d'une exploration, en quelque sorte. Et ce que nous explorons, c'est vous.

– OK, répondit Duane.

Il se sentit soulagé ; l'espace de quelques minutes, il avait craint que le docteur le mette tout simplement à la porte.

– Demain, c'est le jour où nous ne nous voyons pas, dit-elle. Lorsque vous viendrez jeudi, je voudrais que vous vous allongiez sur le divan. Nous essaierons quelques séances. Vous êtes un peu trop tendu, pour l'instant.

– OK, dit Duane, même s'il n'était pas sûr de comprendre ce qu'elle voulait dire.

– Je voudrais aussi vous prescrire un antidépresseur, dit-elle.

Duane se hérissa un peu.

– Mais je croyais que vous disiez que je n'étais pas malade.

– Mais je n'ai pas dit que vous n'étiez pas morose. Le but de l'antidépresseur est d'éviter que vous vous enfonciez plus profondément dans la morosité.

Duane ne dit rien. Il ne voulait pas d'antidépresseur, mais il ne voulait pas refuser carrément non plus.

– Remettons ce point à la séance de jeudi, dit le Dr Carmichael. J'ai une dernière suggestion, qui est simplement d'ordre pratique.

– Laquelle ?

– Une bicyclette, dit-elle. Vous semblez être philosophiquement opposé au transport motorisé – je ne sais pas bien pourquoi. Peut-être que nous découvrirons la raison d'ici un an ou deux, ou peut-être que nous ne la découvrirons pas. Mais un vélo vous rendrait beaucoup plus mobile. Vingt-huit kilomètres, ce n'est rien pour un cycliste. Cela vous permettrait de mieux maîtriser votre emploi du temps.

– Certainement, dit Duane.

Il aima cette idée instantanément. Il ne savait pas pourquoi il n'y avait pas pensé tout seul. Sur un vélo, il pouvait probablement se balader tranquillement à une vitesse de quinze ou vingt kilomètres à l'heure. Mais il se déplacerait toujours à son propre rythme et il ne serait pas assis dans un pick-up. S'il voulait s'arrêter et nettoyer le lit d'une rivière de ses détritus, il pouvait le faire.

Puis il se souvint de Shorty, qu'il était censé amener à son rendez-vous, mais il ne l'avait pas fait. Shorty ne s'appelait pas Shorty sans raison. Ses petites pattes courtes ne lui permettaient pas de se déplacer à quinze kilomètres à l'heure.

– Vous pourriez probablement trouver un panier pour le cabot que vous ne voulez pas que je voie, dit le docteur avec un sourire. Beaucoup de vélos ont un siège bébé ; il est un peu comme votre bébé.

– Non, il est un peu comme mon boulet, dit Duane. Mais je pense que je vais me trouver un vélo. Si Shorty ne veut pas m'accompagner, il n'aura qu'à rester à la maison et garder la propriété.

– Vous avez mentionné l'autre jour que vous étiez allergique à l'ambroisie, dit le docteur. Que faites-vous lorsque vient une crise ?

– J'ai un médicament qui marche assez bien.

– Alors pensez que votre dépression ressemble à une allergie. Un antidépresseur pourrait marcher *assez bien* aussi.

Duane ne répondit pas. Il ne voulait pas paraître têtu, et pourtant, c'était bien ce qu'il éprouvait. Le docteur avait dit très exactement qu'elle ne pensait pas qu'il était malade ; elle avait ajouté qu'il ne pouvait pas vraiment s'attendre à une guérison. Et pourtant, maintenant, elle se proposait de lui faire une ordonnance, comme le ferait n'importe quel autre médecin. Ça ne cadrait pas bien dans son raisonnement. Cette séance le rendit confus. S'il n'était pas vraiment malade, pourquoi lui faudrait-il trois ou quatre ans pour comprendre ses problèmes ? C'était très déstabilisant.

Par ailleurs, il ne pouvait s'empêcher d'associer les antidépresseurs à Lester Marlow et Sonny Crawford, qui tous les deux avaient pris toutes les pilules possibles pour la tête et ne s'en étaient pas trouvés moins fous ou moins déprimés.

– Les gens qui n'ont jamais été heureux dans leur vie se sentent parfois heureux une fois qu'ils prennent le bon antidépresseur, dit le docteur. Je voudrais que vous y réfléchissiez d'ici jeudi, d'accord ?

– D'accord, promit Duane.

Ils bavardèrent encore quelques minutes, mais n'abordèrent pas la question de ses parents ou de son passé lointain. Le docteur lui posa des questions sur ses enfants et il les décrivit brièvement. En quittant cette fois le cabinet, il se sentait plein d'énergie, la léthargie avait disparu. Il alla à pied directement jusqu'à Tenth Street, où il savait qu'il trouverait un bon magasin de cycles ; en une heure, il avait dépensé cinq mille dollars.

Un vélo haut de gamme, avec tous les accessoires, casque, chaussures, lunettes, éclairages, gourdes, sacoches et un siège pour chien. Il acheta un short, des gants, un coupe-vent et tout un assortiment de petits paquets de casse-croûte énergétiques. Il ajouta une trousse à outils pour pouvoir réparer son vélo et une excellente pompe pour gonfler les pneus. Il s'offrit un podomètre et même un petit appareil pour mesurer son pouls et son rythme cardiaque pendant qu'il pédalait. Le jeune couple qui tenait le magasin paraissait bien morose lorsque Duane était entré, mais lorsqu'ils firent le total de ses achats, ils avaient retrouvé le sourire.

– Ai-je oublié quelque chose ? demanda Duane au moment de partir.

Il avait enfilé ses vêtements de cycliste et fourrait ses habits de ville dans une des sacoches si pratiques, sur le côté.

– Je ne crois pas, dit la jeune femme en prenant le chèque qu'il lui tendait. Mais si vous découvrez qu'il vous manque quelque chose, n'hésitez pas à revenir. Nous sommes là.

12

Duane n'avait jamais eu de bicyclette lorsqu'il était enfant. Il était trop jeune du vivant de son père et, après son décès, sa mère était trop pauvre pour lui en payer un. Il en avait eu terriblement envie, mais lorsqu'il fut financièrement indépendant, au lieu de s'offrir un vélo neuf, il s'acheta un vieux pick-up. Même si Wichita Falls organisait une grande course cycliste chaque année au mois d'août – la Hotter'N Hell Hundred –, il se rendit compte que le pick-up était bien plus à l'honneur que le vélo lorsque, à moins de trois rues du magasin de cycles, il faillit être jeté dans le fossé par un pick-up tractant une remorque à chevaux. Le cow-boy qui se trouvait au volant ne remarqua même pas que son attelage avait forcé Duane à monter sur le trottoir pour l'éviter.

Le vélo était prêt à rouler, mais Duane ne l'était pas. Il manqua tomber au premier feu rouge – il n'était pas arrivé à sortir assez rapidement ses pieds des cales. Honteux, il alla sur le parking d'un lycée pour s'exercer à s'arrêter et à redémarrer jusqu'à ce qu'il ait l'impression de comprendre l'usage des vitesses et des freins.

Un peu plus confiant, il retourna sur la grande route et, en quelques minutes seulement, il se retrouva chez lui.

Tommy, le jeune dealer, et Gay-lee, la jeune prostituée, étaient en train de bavarder lorsque Duane arriva. Ils furent si surpris de le voir sur un vélo qu'ils faillirent s'en aller en courant.

– Oh, mon Dieu, vous m'avez donné des palpitations, dit Gay-lee lorsque Duane enleva son casque et qu'elle le reconnut. On s'est dit que les flics avaient décidé de nous tomber dessus à vélo.

Sans son maquillage, Gay-lee paraissait avoir l'âge de sa fille Julie, même si elle était beaucoup plus marquée.

– Je me suis lassé de la lenteur, dit Duane.

– Vous en aurez, de la lenteur, si un de ces camions vous renverse, dit-elle. Les gens à vélo ne sont pas très respectés ici, sur le Seymour Highway. Et ça, c'est un pas un vélo premier prix, ajouta-t-elle, en examinant en détail tout son équipement. Si vous pouvez vous payer un vélo comme celui-là, pourquoi vous restez dans un trou à rats comme le Courts ?

– Parce qu'il est bien situé par rapport aux endroits où je vais, dit-il. Et vous, pourquoi vous restez ici ?

Gay-lee sourit, un peu lasse.

– Parce que c'est le premier motel où on s'arrête quand on vient de l'ouest, dit-elle. Certains ouvriers n'ont pas beaucoup de temps. S'ils ont envie de chatte, ils vont s'arrêter au premier endroit où ils peuvent en trouver. Voyez ce que je veux dire ?

Puis elle rejoignit Tommy pour poursuivre sa conversation et Duane rentra dans sa chambre. Son nouveau vélo flambant neuf accentuait la vision du délabrement général du Stingaree Courts. Soudain, l'endroit le déprima terriblement et il eut envie de repartir immédiatement pour sa cabane, mais il se dit qu'il devait probablement garder la chambre jusqu'au week-end, au cas où une autre vague de fatigue paralysante le submergerait après sa visite chez le médecin jeudi.

Lorsque Duane s'apprêta à enfourcher son vélo, il fut confronté au problème de Shorty qui refusait absolument de rester dans le siège pour chien. Il n'avait de cesse de se tortiller et de sauter. Gay-lee et Sis, qui regardaient le spectacle depuis le parking, se mirent à rire à la vue de Duane bataillant pour que le chien reste sur le vélo.

– Votre petit chien, il veut pas partir, fit observer Sis.

– Non, mais il faut qu'il s'habitue à ce siège, dit Duane. Il y a vingt-huit kilomètres jusqu'à l'endroit où nous habitons. Et vu la longueur de ses pattes, je ne crois pas qu'il puisse les faire à la même vitesse que moi.

– Eh ben, laissez-le-nous, proposa Gay-lee. Mes petites filles viennent cet après-midi. Elles seront contentes de jouer avec un petit chien.

– Je ne reviens pas avant jeudi. Je ne voudrais pas qu'il soit une contrainte.

– Ce petit chien ne sera pas une contrainte, intervint Sis. Je le collerai dans votre chambre pour la nuit.

Duane hésita. Il se sentait toujours plein d'énergie et il voulait partir pour sa cabane, mais il y avait le problème posé par Shorty.

– Mettez-le dans ma chambre jusqu'à ce que je sois hors de vue, dit-il. Sinon, il va me suivre et se perdre.

– Ou se faire voler, dit Gay-lee.

Elle jeta un coup d'œil sur le parking envahi de mauvaises herbes.

– Les gens, ils volent tout ce qui passe à leur portée sur le Seymour Highway.

– On va s'occuper de lui, dit Sis à nouveau.

– Bon, ben, vous voilà avec un chien pendant un jour ou deux, dit Duane. Surveillez-le bien quand il est avec vos filles. Parfois il donne un petit coup de dents aux enfants. Il croit qu'il est censé les rassembler comme un troupeau.

Gay-lee sourit.

– Mes filles, ce sont des dures, dit-elle. S'il ne fait pas attention, ce sont elles qui vont le mordre.

Sis emmena le chien dans la suite lune de miel et Duane s'éloigna sur son vélo.

13

Quand Duane arriva à sa cabane, après avoir marché une heure et demie seulement, il découvrit un mot laissé par Karla sur sa porte.

Cher Duane,
De retour de Santa Fe. Pas de petit ami riche. Venue voir si tu allais bien. Bobby Lee dit que tu vis dans un endroit vraiment crasseux. Pourquoi ton psy ne fait rien pour changer ça ?
Karla

Duane entra et relut le mot. La cabane auparavant si paisible et rassurante lui semblait maintenant sinistre et vide. Il n'y trouva pas la paix espérée. S'il avait eu besoin de couper du bois, il aurait pu au moins chasser la vague de mélancolie qui le submergeait, mais il en avait suffisamment pour tenir tout l'hiver. S'il avait eu des outils pour sculpter et du bois à travailler, il aurait pu la canaliser aussi, mais il n'avait rien à sa disposition. Il avait pris plaisir à sillonner les routes de campagne sur son nouveau vélo, à une vitesse trente fois supérieure à celle de la marche. Mais, arrivé sur place, il se sentait seul. La cabane ne lui paraissait plus vraiment être son lieu de prédilection; le Stingaree Courts, malgré sa décrépitude, lui semblait plus familier et vivant. Il n'y avait pas le moindre signe de vie sur la colline, pas même un faucon tournoyant dans le ciel.

Soudain, alors qu'il portait encore sa nouvelle tenue de cycliste, Duane commença à se sentir défaillir. Ce fut si soudain et violent qu'au début il pensa qu'il était victime d'une crise cardiaque, ou d'une attaque cérébrale, vu la rapidité de son affaiblissement et la progression de son anxiété. Il avait l'impression que ce qui lui restait de conscience était en train de se diluer dans les limbes. Il se sentit devenir une simple enveloppe vidée de lui-même, dont le contour disparaissait peu à peu, effacé par les rafales de vent. Il avait le sentiment, en quelque sorte, d'avoir survécu à sa propre mort, et de n'être plus qu'une conscience habitant son propre fantôme. Instinctivement, il ferma la porte de sa cabane. Il s'assit sur le lit et se cramponna à une chaise. L'espace d'un instant, il avait eu peur d'être aspiré à l'extérieur, comme une vapeur ou une odeur, de s'envoler et d'être dispersé dans l'air glacial.

Duane se retint à la chaise, sans savoir s'il était en train de mourir ou seulement de perdre la tête. L'exaltation qu'il avait ressentie sur son nouveau vélo s'était transformée en terreur. Il n'avait pas de téléphone, il ne pouvait pas appeler, il avait peur de sortir de la maison et même de lâcher la chaise. Sans aucun signe avant-coureur, une crise d'angoisse épouvantable le frappait, une crise intérieure. Il ressentait un vide monumental, une immense tristesse; il était désespéré et, pourtant, il était dans sa propre cabane, sa famille à seulement quelques kilomètres de là.

Il ne savait que faire pour se sentir mieux; il éprouva soudain le désir d'être dans l'eau. Il se déshabilla, remplit sa baignoire d'eau chaude et s'y allongea. Mettant ses mains en coupe, il aspergea son visage plusieurs fois d'eau chaude. La baignoire était trop petite, il fallait qu'il remonte ses genoux pour s'immerger le plus possible. Il continua à mouiller son visage. La chaleur lui était aussi agréable que la sensation liquide. Il resta dans le bain, en maintenant la température aussi haute que possible, jusqu'à ce qu'il ne coule plus que de l'eau froide. Le petit cumulus était vide. Duane sortit d'un bond, s'enroula dans des serviettes et se glissa dans son lit. Il y resta pendant que le chauffe-eau refaisait du chaud, puis il retourna dans la baignoire et recommença. Il continua ainsi, attendant que l'eau chauffe pour replonger dans sa baignoire. Cinq fois de suite. Les bains semblaient lui permettre de survivre en liquéfiant son sang.

À une heure avancée de la nuit, pendant que Duane, enroulé dans des serviettes dans son lit, attendait que le chauffe-eau termine son cycle, il vit un éclair de lumière balayer sa fenêtre. Une voiture avançait sur son chemin. En une seconde, il se retrouva debout, convaincu que la lumière était celle de la BMW de Karla. Elle venait le voir. Il commença à enfiler ses vêtements, pour lever le camp avant qu'elle n'arrive. Les habits de cycliste ne lui étaient pas familiers et il n'arrivait pas à les mettre aussi rapidement que ses vêtements habituels ; ces derniers se trouvant dans une des sacoches du vélo. Il se sentait pressé par l'urgence car il ne fallait pas que Karla le voie. Si elle le surprenait dans un tel état de désarroi, elle saurait qu'il était fou. Elle voudrait le conduire immédiatement à l'hôpital. Il devait se hâter de fuir. La voiture approchait par le nord – Karla était probablement allée au Stingaree Courts et elle y avait appris qu'il était parti pour la journée. La voiture n'était qu'à quatre cents mètres de l'entrée du chemin menant à sa cabane. Il fallait déguerpir en vitesse ; il ne prit pas le temps de lacer ses chaussures de cycliste, il sortit en courant et attrapa sa bicyclette, puis rentra en trombe dans la cabane pour éteindre la lumière. Voyant la lumière s'éteindre, Karla conclurait peut-être qu'il allait s'endormir et elle le laisserait tranquille pour ce soir. Il était sur le point de s'enfoncer dans les taillis vers le sud, où il serait facile de se cacher, lorsque les phares de la voiture dépassèrent l'entrée de son chemin et continuèrent leur route. Duane ressentit un immense soulagement et perçut en même temps l'absurdité de son comportement. Que faisait-il, à courir dans les taillis en pleine nuit en portant une bicyclette, juste pour éviter sa femme ? Il en fut tout confus. Qu'est-ce qui lui avait pris, de passer une grande partie de la journée à prendre des bains et, ensuite, de s'enfuir dans la nuit parce qu'il craignait que sa femme vienne le voir ?

Il avait parcouru une bonne distance lorsqu'il constata que la voiture n'était pas celle de Karla ; il revint à pas lourds, portant toujours son vélo. Il craignait qu'un petit cactus ne provoque une crevaison s'il le faisait rouler. Tout à coup, il vit une nouvelle lumière balayer le flanc de la colline. Une autre voiture approchait, du sud, cette fois.

– C'est forcément Karla, dit-il à haute voix, mais il ne tourna pas les talons et ne partit pas en courant.

Si c'était Karla, eh bien, qu'elle vienne.

Et c'était bien elle. Elle était arrivée à la cabane, était entrée et avait allumé la lumière avant que Duane ne la rejoigne.

À force de bains, il avait utilisé toutes les serviettes disponibles. Après avoir appuyé son vélo contre le mur, il entra et trouva Karla debout à côté de la table, elle contemplait le tas de serviettes humides.

– Salut, dit-il. J'essayais mon nouveau vélo.

Karla fut peut-être étonnée de le voir ainsi accoutré, mais elle
ne le montra pas ; son regard le déshabilla de haut en bas.

– Je ne pige pas bien, les serviettes, dit-elle. T'étais si crado
que ça ?

– Non, seulement barjot, répondit Duane.

14

J e vais faire du café, dit Duane. Est-ce que tu en veux ?
Karla haussa les épaules et s'assit à la table.

– Je voudrais bien savoir, qu'est-ce qui va pas chez
toi ? commença-t-elle. Je suis allée à ce motel crasseux où tu as
une chambre. Je sais qu'il n'y a pas de Four Seasons à Wichita
Falls, mais tu pourrais trouver beaucoup mieux que cet endroit.
Ça faisait pas cinq minutes que j'étais là et j'avais déjà vu une
pute et un dealer.

– Je sais, dit Duane. Et je crois qu'il y a un poisson dans mon
matelas à eau.

– Alors, pourquoi tu y restes ? demanda Karla.

– Lorsque je suis allé à mon rendez-vous à pied, c'est le premier motel que j'ai trouvé sur ma route, expliqua-t-il. Ensuite,
une fois que j'avais commencé la thérapie, j'étais trop fatigué
pour bouger.

Karla alla sur le seuil et regarda autour d'elle. Il se dit qu'elle
était peut-être en train d'admirer sa nouvelle bicyclette ;
elle avait eu une phase cycliste elle aussi, mais elle revint très
vite sans formuler le moindre commentaire sur le vélo.

– Je commence à croire qu'il y a une petite amie, dit-elle.
Cette chambre a l'air d'un lieu où on a baisé toute la journée.

– Je n'ai pas baisé toute la journée, dit Duane. J'ai eu l'impression que je disparaissais ; la seule chose qui m'a aidé, ça a été de prendre beaucoup de bains.

Karla secoua la tête.

– Je n'aurais jamais pensé que mon propre mari perdrait la boule à ce point, dit-elle. Est-ce que la thérapeute est jolie ?

– Elle est jolie, admit Duane. Quel est le rapport ?

– Je voulais juste savoir, c'est tout, dit Karla. Pourquoi tu as acheté un vélo ?

– La thérapie me fatigue beaucoup, dit Duane. J'arrivais à peine à rentrer dans ce motel minable. J'étais même trop fatigué pour aller acheter des vêtements neufs. J'ai finalement dû appeler Bobby et lui demander de m'en apporter.

– Je sais, dit Karla. Ce petit connard ne voulait pas me dire où tu habitais. Il a presque fallu que je le tabasse pour qu'il me le dise.

– Il n'aurait jamais dû te le dire, dit Duane. Cela fait des années que je garde ses secrets.

– Pourquoi est-ce que la thérapie, ça te fatigue ? demanda Karla. Si ça te fait dormir, je devrais essayer. Je n'ai pas dormi une nuit entière depuis que tu as quitté la maison.

– Je ne comprends pas, dit Duane. Le Dr Carmichael dit que c'est comme si, tout à coup, le passé me tombait dessus. J'imagine que je dois avoir un passé assez lourd. Quand je ressors de ce cabinet, je peux à peine mettre un pied devant l'autre.

Karla se mit soudain à pleurer. Duane lui tapota l'épaule plusieurs fois, maladroitement, puis s'assit en face d'elle et but son café pendant qu'elle avait sa crise de larmes, semblables aux centaines auxquelles il avait assisté pendant leur vie commune.

– Je suis désolé si je t'ai contrariée, dit-il alors qu'elle s'essuyait les yeux avec une serviette. Si seulement je comprenais pourquoi je me sens ainsi, mais ce n'est pas le cas. C'est pour cela que je vais voir le docteur.

– Ta démission a mis dans l'embarras le conseil d'école, dit Karla. Et la chambre de commerce aussi. Tu rends toute la ville coupable. Ils pensent tous que c'est leur faute. Elmer Kunkel a eu la pire idée, jusqu'ici.

Elmer Kunkel était le président de la chambre de commerce.

– Ah, oui ?

– Elmer pense que la raison pour laquelle tu te déplaces à pied comme un détraqué, c'est que tu détestes ton pick-up et que tu n'as pas les moyens de le remplacer par un neuf.

– Il y a un peu de vrai là-dedans, mais ce n'est pas le problème d'Elmer, dit Duane.

– Lui, il pense que si, dit Karla. Il n'admet pas qu'un notable doive se promener à pied, alors il veut lever des fonds dans tout le comté et t'acheter un nouveau pick-up pour, ensuite, organiser une grande cérémonie et te l'offrir.

– Oh, mon Dieu, c'est terrible ! dit Duane. Il faut que je l'arrête. Je ne veux pas d'un nouveau pick-up, il va falloir qu'il rende l'argent s'il en a déjà ramassé.

– Il en a recueilli beaucoup, dit Karla. Pourquoi tu ne récupérerais pas le nouveau pick-up pour le donner à Dickie ? Il lui en faut un nouveau.

– Non, ce n'est pas vrai. Il n'a qu'à se servir du mien, dit Duane. J'ai mis les clés dans la vieille tasse ébréchée dans le placard.

– Oh, j'ai trouvé les clés et je l'ai laissé prendre ton pick-up, mais il a déjà cassé un essieu. Tu vois à quel point tu perds le fil quand tu ne viens pas pendant toute une semaine ?

– Il a cassé un essieu ? Je sais qu'il a toujours brutalisé les voitures, mais ce pick-up était presque neuf. Comment a-t-il réussi à casser un essieu ?

– Il était trop pressé, dit Karla. Il a essayé de descendre la pente du côté de la concession ouest.

– Cette colline-là ? dit Duane. Mais c'est délirant !

– Non, s'installer dans un motel avec un poisson dans un matelas d'eau, c'est délirant ! Ce que Dickie a fait était juste stupide.

– Apparemment, le fait d'être patron ne l'a pas rendu moins irresponsable, dit Duane.

La colline en question était jonchée de pierres. Il n'arrivait pas à comprendre que son fils ait voulu la descendre dans son pick-up.

– Effectivement, mais il ne se came plus, dit Karla. C'est un bon début.

– Je n'ai pas de séance demain, dit Duane. Il se peut que je vienne en vélo à la maison voir les petits-enfants, voir s'ils se souviennent de moi.

– Faut pas te forcer, surtout, dit Karla.

Puis elle alla jusqu'à la porte.

– Je sais que t'es là, dehors, sale petite pute ! cria-t-elle dans les ténèbres.

– Karla, il n'y a personne là, dehors, dit Duane pendant qu'elle montait dans sa voiture.

– Salut, Duane, dit Karla.

15

Cette nuit-là, Duane ne parvint pas à dormir. Il savait que Karla était en train de passer de l'inquiétude à la colère. Plutôt que de croire qu'il était dans un état mental fragile, elle pensait qu'il avait une liaison – peut-être avec sa psychiatre. Depuis un certain temps, elle se plaignait qu'ils ne se parlaient plus jamais, d'époux à épouse. Et maintenant, il parlait régulièrement à une autre femme, son médecin. Il connaissait assez Karla pour savoir qu'elle attacherait plus d'importance au fait que Honor était une femme plutôt qu'un médecin. Dans l'esprit de Karla, il accordait à une autre femme quelque chose qu'il était de plus en plus réticent à lui donner à elle : son attention. Ça allait forcément lui rester sur le cœur. Il ne savait pas exactement jusqu'où Karla était capable d'aller, mais elle agirait, c'était certain. Karla n'était pas une femme passive. Tôt ou tard, elle sortirait ses griffes. Cela l'inquiétait. Après avoir tourné et viré dans son lit pendant un moment, sans pouvoir dormir, il décida de l'appeler à la maison – puis il se souvint qu'il était dans sa cabane et qu'il n'avait pas le téléphone.

Lorsque l'aube approcha, il s'endormit deux courtes heures, assez pour que revienne son vieux rêve du lasso ou, tout au moins, des bribes. Le veau ne fit qu'une brève apparition.

Il sortit de l'arène et disparut. Duane traversa la piste en trombe, en faisant tournoyer sa corde. Mais, au lieu de la lancer, il la faisait tourbillonner. Puis il descendit de son cheval et continua à faire tourner son lasso. Soudain, des veaux remplirent la piste, il y en avait partout. Puis les veaux se transformèrent en lièvres et des centaines d'enfants se mirent à déferler des gradins pour courir derrière les lièvres. Certains d'entre eux tenaient de minuscules cordes. Puis les lièvres devinrent des sauterelles, et les sauterelles se transformèrent en un vol d'aigrettes, qui prirent leur envol et le grand nuage blanc s'évanouit dans le ciel.

Cette fois, lorsque Duane se réveilla, il n'éprouva pas ce sentiment confus de tristesse. C'était une belle journée fraîche – la lumière du soleil entrait dans la cabane par toutes les fenêtres. Il sortit et sa tête ne tournait plus. Il avait faim et Rag avec sa grande cuisine n'étaient qu'à dix kilomètres. Il enfila sa tenue de cycliste et descendit le chemin à grande vitesse, ne s'arrêtant qu'au pont où la batterie et le siège de voiture avaient été jetés. Désormais, la rivière coulait bien ; les seuls détritus étaient deux bouteilles de bière. Il ne voulait pas que la boue salisse ses chaussures, alors il décida de laisser les bouteilles jusqu'à ce qu'il revienne à pied.

– Mon Dieu, voilà Jean-Claude Van Damme, le vainqueur du Tour de France, qui arrive, dit Rag lorsque Duane apparut dans sa tenue de cycliste.

– Jean-Claude Van Damme est un acteur, fit remarquer Duane. Qu'est-ce qui vous fait penser qu'il a remporté le Tour de France ?

– C'est qu'il a ces belles cuisses musclées qu'ont les gagnants, dit Rag.

Baby Paul, qui faisait ses dents et était grognon, cessa immédiatement de geindre lorsque Duane le prit dans ses bras pour le sortir de sa chaise haute. Il se mit à marmonner et à cracher sa purée de carottes.

Little Bascom, qui était surexcité, grimpa le long de la jambe de Duane.

Il y eut un déferlement soudain de petits-enfants dans la pièce. Loni, Barbi et Sami arrivèrent du jardin en courant, hurlant tous « Pa-pa » ; leurs cris réveillèrent Willy et Bubbles qui entrèrent en trébuchant et en se frottant les yeux. Bientôt ils étaient tous rassemblés autour de leur grand-père, oubliant leur petit-déjeuner. Plusieurs d'entre eux avaient des choses importantes à dire et à dire tout de suite.

– J'ai jeté un sort à Willy et Bubbles et Loni et Sami pour qu'ils aient tous des F en classe, parce que je veux qu'ils soient recalés, dit Barbi.

– Tais-toi, espèce de vilaine sorcière, dit Bubbles.

– Ta gueule, sinon on va te casser la figure, ajouta Willy.

Il avait effectivement eu un F en maths, mais il avait réussi à cacher son bulletin et sa mauvaise note était restée secrète. Maintenant, sa cousine répandait son venin et, en plus, à son grand-père, celui qui, dans la famille, s'intéressait le plus aux résultats scolaires.

– Allons, ne cassons la figure de personne, dit Duane. J'espérais qu'on pourrait s'offrir un petit-déjeuner tranquille.

Rag fit le tour de la table, mettant une louche d'un mélange gris gluant et épais dans les bols des enfants.

– Qu'est-ce que c'est que ça ? On dirait qu'on peut couler une route avec ça, dit Duane.

Tous les enfants se mirent à glousser, y compris Baby Paul et Little Bascom, sans qu'aucun des deux ne sache pourquoi il riait. Les plus grands adoraient que leur grand-père s'oppose à Rag, qui n'était qu'un petit tyran qui leur causait bien des contrariétés.

– C'est du porridge écossais, autrement dit des fibres, qui donnent aux boyaux une activité régulière, dit Rag. Versez du sirop d'érable dessus et ce sera aussi bon que le nectar des dieux.

– Je n'ai jamais goûté de nectar, alors je ne suis pas au courant, répondit Duane. Si c'est pas bon, j'imagine qu'on pourra toujours s'en servir pour refaire l'allée du garage.

– Est-ce que c'est du *vrai* sirop d'érable ? demanda Barbi.

Elle était devenue très pointilleuse sur la pureté des produits.

– Évidemment que c'est du vrai sirop d'érable, dit Rag. C'est écrit sur la bouteille. Ça sort tout droit d'un érable.

– Montre-moi la bouteille, exigea Barbi. Je veux lire l'étiquette.

– Tais-toi, tu parles trop, Barbi, tu me donnes mal à la tête, dit Willy.

Il voulait rester avec son grand-père et savourer le plaisir qu'il éprouvait quand il était à ses côtés, mais il ne pouvait pas se concentrer sur ce bonheur, avec Barbi qui bavardait comme une pie.

Julie entra et serra son père dans ses bras. Elle venait de se laver le visage et les cheveux, ce qui la faisait ressembler à une adolescente de 15 ans, trop jeune pour être la mère de Willy et Bubbles, qu'elle était cependant. Julie avait toujours, pour Duane, l'odeur d'une adolescente. Il en éprouva un moment de nostalgie.

– J'ai entendu dire que tu travaillais dur à la banque, dit Duane. Je suis fier de toi.

Julie rayonna.

– Leon dit que je pourrai devenir conseiller à la banque si je continue comme ça et que j'obtiens mon diplôme.

– Alors fais-le, dit Duane. Qui est Leon ?

– Son directeur régional, dit Karla, arrivant du jardin. C'est le dernier pauvre type à en pincer pour Julie, voilà pourquoi il tient tellement à lui donner une promotion. Au fait, je me demande, si je quittais la maison pendant quelques semaines en laissant tomber toutes mes responsabilités, est-ce qu'à mon retour tout le monde m'adorerait ?

– Non, Grand-mère, parce que tu es trop grincheuse, dit Sami.

Le commentaire réduisit tout le monde au silence ; Sami parlait rarement.

Karla prit la remarque avec dignité.

– Sami m'a dans le nez depuis le jour où j'ai flanqué une fessée à son petit cul parce qu'il avait essayé de rouler sur le chat avec son tricycle, dit-elle. De toute façon, je sais que je ne pourrais jamais être aussi populaire que Grand-père Duane.

– Ces flocons d'avoine sont dégueulasses, dit Willy. Ça me colle les dents ensemble.

– Et si ça faisait un trottoir dans ta bouche ? dit Bubbles en gloussant.

– Et si ça te bouchait tellement que tu puisses jamais plus faire la grosse commission ? fit Barbi. Alors tu gonflerais et tu éclaterais.

– Que tout le monde la ferme sur mon porridge écossais, dit Rag. C'est un des produits les plus sains du monde. Tout le peuple écossais se nourrit de ça depuis des siècles.

Tous les enfants ignorèrent le commentaire, tout autant que le porridge écossais.

– Attention à la cloche ! avertit Rag. Il faut qu'on arrive avant la dernière sonnerie.

Ce fut la folle ruée habituelle : les enfants essayaient de retrouver leurs cartables, leurs devoirs, leurs crayons de cire et leurs paniers-déjeuner. Bubbles insista pour que sa mère lui relève les cheveux, malgré l'imminence de la sonnerie et le fait que tous l'attendaient déjà dans la voiture. Baby Paul commença à geindre, en mordant le plateau de sa chaise haute pour soulager la douleur provoquée par ses dents qui poussaient.

Duane jeta l'essentiel du porridge dans la poubelle avant de se préparer trois œufs au plat avec du bacon.

– Si tu manges autant d'œufs, tu devrais manger les blancs et laisser les jaunes, suggéra Karla.

– Mais les jaunes, c'est le meilleur, lui rappela-t-il. Par ailleurs, tu ne savais pas qu'il y a une théorie selon laquelle les blancs d'œufs rendent aveugle ?

Rag revint de l'école de très bonne humeur.

– On l'a eue, dit-elle.

– Si tu es fâché contre moi, pourquoi tu te donnes la peine de me prévenir de la dangerosité des jaunes d'œufs ? demanda Duane.

Karla alluma une cigarette.

– J'avais arrêté depuis presque un mois avant que tu nous fasses ce coup, lui rappela-t-elle.

– Ce n'est pas un coup, c'est un nouveau mode de vie, dit Duane. Je pense que Rag comprend ça, n'est-ce pas, Rag ?

Ils regardèrent tous les deux Rag. Il n'était jamais facile de savoir de quel côté elle se rangeait dans un conflit familial.

– Je n'arbitre pas, je ne suis pas un médiateur, je ne suis pas un juge, prévint-elle. Même si vous me payiez dix millions de dollars, je n'arbitrerais pas.

– Je crois que ni elle ni moi n'avions envisagé de vous payer dix millions de dollars pour décider si Karla est fâchée, dit Duane. Elle a déjà été fâchée contre moi, une fois ou deux.

– J'ai cherché ton médecin dans l'annuaire du lycée, pour voir si elle était jolie, glissa Karla. Les photos disent beaucoup de choses.

– Quel annuaire ? demanda Duane. Elle n'a pas été à l'école ici.

– Non, mais elle y est allée jusqu'à la sixième, dit Karla. Donc, elle y est. Elle était vraiment mignonne quand elle était en sixième.

– Comme toi et beaucoup d'autres filles, dit Duane. Je ne crois pas qu'on puisse retirer grand-chose d'une photo prise en sixième.

– Peut-être pas, mais c'est mieux que rien. Tout ça m'a tellement stressée que j'ai besoin d'une thérapie, moi aussi.

– Vas-y, alors. Ce n'est pas une mauvaise idée.

– Pourquoi j'irais ? Tu as déjà la meilleure thérapeute de la ville. Je vais juste me retrouver à déballer tout mon barda devant un abruti.

Alors qu'il était dans son bureau et sortait un nouveau carnet de chèques d'un tiroir, il remarqua la présence d'une pile de vidéos des *Monty Python* par terre. *Monty Python* était l'une des premières émissions que lui et Karla avaient regardées, quand ils s'étaient fait installer le câble, des années auparavant. La pile posée sur le sol était impressionnante ; à tel point que Duane s'interrompit et les compta. Il y en avait vingt-trois.

– Qu'est-ce qui se passe avec tous ces *Monty Python* ? demanda-t-il en retournant dans la cuisine.

– Qu'est-ce que tu veux dire par « qu'est-ce qui se passe » ? Je les regarde, voilà ce qui se passe.

– Il y en a vingt-trois. Ça en fait beaucoup.

– Ouaip. J'ai beaucoup de nuits solitaires à passer, maintenant que mon mari m'a quittée. Quand le soir tombe, j'ai le choix entre rire ou pleurer, et je préfère rire.

– J'ai essayé d'en regarder un, mais ça voulait rien dire du tout, dit Rag. Mais bon, chacun ses goûts.

– C'est de la comédie, ce n'est pas censé avoir du sens ; c'est censé faire rire aux moments où, autrement, tu serais en train de pleurer toutes les larmes de ton corps, lui expliqua Karla.

– Je pense que tu surréagis, franchement, dit Duane. Je n'ai rien fait d'autre que me promener à pied, dormir dans ma cabane et aller voir mon médecin. Aucune raison de pleurer toutes les larmes de son corps. Tu disparaissais une semaine entière, quand tu étais jeune et écervelée.

– Je ne disparaissais pas, j'allais dans un bastringue et je mettais l'ambiance, dit Karla. Tu le prenais beaucoup trop personnellement.

– OK, alors, pourquoi tu le prends personnellement maintenant ?

– Moi, je commencerais une thérapie si je pouvais trouver un médecin chinois, dit Rag. Apparemment, personne n'a aimé mon délicieux porridge écossais.

– Pourquoi aurais-tu besoin d'un médecin chinois ? demanda Duane.

– Parce que je crois au pouvoir du yoga et de la méditation, dit Rag. La guérison de toute chose se trouve juste là, dans votre tête, il suffit de savoir comment aller la chercher.

– Pourquoi je pourrais pas faire une thérapie avec toi ? demanda Karla. Il y a beaucoup de conseillers conjugaux qui voient le mari et la femme ensemble.

– Mais ce que je suis en train de faire, ce n'est pas du conseil conjugal, dit Duane. Je n'ai pas commencé tout ça parce que j'étais malheureux dans mon couple. J'aimerais bien que tu le croies.

– Tu pourras le répéter jusqu'à ce que ton visage soit tout bleu, je ne te croirai pas, déclara Karla. Quand le mari d'une femme la quitte pour aller vivre dans une cabane, forcément, elle se met à croire qu'il y a quelque chose qui cloche dans son mariage.

– Et si je te disais que notre mariage est la meilleure partie de ma vie et que c'est toutes les autres parties qui me déplaisent ? dit Duane.

Karla haussa les épaules.

– C'est agréable à entendre, mais lorsque la nuit tombe, je n'ai toujours pas d'autre choix que de me rabattre sur *Monty Python*, rétorqua-t-elle.

– Au moins, les enfants semblent aller mieux, dit-il, essayant une autre tactique. Dickie a collé une trouille d'enfer à toutes les équipes et Julie travaille. Je n'ai pas de nouvelles de Nellie ni de Jack.

– Nellie va faire un essai sur la chaîne météo et personne n'a entendu parler de Jack, dit Karla. Il fait sa vie, comme son père. Si seulement je comprenais, ajouta-t-elle, avec tristesse. Si seulement je comprenais.

Lorsqu'elle se remit à pleurer, Rag disparut dans la buanderie. Duane s'approcha de Karla et serra sa femme contre lui jusqu'à ce qu'elle cesse de pleurer et se mouche.

– Si je comprenais assez bien pour l'expliquer, je n'aurais pas besoin de voir un médecin, dit Duane.

Incapable de trouver d'autres mots pour la consoler, il sortit et alla voir la serre ; aussitôt, il remarqua qu'elle était négligée. Généralement, lorsque Karla était déprimée, elle jardinait jusqu'à ce qu'elle aille mieux, mais la serre était maintenant sinistre, laissée à l'abandon. On était en mars, le moment où il fallait aussi démarrer les travaux dans leur grand jardin. D'ordinaire, ils cultivaient une grande variété de légumes dans le potager extérieur; du maïs, des pois, des haricots verts, des navets, des gombos, des choux, du chou frisé, des oignons et une belle palette d'aromates. Ils s'assuraient également d'avoir en abondance des tomates, qu'ils aimaient beaucoup tous les deux. Parfois ils essayaient de faire pousser des fraises et ils avaient toujours du melon vert et de la pastèque.

Mais, visiblement, si quelqu'un ne s'y mettait pas pour préparer la terre, ils perdraient toute chance de faire pousser quoi que ce soit. Cette pensée troubla tellement Duane qu'il rentra dans la maison. Karla était toujours là où il l'avait laissée; elle fumait en feuilletant le journal du matin.

– Dickie, Jack ou quelqu'un d'autre devrait se mettre au travail et labourer ce potager, dit-il. C'est le moment de planter.

Karla parut réconfortée par cette remarque sur le retard des plantations.

– Je sais, mais le motoculteur a un pneu à plat, dit-elle. Dickie a tellement de travail maintenant que tu l'as nommé grand patron qu'il n'a plus le temps de s'occuper de trucs comme un potager.

– Si je démonte le pneu et je l'emporte à la réparation, est-ce que tu t'assureras que quelqu'un ira le chercher et le remettra en place ? demanda-t-il. Je ne voudrais pas que tu perdes encore plus de temps.

– Nous n'avons pas élevé des garçons qui nous aident beaucoup, fit remarquer Karla. Ils ont tous les deux mieux à faire que de réparer le motoculteur lorsqu'il tombe en panne.

– Il faut moins de dix minutes pour remonter un pneu, dit Duane. Si la station-service peut le réparer en une heure, je le remonterai moi-même.

– Merci, Duane. Ce serait gentil, dit Karla.

16

Presque immédiatement Duane regretta d'avoir proposé de s'occuper du pneu du motoculteur. Le jardinage était une activité qui *devait* être accomplie selon une chronologie rigoureuse, si on voulait qu'elle donne de bons résultats. Une fois qu'il eut démonté la roue du tracteur, il s'avéra qu'elle était trop lourde pour être transportée à vélo. Il dut la faire rouler jusqu'à la station-service la plus proche, à une douzaine de rues de là. Pendant qu'il avançait, conscient que tous les automobilistes qui passaient restaient bouche bée en le voyant parce qu'il portait sa tenue de cycliste flambant neuve, il commença à se fâcher contre lui-même. Il était en train de faire exactement le contraire de ce qu'il avait décidé, en quittant la maison pour sa cabane. La compagnie pétrolière salariait vingt-trois hommes, n'importe lequel d'entre eux aurait pu s'occuper rapidement de cette crevaison. Pourquoi en employer autant, plus une cuisinière et du personnel de bureau, si on devait finalement faire rouler soi-même le pneu jusqu'à la station-service pour que le potager familial soit labouré au bon moment ? C'était ce genre de contrainte permanente qui l'avait décidé à remiser son pick-up – et voilà qu'il était en train de remettre la main à la pâte. Il se passait exactement ce contre quoi Thoreau avait mis ses lecteurs en garde : il était devenu l'esclave de la machine.

La station Fina où il apporta le pneu n'était pas sa préférée, et de loin, mais c'était la plus proche. Elle appartenait à trois frères : Joe Bond, Bill Bond et Roy Bond, et aucun d'eux n'était rapide dans le travail. Ils étaient propriétaires de cette station-service depuis plus de quarante ans, mais ils n'étaient jamais parvenus à se répartir clairement les tâches. Comme ils étaient trois, cela signifiait que les travaux les plus simples, par exemple mettre de l'essence dans une voiture, ou vérifier le niveau d'huile d'une autre, devenaient l'enjeu d'une négociation. Les frères aînés, Joe et Bill, trouvaient que Roy devait faire la plus grosse partie du boulot, puisqu'il était le plus jeune, mais Roy refusait souvent de faire quoi que ce soit. Roy avait une calculette de base et il aimait bien s'en servir. Quand il se trouvait seul, il restait assis au soleil sur un tas de vieux pneus pendant des heures d'affilée, à mettre sa calculette à l'épreuve. Parfois il lui faisait faire des additions, d'autres fois des soustractions ; parfois même il multipliait ou divisait. Pendant que Roy calculait, Joe et Bill passaient parfois jusqu'à quinze minutes pour s'occuper d'une seule voiture. Très souvent, ils étaient incapables de retrouver le manomètre nécessaire pour vérifier la pression des pneus sur le véhicule d'un client. Il n'en avait qu'un et ils se le passaient jusqu'à ce que l'un d'eux le range au mauvais endroit.

Duane sentit que sa tension montait, avant même d'arriver à la station Fina, à la simple pensée d'avoir à négocier avec les frères Bond. Mais les autres stations étaient plus loin et il trouvait inconfortable de faire rouler le pneu d'une main en tenant son vélo de l'autre. Il savait déjà, de par sa longue expérience, qu'aucun des trois frères ne voudrait se précipiter pour réparer le pneu. Pour eux, la station était simplement un endroit pratique depuis lequel ils pouvaient contempler le monde, assister aux manifestations de la folie humaine, par exemple. Ils étaient prompts à se fâcher, aussi bien l'un contre l'autre que contre toute personne qui par hasard s'arrêtait à leur station, espérant y trouver des services qu'ils risquaient ne pas être d'humeur à dispenser.

Malgré tout, il fallait réparer ce pneu.

Roy Bond, comme toujours, était assis sur un tas de pneus avec sa calculatrice dans la main, absorbé dans un calcul pur, autrement dit, quelque chose qui n'avait de sens que pour lui.

– Pourquoi t'as ces drôles d'habits sur toi ? Y a un défilé ou quoi ? demanda Roy lorsqu'il leva les yeux et vit Duane dans sa tenue de cycliste.

– Ce sont des vêtements de cycliste, espèce de crétin, dit Joe Bond. Il n'y a pas de parade, on est en mars. La parade, elle a lieu en juillet, en même temps que le rodéo.

– Arrête de traiter Roy de crétin, dit Bill Bond. Si tu le blesses si tôt le matin, il va pas en ficher une ramée de toute la journée.

– Il fera rien de toute manière, il fait jamais rien, dit Joe. Je vais le cogner avec un démonte-pneu s'il se précipite pas la prochaine fois qu'un client se pointe.

– Justement, en voilà un, dit Duane. J'ai besoin que ce pneu de motoculteur soit réparé et tout de suite.

Pas un des frères Bond ne dit mot. Ils regardèrent tous dans le vide. « Tout de suite » n'était pas un concept bienvenu à la station Fina.

– Si vous êtes trop occupés pour le réparer, je le ferai moi-même, dit Duane, espérant que les frères allaient repérer la lourde ironie contenue dans ses paroles.

La rue était déserte dans les deux directions. En dehors de lui, pas de client en vue.

Le silence s'éternisa. Les frères Bond étaient aussi passifs que des opossums.

– Si vous me prêtez vos outils, je peux le réparer, dit Duane.

Sa tension montait. Il ne se rappelait plus pourquoi il était venu en ville et pourquoi il avait été assez idiot pour prendre son petit-déjeuner à la maison. Il eut envie de balancer la roue à travers la baie vitrée juste derrière l'endroit où étaient assis Bill et Joe Bond.

Bill Bond secoua la tête.

– On n'est pas assuré pour des clients qui se serviraient de nos outils, dit-il. Un boulon pourrait sauter et te toucher l'œil, et tu serais aveugle et, ensuite, tu nous traîneras en justice.

– De quel boulon parlez-vous ? J'essaie juste de réparer un pneu crevé. Les boulons sont déjà démontés, je les ai laissés à la maison.

Bill Bond ne fut pas le moins du monde ému par sa remarque.

– Ben... y a des boulons qui traînent qui pourraient sauter et te rendre aveugle, dit-il. Si ça arrivait, on serait bien dans le pétrin.

– OK, alors, pour quand vous pourriez me le réparer ? Je suis pressé, fit Duane.

Il tenta de capter leur regard, mais c'était difficile, parce que leurs trois paires d'yeux erraient au hasard sur l'horizon.

– Qu'est-ce que t'en penses, Joe ? On pourrait le faire dans combien de temps ? demanda Bill.

– J'imagine qu'on pourrait s'y mettre dans pas trop longtemps, dit Joe. Bien sûr, on est à votre entière disposition. Et on risque d'être occupés à distribuer de l'essence. N'importe qui risque d'arriver pour demander de l'essence.

– Oui, mais maintenant, c'est moi qui suis là et aucun d'entre vous ne veut faire la moindre chose à part rester assis sur vos culs respectifs, dit Duane. Je paie cash et c'est quelque chose que vous pouvez finir en vingt minutes si vous vous bougez un peu. Alors, qu'est-ce qui vous retient ?

Les frères Bond eurent l'air choqués, peut-être à la pensée de se bouger. Personne en ce monde ne les avait jamais vus se bouger.

— Je ne vois pas où est le problème, dit Bill Bond, finalement. Vous êtes pas fermier.

— Je ne suis pas venu ici pour discuter avec toi, Bill, dit Duane. Alors, quand est-ce que vous pouvez réparer ce putain de pneu ?

— Roy, vas-y, dit Joe Bond, sans grande conviction.

— Non, tu m'as traité de crétin, dit Roy. De toute manière, je suis en train d'essayer de calculer le nombre d'années écoulées depuis le big bang, et ça fait beaucoup d'années.

— Voici un big bang rien que pour vous, espèce de connards de tire-au-flanc, dit Duane.

Ensuite, il fit ce qu'il avait eu envie de faire un peu plus tôt. Il balança la roue dans la baie vitrée juste derrière Joe et Bill Bond, qui, pour une fois, se bougèrent pour s'écarter. La fenêtre explosa avec un bruit tout à fait satisfaisant et la roue atterrit sur un bureau couvert d'un fouillis indescriptible ; elle fit voler plusieurs cendriers. Un chat qui était en train de somnoler partit en trombe et alla se cacher dans les herbes folles. Les cendres des cendriers montèrent jusqu'au plafond du petit bureau, puis se dispersèrent dans les rayons du soleil.

— Réparez ce fichu pneu et ensuite ramenez-le chez moi et remettez-le sur le motoculteur, dit Duane d'un ton qu'il voulait menaçant. Et envoyez la facture à mon bureau.

Les frères Bond contemplaient d'un regard sinistre ce qui autrefois avait été une baie vitrée lorsque Duane enfourcha sa bicyclette et s'éloigna.

17

Lorsque, jeudi après-midi, Duane raconta au Dr Carmichael ce qu'il avait fait, elle joignit ses longues mains et tapota ses lèvres du bout des doigts, le regardant droit dans les yeux.

– Ce qui est intéressant, c'est le potager, dit-elle. Vous avez quitté votre famille. Vous m'avez laissé entendre que vous tenez pour peu probable un retour éventuel auprès de votre femme. Vous avez changé de direction – c'est tout ce que nous savons pour le moment.

Elle marqua une pause et regarda par la fenêtre. Deux geais bleus voletaient au-dessus de sa pelouse.

– Alors, pourquoi l'état du potager familial est-il si important pour vous ? demanda-t-elle. Important au point que vous jetiez une roue à travers une baie vitrée ?

Duane fut abasourdi. Le Dr Carmichael ne l'avait jamais interrogé aussi directement.

– Eh bien, j'ai jeté la roue parce que j'étais contrarié ; je n'obtenais pas le service que je demandais, dit-il.

– Oui, et vous avez encore l'air contrarié, dit-elle. Mais c'est votre inquiétude au sujet du potager qui vous a conduit à emporter le pneu à la station-service. Vous prétendez ne ressentir aucun lien avec votre famille et vous manifestez peu de curiosité pour vos enfants. Mais, lorsque vous avez vu que le potager n'avait pas été préparé, vous en avez été dépité. Si vous en aviez fini avec la vie de famille, pourquoi seriez-vous si concerné par l'état du potager ?

Le Dr Carmichael le regardait droit dans les yeux, le visage sérieux. Duane commença à ressentir une certaine tension. Ce qui lui paraissait inquiétant, c'était qu'il avait perdu son sang-froid et jeté une roue à travers une baie vitrée, un geste tout à fait inhabituel. Même dans sa jeunesse écervelée, il n'avait jamais agi de manière destructrice à l'égard de la propriété d'autrui. Il lui faudrait retourner chez les frères Bond à un moment donné pour s'excuser. Ce qu'il avait fait lui paraissait idiot. Il aurait juste dû apporter la roue dans une autre station-service, où quelqu'un aurait été plus disposé à servir un client.

Il était très surpris que le médecin ait choisi de se concentrer sur l'aspect potager de toute l'histoire, plutôt que sur le lancer de roue. Tout le monde reconnaissait qu'il était important d'entretenir un potager, ou tout au moins tout le monde le reconnaissait lorsqu'il était plus jeune. Avoir un potager bien garni signifiait qu'on n'était pas obligé de dépenser tout son argent à l'épicerie, où les produits risquaient fort de ne pas être aussi bons. Bien entendu, il y avait toujours eu des gens qui n'avaient *pas* de potager, mais il s'agissait généralement de gens qui étaient soit trop paresseux soit trop riches. Prendre soin de son potager, c'était du bon sens, rien de plus, en particulier dans une région exposée à la sécheresse.

– C'est juste que j'ai été élevé comme ça, je crois, lui dit-il. J'ai appris à ne pas négliger le potager. Peut-être à cause de la Grande Dépression. Ma mère a toujours eu un potager, même si elle n'y réussissait pas très bien. Mais, au moins, on avait toujours des haricots, des patates et du maïs pour les jours de vaches maigres.

– Mais la Grande Dépression, c'était il y a soixante ans, et votre famille est maintenant plutôt aisée, dit le Dr Carmichael. Ils n'ont plus *besoin* de cultiver pour se nourrir. De nos jours, la plupart des gens ne sont plus obligés de faire pousser leurs légumes. Ils les achètent au supermarché.

– On ne peut pas acheter dans un supermarché une tomate qui ait du goût, dit Duane.

– On est d'accord, dit le docteur. Mais reprenons ce qui s'est passé. Vous êtes rentré à la maison et vous avez pris le petit-déjeuner avec votre famille. Ensuite, vous avez remarqué que le potager n'avait pas été semé et cela vous a contrarié.

– Pas seulement semé, il n'avait même pas été labouré et le moment est passé, dit Duane. Depuis longtemps, d'ailleurs.

– C'est quelque chose dont vous vous seriez occupé vous-même, si vous aviez été à la maison, n'est-ce pas ? demanda le docteur.

– Sûr et certain.

– Dans votre esprit, c'est donc un devoir ? demanda-t-elle.

– Ben... oui... C'est un devoir, dit Duane. Nous avons un joli carré et tout l'équipement nécessaire pour le labourer et semer. C'est juste de la paresse, de négliger un potager.

– On dirait que vous voulez que votre famille assume les devoirs que vous assumiez auparavant, dit le docteur. Mais ils ne sont pas vous. Et vous les avez quittés. Et s'ils voulaient vivre d'une manière différente ? Et s'ils ne s'en occupaient jamais de ce potager ?

Pendant quelques instants, Duane se demanda s'il avait eu raison de consulter le Dr Carmichael. Tout ça, c'était juste du bavardage, il ne voyait pas en quoi c'était important. S'il s'était senti soulagé de lui parler les premières fois, cette séance semait en lui surtout de la confusion. Elle était là, à creuser la question de son potager pas semé. Rien que l'idée le fatiguait.

– Est-ce que vous avez prévu d'avoir un potager près de votre cabane ? demanda-t-elle.

– J'ai pensé que je pourrais avoir un petit carré de pois et des tomates, dit-il. Peut-être faire pousser des navets. J'aime les petits navets.

– Ce qui m'intéresse, c'est qu'en ce qui concerne votre famille vous les avez privés de votre aide, mais sans renoncer à vos attentes, dit le docteur. Vous voulez qu'ils soient aussi responsables que vous l'avez été.

Elle marqua une pause.

– Vous voulez qu'ils rendent hommage à l'éducation que vous leur avez donnée, ce qui est le sentiment normal d'un parent, ajouta-t-elle.

Duane regarda le divan collé le long du mur. Il se dit que ce serait un soulagement de s'y allonger quelques instants : juste s'allonger sur le divan et ne pas penser. Mais la séance se terminait dans dix minutes et, s'il était sur le divan, il craignait de s'endormir immédiatement et de mourir de honte. Il se souvint que le docteur lui avait proposé de s'allonger lors de cette séance ; mais il avait dû arriver tellement agité après son geste de colère qu'elle avait certainement préféré le laisser s'asseoir dans le fauteuil et bavarder.

Le Dr Carmichael surprit son regard.

– Tout va bien, nous nous servirons du divan la prochaine fois, dit-elle. Le divan est une expérience assez différente.

– Je crois que je suis juste fatigué, dit Duane. Je suis venu à vélo.

– Êtes-vous content d'avoir cette bicyclette? demanda-t-elle. C'est mieux que de marcher?

– Disons que j'arrive à aller là où je dois aller à bicyclette, dit Duane. Je peux faire l'aller-retour dans la journée. Mais ce n'est pas mieux que la marche.

– Pourquoi?

– Ce n'est pas mieux, c'est tout, dit-il. J'aime marcher.

– Nous parlerons de ça un peu la prochaine fois, dit le docteur.

18

Duane avait eu l'intention de retourner directement à sa cabane en vélo, mais il y avait un souci, c'était Shorty, qui avait été le seul habitant d'une chambre relativement chère au Stingaree Courts pendant deux jours. Lorsqu'il arriva au motel et ouvrit la porte de la chambre 141, Shorty fut tellement content de le voir qu'il sauta frénétiquement partout pendant un bon moment.

– Si quelqu'un savait que je paye quarante-huit dollars la nuit pour qu'un chien reste dans un motel, il penserait vraiment que je suis fou, dit Duane.

Shorty partit à fond de train de l'autre côté du parking à la poursuite d'un matou qui se promenait par là, mais le chat le défia facilement et Shorty revint très vite.

Duane avait eu l'intention de quitter le motel et de ramener Shorty à la cabane, d'une façon ou d'une autre, mais il fit l'erreur de s'allonger sur le matelas à eau pendant quelques minutes. L'envie qu'il avait ressentie dans le cabinet du médecin – juste le désir de s'allonger et de somnoler paisiblement – l'envahit à nouveau et il s'endormit. Il n'avait même pas complètement fermé la porte de la chambre.

Il fut réveillé, au beau milieu de la nuit, par le bruit d'une forte dispute sur le parking. Les muscles plombés par le sommeil, il se leva et alla jusqu'à la porte juste à temps pour voir un grand jeune homme dégingandé gifler deux fois Gay-lee.

– Ricky, arrête... Ricky ! dit Gay-lee.

Avant que Duane ne puisse bouger pour intervenir, le jeune homme sauta dans un pick-up et partit. Gay-lee resta là où elle était ; elle sanglotait. Shorty aboya à plusieurs reprises.

Duane s'approcha de la jeune femme.

– Vous avez mal ? demanda-t-il.

– À mon amour-propre, parce que Ricky m'a trompée, ce salopard, dit-elle.

– Je crois l'avoir vu vous frapper, dit Duane.

– Ce n'était que des gifles, il ne m'a pas fait mal, dit Gay-lee. Devant une femme qui lui tient tête, Ricky ne sait pas faire autre chose que la gifler et s'en aller.

– J'imagine que ça ne me regarde pas, dit Duane. Merci de vous être occupée de mon chien.

Gay-lee avait le regard fixé sur la rue, sur les feux arrière du pick-up qui s'éloignait, encore visible au loin.

– Vous n'allez pas emmener votre petit chien, dites ? Mes filles l'adorent.

– Eh bien... j'y pensais, admit Duane.

Gay-lee le regarda avec affliction, plus encore qu'elle n'en avait manifesté lorsqu'elle avait été giflée.

– Sis et moi, y a que ce petit chien qui nous rend heureuses, dit Gay-lee. Sis a treize enfants et tous ses fils sont en taule. Et moi, je viens juste de sortir de prison, ajouta-t-elle. Je faisais des chèques en bois. Un jour ou l'autre, ils vous arrêtent pour ça. Mais c'est la seule façon que j'ai de me procurer de

nouveaux vêtements. Si je ne peux pas avoir de nouveaux vêtements de temps en temps, je deviens folle. Je vais chez Dillard's
et je choisis des habits Ralph Lauren, et c'est presque comme
si j'éprouvais un sentiment religieux. Alors je remplis un faux
chèque. Merde, j'aime mieux rester en prison un jour ou deux
plutôt que de n'avoir rien de joli à me mettre.

Duane eut tout à coup envie d'aider cette jeune femme ;
elle avait à peu près l'âge de sa plus jeune fille, qui ne pouvait
pas non plus résister aux jolis vêtements. Julie avait signé
des chèques en bois à la pelle, mais elle ne s'était jamais
retrouvée en prison parce que Karla ou lui l'avaient toujours
couverte.

– C'est pendant que j'étais assise en taule que Ricky a levé
le pied avec cette traînée de Iowa Park, dit Gay-lee. Je n'y ai
passé que deux jours, en prison. On pourrait penser que ça ne le
tuerait pas d'être fidèle juste pendant deux jours, mais oh, non,
impossible pour Ricky. Je rentre à la maison et je trouve une
pute d'Iowa Park endormie dans MON lit. C'est franchement
moche, non ?

– Est-ce que vous avez fait des études ? demanda Duane.

– Évidemment, il me manque que neuf heures pour finir mon
diplôme, dit Gay-lee.

– Je viens de refiler mon entreprise pétrolière à mon fils
Dickie, dit-il. Il a renvoyé tout le personnel de bureau ; sa femme
fait tourner la boutique toute seule. Peut-être qu'il vous embau-
cherait si vous savez taper à la machine, classer et aider à faire
tourner un bureau.

– Dickie ? fit la fille. Dickie comment ?

– Dickie Moore, dit Duane.

– Bon sang, dit-elle, avant d'éclater de rire. Vous voulez que je bosse pour Dickie Moore ?

Elle regarda Duane et vit qu'il était choqué.

– Je suis désolée, dit-elle. Je sais que vous essayez de m'aider et tout ça.

– C'est moi qui suis désolé, dit Duane. Je n'imaginais pas que vous connaissiez Dickie.

– Je le connaissais, dit Gay-lee simplement. Dickie et moi, on faisait les quatre cents coups ensemble quand on était tous les deux déjantés, je veux dire, quand on l'était *vraiment*.

Elle marqua une pause, le temps de rassembler ses souvenirs.

– Il n'y a pas beaucoup de gens sur cette portion de route qui ne connaissent pas Dickie, parce que c'est ici que se trouve la came, dit-elle. Vous êtes tellement calme et gentil, je n'aurais jamais pensé que vous étiez le père de Dickie.

Duane resta silencieux. Il se sentit bête. Qui était-il pour présumer qu'il pouvait faire mieux pour Gay-lee qu'elle ne le pouvait ? Elle paraissait être une chic fille. Qu'est-ce qu'elle faisait donc, à tapiner sur Seymour Highway ? En même temps que faisait-il, *lui*, à dormir dans une chambre à trois portes de la sienne ? Pourquoi était-il en tenue de cycliste au milieu de la nuit ?

Gay-lee le regarda, un peu nerveuse, elle paraissait gênée.

– Oh, mon Dieu, maintenant, j'ai honte de moi, dit-elle. Je ne vous aurais jamais offert de la chatte le premier jour si j'avais su que vous étiez le père de Dickie.

– C'est bon, oublié, on passe, dit-il. Si vous allez bien, je crois que je vais me recoucher.

– OK, monsieur Moore, dit Gay-lee. Si je peux vous aider en quoi que ce soit, n'hésitez pas.

Elle prononça ces paroles sur un ton assez formel, comme si sa relation avec lui avait changé maintenant qu'elle savait qu'il était le père de Dickie.

– Appelez-moi Duane, dit-il.

Ils demeurèrent sur le parking vide et sombre, éclairé seulement par la lune du petit matin, semblant chercher autre chose à dire, sans qu'aucun des deux ne sache quoi.

– Je ne connais pas ce Ricky, dit Duane finalement, histoire de rompre le silence.

– Il est insupportable, mais je l'aime à crever, dit Gay-lee. Il ne m'aurait pas giflée si je ne l'avais pas gonflé autant à propos de cette pute avec qui il a couché pendant que j'étais en prison.

Elle laissa échapper un petit rire.

– Ça vous démange de me changer, hein, monsieur Moore ? demanda-t-elle. Vous crevez d'envie de me remettre dans le droit chemin, comme les sœurs de Dickie. Comment elles s'appellent, déjà ?

– Nellie et Julie.

– C'est ça, Nellie et Julie, répéta-t-elle. Je les ai rencontrées une ou deux fois quand Dickie et moi, on se camait. Elles essayaient d'être déjantées, mais elles le seront jamais beaucoup. Pas la peine de vous inquiéter pour elles. Dickie, je ne sais pas. Il est allé en désintox ?

– Trois fois, dit Duane.

– Il faut plus que des cures pour que Dickie se range, si vous voulez mon avis, dit Gay-lee. Quand Dickie est parti, Ricky, à côté, c'est un enfant de chœur. Où se trouve Jack ? Je les connaissais tous les deux, vos fils, à un moment. Le petit Jack, il a quelques neurones déjantés, lui aussi.

– Il piège des cochons sauvages pour gagner sa vie, dit Duane. On ne le voit pas pendant des semaines d'affilée.

Gay-lee rit.

– La pire tendance de Jack, c'est d'aller dans les bars et de démarrer des bagarres avec des gens qu'il peut pas battre, dit-elle. Peut-être que d'attraper des cochons sauvages, ça relâchera un peu la pression.

– J'espère bien, dit Duane.

Il se retourna pour repartir vers sa chambre, mais avant qu'il n'y arrive, Gay-lee l'interpella.

– Monsieur Moore? dit-elle.

Duane se retourna.

– Je voulais juste que vous sachiez qu'autrefois j'étais comme il faut, dit-elle. Je suis fille d'un pasteur de Tyler, au Texas. J'ai même été rangerette pendant une demi-saison, avant de me droguer. J'ai serré la main du président Clinton, une fois, quand il est venu faire un speech à Texarkana. J'ai pas toujours été du mauvais côté de la barrière.

– Et vous n'aimiez pas? demanda Duane.

– Je crois que les attentes étaient trop grandes, avec un père qui était pasteur, répondit-elle. Les gens, ils ne peuvent atteindre qu'un certain niveau; c'est comme ça que je me retrouve à faire la pute sur Seymour Highway. Mais je suis vraiment désolée de vous avoir fait cette proposition, le premier jour. J'aurais dû me douter.

– Pourquoi? J'étais un étranger, dit-il.

– Parce que vous ne ressemblez pas à un homme qui aurait besoin de payer pour de la chatte, voilà pourquoi, dit Gay-lee. Vous seriez plutôt du genre à l'avoir gratuitement.

Shorty tournicotait autour de Gay-lee ; il se mit debout sur ses pattes arrière pour qu'elle le caresse. Ce qu'elle fit.

– Vous avez dit que Sis avait combien d'enfants ? demanda-t-il.

– Treize. Elle a eu une vie vraiment dure, dit Gay-lee. Avec moi, ça fait quatorze. Ma mère est morte. Sis est ce qui pour moi se rapproche le plus d'une mère.

– Est-ce que vous voulez vraiment ce chien ? demanda Duane. J'ai le projet d'aller en Égypte et je ne pourrai pas l'emmener, si j'y vais.

– C'est sûr, on adorerait l'avoir, Sis et moi.

– Et si vous êtes occupée ? demanda Duane. Est-ce que ce ne serait pas un peu embarrassant d'avoir un chien ?

Gay-lee étouffa un rire.

– Oh, si je travaille, je le mettrai dans ma voiture, dit-elle. C'est la Toyota qui est là-bas. Elle est même pas foutue de rouler, mais elle ferait une bonne niche.

– Alors il est à vous, dit Duane. Vous n'avez même pas besoin de l'emmener chez le vétérinaire. Il a eu tous ses vaccins.

– Oh, monsieur Moore, merci, dit Gay-lee. Sis et moi, on va prendre bien soin de lui. Ça va nous égayer nos journées, d'avoir un animal à nous. Vous voyez ce que je veux dire ?

Tout à coup, elle lança un regard inquiet à Duane.

– Mais... et vous, monsieur Moore ? Vous êtes sûr ? Vous pensez pas qu'il va trop vous manquer ?

– Shorty et moi, on a toujours eu une relation assez épisodique, dit Duane. Je crois que nous pouvons nous passer l'un de l'autre et ne pas trop souffrir.

Il baissa les yeux vers le chien. Shorty, concentré sur Gay-lee, ne lui accordait pas la moindre attention.

– Shorty, je te souhaite beaucoup de bonheur, dit-il.

Shorty, qui s'était posé à côté de Gay-lee comme s'il avait été son chien depuis toujours, ne réagit pas.

Lorsqu'il se retrouva enfin dans sa chambre, Duane eut une impression un peu étrange : Shorty n'était pas en train de ronfler dans un coin. Il s'était habitué à s'endormir bercé par ses ronflements, maintenant, il allait devoir s'habituer à rejoindre Morphée sans eux.

En un sens, il avait l'impression de couper le tout dernier lien.

19

Duane alluma la télévision et la régla sur la chaîne météo et la regarda trois heures d'affilée jusqu'à ce que le jour commence à poindre. Il se souvint que sa fille Nellie avait été acceptée en stage sur la chaîne et essaya de l'imaginer en train de gesticuler avec un petit pointeur en parlant avec enthousiasme de hautes pressions, Gulf Stream, jet-stream et autres phénomènes. Il savait que Nellie était assez intelligente pour saisir ces subtilités météorologiques et elle était aussi la plus jolie des filles qui avaient défilé sur son écran depuis le début de la nuit, mais il l'imaginait difficilement dans ce rôle. En réalité, cela ne ressemblait pas à Nellie.

Il avait l'intention de se lever à la première heure et d'aller à la cabane à vélo. Il mangerait un peu de soupe et contemplerait le paysage, l'esprit au clair, jusqu'à son rendez-vous avec le Dr Carmichael, le dernier avant le gouffre vertigineux du week-end.

Mais, lorsqu'il finit par se lasser de la météo et se mit à zapper d'une chaîne à l'autre, il tomba soudain sur une publicité dans laquelle un groupe de touristes bien mis admirait les Pyramides depuis un gros avion de ligne. Les Pyramides, mais aussi le Sphinx, le Nil. Il venait juste de dire à Gay-lee qu'il voulait visiter l'Égypte – mais avant, il devait faire renouveler son passeport. Il le prit aussitôt et le regarda. Sur la photo, il avait les cheveux plus longs. Il pensa à une époque où Karla et lui buvaient pas mal – ils étaient allés plusieurs fois au Mexique et deux fois au Canada. Mais ils n'avaient jamais vu les Pyramides !

Le problème, c'est qu'il avait commencé une analyse avec le Dr Carmichael. S'il lui avouait son désir d'aller en Égypte, elle risquait de ne pas être d'accord sur le timing impliquant l'interruption des séances au moment où les choses devenaient sérieuses pour dérouler la pelote.

Malgré tout, dès l'ouverture du bureau de poste, il enfourcha son vélo pour s'y rendre. Il voulait remplir les formulaires sans perdre de temps pour faire renouveler son passeport. Même s'il n'avait pas vraiment l'intention d'arrêter la thérapie pour s'envoler voir les Pyramides, il voulait avoir cette possibilité, autrement dit un passeport non périmé ; se rendre à l'aéroport, attacher son vélo à un arbre, enfiler ses vêtements de ville et s'envoler de l'autre côté de la planète, aussi loin que possible de l'endroit où il avait passé *toute* sa vie.

Lorsque Duane entra, le grand bureau de poste venait à peine d'ouvrir. Il était le seul client. Face à lui, un employé unique au guichet ne cessait de jeter des regards nerveux par-dessus son épaule en préparant son tiroir-caisse pour la journée.

– J'ai besoin d'un formulaire, dit Duane. Mon passeport est expiré.

– Eh bien, dans ce cas, je vous conseille de ne pas aller à l'étranger, répondit l'employé.

Puis il lui tourna le dos et plongea son regard dans les alcôves sombres du vieux bureau de poste.

Sa réflexion agaça Duane. Il n'était pas venu pour recevoir les conseils d'un employé des postes. Il voulait juste obtenir le formulaire à remplir pour renouveler son passeport.

– Est-ce que je pourrais avoir le formulaire, s'il vous plaît ? demanda-t-il. Je dois faire un voyage à l'étranger.

– Qu'est-ce qui ne va pas avec l'Amérique ? Vous l'aimez, ou vous la quittez, dit l'homme avec irritation.

Duane commençait à être lui aussi très irrité. Il s'était précipité à la poste pour y arriver le plus tôt possible. Il était le premier client de la journée ; il était également un contribuable, un citoyen normal qui avait besoin d'aide. Chez lui, à Thalia, les employés de la poste étaient courtois et efficaces, et il leur tenait à cœur de servir le contribuable et le citoyen. Mais une éthique différente semblait prévaloir à Wichita Falls.

– Monsieur, il n'y a rien qui ne va pas en Amérique, mais j'ai besoin d'aller à l'étranger, dit Duane.

– Pourquoi donc ? Les gens sont les mêmes partout, répliqua l'employé.

Il se tourna à nouveau vers Duane, mais il ne cessait de jeter des regards à droite et à gauche. Il paraissait paniqué, sans que Duane en comprenne la raison.

– Où que vous alliez, vous emmenez ce que vous êtes avec vous, dit l'homme. Vous pensez peut-être que les choses seront différentes dans un pays étranger ? Eh bien, croyez-moi, ce ne sera pas le cas. Que vous alliez en Égypte ou ailleurs, vous resterez le même.

Duane commençait à sentir monter la colère.

– C'est ridicule, dit-il. Tout ce que je vous ai demandé, c'est un formulaire de renouvellement de passeport. Les raisons de mon départ à l'étranger ne vous regardent pas. Je vous ai adressé une demande simple et légitime. Pourquoi ne me donnez-vous pas ce fichu formulaire ?

L'employé, entre deux âges selon Duane, se retourna à nouveau, scrutant l'espace derrière lui. Puis il refit face à Duane.

– Cela peut vous paraître simple, à vous, dit-il. Il suffit de donner le formulaire de renouvellement de passeport. Mais je vous assure, ce n'est pas aussi simple que vous le pensez. Il faut que je fasse très attention. Un mouvement déplacé et cela pourrait signifier pour moi la fin.

– Pourquoi le fait de me donner un formulaire pourrait-il vous coûter la vie ? demanda Duane. Est-ce qu'il y a une bombe dans votre tiroir ?

L'employé se pencha en avant et chuchota.

– C'est exactement ça, dit-il. Des bombes. Des bombes humaines. Ces formulaires de passeport se trouvent dans la réserve et l'homme qui en est chargé est sur le point d'exploser. Le syndrome du massacre-du-bureau-de-poste – vous en avez entendu parler, non ? C'est ce qui arrive quand quelqu'un qui travaille dans un bureau de poste finit par en avoir tellement marre qu'il vient avec plusieurs armes à feu ou un AK-47 et tire sur tout le monde dans le bâtiment. C'est arrivé pas loin d'ici, à Oklahoma City, et ça pourrait se produire ici. Il suffit d'un tout petit déclencheur, une demande de formulaire pour renouvellement de passeport, par exemple. Et tout à coup, le type brandit son fusil d'assaut et ta-ta-ta-ta, il fait un carton sur une dizaine de personnes ratatinées. Ça arrive dans les bureaux de poste tout le temps !

Duane comprit que l'homme était un barjot. C'était probablement lui l'employé mécontent prêt à commettre un massacre – s'il s'en produisait un dans la poste.

– Si vous êtes si inquiet, j'en tire la conclusion que vous ne faites pas le bon boulot, dit Duane. J'ai quand même besoin de ce formulaire. Si vous avez peur d'aller le chercher, vous pourriez demander à quelqu'un de le faire à votre place.

Duane vit enfin deux jeunes femmes entrer, le faisant espérer qu'elles allaient le sortir de ce mauvais pas, mais toutes les deux allèrent s'installer devant leurs ordinateurs sans leur jeter un regard.

– Bon, si vous insistez, encore et encore, dit l'employé. Il n'est pas dans mes attributions de demander pourquoi, seulement d'exécuter, ou de mourir.

Il s'éloigna d'un pas rapide. Trente secondes plus tard, il était de retour avec le formulaire.

– Merci, dit Duane. Je suis heureux qu'il ne vous ait pas coûté la vie. Cela m'aurait gâché mon voyage.

– Vous plaisantez, mais vous ignorez tout, dit l'homme. Dans ce bureau de poste, il y a quarante-deux employés et quarante et un sont des bombes à retardement.

– Qui est celui qui a toute sa tête ? demanda Duane.

– C'est moi, dit l'homme. Vous en voyez un autre qui a l'air normal, par ici ?

– Ces deux femmes n'ont pas l'air tellement cinglées, répondit Duane. Vous êtes sûr que vous n'êtes pas vous-même une bombe à retardement ?

– Oh, non, pas moi ! *Je suis* la victime de la bombe à retardement. Ça a toujours été ainsi. Certaines personnes sont nées pour êtres des bombes et d'autres des victimes. Je m'attends à ce que ma cervelle éclabousse le sol de cette poste d'un jour à l'autre.

Duane ressentit un peu la même difficulté à se mouvoir que la veille au soir, en discutant avec Gay-lee sur le parking. Il avait son formulaire. Il était temps de partir et, pourtant, il resta planté sur place. Il n'appréciait guère la compagnie de l'employé fou et, malgré tout, il n'arrivait pas à tourner les talons et s'en aller.

– Vous n'avez jamais pensé à changer d'emploi ? demanda-t-il. Vous pourriez même quitter le pays, comme je m'apprête à le faire.

– Je pourrais, mais il faut tenir compte des fondamentalistes islamistes, dit l'homme. Ils sont partout et ils sont encore plus dangereux que les employés des postes. Si je dois exploser en mille morceaux, j'aime autant que ce soit à Wichita Falls qu'au Liban ou en Algérie, par exemple.

– Bon... ben... merci d'avoir pris un tel risque pour moi.

– Vous rigolez, mais *c'était* un grand risque, dit l'homme. Si ce type dans la réserve n'avait pas été sur les chiottes, je ne pense pas que je serais revenu vivant.

20

Duane alla à bicyclette jusqu'à un parc voisin pour remplir son formulaire. Comme il s'y attendait, il était indiqué de fournir une copie certifiée conforme de son acte de naissance, ce qui impliquait d'appeler son bureau. Il envisagea de rentrer chez lui à vélo pour récupérer le document, mais cela signifiait parcourir soixante-cinq kilomètres avant son rendez-vous chez le médecin, autant dire une aventure qu'il n'était pas certain d'avoir envie de tenter.

Pendant qu'il réfléchissait sur la décision à prendre, il entendit des cris perçants venant au nord du petit parc. Une petite colline l'empêchait de voir quels animaux poussaient ces cris, mais cela ressemblait à s'y méprendre à un troupeau de cochons sauvages. Bien qu'ils soient connus pour leurs comportements audacieux, il paraissait peu probable qu'une horde de cochons sauvages se soit aventurée jusqu'au centre de Wichita Falls.

Curieux de savoir ce qui se passait, Duane traversa le parc et découvrit son fils Jack, qui transférait huit gros cochons sauvages, avec des groins pareils à ceux des sangliers russes, de sa remorque à chevaux dans une bétaillère. Le camion était garé sur la pente, plus bas que la remorque, facilitant le transfert des cochons : ils n'avaient qu'à monter la rampe et entrer dans le camion. Mais, facile ou pas, les cochons n'avançaient pas. Ils hurlaient et refusaient de bouger. Jack portait un short, un T-shirt des Grateful Dead, des bottes en caoutchouc et une casquette retournée. Soit il se laissait pousser la barbe, soit il avait négligé de se raser depuis au moins une semaine. Il aiguillonnait les bêtes avec un bâton dans une main et tenait une bière dans l'autre.

Deux Mexicains étaient debout, silencieux, à côté de la bétaillère, et regardaient les porcs d'un œil vigilant. Ils n'avaient pas l'air tellement pressés de récupérer des bêtes aussi sauvages, mais Jack était visiblement pressé, lui, de s'en débarrasser. Comme le bâton ne suffisait pas, il posa sa bière par terre, grimpa dans la remorque, hurla « Ououou ! » d'une voix tonitruante et se fondit au milieu des bêtes, utilisant efficacement son aiguillon – les cochons montèrent la rampe à toute allure en trébuchant et glissant. Et les Mexicains s'empressèrent de claquer les portes derrière eux.

Duane trouva le spectacle amusant. Karla avait essayé de pousser Jack à faire des études, de droit ou de médecine, mais Jack, qui n'avait rien d'un avocat ni d'un médecin, était à l'évidence dans son élément en prédateur professionnel de cochons.

– Il faut que tu fasses attention, quand tu sautes comme ça au milieu des cochons, dit Duane. N'importe lequel de ces porcs aurait pu te transformer en chair à pâté.

Jack sortit d'un bond de la remorque et serra la main de son père si fort qu'il faillit lui broyer les os. Jack était membre de presque tous les clubs de sport du grand Sud-Ouest. Lorsqu'il ne piégeait pas des cochons, il soulevait des poids. Duane avait serré pas mal de mains puissantes dans sa vie, mais aucune dont la poigne paraissait lui souder les doigts en bloc comme celle de Jack.

Chaque fois qu'il revoyait Jack après un temps d'absence, Duane avait toujours un moment d'émerveillement. Était-il possible que Karla et lui aient donné naissance à une créature douée d'autant de confiance en soi ? C'était une qualité que Jack possédait depuis qu'il avait appris à marcher. Rien, ni la drogue, ni l'alcool, ni les problèmes financiers, ni les femmes, n'avait fait douter Jack de lui-même.

– Oh, les cochons ne me font jamais de mal, dit Jack. Mon karma est plus fort que le leur.

– Oui, mais ta tête n'est pas aussi dure et tu es sans défense, lui rappela Duane, tout en trouvant sa remarque idiote.

Jack avait probablement raison. Son karma *était* certainement plus fort.

– De temps en temps, j'aime bien les rejoindre et leur foutre une frousse d'enfer, dit Jack. Juste pour leur rappeler qu'ils sont laids.

– Combien vaut un cochon sauvage aujourd'hui ? demanda Duane.

Il savait que quelqu'un devait être prêt à payer un bon prix pour ces bêtes, sinon Jack n'aurait pas les moyens de s'offrir des abonnements dans un si grand nombre de salles de sport. Il en avait même un dans un club de New York, où il se rendait de temps en temps pour faire la fête.

– Cinq dollars la livre sur pied, dit Jack. Rien que là, il y en a pour presque dix mille dollars et j'en ai huit autres qui attendent dans mon enclos ; faut que je file les chercher. Ce qui me fera pas loin de vingt mille à la fin de la journée. Et toi, Papa ? On m'a dit que t'étais redevenu vieux garçon.

– Ouaip, je passe beaucoup de temps à la cabane, dit Duane. Ça contrarie ta mère. Je ne faisais que marcher, jusqu'à ce que j'achète cette bicyclette. J'aime marcher, mais en vélo, c'est sûr, je me déplace plus vite.

– Tant mieux, dit Jack. Tu aurais dû quitter cette cohue depuis longtemps. Ils ont qu'à se bouger le cul et faire leur vie.

– Je crois que ta mère trouvait qu'elle *avait* une vie ! Mais je suis parti. Tu devrais aller la voir de temps en temps. Ça lui remonterait peut-être le moral.

Jack adorait sa mère, même s'ils se disputaient violemment et avaient des avis opposés à peu près sur tous les sujets.

– Je l'ai vue hier et elle s'est jetée sur moi parce que je me suis rasé le crâne, dit Jack.

Il souleva brièvement sa casquette et, effectivement, il avait la boule à zéro.

– Les mères prêtent une grande attention à la chevelure, fit remarquer Duane. Les épouses aussi.

Ses cheveux à lui n'avaient pas été coupés depuis qu'il avait quitté la maison et, maintenant, ils étaient franchement longs, selon les normes locales.

– Et merde, si Michael Jordan peut le faire, alors moi aussi, dit Jack. C'était cool de te voir, Papa. Faut que je file – il me reste huit cochons à livrer et les gens qui les veulent sont pas du genre patients. Ils les envoient en Allemagne. Je me demande si c'est le fait de manger trop de cochons qui a fait des Allemands des nazis.

En moins d'une seconde, il était remonté dans son pick-up et parti ; sa dernière question resta en suspens. Les camionneurs l'attendraient de pied ferme jusqu'à ce que Jack revienne avec la seconde livraison de porcs. L'un d'eux ronflait bruyamment dans la cabine – l'autre partit du côté du parc afin de profiter de la verdure, trimbalant avec lui un gros appareil à musique, et il s'installa pour écouter la plainte des ballades mexicaines sur les amours perdues.

Duane monta sur son vélo et fit deux fois le tour du parc pour faire passer le temps en attendant son rendez-vous chez le médecin. Sa rencontre avec son plus jeune fils avait été trop brève. C'était toujours un plaisir de voir Jack; il était content de constater qu'il avait donné naissance à au moins un enfant en bonne santé; dommage qu'ils n'aient apparemment jamais le temps d'avoir une vraie conversation. Bien que Jack parût approuver son nouveau mode de vie, Duane n'était pas certain que sa réaction fût sincère. Peut-être que sa manie de prendre systématiquement le contre-pied de sa mère avait joué en sa faveur. Peut-être qu'au fond de lui, s'il avait un fond, il pensait que son père aussi devait se bouger le cul et faire sa vie.

21

U n peu désœuvré, Duane partit vers le nord et traversa un coin de la ville qui ne lui était plus familier depuis sa jeunesse. Wichita Falls pouvait autrefois s'enorgueillir d'une équipe de base-ball professionnelle, les Spudders – mais il ne se souvenait pas si les Spudders avaient été une équipe de classe B, C ou D. Lorsqu'il avait une dizaine d'années, Sonny Crawford et lui, ainsi que quelques autres gamins, se faisaient emmener à Spudder Park par Sam the Lion, le vieux bonhomme qui gérait la salle de billard de Thalia et prenait sous son aile les jeunes. Sam the Lion était mort brutalement, pendant que Sonny et lui étaient partis au Mexique pour aller aux putes. Peu de temps après, Duane avait été incorporé, mais la guerre de Corée s'était terminée avant qu'il soit envoyé au combat. Ainsi, il avait passé ses deux années de service militaire à Fort Hood, au Texas.

Sam the Lion et Spudder Park, et les nuits d'été de son enfance, pendant que Sonny, les autres et lui tentaient des coups de circuit[1] dans la pénombre du terrain derrière le stade, le renvoyaient à un passé auquel Duane pensait rarement. Il passa lentement à côté du vieux stade, désormais abandonné et envahi d'herbes folles, puis repartit tranquillement vers la contre-allée

---

1. Terme de base-ball.

en direction de l'Oklahoma, au nord, et qui se trouvait de l'autre côté de la Red River, à une quinzaine de kilomètres.

Duane pédala jusqu'à Burkburnett, une petite ville sur la rive sud de la rivière. Autrefois, il connaissait un vieil homme qui fabriquait d'excellents appâts à Burkburnett; à l'époque où il pêchait, il allait le voir souvent. Il les fabriquait dans une vieille caravane; il y passait la journée et la nuit aussi, visiblement. Les pêcheurs le connaissaient de réputation – certains venaient de l'Idaho ou même de Nouvelle-Angleterre pour lui acheter ses leurres, mais le vieil homme, qui s'appelait Leroy Green, avait une tendresse particulière pour les pêcheurs de son État et il gardait ses plus belles pièces pour les gens du coin, comme Duane. Par la suite, Duane avait cessé de pêcher et de venir voir M. Green. Curieux de savoir si le vieil homme était toujours installé dans sa caravane, ses doigts méticuleux affairés à fabriquer ses magnifiques leurres, Duane alla jusqu'à l'endroit où se trouvait autrefois la caravane. Mais elle avait disparu. La maison derrière laquelle elle était garée autrefois avait été repeinte – un vélo d'enfant avec des roulettes était abandonné devant le porche. Duane repensa à l'époque où il était pêcheur, sans parvenir à retrouver l'année précise où il avait rendu visite pour la dernière fois à Leroy Green, le vieil homme qui fabriquait les plus beaux leurres dans le nord du Texas.

Burkburnett, qui avait connu, en 1918, le plus impressionnant boom pétrolier qui devait jamais se produire au Texas, n'était plus qu'une petite ville endormie, différente de Thalia seulement parce qu'elle était bordée au nord par la Red River et que l'État de l'Oklahoma ne se trouvait qu'à un kilomètre et demi.

Duane poursuivit sa route vers le nord, puis s'arrêta à côté d'un carré de verdure près du long pont qui traversait la rivière, reliant le Texas à l'Oklahoma. Il se sentit un peu triste – triste d'avoir laissé le vieil homme, Leroy Green, sortir sans bruit de sa vie. En dehors de ses années durant les deux guerres mondiales en tant que soldat, le vieil homme avait passé toute sa vie dans le nord du Texas et il était autant apprécié pour ses récits que pour ses leurres. Il racontait des histoires hallucinantes sur les premiers booms pétroliers et il avait même connu le légendaire shérif Jack Abernathy, qui avait emmené Teddy Roosevelt à une chasse au loup, courant après les bêtes à cheval avant de les attraper à mains nues.

Maintenant, le vieil homme était parti et ses histoires aussi. Duane laissa sa bicyclette et marcha jusqu'à un petit promontoire d'où il pouvait contempler la rivière comme un fin ruban rougeâtre serpentant entre de larges berges de sable clair. Plus il regardait la rivière, plus la tristesse l'envahissait, aussi aiguë que si l'un des hameçons de Leroy Green s'était planté dans son ventre. En gagnant les bords de la fameuse rivière – la rivière que les fermiers redoutaient à cause de ses sables mouvants, la rivière pour laquelle les Indiens avaient combattu en vain, la rivière que les jeunes couples texans traversaient autrefois pour se marier au plus vite, avant que leurs parents ne puissent les rattraper pour les en empêcher –, il était arrivé à la frontière de son pays avec le sentiment d'être aux confins de sa vie. Il avait rempli sa mission du mieux qu'il avait pu dans son travail, avec sa famille et ses amis. Dans ces domaines, il ne pouvait plus espérer grand-chose.

Sa mélancolie soudaine s'était mêlée à la sensation d'être parvenu à l'extrême limite de lui-même. La liste des choses qu'il n'avait jamais faites était beaucoup plus longue que celle des projets réalisés. Tout ce qu'il avait accompli de concret avait été englouti dans le grand flux des efforts humains dispensés au quotidien, disparaissant aussi silencieusement que le sable en contrebas glissant dans le cours d'eau. Qu'était-il arrivé à sa vie ? Pourquoi, en soixante-deux ans, en avait-il tiré si peu de satisfactions ? Il n'avait pas d'éducation, il n'avait pas voyagé, il ne savait rien des capitales du monde, il ne parlait aucune langue à part un anglais de rustre ; il n'avait jamais été dans un grand musée, ni vu un grand tableau, ni entendu un grand orchestre symphonique, ni lu un grand livre. Il était ignorant, sauf de façon basique, du travail des grands hommes et des femmes qui *avaient fait* des choses de leur vivant qui valaient la peine. Duane ressentit à la fois un besoin urgent de se hâter et l'inutilité totale de cette hâte. Comment un homme de 62 ans sans éducation pouvait-il espérer rattraper une seule seconde du temps perdu par un usage impropre et désinvolte de ses capacités intellectuelles pendant des décennies ?

En se tenant debout au-dessus de la Red River et en la regardant couler du nord-ouest vers l'est, Duane eut la perception de sa propre mort. Elle n'était peut-être pas imminente ; peut-être vivrait-il encore vingt ans, ou même trente, mais elle était droit devant lui, le prochain grand événement, la seule et unique chose qui lui restait à accomplir. Il avait vu plusieurs hommes tués dans des accidents et des collisions sur la route, en avait connu beaucoup d'autres qui étaient morts de vieillesse, mais il n'avait jamais fait le lien entre ces décès et le sien qui lui paraissait lointain ; mais maintenant, sans la moindre raison, il sentait, en contradiction avec sa bonne santé et sa force, que la mort était la seule chose qui lui restait. En regardant la rivière couler vers la mer, très au loin, il comprit soudain la signification du rêve du lasso – ce rêve qu'il n'avait même pas encore évoqué avec sa psychiatre.

Le veau qui courait était la vie – il avait effectué un bon lancer, mais il avait raté sa cible. Le veau continuait à courir, aussi indifférent que la rivière à ses efforts. Il aurait dû attraper le veau – il en avait eu l'énergie, il n'était pas idiot, il était rigoureux avec une volonté de fer et, pourtant il avait foiré, encore et encore. Il n'avait pas d'excuses car il avait choisi sa destinée et aucun retour en arrière n'était possible. Il n'avait pas vu assez clair dans l'arène de la vie, sans apprécier à leur juste valeur les opportunités qu'elle offrait, il n'avait pas essayé de s'élever au-dessus de sa condition modeste, alors qu'il aurait pu le faire, de différentes façons – et il aurait *dû* le faire.

La vie, comme ce veau rapide, était passée en courant devant lui et il avait été incapable de l'attraper.

La douleur engendrée par ses regrets était plus profonde et aiguë que tout ce qu'il n'avait jamais éprouvé. Il resta ainsi pendant deux heures, sentant les mouvements de l'eau à l'intérieur de son corps. Puis, il se remit en selle lentement, en essuyant les larmes qui coulaient sur ses joues, pour retourner à Wichita Falls, impatient qu'arrivent 3 heures. Il devait absolument parler à son médecin du rêve et de la signification qu'il pensait avoir trouvée.

22

Pas de chien ? demanda le Dr Carmichael lorsque Duane entra dans son cabinet.

– Pas de chien, répondit Duane.

– C'est frustrant, dit le docteur. Pourquoi ne puis-je pas rencontrer votre chien ?

– Parce qu'il n'est plus à moi, dit Duane avec un peu d'impatience.

Une heure passait rapidement. Il voulait parler au docteur de son rêve et de la tristesse qu'il avait éprouvée sur les rives de la Red River, immédiatement. Il se dit qu'il avait peut-être mis la main sur quelque chose d'important et il ne voulait pas perdre de temps à parler de Shorty.

– Il refuse de monter sur le vélo et ma vie est trop dispersée en ce moment pour que je fasse tous les trajets à pied, expliqua-t-il. Je l'ai donné à une fille et une femme de chambre de mon motel. La femme de chambre a treize enfants. Ce sont des gens adorables et le chien les aime bien, alors je le leur ai confié. Il est habitué au changement. Il habitait avec des clandestins avant de se mettre à me suivre partout.

– Vous coupez tous les liens, n'est-ce pas ? demanda le docteur. Je crois que nous devrions essayer le divan aujourd'hui, si cela vous convient.

Duane apprécia le divan – où il pouvait se détendre. Il décida que regarder le Dr Carmichael en face, minute après minute, pouvait peut-être expliquer sa grande fatigue. Il aimait bien savoir qu'elle était là, mais il aimait aussi regarder le mur et les plantes lorsqu'il parlait. De cette façon, il ne se demandait pas ce que le docteur pensait, minute après minute.

– Je ressens une très grande tristesse, reconnut-il immédiatement. Est-ce que je peux vous parler de ce rêve que je ne cesse de faire ?

Allongé confortablement sur le long divan, Duane raconta son rêve en fixant le mur ou, selon, les belles grandes plantes qui s'épanouissaient dans un coin de la pièce. Il lui donna des détails ; plus il parlait et plus ses souvenirs lui revenaient précisément. Le cheval était un hongre noir, le même que celui que Karla avait eu lorsqu'elle faisait des courses de tonneaux, à l'époque où ils s'étaient rencontrés. Il se rappela la sensation de la corde de chanvre, raide, dans sa main, lorsqu'il prépara la boucle. Il se rappela qu'il observait le veau qu'il avait tiré au sort entrer dans le sas d'où il serait libéré. Il se rappela le moment où il coinça la cordelette entre ses dents et le veau fonçant droit devant lorsque la barrière s'ouvrit. Il se rappela qu'il se trouvait si près de lui les premières secondes qu'il aurait pu simplement lui lâcher la boucle sur la tête. Il se rappela que le veau traversa la boucle comme si la corde était immatérielle. Il se rappela même la curieuse variante du rêve dans laquelle le veau était devenu Jacy Farrow.

Il raconta tout cela au docteur. Ensuite, il cessa de parler et attendit qu'elle dise quelque chose, mais elle resta silencieuse. Il sentait derrière lui une présence, mais une présence silencieuse. Il regarda sa montre et découvrit avec horreur que son heure de rendez-vous s'achevait dans deux ou trois minutes – et le week-end arrivait, menaçant. Or il voulait absolument parler au docteur de sa tristesse devant la rivière, de ses impressions sur la mort et du sentiment d'avoir gâché sa vie. Il ne comprenait pas pourquoi une heure dans un cabinet de médecin filait si rapidement, alors que les heures à l'extérieur passaient si lentement.

– J'ai besoin de savoir ce que vous pensez, dit-il en se retournant pour pouvoir la voir.

Mais elle était presque derrière lui. Lorsqu'il bougea, il ne vit que ses genoux.

– Cela va être difficile de passer tout le week-end sans savoir ce que vous pensez, dit-il, se retournant à nouveau.

– Souvenez-vous de ce que je vous ai dit au début de vos séances, dit le Dr Carmichael. Ce processus va être long. Je me rends compte que vous avez l'impression d'être dans un état de crise en ce moment, mais je ne vous soulagerai pas forcément en vous disant ce que je pense. Ce que je peux vous affirmer, c'est que j'y réfléchis. Nous devons encore discuter de beaucoup de choses avant que je sache quoi en penser.

Elle marqua une pause et Duane attendit. Il ne savait pas exactement ce qu'il espérait, peut-être juste quelques mots qui diminueraient un peu son sentiment de confusion.

– Lorsque je saurai quoi penser, ce ne sera peut-être rien de plus impressionnant que ce dont vous vous êtes rendu compte vous-même – que vous vieillissez – et que vous n'aimez pas ça, dit-elle. Vous voudriez avoir à nouveau toutes les possibilités qui s'offraient à vous autrefois, c'est ça ?

– Oui, exactement, dit Duane. Oui, je le voudrais. Je ferais beaucoup de choses différemment si je pouvais retrouver quelques-unes de ces opportunités.

– Vous savez certainement que vous venez de décrire un problème extrêmement courant, dit le docteur. Tous les gens qui parviennent à un certain âge se réveillent un jour en se rendant compte qu'ils sont vieux, ou qu'ils le seront bientôt. Ils se demandent où sont passées les années et pourquoi ils n'en ont pas plus profité. Ils éprouvent du regret. Ils voudraient avoir une seconde chance pour reprendre la main – concrétiser une ambition, accomplir ce qu'ils auraient pu. Personne ne peut penser que sa vie est le résultat d'une somme d'efforts dispensés en vain.

– Mais c'était cela, essentiellement, n'est-ce pas ? demanda Duane. Des efforts futiles ?

– Oui, malheureusement, dit le Dr Carmichael. Mais cela n'est pas propre à vous, Duane, c'est la condition humaine. C'est ainsi pour la plupart d'entre nous. C'est aussi inconfortable qu'insoluble, à moins qu'on puisse se consoler à la pensée de ne faire qu'un avec l'humanité, dit-elle. Voilà la situation dans laquelle vous vous trouvez et c'est la fin de la séance. Il va falloir tenir jusqu'à lundi.

Duane se leva, mais il n'avait pas envie de partir.

– Y a-t-il un livre que je puisse lire sur ce sujet, je veux dire, sur le temps qui passe, tout ça ? demanda-t-il. Depuis longtemps, je veux lire plus. J'ai tout le temps, maintenant que je ne travaille plus. Si vous pouviez me recommander un livre qui m'aiderait à comprendre un peu mieux, je vous en serais reconnaissant.

Le Dr Carmichael s'était levée. Elle avait l'air impatientée – peut-être devait-elle passer un appel téléphonique, ou juste aller aux toilettes. Mais elle alla jusqu'à son bureau, écrivit quelques mots sur un bloc-notes, arracha la feuille et la lui tendit.

– Essayez ça, dit-elle. Il est un peu long, mais il *est* passionnant et il traite de certains sentiments que vous décrivez. Et si vous vous plongez dedans et que vous le lisez vraiment, vous n'aurez plus autant de temps.

– Merci, dit Duane.

Il jeta un coup d'œil sur la feuille de papier, lut un nom qu'il ne reconnut pas et glissa le bout de papier dans sa poche de chemise.

Lorsqu'il alla au bureau pour payer sa séance à Natalie, la jeune réceptionniste, elle paraissait bouleversée. Elle préparait généralement son reçu à l'avance. Cette fois, en l'écrivant, sa main tremblait. Elle paraissait au bord des larmes.

– Ça ne va pas ? demanda Duane.

– Non, pas trop, dit Natalie, en s'essuyant les yeux à la hâte. Un homme est venu vous voir. Je crains qu'il ait une mauvaise nouvelle.

Duane regarda autour de lui, mais ne vit personne dans la salle d'attente.

– Il a dit qu'il préférait vous attendre dehors, dit la jeune femme.

L'homme qui attendait dehors était Bobby Lee. Au moment où Duane le regarda, il sut que quelqu'un était mort. Bobby Lee ne portait pas ses lunettes noires. Il avait l'air hagard, livide, le regard vide.

– Qui est mort ? demanda Duane. Dickie ?

Tout le monde dans sa famille conduisait beaucoup trop vite – il en avait toujours été ainsi –, mais pour ce qui était de l'imprudence sur la route, personne n'était jamais arrivé à la cheville de Dickie. Pendant toute son adolescence, Karla et lui avaient redouté de décrocher le téléphone lorsqu'il sonnait la nuit, de peur d'entendre une voix leur annonçant la mort de leur fils aîné.

– Pas Dickie – c'est Karla, elle a été tuée sur le coup.

– Tuée sur le coup par quoi, bon sang ?

– Collision frontale avec un camion. Le chauffeur est mort aussi. Sous l'impact il a été éjecté de la cabine et il s'est cassé le cou en atterrissant.

La bicyclette de Duane était appuyée contre le mur de la maison du docteur. Il l'attrapa et se tourna vers la rue.

– OK, je rentre tout de suite, dit-il. Merci d'être venu me le dire. Je te retrouve à la maison.

Bobby Lee resta pétrifié. Son visage exprimait son immense stupéfaction.

– Ta femme est morte, dit-il. Tu veux dire que tu vas aller jusqu'à Thalia en vélo ?

– Bobby, cela fait à peine trente-cinq kilomètres, ça ne prend pas longtemps à vélo, dit Duane.

– Mais tes gamins sont anéantis, dit Bobby Lee. Tous, sauf Jack. On n'arrive pas à le trouver.

– Jack charge des cochons. Je sais où lui laisser un mot. Tu rentres et tu dis aux enfants que je serai là dans deux heures.

– Mais si tu montes dans le pick-up avec moi, tu pourrais y être bien plus rapidement, dit Bobby Lee.

Sa lèvre tremblait. Il paraissait sur le point de fondre en larmes et il avait probablement beaucoup sangloté.

– Et puis, ça me fera de la compagnie, ajouta-t-il. Je ne sais pas ce que je vais devenir sans Karla.

– Aucun de nous ne sait ce qu'il va devenir sans Karla. Mais tu rentres et tu dis aux enfants que j'arrive. Je voudrais juste être seul un petit moment avant de plonger dans tout ça.

Il passa son bras autour des épaules de Bobby Lee qui tenta de ravaler ses larmes ; quelques-unes coulèrent sur ses joues.

– Tu as peut-être raison – elle n'est plus là, alors, pourquoi se presser ? dit-il.

– Est-ce qu'on sait à quelle vitesse elle allait lorsqu'elle est entrée dans le camion ? demanda Duane.

– Non, mais elle n'allait pas lentement. La BMW est pliée comme la voiture où est morte la princesse Diana.

– Je vois.

Duane mit soigneusement son casque avant de monter sur sa bicyclette et il allait partir lorsque le Dr Carmichael apparut sur le pas de sa porte et l'interpella. Il était déjà dans la rue, mais il fit demi-tour et remonta le trottoir jusqu'à l'entrée du jardin. Elle dit quelque chose qu'il ne parvint pas à entendre. Il enleva son casque.

– Duane, je suis désolé d'apprendre la nouvelle concernant votre femme, dit-elle. C'est une tragédie pour vous et votre famille.

Les grands yeux du docteur paraissaient encore plus grands quand elle le regarda. Elle n'essaya pas de le toucher, mais elle était apparemment émue.

– C'est vraiment tout à l'envers, dit Duane. C'était elle qui était pleine de vie et c'est moi qui suis au bout du rouleau. C'est moi qui aurais dû mourir.

– Oui, mais ce n'est pas vous, dit le docteur.

LIVRE 3
Le marcheur et Marcel Proust

1

Trois mois s'écoulèrent avant que Duane ne retrouve le petit papier que le Dr Carmichael lui avait tendu quelques minutes avant d'apprendre la mort de sa femme. Au milieu de tous les préparatifs de l'enterrement, le chagrin des filles, le silence des petits-enfants abasourdis – des plus grands, du moins –, il avait machinalement sorti le morceau de papier de sa poche, avec son chéquier et quelques reçus et les avait posés sur son bureau. Ce n'est que mi-juin, lorsqu'il finit par se décider à faire sa déclaration de revenus, qu'il ouvrit une lettre de son comptable et trouva le mot. Celui-ci l'avait apparemment renvoyé avec diverses factures. Le comptable, ne sachant pas ce qu'il signifiait ni s'il était important, le lui avait scrupuleusement retourné. En jetant un œil dessus, Duane ne reconnut pas l'écriture et supposa que le comptable, dans un excès de zèle dont beaucoup de comptables sont capables, lui avait renvoyé le papier par erreur. Ce qui y était écrit n'évoquait rien pour Duane d'intelligible : « Marcel Proust, *À la recherche du temps perdu*, trad. Kilmartin. »

Duane ne comprenait pas ce « trad. ». Depuis la mort de Karla, il avait été confronté à toutes sortes de bizarreries sur le plan pratique ou autres qui ne le concernaient ni de près ni de loin. Ce mot ne devait être qu'une incongruité de plus. Il s'apprêtait à le jeter lorsque la mémoire lui revint. Le Dr Carmichael était impatiente qu'il quitte son bureau, mais lorsqu'il lui avait demandé de lui recommander un livre pour l'aider à combattre le sentiment de vacuité qui le tourmentait, elle avait griffonné ces quelques mots et lui avait tendu le papier. Puis il était sorti, prévenu qu'un porteur de mauvaise nouvelle l'attendait dehors. Bobby Lee, désespéré, était sur le trottoir et lui annonça la mort de Karla.

Duane rangea soigneusement le morceau de papier dans son portefeuille. Il n'était pas retourné voir le Dr Carmichael. L'enterrement de sa femme avait eu lieu le lundi, jour de son rendez-vous à son cabinet, et il avait été obligé de l'annuler, sans trouver le temps d'en prendre un autre. Il avait dû mettre de côté son désir de se soigner. L'unique règle qu'il s'était imposée et qu'il appliquait scrupuleusement était de n'utiliser aucun véhicule à moteur. Lors des funérailles de sa femme, il s'était rendu de l'église au cimetière à pied, scandalisant une bonne partie de la ville. En parcourant les quelque huit cents mètres qui les séparaient, il avait jeté un coup d'œil à sa montre et s'était aperçu qu'il était exactement 3 heures, l'heure à laquelle le Dr Carmichael l'aurait fait entrer dans son cabinet si Karla n'avait pas été tuée sur la route. Il en éprouva un léger regret – il aurait préféré se trouver dans le bureau paisible et silencieux du Dr Carmichael que sur le chemin du cimetière ; mais cette parenthèse plaisante et enrichissante relevait désormais du domaine de l'impossible. Dans le cimetière balayé par le vent, la centaine de personnes présentes pour rendre un dernier hommage à Karla Moore garaient leurs pick-up ou attendaient, raides dans leurs tenues de deuil, l'arrivée de Duane. Barbette et Little Mike étaient venus d'Oregon, mais ne semblaient plus faire partie de la famille – ce qui était encore plus triste que la disparition de Karla.

Duane se présenta enfin et Karla fut enterrée, tandis que les rafales de vent décoiffaient les femmes et emportaient les chapeaux de ceux qui avaient été assez imprudents pour en porter. On était au printemps, mais l'hiver ayant été globalement sec, l'herbe du cimetière verdoyait à peine.

La dernière prière prononcée, le dernier hymne chanté et le cercueil descendu, Duane rentra à la maison à pied et s'attela aux innombrables détails – pratiques, légaux, familiaux – qui accompagnent la mort d'un être humain. Au début, il resta à la maison, dans la grande maison, pour rassurer les filles et ses petits-enfants. Il sentait que Karla aurait voulu qu'il soit là pour les aider, même si les seuls à passer beaucoup de temps avec lui étaient Willy, Barbi et Bubbles. Loni et Sami n'avaient jamais été très proches de leur grand-mère, et les bébés, Little Bascom et Baby Paul, oublièrent vite Karla, faisant de Rag une grand-mère de substitution, un rôle qu'elle accepta avec courage. Karla partie, elle se considérait comme la maîtresse incontestée du foyer, une position que personne ne voulut véritablement lui disputer. Nellie avait quitté la chaîne météo pour rejoindre une station de radio de musique country à Fort Worth, qui recherchait une femme DJ à la voix sexy – qualité que possédait Nellie. Elle venait en coup de vent le week-end pour voir ses petits et repartait à ses tables de mixage et ses micros. Julie, qui en avait assez de la banque, tomba amoureuse d'un magnat du barbecue d'Abilene qu'elle rencontra à Mayfest, une sauterie qui se tenait chaque année sur la pelouse du tribunal. Son nom était Walt – c'était un homme gentil et plutôt mélancolique qui aspirait à devenir chef cuisinier mais qui, malgré lui, se retrouvait coincé dans le segment porteur de traiteur pour barbecues, le meilleur et le plus recherché de la région, surtout durant les mois chauds des rodéos et réunions de famille. Walt pouvait rarement résister à ses propres barbecues et son ventre en était la preuve.

Duane restait à la maison parce qu'il pensait que c'était son devoir, mais il n'arrivait pas à dormir dans son ancienne chambre où il avait passé tant d'années avec Karla. La pièce lui faisait l'effet d'une tombe où même l'air était mort. Il ne cessait de se rappeler sa dernière nuit avec sa femme, lorsqu'il s'était levé à 3 heures du matin et était parti, tout simplement. Au bout de deux nuits, laminé par les souvenirs, il renonça à y coucher et s'installa sur le grand canapé du bureau, où se trouvait la télévision. Parfois, Barbi débarquait au milieu de la nuit, traînant sa couverture derrière elle ; elle avait pratiquement cessé de manger après la mort de Karla, ce qui inquiétait tout le monde, sauf Duane, qui se disait que la petite fille était malheureuse et qu'elle retrouverait son appétit lorsqu'elle se sentirait mieux. Généralement, la nuit, lorsqu'elle apparaissait ainsi, il parvenait à lui faire avaler un bol de céréales ou un sandwich au beurre de cacahuète. Willy, Bubbles et Barbi lui parlaient tous de leur grand-mère, essayant de différentes manières d'élucider le mystère de la mort et celui de la possibilité qu'il y ait une autre forme de vie après. Bubbles, qui avait été la plus gaie de tous les petits-enfants, était crûment réaliste à propos de sa grand-mère, qui, d'après elle, était en train de devenir un squelette dans un trou dans la terre. Willy, plus doux que sa sœur, ne voulait pas vraiment la croire – il pensait que l'esprit de sa grand-mère vivait encore et que peut-être il se trouvait dans la serre, parce qu'elle aimait drôlement jardiner. Barbi avait appris quelque part le concept de réincarnation et elle croyait dur comme fer que sa grand-mère vivait à nouveau sous les traits d'un grand oiseau. Une fois, Karla avait emmené Barbi au bord d'un lac dans les environs où il y avait un groupe de pélicans. Barbi était maintenant convaincue que sa grand-mère était devenue un grand pélican blanc qui volait en cercles autour de la maison, la nuit, surveillant tout le monde, et restait au bord du lac pendant la journée.

– Et elle mange des grenouilles, confia Barbi à son grand-père. De petites grenouilles vertes très gluantes. Elle les ramasse dans son grand bec en forme de pelle et elle les avale.

Duane dormit sur le canapé du bureau pendant les trois mois qui suivirent. Parfois, Willy ou Bubbles arrivait dans la pièce, en pleurant, voulant lui parler. Julie, qui travaillait comme agent dans l'affaire de barbecue de Walt, passait parfois une nuit ou deux à la maison et venait lui faire un câlin. Nellie restait aussi de temps en temps, mais elle buvait trop et repartait au travail, avec la gueule de bois.

Duane demanda à Rag si elle souhaitait s'installer dans la maison, pour être disponible en cas d'urgence, mais Rag déclina l'invitation.

– J'ai besoin de mon espace – j'ai besoin de mon épisode de *Nick at Nite*, dit-elle. Et ils repassent *Davy Crockett* à 1 heure du matin. Fess Parker, vous vous souvenez ?

– Je me souviens du vieux Fess, dit Duane.

Il équipa Rag d'un bipeur et expliqua soigneusement aux enfants comment s'en servir correctement. Il les avertit également de ne pas ennuyer Rag, à moins d'avoir vraiment besoin d'elle, une injonction qui était constamment ignorée. Bubbles la bipait quand elle n'arrivait pas à retrouver les deux chaussettes d'une même paire.

– Je devrais être mieux payée si je dois être d'astreinte vingt-quatre heures sur vingt-quatre, se plaignit Rag.

– Je vais vous payer plus, dit Duane.

Au bout de trois mois, lorsque les enfants recommencèrent à faire leurs nuits et que Barbi se remit à manger normalement, Duane quittait la maison en silence vers minuit et montait à vélo jusqu'à sa cabane; parfois, il se réveillait à temps pour revenir et aider Rag à donner le petit-déjeuner aux affamés. Mais, dans la cabane, il dormait profondément et d'un sommeil sans rêve – parfois, il ne se réveillait pas avant que la lumière aveuglante du soleil n'entre par les fenêtres. Il s'était fait aussi installer le téléphone, pour les cas d'urgence extrême, mais il préférait dépendre d'un bipeur dernier cri, sur lequel Rag laissait des messages en cas de situation critique. Le premier message dit : « Ces enfants sont en train de se battre comme des chiffonniers; comment est-ce que je joins les forces d'intervention de la police ? »

Duane arriva à vélo, pour découvrir que les enfants s'étaient réconciliés et étaient en train de jouer à des jeux vidéo. Dickie réagissait à la mort de sa mère en travaillant vingt-quatre heures sur vingt-quatre, sans lever le pied. Duane lui donna un bipeur à lui aussi, au cas où il y ait un problème majeur sur un des forages, mais Dickie le perdit le lendemain et ne lui envoya jamais de message. Jack avait quitté l'enterrement de sa mère le visage fermé et avait disparu. Personne n'avait plus entendu parler de lui depuis ce jour terrible, mais Duane ne s'inquiétait pas beaucoup pour Jack. Il était peut-être au Mexique ou en Chine, mais Jack survivrait.

Le temps commença à remplir son office. La famille pansait ses plaies. La vie reprit son cours normalement, sans Karla.

Duane, qui se déplaçait toujours à pied ou à vélo, passait plus de temps dans sa cabane. Il avait fait de son mieux pour aider les membres de sa famille à supporter la mort de leur mère, ou de leur grand-mère. Maintenant il fallait accorder un peu de temps au chagrin de l'époux – au sien.

2

Quelques jours après la mort de Karla, le printemps sembla mourir avec elle. Il se mit à faire chaud; et la température resta élevée. Deux mois après sa mort, le thermomètre monta jusqu'à quarante-huit degrés, la plus haute température enregistrée à Thalia depuis que les relevés existaient. Les enfants voulurent ériger une petite croix au bord de la route, dans le virage où Karla avait eu son accident. Duane les encouragea: il voulait qu'ils gardent Karla dans leur mémoire et dans leur cœur. Il se procura des planches et aida les enfants à construire la croix et à la peindre. Même Little Bascom et Baby Paul eurent le droit de passer quelques coups de pinceau, quand bien même ils n'avaient aucune idée de la raison pour laquelle ils le faisaient.

Duane et Dickie creusèrent le trou où ils plantèrent la croix, juste à côté de la route, dans le virage fatal. Nellie était rentrée de Fort Worth et Julie, avec Walt à ses côtés, était venue d'Abilene. Bobby Lee était présent, ainsi que Ruth Popper et Annette, et même Lester et Jenny. Le seul membre de la famille qui n'était pas présent était Jack, dont personne n'avait entendu parler.

Une fois plantée la croix, Duane partit à vélo pour aller chercher de nouvelles fleurs; puis il fit la même chose à côté de la pierre tombale dans le petit cimetière. Mais les éléments ne manifestaient pas la moindre pitié. La chaleur grimpait jour après jour. Chaque fois qu'ils mettaient des fleurs l'après-midi, elles étaient brûlées et mortes avant 10 heures le lendemain matin. L'herbe dans le cimetière était déjà brune et cassante le 1er juin. Les cieux, jour après jour, se vidaient de leurs nuages. La route qui menait à la cabane était recouverte d'une poussière brûlante ; même le fait d'y passer à vélo soulevait de grands nuages.

– Tu sais, tu es en train de manquer une grande vague de chaleur, dit Duane une fois ou deux au fantôme de Karla. Elle a déjà ruiné les céréaliers et, bientôt, il en sera de même des éleveurs s'il ne pleut pas en juillet.

Chaque jour, sans exception, Duane allait à pied au milieu de l'après-midi au cimetière et s'asseyait dans l'ombre étroite d'un petit cèdre près de la tombe de Karla.

Bien qu'il se fût installé à l'ombre dans le cimetière, il transpirait abondamment pendant que le soleil descendait vers l'horizon ouest. À 4 heures, il faisait chaud, à 5 heures, il faisait encore plus chaud. La chaleur à son zénith était si forte qu'elle l'empêchait de penser. Duane venait avec deux litres d'eau chaque jour et les buvait entièrement avant de quitter le cimetière.

Il venait à l'heure la plus chaude parce que Karla aimait cette chaleur. Il ne faisait jamais trop chaud pour elle. Elle restait allongée à côté de la piscine pendant des heures, sous la seule ombre d'un parasol, à lire ou écouter de la musique. Duane considérait que c'était un petit hommage à lui rendre de venir à l'heure la plus chaude, un acte de mémoire et de respect. Lorsqu'ils étaient jeunes et pauvres, et qu'ils faisaient l'amour dans leur petite chambre étouffante par une température analogue, les draps étaient aussi mouillés que s'ils avaient été plongés dans une rivière. C'était les chaleurs de la jeunesse, qui dataient d'il y a longtemps, mais pas si longtemps qu'il les ait oubliées.

Plusieurs fois, sans les enfants, il avait parcouru en vélo les vingt-quatre kilomètres jusqu'au virage où l'accident avait eu lieu pour l'examiner. Ce virage, mal relevé, sur une étroite route de campagne, était connu pour être traître. Vingt ans auparavant, deux adolescents y avaient trouvé la mort ; leur voiture avait fait un tonneau presque au même endroit. Quelques années plus tard, un cow-boy pressé de rentrer avait retourné à la fois un pick-up et une remorque à chevaux dans ce virage ; il avait perdu la vie et tué le meilleur cheval de cutting de la région. Ce qui était trompeur dans ce tournant, c'est qu'il précédait une longue route visible des deux côtés – les conducteurs fonçaient dans le virage pensant qu'il était anodin alors qu'il était serré. Karla et lui l'avaient pris de nombreuses fois, coupant à travers champs pour aller rejoindre la route en direction de Dallas, là où se rendait Karla lorsqu'elle s'est tuée.

Duane restait souvent une bonne heure près du virage, à réfléchir. Des camions de foin, de lait, des pick-up passaient à côté de lui, mais personne ne s'arrêtait. Les conducteurs étaient nombreux à connaître Duane, respectaient son chagrin et le laissaient seul.

La mort sur la route faisait autant partie de la culture de cette région que les rodéos ou les bagarres à coups de poing. Lorsque leurs enfants avaient l'âge de commettre des imprudences, tous les parents vivaient dans la terreur d'un appel annonçant leur mort et, pour un trop grand nombre d'entre eux, il arrivait.

Ce qui retenait l'attention de Duane, quand il était assis sur son vélo bien à l'abri sur l'accotement et qu'il regardait les conducteurs entrer et sortir du virage, c'était la précision de l'enchaînement mortel des événements. Le camion de lait qui avait tué Karla roulait vers l'ouest à grande vitesse, en direction d'une laiterie proche, et Karla se dirigeait vers l'est, tout aussi vite, pour aller à Dallas faire du shopping avec son amie Babe, déjà sur place. Les deux véhicules, qui fonçaient dans des directions opposées, étaient arrivés à l'angle le plus aigu du virage exactement au même moment. Si Karla ou l'autre conducteur étaient parvenus au virage ne serait-ce qu'une seconde auparavant, ils seraient encore vivants.

Mais non ; ils s'étaient rentrés dedans de face, chacun commettant simultanément une erreur de jugement très brève sur l'angle du virage et il n'en fallait pas plus. Karla était peut-être en train de pousser une cassette dans son autoradio ; peut-être avait-elle baissé les yeux pour poser son gobelet de café dans son emplacement. Le chauffeur avait peut-être regardé par la fenêtre, éternué, bâillé. Et, en une fraction de seconde, deux vies s'étaient arrêtées. Le chauffeur du camion avait été éjecté par la fenêtre passager et tué ; le camion s'était mis en portefeuille et, éventré, il avait déversé des tonnes de lait dans le fossé. Deux semaines après l'accident, l'herbe au bord de la route était encore blanche et laiteuse sur une bonne cinquantaine de mètres. Karla avait dû être désincarcérée de la BMW pliée en accordéon – elle avait été tuée sur le coup, comme l'avait dit Bobby Lee.

Duane regarda l'épave du camion de lait, regarda la BMW écrasée, tordue et sut que la mort était venue si rapidement que sa femme n'avait rien senti. Il le savait et pourtant son esprit ne cessait de chercher à connaître ses dernières pensées. Au début, il s'était senti coupable parce qu'il s'était éloigné d'elle les dernières semaines de sa vie et il se demandait si cet accident n'avait pas été une forme de suicide. Puis, en pensant à l'attachement viscéral que Karla avait pour ses enfants et petits-enfants, il sut qu'il se trompait. Par ailleurs, plusieurs personnes avaient vu Karla le matin de sa mort et avaient tous affirmé qu'elle était de très bonne humeur. Elle avait aidé Rag à préparer les enfants pour l'école, puis elle était allée chez Mildred-Jean se faire coiffer.

«Oh, non, nous avons ri et coupé un peu ses cheveux. Ben... pourquoi pas? Elle partait chez Neiman pour faire du shopping toute la journée», lui dit Mildred-Jean lorsque Duane lui demanda comment sa femme lui avait paru.

«Maman allait bien», dit Julie.

Elle avait passé la matinée à la maison et aidé sa mère à choisir sa tenue pour la journée.

«Grand-mère ne m'a même pas donné de fessée», contribua Sami, un jour où ils déposaient des fleurs sur sa tombe.

Puis Sami fondit en sanglots. Tous les enfants pleuraient beaucoup lorsqu'il les amenait à la tombe de leur grand-mère, ou à côté de la croix disposée à l'endroit où elle avait été tuée. La seule qui ne pleurait pas était Barbi, dont la réaction à la tragédie était plus retenue.

– Je vais apprendre la PES pour pouvoir lui parler, dit Barbi. Je sais qu'elle s'est réincarnée en oiseau. Lorsque j'aurai appris la PES, j'appellerai l'oiseau et, lorsqu'il m'entendra, il descendra et viendra tapoter sur ma fenêtre. Et après, je sortirai et je parlerai à Grand-mère. Est-ce que tu pourrais me trouver un livre sur la PES, Pa-pa? Je veux apprendre vite.

Duane alla à vélo jusqu'à Wichita Falls, acheta le livre pour Barbi et lui en lut la plus grande partie. Très vite ensuite, Barbi se mit à parler aux oiseaux, persuadée de parler à sa grand-mère.

– Elle passe d'un oiseau à l'autre, change de plumage, expliqua-t-elle à toute la famille. Là, tout de suite, elle est dans un coucou terrestre et elle tue des insectes et des lézards. Mais, parfois, elle est en corbeau.

– N'importe quoi, répondait Willy.

Il était profondément peiné par la perte de sa grand-mère – elle l'avait souvent emmené pêcher quand personne d'autre n'avait le temps de le faire. Il voulait que Barbi la ferme, cesse de parler d'elle, la laisse être morte, parce que, lorsqu'ils parlaient d'elle, il se mettait à pleurer toute la journée et il avait l'impression d'être une chochotte.

Rag et Bubbles partageaient ce point de vue. Bubbles aimait l'idée que sa grand-mère puisse avoir des ailes, mais elle voulait que ce soit des ailes d'ange, blanches, immaculées, de la couleur de draps blancs qui viennent juste d'être lavés. Elle ne voulait pas penser que sa grand-mère avait les ailes sales d'un vieil oiseau – les ailes d'oiseau, comme tout le monde le savait, étaient farcies de poux. Par deux fois, Barbi et elle s'étaient disputées violemment parce que Barbi insistait sur le fait que leur grand-mère était réincarnée en un vieux corbeau très laid.

Rag prenait le parti de Bubbles dans ces conflits. La mort de Karla lui causa tant de chagrin qu'elle se mit à développer une sorte d'hystérie de la parole. Bien qu'elle n'ait pas fréquenté l'église, à part pour les enterrements, depuis plus de quarante ans, elle se mit à lire la Bible et tenta de se familiariser à nouveau avec la doctrine chrétienne, sans trouver mention que les âmes des femmes bonnes se réincarnent en oiseaux. À une époque de sa vie, sa chanson préférée était « The Great Speckled Bird[1] », mais elle fouilla la Bible en vain à la recherche d'un

---

1. Hymne du Sud d'essence fondamentaliste dont les paroles ont été écrites par le révérend Guy Smith.

passage évoquant un grand oiseau moucheté. Lorsque Rag était prise de l'une de ses logorrhées, elle mentionnait en passant un détail à propos de Karla, puis se remettait à récapituler les événements de sa propre vie – laissant ses souvenirs se déverser alors comme les flots d'une rivière en crue.

Lorsque Rag entrait dans une de ses crises, tout le monde, à l'exception des bébés, quittait la maison. Les enfants en âge d'être scolarisés sortaient en courant et filaient à l'école, arrivant plusieurs minutes avant la dernière sonnerie. Mais Rag continuait à parler pendant des heures et des heures, souvent en compétition avec les braillements de Cartoon Channel au même moment. Little Bascom et Baby Paul passaient l'essentiel de la journée à regarder Cartoon Channel. Ils étaient trop jeunes pour aller à la maternelle et on ne savait pas quoi faire d'eux. Baby Paul se roulait par terre pendant des heures d'affilée, en mâchonnant des jouets en caoutchouc. L'activité favorite de Little Bascom, en dehors des dessins animés, était de se glisser dans le garage et d'arracher la bourre d'un vieux canapé qui autrefois se trouvait dans la chambre de Dickie. La bourre collait à ses vêtements. Quand il rentrait dans la maison, on avait parfois l'impression qu'il s'était trempé dans de la barbe à papa.

Bien que l'absence de Karla se fît ressentir sur tous les fronts, sur chacun et au quotidien, le foyer réussit à éviter de peu le chaos. Les repas étaient préparés et mangés, les vêtements sales finissaient par être lavés, les petites blessures étaient traitées et les petits ressentiments aplanis.

– Ça me rend triste – elle n'est plus là ! Qui assistera à mon mariage ? dit Bubbles un matin, avant de fondre en larmes.

Duane prit l'enfant sur ses genoux et la serra dans ses bras jusqu'à ce qu'elle se sente mieux.

– Tu as raison, chérie, dit-il. Grand-mère est partie bien trop tôt.

– Et Jésus aussi, fit remarquer Willy. Il n'avait que 30 ans et quelques. Vous avez pigé ? Comme la série ? dit-il en riant de sa propre blague.

– La vie continue, dit Rag, alors que chacun semblait être découragé.

– Si tu dis que la vie continue encore une fois, je t'étrangle, lui dit Duane. C'est le cas, mais on s'en fout.

Tous les enfants furent choqués. Leur grand-père avait donné l'impression de parler sérieusement lorsqu'il avait dit qu'il allait étrangler Rag. Et s'il le faisait pour de vrai ?

– Est-ce que ce serait un meurtre ou un homicide ? demanda Barbi.

Elle était toujours intéressée par les détails techniques.

– Ce serait juste un Rag-icide, dit Duane.

Il sourit, pour montrer que c'était une blague, même si, l'espace d'un instant, il avait vraiment eu des envies de meurtre.

– C'était juste une vieille expression, dit Rag, avant de fondre en larmes.

D'une certaine façon, Karla avait été sa meilleure amie ; tout était différent, maintenant qu'elle n'était plus là. Elle était juste coincée, là, toute la journée avec les deux bébés. Il n'y avait personne avec qui elle pouvait parler de coiffures, de la vie débridée des stars de cinéma, ou des innombrables catastrophes qui échoiraient à l'humanité une fois que la couche d'ozone serait détruite et les forêts vierges décimées.

– Qu'est-ce que je vais devenir ? sanglota Rag.

Duane et tous les enfants durent la serrer dans leurs bras et la rassurer mille fois avant qu'elle se calme.

3

Bien qu'il soit à la maison, en regrettant de ne pas vivre dans sa cabane, Duane continua à payer sa suite nuptiale au Stingaree Courts à Wichita Falls. Parfois, même après la canicule, il allait à vélo jusqu'au motel, payait sa note en liquide et restait dans sa chambre quelques heures, à écouter le bourdonnement du climatiseur et regardait un match de baseball laborieux à la télévision. Shorty était le plus souvent couché devant la porte de Gay-lee lorsque Duane arrivait. Il se précipitait et jappait deux ou trois fois, pour montrer à Duane qu'il le reconnaissait, mais sa réaction n'était pas vraiment passionnée – lorsque Duane partait quelques heures plus tard, Shorty faisait rarement plus que lever une oreille.

Généralement, Duane tapait à la porte de Gay-lee, dans l'espoir de pouvoir bavarder avec elle quelques minutes. Si c'était la fin de l'après-midi, elle était en train de se sécher les cheveux. Sans maquillage, elle avait l'air d'une adolescente.

Gay-lee paraissait toujours contente de le voir, mais on la sentait intimidée, peut-être ne savait-elle pas comment aborder le sujet de son deuil.

Sis, la femme de chambre, était plus directe.

– J'ai eu deux maris qu'ont été tués, je sais ce que vous sentez, dit Sis, lorsque Duane lui dit qu'il venait de perdre sa femme.

Pourquoi vous continuez à venir ici, Duane? Vous avez pas un endroit plus beau pour vivre?

– Je crois que je me suis habitué à ce motel, dit Duane.

Marcie Meeks lui posa la même question et il donna la même réponse.

– Vous êtes un drôle de type, dit Marcie Meeks. Vous avez une grande maison, là-bas, à Thalia, dans laquelle vous pourriez vivre, et vous continuez à payer quarante-huit dollars la nuit pour la suite nuptiale.

Marcie Meeks ne mâchait pas ses mots.

– Tout n'a pas forcément de sens, lui dit Duane.

Marcie n'était pas d'accord avec cette idée non plus.

– Peut-être en ce qui vous concerne, dit-elle. Mais, pour moi, il faut que ça ait plus de sens que ça. Quarante-huit dollars la nuit, ça finit par faire, même quand on est un ploutocrate. Un ploutocrate. Vous savez, comme Daddy Warbucks dans *Little Orphan Annie*, dit Marcie Meeks. Il y avait une bande dessinée quand j'étais petite.

Duane savait que son désir de garder une chambre au Stingaree Courts paraissait bizarre à presque tout le monde, mais avoir cette chambre faisait partie de son ancrage dans sa nouvelle vie. Malgré la difficulté à surmonter la mort de Karla, il ne voulait pas faire marche arrière. Peut-être échouerait-il et devrait retourner à son ancienne vie, mais il n'y céderait qu'à moins d'y être absolument obligé. Il refusait toujours de monter dans des véhicules motorisés, il passait toujours du temps seul dans sa cabane et avoir une chambre au Stingaree Courts le rassurait.

En parcourant le comté à bicyclette – ou à pied, comme il le faisait parfois –, Duane pensait presque constamment à Karla. Les derniers mois de sa vie n'avaient pas été une période heureuse pour elle et cela le peinait, mais le mal était fait. Au début, ce qui lui manquait le plus, c'était leurs conversations. Il était arrivé que Karla et lui cessent de se parler pendant de longues périodes, même sans raison évidente. Ou simplement parce qu'ils n'avaient rien à se dire. Mais, tôt ou tard, ils reprenaient le fil de leur conversation – se reparlant à nouveau plusieurs fois par jour, avant de s'arrêter encore. Ils procédaient par cycles et Duane supposait que tous les couples fonctionnaient ainsi après de longues années de vie commune. La corde se tendait, se distendait de différentes façons, puis un jour la machine se remettait en route, leur engagement mutuel l'emportant sur toutes les vicissitudes.

Maintenant, fini. Jamais plus, il n'entendrait Karla dire «Duane» d'une manière qui signifiait qu'elle avait quelque chose en tête. Et maintenant encore, il s'attendait à entendre sa voix; parfois, il rêvait que Karla et lui se parlaient. Et lorsqu'il se réveillait, il se sentait particulièrement triste.

La personne qui l'aida le plus, pendant les premiers mois de canicule après la mort de Karla, fut Ruth Popper. Ruth était maintenant presque totalement aveugle, mais elle connaissait si bien sa petite maison où elle avait vécu la plus grande partie de sa longue vie qu'elle était encore capable de se débrouiller seule et rester autonome. Elle s'abonna aux éditions en gros caractères de *Time* et *Newsweek* et les lisait à travers son énorme loupe.

– Je suis fâchée que Dickie m'ait renvoyée, annonça-t-elle brusquement à Duane, un jour ou deux après l'enterrement de Karla. Vous savez pourquoi?

– Non, pourquoi? demanda Duane.

– Parce que les commérages me manquent, avoua Ruth

– J'aurais cru que vous en auriez assez, des commérages. Moi, j'en ai assez.

– Vous, vous avez le cœur brisé parce que votre femme est morte, dit Ruth. Mais vous allez devoir surmonter ça, Duane. Vous avez eu une belle relation et tout a une fin.

Personne ne l'avait jamais exprimé exactement dans ces termes ; qu'il avait eu une belle relation de couple, ce qui était très vrai.

– Bon, voyez mon cas, poursuivit Ruth. J'ai eu dix ou douze petits amis quand j'étais jeune et certains d'entre eux sont devenus des hommes bien. Mais j'ai épousé le pire salopard du lot. J'ai fait un mauvais choix et je l'ai payé au centuple. Je n'ai pas eu une belle histoire comme vous. Alors, qui a le plus de chance ? Beaucoup de gens par ici meurent sur la route, tôt ou tard, continua-t-elle, sans lui laisser le temps de répondre. J'ai de la chance de ne plus avoir l'âge de conduire. Peut-être que je vais vivre encore dix ans, si j'arrive à ne pas aller sur la route.

Après cette conversation, Duane prit l'habitude de passer chez Ruth tous les deux jours pour bavarder quelques minutes et lui rapporter les ragots qu'il avait glanés ici ou là. Elle avait un beau sycomore dans son jardin et elle aimait s'asseoir à l'ombre en s'éventant pendant les longues soirées chaudes, lorsque les dernières lueurs du jour éclairaient encore le ciel.

– Cela fait presque quatre-vingt-dix ans que je vis dans cette ville, dit-elle un jour. On ne penserait jamais que quelqu'un d'intelligent resterait dans un petit trou étouffant comme celui-ci pendant quatre-vingt-dix ans, mais moi, je l'ai fait.

Généralement, Duane parvenait à un moment ou à un autre à faire dévier la conversation vers Karla. Il aimait entendre d'autres gens parler d'elle – cela le rendait fier, parce ni Ruth ni

Mildred-Jean ni Lester ni Bobby-Lee n'avaient la moindre chose négative à dire sur elle, peu importaient leurs disputes retentissantes lorsqu'elle était en vie.

Aussi, entendre les gens parler de Karla signifiait qu'elle était vivante, d'une certaine façon – vivante au moins dans la mémoire de la ville.

– Elle avait cette énergie incroyable, dit Ruth, un jour. La plupart des gens finissent par être un peu accablés, vous savez. J'ai été accablée pendant vingt-cinq ans. J'avais pas d'entrain – j'enchaînais les choses. Karla n'a jamais paru perdre son entrain – ça doit être parce qu'elle a de bons gènes.

– Moi, je n'en ai plus, commenta Duane. Le simple fait de préparer les enfants pour l'école le matin m'épuise pour le reste de la journée.

– Oui, et justement, je voulais vous en parler, dit Ruth.

– De quoi ?

Des engoulevents furetaient autour de la mare à côté.

– De vous, dit Ruth. Pourquoi est-ce que vous élevez vos petits-enfants ? Ce n'est pas votre boulot.

Sa remarque le prit par surprise. La plupart de ses petits-enfants avaient toujours vécu dans la grande maison, ou à côté, lorsque leurs parents étaient aux prises avec les difficultés. Karla avait décidé qu'il en soit ainsi et Duane ne se souvenait pas qu'ils en aient jamais discuté. La maison était grande ; il y avait de la place pour tout le monde. Le fait d'avoir les petits-enfants sous leur toit semblait faire partie de l'ordre naturel des choses.

Mais Ruth avait raison – ce n'était *pas* l'ordre naturel des choses.

– Vos enfants sont pas parfaits, mais ils sont en bonne santé et aucun d'eux n'est un abruti, dit-elle. Ils ont fait ces enfants.

C'est leur boulot de les élever, pas le vôtre. Vous n'êtes pas un service de baby-sitting, poursuivit-elle. Vous allez devoir vous remarier et je ne pense pas que votre future femme voudra de tous ces enfants accrochés à ses basques.

– Je suis d'accord sur le fait que les enfants devraient élever les petits-enfants, dit Duane. C'est *leur* boulot. Mais je ne me remarierai pas. Je ne peux pas imaginer une chose pareille. Quarante ans de vie en couple, c'est suffisant.

– Je sais, je n'aurais pas dû dire ça alors que vous êtes encore en deuil, dit Ruth. J'aurais dû attendre l'an prochain, ou l'année suivante. Mais je suis vieille, il se peut que je ne sois plus dans le coin l'an prochain ou après. Il faut que je vous donne mes conseils tant que je suis là, même s'ils sont un peu prématurés.

La pensée d'être marié à une autre que Karla lui paraissait si saugrenue que Duane pouvait à peine l'imaginer. Ce qui était bizarre, c'était qu'il avait surpris Rag en train de dire la même chose deux ou trois jours auparavant en s'adressant à Julie. Il entrait juste dans la maison à ce moment-là et les avait entendues. Julie insistait sur le fait que son père ne se remarierait jamais – même s'il le voulait, les enfants ne seraient jamais d'accord, avait-elle renchéri.

– Oui, mais chérie, un homme adulte ne peut pas vivre éternellement sur des souvenirs, dit Rag. À moins que ton père soit raide mort, il se remariera.

Cette remarque avait frappé Duane avec une force particulière en se rappelant que Karla avait dit presque la même chose lorsqu'elle s'était plainte de leur absence de vie sexuelle.

– Les jolis souvenirs, ça ne suffit pas, avait-elle dit.

Il était étrange que Ruth et Rag, qui n'avaient rien en commun, fassent la même déduction le concernant.

– Ruth, pourquoi pensez-vous une chose pareille ? demanda-t-il. Pourquoi voudrais-je me remarier ?

Mais Ruth, gênée, refusa de poursuivre sur ce sujet.

– Vous le saurez lorsque le moment sera venu, dit-elle.

4

Les jours suivants, Duane apprit que Ruth et Rag n'étaient pas les seules à spéculer sur son avenir marital. Tout le monde en ville semblait partager le même avis, à savoir que d'ici un an ou deux, si ce n'était plus tôt, il se remarierait. Mildred-Jean l'admit le jour suivant, alors qu'elle était en train de lui couper les cheveux.

– Ouaip, y a pas eu de divorces saignants ces derniers temps, alors vous êtes le principal sujet de conversation, dit Mildred-Jean. Certaines personnes pensent que vous avez déjà une petite amie.

– Ils feraient mieux de ne pas penser à haute voix devant moi, lui dit-il. Karla est décédée il y a à peine trois mois. Pour quel genre d'homme me prennent-ils ?

Duane était écœuré par ces commérages. Il avait été marié quarante ans et il avait aimé sa femme jusqu'au bout, même s'il était parti afin d'adopter un mode de vie solitaire quelques mois avant sa mort. Pensaient-ils que son souvenir soit si peu marquant qu'il lui suffirait de tourner les talons et de se remarier ?

Chaque jour, il ressentait le besoin pressant de parler à Karla. Même si elle était morte, il se sentait presque plus marié à elle que lorsqu'elle était vivante. La pensée d'être avec une autre femme ne l'intéressait pas du tout – voire, elle le dégoûtait.

Karla était la seule épouse qu'il ait jamais eue et la seule, il en était sûr, dont il aurait jamais besoin.

Les spéculations des gens du coin le dérangèrent tellement qu'il convoqua trois de ses quatre enfants, pour les rassurer sur ce point. Il ne voulait pas qu'ils écoutent les rumeurs et se fassent des idées idiotes.

– Les gens racontent que je vais me remarier, dit-il à Dickie, Julie et Nellie.

Ils étaient sans nouvelles directes de Jack, mais selon la rumeur, il était en Amérique du Sud, en train de descendre l'Amazone en canoë.

– Tout ça, ce ne sont que des commérages ridicules, dit-il. Je ne vais pas me remarier.

À son grand mécontentement, tous ses enfants évitèrent son regard. Il vit que pas un ne le croyait, ce qui l'agaça encore plus.

– On veut juste que tu décides ce qui est le mieux pour toi, Papa, dit Nellie.

– Si tu trouves quelqu'un que tu aimes, on ne t'empêchera pas de faire ce que tu veux, dit Julie.

– Bon sang, pourquoi est-ce que tu vieillirais seul juste parce que Maman a foncé dans un camion de lait ?

– Qu'est-ce que je viens de dire ? fit Duane. J'ai dit que je ne me remarierai pas. J'ai neuf petits-enfants et quelques bons amis. Pourquoi serais-je inquiet de vieillir seul ?

Personne ne dit rien, mais il vit que ses enfants étaient aussi convaincus que tous les habitants de la ville qu'il avait l'intention de se remarier.

– OK, pensez ce que vous voulez, mais à partir de maintenant, je vais passer mes nuits à la cabane, dit-il. Vous allez devoir trouver un moyen d'élever vos enfants.

Là-dessus, il partit, laissant les enfants ahuris. Cette nuit-là, il resta longtemps assis devant sa cabane, sentant la chaleur monter de la terre. Lorsqu'il y repensa plus calmement, il se dit que le qu'en-dira-t-on sur son avenir était probablement normal. Pour la plupart de ceux qui alimentaient ces rumeurs, le mariage était la norme à l'aune de laquelle toute activité était mesurée. Tout comme la nature détestait le vide, la société – tout au moins celle de Thalia – détestait la différence. Déjà, il avait renoncé aux pick-up, une excentricité qu'on pourrait finir par accepter. Mais rester célibataire en plus, les gens du coin n'étaient pas prêts à s'en accommoder. Il leur fallait penser que Duane allait se remarier, même si, pour finir, il ne le ferait jamais.

Le matin suivant, Bobby Lee débarqua à la cabane, au moment où Duane se préparait des œufs brouillés. Il en ajouta deux autres et sortit une assiette pour son invité.

– J'imagine que tu es venu me parler de mon mariage prochain, dit Duane.

Le visage de Bobby Lee ne trahit pas la moindre expression. Il se mit à saupoudrer du poivre sur ses œufs en vidant presque la moitié du poivrier.

– J'aime bien quand le poivre est visible, expliqua-t-il lorsque Duane leva les sourcils. J'aime quand le sel est visible aussi, mais j'ai dû y aller doucement sur le sel, depuis que j'ai perdu ma couille.

– Oui, on dit que les régimes faiblement salés sont bons pour les gens avec une seule couille, dit Duane, avec un hochement de tête empreint de gravité.

– Qu'est-ce que c'est, cette histoire de mariage ? demanda Bobby Lee.

– C'est la dernière nouvelle qui circule en ville, dit Duane. Je ne sais pas qui je suis censé épouser. Je me suis dit que tu le savais peut-être.

– Je ferme mes oreilles quand il y a des cancans qui circulent, dit Bobby Lee. Je m'en fiche que tu te maries ou pas. J'ai mes propres problèmes.

– Bien. Je suis content que quelqu'un reste neutre, dit Duane.

– S'il y avait une autre pièce dans cette cabane, je pourrais tout simplement m'installer avec toi, dit Bobby Lee. J'en ai marre de la société des humains ; tout ce qu'ils font, c'est se moquer de mon état.

– C'est la principale raison pour laquelle je n'ai qu'une pièce – pour que tu ne puisses pas t'installer ici, dit Duane.

– Attends une minute, il y a quelque chose qui cloche, dit Bobby Lee. Où est Shorty ?

– Je l'ai donné. Il ne supportait pas les trajets.

– Mon Dieu, tu es sacrément paumé ! Je ne savais pas que tu étais barré au point de donner ton seul chien.

– Je l'ai donné à une pute et une dame noire, admit Duane. Je l'ai vu hier ; il avait tout à fait le moral.

– C'est pas comme Sonny Crawford, dit Bobby Lee. Ils l'ont emmené à l'hôpital hier soir.

– L'hôpital des fous ou l'hôpital normal ? demanda Duane.

– L'hôpital normal, dit Bobby Lee. Ils envisagent de lui couper les deux pieds. Ils sont noirs comme du pétrole, expliqua-t-il. Sonny ne bouge pratiquement pas et j'imagine que sa circulation s'est arrêtée, tout simplement.

– Tu veux dire qu'il a la gangrène ?

– Ben... ses pieds sont noirs comme du pétrole, ils disent, répondit Bobby Lee. Cela pourrait être de la gangrène. Je ne sais pas ce que c'est, mais en tout cas, sa carrière de danseur est terminée.

– Elle était finie, de toute manière. Je n'ai pas vu Sonny danser depuis au moins vingt ans, dit Duane.

La nouvelle l'abattit. La pensée de Sonny assis là, année après année, dans son petit magasin, presque sans bouger, sans marcher, jusqu'à ce que ses pieds se mettent à pourrir, n'était pas plaisante.

– Tu devrais aller le voir, Duane, dit Bobby Lee. Lui et toi, vous étiez les meilleurs amis du monde, autrefois. S'ils lui coupent les deux pieds, il risque d'être assez déprimé.

Bobby Lee s'en alla et Duane fit la vaisselle. Il aimait que tout dans sa cabane soit propre et bien rangé. C'était tellement reposant de ne pas être dans la grande maison avec Rag qui divaguait, les enfants en train de se chamailler et la télé en train de brailler, qu'il avait attendu avec impatience que vienne le jour où il ne ferait pas grand-chose d'autre que rester dans son transat et contempler le paysage. C'était principalement quand il était seul qu'il pouvait penser à Karla d'une manière presque sereine, laissant les clashs qui avaient émaillé leur vie commune s'échapper de sa mémoire avant d'y revenir. L'air était parfaitement immobile, pas un souffle de vent, même sur sa colline ; la température était rapidement en train de grimper à quarante degrés. L'horizon lointain, qui était clair et net au lever du soleil, était déjà troublé par la brume de chaleur. Duane avait le livre de Thoreau avec lui et, de temps en temps, il en parcourait un passage, mais il n'arrivait pas à rassembler assez d'énergie pour le lire d'un bout à l'autre. Il y avait une phrase qu'il aimait tellement qu'il l'avait soulignée et avait coincé un petit morceau de papier entre les pages pour marquer l'endroit. « Je suis allé dans les bois parce que je voulais vivre posément, me confronter uniquement aux faits essentiels de la vie et voir si je ne pouvais pas apprendre ce qu'elle avait à m'enseigner, et pour ne pas, le jour où je mourrai, découvrir que je n'avais pas vécu. »

Duane relut cette phrase encore et encore, quarante ou cinquante fois ; c'était la phrase qui expliquait exactement ce qu'il essayait de faire – et l'expliquait si clairement qu'il ne voulait pas vraiment lire le reste de *Walden*. Il avait garé son pick-up, laissé sa famille et s'était installé dans la cabane pour tenter d'apprendre des choses sur la vie, et ne plus avoir le sentiment qu'il y avançait à pas lourds. Il savait que la plupart des gens qui le connaissaient considéreraient que son ambition était déroutante et stupide. Il avait vécu longtemps en couple, il avait quatre enfants et neuf petits-enfants. Comment pouvait-il penser qu'il n'avait pas vécu ?

C'était une question à laquelle Duane pouvait difficilement répondre lui-même. Tout ce qu'il savait, c'était qu'à la cinquantaine il avait commencé à perdre toute motivation et il s'était contenté de continuer ainsi pendant plusieurs années, enchaînant les gestes de tous les jours machinalement jusqu'à ce que le moteur s'arrête de lui-même. Alors il avait renoncé et il tentait de commencer une vie qui, un pas après l'autre, aurait du sens. Il voulait sentir qu'au moins une partie de ce qu'il faisait valait la peine, en soi, isolément – même si ce n'était rien de plus qu'enlever les détritus qui gisaient sous un pont. Ainsi, il avait l'impression que plus son action paraissait minuscule, plus il avait de chance qu'elle ait de la valeur. Il n'avait pas assez de connaissances pour s'engager dans une grande œuvre ou un gros ouvrage. Tous ses efforts devaient donc se porter sur de petites choses et dans sa sphère de compétence.

Sa confusion et sa dépression l'avaient détourné de ce but, même modeste. Il avait commencé à voir le docteur, ce qui s'était avéré épuisant. Ensuite, juste au moment où cela promettait de devenir moins fatigant, Karla s'était écrasée contre un camion de lait et, pendant trois mois, il avait consacré son temps à maintenir la tête de sa famille hors de l'eau. Ruth Popper lui avait rendu un fier service lorsqu'elle lui avait rappelé que ses enfants étaient des adultes et qu'on pouvait s'attendre à ce qu'ils soient, dans la pratique, les parents de leur propre progéniture. Sa femme était morte ; le fait de renoncer à sa nouvelle vie, ou du moins à sa tentative d'avoir une vie qui aurait un but qu'il s'était défini, ne la ramènerait pas. Il n'allait pas oublier Karla, jamais, mais le veuvage n'était pas une profession. Il n'avait pas l'intention de se remarier – il ne le désirait pas – mais il acceptait l'idée que ses concitoyens voient les choses autrement. En évoquant sa prochaine femme, les gens ne disaient rien d'autre, en réalité, que ce qu'avait dit Rag avant qu'il la menace de l'étrangler ; que la vie continue. Même s'il semblait déloyal de penser que sa vie pourrait se poursuivre complètement indépendamment de Karla, ou de son souvenir, il était probable qu'il en serait ainsi. Lorsqu'il était jeune, sa mère lui chantait une chanson, populaire en ce temps-là, intitulée « Le temps change tout ». Assis sur son transat, laissant la chaleur le recouvrir et le pénétrer, il comprit mieux que jamais à quel point c'était empreint de vérité.

Peut-être même que les colporteurs de rumeurs avaient raison. Le temps, qui changeait tout, le changerait peut-être tellement qu'il *aurait* envie de se remarier.

Mais cela ne se produirait pas tout de suite – de cela, il était certain.

Ce soir-là, il n'alla pas en ville. Il se promena sur sa colline, attendit que les dernières lueurs du jour disparaissent et qu'il soit trop tard pour rendre visite à ses petits-enfants. Aller les voir à intervalles réguliers était, après tout, précisément l'habitude dont il essayait de se débarrasser. Il ne dîna pas et cela ne lui manqua pas. L'idée de jeûner un jour par semaine avait commencé à germer dans sa tête. Souvent, il mangeait par habitude, plus que par faim – il lui semblait qu'il était temps d'éliminer cette habitude aussi. Le jour où il avait acheté à Barbi son livre sur la PES, il s'était aussi acheté un petit ouvrage sur le travail du bois qu'il lut pendant une demi-heure avant d'éteindre la lumière. Il n'avait pas encore utilisé les outils qu'il avait achetés chez Jody Carmichael, la première fois qu'il y était allé. Il ne voulait pas acquérir un assortiment d'outils spécialisés et, ensuite, ne jamais rien en faire. Il avait l'intention d'en prendre juste trois ou quatre et d'essayer vraiment de façonner un morceau de bois, lui donner une forme de sa propre invention.

Cette nuit-là, à sa grande surprise, Duane eut une éjaculation nocturne. Il embrassait une femme. Au début, il n'en ressentit que la sensation ; il ne put identifier la femme. Puis, très clairement, il vit que celle qu'il touchait et embrassait était Honor Carmichael. Il vit ses grands yeux et sentit son haleine. Lorsqu'il se réveilla, ses draps étaient si collants de sperme qu'il dut se lever, se laver et les changer. Pendant tout le reste de la nuit, il resta éveillé. Cela faisait de nombreux mois, peut-être même une année, qu'il n'avait pas ressenti la moindre excitation sexuelle et, pourtant, soudain, sans prévenir, était venu un rêve dans lequel il faisait l'amour à son docteur.

Lorsqu'il finit par se rendormir, au lever du soleil, Karla lui apparut aussi en songe.

– Duane, je te l'avais bien dit, lança son épouse décédée, avant de se dissoudre dans la lumière claire du matin.

5

Lorsque Duane quitta sa cabane, il lut sur le petit thermomètre posé à côté de sa fenêtre : trente-neuf degrés, et pourtant, il n'était que 8 h 15. Il avait mis sa radio en marche pendant quelques minutes : les météorologues annonçaient quarante-neuf degrés au milieu de l'après-midi. Loin, à Phoenix, l'aéroport Sky Harbor avait dû fermer parce que la température était devenue tellement élevée que les avions n'arrivaient pas à décoller.

Il enfourcha sa bicyclette et descendit lentement vers Wichita Falls, avec le projet d'aller voir Sonny Crawford à l'hôpital. Cela faisait de nombreuses années que Sonny et lui n'avaient pas été capables de se parler vraiment, ni d'entretenir une relation amicale, comme c'était le cas autrefois. Mais il avait toujours connu Sonny, partageant avec lui bons et mauvais souvenirs. Duane avait même fait perdre son œil gauche à Sonny, lors d'une bagarre violente dont l'enjeu était les témoignages d'affection, pourtant insignifiants, de Jacy Farrow.

Duane se dit qu'il se devait d'aller rendre visite à Sonny. À une certaine époque, Sonny avait été une sorte d'oncle de substitution pour ses enfants – Julie et Jack en particulier étaient fous de lui autrefois et Sonny avait été un tonton gâteau pour eux, les aidant à sortir des multiples difficultés de leurs relations avec leurs parents. Le moins qu'il puisse faire maintenant, c'était d'aller lui remonter le moral. La pensée qu'un homme puisse être si déprimé qu'il ne pouvait même pas se déplacer suffisamment pour maintenir la circulation sanguine dans ses pied, était sinistre.

Tandis qu'il avançait sur la route de campagne, restant dans l'ombre dès qu'il le pouvait, certains moments de son rêve érotique se mirent à défiler dans son esprit. Les images lui revenaient, fugaces, et concernaient le Dr Carmichael : ses seins, sa bouche, ses jambes. Ces images le troublèrent. Il ne voulait pas avoir de telles pensées au sujet de son médecin. Cela semblait particulièrement déloyal, à la fois envers le Dr Carmichael et envers Karla. S'il devait faire des rêves érotiques, pourquoi ne concernaient-ils pas Karla, la femme qu'il venait de perdre ? Une fois ou deux, alors qu'il s'ennuyait, il avait même essayé d'imaginer un fantasme avec Karla – mais cela n'avait pas marché. Lorsqu'il pensait à elle, elle était toujours complètement habillée, prête à partir faire des courses, pas à faire l'amour. Il était incapable de retrouver une image érotique de celle qui avait été sa femme pendant quarante ans, avec laquelle il pensait avoir eu une vie sexuelle assez épanouie, même si elle s'était passablement étiolée les dernières années ; en revanche, il pouvait faire surgir des images sexuellement excitantes de son médecin, qu'il connaissait à peine et qu'il ne voyait plus. C'était troublant, pas parce qu'il y avait quelque chose d'incorrect dans le fait d'avoir des fantasmes sexuels avec une femme séduisante, mais parce qu'il se sentait idiot. Il était en route pour aller voir un de ses vieux amis, très malade. Pourquoi son esprit ne voulait-il pas se détourner du sexe ?

Lorsqu'il passa en vue du Corners, il décida, sur un coup de tête, de s'arrêter et de bavarder avec Jody quelques minutes – il n'avait pas pris de petit-déjeuner et se disait qu'une bouteille de Gatorade pourrait améliorer sa vitesse.

Trois ouvriers moroses, tous appartenant à une de ses équipes, étaient assis sur le hayon d'un pick-up et mangeaient des burritos sortis du micro-ondes, lorsque Duane arriva.

– Bonjour, dit-il. Bon appétit !

Tous les trois cessèrent de manger pour le regarder. Le voir en tenue de cycliste paraissait les rendre muets ; ou peut-être étaient-ils trop fatigués pour parler. L'un d'eux, un gars appelé Gene, avait un gros morceau de burrito qui lui sortait de la bouche, mais il avait l'air trop las pour le mâcher.

– Monsieur Moore, Dickie va nous faire crever. Dites-lui d'arrêter, dit l'un d'eux. Depuis que vous lui avez donné les rênes, c'est boulot boulot boulot.

– Putain, je voudrais bien qu'il redevienne un camé, dit Gene, enlevant le morceau de burrito à moitié mâché pour pouvoir parler.

– Ma petite amie est sur le point de me larguer parce que je n'ai jamais de congés, dit le troisième homme. Y va falloir trouver une solution.

– Quand est-ce que vous reprenez ? demanda Gene. Ça pourrait bien nous sauver la vie.

– Je ne vais pas reprendre, dit Duane, avant d'entrer.

Jody Carmichael était dans l'ombre derrière son comptoir, éclairé seulement par la lumière verte de son écran d'ordinateur.

– Excuse-moi une minute, dit-il. Les chevaux sont sur la ligne de départ et la reine a une pouliche dans cette course.

– Quelle reine ? Demanda Duane.

– La reine Elizabeth, la seule reine qui a des chevaux qui vaillent quelque chose, dit Jody.

Il tapota sur ses touches quelques instants puis se retourna pour faire face à Duane.

– C'est terrible, ce qui est arrivé à ta femme, dit-il. J'ai toujours bien aimé Karla.

– Oui, comme la plupart des gens, répondit Duane.

– Dès qu'on se met à asphalter ces petits chemins de terre qu'ont pas besoin de l'être, on commence à perdre des membres importants de la population, dit Jody. Les gens ne s'écrasent pas dans des camions de lait sur les chemins de terre.

Duane ne répondit pas. Il était complètement abasourdi devant la métamorphose du magasin de Jody. Ce n'était plus un foutoir sombre et désordonné dans lequel les piles AA étaient rangées derrière les Fritos ; le magasin était bien éclairé, propre comme un sou neuf et rangé de manière à ce que les chips soient à côté des Fritos, pas les piles. La boutique était maintenant aussi propre et rangée que l'était l'entrepôt des outils.

– On dirait que ta fille est passée par ici, dit-il.

– Oui, il y a eu une révolution depuis la dernière fois que tu es venu, dit Jody. Tu as perdu ta femme de toujours et ma fille a rangé mon magasin, et ni toi ni moi ne nous attendions à ces événements.

– Mais cet ordre doit effrayer les gens, non ?

– Ça effraie les ouvriers, dit Jody. Cela m'effraie moi-même un peu. J'arrive à voir mon reflet dans une boîte de conserve et je me dis qu'un vieux fou me suit partout. Quand as-tu adopté la bicyclette comme mode de transport ?

– Quand j'ai commencé à avoir des rendez-vous avec ta fille, dit Duane. Vingt-huit kilomètres, ça faisait un peu trop à pied.

– Oh, tu as vu Honor ? fit Jody. C'est bien. Pas étonnant que tu aies l'air en bonne santé.

– Je l'ai vue pendant un moment, dit Duane. Elle ne t'a pas dit ?

– Non, elle est psychiatre, dit Jody, un peu irrité. Elle ne se balade pas en racontant qui est fou et qui ne l'est pas.

– Effectivement, j'imagine que ce ne serait pas une bonne chose, dit Duane.

Malgré tout, il se sentait un peu déçu. Pour une raison inconnue, il s'était dit que le Dr Carmichael aurait au moins mentionné à son père qu'il était devenu son patient. Il aurait voulu qu'elle soit plus intéressée par lui qu'elle ne l'était en réalité. Ceci expliquant sans doute le rêve érotique.

Malgré sa légère déception, Duane ne put qu'être frappé par l'amélioration que Honor Carmichael avait apportée à l'environnement de son père. Le Corners était un trou sombre et sale, maintenant il était bien éclairé, propre, gai et bien rangé. Honor avait à l'évidence réfléchi à la manière d'organiser les choses, les articles de toilette, les en-cas et l'épicerie devant être rangés sur les étagères à côté des ampoules, des leurres pour la pêche et des insecticides en bombe.

Jody vit Duane en train d'admirer l'intelligence de l'agencement et il sourit.

– Honor a l'esprit d'organisation, dit-il. J'imagine que c'est pour cela qu'elle est une bonne thérapeute. Elle sait quel genre de choses doivent être proches sur des étagères.

– C'est évident. Tu as de la chance, dit Duane.

– Oui, dit Jody avec simplicité. J'ai de la chance. Avoir une fille comme Honor libère mon esprit, comme ça, je peux me consacrer à mes paris. Il y a cette nouvelle équipe de foot albanaise qu'ils essaient de lancer. Je n'avais jamais pensé voir une équipe de foot albanaise. Le vieux roi Zog doit se retourner dans sa tombe.

– Qui est le roi Zog ? demanda Duane.

Jody le regarda, étonné.

– C'était le roi d'Albanie, jusqu'à ce que les cocos prennent le pouvoir, dit-il.

L'explication de Jody donna à Duane l'impression d'être un péquenaud ignare. Non seulement il n'avait jamais entendu parler du roi Zog, mais il n'avait jamais vraiment entendu parler de l'Albanie. Tout ce qu'il parvenait à se rappeler sur l'Albanie, c'était qu'un groupe d'Albanais avaient essayé de s'enfuir pour aller en Italie à bord d'un bateau et, croyait-il se souvenir, le bateau n'avait pas pu accoster. Ils étaient un peu comme les boat people vietnamiens, sauf qu'ils n'étaient pas asiatiques.

– Je ne savais pas que tu connaissais toutes les royautés, Jody.

– En fait, je ne suis que la reine, répondit Jody. Elle a quelques jolies pouliches et des chevaux de 2 ans qui ont l'air de pouvoir prendre de la vitesse.

Duane s'acheta une bouteille de Gatorade et des cacahuètes qu'il pourrait grignoter en chemin.

– Ta fille a vraiment fait des merveilles ici, dit-il. Tu avais déjà le plus beau magasin d'outils de la région, mais maintenant, tu as aussi la plus belle épicerie.

– Et ce n'est pas fini, dit Jody. Elle ne cesse de dire qu'elle va bientôt repeindre l'extérieur.

– Si j'étais elle, j'attendrais l'automne pour attaquer, dit Duane. Avec cette chaleur, ses pinceaux vont sécher avant même qu'elle ait mis la peinture sur les planches.

– Non, parce qu'elle sera là dès l'aube, peindra une heure et s'en ira, dit Jody. Puis elle recommencera le jour suivant, peindra une heure avant de s'en aller. Une fois qu'elle est partie, Honor ne laisse pas tomber.

Duane voulait demander à Jody de lui transmettre son bonjour, mais, à la dernière minute, il changea d'avis. Si le Dr Carmichael n'avait même pas mentionné à son père qu'il était devenu son patient, alors demander à Jody de la saluer pour lui n'était probablement pas raisonnable. Il se rendit compte, en s'éloignant sur son vélo, qu'il ne connaissait guère plus les règles de la psychiatrie que les rois d'Albanie. Peut-être, dans l'esprit de Honor Carmichael, était-il encore son patient, auquel cas il serait beaucoup plus convenable qu'il prenne rendez-vous et aille lui dire bonjour lui-même.

6

I — l vaut mieux ne pas regarder mes pieds, ni les renifler, dit Sonny lorsque Duane entra dans sa chambre d'hôpital. Il vaut mieux pour toi t'asseoir juste en dessous du climatiseur.

– C'est ce qui vaut mieux par cette chaleur, de toute manière, répondit Duane.

Sonny regarda par la fenêtre la pelouse de l'hôpital qui cuisait littéralement.

– Il doit faire chaud, j'imagine, dit-il.

Ses yeux ne se fixaient pas sur Duane ; en fait, ils ne se fixaient sur rien. Ils rappelaient à Duane les yeux des vieux chiens. L'endroit que regardait Sonny Crawford était un endroit qu'une personne normale ne pouvait pas espérer voir.

– Il fait tellement chaud que les avions n'arrivent pas à décoller, dit Duane. Ils ont dû fermer Phoenix.

Sonny lui adressa son vague sourire impersonnel.

– C'est pas grave, je n'avais pas l'intention d'aller à Phoenix de toute façon, dit Sonny. Les saisons ne signifient plus grand-chose pour moi. Cela m'est égal qu'il fasse chaud, cela m'est égal qu'il fasse froid.

De l'avis de Duane, Sonny avait une mine terrible. Il ne s'était pas rasé depuis trois ou quatre jours et ses cheveux gris étaient ébouriffés. Duane lui tendit la main et celle de Sonny n'avait aucune force. Duane aurait aussi bien pu lui serrer le coude ou le genou. Il avait l'impression de serrer la main d'un homme mort. Il se sentait bizarre, rien que de se trouver dans la pièce avec Sonny, et il regretta d'être venu. Tout ce qu'ils avaient partagé, c'était une ville et un passé. Ils avaient vécu au même endroit, mais l'intérêt qu'ils avaient eu l'un pour l'autre s'était évanoui avec le temps.

– Karla manque à toute la ville, mais j'imagine que c'est à toi qu'elle manque le plus, dit Sonny.

Il était venu à l'enterrement, le nœud de cravate tout desserré. Duane se souvenait de l'avoir vu parler aux filles.

– Oui, elle me manque, dit Duane.

– Je n'avais pas vraiment parlé à Karla depuis des années, admit Sonny, en regardant à nouveau dehors, la pelouse qui grillait. C'était ma faute. Karla cherchait toujours à me sortir de ma torpeur – elle n'arrêtait pas d'essayer de me faire courir, manger sainement, chercher une petite amie –, mais je ne faisais rien. Je crois qu'elle s'est juste découragée et elle a laissé tomber – je ne peux pas lui en vouloir.

– Elle était comme ça, dit Duane.

– Comment ça se fait que tu t'es mis à marcher partout ? demanda Sonny.

– Je ne sais pas vraiment. Je crois que j'en suis juste venu à penser que c'était une meilleure façon d'utiliser mon temps que de me promener en pick-up. J'ai parcouru des millions de kilomètres en pick-up et, pourtant, je n'ai jamais vraiment vu le monde, je n'ai vu que les pick-up.

Il y eut un long silence. Duane se dit qu'il avait fait son devoir en venant voir Sonny, mais ignorait si cela lui importait tant.

– C'est étrange, non ? dit Sonny.

Il avait remarqué le malaise de Duane.

– Quoi ? Que tes pieds soient malades ? demanda Duane.

– Non, ça, c'est pas étrange, c'est juste ce qui arrive quand on reste sans bouger toute la nuit et qu'on ne fait pas d'exercice. Si j'avais écouté ta femme, mes pieds iraient probablement très bien. Ce qui est étrange, c'est nous. Toi et moi, on se connaît depuis qu'on est né et on n'a rien à se dire.

– Ce n'est pas si étrange que ça, dit Duane. Il n'y a peut-être pas beaucoup de sujets de conversation pour deux personnes qui ont passé toute leur vie à Thalia.

– Ben... il y a la vie, il y a le foot du lycée et il y a Jacy Farrow, dit Sonny. J'imagine que, là, on a fait le tour.

– Je crois que Ruth a l'intention de venir te voir, si elle trouve quelqu'un pour la conduire, dit Duane. Elle a demandé de tes nouvelles hier.

– Cette bonne vieille Ruth, dit Sonny. Elle peut venir me rendre visite, mais pas me voir, parce qu'elle ne voit rien. Encore une qui a essayé de m'inculquer la route à suivre. Tu te souviens quand Ruth faisait du jogging ?

– Ouaip, c'était pendant le boom, dit Duane. C'est quand tout le monde s'est mis au jogging. Ensuite, il y a eu le choc pétrolier et tout le monde a repris son ancienne vie.

– J'ai eu une aventure avec Ruth, tu te rappelles ? dit Sonny. Son mari, c'était ce gros plein de soupe d'entraîneur. Il m'a demandé d'emmener Ruth chez le médecin un jour et on a commencé à coucher ensemble.

Duane s'en souvenait. À l'époque, il sortait avec Jacy, la plus belle fille de la ville, et il avait trouvé assez bizarre que son ami se tape une vieille – Ruth devait avoir environ 35 ans à l'époque.

Il n'y avait pas que ça, il trouvait que c'était dangereux. Toute la ville était au courant de leur liaison – le fait que l'entraîneur ne s'en rende pas compte était un mystère pour chacun. Mais tout le monde était d'accord sur un point : il les prendrait sur le fait un jour et il les tuerait tous les deux avec son fusil de chasse.

– Quand on y pense, Ruth Popper a été ma seule vraie petite amie, dit Sonny. J'aurais dû épouser Jacy, mais ses parents nous ont surpris et ont fait annuler le mariage avant même que je couche avec elle. Ruth, c'était le début et la fin de ma vie amoureuse, je crois bien.

– Tu aurais pu faire pire, dit Duane. C'est le cas de beaucoup de gens.

Sonny eut l'air surpris. Son visage était gonflé et il changeait rarement d'expression, mais il bougea les yeux et regarda Duane lorsque celui-ci lui dit qu'il aurait pu faire pire.

– Tu sais, c'est vrai, dit Sonny. Ruth est gentille. J'aurais dû me débarrasser de son gros entraîneur et l'épouser. Je savais que Ruth tenait à moi et je savais que ce n'était pas le cas de Jacy, mais Jacy était plus jolie. Je ne me suis jamais vraiment remis de Jacy. Tu t'en es remis et tu as épousé Karla, et tu as eu quatre enfants, mais regarde-moi. Tout ce que j'ai épousé, c'est un Kwik-Sack.

Duane commençait à se sentir déprimé et triste, ce qui était toujours le cas lorsqu'il passait plus de quelques minutes avec Sonny Crawford. Sonny avait la capacité de transférer le poids de sa mélancolie sur la personne qu'il avait en face de lui. C'était en train d'arriver à nouveau, pour la bonne raison que ce que disait Sonny était vrai et triste aussi. Si Duane considérait qu'il était à plaindre pour avoir perdu tellement de temps à conduire des pick-up, le cas de Sonny n'était-il pas infiniment plus dramatique ? Le vieil homme dans son lit, les pieds morts, avait été privé toute sa vie d'un bonheur d'adulte parce qu'il ne s'était pas remis d'un amour perdu, Jacy Farrow, qui, dans les années où Sonny était si fort entiché d'elle, s'était juste comportée en petite fille riche, jolie, égoïste et provinciale. Jacy s'était débarrassée de certains de ces défauts, c'était vrai – lorsqu'elle était revenue à Thalia après une très insignifiante carrière dans le cinéma, elle avait une quarantaine d'années et Duane en était venu à beaucoup l'aimer. Mais la Jacy qui avait fasciné Sonny et, d'une certaine façon, l'avait empêché de grandir n'avait rien d'autre à offrir que sa plastique. Bien sûr, l'effet produit par la beauté dans une petite ville où il y en a peu n'était pas négligeable. Lui-même avait été aussi amoureux de Jacy que Sonny – et avec plus de succès – et il lui avait fallu trois ou quatre ans pour s'en remettre, après son départ de l'école, à la recherche du succès à Hollywood et en Europe.

Ensuite, Karla était arrivée et il avait changé de train – mais pour Sonny, il n'y a pas eu de Karla. Dickie ou l'un des autres enfants lui avait dit que Sonny découpait encore des photos de Jacy dans les magazines, vingt ans au moins après que Jacy avait quitté Thalia.

Pourtant, Sonny n'était pas idiot. Même aujourd'hui, malgré son visage bouffi et ses pieds noirs, il donnait l'impression d'être un homme intelligent, assez intelligent pour remarquer que le moral de Duane baissait.

– Parfois, je pense que c'est la faute de Jacy si mes pieds sont en train de pourrir, dit Sonny avec un petit sourire. Elle m'a envoûté et je suis resté envoûté.

– Ça fait pas de bien de s'attarder sur le passé, dit Duane.

Sa remarque paraissait stupide, mais il fallait qu'il dise quelque chose et il ne parvint pas à trouver mieux. Tout ce qu'il voulait, c'était sortir de ce bâtiment, retrouver son vélo et les chemins de campagne dans la chaleur réconfortante. La chambre de Sonny était fraîche, si fraîche que Duane avait la chair de poule. Il se demanda s'ils faisaient exprès de maintenir la température basse dans la chambre pour faire partir les visiteurs plus vite, ou si c'était parce que le bâtiment était rempli de gens qui étaient en train de mourir. Le fait de les garder au frais devait faciliter le travail des pompes funèbres.

– J'imagine que c'est mon problème, dit Sonny. J'ai toujours vécu dans le passé. Je suis juste un gars de la campagne qui n'est jamais sorti du lycée – pas vraiment. Mes moments les plus heureux, c'était quand Jacy, toi et moi, on traînait ensemble. Tu sais, quand Sam the Lion était vivant. C'était il y a longtemps, avant la fermeture du cinéma, tu te rappelles ?

– Oh, je m'en souviens bien, dit Duane. J'étais obligé de bosser comme un taré, en ce temps-là. Parfois je faisais quarante-huit heures d'affilée, sans arrêt. Je travaillais pour le père de Jacy, surtout. C'est pourquoi ils ne voulaient jamais que je sorte avec elle. Pour eux, j'étais juste un pauvre plouc sans intérêt.

Lorsque Duane se leva, prêt pour partir, Sonny sortit un de ses pieds noirs de sous le drap et le contempla.

– Salut, les orteils, dit Sonny. Demain, je serai débarrassé de vous.

Duane était si content de sortir de l'hôpital que tout ce qu'il fit, pendant un moment, fut de rester immobile, à s'imprégner de la chaleur. La présence de Sonny avait été accablante, il étouffait sous le poids du passé qui signifiait tant pour Sonny et si peu pour lui.

Plus tard, en s'achetant un milk-shake au Burger King, Duane sortit un billet d'un dollar de sa poche et remarqua la présence du petit bout de papier avec le titre du livre – le papier que Honor Carmichael lui avait donné la dernière fois qu'elle l'avait vu. Compte tenu du rêve qu'il avait fait d'elle, il ne savait même pas s'il devait prendre rendez-vous. Cela n'avait aucun sens de tomber amoureux de son médecin, si c'était ce qui était en train de se passer. Pour autant qu'il sache, elle était mariée, ou elle avait un petit ami. La dernière chose dont il avait besoin était d'être accroché à une femme qu'il ne pouvait pas avoir.

En quittant la ville, il alla en vélo jusqu'à une librairie dans un des grands centres commerciaux et tendit le petit morceau de papier à une vendeuse, une jeune femme maigre en blouse verte.

– Oh, Proust, dit-elle comme si c'était un nom courant. On ne nous le demande pas souvent. Je ne crois pas que nous l'ayons en stock, mais je peux le commander, si vous voulez.

– Faites donc cela, dit Duane en écrivant son nom et son adresse.

– Ouah... Proust, dit la fille. Cela fait longtemps que j'ai l'intention de le lire aussi, mais ça a l'air tellement long.

– Vous savez de quoi ça parle ? demanda Duane.

– De la France, je crois... de Paris, il me semble, dit la fille. On vous appellera quand il sera arrivé.

– Merci, dit Duane.

Il se demanda, en rentrant à la maison, pourquoi son docteur pensait qu'il devait lire un livre sur la France.

7

Les mois qui suivirent, Duane se consacra à réduire sa vie aux choses essentielles, ainsi qu'il l'avait décidé. Il prenait moins son vélo et marchait plus. Il passait beaucoup de temps seul, dans sa cabane ou dans ses alentours. Il acheta quelques outils simples et bâtit une remise à côté de la cabane pour travailler le bois. Il s'en fit livrer différents types qu'il rangea sous une bâche. Avec quelques difficultés et après de nombreuses tentatives qui se soldèrent par des échecs, il apprit à fabriquer des boîtes, une pour chacun de ses enfants et ensuite une pour chacun de ses petits-enfants.

Il ne fermait pas son atelier, préférant travailler dans la chaleur ou le froid, n'y renonçant que lorsque la pluie d'hiver tombait en biais et mouillait son établi. Il essaya de sculpter des animaux dans des morceaux de mesquite noueux, mais sans parvenir à leur donner de bonnes proportions ; ses meilleures créations étaient les boîtes. Il en donna une aussi à Rag, Ruth Popper, Bobby Lee, ainsi qu'à Lester et Jenny Marlow. Malgré tout, son stock de boîtes augmentait plus vite qu'il ne parvenait à les écouler.

Les livres qu'il avait commandés – ceux dont la vendeuse pensait qu'ils concernaient la France – arrivèrent en moins d'une semaine ; trois gros volumes de poche couleur argent et noir.

Duane les rapporta chez lui et les posa sur une étagère à côté du pot à café, sans l'intention de les lire tout de suite. Il se rendit à bicyclette deux fois au Corners aux premières heures du jour parce que Jody Carmichael avait dit que sa fille avait l'intention de repeindre le magasin. Jody avait raison. Honor Carmichael était là, en short, ses cheveux longs attachés en chignon ; mais elle n'était pas seule. Une petite femme boulotte l'aidait. Duane rangea son vélo dans le fossé et regarda les deux femmes, caché derrière un buisson. Il ne voulait pas être vu. Même s'il savait que c'était bizarre d'épier ainsi son médecin, il ne pouvait pas résister. Lorsqu'il revint le lendemain, il assista à la même scène. Honor Carmichael en train de peindre, assistée d'une petite femme portant une espèce de casquette rabattue sur le front.

Il tenta l'expérience une troisième fois, mais à mi-chemin du Corners, il fit demi-tour et rentra. Espionner son médecin pendant qu'elle donnait un coup de neuf au magasin de son père était vraiment trop bizarre – si le Dr Carmichael le surprenait, il serait atrocement gêné, c'était certain.

La seule chose à faire était tout simplement d'appeler le médecin et reprendre une nouvelle série de rendez-vous. Le docteur avait dit que sa thérapie pouvait prendre des années – ce qui voulait dire que, pour un certain prix, il profiterait de sa compagnie quatre fois par semaine pendant un temps indéfini. Mais il n'appela pas pour fixer une date et il ne retourna pas au Corners non plus dans l'immédiat.

Il s'y rendit des mois plus tard et admira la transformation. Le magasin comme la remise à outils avaient été peints en blanc, avec des bordures vertes. Plus aucun débris ne traînait et une barrière basse entourait le jardin. Des fleurs avaient été plantées tout autour de la maison et le terrain vague où se garaient autrefois les clients était asphalté. Le magasin qui, pendant si longtemps, avait été un lieu hideux où régnait le désordre était devenu l'un des endroits commerciaux les plus charmants de tout le comté.

Entre-temps, à Thalia, la grande maison de Duane et Karla se vida progressivement de tous ses enfants, petits et grands. Dickie pensa qu'il gérerait plus efficacement la compagnie pétrolière s'il vivait à Wichita Falls, alors Annette, Loni, Barbi, Sami et lui allèrent s'installer dans une maison de la banlieue ouest. Il y avait de plus en plus d'activité gazière et pétrolière dans le sud de l'Oklahoma et Dickie voulait être plus près de l'endroit où les affaires se passaient.

À l'automne qui suivit la mort de sa mère, Jack revint de son lieu secret, pour repartir immédiatement. Duane rentra un jour à la cabane et trouva un mot sur la table qui disait :

Salut Papa,
Désolé de t'avoir manqué. Je vais m'installer dans le Montana.
Jack

Par la suite, c'est principalement par l'intermédiaire de Rag que la famille eut de ses nouvelles. Parfois, Jack l'appelait au milieu de la nuit – et ils se mettaient à discuter pendant des heures de l'état du monde. En janvier, Duane reçut une carte postale de Jack l'informant qu'il allait à l'université à Bozeman. L'été suivant, il fut embauché pour attraper les voleurs de moutons à la frontière du Wyoming et du Montana, expliqua Rag. Il avait été recruté par une femme riche dont les terrains s'étendaient sur deux cent cinquante mille hectares.

– Pourquoi une femme riche embaucherait-elle Jack ? demanda
Duane à Rag un jour. Pourquoi une femme riche s'embêterait-elle
avec des moutons ? Tout ça me paraît louche.

– OK, doutez de ma parole, dit Rag. Si vous ne me croyez
pas, j'imagine que vous pourriez aller là-bas à pied et, dans un
an ou deux, vous pourrez vérifier par vous-même. Bien sûr, le
temps que vous arriviez là-bas, Jack pourrait être reparti sur
l'Amazone. Les gens qui voyagent à la vitesse d'un escargot ne
peuvent pas espérer tout savoir.

Nellie, la DJ la plus populaire de musique country de toute
la région de Dallas-Fort Worth, tomba amoureuse de l'homme
cousu d'or qui possédait la radio où elle travaillait, ainsi que
quatre-vingt-deux autres et diverses entreprises du câble. Zenas
Church était veuf, avait cinq enfants et un Learjet qu'il pilo-
tait lui-même pour sillonner le ciel entre ses quatre-vingt-trois
stations. Nellie se mit à passer ses week-ends à Nashville ou
New York, pour assister à des fêtes gigantesques. Elle avait une
nounou pour s'occuper exclusivement de Little Bascom et Baby
Paul ; la tâche principale de la nourrice était d'empêcher que
les cinq garçons de Zenas Church, tous grands et maladroits,
piétinent les petits de Nellie.

Julie déménagea dans le nord de Dallas ou le sud de Plano,
où vivait Jeanette, sa meilleure amie. Toutes les deux sillonnaient une région qui s'étendait jusqu'à Tulsa au nord et Padre
Island au sud pour faire la fête ; un soir, Julie rencontra Goober
Flynn, un homme très extravagant originaire de Texarkana qui
aimait porter des chemises western à boutons de nacre et des
bottes de cow-boy à deux mille dollars, mais qui en réalité était
sorti de la Wharton School et fut l'un des premiers Texans à
acheter des actions Microsoft. Goober Flynn et Zenas Church

se firent bientôt concurrence pour savoir qui pouvait devenir le plus riche. Goober fit travailler Julie dans un de ses multiples magasins d'artisanat, où les années qu'elle avait passées avec sa mère à s'adonner à la frénésie acheteuse lui furent très utiles. Rapidement, elle se mit à voyager, en Nouvelle-Angleterre, dans le Kentucky, sur la côte Pacifique et même jusqu'en Afghanistan, à la recherche d'artisans locaux. Goober insista pour qu'elle achève ses études, ce qu'elle fit à l'université de Garland. Duane prit son vélo pour assister à sa remise de diplôme ; le trajet lui prit deux jours dans chaque sens. Goober Flynn, qui affichait une certaine distinction, ne considérait pas l'attitude émancipatrice de Duane vis-à-vis des moyens de transport motorisés comme une excentricité. Il pensait que c'était une excellente façon de se détendre pour les cadres stressés et il suggéra même à Duane de donner un séminaire à la Wharton School sur la manière de vivre sans avoir recours aux véhicules à moteur.

Willy et Bubbles se retrouvèrent dans une école privée de Highland Park, où il était obligatoire de porter un uniforme – voire, dans le cas de Willy, une cravate.

À Thalia, Rag, triste et délaissée, régnait sur une grande maison vide. Le seul signe qui montrait qu'une grande famille avait vécu ici était la montagne d'objets déchus qui encombraient encore l'auvent où se garaient les voitures.

– Est-ce que tu ne pourrais pas organiser une grande vente pour t'en débarrasser ? demanda Duane. Cela fait des années que c'est là. Il pourrait y avoir des serpents nichés là-dedans.

Rag prit sa suggestion avec indifférence.

– Mieux, vous devriez vendre la maison, Duane, dit-elle. Personne ne veut plus vivre ici. Je vais devenir une poivrote rien qu'à rester ici toute seule.

– Tu pourrais prendre un animal, suggéra Duane.

– Un animal, c'est pas une compagnie aussi bonne que les humains.

C'était vrai qu'elle buvait beaucoup. Elle et Bobby Lee avaient pris l'habitude de jouer à des jeux vidéo ensemble – parfois leurs parties se prolongeaient tard dans la nuit. Bien que Bobby Lee ait craqué et se soit fait implanter une prothèse de testicule, cela n'avait pas diminué sa timidité envers les femmes.

– Je crois que je *pourrais* baiser, disait souvent Bobby Lee. Mais le truc, c'est que je n'arrive pas à trouver le courage d'essayer.

Puis il prit un abonnement dans une salle de sport et devint un drogué de l'exercice physique; il soulevait des poids, passait des heures sur les StairMasters, s'entraînait sur des rameurs, jouait au squash avec tous ceux qui passaient par là.

– Je ne comprends pas pourquoi tu fais tant de sport, dit un jour Duane.

Bobby Lee venait lui rendre visite à la cabane au moins deux fois par semaine.

– Tu travailles dur toute la journée, ajouta-t-il. Ensuite, tu vas dans ce fichu club de sport et tu travailles encore. Quel est l'intérêt?

Bobby Lee réfléchit longtemps à la question avant de répondre. Ses tempes avaient grisonné; pour le reste, il était presque chauve.

– Je crois que c'est parce que toutes ces machines sont si propres, dit-il enfin. On a des machines sur le forage, mais elles sont huileuses, graisseuses, ou boueuses et dégueulasses. Mais ces machines dans la salle de sport sont immaculées. Je veux dire, vraiment. Ils nettoient ces engins tous les jours.

– Je m'en fiche qu'elles soient propres, ce ne sont quand même que des machines, dit Duane. Dickie te paie pour travailler sur les machines sales et, ensuite, tu te retournes et tu donnes cet argent durement gagné à un satané club de sport pour transpirer et puer sur une machine propre. Je ne pige pas.

– Il n'y a rien à piger, dit Bobby Lee, un peu tristement.

Il avait tendance à avoir des passages à vide sans prévenir et son moral descendait à des profondeurs abyssales.

– Je crois que je vais au club de sport pour la même raison que les gens vont dans les musées, ajouta-t-il.

– Les musées ? fit Duane.

– Ben, ouais, dit Bobby. Les gens vont dans les musées pour voir de beaux tableaux et je vais au club pour voir de belles machines. Tu sais, elles sont même tellement propres qu'elles brillent.

– Qu'est-ce qu'il ne faut pas entendre ! souffla Duane.

8

Au printemps qui suivit la mort de Karla, Duane planta un magnifique potager derrière la grande maison. Découragé par la tragédie et l'écrasante canicule qui avait suivi, il avait laissé le jardin à peine entretenu l'année précédente et brûlé sous le soleil. Des moucherons avaient pénétré dans la serre et détruit les tomates ; la sécheresse et la chaleur s'étaient chargées de ratiboiser tout ce qui avait été planté à l'extérieur. Même les fruits des quatre beaux pêchers s'étaient ratatinés avant même de mûrir – ce furent les oiseaux qui en profitèrent le plus. Duane, essayant de maintenir la cohésion de la famille, découvrit qu'il n'avait pas l'énergie de tout faire et donc de jardiner. De temps en temps, en fin d'après-midi, il sortait et tentait de désherber un peu, mais les seules choses qu'il en tira cet été-là furent quelques bons oignons et deux petits seaux de pêches intactes.

Le problème du potager le titilla tout l'été. Il se souvint que le Dr Carmichael s'était particulièrement intéressé à son investissement dans le potager, juste avant que Karla ne se tue et qu'il arrête la thérapie. Du temps de Karla, cette activité ne lui semblait pas prépondérante, car elle relevait autant de la responsabilité de sa femme que de la sienne ; et pour tout dire, Karla faisait des miracles dans le potager. Après sa mort, son sens de la responsabilité s'inversa et le fait d'avoir échoué d'emblée à le maintenir pour qu'il rende ses plus beaux fruits et légumes le tracassa au plus haut point. Les enfants n'avaient aucune envie de l'aider et il ne lui paraissait pas normal d'embaucher un jardinier pour faire le travail à sa place. C'était son potager et celui de Karla. Prendre un jardinier en aurait détruit tout l'intérêt; sans savoir vraiment pourquoi par ailleurs. Si embaucher un jardinier pendant quelques semaines devait sauver le potager, pourquoi ne pas le faire? Peut-être hésitait-il par nostalgie. Karla et lui avaient toujours jardiné ensemble; ils avaient toujours eu un plaisir commun en voyant leur travail de la terre récompensée et c'était également l'objet de nombreuses discussions. Karla était toujours impatiente de tester les derniers produits ou les dernières techniques horticoles – Duane et elle passaient des heures agréables à boire à la fraîche des margaritas sur leur patio tout en parlant de leurs aubergines ou de leurs rutabagas. Une des raisons pour lesquelles ils attendaient impatiemment l'été, c'était que le potager les occupait et les rapprochait. D'une certaine façon, ces dernières années, le potager avait remplacé le sexe de leur jeunesse; quelque chose dont ils ne se lassaient jamais; quelque chose qui, même, continuait à maintenir la cohésion de leur couple.

Après l'accident, l'une des réalités les plus difficiles à accepter fut qu'il n'aurait plus jamais Karla pour jardiner avec lui. Il serait obligé de le faire seul, ou de ne pas le faire du tout. S'il avait bénéficié d'un printemps plus arrosé ou d'un été moins chaud, il aurait pu peut-être s'adapter à temps pour obtenir un résultat respectable, mais les éléments furent impitoyables et ses énergies étaient épuisées par les efforts qu'il déployait pour réconforter sa famille et gérer les crises quotidiennes que Karla avait autrefois gérées avec la même compétence que celle dont elle faisait preuve avec les moucherons et les plants de tomates. Il renonça et le potager grilla.

Lorsque le printemps qui suivit la mort de Karla débuta, Duane décida de faire mieux. Il n'embaucha pas de jardinier, mais il paya un jeune agriculteur compétent pour labourer la terre. Dès que le temps fut assez chaud, Duane commença les plantations. Dans la serre, il disposait d'une pile gigantesque de catalogues d'horticulture et il en arrivait de nouveau chaque semaine. Il commanda des graines et, lorsque arriva le moment de planter, il fut prêt à se mettre à pied d'œuvre tous les jours jusqu'au milieu de l'été, travaillant sans relâche et surveillant chaque plante avec attention. Les dernières années, Karla et lui s'étaient intéressés à la culture bio – et, après réflexion, Duane décida que le potager serait cette année intégralement biologique. Il planta trois variétés de maïs, du chou frisé, des poireaux, trois sortes de tomates et huit d'oignons. Un coin du potager était également réservé aux herbes aromatiques.

Cette année-là, comme s'il se repentait, le printemps lui fournit la combinaison idéale de jours chauds et de pluies partielles. Le potager prospéra, ainsi que les mauvaises herbes, mais aucune n'était longtemps à l'abri de la binette de Duane. Il existait à Thalia un certain nombre de fous de jardinage, des gens avec qui Karla et lui avaient comparé l'excellence de leurs travaux pendant des années. Même s'ils étaient absorbés par leurs propres plantations, certains de ces voisins passaient en fin d'après-midi pour admirer les légumes de Duane qui offraient, de loin, l'assortiment le plus varié que l'on puisse trouver sur l'ensemble urbanisé de la ville. Celle qui venait le plus souvent était Jenny Marlow, la femme de Lester. Jenny adorait jardiner, mais avait eu du mal à s'y consacrer ces dernières années, à cause des problèmes de Lester avec la justice.

– Chaque fois que je crois que j'ai enfin un bon potager, il faut que nous déménagions dans une maison plus petite, dit Jenny à Duane. On ne vit plus que dans quatre pièces maintenant. Je ne sais pas de combien ils peuvent réduire encore la taille des maisons.

Duane admirait Jenny. Elle avait tenu bon, vaillamment, alors que son mari était devenu presque fou, ayant été emprisonné deux fois et susceptible de l'être à nouveau. Il ne devait pas être facile d'être la femme d'un homme qui était en butte aux plaisanteries de toute la ville, mais Jenny relevait fièrement la tête, faisait ce qu'elle avait à faire et soutenait Lester, inébranlable. Et malgré ses soucis, elle affichait une attitude sereine.

Un jour de juin, alors qu'il tombait une agréable petite bruine, Duane et Jenny parcouraient les longues rangées du potager de Duane, admirant tel ou tel légume. Debout au milieu de la profusion de verdure, Jenny porta sur Duane un regard triste pendant un moment. Bien qu'ils n'en aient jamais parlé, Jenny semblait comprendre qu'il avait fait cette année un effort spécial dans le potager pour honorer la mémoire de Karla. Son magnifique jardin était la manière dont Duane rendait hommage à sa femme décédée.

– J'imagine qu'elle vous manque comme Lester me manquerait s'il mourait, dit Jenny, en posant un moment sa main sur son bras.

– Oui, elle me manque, dit Duane, même s'il était conscient et s'en sentait coupable de ne pas dire toute la vérité.

Effectivement, Karla lui manquait, parfois cruellement; mais le fait était qu'il était plus facile de supporter son absence que de vivre avec elle – à certains moments. Lorsqu'elle était vivante, son énergie et ses intérêts pour mille sujets semblaient si inépuisables qu'il était impossible de les ignorer; pendant de longues périodes, Karla traversait la vie comme un fil dénudé. Il était facile de l'aimer, mais difficile de trouver le calme avec elle. Souvent, il n'avait pas la force requise pour satisfaire le niveau d'engagement qu'impliquait la situation et il la bouclait. Le veuvage n'était pas un état agréable, mais il nécessitait moins d'investissement. Il pouvait penser un peu à lui pendant qu'il travaillait dans le potager de Karla.

Mais il ne se lançait pas dans des explications de cette nature avec Jenny – peut-être les sentait-elle de toute manière, peut-être devinait-elle qu'il y avait des moments où Karla ne lui manquait pas, où il était heureux tout simplement en bêchant seul dans le potager ou en marchant à son propre rythme sur les chemins de campagne.

Duane ne voulait pas évoquer certains aspects du veuvage, surtout avec quelqu'un d'aussi intelligent que Jenny Marlow. Il avait du chagrin, mais il n'était pas anéanti et il aimait à penser que Karla l'aurait compris, considérant que c'était une attitude saine – celle qu'*elle* aurait eue, si c'était lui qui avait percuté un camion de lait, espérait-il. Karla aussi aurait eu du chagrin, elle aurait peut-être été anéantie pendant un moment; mais elle ne se serait pas laissée aller. « Après tout, on ne fait que passer », aimait-elle dire – c'était une de ses expressions favorites. Si c'était lui qui était passé, Karla, avec le temps, aurait accepté.

– C'est le plus grand potager que j'aie jamais vu, Duane, dit Jenny. À qui vas-tu donner tout ça ? Tu as plus à manger ici que ce que pourraient manger cinq familles et pas un de tes enfants ne vit à la maison. Il n'y a que toi.

La remarque qu'avait soulevée Jenny commençait à le tarabuster. Qui allait-il nourrir avec tous ces beaux légumes ? Il pourrait parfois en déposer quelques-uns chez Dickie et Annette à Wichita Falls et, bien sûr, tous les enfants étaient les bienvenus pour cueillir ce qui leur plaisait, mais ils ne le faisaient jamais. Julie et Nellie avaient des petits amis riches qui les emmenaient manger aux meilleures tables de Dallas, Nashville, Los Angeles, New York ou dans toute autre ville où leur avion les déposait. Jack était dans le Montana et Rag était morte pendant l'hiver, terrassée en six semaines par un cancer dans les deux poumons. La dernière fois que Duane était allé la voir à l'hôpital, elle avait exprimé son étonnement devant la rapidité de sa propre fin.

– Ce truc m'a zigouillée avant que je puisse m'en rendre compte, dit Rag. Ça doit être le tabac...

– Je n'en ai pas la moindre idée, dit Duane.

– S'il y a des centres commerciaux au paradis, peut-être que j'y retrouverai Karla et qu'on ira se faire une descente shopping, dit Rag. Sonny Crawford a perdu ses deux pieds et il est toujours là, sur ses moignons. J'imagine qu'on peut se passer de ses deux pieds mais pas de ses deux poumons.

Une fois Rag enterrée, Duane ferma tout à clé et vendit les voitures laissées par ses enfants sous l'auvent ou devant chez eux. La grande maison, qui avait été pleine de vie pendant presque trente ans, était désormais peuplée d'ombres.

Il possédait un immense potager, mais personne à qui donner les légumes.

– Je crois que je pourrais tout simplement l'ouvrir au public, dit-il à Jenny. Il y a des gens pauvres dans cette ville qui seraient contents d'avoir ces légumes.

– Je trouve que c'est une très bonne idée, dit Jenny. Et vous savez quoi, je pourrais être une de ceux-là. Vous voulez bien me garder un peu de chou frisé ?

– Vous pouvez avoir un peu de tout ce que vous voulez, lui assura Duane. Ou beaucoup de tout, pour le coup.

– Je n'ai pas besoin de beaucoup, dit Jenny. Lester déteste les légumes. Il arrive à survivre en mangeant des Fudgsicles et des chips saveur barbecue.

Le jour suivant, Duane apporta du contreplaqué, le peignit en blanc. Puis il fouilla dans la caravane et trouva un vieux jeu de pinceaux pour enfants ayant autrefois appartenu à Barbi. Il peignit plusieurs pancartes et en planta une sur chacune des quatre routes qui arrivaient à Thalia et installa la dernière à l'entrée du potager. Sur toutes était écrit :

À LA MÉMOIRE DE KARLA LAVERNE MOORE
LÉGUMES BIOLOGIQUES À LA DISPOSITION DU PUBLIC
À CUEILLIR AVEC SOIN
DUANE C. MOORE

Il fit paraître une annonce avec le même texte dans le journal local pendant trois semaines. La réaction fut immédiate et gratifiante. Depuis que le potager n'avait plus besoin d'une attention de tous les instants, Duane avait pris l'habitude d'y travailler tôt le matin et en fin de journée, et de passer les heures les plus chaudes dans la vieille caravane de Dickie et Annette, toujours garée au fond de la propriété. Les premiers temps, il avait essayé de se reposer dans la grande maison, mais il ne s'y sentait pas à l'aise. Dickie et Annette avaient tout emporté, sauf un vieux canapé, un climatiseur et quelques verres ; ce qu'ils avaient abandonné était exactement ce qu'il fallait à Duane. Mais la meilleure chose concernant la caravane, c'était sa fenêtre arrière : elle lui permettait de garder un œil sur le potager et d'observer les gens qui y venaient. La caravane était un poste d'observation parfait sans que personne ne se sente épié.

Les premières personnes qui vinrent au potager n'étaient pas pauvres ; la plupart d'entre elles étaient des voisins qu'il connaissait depuis des années, mais ces visiteurs ne prirent rien ou se limitèrent à quelques tomates et un ou deux épis de maïs. Mais ils firent bien attention au potager – il était clair qu'ils le contemplaient avec émerveillement, presque de la crainte. Neuf personnes vinrent le premier matin, tous sauf deux étaient ses voisins les plus âgés.

Dans l'après-midi, une famille noire se présenta – la seule famille noire de Thalia.

– Mon Dieu, dit la mère – elle était déjà âgée. Ça fait longtemps qu'j'ai pas vu un potager comme c'ui-là, monsieur Moore.

– Merci, Gladys. J'en suis fier, admit Duane.

Gladys, son mari et ses petits-enfants cueillirent surtout des haricots verts et divers autres légumes verts. Le jour suivant, ils revinrent et en prirent encore. Ils parurent nerveux lorsqu'ils virent Duane travailler, peut-être à l'idée qu'il puisse leur faire une remarque désagréable de les voir si vite de retour. Mais il se contenta de plaisanter un peu avec eux en leur faisant savoir qu'ils étaient libres de prendre tout ce dont ils avaient besoin.

Quelques Hispaniques habitaient en ville, travaillant pour la plupart sur les exploitations agricoles ; il ne fallut pas beaucoup de temps pour qu'ils viennent aussi voir le potager. Ils complimentèrent Duane abondamment et le remercièrent de sa générosité avec des sourires pudiques. Ils prirent du maïs, des poivrons, des radis, quelques oignons de printemps et une ou deux aubergines.

Souvent de vieux couples sortaient de l'autoroute pour visiter le potager – des étrangers, des voyageurs, des gens qui venaient d'un endroit dans le Sud et remontaient vers le Nord, ou le contraire. Ces gens de passage se servaient rarement, mais ils y passaient un temps considérable, remontant lentement chaque rangée et se baissant de temps en temps pour examiner la qualité des légumes.

– Un potager de cette taille, c'est un sacré boulot, dit un vieil homme aux grandes mains. Maman et moi, on a fait un jardin de presque cette taille quand on était jeunes, mais bon sang, je le referais plus, aujourd'hui.

– Il y a des choses qui poussent ici, je sais même pas leur nom, alors que je connais le nom de plein de légumes, dit sa femme.

En dehors de tous ceux-là, les usagers les plus réguliers, et de loin, étaient les familles blanches défavorisées de la ville, celles des ouvriers travaillant sur les forages ou les pipelines qui avaient été licenciés, des mères vivant d'allocations avec deux ou trois enfants loqueteux aux yeux écarquillés. Ils venaient tous dans le potager en hésitant, la première fois, sans trop y croire, comme ils s'arrêteraient à une brocante dans l'espoir de dénicher une plaque chauffante utilisable pour cinquante *cents*. Souvent, ils traînaient leur ennui dans le jardin pendant une heure ou deux, troublés par la profusion de légumes, sans savoir exactement quoi choisir, peut-être pas encore convaincus qu'ils *pouvaient* choisir. Il y en avait certains que Duane devait encourager en leur offrant un panier de produits tout juste mûrs. Il avait planté trop de pieds de tomates – il avait l'impression d'en avoir assez pour nourrir toute la ville ; du coup, il pressait tous ceux qui venaient d'emporter une ou deux livres de tomates. Les jeunes mères furent bientôt convaincues que Duane parlait sérieusement : la nourriture était gratuite. Elles s'animèrent un peu, s'assurèrent que leurs enfants disaient merci lorsqu'elles remontaient dans leur voiture bon marché, chargées de pêches, de maïs et de pois mange-tout, et partaient.

Bientôt, des jeunes femmes d'agriculteurs du cercle des communautés agricoles à l'est de la ville commencèrent à venir aussi. Ces femmes étaient plus curieuses que pauvres et motivées par l'envie de découvrir des légumes qu'elles pourraient essayer de faire pousser chez elles, lorsque viendrait l'époque des semis.

La rumeur s'étendit aux communautés voisines ; Duane fut même assailli par des reporters et des équipes de télévision, mais il refusait toutes les demandes d'interviews et se cachait dans sa caravane lorsque les journalistes devenaient trop envahissants. Il avait un grand potager, mais pas assez pour nourrir toute la région. Il voulait qu'il soit une ressource principalement pour les pauvres de la région, qui en avaient le plus besoin.

Un jour, à sa grande surprise, Gay-lee et Sis vinrent en voiture, avec Shorty. Duane avait fini par rendre sa chambre au Stingaree Courts. Une fois qu'il s'était mis à travailler dans son potager, il allait de moins en moins au Courts, jusqu'à ce qu'il se range enfin à l'avis de Marcie Meeks ; il était absurde de payer quarante-huit dollars la nuit pour une chambre dont il ne se servait jamais.

Mais lorsqu'il rendit la clé de sa chambre, il se sentit un peu comme dépossédé.

Lorsque Sis et Gay-lee se présentèrent, Shorty bondit de la voiture et courut autour de la maison, levant la patte contre un buisson sur deux. Lorsque Duane s'approcha d'elles et les serra toutes les deux dans ses bras, elles eurent l'air un peu intimidées, presque effrayées. Aucune ne paraissait à l'aise, dans cette campagne en bordure d'une petite ville.

– Duane, vous avez un sacrément grand potager, dit Sis. Ma grand-mère, elle en avait un pareil – elle faisait pousser tout ce qui peut pousser. Mais après sa mort, personne n'avait le temps de faire autant de jardinage.

– Si j'étais végétarienne, ce serait le paradis, j'imagine, dit Gay-lee.

– Pas besoin d'être végétarien pour profiter d'un beau potager, dit Duane. Je suis très content de vous voir, toutes les deux. Quelles sont les nouvelles du Courts ?

Les deux femmes hésitèrent. Elles paraissaient avoir perdu leur langue.

– C'est mon jour de congé, dit Sis. Gay et moi, on s'est dit qu'on allait faire un petit tour à la campagne.

– C'est là que vous vivez ? demanda Gay-lee, en désignant la grande maison.

– Non, je vis dans une petite cabane à environ neuf kilomètres d'ici, dit Duane. Ça, c'est la maison où je vivais quand ma femme était encore en vie et que tous les enfants étaient encore avec nous.

Duane leur fit visiter le jardin, leur montra ce qui était bon et remplit leur voiture avec le meilleur de sa récolte avant de les laisser partir. Il savait que Sis avait beaucoup d'enfants ; elle ferait bon usage de tous les légumes qu'elle pourrait rapporter. Même si Gay-lee ne cuisinait pas, il insista pour qu'elle prenne des pêches et une boîte de mûres pour ses filles.

Le cadeau fit monter un sanglot dans la gorge de Gay-lee.

– Vous nous manquez, dit-elle en essuyant une larme.

– Ça, c'est sûr, dit Sis. On a pas beaucoup de gentlemen au Stingaree Courts.

– On en a pas du tout, maintenant que vous êtes plus là, dit Gay-lee.

– Vous êtes les premières personnes à me qualifier de gentleman, leur dit Duane en rangeant un dernier sac de maïs à griller dans leur voiture.

Là-dessus, Sis s'approcha de lui et le serra très fort contre elle.

– Eh ben, vous êtes un gentleman, pour sûr, dit-elle. Même si vous le savez pas.

– Je vous manque peut-être, mais pas au chien, fit-il remarquer.

Shorty bondit sur le siège avant de la voiture de Gay-lee, comme s'il s'y était promené toute sa vie. Il s'installa au milieu, entre Sis et elle, les pattes avant posées sur le tableau de bord, et elles s'en allèrent.

9

D uane était profondément heureux de la manière dont était perçu le potager. En particulier, il était content que tous ceux qui cueillaient des légumes – jeunes, vieux, adultes – le faisaient avec soin, comme l'indiquait la pancarte. Il n'y avait aucun gaspillage. Les jeunes mères gardaient un œil vigilant sur leur progéniture et peu de plants étaient piétinés. Il trouva un mégot entre les rangées, une ou deux fois seulement.

Karla, il en était certain, aurait été très satisfaite du don qu'il faisait. Il aimait à penser qu'elle aurait cultivé un potager en son nom à lui, si la situation avait été inverse.

En juillet, les bonnes pluies régulières cessèrent et les températures commencèrent à grimper. Malgré une cueillette nonstop, le potager restait florissant, mais commençait à exiger un arrosage régulier. Duane passait les premières et les dernières heures du jour avec son tuyau ou son arrosoir.

Un mercredi, aux alentours de midi, alors qu'il se reposait sous le climatiseur bourdonnant dans la caravane, il entendit une voiture s'arrêter. Deux portières claquèrent, mais Duane était à moitié endormi et il ne se leva pas immédiatement de son canapé pour voir ses nouveaux visiteurs. Au bout de quelques minutes, la curiosité l'emporta ; il trouvait toujours intéressant de savoir quel type de personnes venaient voir son potager. Il se leva, se lava le visage et jeta un coup d'œil à travers la fenêtre arrière. Deux femmes en shorts kaki se tenaient à l'autre bout du potager. L'une portait un chapeau à large bord flottant et l'autre, une petite casquette vert écrasé d'un genre qu'il n'avait vu qu'une seule fois auparavant : le matin où il avait épié Honor Carmichael et son amie qui peignaient le magasin de Jody Carmichael.

Les visiteuses étaient bien Honor Carmichael et la même amie. Honor tenait un grand panier en osier et se baissait par moments pour examiner un légume – parfois, elle s'accroupissait et le reniflait. Son amie boitait un peu et s'aidait d'une canne. Duane ne parvint pas à se rappeler si elle utilisait une canne lorsqu'il les avait observées en train de peindre, mais peut-être ce détail lui avait-il échappé.

Duane fut surpris. Il était accoutumé à voir à peu près n'importe qui arriver dans son potager – un couple d'Auckland, en Nouvelle-Zélande, s'était arrêté et avait ramassé quelques légumes, mais la seule personne dont il ne s'attendait pas à ce qu'elle vienne était bien sa psychiatre, la femme qu'il avait désirée en rêve. Les deux femmes paraissaient avoir une conversation animée tout en examinant le jardin. La petite semblait agitée – peut-être même agacée. Elle ne cessait de gesticuler avec sa canne et de lever les mains comme pour signifier son désespoir.

Après les avoir observées pendant quelques minutes, Duane commença à se sentir coupable. Il se lava à nouveau le visage et passa rapidement un peigne dans ses cheveux avant de sortir pour les saluer. Bien que Honor le vît immédiatement et s'approchât pour lui dire bonjour, la petite femme, qui était grossièrement barbouillée de rouge à lèvres, ne le remarqua pas le moins du monde.

– Je n'arrive pas à croire que tu aies grandi ici – c'est un mensonge que tu m'as dit pour me faire croire que tu es une espèce de péquenaude, dit la petite femme trapue. On est au bout du monde. Je ne peux pas le croire ; si tu as effectivement grandi ici, je n'ai pas la moindre idée de la raison pour laquelle je vis avec toi. Pas étonnant qu'on ne s'entende pas.

Honor s'approcha et échangea une poignée de main avec Duane, à l'évidence peu perturbée par les remarques désobligeantes de son amie prononcées avec un étrange accent râpeux que Duane ne parvenait pas à localiser – tout ce qu'il savait, c'est qu'il n'était pas texan.

– Bonjour, dit Honor. Nous sommes venues dévaliser votre potager. Il est magnifique.

– Mais est-ce que vous avez des courges ? Je ne trouve pas de courges et je me nourris de courges, dit la femme courtaude, en lançant un regard désapprobateur à Duane.

À l'évidence, son appétit pour les courges l'emportait sur le pedigree de Honor parce qu'elle abandonna la question et n'y revint plus.

– Duane, voici mon amie Angie Cohen, dit Honor. Angie Cohen de Baltimore, qui aime tant les courges.

– Eh bien, si elle aime les courges, elle est au bon endroit, dit-il. Nous avons huit ou neuf variétés de courges et elles sont à point.

Il avait serré la main de Honor et la tendait maintenant à son amie. Angie Cohen parut répondre à son geste, mais retira son bras et se détourna avant qu'il ait eu vraiment le temps de la saluer.

Honor était jolie sous son chapeau à large bord. Ses bras et ses jambes étaient bronzés, contrairement à ceux d'Angie Cohen, qui étaient aussi blancs que le ventre d'un poisson.

Duane était content que la petite boulotte avec la canne ait demandé des courges, parce qu'il en avait planté plusieurs variétés qu'on ne trouvait pas dans les supermarchés de la région. Karla avait toujours aimé les courges, aussi bien pour les manger que pour les regarder. Tout l'été, un plateau de courges trônait sur le comptoir de la cuisine et elle en laissait deux seaux remplis sur le petit porche derrière, pour en donner aux invités.

Même si c'était Angie Cohen qui avait demandé des courges, Honor s'accroupit pour en choisir une douzaine, avant de les mettre dans son grand panier en osier.

– Laisse celle-là, elle a l'air farineuse, dit Angie – ce fut son seul commentaire.

– Je crains que vous ayez manqué les pêches, dit Duane. Tous les gens qui sont venus la semaine dernière ont eu des pêches.

– Et des concombres ? demanda Angie lorsqu'elle eut décidé qu'elles avaient assez de courges. Je n'ai pas mangé un concombre digne de ce nom depuis qu'on a quitté le Maryland.

Honor regarda son amie et plissa le nez.

– Angie, nous avons quitté le Maryland il y a quinze ans, dit-elle. J'ai servi beaucoup de concombres dignes de ce nom depuis.

– Oh, toi... tu n'as aucune sensibilité, dit Angie Cohen. Tu pourrais manger du papier peint et tu aimerais ça. Les meilleurs concombres poussent sur la côte est du Maryland et tu ne trouveras personne qui s'y connaisse en concombres qui ne soit pas d'accord avec moi.

Honor ignora sa remarque, mais elle suivit Duane jusqu'à la rangée de concombres et en ramassa plusieurs. Angie Cohen ne se joignit pas à eux – elle paraissait convaincue qu'aucun concombre du Texas ne vaudrait la peine qu'elle se déplace.

– Ce potager est extraordinaire, lui dit Honor. Quelle manière généreuse d'honorer votre femme.

– Eh bien, elle a toujours aimé les jardins, dit Duane. Nous avons jardiné ensemble pendant pas mal d'années. Lorsque les enfants étaient à la maison, nous mangions l'essentiel de ce que nous produisions, mais maintenant, ils sont partis. Je peux produire beaucoup plus que je ne peux manger. Donner les légumes me paraissait être la meilleure chose à faire. Comment en avez-vous entendu parler ?

– Oh, par un patient, dit Honor.

Angie Cohen clopinait avec impatience, plusieurs rangées plus loin. Chaque fois que Duane la regardait, son œil torve le fusillait ; elle paraissait d'humeur très querelleuse. Le fait que Honor et lui bavardent quelques instants lui déplaisait clairement.

– Honor, amène-toi et ramasse quelques betteraves, dit-elle – on aurait dit un grognement menaçant. Il fait une chaleur inhumaine, ajouta-t-elle en sortant un mouchoir de sa poche pour s'éponger le visage.

– On part dans une minute, Angie, dit Honor.

– Betteraves ! dit Angie en désignant les plants du doigt. Betteraves, betteraves, betteraves !

– Je t'avais entendue la première fois, Angie, dit Honor.

Elle ne s'empressa pas d'obéir à son amie. Elle resta là, à regarder Duane.

– Il me semble que vous avez trouvé le bon remède à vos maux, dit-elle. Vous avez planté un potager et cela a résolu certains de vos problèmes. Je suppose que vous n'aurez plus besoin d'un psychiatre.

– Oh, si, dit Duane. J'ai juste essayé de m'adapter au fait de ne plus avoir ma femme.

Honor Carmichael adressa un petit signe de la main à son amie, comme pour lui dire « Minute, papillon », puis regarda Duane droit dans les yeux.

– Vous cherchiez quelque chose qui vous paraissait essentiel, si je me souviens bien, dit-elle. Quelque chose dont la valeur était indiscutable. Eh bien, vous l'avez trouvé. Un potager, c'est essentiel. C'est simple, c'est bon et vous nourrissez les pauvres gens, ce qui est bien aussi.

– Honor, bon sang, alors, ces betteraves ? gronda Angie Cohen.

C'est Honor qui avait l'air impatiente, maintenant.

– Elle ne me laisse pas une minute, dit-elle à Duane.

Elle partit, s'accroupit et ramassa une douzaine de betteraves.

– Eh bien, les betteraves sont pleines de fer et j'ai vraiment besoin de fer, expliqua Angie comme si quelqu'un avait remis en cause son droit à avoir du fer.

Lorsque les deux femmes eurent fini leur marché, leur panier en osier était plein à craquer. Duane persuada Honor de le laisser le porter jusqu'à leur voiture.

– J'espère que vous reviendrez, mesdames, dit-il. Ce potager n'a pas fini de donner ses produits.

– Mais on a raté les asperges, dit Angie d'un ton morne, en boitillant jusqu'à la portière passager.

C'était une vieille Volvo verte, dont la banquette arrière était jonchée de papiers et de livres.

– Eh oui, dit Duane. J'avais de belles asperges blanches en juin.

– Trop tard. Tout ce qu'on fait, c'est trop tard, dit Angie, en montant dans la voiture.

Elle ne le remercia pas pour les légumes et elle claqua la portière bruyamment.

– Ne vous occupez pas d'elle, elle ne vit que pour se plaindre, dit Honor. Merci beaucoup pour ces magnifiques légumes. Nous allons nous régaler tous ces prochains jours, merci à vous.

Elle resta à côté du coffre ouvert, regardant Duane, la tête un peu penchée en arrière. Elle enleva son chapeau mou et laissa ses longs cheveux tomber sur ses épaules.

– Est-ce que vous avez lu ce livre que je vous ai recommandé, la dernière fois que nous nous sommes vus ? demanda-t-elle.

Pendant un moment, parce que le coffre était ouvert, ils furent hors de vue de sa compagne.

– Eh bien, je l'ai acheté, dit Duane. Mais je ne suis pas allé plus loin. Il a l'air beaucoup trop compliqué pour moi.

Honor secoua la tête, en fronçant un peu les sourcils.

– C'est un livre très long, mais il n'est pas trop compliqué pour vous, lui dit-elle. Il faut juste que vous y alliez lentement.

– Je ne vois pas comment je pourrais faire autrement, dit Duane.

Angie Cohen donna un puissant coup de klaxon, mais Honor l'ignora.

Duane se mit à souhaiter passer plus de temps avec Honor – beaucoup plus de temps. Il se sentait troublé, mais heureux, juste pour ce petit moment qu'elle lui consacrait.

– Honor, partons ! dit Angie Cohen d'une voix forte. Je cuis dans cette fichue voiture.

Honor contourna la voiture et regarda son amie.

– Eh bien, cuis. J'échange quelques mots avec mon patient, si ça ne te fait rien.

– Il n'a qu'à prendre rendez-vous ! rétorqua Angie. Pourquoi devrais-je rester dans ce trou perdu toute la journée ?

Mais sa plainte avait perdu de sa force.

Honor revint auprès de Duane et ferma le coffre.

– Vous vous considérez toujours comme mon patient, n'est-ce pas ? demanda-t-elle.

Il hocha la tête.

– Nous avons fait une pause, c'est tout, dit Honor. Vous avez semé votre potager – ça va pour le moment. Mais, un jour, vous aurez peut-être envie de poursuivre votre thérapie.

– J'en suis sûr, répondit Duane.

– Bien, parce que nous n'avons fait que commencer, dit Honor. Si je suis encore votre médecin, j'ai le droit de vous faire une ordonnance, n'est-ce pas ?

Duane pensa qu'elle envisageait peut-être les antidépresseurs et il se mit à protester, mais Honor l'interrompit d'un regard.

– Non, je ne vous prescris pas du Prozac, dit-elle. Je vous prescris Proust. Je veux que vous vous asseyiez et que vous lisiez ce livre magnifique. Lisez dix pages par jour, pas plus. Cela vous prendra une heure.

Duane avait jeté un œil aux trois gros volumes quelques fois. Ils avaient l'air terriblement rasoir.

– Je suis un lecteur lent, dit-il.

Honor s'éventa avec son grand chapeau.

– Une heure et demie, alors, répondit-elle. Vous pouvez trouver une heure et demie par jour, j'espère. L'œuvre entière fait à peu près trois mille cinq cents pages. Si vous lisez dix pages par jour, vous aurez fini en un an. Ensuite, appelez et prenez rendez-vous avec moi et nous poursuivrons nos conversations.

– Et si j'ai besoin de vous appeler avant ? demanda Duane.

Honor ne répondit pas. Elle se tourna vers le potager.

– Avez-vous l'intention de le refaire l'an prochain ? demanda-t-elle. L'an prochain et les années suivantes ?

Angie Cohen, incapable de tolérer l'attente, appuya à nouveau sur le klaxon, mais Honor ne bougea pas, regardant Duane directement, attendant qu'il réponde à sa question – c'était une question qu'il avait déjà commencé à se poser. Un tel potager était une grosse responsabilité, il le savait bien.

– Je ne sais pas, dit-il. J'ai eu de la chance avec la pluie ce printemps. Je crains de ne pas avoir la même chance deux années de suite.

– Ce n'est pas le propos, dit Honor. Les gens qui reçoivent de grandes bénédictions s'attendent à ce qu'elles continuent. Et un potager comme celui-ci, où les gens pauvres ont le droit de venir prendre ce qu'ils veulent, est effectivement une grande bénédiction.

– Je suppose, dit Duane. J'y ai pensé aussi. Mais je ne sais pas pour l'an prochain. J'espérais voyager un peu.

– Vous devriez, dit Honor. Mais les bonnes actions sont épineuses – une fois qu'on commence à se comporter en saint, il n'est pas très facile d'arrêter.

– Oh, je ne suis pas un saint, dit Duane. J'ai juste commencé mon potager au bon moment et, ensuite, j'ai eu de la chance avec la pluie.

Honor rit à sa remarque ; elle avait un rire de gorge agréable.

– Vous essayez de faire porter la responsabilité de vos bonnes actions sur Dieu ou la nature ou autre chose – c'est intelligent, pour tout dire, dit-elle. Je n'ai pas fait beaucoup de bonnes actions, mais les quelques-unes que j'ai faites m'ont causé plus d'ennuis que mes mauvaises actions.

Angie Cohen klaxonna une troisième fois – longuement et très fort.

– Honor, monte dans cette voiture ! hurla-t-elle.

À travers la fenêtre, ils voyaient Angie, qui s'était retournée pour les regarder, tout en épongeant son visage trempé de sueur.

– Vous y croyez ? Elle a klaxonné trois fois. Seul quelqu'un venant de Baltimore ou de l'extrême Nord-Est serait aussi grossier.

– Je crois qu'elle a chaud, fit Duane.

– Oui, et si elle avait froid, elle aurait fait la même chose, dit Honor. Mais elle ne veut pas me laisser tranquille.

Elle tendit la main et il la serra.

– Commencez à suivre votre ordonnance – dix pages de Proust par jour, reprit-elle. Et merci encore pour les légumes.

– Je vous en prie, dit Duane.

Honor monta dans la Volvo et fit demi-tour. Il entendit Angie Cohen se plaindre sans discontinuer tandis qu'elles s'éloignaient.

10

Une fois Honor Carmichael et son amie parties, Duane se sentit si perturbé qu'il ne put ni travailler ni se reposer. Cette visite inattendue l'avait mis sens dessus dessous. Il ne s'était jamais imaginé rencontrer Honor en dehors de son cabinet, il n'avait jamais espéré converser avec elle autrement que comme patient. Maintenant qu'elle était partie, après lui avoir donné une étrange prescription qui lui prendrait une année pour l'achever selon elle, il se sentait à la fois content et frustré. Il sentait aussi que cette femme l'appréciait – qu'au moins, elle semblait désirer qu'il reste son patient. Et pourtant, elle lui avait dit qu'il devrait la rappeler dans un an, ou quand il aurait terminé la lecture de son livre. Le fait que Honor fasse le postulat d'une telle interruption dans leurs rapports le déstabilisait. Cela signifiait qu'elle n'avait pas besoin d'établir une relation avec lui immédiatement – pas même une relation professionnelle.

Or Duane n'imaginait pas pouvoir rester un an sans la voir. Il savait qu'il était attiré par elle en tant que femme – plus puissamment attiré qu'il l'avait été par une femme, depuis longtemps. Mais il était doublement coincé : d'abord parce qu'elle était son médecin, ce qui voulait dire qu'une relation professionnelle était la seule qu'il était censé espérer, et ensuite parce qu'elle lui avait imposé un an d'attente avant de reprendre les consultations.

Il était également perplexe sur le rôle que jouait Annie Cohen dans la vie de Honor Carmichael. La réponse de Honor lorsque Angie vantait les concombres du Maryland indiquait qu'elles se fréquentaient depuis longtemps. Il se demanda si Angie Cohen était aussi psychiatre – elles auraient pu être associées.

Duane aurait voulu appeler Honor et lui demander si elle voulait bien sortir avec lui. Il était prêt à oublier la relation médecin-patient. Honor l'avait regardé avec attention plusieurs fois – peut-être éprouvait-elle des sentiments pour lui qui n'étaient pas si différents de ceux qu'il lui portait.

Mais il ne l'appela pas. Le fait qu'elle le considérait encore comme son patient l'en empêchait, sentant que Honor Carmichael serait profondément mécontente s'il la contactait soudain pour lui proposer un rendez-vous galant.

Il alla dans la caravane et bricola un moment, incapable de se sortir Honor Carmichael de la tête. Les pensées qui lui venaient à son sujet n'étaient pas professionnelles non plus. Elles étaient érotiques.

Il se dit que la solution à son désir de la revoir plus rapidement que prévu était de lire l'ouvrage recommandé sans plus attendre.

Vingt ans auparavant, lorsque la lecture rapide était en vogue, il avait laissé Karla l'entraîner à un cours. Ses enthousiasmes pour enrichir sa vie personnelle variaient mais sans jamais perdre de leur constance – un jour, elle voulait faire du yoga et, le jour suivant, de la lecture rapide. Elle parcourait les formulaires et s'inscrivait à tout ce qui lui paraissait intéressant. Dans la plupart des cas, Duane assistait à quelques réunions quand Karla l'entraînait et, ensuite, il disparaissait sans bruit, se servant des impératifs de son entreprise pétrolière comme excuse. Mais il n'avait pas abandonné le cours de lecture rapide. Il devint même si bon qu'il parvenait à lire tout un journal, et même le *Time*, en quarante-cinq secondes environ. Il était devenu bien meilleur en lecture rapide que Karla et cela avait fait enrager cette dernière.

– Duane, tu es censé aller aux cours pour m'éviter de me faire violer sur le parking, lui expliqua-t-elle. Tu n'es pas supposé avoir de meilleures notes que moi.

Cette compétence donna à Duane un élan d'espoir. S'il pouvait se rappeler comment lire rapidement, il pourrait peut-être être capable d'avaler les trois tomes en une semaine ou deux. Le moral au beau fixe, il partit immédiatement à vélo pour la cabane, où se trouvaient les livres. Mais cette demi-heure d'optimisme s'avéra sans fondement. La technique des mots-clés, qui avait été si utile lorsqu'il lisait le *Time*, s'avéra totalement inutile lorsqu'il tenta de l'appliquer à celle du livre français. Les phrases semblaient parfois si longues qu'il n'arrivait pas à trouver les verbes. Au bout d'une demi-heure, il laissa tomber – il avait même été incapable de saisir le nom du personnage parti *À la recherche du temps perdu* et rien dans l'histoire, s'il y avait une histoire, ne l'intéressait. Il était convaincu que ce que Honor Carmichael voulait de lui était simplement au-delà de ses capacités. C'était désespéré. S'il devait lire entièrement l'œuvre de Proust avant de pouvoir revoir Honor, il ne la reverrait jamais.

Frustré, il referma le livre et le jeta contre le mur. Quel genre de médecin infligerait une chose pareille à son patient ? Même si travailler dans le potager l'avait soulagé en grande partie de sa dépression, l'été finirait bientôt et elle pourrait refaire son apparition. Cela paraissait terriblement irresponsable de sa part. Et s'il retombait dans un vrai désespoir ? Était-il censé se morfondre pendant un an, juste parce qu'il n'arrivait pas à lire un énorme bouquin n'ayant aucun intérêt pour lui ?

Duane finit par se calmer assez pour ramasser le livre et le remettre sur l'étagère avec les deux autres, mais il ne pouvait cesser de penser à Honor Carmichael. Cette nuit-là, il resta dans la cabane, à rêver d'elle. Il dormit peu et se réveilla avec une érection – sa première érection matinale depuis des années. Il se sentit un peu idiot. Quand même ! Il avait 63 ans et il en pinçait pour son médecin. En plus, si ça se trouve, ce n'était même pas légal pour un patient de coucher avec son psychiatre. Et le psychiatre, en l'occurrence, semblait vivre avec une désagréable petite femme qui grognait plus qu'elle ne parlait. Qu'est-ce que c'était que cette histoire ?

Duane se sentit beaucoup trop agité pour rester à la cabane sans rien faire ; il sauta sur son vélo et alla jusqu'au Corners, pour bavarder avec Jody Carmichael. Il était tôt – il se dit qu'il pourrait trouver Jody seul. Mais, en s'approchant de l'intersection où se trouvait le magasin, il entendit le bruit d'un motoculteur ; loin devant, il vit la silhouette trapue d'Angie Cohen, conduisant le motoculteur, sous sa casquette écrabouillée. Elle coupait les mauvaises herbes dans les fossés autour du magasin. Si Angie était là, Honor ne devait pas être loin, mais il ne la vit pas. Il fit demi-tour et retourna à sa cabane. Il se fit du café. Angie Cohen était la dernière personne qu'il avait envie de voir.

Tout en buvant son café, il feuilleta le livre à nouveau, espérant trouver un bout de dialogue ou quelque chose qui pourrait l'intéresser, mais, comme il le craignait, c'était peine perdue. Il ne voyait qu'une masse de mots impénétrable.

Deux heures plus tard, lorsque le soleil fut bien haut et que la chaleur était trop forte pour qu'une personne saine d'esprit se promène en motoculteur, Duane retourna à bicyclette au Corners. Cette fois, il n'y avait ni Angie, ni Volvo, ni motoculteur.

La première chose qu'il vit lorsqu'il entra dans le magasin fut le plateau de légumes que Honor avait cueillis dans son potager la veille – des concombres, des courges, des radis, des carottes et même quelques betteraves.

– J'ai déjà vu ces légumes quelque part, dit-il à Jody, qui avait les yeux rivés sur son écran d'ordinateur.

– Ouaip, les filles viennent de m'apporter toute cette bouffe pour lapin, dit Jody. Elles disent que tu as replanté le jardin d'Éden, là-bas à Thalia.

– Ce n'est pas le jardin d'Éden, mais c'est un assez beau potager, dit Duane. J'espère qu'elles auront envie de revenir.

– C'est possible, mais ce sera pas pour tout de suite, l'informa Jody. Elles partent en Chine la semaine prochaine pour de longues vacances.

Duane sentit son cœur se serrer. Honor Carmichael partait et le laissait sans rien d'autre qu'un livre illisible et la vague promesse de le revoir dans un an. Il eut une furieuse envie d'appeler et d'essayer d'obtenir un rendez-vous avec elle avant son départ. Il ne pensait pas être capable de supporter une si longue attente.

– Elles voulaient m'emmener, mais je peux pas rester loin de mes paris aussi longtemps, dit Jody. Ces paris par ordinateur, ça rend dépendant. Elles me faisaient la leçon ce matin encore. Angie pense que je devrais sortir plus.

– C'est quoi l'histoire d'Angie ? demanda Duane.

Il avait l'impression que le commentaire de Jody lui avait fourni l'ouverture nécessaire pour poser sa question.

– Angie Cohen est plus riche que Dieu, dit Jody. C'est une princesse venue de la ville. Son grand-père bossait avec le vieux Rockefeller. Sa famille possède la plus grande partie du Maryland et un grand bout de la Pennsylvanie. Je crois que son grand-père a aidé à inventer les foreuses. Si le grand-père d'Angie n'avait pas existé, il n'y aurait pas beaucoup d'exploitations pétrolières et cette partie du pays serait encore peuplée exclusivement de cow-boys.

– Je ne crois pas qu'elle aime beaucoup le Texas, dit Duane. Elle n'était pas tellement contente, quand elles sont venues à Thalia ; par contre, elle a dit le plus grand bien des concombres du Maryland.

Il marqua une pause – Jody s'était retourné vers son écran d'ordinateur.

– J'imagine que ta fille est amie avec elle depuis longtemps, dit Duane.

Jody lança immédiatement un regard bizarre à Duane. Duane avait supposé qu'il était subtil en posant sa question, mais il ne l'avait pas été assez pour tromper le vieux parieur.

– Oh, elles ne sont pas amies, c'est plus que ça, dit Jody. Angie est le mari de Honor – si tu vois ce que je veux dire.

11

Après sa visite à Jody, Duane eut du mal à se rappeler le reste de la journée. Il ne pouvait pas se souvenir exactement de ce qu'il avait répondu à Jody Carmichael lorsqu'il lui avait dit qu'Angie Cohen était le mari de Honor. Pour cacher le choc qu'il avait ressenti, il était allé chercher un burrito aux haricots et l'avait mis dans le micro-ondes. Jody avait maintenant tout un assortiment de burritos végétariens que Duane ne se rappelait pas avoir vu avant dans le magasin. Peut-être étaient-ils aussi l'œuvre «des filles», comme Jody les appelait.

Maintenant, Duane voulait surtout quitter le magasin aussi vite que possible. Il avait besoin d'être loin, d'être seul. Il ne sut pas si Jody s'était rendu compte de l'effet produit par sa révélation.

– La mère de Honor m'a quitté pour une femme, lui expliqua Jody au moment où il payait pour le burrito. La mère de Honor n'était pas aussi riche qu'Angie – à mon avis, elle est plus riche que les Hunt et les Bass. Mais Grace était riche et la femme pour laquelle elle m'a quitté aussi.

– Est-ce qu'elles sont toujours ensemble ?

– Non, la compagne de Grace est décédée, dit Jody. Elles vivaient à Upperville, en Virginie. Elle appartenait à la famille Mellon.

– Je vois, dit Duane, même s'il n'avait que vaguement entendu parler de ces gens.

– Les femmes riches n'ont pas besoin de s'accommoder des vieux bonshommes poilus comme nous, qui crachent et qui pètent, dit Jody. Elles peuvent se passer de nous et elles sont nombreuses à faire ce choix. Mais c'est dur pour l'ego de se faire quitter pour une femme. Je serais probablement encore en train de geindre sur la perte de Grace si je n'avais pas ces paris sur ordinateur pour m'occuper l'esprit.

Je suis un grand garçon, je ne devrais pas être choqué, se dit Duane tout en rentrant en vélo chez lui. Il ne cessa de se le répéter toute la journée et toute la journée suivante. Il était un grand garçon ; OK, certains, hommes ou femmes, étaient homosexuels, pour une raison ou une autre. Karla et lui s'étaient même demandés à un moment si Jack était gay ; cette idée leur avait traversé l'esprit parce que Jack avait l'air beaucoup plus intéressé par la chasse aux cochons que par les femmes.

Par ailleurs, vingt ou trente ans auparavant, Karla entretenait des amitiés si intenses avec des femmes que Duane, plus d'une fois, s'était demandé ce qui se passait exactement entre Karla et elles. Et il lui était arrivé de penser que Karla pourrait bien le quitter pour une femme.

Mais ces idées appartenaient à un passé lointain et les angoisses qu'il avait nourries s'étaient éteintes depuis longtemps. Ni lui ni Karla ne s'étaient concentrés sur le monde extérieur ces quinze dernières années – il avait complètement oublié que, parfois, les filles préfèrent les filles.

Si, alors, il avait découvert que Karla avait une aventure avec une femme, il aurait probablement été moins choqué qu'en apprenant la liaison entre Honor Carmichael et Angie Cohen.

Jody y avait été carrément en disant qu'Angie était le mari de Honor. Honor était grande, gracieuse et jolie, Angie, petite, revêche et grossière ; si Honor préférait les femmes, pourquoi avait-elle choisi une petite personne aussi désagréable qu'Angie comme partenaire ?

Bien sûr, il n'eut pas besoin de réfléchir longtemps pour se rendre compte que beaucoup de femmes charmantes et séduisantes épousaient des hommes qui étaient aussi défavorisés par la nature qu'Angie. Les belles femmes se mettaient souvent en ménage avec des hommes laids ; mais il ne savait pas pourquoi, il lui paraissait bizarre qu'une femme belle choisisse une femme laide, or c'était bien le cas.

Le jour et demi suivant, Duane erra comme s'il avait reçu un coup sur la tête et s'acquitta d'une manière désastreuse de l'arrosage de son potager. Il faillit noyer certains plants et en laissa d'autres se dessécher. Il essaya de se dire que c'était mieux ainsi – quelle idée saugrenue, de toute façon, de se mettre à en pincer pour son médecin ? Mais le fait était qu'il en pinçait encore pour elle. Il désirait Honor Carmichael, plus que jamais.

Même s'il était conscient de devoir faire exactement ce qu'elle lui avait demandé – lire le livre, attendre un an, puis appeler pour prendre rendez-vous –, au final, il ne parvint pas à contrôler son désir de revoir Honor avant son départ pour la Chine. À la grande surprise de tous, il débarqua soudain dans les bureaux de son entreprise et envoya un fax au Dr Carmichael :

Chère docteur Carmichael,
J'ai vu votre père et il m'a dit que vous partiez en Chine.
Je ne crois pas que je puisse lire ces livres que vous vouliez que je lise. Je n'ai pas fait assez d'études pour y arriver.

Serait-il possible que j'aie un rendez-vous avec vous avant votre départ en voyage ? Je crois que j'en ai besoin.

Duane Moore

Il gribouilla le numéro de fax du bureau sur la feuille et sortit pour attendre la réponse. Elle arriva vingt minutes plus tard.

Cher Duane,

Je suis désolée mais mon planning est complet jusqu'à mon départ pour l'Asie.

Dans tous les cas, je pense qu'il vaut mieux que nous en restions là où nous avons arrêté la dernière fois. Je vous verrai lorsque vous aurez terminé la prescription, autrement dit, lorsque vous aurez lu Proust.

Il est aberrant de penser que vous n'avez pas le niveau d'études pour le lire. Je vous demande juste de lire dix pages par jour. Prenez-le comme un exercice, ce qui est le cas, d'une certaine façon. Consacrez-y une heure environ par jour et appelez-moi lorsque vous aurez terminé.

Merci encore pour les légumes. Nous nous sommes gavées.

Honor Carmichael

Duane plia le fax et alla en vélo jusque chez Ruth Popper. Il s'arrêta à côté de son potager en chemin et ramassa pour elle un petit sac de gombos et quelques radis. Ruth adorait les gombos. Lorsqu'il arriva, elle regardait un match de base-ball sur son vieux téléviseur noir et blanc. L'appareil produisait une image aussi floue que la vision de Ruth, les joueurs bougeaient comme des fantômes sur la surface de l'écran. Duane dut regarder attentivement pour identifier le programme. Pourtant, Ruth était assise, placide, sur le canapé, regardant un truc qu'elle ne pouvait pas voir.

– Je vous ai apporté des gombos, dit Duane. Et des radis.

– Les radis, ça me fait roter, mais merci pour les gombos, dit Ruth. Lorsque j'étais petite, on pensait que les gombos prévenaient le rachitisme. J'imagine que c'est vrai, parce que je n'ai jamais été rachitique.

Duane alla poser les légumes dans la cuisine, revint et s'assit dans le rocking-chair.

– Pourquoi êtes-vous découragé ? demanda Ruth.

– Qui a dit que je l'étais ?

– Personne, mais je le vois à votre comportement, dit-elle.

– Je suis découragé parce que j'ai fait quelque chose de stupide, admit-il.

– Eh bien, nous savions tous que c'était juste une affaire de temps avant que vous ne tombiez amoureux, dit Ruth. J'espère que ce n'est pas une petite traînée qui en veut juste à votre argent.

– Non, c'est mon docteur, dit-il.

– C'est bien. Si elle est médecin, elle a probablement de l'argent bien à elle. Je détesterais vous voir vous faire plumer à votre âge. Vous n'avez pas de jugeote en ce qui concerne les femmes.

– Je ne vais pas me faire plumer. En fait, je crois que je ne vais rien avoir du tout.

– Eh bien, s'il ne doit pas y avoir de sexe, quel intérêt ?

– Il n'y a pas forcément un intérêt, dit Duane. Le truc, c'est que je suis amoureux de mon docteur et elle est gay.

Ruth mit quelques minutes à absorber l'information.

– Bon Dieu, finit-elle par dire. Les embrouilles dans lesquelles on est capable de se fourrer... Comment va votre prostate ?

– Ma prostate va bien – quel est le rapport ? demanda-t-il.

– Tous les hommes attrapent un cancer de la prostate un jour ou l'autre, lui dit Ruth. Il faut juste que vous vous fassiez examiner régulièrement. De quel genre de docteur s'agit-il ?

– Elle est psychiatre, dit Duane. C'est la fille de Jody Carmichael. Elle vit avec une femme qui est plus riche que les Hunt et les Bass.

– Eh bien, du coup, il y a d'autant moins de chances qu'elle vous dépouille de votre argent.

– Ruth, vous êtes à côté de la plaque. Elle est gay et je suis amoureux d'elle – et en plus, elle est mon médecin. Qu'est-ce que je vais faire ?

– Souffrir, j'imagine. L'amour, c'est essentiellement de la souffrance, de toute façon, répondit Ruth.

– Vous ne m'êtes d'aucune aide, constata-t-il.

Ruth haussa les épaules.

– Qu'est-ce que vous voulez que j'y fasse ? Vous êtes assez idiot pour tomber amoureux de votre médecin gay... Est-ce qu'elle le sait, que vous êtes amoureux d'elle ? demanda-t-elle, après avoir jeté un œil sur le fantomatique match de base-ball.

– Elle est psychiatre, elle s'en est peut-être rendu compte, dit-il. Je ne suis pas sûr. De toute manière, elle part en Chine la semaine prochaine et elle ne veut pas me donner un autre rendez-vous avant longtemps. Je suis censé lire ce très long livre français avant de la revoir.

– C'est intéressant, dit Ruth. Nous devrions tous lire plus.

– Ruth, je ne peux pas lire ce livre – il fait trois mille cinq cents pages.

– Mais bien sûr que vous pouvez, dit Ruth. J'ai lu *Autant en emporte le vent* à toute vitesse et c'était assez long.

– Ça parle de la France, dit Duane. Et je ne suis jamais allé en France.

– Et alors ? Je ne suis jamais allée à Atlanta, mais j'ai quand même lu *Autant en emporte le vent*, dit Ruth. Peut-être que vous pourriez prendre des cours particuliers pour vous aider à commencer.

– J'ai 63 ans, lui rappela-t-il. Je me sentirais idiot, à prendre des cours particuliers.

– Karla n'aurait pas hésité une seconde, si elle était amoureuse de son docteur et qu'il lui disait de lire un vieux bouquin avant de coucher avec elle, fit remarquer Ruth.

– Mais mon docteur ne couchera pas avec moi de toute façon – elle est gay, je vous l'ai dit.

– Je sais, mais parfois, les gens font des écarts.

– Est-ce que vous avez fait des écarts ? demanda Duane.

– J'ai failli, dit Ruth. Ma meilleure amie, Naomi. C'était la Grande Dépression. Nous n'avions pas d'argent et nous étions toutes les deux mariées à des connards. On allait au cinéma ensemble.

– C'est tout ? Au cinéma ?

Ruth hésita un moment, le regard perdu vers de lointains souvenirs.

– Il y a eu plus que ça, dit-elle enfin. Mais il est hors de question que je vous raconte.

Puis elle soupira.

– Je ne crois pas que je m'en serais sortie sans mon amie Naomi, dit-elle.

– Que lui est-il arrivé ? demanda Duane.

– Oh, rien, dit Ruth. Elle a déménagé à Odessa. Son mari s'est fait tuer. Elle s'est remariée et son second mari a été tué aussi. Après, nous nous sommes perdues de vue.

– Apparemment, la vie est toujours plus compliquée qu'on l'avait imaginé.

– Seulement tant qu'on est jeune et qu'on est à la recherche de sexe. Maintenant que j'ai dépassé ce stade, ma vie est parfaitement simple – vous m'apportez de petits sacs de gombos et je reste ici à regarder des matchs de base-ball. Mais ça ne vous console pas, parce que vous n'avez pas atteint ce stade, encore.

– Si seulement ce n'était pas arrivé, dit Duane. Si seulement c'était resté simple.

– Taisez-vous ; c'est idiot. Il est toujours idiot de regretter que les choses ne soient pas plus simples. Même si vous ne finissez pas par coucher avec elle, vous vous toucherez peut-être d'une manière différente. Peut-être que ce sera agréable, même si ce n'est pas exactement ce que vous voulez que ce soit, tout de suite.

Revenu dans sa cabane, assis dans son transat, à la lumière blanche de la lune, Duane pensa que Ruth avait sans doute raison. Il ne voulait pas perdre complètement Honor Carmichael. Quelque chose de bien se produirait peut-être, même si ce n'était pas tout à fait ce qu'il espérait. Il savait qu'il avait besoin de mettre son désir en veilleuse, mais ce n'était pas facile à faire.

Le matin suivant, il alla à la grande maison avant l'aube et arrosa son potager. Un vieux couple habitant une ville voisine, des lève-tôt qui étaient déjà venus plusieurs fois, choisissaient avec parcimonie des haricots verts, des courges et une aubergine.

– C'est tout ce que vous avez trouvé dans ce potager ? demanda Duane.

Il aimait bien le vieux couple et les persuada de prendre un peu d'épinards frais avant de partir.

– Nous ne mangeons pas beaucoup, en fait, dit la vieille dame. C'est juste un plaisir d'être dans un beau potager tôt le matin. Nous sommes à la retraite. Ça nous fait une raison de nous lever.

Duane avait laissé le premier volume de son livre dans la caravane. Il trouva les clés de la grande maison, entra, alluma quelques lumières et, après de longues recherches, trouva le dictionnaire que les enfants avaient utilisé lorsqu'ils étaient au lycée pour écrire des rédactions. La couverture en était presque arrachée, tellement elle avait été manipulée, mais l'intérieur paraissait intact.

Le dictionnaire pourrait l'aider à trouver le sens des nombreux mots du livre qu'il ne comprenait pas. La nuit précédente, il s'était dit qu'il devait au moins essayer de faire ce que Honor Carmichael voulait qu'il fasse. Honor était probablement la personne la plus éduquée qu'il ait jamais fréquentée. Si elle pensait que ces ouvrages pouvaient l'aider à comprendre pourquoi il avait l'impression que sa vie avait été vaine, alors, s'il parvenait à les lire, en effet, l'aideraient-ils. Après tout, il pouvait lire correctement et les livres n'étaient faits que de mots. Il avait lu et relu le fax de son médecin plusieurs fois. Elle n'exigeait qu'une heure par jour de son attention. Il n'y avait pas de réelle raison de s'affoler. Même s'il ne prenait aucun plaisir à sa lecture – et il s'y attendait –, il devrait en être capable avec son dictionnaire. Ainsi, en faisant ce que Honor lui demandait, ou du moins en essayant, il pourrait se sentir connecté à elle.

Peut-être avait-il surestimé la difficulté lorsqu'il avait feuilleté l'ouvrage la première fois. Peut-être que cela prendrait moins d'un an. De toute façon, il ne pouvait pas travailler dans son potager toute la journée – la lecture lui permettrait d'échapper à sa routine. Peut-être qu'au bout d'une centaine de pages il commencerait à apprécier le livre ou, du moins, à comprendre pourquoi Honor voulait qu'il le lise. Par ailleurs, elle avait raison sur un point : il ne lui nuirait pas de faire travailler sa cervelle. S'il finissait par apprécier les livres, il s'offrirait peut-être une escale en France, en rentrant d'Égypte, même si l'Égypte restait sa destination première, lorsqu'il partirait enfin, loin – très loin, là où se trouvaient les pyramides.

12

Même si Duane était déterminé à lire ce Marcel Proust, tous les prétextes étaient bons pour en reculer le moment. Il avait monté un petit système d'irrigation sur une partie du potager et certains des jets étaient bouchés. Il lui fallut deux heures pour les remplacer et le moment de déjeuner était presque arrivé. Il décida d'aller manger. Généralement, il se contentait d'une tomate fraîche accompagnée d'un oignon et de radis, mais cette fois, il se rendit à bicyclette jusqu'au Dairy Queen et mangea un steak pané avec de la purée de pomme de terre.

– Duane, tu te nourris comme si tu prévoyais un après-midi harassant, dit la serveuse, Billie. Je croyais que tu avais laissé tomber les boulots pénibles.

– Non. Je suis sur le point de commencer quelque chose de vraiment dur, dit-il, mais il n'éclaira pas la lanterne de Billie sur la nature précise du boulot en question.

Au milieu de l'après-midi, à court de travaux pour se distraire, il fut forcé de s'asseoir avec le livre, son dictionnaire, un bloc et un crayon pour établir la liste de tous les mots qu'il devait chercher – une fois qu'il saurait ce qu'ils signifiaient, il pourrait essayer d'éblouir Ruth et Bobby Lee en émaillant ses conversations avec ses nouvelles connaissances littéraires.

Au moins, cela rendrait la tâche un peu plus intéressante.

Il mit presque deux heures pour venir à bout des dix premières pages. Le premier mot qu'il rechercha fut « vétiver » – il s'agissait de la racine parfumée d'une herbe dont il n'avait jamais entendu parler. Voilà de quoi boucher un coin à Bobby Lee – l'air de rien, il lui demanderait s'il avait reniflé du vétiver, récemment. Duane se dit que, s'il gardait son sérieux, il pourrait réussir à lancer la rumeur qu'une nouvelle variété de marijuana venait d'arriver dans le comté.

Ces petits jeux à venir ne rendirent pas sa lecture moins pénible. Certaines des phrases étaient tellement longues que, même après les avoir lues cinq ou six fois, il ne parvenait pas à en raccorder les mots pour obtenir un sens. Et chaque passage exigeait une concentration extrême. Il suffisait qu'une mouche bourdonne contre la fenêtre de la cuisine, ou qu'un klaxon retentisse dans la rue, et il perdait le fil. La seule manière qu'il avait de se reconcentrer était de remonter au début de la page et recommencer. Parfois, arrivé presque en bas, son esprit s'égarait dans une rêverie, loin du roman. Mais, déterminé à ne pas tricher, lorsqu'il perdait pied dans l'histoire, il reprenait sa lecture là où il s'était déconcentré.

L'objet de ces rêveries était souvent Karla. Il se sentait d'autant plus idiot de s'atteler à un tel pensum que personne d'autre qu'elle n'aurait mis le doigt sur l'absurdité de cette entreprise.

– Duane, je n'arrive pas à croire que tu es en train de faire ça, aurait-elle assurément dit. Tu ne peux pas lire un livre aussi long. Le seul livre long que tu aies jamais lu était *Lonesome Dove* et, si la mini-série avait été diffusée avant, tu ne l'aurais même pas fait. Juste parce qu'une espèce de docteur gay veut que tu le fasses, tu vas perdre une année à lire un livre qui ne t'intéresse pas, lui dirait-elle. Tu as toujours laissé les femmes te faire marcher, Duane.

Malgré tout, même s'il se sentait idiot, Duane persista et finit par arriver à la fin de la dixième page. Soulagé, il sortit immédiatement dans son potager et ne repensa plus à Proust de la journée.

Le deuxième jour, il rencontra exactement les mêmes difficultés ; il dut se forcer à s'asseoir avec le livre, comme le jour précédent et se sentant aussi idiot que la veille ; et lorsqu'il alla dans sa cabane prendre les deux autres volumes, il se sentit plus idiot encore.

Pourtant, au bout d'un moment, après avoir cherché « Mérovingien », « transverbération » et quelques autres mots qui ne s'intégreraient pas facilement dans une conversation avec Bobby Lee, alors qu'il relisait une page pour la quatrième fois – et qu'un tracteur avait calé dans l'allée juste derrière la caravane et qu'il dut faire entrer le chauffeur dans la grande maison pour appeler un dépanneur –, Duane était en train de relire un passage sur un vieil homme dont la femme était morte : « Ce qui se passe maintenant est bizarre ; je pense souvent à ma pauvre épouse, mais je ne peux pas penser à elle longtemps, chaque fois. »

Duane, même s'il n'avait pas saisi tout ce qui se passait dans l'histoire – et avait été incapable de se souvenir du moindre personnage, à l'exception de la femme de chambre –, s'arrêta sur ces quelques lignes et les relut avec une attention différente et soutenue. Le vieil homme décrivait exactement ce que Duane vivait lorsqu'il pensait à Karla. Il pouvait se souvenir d'elle une douzaine de fois par jour, mais brièvement, par instantanés, pendant une seconde ou deux, ou une demi-minute, au plus. Ses rêveries sur Karla étaient fréquentes, mais elles étaient également ment brèves.

Les proches du vieil homme le taquinèrent sur ses mots qui évoquaient le souvenir de sa défunte femme – « souvent, mais pas longtemps » devint une sorte de rengaine, une plaisanterie affectueuse, jamais moqueuse.

Ce soir-là, sa lecture achevée, son potager arrosé, Duane décida de rentrer à pied à la cabane, plutôt qu'à vélo. Il y avait eu une averse en milieu d'après-midi et la campagne sentait encore la pluie. En marchant, il repensa au passage sur le vieil homme, sa femme défunte et la gentille moquerie dont il était l'objet. Cela lui rappela la manière dont les gens à Thalia, des gens qui le connaissaient depuis qu'il était enfant, des gens qui s'inquiétaient pour lui, avaient commencé à le taquiner sur son futur remariage. Ces plaisanteries aussi, il le comprit, étaient motivées par la gentillesse. Probablement, c'était sain ; après tout, la mort guettait ses voisins aussi. Le fait de plaisanter sur un vieux veuf qui cherchait une jeune femme qui lui donnerait beaucoup de plaisir au lit les protégeait probablement de la pensée qu'ils pourraient, eux aussi, se retrouver veufs et seuls. Que penseraient ces voisins si bien intentionnés s'ils savaient qu'il avait été assez fou pour tomber amoureux d'une femme qui ne coucherait probablement jamais avec lui – qui peut-être ne saurait même jamais qu'il la désirait ? Tomber amoureux d'une psychiatre gay n'était pas l'avenir que ces bonnes gens lui prédisaient.

Le vieil homme qui pensait à sa femme souvent, mais seulement brièvement, avait involontairement énoncé une vérité à laquelle Duane était confronté, mais sans pouvoir la formuler ; son chagrin était intermittent, momentané et intime. Une fois, l'un de ses souvenirs de Karla lui tordit les tripes. Il était dans la rue en train de bavarder avec un type âgé sur les Arabes trop gourmands et les prix bas du pétrole. La conversation s'était poursuivie normalement, l'homme ne soupçonnant pas que Duane venait d'être frappé comme la foudre par la vision de son épouse sortant de la douche, une jambe remontée parce qu'elle avait un autocollant collé au talon. Cela dura un instant, mais ce fut le spasme de regret et de nostalgie le plus intense qu'il ait éprouvé depuis la mort de Karla – sans pour autant perturber une conversation sur le sujet le plus familier du coin, le prix du pétrole.

Le fait d'avoir lu ce petit passage en résonance de ce que lui-même éprouvait lui redonna un peu d'espoir pour la suite. Peut-être le long effort qui l'attendait ne serait-il pas complètement vain. Même s'il préférait toujours marcher dans la campagne rafraîchie par la pluie, plutôt que lire. Il était heureux d'être simplement dehors, à respirer l'odeur de la terre, à entendre les oiseaux, à examiner les lits des rivières. À l'ouest de l'horizon, d'énormes nuages menaçants descendaient encore en cascade des Staked Plains, produisant par intermittence des éclairs fulgurants comme des langues de serpents. Il ne trouvait aucune odeur plus agréable que celle de l'herbe des prairies après une ondée estivale.

Cette nuit-là, il resta longtemps assis devant sa cabane, à regarder les immenses nuages blancs se déplacer en lents bataillons dans le ciel. Le tonnerre grondait au loin et les éclairs continuaient à zébrer le ciel. Par moments, la pluie tombait à verse en crépitant, puis s'arrêtait sans faire de dégâts. Vers le nord, sous les nuages, il apercevait les halos des lumières de Wichita Falls. Honor y était encore, peut-être en train de faire ses bagages pour la Chine. Duane se demanda si elle pensait à lui, ou si elle se rendait compte qu'il s'intéressait à elle en tant que femme.

Les nuages passèrent et la nuit devint claire. Duane s'endormit dans son transat, au lieu d'aller se coucher. À 4 heures du matin, alors que le ciel était encore noir, il retourna en ville à pied et se mit à arroser son potager.

13

Au début du mois d'octobre, Duane ramassa ses dernières tomates ; l'été du potager touchait à sa fin. Il démonta le petit système d'irrigation qu'il avait installé et le rangea dans le garage. Il passa encore un peu de temps à ratisser et ranger, puis il fit revenir le jeune fermier pour labourer. L'été suivant, il avait l'intention de préparer des conserves avec les légumes qui resteraient et il les vendrait à bas prix. Il avait acheté un livre sur l'apiculture et envisageait de se procurer des abeilles. Même si le potager à la mémoire de Karla Laverne Moore avait été un immense succès, Duane n'avait pas l'intention de s'endormir sur ses lauriers. Il avait bénéficié d'une météo idéale, ce qui avait peu de chances de se reproduire deux années de suite. Il savait qu'il lui fallait réfléchir à un meilleur système d'irrigation et continuer à étudier ses catalogues assidûment, à la recherche de nouvelles variétés de légumes à faire pousser.

La notoriété de son potager lui apporta quelques surprises. Un jour, un jeune homme de Wichita Falls vint voir Duane pour lui proposer d'investir dans un restaurant végétarien, sur la seule foi des dires élogieux à propos du potager. Duane déclina sa proposition et lui souhaita bonne chance. Durant l'automne, il reçut des courriers de différents groupes écologistes, lui demandant des dons en argent, ou d'assister à leurs réunions, voire lui remettre un prix. Duane ignora les courriers et refusa les prix. Un type l'appela du fin fond du Mississippi pour tenter de le convaincre du bien-fondé de l'élevage des grenouilles taureaux dont il lui assura qu'il était l'avenir, mais cette proposition ne l'intéressa pas non plus. Il commençait à devenir un habitué du refus gracieux.

De temps en temps, il voyait un de ses enfants. Julie vint quelques jours à la maison parce qu'elle ne faisait confiance qu'à leur dentiste de famille pour lui arracher ses dents de sagesse. Puis Nellie apparut pour assister à une fête en l'honneur d'une vieille amie qui allait se marier.

– Comment va Zenas? demanda Duane. Et Goober?

– Toujours en compétition, dit Nellie. Goober ouvre un nouveau restaurant à Dallas et il fait venir un chef de France.

– Comment est-ce que Zenas prévoit de concurrencer un tel projet?

– En investissant dans un show sur Broadway, lui dit Nellie.

Il croisait souvent Dickie sur la route. Généralement, Dickie roulait très vite et, une fois qu'il avait remarqué son père, il freinait tellement brusquement que Duane se retrouvait noyé dans un nuage de poussière. Après avoir bavardé plaisamment pendant quelques minutes, Dickie repartait en trombe, noyant Duane dans un second nuage.

Jack se trouvait toujours dans le Montana; personne n'avait de nouvelles, ce n'était pas inhabituel.

Chaque fois que Duane allait voir Ruth Popper, elle l'interrogeait sur le livre que sa psychiatre voulait qu'il lise – elle était invariablement insatisfaite de ses réponses laconiques.

– Tout ce que je sais pour l'instant, c'est qu'il parle de gens qui vivent en France, lui dit-il.

– Soyez plus précis, exigea-t-elle. Je ne peux pas lire. C'est détestable de votre part de me taquiner de cette façon.

– Ruth, je ne vous taquine pas, dit Duane. C'est un livre long et, pour l'instant, je n'y comprends pas grand-chose. Certaines phrases sont aussi longues que les sermons du vieux pasteur Jenson. Vous vous souvenez du vieux pasteur Jenson ? L'un de ses sermons avait duré presque deux heures.

– Peu importe. Je n'allais pas à son église, de toute façon. En plus, ça n'existe pas, une phrase aussi longue.

– Si vous pouviez voir, je vous montrerais, répondit-il.

– Apportez le livre et vous m'en lirez une. S'il vous faut deux heures pour une phrase, je m'excuserai.

Duane refusa catégoriquement. Il se sentait assez idiot comme ça, à lire pour lui seul.

En novembre, il eut 64 ans. Les filles rentrèrent à la maison et montèrent un complot avec Dickie et Annette pour lui organiser une grande fête surprise, dont l'intendance était assurée par le nouveau chef de Goober. Bubbles et Willy lui montrèrent leurs photos d'école – comme ils étaient beaux dans leur bel uniforme ! Le chef baragouinait avec les deux Françaises qui l'aidaient à servir dans leur langue. Il refusa de faire des spaghettis, ce qui lui valut un doigt de la part de Barbi. Duane eut l'impression d'être dans un monde irréel. Ses plus grands petits-enfants ressemblaient à des enfants issus d'une autre famille que la sienne. Un flux constant de français provenait de la cuisine ; c'était comme si Proust avait essayé de venir à Thalia pour que Duane ait une meilleure chance de comprendre son livre.

Le matin suivant, ils étaient tous repartis. Même si Duane avait été heureux de les voir, il était également profondément soulagé de se retrouver seul. Un fort vent du nord soufflait ;

il enfila un manteau et marcha jusqu'à sa cabane. Il aimait sa famille, mais même le bref moment qu'il avait passé avec elle lui faisait regretter la simplicité de sa solitude.

Cet hiver-là, Duane passa l'essentiel de son temps dans sa cabane, se rendant rarement à Thalia et jamais à Wichita Falls. Il commanda un petit chariot qu'il trouva dans un catalogue d'équipement de jardin et s'en servit pour rapporter des fournitures dans sa cabane. Il avait mis de côté une certaine quantité de légumes de son potager, oignons, carottes, pommes de terre, navets, et il les stocka dans la petite annexe où il travaillait encore parfois le bois.

Mais, cet hiver-là, l'ébénisterie ne l'attira pas. Il avait envie d'une activité plus physique et il se mit à couper du bois. Il s'attaqua à un bosquet de prosopis d'une taille considérable, coupant tout le bois à brûler en tronçons ; il les transporta jusqu'à la route dans sa grosse brouette. Il rangea le bois en un tas bien ordonné le long de sa clôture et installa une pancarte sur laquelle il écrivit : *Bois de chauffage. Servez-vous !* Il s'adonnait à son activité de bûcheron même les jours les plus froids. Le tas de bois, cependant, attirait bien peu de gens. La circulation sur cette petite route de campagne était surtout composée d'ouvriers ou de chasseurs et ils étaient peu nombreux à disposer d'une cheminée.

Pendant l'hiver, sur l'insistance de ses filles, il subit un examen médical complet. La conclusion fut qu'il était un homme de 64 ans en pleine santé. Sa pression artérielle était normale, son taux de cholestérol était bas, son PSA était à peine au-dessus de zéro.

En rentrant après son examen, il s'arrêta chez Jody Carmichael pour acheter des cartouches de .22. De temps en temps, il tuait un écureuil ou un lapin et se préparait un bon civet, avec les légumes qu'il avait dans son cellier. Il se promit de ne pas demander de nouvelles de Honor Carmichael, mais ce fut inutile. Pendant qu'il payait ses achats, Jody lui tendit quelques photos.

– Les filles sont arrivées à la Grande Muraille, dit Jody. J'ai essayé de les convaincre d'aller à Macao – c'est l'île du jeu – mais elles n'avaient pas envie.

Les filles étaient allées à la Grande Muraille, ainsi que dans des tas d'autres endroits. Il y avait une photo d'elles lors d'une visite en bateau du port de Hong Kong, une de Honor à dos de chameau, une autre qui les montrait sur une immense place, puis celle de Honor sur un vélo. Sur tous les clichés, Honor était souriante et avait l'air heureuse – Angie paraissait s'ennuyer, le visage renfrogné. Duane regarda les clichés poliment avant de les rendre à Jody. Même le fait de la voir en photo le perturbait, mais il ne pouvait pas avouer une chose pareille à son père.

Cet après-midi-là, ne parvenant pas à se calmer, il parcourut les berges des rivières pendant plusieurs heures, son fusil à la main. Il faisait froid – il était d'humeur à manger du ragoût d'écureuil. Il guettait les petits animaux, mais finalement, ce fut un dindon sauvage qu'il surprit et un tir chanceux abattit une grosse femelle. Duane prépara le dindon ; il y avait beaucoup plus de viande que ce dont il avait besoin. Mais, dans moins d'une semaine, ce serait Noël. Les enfants allaient tous à Vail. Même Jack avait accepté de descendre et de venir skier avec ses frère et sœurs. Ils avaient aussi pressé Duane de venir, mais il avait refusé. Il avait prévu de dîner ce soir-là avec Ruth et Bobby Lee ; et maintenant, il n'aurait même pas besoin d'acheter une dinde.

Deux jours avant Noël, il reçut une carte de vœux de Honor Carmichael. Une carte standard, du genre que les médecins envoient à leurs patients, mais Honor l'avait signée et avait ajouté quelques mots : « J'espère que votre lecture se passe bien. »

Duane pensait que son béguin pour Honor Carmichael était en train de disparaître, mais à la vue de son écriture, il comprit que c'était faux. Il était plus mordu que jamais. Il envisagea de lui envoyer une carte à son tour, mais il était trop tard, les bureaux de poste étaient clos, et il ne pensait pas qu'il aurait le courage de la lui donner en mains propres.

La veille de Noël, Bobby Lee apprit que son PSA avait grimpé en flèche. La nouvelle, et c'était compréhensible, le plongea dans une profonde dépression. Il arriva pour le dîner tellement saoul qu'il tenait à peine debout.

– Je serai bientôt mort et au paradis, là où se trouve mon autre couille, dit-il plusieurs fois.

Duane lui avait acheté un fusil pour Noël ; il se mit aussitôt à regretter son cadeau. Avec un tel état d'esprit, Bobby Lee pourrait bien se tirer une balle, avec cette nouvelle arme.

Les derniers Noël, Ruth avait passé son temps à dire au revoir à tout le monde. Elle aimait insister sur le fait que chacun d'eux serait indubitablement son dernier. Elle allait s'y remettre, mais les mauvaises nouvelles concernant Bobby Lee lui soufflèrent la vedette.

Elle et lui se chamaillèrent violemment pendant que Duane préparait la dinde.

– Qu'est-ce qui te fait croire que ta couille se trouve au paradis ? demanda Ruth. Le Seigneur – s'il existe – ne va pas perdre son temps à stocker les parties du corps des gens, en particulier des parties de corps qui sont encore ici.

– Comment ça, ici ? fit Bobby Lee, qui était très ivre.

– Tu sais ce que je veux dire, dit Ruth. J'ai des doutes sur ton accession au paradis, de toute façon, mais si ça t'arrive, tu peux faire une croix sur le fait que ton autre testicule s'y trouve.

– On ne pourrait pas parler d'autre chose que de la mort ? demanda Duane. C'est Noël.

– C'est difficile de ne pas avoir de vie sexuelle quand tous les autres fêtent la leur, dit Bobby Lee.

– Je n'ai pas de vie sexuelle, fit remarquer Duane. Ruth n'a pas de vie sexuelle. Tu n'es pas le seul.

Ruth s'offensa de cette remarque.

– Parlez pour vous, Duane ! Vous n'êtes pas au fait des secrets de mon intimité.

Sa repartie les prit tous les deux de court.

– Excusez-moi, dit Duane. Je ne savais pas que vous aviez un petit ami.

– Si une vieille bique comme toi peut avoir une vie sexuelle alors que je n'en ai pas, je déménage, dit Bobby Lee. Je refuse de vivre dans une ville où ce genre de chose peut arriver.

– C'est Duane qui a vraiment besoin d'une vie sexuelle, dit Ruth. Il est en parfaite santé. Quel est l'intérêt d'être en bonne santé si c'est pour ne pas avoir de sexe ? Cela veut juste dire que ce n'est pas une santé parfaite, c'est une santé gaspillée.

– Je préférerais qu'on change de sujet, dit Duane.

En réalité, il avait commencé à se poser la même question. Une charmante Mexicaine qui travaillait dans un petit café où il mangeait parfois les rares fois où il se rendait à Wichita Falls s'était mise à le draguer. Lorsque le café n'était pas trop plein, elle s'asseyait et bavardait avec lui quelques minutes. Elle s'appelait Maria ; elle avait à peine 50 ans, elle était simple, franche et gaie. Ces derniers temps, son visage avait commencé à hanter les nuits de Duane, concurrençant dans ses fantasmes celui de Honor Carmichael. Leurs contacts, jusque-là, étaient restés très corrects. Duane en savait très peu sur Maria, il ignorait si elle était mariée, ou veuve. Il savait juste qu'elle l'aimait bien. Sa présence faisait d'elle une possibilité – pour tout dire, la seule possibilité.

Vers la fin du dîner, Ruth se mit à larmoyer, attristée par la pensée que son dernier dîner de Noël touchait à sa fin. Elle insista pour qu'ils boivent tous du brandy. Bobby Lee et elle furent encore plus ivres, tentèrent de danser, pleurèrent, se pardonnèrent mutuellement pour tous les comportements insultants qu'ils avaient eus l'un envers l'autre. Duane s'installa sur le canapé et regarda un match de foot qui ne l'intéressait pas. Karla se mit à lui manquer affreusement. Quels qu'aient été ses défauts, Karla réussissait toujours à organiser des soirées de Noël extraordinaires. Lors de ses dîners, on mangeait tellement qu'on n'avait plus d'énergie pour éprouver de l'hostilité. Duane n'en avait ni la capacité, ni l'envie.

Pendant que Ruth et Bobby Lee s'épanchaient dans une orgie de pardons, il fit la vaisselle. Lorsqu'il partit, Bobby Lee s'était endormi sur le canapé et Ruth était installée dans son rocking-chair et ronflait bruyamment.

Avant de repartir en vélo, Duane prit la précaution de cacher les clés du pick-up de Bobby Lee. Bobby Lee n'était pas connu en bien auprès de la gendarmerie locale. S'il se réveillait et prenait le volant dans son état, ils lui sauteraient dessus, sans aucun doute.

Duane buvait rarement du brandy – il était plus ivre qu'il ne l'aurait cru ; au point qu'il dévia de sa route sur un petit pont en bois, cassa sa bicyclette et s'ouvrit le front. Il dut faire le reste du chemin jusqu'à la cabane à pied, la plaie ouverte saignant abondamment. Il pensa à Karla. Elle aimait bien quand il faisait quelque chose d'idiot. Elle aurait ri à gorge déployée si elle l'avait vu dans cet état.

Mais ce que Honor Carmichael penserait, il n'en savait rien.

14

Pendant tout l'hiver, chaque jour et généralement l'après-midi, lorsqu'il avait terminé la taille du bois et les courses, Duane lisait ses dix pages de Proust. C'était comme s'il avait continué son travail à la hache. Sauf que c'était du bûcheronnage mental et qu'il n'arrivait pas toujours à découper les troncs. Même au bout de trois mois et demi, le premier volume achevé, il ne parvenait toujours pas à se débarrasser du sentiment grotesque de s'être lancé dans une telle aventure. Il savait que, si Bobby Lee ou l'un de ses enfants découvrait ce type de livre, ils seraient déroutés. Et les gens qui le connaissaient penseraient qu'il voulait paraître plus intelligent qu'il ne l'était.

Mais Duane savait que c'était faux, car la plupart du temps, après s'être accroché pendant deux heures à sa lecture, il s'arrêtait avec l'impression qu'il n'avait presque rien compris. Parfois, il s'y mettait avec les meilleures intentions du monde – même avec une certaine impatience, pas désagréable ; il aimait l'idée d'être fidèle à sa tâche – tout en étant presque complètement incapable de se concentrer sur les mots qu'il avait devant lui. Il commençait une de ses longues phrases alambiquées de l'auteur et son esprit partait à la dérive avant même d'avoir atteint le milieu de la page. Parfois, il devait reprendre six ou sept fois sa lecture ; sa concentration ne cessait de se dissoudre dans ses rêves et il finit par renoncer à chercher les mots qu'il ne comprenait pas. Il lui arrivait de passer la plus grande partie du temps à se concentrer sur les trois ou quatre premières pages, puis parcourait rapidement les dernières, impatient de se libérer de son pensum journalier. À la minute où il finissait, s'il était à la cabane, il partait faire une longue promenade, longeant une des rivières alentour, son fusil à l'épaule.

Au début, il en voulait délibérément à l'auteur qu'il lisait et à Honor Carmichael pour lui en avoir imposé la lecture. C'était *elle* qu'il voulait – peut-être s'en était-elle rendu compte, peut-être pas – et elle lui avait donné Proust comme substitut.

Bien entendu, elle ne pouvait pas le forcer à lire. Il n'avait pas eu de rendez-vous avec elle depuis la mort de son épouse – car elle paraissait considérer qu'il était toujours son patient, mais lui-même n'en était pas si sûr. Mais s'il n'était pas son patient, ni rien d'autre dans sa vie, hélas, son insistance pour qu'il lise l'œuvre entière de Proust n'était pas sans rappeler l'insistance de Karla pour qu'elle l'accompagne dans ses diverses activités, lecture rapide, yoga ou cours de danses latinos. Les deux femmes semblaient posséder la même détermination « à le faire progresser » selon les modes qu'elles choisissaient. Cette similarité le dérangeait lorsqu'il y pensait – et il lui arrivait d'y penser.

Cependant, il finit par apprivoiser la lecture. Le fait de concentrer ses facultés intellectuelles pendant quelques heures chaque jour finit par devenir une expérience positive. Son ressentiment envers l'obligation de lire disparut plus rapidement que celui qu'il entretenait à l'égard du livre lui-même. Très progressivement, sa lecture s'améliorait. Il y avait encore des jours où il ne saisissait rien de ce qu'il lisait – ils étaient même encore majoritaires –, mais globalement, son esprit s'égarait moins et, parfois, il se retrouvait, comme dans le passage où le vieil homme racontait comment il pensait à sa femme décédée. Souvent, cette sensation de familiarité ne concernait rien de plus qu'une description du temps, ou d'un état naturel ou d'une caractéristique sociale qu'il avait lui-même observée, sans pour autant l'appréhender aussi intelligemment que Proust. Sa lecture n'était plus totalement stérile, même si le monde que Proust décrivait lui était complètement étranger.

Parfois, il lui semblait que c'était l'étrangeté même du contenu qui avait poussé Honor Carmichael à lui en prescrire la lecture. Il lui avait dit qu'il voulait voyager, aller à l'étranger, et elle lui avait indiqué un ouvrage qui aurait pu correspondre à son désir. En réalité, les seules choses qui lui semblèrent familières dans le premier volume étaient les plantes et la nourriture ; il se dit que c'était peut-être dû au fait qu'il prenait grand soin de son potager, lorsqu'il avait commencé à lire. Il fut surpris par la précision presque amoureuse de Proust à décrire des asperges ; or Duane appréciait particulièrement les asperges. Il en avait fait pousser dans son potager qui étaient aussi raffinées que celles décrites dans le livre ; pourtant il n'avait pas pu réellement les imposer aux gens, nombreux à ne jamais avoir mangé d'asperges et à ne pas savoir comment les préparer. Elles partirent à la poubelle en grande quantité, ce qui vraisemblablement n'aurait pas été le cas s'il les avait cultivées en France.

Mais l'essentiel de ce qu'il lisait dans ses dix pages quotidiennes était fastidieux. Rares étaient les personnages qui attiraient son attention et la plupart des dialogues lui paraissaient sans intérêt. La femme de chambre et la vieille tante l'intéressaient un peu, la seconde parce que son caractère difficile lui rappelait Ruth Popper ; mais ensuite, la vieille dame mourut et chacun des protagonistes de l'histoire retourna à Paris. Il lui apparut rapidement que la vie sociale à Paris était mille fois plus compliquée que celle de Thalia, mais Duane s'en fichait. De temps en temps, il constatait avec surprise que certains personnages pouvaient passer beaucoup de temps sur des sujets extrêmement triviaux ; puis, il se rappelait que Karla avait été aussi pénible avec ses obsessions futiles. Certains jours, il aurait souhaité qu'elle soit toujours vivante pour lui dire qu'elle devrait vraiment aller s'installer en France.

Pendant l'hiver, lorsqu'il termina le premier volume, il éprouva une certaine résistance à attaquer le deuxième. Celui qu'il venait de terminer était de loin le plus long qu'il ait jamais lu de sa vie. Il avait avalé plus de mille pages, dont seulement vingt ou trente contenaient quelque chose qui l'intéressait vraiment. Bien qu'il aimât consacrer une petite heure ou deux à la lecture, il enrageait de devoir lire ce livre-là. Ses travaux dans le potager avaient provoqué chez lui un renouveau d'intérêt pour la botanique, un domaine dans lequel il avait encore beaucoup de choses à apprendre. Il avait un dictionnaire des plantes et plusieurs livres sur les arbustes et les herbes, bonnes et mauvaises ; une heure et demie passée sur n'importe lequel de ces livres lui aurait fourni plus de connaissances utiles que tout ce qu'il tirait de sa lecture de Marcel Proust.

Il savait aussi qu'il était idiot de fonder autant son existence sur Honor Carmichael. Le fait même de penser à Honor était devenu douloureux. Un jour, en rentrant à vélo de chez son dentiste, il l'avait aperçue sur un parking. C'était un jour de grand vent. Les cheveux longs de Honor n'étaient pas attachés; en se penchant pour entrer dans la Volvo, elle avait eu du mal à maintenir sa jupe en place. Duane avait rapidement aperçu ses jambes. Ensuite, elle s'était enfermée dans sa voiture et elle était partie. Mais le peu qu'il avait vu l'avait hanté pendant deux semaines. L'épisode avait produit le genre d'excitation que la simple vue des femmes produisait sur lui lorsqu'il était adolescent.

Mais il n'était pas un adolescent. Il était un homme de 64 ans. Qu'est-ce que c'était que cette obsession qui tournait en boucle sur le seul fait d'avoir entraperçu une petite surface de peau sous la jupe d'une femme qui montait dans sa voiture? C'était absurde et il le savait. Il savait aussi que cette brève vision des jambes de Honor Carmichael était le genre d'épisode minuscule sur lequel M. Proust aurait été capable d'écrire deux cents pages. Mais il n'était pas M. Proust. Il était un exploitant pétrolier à la retraite qui continuait à éprouver de l'excitation sexuelle. Pourquoi ne pouvait-il donc pas simplement aller séduire Maria, une gentille femme qui l'aimait bien et qui l'aurait volontiers mis dans son lit? Pourquoi était-il si entiché d'une femme inatteignable, alors qu'il existait une jolie femme dans la même ville, espérant juste qu'il fasse le premier pas? Pourquoi s'était-il enfermé dans ce cercle vicieux de frustration? Jamais, auparavant, il n'avait été du genre à se frustrer de cette manière.

Le deuxième volume d'*À la recherche du temps perdu* resta posé sans être ouvert pendant dix jours. Même s'il faisait froid à pierre fendre, Duane partit à bicyclette pour rendre visite à Julie, Nellie et leurs enfants. Willy et Bubbles l'amusèrent avec leurs quelques mots de français et le chef du nouveau restaurant de Goober prépara certains des plats que M. Proust avait décrits. Duane acheta des vélos à Willy et Bubbles, puis il partit pour Arlington et acheta des tricycles à Little Bascom et Baby Paul. Zenas avait décidé d'investir dans les clubs de sport. Nellie, la plus paresseuse de ses enfants, était devenue une professionnelle du sport, dont le boulot consistait à entraîner les personnels des clubs de Zenas à Tulsa, Midland, Hot Springs, Tyler, entre autres.

Duane envisagea de partir à vélo dans le Montana pour rendre visite à Jack, qui vivait dans une petite caravane avec trois chiens et deux chevaux, quelque part sur la frontière avec le Wyoming, toujours en train de traquer les voleurs de bétail, quand il n'était pas en cours. D'après ses sœurs, qui étaient venues en avion avec leur petit ami pour le voir, Jack était lourdement armé, prêt à dégainer à chaque instant, emportant même un fusil avec lui lorsqu'il les emmena tous faire une promenade à cheval. La nouvelle ne surprit pas Duane et ne le dérangea pas. Jack avait toujours été extrêmement heureux lorsqu'il était lourdement armé – s'il existait dans l'Ouest un endroit encore sauvage, Jack le trouverait et s'y installerait.

En rentrant à Thalia de Fort Worth, Duane se retrouva confronté à une tempête de pluie verglaçante. Une pluie chaude tombait pendant une bonne partie de la nuit, puis un vent glacial et cinglant parcourait les plaines, faisant descendre les températures à presque zéro. Les routes se couvraient d'une fine couche de verglas. Duane, qui avait passé la nuit dans un petit motel à Jacksboro, jeta un œil sur la route et en conclut que ce n'était pas un bon jour pour circuler à vélo. Quelques véhicules progressaient lentement, mais ils étaient peu nombreux. À quelques centaines de mètres au sud, un semi-remorque était tombé dans le fossé et s'était retourné. Duane eut même du mal à marcher jusqu'à la réception du motel pour demander à prolonger la réservation de sa chambre. Les fils de fer barbelés le long de la route étaient givrés.

Duane passa la journée à lire des magazines de pêche. La chaîne météo lui apprit qu'il était tombé plus de soixante-quinze centimètres de neige sur une grande partie du Wyoming; plus qu'il n'en fallait pour enterrer sa bicyclette, mais rien que son fils Jack ne puisse gérer. Autrefois, Jack était allé faire un camp de survie au-dessus du cercle arctique et avait appris comment construire un igloo. Si, par hasard, il se trouvait dans l'une de ces parties de la région recouverte d'une telle quantité de neige, aucun doute qu'il s'était fait un confortable igloo où se mettre à l'abri.

En voyant une telle dégradation du temps, Duane décida que sa visite à Jack pouvait attendre jusqu'à l'été. Les vents soufflaient encore en rafales. Cette nuit-là, il entendit la neige fondue taper sur la fenêtre et recouvrir les routes verglacées. Mais le vent finit par tomber et le soleil sortit, chaud, le jour suivant. Les arbres et les clôtures se mirent rapidement à dégoutter. En roulant vers la maison, Duane essaya d'imaginer combien il faisait dans le Wyoming.

Lorsqu'il rentra dans sa cabane, il se fit un bon feu dans la cheminée et passa un moment à étudier une carte de l'ouest des États-Unis.

Ensuite, de mauvaise grâce, il ouvrit le deuxième volume de Proust.

15

Au mois de mars, Sonny Crawford mourut. Un ouvrier entré dans le Kwik-Sack pour acheter un pack de bières le découvrit avachi sur la caisse enregistreuse, mort. Il ne s'était pas bien adapté à ses prothèses de pieds et il n'était pas devenu adepte des béquilles. La plupart du temps, les étagères du Kwik-Sack étaient presque vides, parce que Sonny négligeait de les regarnir. Il mangeait des Fritos lorsqu'il était mort. La cause de son décès était une crise cardiaque, pensait-on.

– Non, ce n'était pas une crise cardiaque ; il est mort de découragement, dit Ruth lorsque Duane s'approcha pour bavarder avec elle, après l'enterrement.

Le jeune agriculteur était revenu labourer le grand potager derrière la grande maison. Il était temps de penser à planter. Duane avait commandé une grande quantité de semences, certaines concernaient des légumes qui, pour autant qu'il sache, n'avaient jamais été plantés dans le comté. Il était d'humeur à expérimenter et il ne lésinait pas sur les graines.

– Je crois que vous avez raison. Mais qu'est-ce qui expliquait un tel découragement ? demanda Duane.

Ruth le fusilla du regard.

– Vous ne pouvez pas comprendre, dit-elle. Vous n'avez jamais été découragé.

– C'est archifaux, répondit Duane. Pourquoi pensez-vous que j'ai arrêté de rouler en pick-up et que j'ai commencé à me déplacer partout à pied?

– Juste pour frimer, dit Ruth. Vous avez toujours été quelqu'un de vain. Vous voulez que tout le monde sache à quel point vous êtes différent d'eux.

– Je ne crois pas que je suis très différent d'eux, selon ce que vous entendez par eux.

– Vous auriez dû continuer à voir cette psychiatre. Je pensais qu'elle vous aidait un peu, et puis vous avez arrêté d'y aller.

– J'ai l'intention de retourner la voir cet été.

– Ce n'est pas parce que vous êtes amoureux d'elle et qu'elle est gay que vous devriez renoncer à votre thérapie. Elle est votre docteur, vous vous en souvenez... Et sortez tout le reste de votre tête.

– J'essaie, dit Duane, ce n'est pas si facile.

– Ce n'était pas facile pour Sonny non plus, dit Ruth. Il ne s'est jamais remis de Jacy. Si c'est pas triste...

Duane ne répondit pas. De son point de vue, plutôt que triste, c'était un résultat de son auto-apitoiement, une excuse pour renoncer alors qu'il était encore trop jeune pour le faire.

Pendant qu'ils bavardaient, Bobby Lee arriva dans un rugissement de moteur. Il avait de vilaines contractures dans le dos ces derniers temps et il venait voir Ruth pour se faire masser. Elle avait autrefois étudié les techniques du massage et elle savait bien dénouer les muscles.

– Voilà un client, dit Duane. Bobby est contracté à nouveau.

Bobby Lee avait son bipeur dans la main, le modèle très cher que Dickie lui avait donné. Non seulement l'appareil le rendait joignable, mais il lui donnait un accès instantané aux toutes dernières nouvelles, sans parler des résultats sportifs et autres petites bribes d'informations.

– Vous avez entendu ? demanda-t-il lorsqu'il arriva à la porte.

– Entendu quoi ?

– Ils ont trouvé Jacy – du moins, ils le pensent, dit Bobby Lee. Ils sont en train de vérifier le dossier dentaire. Elle était dans une congère. Un pêcheur l'a trouvée.

– La vieille bande est en train de disparaître, ajouta-t-il, visiblement au bord des larmes.

Bien que le PSA très élevé s'était avéré être un résultat erroné – un assistant de laboratoire avait oublié d'insérer la virgule dans le nombre –, Bobby Lee était encore enclin à de terribles explosions d'apitoiement sur son sort. La moindre mention de sexe, d'entrejambe, ou toute autre chose en dessous de la ceinture déclenchait généralement une crise de larmes.

– C'est pas étonnant qu'on la trouve le jour où Sonny est enterré, dit Ruth. Même mort, il ne peut pas lui échapper, à cette dévergondée. Louis et moi, on aurait pu durer plus longtemps si elle n'avait pas été là.

Elle lança un regard froid à Bobby Lee, qui souffrait d'une terrible contracture. Il était tellement penché sur le côté gauche qu'on aurait dit qu'il allait tomber d'une seconde à l'autre.

– Si ce bipeur est si extraordinaire, pourquoi est-ce qu'il ne te dit pas ce qui ne va pas avec ton dos ? demanda-t-elle.

– Mon bipeur, il ne diagnostique pas les maladies, dit Bobby Lee. Il suit juste des trucs comme les stars de cinéma décédées.

Il s'assit devant Ruth et elle se mit à lui pétrir le dos d'un geste professionnel.

– Je crois que je vais y aller, fit Duane.

– Vous devez vous sentir bizarre, Duane, dit Ruth. Sonny était votre premier ami et Jacy était votre première petite amie. Bobby a raison. La vieille bande est en train de disparaître.

– Oui, mais ça fait longtemps que ce n'est plus une bande, si tant est que ça a jamais été le cas, dit-il.

– Ne soyez pas cynique – bien sûr que vous formiez une bande, dit Ruth.

– C'était peut-être vrai quand j'avais à peu près 14 ans, dit Duane.

– J'avais 9 ans quand j'ai eu mon premier accident de voiture, dit Bobby Lee.

Il détestait être exclu d'une conversation, même momentanément.

– Il va bientôt être temps que je m'en aille, moi aussi, dit Ruth. Quand on a vécu aussi longtemps que moi, il ne reste plus grand monde. Seulement des fantômes.

Duane se leva, mais ne partit pas. Il n'avait pas lu son Proust du jour et il devait aller voir comment s'était passé le labourage, mais il était réticent à laisser Ruth et Bobby Lee.

– Si nous étions plus nombreux, nous pourrions organiser une veillée, dit Bobby Lee. Je devrais pouvoir arriver à trouver quelques buveurs si je vais voir du côté du Dairy Queen.

– Il faut que tu fasses de la méditation, dit Ruth tout en pétrissant les muscles de ses épaules. Ton dos ne serait pas noué comme ça si tu prenais un peu le temps de méditer.

– Le seul sujet sur lequel je puisse méditer, c'est le fait que je n'ai qu'une couille et qu'elle ne tient plus qu'à un fil, répondit Bobby Lee.

Duane finit par les laisser à leurs chamailleries, alla jeter un œil sur le potager, acheta une bouteille de whisky et partit à pied vers sa cabane.

Le cimetière n'était pas très loin de sa route, alors il fit le détour, mais pour rendre visite à Karla, pas à Sonny, dont la tombe était un tas de terre fraîche près de la limite ouest du cimetière. Le crépuscule s'allongeait ; il ne ferait pas nuit avant un petit moment. L'air était étonnamment doux pour un mois de mars, même s'il restait encore beaucoup d'occasions de voir le froid revenir.

Il resta assis près de la tombe de sa femme pendant une heure et se saoula en silence, se demandant ce qui rendrait Karla la plus heureuse, si elle était encore heureuse. Le fait que ses deux filles se soient mises à la colle avec des hommes riches était probablement une chose, parce qu'elle aurait eu ainsi l'occasion de voyager en jet privé et d'aller faire du shopping à une échelle mondiale. Le fait que Bubbles et Willy étudiaient le français et portaient des uniformes était plus douteux – Karla les trouvait bêcheurs avant même qu'ils ne quittent Thalia.

– Nous ne serons jamais des gens sophistiqués, hein, Duane ? lui avait-elle demandé un jour tout en feuilletant un exemplaire du magazine *W*, une publication qui la fascinait. Regarde tous ces gens qui font la fête à Paris. Ils ont l'air presque tous sophistiqués.

– Cela ne veut pas dire qu'ils sont heureux, avait-il dit.

– Peut-être que ce n'est pas le bonheur absolu, mais je serais plus heureuse si je possédais quelques-uns de ces vêtements, avait dit Karla.

Cette conversation avait eu lieu pendant le boom pétrolier, lorsque Karla s'était abonnée à de nombreux magazines de mode. Elle faisait même le voyage jusqu'à des spas à la mode de temps en temps, et une fois ou deux en compagnie de Jacy Farrow.

– Il y a des avions de Dallas à Paris tous les jours, lui fit-il remarquer. J'imagine que nous avons les moyens de t'acheter des vêtements français. Va, si tu as tellement envie de voir Paris.

– Duane, je ne peux pas y aller. Je ne parle même pas la langue, répondit Karla. En plus, Jacy dit que les Français sont grognons.

– Tu es grognon aussi et Jacy également, constata Duane.

– Seulement avec toi. En public, je suis un ange, dit Karla.

Karla n'était jamais allée à Paris. Les seuls vêtements français qu'elle possédait avaient été achetés chez Neiman Marcus à Dallas. Elle était allée à New York plusieurs fois, mais le plus souvent, lorsqu'elle quittait la maison, c'était pour Los Angeles ou Santa Fe.

Mais elle avait gardé son abonnement à *W* longtemps après la fin du boom et, à ce moment-là, les vêtements français n'étaient plus dans leurs moyens. Mais, jusqu'à la fin, Karla avait adoré regardé les photos de gens élégants dans des réceptions mondaines qui se déroulaient dans les villes les plus riches du monde; des gens beaux, des gens riches, des gens affublés de titres de noblesse des gens célèbres – ils la fascinaient.

Dans le cimetière où elle reposait, il n'y avait pas ce genre de personnes; ce n'était que des gens humbles qui avaient vécu toute leur vie dans une petite ville de campagne.

Duane sentit la tristesse l'envahir et l'accompagner sur le chemin du retour. Il avait l'impression qu'il aurait dû en faire plus pour Karla, qu'il aurait dû s'assurer qu'elle aille à Paris, même si les Français étaient *vraiment* grognons. Il l'avait envisagé et avait consulté les vols directs Dallas-Paris. Mais un des enfants était malade et le projet était tombé à l'eau, devenant encore une de ces choses qu'ils reportèrent indéfiniment.

Bien sûr, ils n'avaient pas prévu le camion de lait qui déboucherait du virage.

Lorsqu'il arriva à la cabane, il essaya de reprendre son Proust, mais il était trop ivre pour s'y plonger. Il renonça et passa la plus grande partie de la nuit dans son transat, à contempler les nuages.

16

Le deuxième volume et une grande partie du troisième, Duane les avala à grands traits, entre de longues séances souvent éreintantes dans son jardin. Comme il s'y attendait, le printemps et l'été avaient été trop secs. Il n'y eut pas de pluie en avril ; très peu en mai. Duane fut obligé de déployer un système d'irrigation plus important et de rester vigilant avec son tuyau et son arrosoir. Grâce à cette vigilance, beaucoup des nouveaux légumes qu'il avait plantés poussèrent abondamment. Il avait commencé à s'intéresser au mouvement Native Seeds ; certaines variétés de maïs qu'il planta, ainsi que quelques racines comestibles n'existaient plus dans cette partie du pays depuis l'époque des Kickapoos. Restaurer des cultures disparues à Thalia depuis au moins cent ans lui faisait très plaisir.

Son potager était devenu presque trop célèbre. Beaucoup plus de curieux que l'année précédente s'y s'arrêtaient ; certains d'entre eux étaient des jardiniers compétents qui venaient surtout dans l'espoir de lui parler. Il se passait rarement un jour sans qu'il doive passer au moins une heure à converser avec un visiteur. D'autres venus d'écoles d'agronomie se pointèrent aussi, des jeunes très motivés venus de Texas A & M, de Texas Tech et de l'université de l'Oklahoma. Souvent leurs questions étaient si techniques que Duane ne savait pas y répondre.

Parfois, son ignorance le gênait. Il se mit même à caresser l'idée de s'inscrire dans une école, pour prendre quelques cours de botanique. Il ne le fit pas, probablement parce que c'est le jardinage de terrain qu'il aimait le plus.

Avec le potager qui l'accaparait presque du lever au coucher du soleil, il avait de moins en moins de temps à consacrer au long livre qui parlait de Parisiens gâtés et tatillons. Ils devaient beaucoup ressembler aux personnes dont Karla avait examiné si attentivement les photos dans les pages de *W*. Il trouvait peu d'intérêt à leurs querelles et leurs bizarreries. De temps en temps seulement, la description d'un jardin ou d'un parc retenait son attention.

Il envisagea d'abandonner tout simplement sa lecture, ainsi que l'idée de retourner voir Honor Carmichael. Lorsqu'il quittait son jardin, c'était surtout pour aller à bicyclette jusqu'à Wichita Falls et flirter avec Maria. Leur jeu de séduction était agréable, mais il devenait aussi plus intense. Duane lui posa un jour des questions sur son mari – il voulait savoir s'il y avait un rival dont il devrait se préoccuper.

– Mari? Lequel? demanda Maria. J'en ai eu trois et vous savez ce que je pense aujourd'hui? *No mas*, voilà ce que je pense. *No mas*. Ce qui ne veut pas dire que je n'aime pas m'amuser, ajouta-t-elle en se rapprochant de lui. Les maris, non, mais l'amusement, c'est toujours bien quand on peut en avoir.

Duane savait que Maria et lui avançaient lentement, mais sûrement vers le moment où il ne leur resterait plus qu'à se retrouver dans le même lit. Il avait commencé à y penser beaucoup – et Maria aussi, apparemment.

Et pourtant, il poursuivit sa lecture de Proust, irrégulièrement, avalant trente ou même quarante pages pendant les chauds après-midi où il aurait risqué une insolation s'il était resté dans le potager. Il avait lu plus de deux tiers du livre – il ne voulait pas renoncer. Et il n'avait pas cessé de penser à Honor, malgré tout. Sa conscience paraissait être saturée de plantes et de femmes. Lorsqu'il ne pensait pas à l'une, il pensait à l'autre, passant sans arrêt de Honor à Maria.

– Venez donc à la maison, dit Maria un jour.

Elle avait une petite maison à côté du café.

– Mes enfants sont grands. Venez – on pourrait regarder la télé.

Duane était prêt à la prendre au mot, mais avant qu'ils ne trouvent une date, la mère de Maria mourut et Maria dut retourner rapidement à Sonora pour s'occuper de son vieux père et d'une tante au moins aussi âgée. Un mois s'écoula et elle ne revenait toujours pas. Lorsque Duane demanda de ses nouvelles aux gens avec qui elle travaillait, les réponses furent vagues.

– Ouais, elle va revenir, dirent-ils.

Son absence se prolongea. Deux mois.

Entre-temps, son potager, qui n'en était qu'à sa seconde saison comme jardin public, s'était transformé en un lieu que Duane n'aimait pas vraiment. Il devint trop célèbre. Il arrivait encore que des gens pauvres viennent cueillir quelques légumes, mais l'attitude simple qu'ils arboraient la première année était devenue fuyante, presque vindicative. Certains même le faisaient avec un air de défi, comme s'ils volaient les riches à leur barbe. Il était rare que Duane parvienne à les persuader d'essayer les nouveaux légumes – ils rejetaient tout ce qui avait vaguement l'air exotique. Ils ne prenaient que quelques haricots, quelques tomates, un peu de maïs. Les légumes les plus inhabituels étaient choisis par des voyageurs ou par des jardiniers plus cultivés, qui passaient par là. Duane commença à s'interroger

sur l'attitude des gens du coin. Pourquoi les pauvres dispa-
raissaient-ils si furtivement lorsque par hasard il était présent
quand ils venaient faire leur cueillette ?

– Parce que vous êtes le seigneur des lieux, dit Ruth. Personne
ne veut prendre le risque de contrarier le seigneur.

– Mais je ne suis pas un seigneur, protesta Duane. Ces gens le
savent bien. Ils me connaissent. Je vis ici avec eux depuis toujours.

– Peu importe, vous êtes quand même le seigneur, insista Ruth.

– Si ça doit se passer comme ça, alors, je ne replanterai pas
de potager l'an prochain, dit Duane. Je n'avais pas le projet
de devenir un célèbre jardinier. Peut-être que j'irai voir les
Pyramides, l'été prochain. Et quelqu'un d'autre n'a qu'à cultiver
ce fichu potager.

– Allez-y, dit Ruth. Peut-être que vous trouverez une copine
là-bas, en Égypte.

– Ruth, j'y vais parce que je veux voir les Pyramides, lui
rappela-t-il. Je ne vais pas de l'autre côté de la Terre pour chercher une petite amie.

– Je ne suis pas sûre que vous ayez besoin d'une Égyptienne,
mais vous avez besoin d'une nouvelle femme, dit Ruth. Vous
n'êtes pas fait pour la solitude.

– Je trouve que je m'en suis bien accommodé.

– C'est pas vrai. Vous êtes toujours amoureux de cette psy
gay, souligna-t-elle. Ce qui n'aboutira jamais à rien.

Duane laissa tomber le sujet. En fait, il était assez d'accord.

Tandis que la fin de l'été approchait, le nombre de pages
restant à lire diminuait. Lorsqu'il s'attaqua aux deux cents dernières, il commença à se sentir un peu triste, voire légèrement
angoissé – l'angoisse provenait du fait qu'il savait que le temps
viendrait bientôt d'appeler Honor Carmichael pour prendre un

rendez-vous. Il ne se souvenait pas de grand-chose de ce qu'il avait lu, mais il se rappelait l'angoisse de l'auteur, petit garçon, à l'idée que sa mère monterait bientôt l'embrasser pour lui dire bonne nuit, avant de disparaître. Duane ressentait un peu le même mélange d'impatience et d'appréhension lorsqu'il pensait à son prochain rendez-vous chez Honor Carmichael. Il se souvenait à quelle vitesse l'heure passait, si rapidement que, comme le petit garçon de Proust, elle commencerait à lui manquer avant même qu'elle n'arrive. Juste quelques mots, quelques instants, et il serait à nouveau sur le seuil de sa porte, confronté à un gouffre de temps avant le rendez-vous suivant.

En plus, même s'il n'avait apprécié qu'à peu près une page sur cent tout au long de sa lecture, il n'avait pas envie que ça s'arrête. La lecture de Proust était devenue une habitude, il ne voulait pas qu'elle disparaisse de sa vie. Les impressions que lui laissaient ces livres étaient si compliquées, si mêlées aux sentiments qu'il avait pour Karla ou Honor qu'il ne parvenait pas à les saisir dans leur complexité. Il restait assis sur son transat la nuit, à regarder les éclairs danser au loin, malheureux, mais sans raison clairement définie. Quelque chose était perdu ; il n'avait pas la capacité de reconnaître exactement ce qui était perdu, ou comment cela s'était produit, ni s'il pouvait espérer sauver ou saisir quelque chose.

Soudain il se dit que peut-être Honor avait voulu qu'il lise ce roman parce qu'il était particulièrement long et compliqué, et que s'il restait fidèle à son engagement et l'achevait, cela provoquerait un flot de sentiments si compliqués en lui qu'il retournerait forcément la voir s'il en désirait démêler les fils.

Peut-être Honor Carmichael espérait-elle lui faire comprendre le genre de chose que Proust avait comprise sur les deuils de nos vies. Peut-être pensait-elle que lui, en particulier, avait besoin d'en saisir la nature ; elle ne devait pas demander à tous ses patients de lire un roman aussi long qui se déroulait dans un pays étranger. Elle avait choisi le livre à son intention et il espérait bien, lorsqu'il la reverrait, lui en demander la raison.

Le fait de réfléchir à la question en ces termes lui redonna un peu d'espoir, même si, au cœur de cet espoir, la tristesse restait présente, suspendue comme un vieux manteau dans un placard.

Le soir où il lut les dernières pages était particulièrement chaud. Le tonnerre avait grondé tout l'après-midi. Il referma son ouvrage et resta dehors, le livre à la main. Il voulait s'asseoir une minute dans son transat. Lorsque l'orage éclata, les premières gouttes de pluie étaient également chaudes, mais elles fraîchirent rapidement. Lorsque la pluie se mit à tomber plus fort, il se leva et remporta son livre à l'intérieur. Il lui avait fallu plus d'un an pour achever l'ensemble des trois volumes, il ne voulait pas que le dernier prenne l'eau.

Il enleva ses vêtements et retourna sur son transat quelques minutes, sous la pluie battante. La journée avait été lourde et moite, c'était agréable de se faire doucher par la pluie au parfum frais, avant d'aller se coucher.

17

Le matin suivant, la tâche prescrite enfin accomplie, Duane alla à Thalia à vélo, afin d'arroser son potager avant d'appeler Honor Carmichael pour prendre rendez-vous. Il sentait qu'il était temps de reprendre là où il s'était arrêté le jour de l'accident de Karla.

Mais il lambina avec son arrosage, désherba un peu, sortit quelques oignons, les hacha avec des tomates et un bon concombre, et mangea une excellente salade pour le petit-déjeuner. Trois vieilles dames aux cheveux frisés venues d'Anadarko, dans l'Oklahoma, arrivèrent, bavardes comme des pies. Duane les gâta, leur montrant ceci, cela, quelque chose qu'il ne faisait plus que rarement. En un an, le public avait fini par l'agacer. Il se cachait dans sa caravane chaque fois que s'arrêtait une voiture avec la plaque d'un autre État.

Alors qu'il avait attendu longtemps pour avoir l'opportunité de revoir Honor Carmichael, il découvrit qu'il était incapable de décrocher le téléphone et de passer l'appel. Il était déprimé à l'époque où il la voyait, mais il sentait qu'il ne l'était plus. En fait, tout ce qui le déprimait ce matin, c'était la pensée de voir Honor d'une manière aussi limitée. Ce n'était pas une relation médecin-patient qu'il voulait.

Vers midi, il n'avait toujours pas passé le coup de fil; il alla à bicyclette à Wichita Falls et déjeuna dans le café où travaillait Maria. Peut-être, par miracle, était-elle revenue; peut-être pouvait-il démarrer une relation normale avec une femme séduisante, plutôt que d'entretenir une relation très chère et vouée à l'échec avec une femme qui ne voulait pas et ne voudrait jamais de lui.

Mais Maria n'était pas revenue. Lorsqu'il demanda de ses nouvelles, le jeune homme derrière le comptoir resta très vague. La cuisinière, une petite femme sèche, sortit de la cuisine et le regarda de ses yeux perspicaces. Elle savait ce qu'il voulait, pourquoi il ne cessait de demander des nouvelles de Maria.

– On sait pas, dit-elle. Elle a dû rentrer chez elle. Elle reviendra, mais on sait pas quand. Elle arrive pas à avoir des papiers pour son père.

Voyant ses plans ainsi contrariés, Duane se rendit au Stingaree Courts. Il se dit qu'il pourrait prendre la suite nuptiale pour une nuit, passer un moment avec Gay-lee, Sis et Shorty. Peut-être que le fait de retourner au Stingaree Courts l'aiderait à décider s'il voulait vraiment reprendre une vie de patient chez le psychiatre.

À sa grande surprise, le Stingaree Courts était fermé. Il y avait un panneau À VENDRE à la fenêtre du bureau. Le parking de graviers était désert, à l'exception d'une antique Mercury à laquelle il manquait les quatre roues, qui pourrissait dans les herbes le long de la barrière extérieure. Il n'y avait ni Sis, ni Gay-lee, ni Shorty. Les petites maisonnettes paraissaient déjà s'affaisser, comme si elles s'enfonçaient dans la terre.

Duane colla son visage contre la fenêtre de la réception, mais les vitres étaient tellement sales qu'il ne vit pas grand-chose. Le bureau était complètement vide, même le comptoir où les clients venaient prendre leur clé avait été enlevé.

Il repartit en vélo et alla jusqu'au bar tenu par l'homme qui autrefois jouait dans l'équipe d'Iowa Park. Mais son ancien adversaire n'était pas là ou, tout au moins, pas encore là. Il n'y avait qu'un vieil homme avec une cigarette coincée entre les lèvres qui passait la serpillière d'un air las.

– Savez-vous quelque chose sur le Stingaree Courts ? demanda Duane. Il m'arrivait d'y passer la nuit parfois, mais on dirait qu'ils ont fermé pour de bon.

– Ouaip, pour de bon, répéta le vieil homme. Les Meeks sont partis. Toujours la même histoire. Le vieux est mort et la vieille dame s'en est allée. Mais l'histoire du poisson est sortie dans le journal, on en a même parlé à la télé.

– Quelle histoire ? Quel poisson ?

Le vieux bonhomme étouffa un rire – et sa cigarette tomba de sa bouche. Il se pencha lentement, la ramassa, la regarda et la jeta en direction d'une grande poubelle.

– Il y avait un poisson-chat dans l'un des matelas à eau, dit-il. Comment il est entré dedans, ça, me demandez pas. Et de quoi il vivait, me demandez pas non plus. Lorsque le vieux garçon qui a acheté le matelas l'a vidangé, tout à coup, y avait un poisson-chat qui faisait des bonds par terre.

– C'est incroyable, dit Duane. Il était gros ?

– Non, il était pas ce qu'on pourrait appeler gros, dit le vieil homme. Il pouvait pas grossir tellement, en vivant dans un matelas. Mais bon, comme j'ai dit, c'est passé à la télé.

18

Le matin suivant, écœuré par ses propres tergiversations, Duane saisit le téléphone et prit rendez-vous avec le Dr Carmichael pour le lendemain après-midi, à 3 heures. Même s'il ne devait finalement revoir Honor qu'une fois, il tenait à lui dire qu'il avait fait ce qu'elle lui avait demandé, il avait lu les livres de Proust.

Cet après-midi-là, après avoir terminé son travail dans le potager, en contemplant les trois gros volumes de poche aux couvertures argentées et noires, empilés sur sa table, il commença à se sentir angoissé. Il avait bien *lu* les trois livres, tout au moins, il avait tourné les pages, mais il n'avait pas l'impression d'en avoir compris ne serait-ce qu'un dixième. Quel avait été le but de Honor ? Si elle commençait à lui poser des questions sur Proust, il serait terriblement embarrassé. Si elle l'interrogeait sur les personnages, il ne serait même pas capable d'énoncer leurs noms correctement. Toute cette affaire était délirante. Il n'avait fini le livre que deux jours auparavant, mais déjà, dans sa tête, il confondait les noms, les lieux et les descriptions.

Cette nuit-là, il retourna en vélo jusqu'à sa cabane et s'installa dans son transat, oscillant entre l'excitation et le désespoir. Puis il se dit qu'il devrait tout simplement laisser tomber.

– Il y a un moment où il faut juste laisser tomber, Duane, lui avait dit Karla de nombreuses fois.

C'était une de ses maximes. « Il y a des fois où tu ne peux pas déplacer des montagnes simplement en t'entêtant. »

Puis il se souvenait du jour de grand vent où il avait aperçu Honor bataillant avec sa jupe, et, malgré lui, découvrait qu'il était excité. Il se dit qu'il devait absolument se calmer. Il avait simplement rendez-vous chez le médecin. Mais il n'y parvint pas et il fut soulagé de voir approcher les phares d'un pick-up de l'autre versant de la colline. C'était Bobby Lee, qui s'arrêtait pour sa bavette nocturne régulière.

Quelques semaines auparavant, Bobby Lee avait, sur un coup de tête, demandé sa main à une jeune femme qu'il venait de rencontrer. La femme était en train de mettre de l'essence dans sa voiture dans un Kwik-Sack lorsque Bobby Lee s'était arrêté à la pompe derrière elle. La jeune femme, dont le prénom était Jennifer, était en train de fredonner « The Yellow Rose of Texas » tout en remplissant son réservoir. Elle avait les cheveux blonds et deux bébés dans sa voiture.

– À la seconde où elle a replacé le bec dans la pompe, c'était comme si je savais, Duane, c'était comme si je savais ! dit Bobby Lee. C'est sa manière de fredonner qui m'a eu.

– Ce n'est pas parce qu'elle sait chantonner de jolis airs qu'elle ferait forcément une bonne épouse pour un homme de ton âge, fit remarquer Duane.

Mais son avertissement vint trop tard, beaucoup trop tard. Bobby Lee était allé droit sur Jennifer, sans la moindre hésitation. Il lui avait donné un timide baiser et lui avait dit qu'il voulait l'épouser pour la vie – tout ça avant même de rencontrer ses enfants. Et en plus, il était parvenu à ses fins ; sans qu'on comprenne comment, sa spontanéité avait fonctionné. La fille ne faisait que passer, elle était en route vers Abilene, où elle espérait trouver un emploi dans une maison de retraite. Elle avait 26 ans et n'avait jamais été mariée. Les deux enfants, comme elle dit, étaient arrivés un peu comme ça. Personne à Thalia ne pouvait citer de meilleur exemple de coup de foudre.

– Il doit juste aimer son petit cul, suggéra Lester Marlow. Elle avait probablement son joli petit cul tourné vers lui quand elle mettait son essence.

Deux semaines plus tard, l'amour n'avait pas faibli. Jennifer semblait ne pas avoir le moindre problème avec le fait que l'une des couilles de Bobby Lee était fausse.

– Du moment qu'il y en a une à toi, ça me va, dit Jennifer.

Cette affirmation risquait de le lier à elle pour toujours.

Ou peut-être pas. Les noces n'avaient pas encore été célébrées et Bobby Lee commençait à montrer des signes de nervosité, ce qui était une des raisons pour lesquelles il avait pris l'habitude de débarquer chez Duane un soir sur deux.

– Quoi de neuf ? demanda Duane, lorsque Bobby Lee sortit de son pick-up après l'avoir arrêté.

– Je suis en train d'envisager de me jeter du haut d'une falaise avec mon pick-up. Qu'est-ce que tu en penses ? demanda Bobby Lee.

– Cela dépend de quelle falaise, dit Duane. Si elle n'est pas très haute, tu risques juste de te retrouver temporairement handicapé. Ce qui serait peut-être la meilleure manière de t'en tirer.

– Me tirer de quoi ?

– Du mariage avec une fille que tu viens de rencontrer à la station-service et que tu ne connais ni d'Ève ni d'Adam, dit Duane. Tu n'as jamais entendu parler de faire la cour ?

– Je sais, mais je suis trop vieux pour ça, dit Bobby Lee. À la seconde où j'ai vu Jennifer, j'ai su que c'était bon, le problème était réglé.

– Si c'est si réglé, comment se fait-il que tu débarques ici une nuit sur deux ? demanda Duane. Pourquoi tu n'es pas chez toi en train de changer des couches ?

– Putain, voilà le problème. Je déteste changer les couches, dit Bobby Lee. J'ai deux grands enfants. Qu'est-ce que je fous à recommencer avec deux petits chiards dont les pères ont perdu la trace ?

Duane ne dit rien.

– Tu crois que c'est un signe qu'elle a une moralité douteuse, le fait qu'elle ne se soit pas donné la peine de rester en contact avec les pères ?

– Possible, fit Duane.

– Sa mère est une adventiste du septième jour ; ça, c'est un autre mauvais signe, dit Bobby Lee.

– Je ne suis pas conseiller matrimonial, lui rappela Duane, des fois qu'il aurait oublié.

– Je sais, mais je suis pas encore marié non plus, dit Bobby Lee. Je me sers de toi comme conseiller prénuptial. Un autre truc qui me chagrine, c'est d'avoir à payer pour les appareils dentaires de ces gamins. Et tout de suite après, ils commencent à mettre les filles enceintes.

– Exact. Les filles comme Jennifer, dit Duane.

– Tu crois que je fais ça parce qu'elle s'en fiche que j'ai qu'une couille, hein ? C'est ce que tout le monde pense. Je le sens bien.

Là-dessus, Duane se refusa à faire le moindre commentaire.

– Si seulement Karla ne s'était pas emplafonnée dans ce camion de lait, dit Bobby Lee. C'est dans des moments comme ça que j'aurais besoin d'une épaule pour pleurer.

– À mon avis, elle ne t'aurait pas prêté son épaule si elle savait que tu t'étais mis à demander en mariage des filles que tu rencontres dans les stations-service, dit Duane. Elle aurait probablement conclu que tu avais toujours ignoré ses conseils, de toute manière.

– Ruth a raison, dit Bobby.

– Sur quel point ? demanda Duane.

– Sur le fait que tu es devenu cynique. Ruth pense que c'est à cause de cette psy avec qui tu veux coucher, sauf qu'elle est gay.

– Finalement, le premier plan dont tu m'as parlé me semble le meilleur, à tout point de vue, dit Duane.

– Quel plan ?

– Celui où tu te jettes d'une falaise, dit Duane.

19

En allant à son rendez-vous avec Honor Carmichael, Duane se mit à avoir le trac. Il ressentait l'impatience presque nauséeuse qu'il avait commencé à éprouver après ses deux premières séances. Il savait que le temps passé avec son médecin serait trop court – ce serait comme le baiser de la mère, dans le premier volume de Proust, un plaisir si court qu'on commençait à redouter son absence avant même que ce soit arrivé. Mais la vue de sa maison, une fois arrivé dans sa rue, avec sa jolie pelouse et ses jolies fleurs, l'apaisa un peu. C'était une maison qui respirait la sérénité. Il essaya de reprendre un peu le contrôle de ses états d'âme. Il lui fallait se calmer et laisser le médecin faire son travail.

Honor portait un chemisier bleu marine et un collier en ambre brut. Elle avait coupé ses cheveux ; sa nouvelle coiffure était plus sport et la rajeunissait.

Elle lui sourit et lui serra la main lorsqu'il entra, hésitant un moment entre le fauteuil et le divan.

– Mmm... dit-elle. Si je me rappelle bien, vous veniez d'accéder au niveau du divan lorsque votre femme a eu son accident. Voulez-vous y retourner ou préférez-vous le fauteuil et reprendre progressivement ?

– Faisons les choses progressivement, si cela ne vous fait rien, dit Duane.

En fait, il voulait juste la regarder, ce qu'il ne pouvait pas faire s'il était allongé sur le divan.

– Comment va le potager ? demanda-t-elle.

– Eh bien, il est plus sec cette année, dit-il. Mais tout va bien.

– Vous n'avez pas l'air convaincu.

– Je crois que je fatigue un peu du potager, admit-il. Ses visiteurs l'ont un peu détourné de mon projet initial. On dirait que je passe la moitié de mon temps à cultiver des légumes et l'autre moitié à expliquer comment je fais, ajouta-t-il. Je n'ai jamais voulu que ça devienne une telle affaire. C'était juste un potager pour les voisins – surtout pour ceux qui en ont le plus besoin.

Honor Carmichael croisa ses longs doigts, posa son menton sur ses mains et le regarda.

– Les nobles efforts produisent toujours des complications, dit-elle. Je crois qu'il est assez vrai que les bonnes actions ne restent pas impunies. Les humains sont vilains. Ils ne veulent jamais laisser quelque chose de bien se produire, sans chercher à le dénaturer. Je ne suis pas surprise que vous trouviez cela irritant.

– Il se peut que je ne le fasse pas l'an prochain, dit-il. Les gens pour qui je l'ai créé ont peur de venir, à cause de toute cette publicité.

Duane haussa les épaules.

– L'an dernier, je trouvais que c'était bien. Mais, cette année, je ne le ressens pas ainsi.

– J'avais l'intention de revenir, mais mon amie est une purge, dit-elle. On aurait dit que nous avions traversé le Sahara, à l'entendre décrire notre visite.

Duane ne dit rien. Le docteur décroisa les doigts et posa les mains sur ses genoux.

– J'ai été un peu surprise que vous preniez rendez-vous, dit-elle, levant brusquement la tête et croisant son regard. Je ne m'attendais pas à vous revoir ici.

Elle marqua une pause, réfléchissant à ce qu'elle allait dire.

– Je pensais que vous renonceriez, dit-elle.

Duane tressaillit. Renoncer à quoi ? À sa thérapie ?

– Non, j'ai toujours eu l'intention de revenir, dit-il. Je trouvais que vous m'aidiez. Et puis, Karla est morte. Vous m'avez dit de lire ce livre. Vous m'avez dit que cela prendrait un an et c'est ce qui s'est passé.

– Je suis contente que vous ayez tenu bon, dit Honor. C'est un livre extraordinaire, mais je sais qu'il ne plaît pas à tout le monde. Quand l'avez-vous fini ?

– Il y a quelques jours, dit-il. Je ne pense pas en avoir tiré grand-chose.

– Il faut laisser du temps au temps, dit-elle. Vous découvrirez peut-être qu'il a laissé des traces, même si vous n'arrivez pas encore vraiment à les identifier.

Elle le regarda franchement, les sourcils un peu froncés, comme si elle était perplexe. Duane ne savait ni quoi faire ni quoi dire, mais il était content d'être venu.

– J'ai pensé à quelque chose, qui n'est pas très professionnel, dit-elle. Vous êtes mon patient et je devrais m'en tenir là. Mais vous n'êtes pas le patient moyen, alors je me laisse tenter.

Même si elle venait de dire ce qu'il espérait entendre, Duane fut un peu choqué. Tenter par quoi ?

– Je fais partie d'un petit club de lecture, dit le docteur. Nous sommes six ou sept. C'est Proust que nous lisons en ce moment. Nous y sommes depuis six ou sept mois. Je suis tentée de vous demander de vous joindre à notre groupe – c'est très informel.

Nous nous retrouvons ici demain soir. Je préparerai quelque chose à manger, une salade. Peut-être que cela contribuerait au processus d'imprégnation, si vous veniez à une ou deux de nos réunions.

– Est-ce que votre amie Angie sera là ? demanda-t-il.

Le médecin eut l'air étonnée, comme si cette pensée était trop étrange pour être envisagée. Puis elle rit.

– Grands dieux, non, Angie est à Oyster Bay, dit-elle. Angie ne supporte pas la littérature. Devoir écouter des gens parler de Proust la mettrait dans une fureur terrible – ce serait pire que d'aller à Thalia.

Elle gloussa.

– Nous ne nous réunissons chez moi que lorsqu'elle est à une distance respectable, dit-elle.

Puis, elle sembla saisie d'une légère appréhension.

– Bien sûr, ce n'est qu'une invitation, ce n'est pas un ordre, précisa-t-elle. Peut-être ne voulez-vous pas venir, ou peut-être pensez-vous que ce n'est pas une bonne idée. Après tout, vous êtes le patient. C'est juste parce que vous venez de finir votre lecture ; je me suis dit que vous aimeriez peut-être venir.

Il y eut un silence.

– Si vous préférez, vous pouvez rester seulement un patient, dit-elle. Proust fera son chemin, si vous lui donnez le temps. Vous aurez peut-être envie de le relire, au bout d'un moment. La seconde fois, on remarque beaucoup de choses qu'on avait manquées la première fois.

Duane ne pouvait pas imaginer relire le livre, mais il n'en dit rien.

– Est-ce que je serai obligé de parler, si je viens à la réunion ? demanda-t-il. Je n'ai jamais étudié le français, je ne saurais même pas comment prononcer les noms.

– Non, vous n'êtes pas obligé de parler, vous pouvez être un observateur silencieux, dit le médecin. Je soupçonne que c'est ce que vous êtes dans la vie de toute façon – un observateur silencieux.

– Je l'étais, avant d'ouvrir ce potager au public, dit Duane. Maintenant, je dois parler tout le temps et expliquer aux gens.

Le Dr Carmichael recula sa chaise et se leva. Duane fut ébahi – l'heure ne pouvait pas être terminée, ce n'était pas possible. Il n'était là que depuis trente minutes.

– Je sais, je vous chasse un peu vite, dit-elle. Je ne vais pas vous faire payer cette séance, parce que ce n'était pas vraiment une séance. Nous avons tout simplement repris contact. Si vous décidez que vous voulez poursuivre votre thérapie, je vous installerai sur le divan. Est-ce que vous comprenez pourquoi ?

– Non, fit Duane. Mais cela m'est égal, si c'est ce que vous préférez.

– C'est le cas, répondit-elle sèchement. Je veux que vous me parliez, pas que vous me regardiez. Et je veux vous écouter, pas vous regarder.

Il y eut un silence. Le Dr Carmichael regardait par la fenêtre.

– Je vais installer une serre, dit-elle. Je veux faire pousser des orchidées. Est-ce que vous vous y connaissez, en orchidées ?

Il se souvint qu'il avait acheté à Jacy une orchidée lorsqu'il l'avait emmenée au bal de fin d'année. C'était la fleur que voulaient toutes les filles. Bien qu'il ait failli s'étrangler devant la dépense, il l'avait achetée.

– Je n'y connais rien du tout, dit-il.

– Elles sont belles mais assez sinistres, comme certains des personnages dans Proust – ou comme Angie, d'ailleurs, dit-elle.

Puis elle laissa échapper un soupir et frotta son crayon sur sa lèvre supérieure.

– Le groupe de lecture se réunit à 7 heures, dit-elle. Pensez-vous que vous aurez envie de venir, au moins à cette séance ?

– J'aimerais bien, dit Duane. Est-ce qu'il faut que je soigne ma tenue ?

Honor secoua la tête, comme si la notion même de porter un soin particulier à sa tenue l'irritait.

– Y a-t-il des poivrons dans votre potager ? demanda-t-elle. Pas des poivrons ordinaires, plutôt des piments.

– Oui, j'en ai beaucoup, dit Duane.

– Apportez-m'en quelques-uns, dit-elle. J'ai changé d'avis, je ne vais pas faire de salade, je crois que je vais juste préparer une sauce froide. Venez vers 6 h 50. Je commencerai à préparer la sauce et j'ajouterai les piments.

– J'y serai, dit Duane.

20

L e soir suivant, Duane arriva exactement à l'heure chez Honor Carmichael. Il était 6 h 50. Il avait un petit sac de piments avec lui et il se trouvait complètement idiot. Même s'il était venu à bicyclette, il ne portait pas sa tenue de cycliste, sauf son casque. Il se trouvait idiot d'avoir accepté de participer à ce groupe de lecture, de toute façon. Il savait qu'il ne se sentirait pas à sa place, que tout le monde le verrait – qu'il le serait, forcément – et il ne voulait pas ajouter à sa gêne en arrivant en tenue de cycliste.

Lorsqu'il frappa à la porte, une fille maigre en short avec des cheveux très courts et une grande bouche le fit entrer.

– Bonjour, je m'appelle Nina, j'imagine que vous êtes Duane, dit-elle. Je suis contente que vous arriviez – Honor a besoin des piments.

Il suivit la jeune fille dans le couloir, jusqu'à une agréable cuisine qui donnait sur un patio carrelé. Honor coupait des échalotes. Elle aussi portait un short et un chemisier sans manches qui laissait ses épaules dénudées.

– Très bien, vous êtes à l'heure, dit-elle en lui prenant le sac des mains.

Elle fit tomber les piments dans sa main, les renifla et immédiatement éternua. Quelques instants plus tard, ses yeux se mirent à pleurer.

– Ouah ! dit-elle. Je voulais qu'ils soient forts, mais je ne savais pas qu'ils seraient *si* forts !

– Il n'y a que celui-là – ce petit *haberno*, dit Duane. Il faut y faire attention, il vous mettra la bouche en feu.

Avant qu'il puisse dire autre chose, les autres membres du club de lecture arrivèrent. Il y avait un distingué docteur du nom de Jake Lawton, que Duane avait rencontré quelques fois dans le passé, lors de telle ou telle réception locale. Son épouse, Jacqueline, était une femme minuscule très maquillée et elle portait une robe en soie très chère. Bien que Duane ait rencontré Jacqueline Lawton de nombreuses fois, il n'avait jamais échangé deux mots avec elle. Peut-être était-elle française. Du moins, son nom paraissait français.

Les seuls autres participants étaient un jeune couple portant le nom de Orenstein ; ils avaient plus l'air d'être frère et sœur que mari et femme. Reuben Orenstein arborait un nœud papillon avec des pois, rehaussé par un pantalon en crêpe de coton. Sa femme, Joanie, portait un short en coton et un T-shirt avec l'inscription *Brandeis*.

– Bonjour, je m'appelle Joanie Orenstein, je sors de Brandeis, comme vous pouvez le voir, dit-elle en serrant la main à Duane.

Son mari lui serra la main aussi.

– Je ne suis pas allé à Brandeis, mais c'est comme si j'y avais été parce que j'en entends parler tous les jours, dit-il.

– Enchanté. Vous êtes médecins aussi ? demanda Duane.

– Reuben l'est, dit Joanie. En neuro-ophthalmologie. Nous habitons à Oklahoma City.

– Ouaip, ils sont jeunes et motivés, dit Honor. Ils font quatre heures de route par mois, juste pour entendre un peu parler de Proust.

– Non, juste pour entendre parler un peu de *livres*! insista Reuben. Il ne s'agira pas toujours de Proust – en fait, plus vite on en finira avec ce tortueux petit pédé, mieux je m'en porterai. J'attends Canetti. Voilà un auteur qui vaut la peine qu'on fasse la route depuis Oklahoma City.

– Qui c'est, Reuben? demanda le Dr Lawton.

Il fit un clin d'œil à Duane et échangea avec lui une poignée de main ferme. Lorsque Jake Lawton était plus jeune, il avait fait un peu de *team roping* dans les rodéos de la région. Il possédait un petit ranch et le mettait fréquemment à la disposition des associations qui y organisaient des barbecues de charité. Il était chirurgien – c'était celui qui avait délesté Bobby Lee de sa couille cancéreuse.

– Je crois qu'il a eu un prix Nobel, c'est à peu près tout ce que je sais de Canetti, dit Honor. Je ne crois pas que je vais mettre ce petit piment extrafort dans ma sauce, Duane. Mon nez me pique encore et tout ce que j'ai fait, c'est le renifler.

– Comment as-tu réussi à attraper Duane pour le faire venir à cette soirée? demanda Jake Lawton. D'habitude, je vois Duane dans les rodéos et les ventes aux enchères, pas dans des proustathons.

– Il a lu le livre, dit Honor, et c'est lui qui a fourni les piments.

– C'est bien qu'il soit venu, il nous faut du sang neuf, dit Nina. Vous l'avez lu en français ou en anglais?

– En anglais, répondit Duane.

Honor avait encore les yeux pleins de larmes, mais la sauce qu'elle avait préparée était excellente. Duane remarqua que Jacqueline Lawton avait avalé trois gin tonics avant même qu'ils s'assoient sur le patio.

– Elias Canetti est un Bulgare qui écrit en allemand, expliqua Reuben Orenstein à l'assistance. Ses chefs-d'œuvre sont *Masse et Puissance* et *Auto-da-fé*, qui est un roman. Je tiens à ce que ce soit le prochain livre que nous lisions.

– Oh, tais-toi, Reuben, tu n'as pas à tenir à quoi que ce soit, le rabroua Nina. Dis-lui de se taire, Joanie. Ce n'est pas un rendez-vous d'affaires, il n'est le président de rien ici.

– Tais-toi, Rube, dit Joanie obligeamment.

Il n'y avait pas le moindre emportement dans sa voix, alors qu'il y en avait eu dans celle de Nina.

– OK, mais il n'est pas question que je fasse à nouveau quatre heures de voiture pour parler d'une autre pédale mangeuse de grenouilles, dit Reuben.

Duane n'avait pas apporté son livre ; il remarqua qu'aussi bien les Lawton que les Orenstein avaient les mêmes livres de poche noirs et argentés que le sien. Mais ceux de Honor et Nina étaient tout fins avec une couverture usée jusqu'à la corde. Et les textes étaient en français.

Honor surprit son regard posé sur son livre. Elle sourit.

– Nina et moi essayons encore d'entretenir notre pauvre niveau de français, dit-elle.

– Parle pour toi, Honor, rétorqua Nina immédiatement, avec un peu d'agacement. Mon français n'est pas pauvre, il est excellent.

Honor ignora son irritation. Elle buvait du gin tonic, mais beaucoup plus lentement que Jacqueline Lawton.

– De toute manière, ces gros livres anglais sont trop lourds, dit-elle. Ma main fatigue.

– Jake déchire le sien en deux parties, avoua Jacqueline.

Ce fut la seule fois qu'elle parla de toute la soirée.

Tout le monde regarda le livre de poche de Jake Lawton, qui n'était pas en deux morceaux. Il avait l'air légèrement ennuyé d'avoir été ainsi percé à jour comme un déchireur de livres.

– Eh bien... c'est vrai qu'ils sont lourds, dit-il. J'ai la moitié d'un tome dans mon pick-up, au cas où j'aurais envie de m'y plonger lorsque je suis au ranch, pour me détendre.

– Nous avons commencé à nous intéresser à un petit ranch, dit Joanie Orenstein. Rube travaille tellement dur. Je trouve que ce serait bien pour lui d'aller à la campagne de temps en temps. Et on pourrait pêcher, ajouta-t-elle, sans grande conviction.

– Commençons, dit Reuben. Cette sauce est excellente, Honor. On n'en trouve pas de pareille à Oklahoma City et Joanie ne sait pas en faire une aussi bonne.

– Rube, je suis en train d'apprendre, laisse-moi le temps, dit Joanie.

– Je déteste les Guermantes, dit Reuben. Si notre bonhomme devait être obsédé par les aristocrates toute sa vie, il aurait pu en trouver de meilleurs – ou en inventer de meilleurs. Ils sont rustiques, ajouta-t-il. Ils sont exactement comme les millionnaires du pétrole et pourtant ils viennent de familles qui sont là depuis quelques milliers d'années.

– Quelques centaines, corrigea Nina. Même si la France est vieille, personne n'est là depuis des milliers d'années.

– Oh, tais-toi, Nina, tu sais bien ce que je veux dire, dit Reuben.

Nina se tourna brusquement vers le petit homme avec les pois sur son nœud papillon.

– Pas question que tu me dises de me taire, espèce de gringalet prétentieux ! dit-elle. On peut quand même exiger un peu de précision. C'est tout l'enjeu de Proust, la précision, non ? Personne n'est là depuis des milliers d'années.

– On se calme, dit Honor. Reuben n'a pas tort, même s'il a exagéré. Les Guermantes sont assez affreux.

– Oh, ils sont pas si mal, dit Jake Lawton. Au moins, ils savent ce qu'ils veulent, ce qui est plus que ce qu'on peut dire de beaucoup de ses personnages. Moi, c'est Swann qui m'a ennuyé. Il est à peine capable de savoir s'il a envie d'embrasser une fille.

– Et alors ? Peut-être qu'il est sexuellement instable, dit Nina. C'est juste qu'il ne court pas après toutes les femmes qui passent pour les sauter.

– Eh bien... les prostituées... dit Joanie sur un ton vague.

Elle ne finit pas sa phrase.

– Tu ne pourrais pas finir ta phrase ? lui rétorqua instantanément son mari.

Il se tourna vers l'assistance, feignant le désespoir.

– Elle ne finit jamais ses phrases, dit-il. Elle parle par expressions. Par propositions. Mais jamais une phrase entière. On pourrait penser qu'à Brandeis elle aurait appris au moins à finir ses phrases.

– Je les finis, quand tu ne me rends pas nerveuse, dit Joanie, en rougissant. J'ai fini ma phrase, là, non, Rube ? Non ?

– Si personne ne veut dire quelque chose de gentil pour les Guermantes, je vais le faire, dit Honor. Ils ne mâchent pas leurs mots, ce qui n'est pas le cas des autres personnages de Proust. Ils ne sont pas aussi hypocrites qu'eux.

– Non, mais il y a une raison, dit Reuben. Ce sont des aristocrates, ils ont la sécurité. Ils n'ont pas besoin de se *donner la peine* d'être hypocrites.

– Swann est l'homme moderne, dit Nina, ignorant le fait que tous les autres parlaient des Guermantes. Swann, c'est l'ambivalence, le doute, la paranoïa. Il est la raison même pour laquelle le livre paraît si moderne. Il incarne le dilemme de l'homme sensible dans une période grossière.

– En attendant, il m'emmerde prodigieusement, dit Jake Lawton, en se levant pour rafraîchir la boisson de sa femme. Jacqueline Lawton était assise sur le bord d'un tabouret, elle oscillait légèrement. Les derniers rayons du soleil éclairaient sa robe en soie, créant un reflet iridescent. Elle était trop ivre pour parler, ou même pour se redresser, mais son mari ne cessait de lui redonner à boire. Jake Lawton avait un jour emmené Duane dans sa maison, pendant une garden-party donnée pour une œuvre de charité quelconque. C'était un chasseur – il tuait tous les animaux, des grizzlis aussi bien que des lions. La maison était comme un muséum d'histoire naturelle, plein de têtes montées et d'animaux empaillés. Un carcajou vous contemplait d'un regard menaçant lorsque vous entriez dans la salle des trophées.

– Je crois que le fait que les Guermantes ne manifestent pas tout à fait la sophistication que possèdent les aristocrates, d'après nous, est un élément intéressant du livre, dit Honor. On a plutôt l'impression que Proust était déçu par eux, aussi. Je crois qu'il s'était attendu à ce qu'ils soient sophistiqués, mais lorsqu'il les a regardés de plus près, il a été obligé d'admettre qu'ils ne l'étaient pas. Il ne voulait pas reconnaître que les grands aristocrates étaient aussi égoïstes que les autres, mais ensuite, il s'est rendu à l'évidence.

– Mon préféré, c'est Charlus, dit Jake Lawton. Il se serait bien intégré dans le monde du pétrole, tu ne crois pas, Duane ?

– Peut-être, jusqu'au moment où il collerait de trop près un ouvrier et se ferait écraser la tête, dit Reuben.

Duane ne répondit pas. Il vit que Jake Lawton ne se souciait pas qu'il réponde ou pas.

– Je pensais que vous lisiez le français, Monsieur Lawton, dit Nina. Je croyais que vous aviez une maison en France.

– Oui, en Dordogne, mais nous l'avons vendue, dit Jake Lawton. Maintenant que nous avons le ranch ici, nous sommes trop occupés pour filer en France à tout moment.

– Mais vous lisez le français, n'est-ce pas ? demanda Nina. La question paraissait l'inquiéter.

– Ma jolie, je le lisais quand j'étais à Princeton, dit Jake. Mais c'était il y a longtemps. Nous avons essayé, Jacqueline et moi, d'apprendre le japonais – nous adorons le Japon –, mais je crois que nous sommes trop vieux. Nous n'avons plus le cerveau qu'il faut.

– Je croyais qu'on était censé parler de Proust, se plaignit Reuben Orenstein. De mon point de vue, il ne s'agit que d'hypochondrie. C'est une épopée de l'hypochondrie. C'est l'histoire de gens qui pensent tout le temps qu'ils ont quelque chose qui ne va pas alors qu'en fait ils pètent la forme. Qui a besoin de lire ça ? ajouta-t-il. Pas moi.

– Si tu n'en as pas besoin, alors pourquoi est-ce qu'on a fait tout ce chemin pour venir ici ? demanda Joanie. Si tu n'aimes pas ce livre idiot, alors pourquoi tu me casses les pieds tous les soirs si je n'ai pas lu autant de pages que toi ?

Elle avait parlé avec une véritable colère – son mari parut abasourdi.

– C'est juste que si tu dis que tu vas le lire, tu devrais le lire, répondit-il doucement.

– Ouais, tu dis tout le temps que tu vas faire des choses et tu les fais jamais, dit Joanie, de plus en plus en colère. Tu dis que tu vas coucher avec moi, et après, tu ne le fais jamais.

Devant le visage horrifié de son mari, Joanie fondit en larmes, quitta le patio et courut se réfugier dans la maison.

Ils entendirent la porte claquer. Reuben soupira, ramassa leurs livres et se prépara à partir.

– J'imagine que c'est la manière que Joanie a trouvée de me dire qu'il est temps de rentrer à Oklahoma City, dit-il.

– Mais non, espèce de connard de débile! dit Nina, le visage rouge de fureur. C'est sa manière de te dire qu'elle aimerait que tu couches avec elle.

Reuben ignora Nina complètement – il se comporta comme si elle n'existait pas.

– Merci de nous avoir reçus, Honor, dit-il. La sauce est très bonne. Je ne me rappelle pas en avoir mangé une aussi bonne.

Là-dessus, il partit.

– Je n'ai jamais aimé les neuro-ophthalmologistes, dit Jake Lawton. Il en faut bien quelques-uns, mais je vais vous dire : je n'en épouserais pas un, personnellement.

– Je me demande ce qui se passerait si Proust venait dans l'Oklahoma, dit Honor d'une voix songeuse.

– Honor, Proust ne va jamais venir dans l'Oklahoma, dit Nina.

– C'était une question rhétorique, dit Honor. Je ne peux donc pas poser des questions rhétoriques?

Elle s'était servi un autre gin tonic.

– Ouais, bon, Reuben Orenstein est un petit crétin, dit Nina avec passion. Tout ce qu'il a dit sur Proust était débile. Maintenant il va essayer de nous faire lire une espèce de Bulgare? Pitié!

Elle se leva et rentra dans la maison, très indignée.

La nuit tomba et Proust fut oublié. Les Lawton préparaient un voyage au Tibet ; Jake Lawton devint de plus en plus enthousiaste, à mesure qu'il en parlait.

– Nous avons fait le Népal il y a longtemps, dit-il. Mais on ne pouvait pas entrer au Tibet, en ce temps-là. Maintenant, on peut. Jac et moi, on file dès qu'on aura terminé notre vente aux enchères de bovins longhorn.

– Le Tibet, c'est trop haut pour moi, dit Honor. J'ai le vertige rien qu'en allant dans le Wyoming.

– Et Angie ? demanda le docteur. J'ai entendu dire qu'elle était une grande voyageuse.

Honor fit la grimace.

– Seulement dans des pays avec des restaurants trois étoiles et des hôtels quatre étoiles, dit Honor. La bible d'Angie, c'est le Michelin. La seule façon pour elle de voir le Tibet sera de le survoler lorsqu'elle sera en route vers le paradis.

Elle étouffa un petit rire et but un peu de gin.

– Ce qui est d'une très faible probabilité, ajouta-t-elle, avant de rire à nouveau.

– Pensez-vous que Nina a disparu pour de bon – peut-être qu'on devrait aller lui dire au revoir ? fit Jake Lawton en se levant, prêt à partir.

– Laisse, dit Honor. La tolérance n'est pas son fort.

– J'imagine que cela s'explique par sa jeunesse, dit le docteur.

Honor se tourna vers la maison. Une lumière s'était allumée dans une chambre à l'étage. Ils virent Nina en train de marcher de long en large, un téléphone portable collé à l'oreille.

– Elle appelle Angie, pour lui dire à quel point Reuben est un crétin, dit Honor.

Ils sortirent tous les quatre dans la rue. Jacqueline était tellement ivre que son mari devait la tenir fermement par le bras pour l'empêcher de tomber du trottoir.

– Jac, t'es bourrée, dit-il. Complètement bourrée.

Honor tint les livres des Lawton, pendant que le médecin portait presque sa femme. Honor marchait à côté de Duane. De temps en temps, son bras effleurait le sien.

– Au cas où vous vous posiez la question, Nina est la nièce d'Angie, dit-elle tandis qu'ils descendaient du trottoir.

Juste au moment où ils atteignaient la voiture, les genoux de Jacqueline Lawton cédèrent sous elle, mais Jake Lawton, d'un mouvement adroit, ouvrit la portière de la voiture et glissa doucement sa femme ivre sur la banquette arrière.

– Elle est dans le cirage, dit-il. Jac ne peut plus vraiment boire. Je crois que c'est les hormones.

– C'était gentil de venir, dit Honor. On se verra avant que vous partiez au Tibet.

– Oh, ce ne sera pas avant la vente aux enchères, dit Jake. Pourquoi ne viendrais-tu pas cette année, Duane ? Amène Karla. Achète un longhorn à ta femme, comme animal de compagnie.

– Karla est décédée, Jake. Accident de voiture, dit Duane. Il y a environ deux ans.

– Mon Dieu, je suis désolé, dit le docteur. Jac et moi devions être partis en voyage, nous n'avons pas su. Cela explique pourquoi cela fait un moment que je ne l'ai pas vue. Mon Dieu, ajouta-t-il. Je n'avais pas la moindre idée qu'elle était décédée. J'aimais bien Karla.

Puis il serra la main à Duane, embrassa Honor, monta dans sa voiture et partit. Le véhicule était presque hors de vue lorsque Honor se rappela qu'elle avait encore les livres des Lawton dans la main.

– Merde, dit-elle. Maintenant, j'ai donné à Jake Lawton une excuse pour revenir. C'est la mention de votre femme qui m'a décontenancée.

La mention de Karla avait aussi décontenancé Duane. Il avait pensé que tous les gens du coin qui connaissaient Karla même de loin savaient désormais qu'elle était décédée. Mais les Lawton voyageaient beaucoup et Karla et lui ne les voyaient qu'une ou deux fois par mois, lors d'événements officiels. Personne n'en avait parlé aux Lawton; la surprise du docteur paraissait sincère. L'évocation de Karla avait un peu déstabilisé Duane. Il se tenait à côté de Honor – il voulait l'embrasser dès que les Lawton seraient partis. Il s'était persuadé que Honor le désirait peut-être. Pourquoi l'aurait-elle invité, autrement? Mais Jake avait mentionné Karla et ce moment avait été, d'une certaine façon, gâché.

Honor n'avait pas bougé; elle tenait les gros livres entre ses mains. Elle contempla la rue, espérant peut-être que Jake Lawton se rendrait compte de son oubli et reviendrait les chercher. Mais la voiture ne réapparut pas; ils étaient tous les deux seuls. Duane s'approcha – il craignait de ne pas avoir d'autre occasion aussi belle. Lorsqu'il se pencha pour l'embrasser, Honor ne s'éloigna pas, mais elle tourna légèrement la tête et le baiser ne se concrétisa pas. Il lui effleura la joue. Duane sentit le gin dans son haleine.

– Non – vous ne devez pas, dit Honor d'une voix agréable.

– Honor, je suis amoureux de vous, dit Duane. Je ne peux pas mentir, je suis amoureux de vous.

À nouveau, il se pencha pour l'embrasser et, à nouveau, Honor Carmichael tourna adroitement la tête. Elle ne paraissait pas nerveuse. Elle ne le regardait même pas. Elle contemplait toujours le bout de la rue.

– Je suis amoureux de vous, dit-il une troisième fois.

– Je vous ai entendu, dit Honor. C'est principalement de ma faute. Je crains d'avoir franchi la limite.

– Mais ce n'est pas une faute, c'est simplement un fait.

– Duane, nous sommes deux dans cette affaire, dit Honor, de la même voix agréable. Ce qui est un fait de votre point de vue est peut-être une faute du mien.

Elle le regarda en silence. Elle ne paraissait pas contrariée – de fait, elle semblait aussi calme et gentille que lorsqu'il était arrivé ce soir-là. Mais elle n'allait pas l'embrasser et il ne savait pas ce qui avait changé, exactement. Il était dommage que Jake Lawton ait parlé de Karla ; il avait l'impression que le baiser aurait pu se concrétiser s'il n'avait pas été déstabilisé.

– Votre casque est dans la maison, lui rappela Honor. Je ne veux pas que vous vous fassiez assommer sur votre trajet de retour. La discussion n'a pas volé très haut ce soir. Notre groupe de lecture a connu des rencontres plus fructueuses.

Lorsqu'il eut récupéré son casque et qu'il se prépara à repartir vers sa cabane, Honor l'accompagna une fois de plus jusque sur le trottoir. Elle paraissait sereine et parfaitement à son aise avec lui, ce qui l'ennuya un peu.

– Merci d'être venu, dit Honor. Votre rendez-vous est demain à l'heure habituelle. Peut-être que nous parlerons un peu de cette chose qu'on appelle l'amour.

– J'espère bien, dit Duane.

Honor ne parut pas offensée, ni angoissée, ni même nerveuse.

– Vous allez dans votre cabane ? demanda-t-elle.

– Oui, dit Duane.

Elle était encore debout dans son jardin lorsqu'il partit sur sa bicyclette. Elle le regarda mais elle n'agita pas la main.

21

Duane devint de plus en plus agité, en traversant à vélo les pâturages sombres. La nuit était calme – il sentait la poussière que soulevaient ses roues. Au départ, il s'était senti juste un peu gêné. Il était allé à la réunion, effrayé à l'idée de dire quelque chose d'idiot devant un groupe de gens qui avaient fait plus d'études que lui, ce qui ne s'était pas produit. Même si les invités étaient censés parler de Proust, ils avaient à peine effleuré le sujet et il s'était passé le genre de chose qui pouvait arriver dans n'importe quelle soirée. Une femme âgée s'était enivrée, un jeune couple s'était disputé, la sauce était bonne. Jake Lawton s'était montré un peu prétentieux, mais rien d'affreux. Dans l'ensemble, c'était une soirée normale et il s'était assez bien intégré au groupe.

Il ne s'était pas mis en situation délicate sur le plan intellectuel, mais sur la fin de la soirée, il s'était exposé à la gêne sur le plan émotionnel en essayant d'embrasser une femme qui ne voulait pas être embrassée par lui – une femme dont il aurait pu savoir qu'elle ne voudrait pas.

Bien qu'il ne cessât de se dire qu'il était idiot de penser ainsi, il avait quand même l'impression que l'évocation soudaine de Karla dans la conversation avait condamné sa tentative d'embrasser Honor. À la mention de Karla, sa confiance s'était envolée, son entreprise était dépourvue de conviction. C'était comme si

Karla s'était interposée juste à temps pour l'empêcher d'avoir un contact réel avec la seule femme qu'il voulait vraiment. Elle l'avait fait assez souvent de son vivant et maintenant elle le faisait depuis la tombe.

Quand il arriva à sa cabane, il était beaucoup trop agité pour dormir. Il lui avait semblé voir miroiter une chance de toucher une femme, là, dans la chaude nuit d'été. Ensuite, elle s'était étiolée, puis envolée, comme une luciole. Il lui sembla qu'il avait commis une terrible bourde – un adolescent aurait fait mieux.

Mais, un peu plus tard, son humeur changea et il se sentit d'une bêtise sans pareille. Pourquoi avait-il seulement supposé qu'il avait une chance auprès de Honor? Son propre père avait dit clairement qu'elle était homosexuelle. Comment avait-il pu rester planté là et lui dire trois fois qu'il était amoureux d'elle?

Lorsqu'il s'endormit enfin, Honor et Karla se mélangèrent dangereusement dans ses rêves. Il avait l'impression de sentir non seulement le gin dans l'haleine de Honor, mais aussi l'odeur de sa sueur. Il entendit Karla dire son nom: «Duane, Duane.» Elle le disait comme elle seule savait le faire, changeant l'intonation pour qu'elle exprime son état d'esprit. Il lui arrivait de dire «Duane» de manière à en faire une invitation, une menace, un appel séduisant, ou une condamnation. Parfois, elle le disait juste pour lui faire savoir qu'elle avait des soupçons.

Duane se réveilla en ayant le sentiment de ne pas s'être reposé. Tant d'émotions l'avaient traversé pendant la nuit qu'il se sentait un peu chancelant. Il ne savait pas ce qu'il devait faire. Il avait un rendez-vous avec Honor, dans seulement quelques heures. Elle avait même dit, sur un ton agréable, qu'ils parleraient peut-être de cette chose appelée l'amour.

Il alla jusqu'à Thalia pour récupérer des vêtements propres et s'arrêta pour bavarder avec Ruth quelques minutes, mais il ne dit mot sur sa soirée de la veille. Sa tentative pour voler un baiser à Honor ne la perturberait pas, mais s'il lui disait qu'il avait passé la soirée avec un groupe de gens pour parler de Proust, elle aurait trouvé la chose totalement absurde.

Il n'en parla pas non plus à Bobby Lee, qui avait tellement le cafard qu'il serait probablement resté de marbre en entendant parler de tout autre sujet que ses ennuis personnels. Jennifer et sa mère, dans ce que Bobby considérait comme un silence comploteur, avaient en secret établi une liste et envoyé les invitations au mariage.

– Le piège se referme, le piège se referme, marmonna Bobby Lee à tous ceux qui voulaient l'entendre.

– Tu n'es pas obligé de te marier si tu n'en as pas envie. Peu importe combien elles ont envoyé d'invitations, dit Duane.

– Je ne sais pas – certains des gens qui sont invités habitent très loin, dans le Missouri, dit Bobby Lee, comme si ce dernier fait scellait définitivement son sort.

– Tu ferais mieux de te défendre tout de suite, l'avertit Duane. Si tu ne le fais pas, tu vas te retrouver à changer des couches à 90 ans.

– Je survivrai pas jusqu'à c't âge-là, répondit Bobby Lee. J'aurai de la chance si j'arrive à 86.

– Peut-être, mais tu n'auras peut-être pas envie de changer des couches, dit Duane.

Il fourragea un peu dans son potager pendant la plus grande partie de la matinée, arrosant ici, sarclant là, arrachant une mauvaise herbe ici ou là, cueillant quelques tomates. Depuis un certain temps, il laissait un panier plein de tomates au bord de la route tous les jours – et tous les jours, le panier était vide avant la tombée de la nuit.

Concernant Honor Carmichael, il se dit qu'il devait abandonner. Il ne pouvait pas obtenir ce qu'il voulait. Elle avait une compagne et semblait être heureuse avec elle. Le fait que Duane trouvait qu'Angie était une petite personne méchante ne signifiait rien. Dans des tas de maisons de Thalia, des hommes et des femmes vivaient plus ou moins heureux avec des partenaires méchants et querelleurs. Karla ne s'était pas privée de se monter méchante et pourtant il avait vécu quarante années de bonheur avec elle. Les manières dont les gens s'entendaient, ou ne s'entendaient pas, étaient des mystères insondables, tout au moins pour lui.

Toute la matinée, il hésita à maintenir ou non son rendez-vous. Spontanément, il alla à la banque et sortit dix mille dollars en liquide. Il s'assura qu'il avait son passeport et ses lunettes de lecture. Ensuite, il alla jusqu'à Wichita Falls et s'arrêta dans une agence de voyages pour mettre à exécution le projet qu'il avait depuis deux ans. Aller en Égypte voir les pyramides. L'été touchait à sa fin, son potager était presque désert. Dans deux semaines, il serait temps de le labourer.

L'agent de voyages, une femme maigre qui devait avoir 70 ans, dont la chevelure était très bleue, lui exposa les options possibles. Il pouvait faire Wichita Falls – Dallas – New York – Le Caire ou Wichita Falls – Dallas – Londres – Le Caire, ou Wichita Falls – Dallas – Paris – Le Caire, ou Wichita Falls – Dallas – Francfort – Le Caire. Quel était son choix ?

Duane ne savait pas, ne pouvait pas se décider. Le plus important, c'était de savoir qu'il pouvait aller au Caire rapidement, une fois qu'il prendrait sa décision. Les vols, comme le lui dit l'employée de l'agence, étaient quotidiens. Il hésita, jusqu'à ce que la dame commence à s'impatienter.

– Duane, voulez-vous partir, ou voulez-vous juste rester planté là, à rêvasser sur le pays des pharaons ? demanda-t-elle.

– Oh, je veux partir – il faut que j'en parle d'abord à ma femme.

– Oh, mon Dieu, je suis désolée, dit l'employée. Je ne savais pas que vous vous étiez remarié.

– Ce n'est pas le cas – je voulais parler de mon ancienne femme, dit-il.

Il laissa la dame abasourdie, avec tous ses prospectus étalés sur son bureau. Il avait parlé de sa femme surtout pour se débarrasser de l'employée, mais en fait, il lui arrivait encore parfois d'avoir des petites conversations avec Karla – c'était juste que, lors de ces conversations, il parlait pour deux. En ce qui concernait Karla, il était sûr qu'elle approuverait son projet de voyage. N'importe quelle idée qui mettrait fin à sa fixation ridicule sur Honor Carmichael conviendrait à Karla.

Il arriva avec quelques minutes d'avance à son rendez-vous, très tendu. Nina était à la réception.

– Oh, salut, dit-elle. Je suis désolée d'avoir disparu hier soir sans dire au revoir. Reuben Orenstein m'énerve au plus haut point. Vous avez passé la soirée sans dire un mot.

Duane ne lui dit pas que c'était comme ça qu'il l'avait voulu. Il fouilla dans les magazines, à la recherche de celui qui contenait l'article sur les Pyramides. Il n'était pas là, apparemment.

Honor lui sourit lorsqu'il entra. À sa grande surprise, elle portait une blouse blanche par-dessus une chemise western bleue et un jean. Elle avait des bottes.

– Je sais – les signaux ne sont pas clairs aujourd'hui, dit-elle. Suis-je médecin ou cow-girl ? Jake Lawton m'a convaincue d'aller voir ses précieux bovins longhorn, et puis il y eu une urgence à l'hôpital et j'ai dû rentrer en vitesse.

– J'ai failli ne pas venir, avoua Duane – il ressentait le besoin de le dire.

– Alors j'imagine que nous allons en parler – de la raison pour laquelle vous avez failli ne pas venir, dit-elle, en lui indiquant le divan.

Duane s'allongea. Il se sentait nerveux, pris d'hyperventilation. Honor s'apprêta à s'asseoir, puis partit vers la porte.

– Excusez-moi, dit-elle. Je ne vais vous prendre qu'une minute ou deux. Je ne peux pas réfléchir, dans ces vêtements. Je n'arrête pas de penser au Lone Ranger, pour une raison que j'ignore. Quels que soient vos problèmes, je ne crois pas que vous soyez le Lone Ranger.

En moins de cinq minutes elle était revenue, portant une jupe blanche et un chemisier vert.

– C'est quelque chose dont je devrais parler à mon psy, je crois, dit-elle. Je ne peux pas fonctionner comme une psychiatre lorsque je ne porte pas des vêtements de psychiatre. Qu'est-ce que ça veut dire ?

Duane ne répondit pas ; il avait été déstabilisé de la voir en tenue western. La voir porter des vêtements normaux le détendait ; plus que ça, la vie semblait retrouver un certain ordre. Il ne se sentit plus aussi bizarre.

– Dites-moi pourquoi vous avez failli ne pas venir, commença-t-elle.

– J'étais gêné après ce qui s'était passé hier soir, vraiment gêné.

– Vous voulez dire que vous avez envisagé d'abandonner complètement votre thérapie parce que vous avez essayé de

m'embrasser et que je ne vous ai pas laissé faire ? C'est ça ?
demanda-t-elle.

– Oui, je crois.

– Maintenant, est-ce que vous voyez pourquoi j'ai dit que
j'avais franchi la limite ? demanda-t-elle. Vous n'étiez plus un
patient depuis si longtemps et j'ai flanché en vous demandant de
vous joindre un soir au groupe de lecture. Mais j'avais tort. Vous
étiez encore un patient et j'aurais dû en rester là.

– Je crois qu'on serait arrivé à ce point, tôt ou tard, dit Duane.

– Non, je ne suis pas d'accord, dit Honor. Le contexte joue
un rôle déterminant dans la manière dont les choses se passent
et aussi dans ce qui se passe. Dans ce bureau, je suis votre
médecin. Ce n'est peut-être pas ce que vous voulez, mais je
crois que vous le respectez. Vos agissements d'hier soir, dans
un contexte différent, étaient normaux. Nous étions en train de
partager un moment amical, vous ressentiez une attirance, vous
avez essayé de m'embrasser. Ce n'est pas rare. Jake Lawton a
essayé de m'embrasser dans son écurie ce matin, d'ailleurs.

Duane ne fut pas surpris. Il avait vu le docteur reluquer
Honor, la veille au soir.

– Qu'est-ce que vous avez fait ? demanda-t-il.

– J'ai mis une claque à ce vieux schnock – je me suis coupé la
main sur sa dent, dit Honor.

Elle tendit sa main devant Duane ; il y avait une petite
coupure au milieu du majeur.

– Ce n'est pas la première fois que Jake se comporte mal, dit-
elle. C'est pourquoi j'ai senti que je devais marquer le coup, sans
parler du fait que j'étais très en colère. Mais vous, vous étiez très
gentil. Je ne pense pas devoir vous gifler et je serais désolée de
vous voir abandonner votre thérapie juste parce que vous avez

subi un petit rejet. Cela signifierait que vous êtes étroit d'esprit et je ne crois pas que vous le soyez, Duane.

Duane ne répondit pas immédiatement. Il resta allongé sur le divan, regardant la grande plante verte posée dans le coin de la pièce. Il aurait voulu que Honor continue à parler. Il aimait le son de sa voix, et la courtoisie et la modération de ses propos. Il sentait qu'elle l'aimait bien et qu'elle pensait pouvoir l'aider. Maintenant, elle lui demandait de lui laisser l'occasion de le faire. Tout ce qu'elle avait dit était raisonnable. Il avait 64 ans. Il avait eu une vie sexuelle, qu'il trouvait plutôt riche. Était-il vraiment prêt à sortir Honor de sa vie parce qu'il ne pouvait pas coucher avec elle ?

Malgré tout, il y avait ses sentiments et ils étaient assez forts pour l'avoir empêché de dormir l'essentiel de la nuit.

– Je pense que je peux le faire, mais c'est compliqué, dit-il. Peut-être trop compliqué.

– Et c'est parce que vous êtes amoureux de moi que vous pensez que cela risque d'être trop compliqué ? demanda-t-elle.

– Je suis amoureux de vous et ça va rendre les choses délicates.

– Bon, d'accord, ça va être délicat, dit Honor. Est-ce que vous préféreriez gérer quelque chose qui est légitimement compliqué, ou juste vous promener à bicyclette, rester dans votre cabane, parcourir les routes et vous ennuyer jusqu'à la fin de vos jours ?

Duane ne répondit pas. Il se sentait fatigué et troublé.

– Je ne crois pas que ce sentiment est né juste parce que je vous ai invité à une soirée, dit Honor. Je ne vous avais pas vu depuis plus d'un an. Si vous êtes amoureux de moi, dites-moi depuis quand.

– Depuis longtemps, dit Duane.

Mais, lorsqu'il essaya de repenser au moment exact où il avait commencé à soupçonner qu'il était peut-être amoureux de Honor Carmichael, il ne parvint pas à déterminer une date précise. Il se souvenait qu'il avait eu un rêve érotique et que Honor était la femme de ce rêve. Mais il ne voulait pas parler de cela avec elle. Il se sentit de plus en plus troublé sur la manière de penser à la femme qui était assise derrière lui. Dans son esprit, elle était Honor, mais elle était aussi le Dr Carmichael. Il ne savait pas si c'était correct d'appeler son psychiatre par son prénom. Elle ne l'avait pas invité à l'appeler Honor. Mais c'était ainsi qu'il pensait à elle – il trouvait que c'était un nom charmant et qu'il lui allait bien.

– Est-ce que vous voulez bien retourner un peu en arrière ? demanda-t-elle. Remontons jusqu'à un temps où vous n'étiez pas amoureux de moi. Voulez-vous essayer ?

– D'accord, dit-il.

– Vous étiez marié ; diriez-vous que c'était un mariage heureux ?

– Oui.

– Mais, malgré cela, vous étiez suffisamment déprimé pour partir à pied pour vous installer dans votre cabane, dit Honor. Pourtant, dans mon souvenir, vous ne paraissiez pas considérer votre décision comme la conséquence d'une faille dans votre mariage. Cela reflétait une insatisfaction plus générale, n'est-ce pas ?

Duane commença à se sentir très fatigué. Il éprouva soudain la lassitude qui l'avait écrasée lors des premières séances qu'il avait eues avec Honor. Pourquoi le docteur parlait-il du passé, parlait-il de son mariage, essayant de mettre le doigt sur le moment où il était tombé amoureux d'elle ? Il était probable qu'elle ne prenait pas cela très au sérieux. Beaucoup de ses patients hommes devaient tomber amoureux d'elle, ou le croire.

De la lassitude écrasante, Duane passa au désespoir. Il regretta d'être venu à Wichita Falls à son rendez-vous. Pourquoi ne s'était-il pas contenté de monter dans un avion et de s'en aller ? Pourquoi devait-il repenser à son mariage ? Il voulait oublier Karla, pour ne pas qu'elle lui manque. Maintenant, il lui faudrait apprendre à oublier Honor aussi. S'il pouvait l'oublier, alors il ne se languirait pas d'elle et il ne serait pas malheureux à longueur de journée.

– Je n'aurais pas dû venir, dit-il. Je ne peux pas faire ça. J'aurais dû partir directement en Égypte. J'allais... Partir...

Ses poumons semblèrent se gonfler, ses yeux se remplir de larmes. Une tempête se leva en lui – elle arriva avant qu'il puisse bouger. Il fit un mouvement pour se lever du divan, mais il était trop fatigué et il se mit à pleurer, pleurer, pleurer. Il ne dit pas un mot, mais sa poitrine était agitée de soubresauts, les larmes coulaient de ses yeux, le long de ses joues, dans son cou, mouillant son col de chemise. Il pleurait si fort qu'il lui semblait que tout son corps pleurait, que les larmes coulaient de tous ses pores. C'était comme si toutes les tristesses qu'il avait jamais éprouvées et celles qu'il ne savait pas avoir vécues s'étaient soudain transformées en eau, en larmes, en un bain de larmes, une cascade de larmes, se déversant de lui, et, lui semblait-il, se déversant sur lui.

Au milieu de cette crise de pleurs, il essaya de se lever et de partir, mais Honor Carmichael posa calmement une main sur son épaule et le fit s'allonger à nouveau.

– Non... non... ne luttez pas, dit-elle. Vous êtes probablement en train de réprimer ça depuis la mort de votre père, autrement dit, depuis longtemps. Maintenant, il faut laisser faire. Restez allongé et pleurez.

Duane obéit – il n'avait pas le moindre contrôle sur le flot de larmes. Tout le devant de sa chemise était trempé. Quand il porta ses mains à son visage, c'était comme s'il les plongeait dans un ruisseau.

– Tout va bien, Duane, dit Honor. Laissez-vous aller.

Il pleura, il soupira. Une fois, il s'arrêta et il crut sentir que la tempête de larmes était passée, mais il se remit à pleurer. Il n'avait pas conscience du temps qui s'était écoulé depuis le début de la crise. Il devait certainement essayer de retrouver son sang-froid. Honor avait d'autres patients. Son heure devait être écoulée.

Lorsqu'il essaya de parler, Honor dit seulement :

– Chut. Vous n'avez pas besoin de partir. Je n'attends personne. Pleurez jusque ça s'arrête.

Au début, elle lui offrit des Kleenex, mais lorsqu'elle vit que les mouchoirs en papier ne suffisaient pas, elle alla dans la salle de bain lui chercher une petite serviette.

– On dirait que vous êtes passé dans une machine à laver, dit-elle. Je vais vous prêter un T-shirt.

– Je sécherai lorsque je sortirai, dit Duane. Il fait chaud.

– Je me doutais que cet orage allait éclater, dit Honor. Voilà pourquoi je vous ai donné le dernier rendez-vous de la journée.

Duane s'assit et la regarda avec gratitude.

– Comment pouviez-vous le savoir ? demanda-t-il. Je n'ai jamais rien fait de pareil. Ni quand ma femme est morte. Ni quand ma mère est morte.

– Les psychiatres ne savent pas tout, mais nous savons certaines choses, dit Honor.

Elle ne se vantait pas. Elle parlait comme si elle mentionnait un simple fait.

– Je devrais rentrer, dit Duane. J'ai les jambes coupées.

– Si c'est vrai, comment espérez-vous rentrer chez vous ? demanda Honor. Je ne suis pas certaine que ce soit une bonne idée que vous montiez sur votre vélo.

Duane ne répondit pas. Il n'était pas sûr, lui non plus, qu'il pourrait rentrer à bicyclette.

– Tenez, dit Honor en lui rendant son passeport.

– Mais comment l'avez-vous eu ? demanda-t-il.

– Duane, votre chemise est complètement trempée, dit-elle. Je l'ai pris dans votre poche pour éviter qu'il soit mouillé lui aussi.

La mine grave, elle le raccompagna à la porte de sa maison. Lorsque Nina s'apprêta à ouvrir la bouche, Honor l'arrêta d'un regard.

– Vous êtes un drôle de type, dit-elle lorsqu'ils furent dehors, debout sur le trottoir, près de l'endroit où, la veille au soir, il avait essayé de l'embrasser.

– Que voulez-vous dire ?

– Vous aviez votre passeport sur vous, dit-elle. Vous aviez l'intention de filer en Égypte sans me donner une chance. Cette possibilité m'est venue à l'esprit hier soir. J'ai été un peu surprise, en fait, en vous voyant arriver aujourd'hui.

– Vous donner une chance de... ? demanda-t-il.

– Une chance de vous aider à comprendre pourquoi vous êtes triste, dit Honor. S'il vous plaît, ne faites pas ça. Ne disparaissez pas tout de suite. Les Pyramides sont là depuis longtemps. Elles peuvent attendre, mais ceci ne le peut pas. S'il vous plaît, revenez demain. Ce serait bien si vous pouviez me donner au moins quelques jours supplémentaires.

Duane ne dit rien. Il ne voulait pas lui mentir et, pourtant, à ce moment précis, il ignorait s'il reviendrait jamais chez elle.

– Je viendrai demain si je peux, dit-il enfin.

– OK, je m'en contenterai pour l'instant, dit Honor. Faites attention. Ne vous faites pas renverser. Méfiez-vous des camions.

22

Duane n'avait pas tellement exagéré lorsqu'il avait dit qu'il avait les jambes coupées. Il n'avait presque plus de force et il avait à peine tourné le coin de la rue qu'il passait à un cheveu de ce contre quoi Honor l'avait mis en garde. Il se déporta dans un virage et faillit être heurté par un adolescent qui fonçait au volant d'un pick-up noir. Le conducteur klaxonna, fit un écart et hurla « Fils de pute ! » Lorsque le pick-up fut passé, Duane monta sur le trottoir et descendit de son vélo. S'il était trop sonné pour voir les pick-up dans la rue, il valait mieux qu'il ne monte pas sur sa bicyclette.

En plus, il avait une douleur aiguë dans le flanc, à un endroit où il n'avait jamais eu de douleur auparavant. Il se demanda si, dans sa violente crise de larmes, il aurait pu se casser une côte. Il avait entendu parler de gens qui toussaient si fort qu'ils se cassaient des côtes, mais jamais de gens qui s'en étaient cassé en pleurant.

Mais la douleur était bien là, il se sentait très faible et, bien qu'il lui parût impossible qu'il ait encore la moindre larme en lui, il avait envie de pleurer. Il n'était pas question de parcourir les vingt-huit kilomètres qui le séparaient de sa cabane – heureusement, il y avait toute une série de motels à quelques centaines de mètres seulement. N'osant pas remonter sur son vélo, il le poussa jusqu'au motel le plus proche, prit une chambre et s'écroula sur le lit, se sentant plus fatigué que jamais.

Dans la nuit, il se réveilla d'un rêve dans lequel Karla et lui dérivaient dans un canoë, regardant un petit avion qui volait au-dessus de la rivière sur laquelle ils se trouvaient. L'avion faisait le même bruit qu'une tondeuse à gazon. Il se rendormit, pour être réveillé à nouveau par le crissement de freins. Le motel se trouvait sur une voie rapide, près du feu le plus au nord de Wichita Falls. Une fois passé ce feu, les gros camions pouvaient se déverser sur l'autoroute et rouler tout droit jusqu'à Oklahoma City ou Saint Louis. Un chauffeur avait envisagé de griller le dernier feu, puis avait changé d'avis et écrasé ses freins.

Duane entrouvrit le rideau et s'assit au pied du lit, pour contempler les gros camions qui passaient. Quand il était jeune, juste après avoir quitté l'armée, Duane avait envisagé de devenir routier sur longues distances. Ce genre de vie lui paraissait romantique ; et le salaire était bon. Du moins, il l'était si on ne lâchait pas son volant et qu'on roulait beaucoup. Une fois ou deux, il avait emmené du bétail dans le Dakota du Sud, une nuit et un jour, de Thalia à Sioux Falls.

Puis Karla était entrée dans sa vie et il n'avait plus envisagé de devenir chauffeur routier.

Il regarda les gros camions traverser Wichita Falls pendant une heure, au rythme du feu, vert, rouge, orange. Le défilé était incessant. Ils allaient vers le nord depuis le golfe du Mexique, depuis Houston et Dallas, depuis le Mexique. Pour s'amuser, il les compta pendant un moment ; une centaine passa devant son motel en moins de quinze minutes ; ils étaient gigantesques, ornés de guirlandes lumineuses, avec des cabines grandes comme des châteaux. Ils étaient des centaines de milliers, à parcourir les prairies habitées autrefois par les bisons.

Duane eut l'envie soudaine de sortir de sa chambre, de faire du stop et de monter avec le premier qui s'arrêterait. L'Égypte lui semblait être un rêve, mais les camions qui traversaient Wichita Falls étaient réels et les camionneurs étaient surtout des gars de la campagne, des hommes qui lui ressemblaient. Il s'était toujours senti bien avec eux. Même le fait qu'il portait seulement une tenue de cycliste ne posait pas vraiment de problème. Les routiers étaient tolérants à l'égard des excentriques, jusqu'à un certain point, et quels que soient les vêtements qu'il portait, il venait du même milieu. Et avec les dix mille dollars qu'il avait dans la poche, il pouvait s'acheter des fringues western au Wal-Mart ou Kmart du coin.

Ce qui l'empêchait de sortir de sa chambre, c'était la sensation d'être vidé; et il n'était même pas sûr de l'être complètement. Il avait encore envie de pleurer. Autrefois, lorsqu'un des enfants éclatait en sanglots sans raison apparente, Karla le regardait et disait : « Qui est-ce qui a appuyé sur le bouton des pleurs ? »

Quelque chose avait appuyé sur son bouton des pleurs et appuyait encore. Ce qui s'était passé dans le cabinet du médecin était un tsunami, qui avait emporté toutes ses défenses; maintenant, il se sentait vide et désemparé. Si Honor Carmichael pensait qu'elle comprenait ce qui l'avait rendu si triste, c'était tant mieux; lui-même ne comprenait pas et il n'avait pas l'énergie de rechercher une explication. La digue s'était brisée et il avait été emporté; et son esprit, ou ce qu'il en restait, était encore perdu au loin. Ce n'était pas sa décision de ne plus monter dans des véhicules à moteur qui l'empêchait de faire du stop; il la rejetait parce qu'il se sentait trop faible, ne serait-ce que pour aller jusqu'à la salle de bain et soulager sa vessie.

Lorsque le ciel rougit et qu'il vit le nouveau soleil encadré par les bâtiments du centre-ville de Wichita Falls, il alla deux rues plus loin dans un magasin acheter une brosse à dents, du dentifrice, un rasoir et de la mousse à raser. Il était de retour à l'hôtel avant de se rendre compte qu'il n'avait pas de peigne. Lorsqu'il se doucha, il lissa ses cheveux mouillés du mieux qu'il put.

Puis il s'allongea sur son lit dans sa chambre, la télévision éteinte, bercé par le ronronnement du climatiseur. Il lui vint à l'esprit qu'il n'était pas rentré pour arroser son potager; cette pensée ne provoqua qu'une très légère culpabilité. C'était sa première défaillance depuis qu'il avait semé ce potager.

Lorsqu'il se prépara à partir à bicyclette pour son rendez-vous avec Honor, il eut l'impression persistante que quelque chose manquait – un composant qu'il emportait généralement avec lui à leurs rendez-vous était absent. Il venait d'arriver dans la rue de Honor lorsqu'il identifia le composant manquant; c'était cette chose qu'on appelait l'amour. Il n'était plus amoureux de Honor Carmichael. L'avalanche de larmes qui avait emporté sa personnalité avait aussi balayé tous ses sentiments romantiques.

Si Duane avait eu plus d'énergie, il aurait été ébahi devant cette révélation. L'impression d'être amoureux de Honor avait été le seul sentiment qui avait été constamment présent cette dernière année. La veille encore, en allant la voir, il était si agité par son sentiment amoureux qu'il pouvait à peine tenir son guidon. Et il en avait été ainsi presque depuis la première fois qu'il était allé la voir. Son image, sa façon d'être, sa féminité l'avaient distrait pendant plus d'un an. Honor Carmichael avait été au centre de ses préoccupations depuis la première fois qu'il l'avait vue – à cause d'elle, il avait eu des idées délirantes, nourri des espoirs insensés; et maintenant, tout près de sa maison, il était parfaitement calme. Il avait même retrouvé sa stabilité physique – il ne dirigeait pas son vélo droit sur les pick-up. Son cœur ne battait pas la chamade; il n'avait pas de palpitations en remontant l'allée jusqu'à sa porte. Il était purgé de son sentiment, libéré des oscillations perturbantes entre impatience et angoisse qu'il ressentait d'habitude à l'idée de la voir.

Lorsqu'il entra dans son cabinet, il crut voir de l'anxiété dans son visage à elle; sans aucun doute, il l'avait inquiétée avec sa violente crise de larmes. Mais, ensuite, dès qu'il s'allongea sur le divan, ses mains se mirent à trembler – une ou deux minutes plus tard, sans que rien n'ait été dit, il se remit à pleurer. Ce ne fut pas une avalanche, comme la première fois; contrairement à l'orage de la veille, là, c'était seulement une ondée. Honor n'eut pas besoin d'aller chercher une serviette, cette fois – quelques Kleenex suffirent. Il pensait qu'il allait bien et commençait à parler et, immédiatement, il avait la gorge serrée. Au début, il pouvait à peine finir une phrase sans pleurer, mais finalement, les larmes ralentirent et Honor le ramena au sujet de son père. Il redit, comme il l'avait fait longtemps auparavant, que lorsqu'il se souvenait de son père, il se rappelait de l'odeur des chemises en coton de son père, un mélange de sueur, d'amidon et de tabac. La chemise que le père de Duane portait le jour de sa mort était restée suspendue dans l'armoire toutes les années où Duane avait été enfant; sa mère oubliait de la laver, ou ne le voulait pas.

– Chaque fois que j'allais dans cette armoire renifler cette chemise, il me revenait, dit Duane. Enfin, son souvenir. Quand il finissait le travail au milieu de la nuit, il venait toujours dans ma chambre s'asseoir sur mon lit une minute; même si j'étais trop endormi pour me réveiller vraiment, je sentais son odeur.

– Cette odeur signifie l'amour pour vous, dit Honor doucement, en lui tendant un autre Kleenex. L'amour de votre père. Vous aviez confiance en lui, n'est-ce pas?

– J'avais confiance en lui, dit Duane. Je ne crois pas que j'aie jamais eu autant confiance en quelqu'un – sauf en vous.

– Vous lui faisiez aussi confiance pour ne pas mourir, mais il est mort, dit Honor. La première fois que vous êtes venu me voir, vous avez parlé de la chemise de votre père.

– Il s'est passé beaucoup de choses depuis, dit Duane.

– Oui, vous avez cultivé deux potagers, dit-elle avec un sourire. Vous êtes devenu un philanthrope – vous avez nourri les pauvres pendant deux ans. Et hier, probablement pour la première fois de votre vie, vous avez pleuré toutes les larmes de votre corps.

Duane resta silencieux. Il pleurait à nouveau, mais sans violence. Un peu seulement.

– Voici une petite observation, dit Honor. La confiance et l'amour correspondent à une odeur pour vous, l'odeur de ces chemises que portait votre père lorsqu'il vous emmenait à la pêche ou qu'il s'asseyait la nuit à côté de votre lit. Vous n'aviez pas conscience que vous vous cramponniez littéralement à ce souvenir. Nous *ne savons pas* ce genre de chose jusqu'à ce que quelque chose nous touche d'une certaine manière et la mémoire revient d'un coup. Ce qui vous est arrivé hier n'est pas si différent de ce qui est arrivé au jeune homme dans Proust lorsqu'il a mangé la madeleine et s'est retrouvé ramené à toutes les angoisses et insécurités de son enfance.

– Mangé la quoi? demanda-t-il.

– Le gâteau, dit Honor. Le gâteau qu'il a trempé dans le thé. Mais peu importe. Tout à coup, vous avez retrouvé ce lien avec quelque chose, alors que, depuis très longtemps, vous vous interdisiez de le voir. Toute cette souffrance était tapie et, soudain elle est sortie.

– Est-ce que c'est parce que je suis tombé amoureux de vous ? demanda-t-il.

– Oh, je ne sais pas. Peut-être que cela a joué. C'est généralement lorsque les gens sont touchés d'une manière inattendue, mais puissante, que leurs défenses s'écroulent complètement, comme cela s'est passé hier. Le fait d'être avec quelqu'un qui ne vous juge pas ou, tout au moins, ne vous juge pas de manière conventionnelle, peut parfois faire surgir ce genre de chose.

Le silence s'installa. Duane avait cessé de pleurer, mais ses mains tremblaient encore et il savait que, s'il se levait, il ne serait pas très solide sur ses jambes.

– Je suis contente que vous ayez confiance en moi, dit Honor. J'ai essayé très dur de ne pas vous embrouiller – j'espère que vous le savez. Je ne vous ai pas mis un pain dans la figure quand vous avez essayé de m'embrasser et je ne vous ai pas tourné le dos, non plus.

– Que voulez-vous dire ?

– Juste que si vous voulez vraiment être mon patient, je suis prête à commencer. Jusqu'à maintenant, nous n'avons qu'effleuré les choses – ce n'était que des escarmouches. Ce n'est que la troisième fois que vous vous laissez aller sur mon divan. Nous avons un long chemin à faire ensemble, si vous êtes prêt à faire le voyage.

– Quatre fois par semaine, peut-être pendant des années ? demanda-t-il.

– Quatre fois par semaine, pendant le temps qu'il faudra.

– Qu'est-ce que je peux bien avoir à dire pendant des années ? demanda-t-il. Je n'ai même pas une bonne mémoire.

– La mémoire n'est pas vraiment la clé de ce que nous ferons, dit Honor. Une bonne analyse vous emmène dans des endroits dont vous ne soupçonnez pas l'existence. Vous ne saviez pas que vos larmes étaient là, mais elles l'étaient.

Duane ne réagit pas. La pensée de voir Honor quatre fois par semaine pendant plusieurs années était séduisante. Même s'il ne ressentait plus de l'amour pour elle, il n'y avait pas d'autre femme dont la compagnie lui plaisait autant. Le fait de la voir régulièrement l'après-midi, en privé, serait, d'une certaine façon, comme s'il avait une liaison. Ce serait une liaison seulement de l'esprit, apparemment, mais ce n'était pas forcément une raison de la rejeter. Il sourit tout seul, à l'idée d'une liaison de l'esprit, et Honor vit son sourire.

– Qu'est-ce qui vous fait sourire ? demanda-t-elle.

– Une idée idiote.

– Dites-moi. Ce qui vous paraît idiot peut me paraître éloquent à moi.

– Hier, j'étais amoureux de vous et, aujourd'hui, on dirait que je ne le suis plus, dit-il, un peu penaud. Je me disais que venir vous voir, presque tous les après-midi pendant plusieurs années, ce serait un peu comme avoir une petite amie.

Honor réfléchit à son commentaire. Elle ne paraissait pas offensée.

– C'est plus comme entretenir une call-girl – n'est-ce pas ce que vous pensiez ? À cause de l'argent ?

Duane comprit ce qu'elle voulait dire. Des hommes payaient Gay-lee pour user de son corps – il paierait Honor pour user de son esprit. Mais il se dit que c'était une idée débile. S'allonger sur un divan dans une pièce avec une femme séduisante n'avait pas grand-chose à voir avec le fait d'entretenir une call-girl. C'était comme voir un médecin qui se trouvait aussi, par hasard, être une amie.

– Travaillons un peu, voulez-vous ? dit-elle. Je ne veux pas que ces larmes que vous avez versées hier soient perdues. Si vous pouviez choisir un mot pour décrire le sentiment que vous éprouviez lorsque vous avez garé votre pick-up et commencé à marcher, lequel serait-il ?

Duane ne parvint pas à trouver un mot. Il ne pouvait pas vraiment se rappeler ce qu'il avait ressenti à l'époque.

– Je suis seulement le patient, dit-il. Dites-moi.

– Je crois que le mot serait « déception », dit Honor aussitôt. La raison pour laquelle je vous ai fait lire Proust, c'est parce que c'est le catalogue le plus complet des différents types de déceptions que l'être humain peut ressentir.

Duane se sentit un peu agacé par ce commentaire.

– Je ne vois pas pourquoi je devrais éprouver de la déception, dit-il. J'étais heureux dans mon couple, j'ai élevé une belle famille. J'ai même assez bien réussi dans mes affaires.

– Oui, je sais tout cela, dit Honor, un peu fâchée. Mais ce que vous oubliez, c'est que vous n'avez pas vraiment pu choisir votre vie. Vous avez eu votre père seulement pendant cinq ans. Votre mère était très pauvre – vous avez dû travailler dès que vous avez eu l'âge de le faire.

– À 13 ans, dit Duane.

– À 13 ans. Vous avez été au lycée, mais il était hors de question de continuer à l'université, n'est-ce pas ?

– Oui, dit-il. Ma mère n'était pas en bonne santé. Je me suis dit que je devais m'occuper d'elle, un peu.

– C'est exact ; vous avez fait ce qu'il fallait. Vous avez pris soin de votre mère, mais vous ne vous êtes pas vraiment occupé de vous. Vous étiez né avec de grandes capacités, mais vous ne les avez pas exploitées. Puis, un jour, vous avez remarqué que vous aviez 62 ans et que vous et vos capacités aviez passé toute votre vie à circuler en pick-up, sans trop réfléchir. Vous n'êtes pas allé en Égypte. Vous n'avez été nulle part. Ce qui vous restait, c'était un travail prenant et une vie de famille. Cela suffit à certaines personnes, mais je ne crois pas que vous sentiez que cela vous suffisait, à vous, Duane.

Il y eut un silence.

– Les gens qui se rendent compte qu'ils avaient les capacités d'accomplir plus de choses se sentent généralement floués, dit-elle. Même s'ils ne peuvent en vouloir qu'à eux-mêmes, ils se sentent malgré tout floués lorsqu'ils débouchent d'un virage et se mettent à réfléchir à la fin de leur vie. Je pense que vous vous sentez profondément lésé, Duane, ajouta-t-elle.

Puis elle se tut.

Il y eut un long silence, mais c'était un silence paisible, en ce qui concernait Duane. Il essayait de réfléchir à ce que Honor venait de dire et il lui semblait qu'elle avait beaucoup parlé. C'était une surprise – lors des autres séances, elle avait à peine dit quelques mots.

– Vous ne m'avez jamais parlé autant, dit-il.

– Non, et il y a des gens qui viennent me voir depuis cinq ans et à qui je n'ai pas autant parlé, dit-elle. Certains d'entre eux sont assez perturbés, mais aucun d'eux n'a jamais pleuré autant que vous hier. Je crois que, si je parle, je peux peut-être vous convaincre de continuer à venir.

Duane ne savait pas à quel point ce que Honor disait était vrai, mais il comprenait qu'il voulait maintenir son esprit loin de son père. Il avait peur de penser à son père ; la crise de larmes pourrait recommencer. Son père n'avait même pas vécu assez longtemps pour le voir entrer à l'école primaire.

– Ce serait une grosse dépense, dit-il, pensant à haute voix à la thérapie qu'elle lui proposait.

– Vous avez raison, ce serait une grosse dépense, dit-elle.

– Quel bien cela me ferait, de parler autant du passé ? demanda-t-il. Peu importe que j'en parle beaucoup, on ne pourra pas le faire revenir. Ma vie a été ce qu'elle a été.

– Oui, mais elle n'a pas été ce qu'elle aurait pu être, dit Honor. Vous avez encore deux décennies à vivre, peut-être trois.

Elle resta silencieuse à nouveau, réfléchissant aux mêmes questions que lui.

– J'imagine que cela dépend de la valeur que vous donnez à la compréhension et à son pouvoir de guérir vos blessures, dit-elle. À l'évidence, je lui en donne beaucoup, sinon je n'aurais pas choisi ce métier. Mais je ne suis pas à votre place. Je ne sais pas à quel point vous êtes intéressé par l'appréhension de votre propre vie, ou si vous pensez qu'elle vous aiderait à accomplir des choses plus satisfaisantes pendant le temps qui vous reste.

Duane vit que son heure était passée. Il se leva pour partir et Honor se leva aussi.

– Vous avez encore votre passeport sur vous ? demanda-t-elle lorsqu'il fut sur le seuil.

– Ouaip, je l'ai toujours, dit-il.

– Alors utilisez-le. Faites votre voyage en Égypte. Si vous aimez l'Égypte, allez en Grèce. Allez voir des lieux antiques.

– J'aimerais bien, dit Duane.

– Allez-y, dit Honor. Cet endroit n'a qu'un présent – il a tout juste 100 ans. Allez voir certains des endroits où les êtres humains vivent ensemble depuis trois ou quatre mille ans. Ou plus. J'ai vu quelques lieux en Chine où les gens vivent depuis pratiquement six mille ans.

Elle marqua une pause et regarda par la fenêtre. Deux quiscales se promenaient dans son jardin.

– Il y a une grâce qu'on trouve dans certains lieux de l'Antiquité que vous ne trouverez pas ici, dit-elle. Même si les gens sont très pauvres, il reste cette grâce. Ils y vivent depuis assez longtemps pour avoir compris une ou deux choses.

Elle sortit deux ou trois Kleenex de la boîte et les lui tendit. Malgré lui, il pleurait encore, comme si, quelque part au fond de lui, il y avait un robinet qui ne se fermait pas correctement.

– Quand vous reviendrez, j'aimerais bien vous voir, dit Honor. Peut-être que vous aurez compris, si vous désirez toujours être mon patient.

Elle l'accompagna jusqu'à la porte et lui tendit la main. Il la serra.

– Au revoir, Duane, je vous souhaite un bon voyage et j'espère que vous reviendrez me voir à votre retour.

Et elle ferma la porte.

23

L'agent de voyages aux cheveux bleus était sur le point de fermer boutique et rentrer chez elle lorsque Duane apparut sur son vélo.

– Pourquoi faut-il qu'il y ait des gens qui veulent faire le tour du monde et débarquent à 4 h 50 ? fit-elle. Les gens comme vous mériteraient de finir en Mongolie.

Malgré tout, en très peu de temps, elle lui sortit un billet pour le lendemain. Avec ce billet, il irait de Wichita Falls à Dallas puis à Londres et au Caire.

– Avec ça, vous serez aux pyramides. Comment voulez-vous revenir ?

– Je n'ai pas réfléchi aussi loin, admit Duane. Est-ce que c'est un détour de revenir par l'Inde ?

La femme le regarda comme s'il était un crétin fini.

– Vous n'avez jamais vu un globe terrestre ?

– Pas depuis longtemps. Je crois que les enfants en avaient un quand ils allaient à l'école.

– Si vous êtes ignorant à ce point, je ne sais pas ce que je dois penser de vous, dit la femme. Évidemment que c'est un détour. Le Texas est à l'ouest des pyramides, l'Inde, à l'est.

– OK, à quel endroit antique devrais-je m'arrêter sur le chemin du retour ? demanda-t-il.

– Que pensez-vous de Rome ?

– Lequel est mieux, Paris ou Rome ? demanda-t-il.

– J'aime les deux, dit-elle. C'est vous qui faites ce voyage, pas moi. J'espérais avoir le temps de taper quelques balles de golf avant le coucher du soleil, mais je ne pourrai pas si vous ne vous décidez pas.

Duane opta pour Rome et, quelques minutes plus tard, il partit, son billet dans la poche.

Spontanément, il pédala jusqu'à la rue où vivait Honor. Il se disait qu'il s'arrêterait une minute, lui dire qu'il s'était décidé, pas seulement sur les destinations de son voyage, mais sur le fait qu'il serait son patient à son retour. Il savait que l'opportunité de profiter autant de sa compagnie et de ses conseils était quelque chose qu'il ne voulait pas manquer.

En retournant vers la maison de Honor, il se sentit soudain plein d'optimisme. Il avait ses billets, il allait voir les pyramides, le grand pas avait été fait. Bien que Honor lui ait déjà dit au revoir et lui ait déjà souhaité un bon voyage, il avait envie de lui faire savoir qu'il partait, qu'il décollait le jour suivant, pour une durée de presque un mois.

En arrivant dans la rue ombragée où vivait Honor, il vit deux femmes devant lui, marchant sur le trottoir sous les grands arbres, se tenant affectueusement par le bras. Duane freina immédiatement. Il descendit de son vélo et enleva son casque, trop chaud. Devant lui, Honor Carmichael et Angie Cohen étaient en train de se promener dans la fraîcheur de la soirée. Honor avait enfilé des tennis, Angie avait sa canne. Il entendait juste le faible murmure de leur conversation, la voix agréable de Honor et les grognements d'Angie. Horrifié à l'idée que Honor risquait de se retourner et de le voir, il cacha rapidement son vélo derrière un buisson. La vue des deux femmes marchant en se tenant par le bras, en harmonie, réveilla un vieux souvenir d'une réunion pour le renouveau de la foi à laquelle il était allé alors qu'il n'était qu'un enfant. Sa grand-mère et son unique sœur marchaient comme ça, bras dessus bras dessous, lorsqu'elles allaient à l'église. Depuis ces années-là, il ne se souvenait pas d'avoir vu deux femmes marcher ainsi, aussi heureuses, en se tenant par le bras.

Honor et Angie dépassèrent leur maison, sans cesser de parler. Finalement, elles furent si loin que Duane ne pouvait plus les distinguer, les différencier l'une de l'autre; elles devinrent un point mouvant – leurs voix, aussi, se mêlèrent pour ne former qu'un son, qui se perdit bientôt dans le brouhaha de cette soirée d'été, les voitures au loin, les enfants qui criaient sur un terrain de sport voisin, les cigales dans les arbres. Lorsqu'elles s'enfoncèrent dans le crépuscule et que Duane ne les vit plus du tout, il remit son casque et s'éloigna sur sa bicyclette.

24

Duane rentra à sa cabane et passa la plus grande partie de la nuit installé dans son transat, à contempler les étoiles. Il avait lu que les anciens Égyptiens étaient de bons astronomes. Il se demanda si les étoiles seraient différentes en Égypte, ou pas. Une des grandes questions auxquelles il espérait trouver des réponses dans ses voyages était celle de la différence ; que trouverait-il de différent dans les endroits antiques, que trouverait-il d'identique ?

Le matin, il rangea un peu son atelier. Son travail du bois n'avait pas vraiment abouti à grand-chose. Il ne s'y était pas investi autant qu'il l'avait prévu. Le plus bel objet qu'il ait fabriqué était une jolie boîte en bois de séquoia, dont les jointures étaient parfaites. C'était juste une boîte, mais Duane en était content. Après quelques instants de réflexion, Duane emporta la boîte à l'intérieur, s'assit à sa petite table et se mit à écrire une lettre à sa femme.

Ma chère Karla,

Eh bien, chérie, j'ai fini par le faire. Hier, j'ai acheté mon billet pour Le Caire, en Égypte. Dans un ou deux jours, je serai au pied des pyramides.

Comme tu le sais, j'ai toujours voulu les voir.

Les enfants ont l'air d'aller tous bien. Willy et Bubbles vont dans une école privée à Highland Park. Ils doivent porter un uniforme ; Willy doit avoir une cravate, ce qui ne lui plaît pas beaucoup. Ils apprennent le français, j'imagine qu'ils grandiront très différemment de ce qu'ont connu leurs grands-parents.

Je ne vois pas beaucoup les filles, elles ont toutes les deux des vies bien remplies, et Jack n'est pas venu depuis qu'il est allé s'installer dans le Wyoming.

Je vais essayer d'aller là-bas en vélo lorsque je rentrerai de voyage.

Je suis content de pouvoir te dire que Dickie est resté clean depuis tout ce temps. Il va à ses réunions des Alcooliques Anonymes religieusement et il est, semble-t-il, en bonne santé.

Barbi a eu un de ses poèmes publiés dans un magazine pour enfants ; on dirait que c'est elle, notre petit-enfant créatif. C'était un poème sur les cannibales... tu la reconnais bien là.

Ces deux derniers étés, j'ai cultivé un bon potager en souvenir de toi et donné les légumes produits aux pauvres, ou à ceux qui passaient par là. Il a eu un immense succès, mais bien entendu, un grand potager est une lourde responsabilité. Chérie, si tu savais combien de fois j'ai regretté que tu ne sois pas là pour m'aider.

Je ne sais pas si j'aurai le courage de recommencer l'an prochain. Cela dépendra un peu des pluies que nous aurons.

Tu sais, Karla, c'était une tragédie pour moi, cette collision avec le camion de lait ; et la BMW était complètement foutue.

Après ça, j'ai cessé de voir mon docteur. Il y avait trop à faire. Mais je crois que je vais tenter à nouveau la thérapie lorsque je rentrerai d'Égypte.

Avant que j'arrête, le Dr Carmichael m'avait demandé de lire un gros livre français. Il faisait plus de trois mille pages. Tu aurais ri aux éclats si tu m'avais vu essayer de lire un livre aussi long. J'ai aussi beaucoup étudié les catalogues de semences et j'ai beaucoup lu sur la botanique aussi.

Je ne suis pas monté dans un véhicule à moteur depuis le jour où j'ai garé ce pick-up que Dickie a détruit en descendant une colline.

Chérie, je ne peux pas expliquer pourquoi ; c'est un mystère qui ne sera jamais éclairci, mais lorsque je ne peux pas aller quelque part à pied, j'y vais à bicyclette.

Mon cholestérol est bas, c'est probablement grâce à l'exercice et au régime alimentaire sain ; je mange tous les légumes que je n'arrive pas à donner.

Chérie, je crois que c'est la plus longue lettre que j'aie jamais écrite, il n'y a rien d'autre à dire, si ce n'est que tu me manques... Je repense à toutes ces belles années que nous avons eues. Je vais laisser cette lettre dans cette petite boîte, ma plus belle réussite en ébénisterie. Au moins les jointures sont bonnes.

Ton mari aimant,

Duane Moore

P-S. Sonny est mort l'été dernier, septicémie. Il ne pouvait plus bouger et ses pieds ont eu la gangrène. À peu près au même moment, ils ont retrouvé le squelette de

Jacy – un pêcheur sous la glace l'a trouvé. Ces deux histoires sont donc terminées.

Duane mit la lettre dans une enveloppe, rangea l'enveloppe dans la boîte et scella la boîte avec un petit clou. Ensuite, il alla à Thalia, dans son abri de jardin, et prit un déplantoir. Il envisagea de s'arrêter chez Ruth pour lui dire au revoir, mais il vit que le pick-up de Bobby Lee était là ; Bobby était sûrement venu se faire masser le dos. Ne voulant pas les entendre se chamailler, Duane décida de passer son chemin. Ruth lui avait déjà dit très clairement que, s'il se décidait à partir, elle espérait bien qu'il rentre très vite au cas où elle mourrait.

– Vous serez mon porteur de tête, tous les autres ne valent pas un clou, avait-elle dit. Il faut que vous soyez là pour qu'ils restent bien alignés. Je ne veux pas glisser à droite et à gauche dans mon cercueil, et je ne veux pas qu'on me laisse tomber, non plus. Ces pyramides ne sont que des tombes, de toute façon, avait-elle ajouté. Cela ne devrait pas vous prendre tellement de temps, de jeter un œil à quelques tombes.

Duane continua à traverser la ville en direction du cimetière, en restant dans les petites rues. Il ne voulait pas être arrêté par un jardinier volubile qui voudrait parler de melons Galia ou de la variété de chou qui faisait la meilleure choucroute. Il voulait porter sa lettre à destination et être seul avec sa femme pendant quelques minutes avant de partir à l'autre bout du monde.

Il n'y avait personne dans le cimetière, à l'exception du vieux gardien qui bricolait armé d'une pelle à l'autre bout du terrain. Trois jours plus tôt seulement, un vieux fermier avait été tué lorsque son tracteur s'était retourné sur lui ; le gardien était en train de tasser les mottes fraîches sur la tombe récente.

On était en plein midi, le ciel était blanc, les ondes de chaleur parcouraient les terres qui s'étendaient vers l'ouest.

Duane s'accroupit à côté de la pierre tombale sur laquelle on lisait *Karla Laverne Moore* et, avec son couteau de poche et son déplantoir, il creusa un trou juste assez grand pour contenir la boîte en bois de séquoia. Ensuite, très soigneusement, il recouvrit la boîte de terre et la lissa avec son déplantoir.

– Duane, fais bien attention ; il paraît qu'il y a des pickpockets dans ces aéroports, lui dit Karla en imagination.

Il n'était jamais parti, même pour un voyage très simple, sans qu'elle l'avertisse contre les éléments criminels, qui, selon elle, étaient certainement nombreux, quelle que soit sa destination.

– Chérie, je fais toujours attention, dit-il à haute voix, en réponse au commentaire que sa femme aurait certainement fait, si elle n'avait pas été morte.

À l'aéroport de Wichita Falls, il attacha son vélo contre un jeune arbre dans le parking et, l'après-midi même, il vit d'en haut de son hublot de nombreux petits bateaux blancs, flottant sur la mer Méditerranée.

Mis en pages par DV Arts Graphiques à La Rochelle
Imprimé en France en septembre 2013
par Normandie Roto Impression s.a.s. à Lonrai
Dépôt légal : octobre 2013
N° d'édition : 172 – N° d'impression : 133691
ISBN 978-2-35584-172-9